KB263059

영도의 시쓰기

영도의 시쓰기

푸른사상 교양총서 1

푸른사상
PRUNSASANG

영도의 시 쓰기

이승훈

시는 사유이다. 시가 아니라 시에 대한 사유가 있고, 시에 대한 사유가 시다. 과연 시는 어디 있는가? 시는 이론과 역사에 지나지 않고, 이론과 역사는 사유이고 철학이다. 그러나 시에 대한 사유는 감성과 이성 사이에 있고, 시와 철학 사이에 있으므로 철학이며 동시에 철학이 아니다. 그동안 나를 지배한 것이 그렇다.

이 책은 크게 대상론, 자아론, 언어론, 영도론 네 분야로 구성되고, 이 네 분야는 그동안 시를 쓰면서 내가 만난 주제들이다. 그러나 처음부터 이런 주제를 설정하고 시를 쓴 건 아니고, 어쩌다 그렇게 되었다. 아니 이론과 실천은 동시에 수행된다. 시에 대한 사유는 시 밖에 있는 것이 아니라 시의 선험적 조건이고 시의 특성이다. 아무튼 그동안의 시쓰기는 대상, 자아, 언어, 영도의 문제로 발전한다. 좀 더 부연하자.

제1부 「대상론」은 대상에 대한 회의를 동기로 한다. 초기시를 지배한 건 시쓰기를 구성하는 세 요소 자아―대상―언어 가운데 대상이 탈락하고 언어로 자아를 찾는 이른바 비대상시이다. 비대상시에 대해서는 그동안 이러니 저러니 말들이 많았지만 내가 비대상시에서 강조한 것은 자아 찾기이고, 그것은 대상과 단절된 상태에서 나의 무의식 찾기로 정의된다. 자연과 단절된 현대인이 추구하는 것은 '나는 누구인가?'라는 질문이고, 이런 질문이 현대시의 출발이다. 특히 이 책에서는 대상은 없다는 주장의 이론적 토대, 대상 상실의 극복 문제를 다룬다.

제2부 「자아론」은 자아 찾기의 극단에서 만나는 자아소멸의 문제를 강조하고, 이 단계에서 '나는 누구인가?'라는 인식론적 회의는 '나는 있는가?'라는 존재론적 회의로 전환된다. 과연 나는 있는가? 이런 물음의 극단에서 내가 만난 것은 '나는 없다'는 자각이고, 그러므로 초기의 자아 찾기는 중기의 자아소멸로 발전한다. 그동안 자아를 찾아 헤맸지만 자아가 있는 것이 아니라 언어가 있다는 자각에 이르고, 따라서 자아는 소멸한다. '나'가 있는 것이 아니라 '나'라는 언어, 곧 '나-너-그'라는 인칭 체계가 있을 뿐이다. 이런 언어 체계가 없다면 모두가 '나'이다. 그렇지 않은가? 이 글을 쓰고 있는 나도 '나'이고, 이 글을 읽고 있는 당신도 '나'이다. 과연 나는 어디 있는가? 결국 '나'가 있는 것이 아니라 '나'라는 언어가 있다. 특히 자아가 없다는 주장의 이론적 토대, 그리고 금강경과의 만남에 대해 말한다.

제3부 「언어론」은 자아소멸의 단계에서 제기되는 시쓰기의 문제를 중심으로 한다. 자아가 없고 언어만 있다면 과연 누가 시를 쓰는가? 시쓰기의 세 요소 자아-대상-언어 가운데 언어만 남고, 따라서 이 단계에서 나는 '언어가 시를 쓴다'는 이상한 주장을 한다. 그렇다면 언어란 무엇인가? 나는 언어도 없다는 결론에 도달하고, 언어에 대한 새로운 질문, 언어도 없다는 주장의 이론적 토대를 살핀다.

대상과 단절된 자아 찾기가 모더니즘에 속한다면 자아소멸은 포스트모더니즘에 속한다. 언어가 시를 쓴다는 것은 시라는 장르, 법, 제도 속에서 이 법과 싸우는 행위이고, 시인은 주체(subject)가 아니라 법에 종속되는 자(subjection)이므로 이런 종속에서 벗어날 때 시적인 것은 없고 시도 없다는 주장, 곧 시의 본질에 대한 회의와 부정이 발생한다. 그러나 이 무렵 나는 금강경과 만나고 자아도 相에 지나지 않는다는 부처님 말씀을 듣고 충격을 받는다. 자아도 상이고 언어도 상이다. 그러므로 언어도 소멸한다. 그렇다면 남은 것은 무엇인가?

제4부 「영도론」은 자아－대상－언어 모두 소멸한 다음의 시쓰기를 다룬다. 이른바 '영도의 시쓰기'다. 시에 대한 사유는 대상, 자아, 언어에 대한 사유이고 이제 대상, 자아, 언어가 소멸하고 시에 대한 사유는 마침내 영도의 사유, 사유의 영도와 만난다. 남은 것은 쓰는 행위 뿐이다. 그저 쓰는 행위만 있을 뿐이다. 목표도 의도도 대상도 없는 시쓰기다.

그러나 선적 사유를 전제로 하면 자아는 없는 게 아니라 있는 것도 아니고 없는 것도 아닌 이른바 不二의 자아가 된다. 그러므로 나의 시쓰기는 자아 찾기(초기)－자아소멸(중기)－자아불이(후기)의 단계로 극복된다. 극복되는가? 극복이 아니라 시각의 전환이다. 내가 영도의 시각에서 자아, 대상, 언어를 다시 살핀 것은 이런 이유 때문이다. 결국 시는 없고 쓰는 행위만 있다. 쓰는 행위만 있는 시쓰기는 선의 시학, 중도시학으로 발전하지만 이 책에선 영도의 시쓰기만 다룬다. 선의 시학에 대해서는 별도의 책을 낼 예정이다.

50년 시 인생. 과연 나는 무슨 생각을 하고, 무슨 글을 썼는가? 난 아직도 사는 게 서글픈 떠돌이 시인, 자폐증에 시달리는 늙은 교수, 3류 禪客일 뿐이다. 언제 미칠지 모른다는 불안 속에서 시를 썼지만 이제 시는 시를 모르고 사유는 사유를 모르고 나는 나를 모른다. 끝으로 책을 내주시는 한봉숙 사장님께 감사드린다.

2012. 1. 서초동에서
이 승 훈 합장

제1부 대상론

제2부 자아론

제3부 언어론

제4부 영도론

제1부

대상론

1. 대상이란 무엇인가?

1) 인식론적 회의

　현대시의 특성은 미적 자율성을 강조한다. 그것은 시쓰기를 구성하는 세 요소, 곧 자아, 대상, 언어 가운데 대상을 괄호치고 자아가 언어로 특수한 미적 공간을 형상화한다는 뜻이다. 유치환의 「깃발」이 현대성을 획득하는 것은 시적 자아가 깃발이라는 대상을 재현하지 않고, 시적 언어에 의해 특수한 공간을 노래하기 때문이다. 이때 시적 언어는 시에만 사용되는 특수한 언어가 아니라 일상적 어법과 다르게 시인이 사용하는 어법을 말한다. 그러므로 같은 낱말도 일상에서 사용할 때와 시에 사용할 때 그 말하는 방법이 다르다. 일상적 어법은 과학적 어법에 토대를 두고, 과학적 어법은 대체로 그 말이 진리냐, 허위냐 하는 진위(眞僞)의 문제, 이른바 실증성의 원리를 강조하고, 시적 어법은 그런 진/위 판단의 문제를 초월한다. 어떤 말의 진위가 현실적으로 증명되어야 하는 것이 실증성의 원리이다. 그러나 시적 어법은 이런 실증성의 원리와는 관계가 없다.

이것은 소리 없는 아우성
저 푸른 해원을 향하여 흔드는
영원한 노스탤지어의 손수건

유치환의 「깃발」 앞부분이다. 시인은 '깃발'에 대해 '소리 없는 아우성'이라고 말한다. 이런 말은 일상적 어법에 어긋난다. 왜냐하면 일상적 어법으로는 '소리치는 아우성'이거나 '소리 없는 침묵'이라고 말해야 진리이기 때문이다. 그러나 시인이 '소리 없는 아우성'이라고 말하는 것은 이런 말을 통해서 시적 진리를 전달할 수 있기 때문이다. 따라서 이런 어법은 진/위의 경계를 해체하는 진리, 곧 역설의 진리를 낳는다. '영원한 노스탤지어의 손수건'도 사정은 비슷하다. '깃발'은 '손수건'이 아니고 더욱 '영원한 노스탤지어의 손수건'이 아니기 때문이다. 이런 어법에 의해 시인은 일상적 진리를 초월하는 시적 진리를 전달하고, 이때 '깃발'은 지상의 삶을 초월하는 영원한 이데아, 곧 절대 진리에 대한 그리움과 동경을 암시한다.

그러나 이 시의 경우 미적 자율성은 대상을 그대로 재현하지는 않지만 대상을 전제로 한다. 내가 말하는 비대상시는 대상을 전제로 하지 않는, 그런 점에서 대상이 소멸한 상태에서 자아를 탐구하는 시로 한결 과격한 현대성, 실험성을 지향한다. 과격하다는 것은 이런 시는 대상을 부정하고, 자아의 내면을 탐구하기 때문이고, 실험적이라는 것은 이런 시가 우리 현대시사의 경우 이상이나 김춘수 같은 실험적인 모더니스트 시인들이 시도했기 때문이다. 그러나 다시 생각하면 서양의 경우 현대문학이나 현대회화의 현대성, 곧 미적 모더니티는 대상이 아니라 자아의 내면을 탐구하고 나아가 초현실주의 예술은 자아의 무의식을 탐구한다.

나는 이렇게 대상을 부정하고 시인이 자아의 내면, 무의식을 추구하는 시를 '비대상시'라고 부른다. 비대상시는 시쓰기를 구성하는 자아─대상―언어의 세 요소 가운데 대상이 소멸하고 자아―언어만 남는다. 간단히 도식으로 나타내면 다음과 같다.

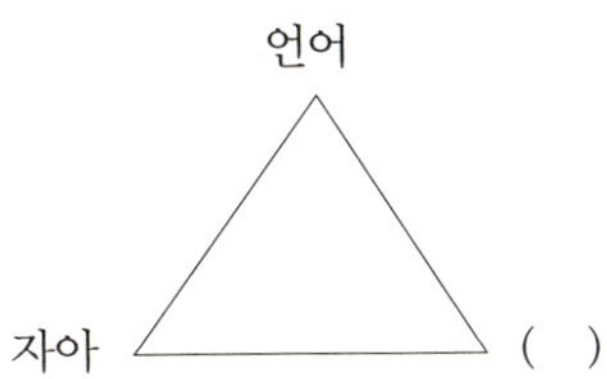

　내가 시론 「비대상」(시집 『당신의 초상』에 수록, 1981)을 쓴 것은 초기의 내 시쓰기를 반성하기 위해서였다. 나는 『현대문학』지에 박목월 선생의 추천으로 등단한다. 그때는 3회 추천을 거쳐야 했다. 1회는 1962년 4월, 2회는 같은 해 8월, 3회는 1963년 4월이다. 그때 나이가 스무 살이었다. 얼결에 시인이 되어 무슨 나만의 세계를 보여주지도 못하고, 고달픈 대학 생활을 하던 당시 젊은 시인들이 중심이 되어 결성된 『현대시』 동인에 참여하게 된다. 원래 『현대시』는 전봉건, 김종삼, 김광림 등이 중심이 되어 발간하던 계간 시지였다. 그렇던 것이 1964년에 당시 신인들이 중심이 되어 동인을 결성하고 나도 참여한다. 그때 동인은 김영태, 주문돈, 이유경, 정진규, 이수익, 황운헌, 허만하 등이었고, 그 후 박의상, 김종해, 오탁번, 오세영, 이건청 등이 참여한다. 『현대시』 동인은 그 후 1972년까지 동인 운동을 전개한다.

　『현대시』 동인은 이른바 미적 현대성을 추구하는 모더니즘 집단으로 산업화 초기에 겪는 현대인의 내면을 탐구했고, 특히 김영태와 나는 초현실주의적 기법에 의한 내면의 무의식을 탐구한다. 그런 점에서 『현대시』 동인이 되면서 내가 추구한 것은 대상이 소멸한 상태에서 자아 찾기였고, 이런 자아 찾기는 대상이 없기 때문에 내면 탐구를 지향하고 무의식 탐구를 지향한다. 나는 처음엔 내면이라는 말을 강조하고 그 후 내면을 무의 식이라는 말로 바꾼다. 그리고 비대상이라는 말을 사용한 것은 70년대 초였다. 첫 시집 『사물A』(1969)를 낼 때까지 나는 비대상이 아니라 내면성이라는 말을 쓰고 있었다. 그러나 70년대 초, 특히 연작시 「모발의 전개」, 「지옥의 올훼」 등을 쓰면서 비대상이라는 말을 사용한 것 같다. 그러니까 이 연작시들을 수록한 두 번째 시집 『환상의 다리』(1976)가 이른바 비대 상시를 지향한다. 그리고 본격적인 시론 「비대상」을 발표한 것은 세 번째 시집 『당시의 초상』(1981)을 낼 때다. 결국 비대상시는 10년 넘게 추구한 초기의 자아 찾기를 나대로 반성한 글이다. 과연 이 글에서 나는 무슨 말을 하고 있는가?

비대상시

내가 이른바 비대상시를 쓰게 된 것은 크게 두 가지 측면에서 해명된다. 하나는 개인적인 측면이고, 다른 하나는 이론적인 측면이다. 앞에서도 말했지만 내가 대상을 부정한 것은 처음부터 나는 자연, 현실 같은 눈에 보이는 대상을 노래하지 않고, 아니 그런 세계를 노래할 능력이 없고, '나는 누구인가?' 라는 물음, 이른바 자아 찾기가 주제였기 때문이다. 이런 자아 찾기가 개인적 측면이라면, 비대상시의 이론적 측면은 우리 현대 시론과 관련되고, 그것은 다시 두 가지로 요약된다. 하나는 인식론적 회의이고, 다른 하나는 언어에 대한 재인식이다. 먼저 비대상시는 인식론적 회의의 산물이다. 나는 다음처럼 말한다.

대상의 세계를 노래하는 시인들은 일단 대상과 시인의 관계에 대해서 소박한 태도를 제시한다고 볼 수 있다. 소박하다는 것은 대상과 시인 사이에 어떤 괴리나 단절이 존재하지 않음을 의미한다. 시인은 자연의 세계나 일상의 세계를 자신과 대립시키기 보다는 이미 주어진 하나의 절대명제로 인식한다. 대상의 세계를 하나의 절대명제로 인식하며 사는 것은 많은 일상인들의 삶의 방법이다. 일상적 삶의 방법은 인습적이고 상투적인 모습으로 드러난다. 그것은 일종의 자동화된 삶의 양식이라고 할 수 있다. 물론 대상의 세계를 노래하는 시인들 모두가 그렇다는 것은 아니다. 그러나 그렇지 않은 시인들 역시 자연이나 일상같은 대상의 세계를 이미 주어진 것으로 상정한다는 점에서는 공통적이다. 다만 대상의 세계와 조화될 수 없는 지신의 어떤 감정을 노래한다는 점만이 다를 뿐이다. 대상의 세계가 어떻게 존재할 수 있는가에 대한 인식론적 회의가 한번도 제대로 제기되지 않았다는 점을 그동안 나는 전통적인 한국시의 한계로 생각하고 있었다. (이승훈, 「비대상」)

지금도 그렇다. 많은 시인들은 눈에 보이는 대상의 세계, 곧 자연과 일상을 노래한다. 그러나 현대시의 출발, 그러니까 미적 모더니티의 자각은 대상이 아니라 '나는 누구인가?' 라는 자아 찾기를 주제로 하고, 그런 점에서 대상이 아니라 자아, 그것도 자아의 내면, 무의식이 문제가 된다. 나는 이런 자아 찾기의 주제를 인식론의 측면에서 살피고, 우리 전통시는 말할 것도 없고 근대시, 나아가 현대시까지 대상에 대한 인식론적 회의가 없었다고 주장한다. 인식론적 회의는 근대 인식론에 대한 회의와 부정을 뜻한다.

소박하게 말해서 근대 인식론은 주체와 객체, 자아와 대상이 1대 1로 대응하고, 이런 관계를 전제로 대상의 의미를 인식한다. 인식한다는 것은 대상의 의미, 말하자면 진리를 아는 것. 예컨대 나(자아)는 꽃(대상)을 보고 그것을 꽃이라고 안다. 그러나 우리는 과연 어떻게 그것을 꽃이라고 알게 되는가? 이런 인식의 근거는 무엇인가? 자아가 없다면 대상은 존재하지 않고, 따라서 모든 인식의 토대는 자아이다. 그러므로 대상이 아니라 자아가 중요하고, 인식론적 회의는 인식에 대한 회의이고, 대상이 아니라 자아에 관심을 둔다. 그런 점에서 대상을 괄호치고 자아를 노래한다는 것은 인식론의 측면에서는 인식론적 회의와 결합되고, 이런 태도는 근대 혹은 현대 인식론의 한계를 자각하고, 비판하고, 부정하고, 새로운 인식의 세계를 찾는 일과 통한다.

2) 꽃이 보이지 않는다

우리 현대시의 경우 대상에 대한 인식론적 회의가 없는 소박한 태도, 전통적이고 인습적인 태도를 최초로 부정한 시인은 1930년대 모더니스트 시인 이상(李箱)이다. 그의 시에서 내가 읽은 것은 구체적인 자연이나 현실이나 일상의 세계를 노래하지 않는다는 점이다. 그런 점에서 그는 비대상의 세계를 노래한다. 예컨대 다음과 같은 시가 그렇다.

> 꽃이 보이지 않는다. 꽃이 향기롭다. 향기가 만개한다. 나는 묘혈을 판다. 묘혈도 보이지 않는다. 보이지 않는 묘혈 속에 나는 들어앉는다. 나는 눕는다. 또 꽃이 향기롭다. 꽃은 보이지 않는다. 향기가 만개한다. 나는 잊어버리고 재차 거기 묘혈을 판다. 묘혈은 보이지 않는다. 보이지 않는 묘혈로 나는 꽃을 깜박 잊어버리고 들어간다. 나는 정말 눕는다. 아아 꽃이 또 향기롭다. 보이지도 않는 꽃이—보이지도 않는 꽃이.

이상의 「절벽」 전문이다. 원래는 띄어쓰기가 없지만 읽기의 편의를 위해 띄어쓰기를 한다. 그는 절벽을 노래하지만 이 절벽은 현실적 대상으로서의 절벽이 아니다. 이 시가 노래하는 것은 '보이지 않는 꽃'과 '향기'이고, 이 향기가 만개하고, 시인은 그 속에 묘혈(무덤)을 파고 들어가 눕는다. 따라서 「절벽」은 현실적인 대상으로서의 절벽이 아니라 시인의 내면 혹은 실존의식을 상징한다. 한편 '꽃' 역시 '보이지 않는 꽃'이고, 이런 꽃이 향기롭다. 물론 보이지 않는 꽃이 향기로울 수는 있지만 이 향기 속에 무덤을 팔 수는 없다. 그러므로 꽃, 향기, 무덤 모두 비대상의 세계이고, 그것은 아름다움 속에 죽고 싶은 욕망을 암시한다.

어떤 젊은 시인은 이 시를 해석하면서 절벽을 현실적인 대상으로 읽고, 꽃이 보이지 않는 건 절벽이 너무 멀리 있어서 그렇다고 말한 바 있다. 그렇다면 멀리 있는 꽃의 향기 속에 어떻게 무덤을 파고, 어떻게 그 무덤 속에 들어가 누울 수 있단 말인가? 이 무덤은 보이지 않는 무덤이다. 어떻게 보이지 않는 무덤 속에 들어가 누울 수 있는가? 도대체 어떻게 이런 글이 알아주는 신문 지상에 실릴 수 있는지 지금도 이해가 안 가고, 이런 해석이 많은 시인들 평론가들이 시를 읽는 수준이다. 시는 무조건 대상을 노래해야 한다는 이런 시각은 현대시가 미적 자율성, 특히 눈에 보이지 않는 내면, 혹은 무의식을 노래하는 비대상의 공간을 모른다.

이상처럼 비대상의 세계를 노래한 시는 아니지만 그렇다면 김기림의 「바다와 나비」에 나오는 나비 역시 현실적인 나비란 말인가? 도대체 왜 식민지 시대에 나비 한 마리가 바다로 간 것인가? 물론 그건 '아무도 그에게 수심(水深)을 알려준 일이 없기에/ 흰 나비는 도무지 바다가 무섭지 않다.'는 말처럼 아무도 알려주지 않았기 때문이다. 그러니까 나비가 바다에 내려앉은 것은 아무도 수심, 곧 바다의 깊이를 알려주지 않았기 때문이다. 그러나 나비에게 바다의 수심을 알려주는 사람은 없고, 혹시 있다면 미친 사람일 것이다. 그리고 혹시 알려준다고 해도 나비가 어떻게 알아들을 수 있겠는가? 나비는 '청무우밭인가 해서' 바다에 내려앉는다. 청무우 밭으로 착각하고 내려간 걸 있는 그대로 읽으면 이 나비는 미친 나비가 된다. 과연 이 나비의 정체는 무엇인가?

아무도 그에게 수심을 알려준 일이 없기에
흰 나비는 도무지 바다가 무섭지 않다.

청무우밭인가 해서 내려갔다가는
어린 날개가 물결에 절어서
공주처럼 지쳐서 돌아온다.

3월달 바다가 꽃이 피지 않아서 서거푼
나비 허리에 새파란 초생달이 시리다.

김기림의 「바다와 나비」 전문이다. 리얼리즘의 시각, 곧 대상을 강조하는 시각으로 읽으면 이 나비는 미친 나비가 되고, 미쳤기 때문에 겁도 없이 바다까지 날아간 셈이다. 과연 이 시의 공간을 이렇게 현실의 공간으로 읽어야 하는가? 이 시가 강조하는 것은 물론 비대상의 세계는 아니고, 현대시가 강조하는 미적 자율성의 세계이다. 이 시는 현실을 그대로 반영하는 게 아니라 상상력에 의한 특수한 미적 공간을 보여준다.

그러므로 중요한 것은 현실적 나비가 아니라 바다와 대비되는 나비이고, 그것은 크다/ 작다, 수평/ 수직, 시각/ 촉각의 대립이 주는 감각적 경험이다. 특히 마지막 3연은 바다에서 지친 상태로 외롭게 돌아오는 나비의 모습을 감각적으로 묘사한다. '나비 허리'에 '새파란 초생달이 시리다'는 이미지는 나비와 초생달의 만남을 노래하지만 도대체 나비 허리를 보는 것도 놀랍고, 무엇보다 시각(새파란 초생달)과 촉각(시리다)의 만남이 놀랍다. 유치환이 '깃발'에서 지상을 초월하는 이상적 유토피아에 대한 동경을 노래한다면 김기림은 「바다와 나비」에서 미적 공간적 감각을 보여준다.

불안

이야기가 다소 빗나간 건 글을 쓰다 그렇게 되었기 때문이다. 내가 말하는 비대상시는 이런 미적 자율성의 세계가 한결 심화되고, 내면화되고,

추상화된 시이다. 그러므로 문제는 다시 이상의 '절벽'이다. 대상이 없다는 것은 이 시처럼 일단 시인의 내면세계만 형상화된 것이라고 할 수 있지만, 이 시에서 그런 내면세계는 일종의 실존의식과 결합된다. 실존의식은 자아와 대상의 대립을 동기로 하지만, 그것은 자아의 존재, 있음에 대한 질문으로 나가고, 이런 질문은 일반적으로 불안, 죽음, 시간 같은 실존의 범주와 만난다.

불안의 시간에 우리는 대상의 무화(無化)를 체험한다. 불안한 시간엔 대상이 사라진다. 그렇지 않은가? 불안한 시간에 내가 만나는 것은 대상이 아니라 無일 뿐이다. 이상의 「오감도시 제1호」에서 읽는 것이 그렇다. 이 시에 나오는 13인의 아이는 구체적으로 지시하는 게 없고, 이 아이들은 막다른 골목을 질주하지만 질주하지 않아도 좋고, 골목은 막다른 골목이며 동시에 뚫린 골목이어도 상관없다. 도대체 누가, 언제, 어디서, 무엇을 하는지 알 수 없고, 남는 건 아이들이 공포에 떨지만 공포의 대상은 분명치 않다는 점이다. 이렇게 대상이 분명치 않은 공포가 불안이다. 그러므로 이 시는 식민지 시대 청춘의 억압된 무의식, 불안을 노래한다.

그런가 하면 '절벽' 역시 구체적 대상을 노래하지 않는다. 이 시에서 이상이 노래하는 것은 아름다움(꽃의 향기) 속에서 죽고 깊은 욕망이다. 불안이든 죽음이든 이런 의식(무의식) 속에서 우리가 깨닫는 것은 대상이 분명치 않고, 대상이 보이지 않고, 대상이 없다는 사실이다.

결국 우리가 믿어온 대상의 세계가 소멸할 때, 백지가 될 때, 우리가 만나는 것은 자아뿐이지만 그 자아 역시 구체적 현실적 자아가 아니라 의식적 실체, 혹은 무의식적 실체(?)로 인식된다. 의식적 실체라는 말은 의식의 능력 외에는 어떤 대상과도 단절되는 심리상태를 말한다. 현상학에서 말하는 현상학적 환원, 곧 대상을 괄호 친 상태의 순수 의식과 유사하다. 이때 남는 유일한 현실은 의식의 운동일 뿐이다. 의식적 실체라는 말이

어색하다면 심리적 실체라고 해도 된다.

이상의 시에서 그것은 無의 탄생으로 드러난다. 그가 보이지 않는 꽃의 향기 속에 눕는 것은 대상이 아니라 무와의 만남을 암시하고, 절벽은 이런 무, 혹은 죽음과의 만남을 실현할 수 없는 절망을 상징한다. 그러므로 무의 세계로 가려는 노력은 좌절된다. 한마디로 비대상의 세계는 이런 무의 세계이고, 무의 세계는 실존적 각성이 환기하는 의식의 운동이라고 할 수 있다. 시대적 상황과도 관련되는 것이지만 이런 무, 비대상 세계의 발견은 존재론적 자각과도 관련된다. 왜냐하면 불안이라는 분명치 않는 기분 속에서 우리가 만나는 것은 진정한 자아를 증명하려는 노력이기 때문이다.

3) 무의미 시론

내가 고교시절에 이상의 시와 김춘수의 시를 좋아한 건 우연이었지만, 그동안 시를 써오면서 그것은 하나의 필연이 되고 있었다. 두 시인 모두 내가 생각하기에는 자연이나 일상의 세계를 소박하게 노래하지 않는다. 그들은 전통적인 시의식을 부정하면서 시가 최소한 인식론적 갱신과 관련될 수 있다는 가능성을 보여준다. 이상이 한결 격렬한 심리 세계를 보여준다면, 김춘수는 한결 존재론적인 세계를 지향한다. 이상의 「보이지 않는 꽃」이 김춘수에겐 「얼굴을 가리운 나의 신부」로 드러나고, 「보이지 않는 꽃」이 「무덤」과 연결된다면 「얼굴을 가리운 나의 신부」는 「추억」과 관련된다.

다같이 존재하지 않는 것, 무, 혹은 부재의 세계를 지향하는 이런 시들이 비대상을 노래하는 한국적 양상이다. 김춘수가 「꽃을 위한 서시」에서 노래하는 것은 '꽃'이지만 이 꽃은 이 세계에 존재하는 사물들의 제유이다. 그는 '꽃이 아름답다', '꽃이 진다' 는 식으로 눈에 보이는 대상으로

서의 꽃을 노래하지 않고, 꽃을 통해 사물들의 존재 이유를 탐구한다. 그
가 노래하는 꽃은 '존재의 흔들리는 가지 끝에서/ 이름도 없이 피었다 지
는' 그런 꽃이다.

> 나는 시방 위험한 짐승이다.
> 나의 손이 닿으면 너는
> 미지의 까마득한 어둠이 된다.
>
> 존재의 흔들리는 가지 끝에서
> 너는 이름도 없이
> 피었다 진다.
>
> 눈시울에 젖어드는 이 무명의 어둠에
> 추억의 한 접시 불을 밝히고
> 나는 한밤내 운다.
>
> 나의 울음은 차츰 아닌 밤 돌개바람이 되어
> 탑을 흔들다가
> 돌에까지 스미면 금이 될 것이다.
>
> ― 얼굴을 가리운 나의 신부여.

김춘수의 「꽃을 위한 서시」 전문이다. '나무의 흔들리는 가지' 가 아니
라 '존재의 흔들리는 가지' 에 피었다 지는 꽃을 노래한다. 그런 점에서
그는 존재하는 것이 아니라 존재, 있다는 것, 유에 대해 질문한다. 하이데
거 식으로 말하면 존재하는 것은 존재자이고, 이런 존재자의 근원, 토대
가 존재이다. '꽃' 은 존재한다. 그러나 존재한다는 것은 '존재의 흔들림'
속에 이름도 없이 피었다 지는 것에 지나지 않는다. 이름이 없다는 것은
실체를 알 수 없다는 것을 뜻한다. 왜냐하면 우리는 대상이든 사람이든

그것이 왜 존재하는지 알 수 없기 때문이다. 그렇다면 존재란 무엇인가? 시인은 존재가 무엇인지 알 수 없는 세계, 곧 무명의 어둠을 밝히려고 노력한다. 그는 존재한다는 것, 있음, 유의 근거를 찾고, 이것이 이른바 존재 탐구, 혹은 존재론적 시학이 된다.

그는 이런 '무명의 어둠' 속에서 '추억의 한 접시 불'을 밝히고 존재의 의미를 찾는다. 그러나 그가 깨닫는 것은 '꽃'이 '얼굴을 가리운 나의 신부'라는 것. 얼굴을 가린 신부는 자신을 드러내며 동시에 숨긴다. 그런 점에서 존재는 자신을 드러나며 동시에 숨기고, 따라서 모든 존재는 언어를 초월하고 이성을 초월한다. 왜냐하면 숨기며 동시에 드러나는 세계는 언어와 이성을 초월하기 때문이다. 선불교 식으로 말하면 은현동시(隱現同時)의 세계이고 이런 세계가 깨달음과 통한다.

그러나 김춘수는 사물의 존재 근거를 해명하는 일에 실패하고, 또한 이런 관념의 세계에 지치고, 이른바 이미지의 세계로 넘어간다. 그의 말에 의하면 서술적(descriptive) 이미지의 세계다. 그가 말하는 서술적 이미지는 관념의 수단으로서의 이미지, 곧 비유적 이미지가 아니라 이미지를 위한 이미지를 뜻한다. 나는 서술적 이미지보다 묘사적 이미지라고 부르는 게 좋다는 입장이다. 관념이 배제된다는 점에서 이런 이미지는 순수 이미지, 일체의 의미가 탈락한 이미지이고, 그러니까 순수한 대상이 되고, 의미가 없는 무의미의 세계가 된다. 그러나 이런 무의미시는 그 후 실존의 리듬, 통사 해체로 발전한다. 그런 점에서 나는 그의 무의미시를 1단계 관념 제거의 묘사적 이미지, 2단계 실존의 리듬을 중시하는 탈이미지, 3단계 통사 해체로 나누고, 나의 시론 「비대상」이 영향을 받은 건 2단계 무의미시다.

이상의 「오감도시 제1호」, 「절벽」 등은 엄격하게 말하면 비대상시가 아니라 초현실주의적 요소가 강하다. 그러나 초현실주의시가 무의식을 탐구한다는 점에서 광의의 비대상시에 포함할 수 있고, 김춘수는 존재 탐구 (관념)에서 묘사적 이미지(무의미)로 넘어가며 본격적인 비대상의 문제를 제기한다.

그러므로 우리 시의 경우 비대상시의 출발은 김춘수에서 시작되고, 그의 「무의미 시론」은 나의 「비대상 시론」에 영향을 준다. 그러나 많은 분들이 오해하듯이 그의 시론과 나의 시론은 다 같이 비대상의 세계를 강조하지만 같은 것이 아니다. 무의미시가 관념 제거, 감각적 인상, 실존을 강조한다면 비대상시는 실존의 투사, 외부 세계의 무화(無化), 언어의 도취로 요약된다. 좀 더 부연하면 김춘수의 무의미시는 묘사적 이미지-탈이미지-통사해체의 단계로 발전하고, 비대상시는 정효구의 표현에 의하면 비대상-비주체-비언어-不二의 단계로 발전한다.(정효구, 「비대상의 시론에서 불이의 시론까지」, 『한국현대시와 평인의 사상』, 푸른사상, 2007) 그러므로 비대상은 발전적인 개념이고, 그 동안의 내 시쓰기가 비대상 시론에 기반하고 그 연장선상에 있다는 허혜정의 지적은 설득력이 있다.(허혜정, 「이승훈도 없고 이승훈 씨도 없다」, 『시인시각』, 문학의 전당, 2007, 겨울호)

묘사적 이미지와 자유연상

문제는 다시 무의미시다. 과연 그가 주장하는 무의미는 무엇이고 이런 무의미 개념은 어떻게 발전하는가? 나는 그가 말하는 무의미시를 세 유형으로 나누고 살핀 바 있기 때문에 자세한 해석은 생략하고 이 자리에서는 간단히 요약한다.(이승훈, 「김춘수와 무의미시의 세 유형」, 『현대문학』, 2005.1. 『현대시의 종말과 미학』, 집문당, 2007)

김춘수는 시론 「의미에서 무의미까지」(1973), 「대상, 무의미, 자유」(1973)에서 처음 무의미시라는 개념을 제시한다. 그러나 무의미시는 크게 묘사적 이미지-탈이미지-통사해체의 단계로 발전한다. 첫 단계는 장시 「처용단장」 1부, 둘째 단계는 2부, 셋째 단계는 3부에 해당한다. 먼저 첫 단계에 해당하는 묘사적(descriptive) 이미지와 무의미시의 관계를 살핀다. 그는 서술적 이미지라고 명명하지만 묘사적 이미지가 적절한 번역일 것 같아 그렇게 부른다.

시론 「대상, 무의미, 자유」에서 그가 강조하는 것은 대상과 무의미와 자유의 관계이다. 그에 의하면 대상과의 거리가 상실될 때 이미지는 대상이 되고, 이때 무의미시가 태어난다. 무슨 말인가? 이미지는 대상이나 관념을 비유하기 때문에 대상과 거리를 유지한다. 따라서 대상과의 거리가 소멸하면 이미지가 대상이고 대상이 이미지다. 일반적으로 이미지는 비유적 이미지, 묘사적 이미지, 상징적 이미지 세 유형이 있다. 예컨대 '나무는 서서 흐르는 강'에서 나무(이미지)는 강(대상)을 비유하고, '내 인생은 쓰레기'에서는 쓰레기(이미지)가 인생(관념)을 비유한다는 점에서 비유적 이미지가 된다. 그러나 '흰 달빛 자하문' 같은 이미지는 비유하는 게 없고 시각적 감각만 강조하고 따라서 묘사적 이미지가 된다. 한편 '천 개의 의자가 있는 당신의 방'의 경우 '당신의 방'(이미지)은 평화, 휴식 등을 상징하고, 따라서 상징적 이미지가 된다.

그런 점에서 대상과의 거리를 상실할 때 이미지가 대상이 된다는 것은 비유적 이미지에서 감각 자체만을 강조하는 묘사적 이미지로 이동하는 것을 뜻한다. 김춘수의 경우 이런 이미지로는 '눈 속에서 초겨울의/ 붉은 열매가 익고 있다'는 시행을 들 수 있다. 여기서 '붉은 열매'는 어떤 대상도 관념도 비유하지 않고, 이미지가 대상이 되고 대상이 이미지가 된다. 이렇게 대상의 구속에서 해방될 그가 체험하는 것은 자유이고, 그 후 그것은 '연상의 쉼 없는 파동', 이른바 자유연상과 만난다. 그러나 동시에 대상이 소멸했기 때문에 그는 불안을 느낀다. 남는 것은 방법론적 긴장이

다.(대상, 무의미, 자유에 대한 좀 더 자세한 것은 이승훈, 「무의미시」, 『비대상』, 민족
문화사, 1983 참고 바람)

　시론 「의미에서 무의미까지」에서 그가 강조하는 것은 사생의 극한, 그
러니까 묘사적 이미지의 극한에서 자유연상과 만나면서 대상이 소멸하고
태어나는 무의미시이다. 그러므로 좀 더 엄격하게 말하면 무의미시는 묘
사적 이미지의 세계가 아니라 이런 이미지가 추상화되면서 실존의 리듬
과 만나는 단계를 뜻한다. 그가 「처용단장」 1부에서 강조하는 것은 인상
파풍의 사생(묘사적 이미지)과 세잔느풍의 추상(추상)과 액션 페인팅(무
의식의 리듬)을 동시에 보여주려는 시도이고, 이때 1단계의 무의미시가
태어난다. 그러니까 그의 무의미시는 묘사(묘사적 이미지), 묘사의 극한
(자유연상), 자유와 불안(허무의 아들/ 허무에의 제동)이라는 세 범주를
포괄하는 개념이다.

> 바다가 왼 종일
> 새앙쥐같은 눈을 뜨고 있었다
> 이따금
> 바람은 한려수도에서 불어오고
> 느릅나무 어린 잎들이
> 가늘게 몸을 흔들곤 하였다.
>
> 날이 저 물자
> 내 늑골과 늑골 사이
> 홈을 파고
> 거머리가 우는 소리를 나는 들었다.
> 베꼬니아의
> 붉고 붉은 꽃잎이 지고 있었다.

　「처용단장」 1부의 1의 전반부이다. 그에 의하면 1부는 초기의 관념 공

포증에서 벗어나기 위한 묘사훈련, 곧 묘사적 이미지의 극한, 사생의 극한에서 자유연상을 만나면서 인상파풍의 사생과 세잔느풍의 추상과 액션 페인팅을 동시에 보여주려는 세계이다. 그러나 1부에서 그가 실제로 보여주는 것은 자유연상과 허무의 세계이고 액션 페인팅, 이른바 비대상의 세계는 2부에서 드러난다. 그런 점에서 1단계의 무의미시는 비구상 회화에 가깝다. 비구상 회화는 눈에 보이는 대상에서 출발하여 차츰 그 이미지를 추상화하고 마침내 무엇을 그렸는지 알 수 없는 세계로 나간다. 김춘수의 주장을 대입하면 묘사적 이미지(인상파풍의 사생)에서 출발하여 그 이미지를 추상화하고(세잔느풍의 추상), 마침내 무엇을 그렸는지 모르는 세계(무의식, 자유연상)가 된다.

바다는 하루 종일 눈을 뜨고 있지만 생쥐 같은 눈을 뜨고 있다. 이런 바다의 눈은 외적 현실(대상)을 반영하는 게 아니라 시인의 무의식을 반영한다. 따라서 묘사적 이미지는 이미지 자체가 아니라 그의 무의식과 관계되고, 그는 '바다'에서 '생쥐'를 연상하지만 이런 연상에는 필연성이 없으므로 자유연상에 해당한다. 바다와 생쥐는 형태면에서나 기능면에서나 연상의 혼란만 일으킨다. 연상의 혼란은 혼란의 연상이고, 이런 연상은 억압과 규제를 부정하고 따라서 자유롭다. 일종의 자유가 획득된다. 자유연상을 통해 그는 자유를 획득하고 억압된 무의식에서 해방된다.

그러나 자유연상 기법은 프로이트가 최면술 기법을 포기하면서 채택한 것이고, 따라서 자유연상의 내용은 분석의 대상이고, 무의미가 아니라 의미를 지향한다. 이 의미가 문제이다. 나는 이 의미를 다른 글에서 살핀 바 있다.(이승훈, 「김춘수의 처용단장」, 「모더니즘의 비판적 수용」, 『작가』, 2002, 「김춘수, 시선과 응시의 매혹」, 『한국현대시의 이해』, 집문당, 1999)

4) 대상의 소멸

한편 김춘수는 「처용단장」 2부를 발표하면서 탈이미지의 시라는 용어를 사용한다. 탈이미지의 시는 1부에서 시도한 묘사적 이미지와 자유연상이 결합된 1단계 무의미시를 극복하는 이른바 2단계의 무의미시에 해당한다. 기호학의 시각에서 살펴면 다음과 같다. 기호는 기표(말소리)와 기의(개념)로 구성되지만 기표는 다시 청각 이미지와 시각 이미지로 나눌 수 있다. '산'이라는 기호는 '산'이라는 말소리(기표)와 '산'이라는 의미(개념)로 구성된다. 그러나 '산'이라는 기표는 말소리, 곧 청각적 이미지이지만, 이 기표를 노트에 적으면 시각적 이미지가 된다. 그러므로 기표는 다시 청각적 이미지와 시각적 이미지로 나눌 수 있다.

김춘수의 무의미시는 의미, 관념의 제거를 노리기 때문에 기표/기의의 관계에서 기의를 제거하는 작업이다. 그러나 1단계 무의미시가 기의(관념)를 제거하고 기표(시각적 이미지)를 강조한다면 2단계 무의미시는 기의(관념)를 제거하고 기표(청각적 이미지)를 강조한다. 모두 기의를 제거하지만 1단계 무의미시(처용단장 1부)는 시각적 이미지를 강조하고, 2단계 무의미시(처용단장 2부)는 청각적 이미지를 강조한다. 물론 앞에서 말했듯이 2단계 무의미시는 좀 더 엄격하게 말하면 시각적 이미지를 중심으로 추상과 자유연상이 결합된다.(이승훈, 「김춘수와 무의미시의 세 유형」, 위의 책)

그렇다면 김춘수는 왜 이런 작업을 하게 되었는가? 그의 고백에 의하면, 2단계 무의미시에 해당하는 탈이미지의 시는 '허무의 빛깔'이고, 허무는 의미의 안경을 쓰고는 볼 수 없기 때문에 그는 말을 부수고 의미의 분말을 날려 보낸다. 어떻게?

한 행이나 두 행이 어울려 이미지로 응고되려는 순간, 소리(리듬)로 그것을
차단하는 수도 있다. 소리가 또 이미지로 응고하려는 순간, 하나의 장면으로
차단하기도 한다. 연작에 있어서는 한 편의 시가 다른 한 편의 시에 대하여
그런 관계에 있다. 이것이 내가 본 허무의 빛깔이요 내가 만드는 무의미의 시
다. 잭슨 폴록의 그림에서처럼 가로 세로 읽힌 궤적들이 보여주는 생생한 단
면─현재, 즉 영원이 나의 시에도 있어주기를 나는 바란다.(김춘수, 「의미에서
무의미까지」, 『김춘수전집』 2, 문장사, 1982, 389)

탈이미지의 시는 이미지(대상)의 소멸을 노리는 시라는 점에서 비대상
시에 포함된다. 이 글에서 그가 강조하는 것은 이미지를 벗어나는 구체적
인 방법이고, 그것은 이미지가 응고되려는 순간 소리(리듬)로 그것을 차
단하는 방법이다. 그러나 문제는 이런 공간에서 그가 '허무의 빛깔'을 본
다는 것과, 잭슨 폴록의 그림이 보여주는 '현재─영원'의 실현이 아니라
그린 세계에 대한 기대이다. 다음은 『처용단장』 2부에 나오는 시.

> 불러 다오.
> 멕시코는 어디 있는가,
> 사바다는 사바다, 멕시코는 어디 있는가,
> 사바다의 누이는 어디 있는가,
> 말더듬이 일자무식 사바다는 사바다.
> 멕시코는 어디 있는가,
> 사바다의 누이는 어디 있는가,
> 불러 다오.
> 멕시코 옥수수는 어디 있는가,

이 시에서 우리가 읽는 것은 끊임없이 반복되는 리듬뿐이다. '사바다'
나 '멕시코'는 대상을 지시하는 게 아니라, 그러니까 의미를 지니는 게
아니라, 시인이 시를 쓸 체험하는 어떤 울림으로서만 자치를 띤다. 그것
은 그의 무의식이 환기하는 소리이고, 리듬과 울림은 인간의 호흡과 관련

되고, 호흡은 인간의 생명력을 암시한다. 따라서 이렇게 시에서 리듬만 읽는다는 것은 시인의 적나라한 실존의식을 읽는 게 되지만 김춘수는 이 지나친 실존의 현기를 견디지 못하고 중도에서 포기한다. 비대상의 세계, 대상이 소멸한 세계를 노래한다는 것은 그렇게 어렵다. 비대상 회화, 액션 페인팅 회화의 기수 잭슨 폴록은 자살한다. 폴록의 경우 회화는 작열이고, 외부 세계의 전적인 분해인 동시에 색채의 도취, 이지러진 무형(無形)의 형태의 도취였다. 그것은 바로크적인 생의 태도가 환기한다. 그는 그런 세계를 견딜 수 없었다.

요컨대 이 시에서 읽게 되는 것은 기의(의미)가 사라진 기표(리듬)가 환기하는 허무의 율동이다. 『처용단장』 1부가 탈관념(묘사적 이미지)을 중심으로 하는 무의미시를 지향한다면 2부는 탈이미지(리듬, 청각적 이미지)를 중심으로 하는 무의미시를 지향한다. 기호학적 시각에 의하면 모두 기의가 소멸한 기표의 세계이지만 1부의 기표는 시각적 이미지, 2부의 기표는 청각적 이미지로 드러난다. 결국 그의 무의미시는 기표에서 기의를 제거하는 작업이고, 기의, 의미를 지우고 죽이고 소멸시킴으로써 자유를 획득하려는 노력이다. 과연 그는 자유를 획득하는가? 기의가 소멸한 기표는 떠도는 기표이고, 라캉 식으로 말하면 욕망의 기표이다. 그러므로 남는 것은 욕망과의 싸움이고 욕망으로부터의 해방이다. 그런 점에서 무의미시가 노리는 것은 욕망(자아) 죽이기이다.

앞에 인용한 글에서 그가 강조하는 것은 이미지와 소리의 변증법, 곧 이미지와 소리의 사이, 차이, 틈이고 이런 차이를 보면서 그는 '허무의 빛깔'을 읽는다. 이 허무를 나는 '실존의 현기'라고 부른 바 있다. 잭슨 폴록의 그림에서 읽을 수 있는 것이 그렇다. 이런 현기가 허무와 통하고, 이런 허무가 현재─영원으로 발전한다. 그러나 그는 현재─영원이 되기를 기대할 뿐 이런 영원의 세계와 만날 수 없고, 이것이 무의미시의 한계이고, 그가 『처용단장』 2부의 완성을 중도에서 포기한 이유이다.

　결국 그는 실존의 현기, 허무의 세계를 견디지 못하고 이런 작업을 중단한다. 잭슨 폴록의 비대상 회화, 이른바 액션 페인팅이 강조하는 것은 그림 자체가 아니라 그리는 행위이고, 그는 무엇을 그리는지 모르고 그리고, 그의 회화는 그리는 행위 자체가 된다. 그러므로 그림은 실존의 투사이고, 무의식의 투사이고, 이런 투사가 현재─영원의 순간과 만나는 것은 이런 투사, 행위가 禪불교가 강조하는 무아 사상과 통하기 때문이다. 내가 폴록의 회화를 禪과 관련시켜 해석한 것은 이런 사정을 전제로 한다.(이승훈, 「잭슨 폴록」, 『아방가르드는 없다』, 태학사, 2009)

5) 비대상 시론

　내가 말하는 비대상시는 김춘수의 2단계 무의미시, 그러니까 그가 중도에 포기한 지점에서 출발한다. 그는 포기하고 나는 시작한다. 1970년대 초였다. 나는 비대상이라는 용어를 쓰기 시작한다. 비대상의 세계는 실존의 투사이고, 외부 세계(대상)의 무화(無化)이고, 언어 자체의 도취이고, 폴록의 경우처럼 이지러짐의 세계, 무형의 형태를 지향한다. 결국 나는 김춘수의 방법론적 성찰이 도달했으나 중도에 포기한 비대상이라는 논리의 연장선상에 내가 서 있음을 깨닫는다. 내가 「비대상 시론」(1981)에서 강조한 것은 인식론적 회의와 시적 언어에 대한 새로운 성찰이다.

　먼저 인식론적 회의는 앞에서도 말했지만 자아와 대상의 관계를 전제로 한다. 많은 시인들은 자연이나 현실같은 대상의 세계를 노래하지만 나는 이런 대상의 세계가 아니라 어두운 내면, 억압된 무의식을 노래한다. 시인들이 대상을 노래하는 것은 전통적이고 인습적이고 소박한 태도이고, 이런 태도는 자아와 대상 사이에 어떤 괴리도 단절도 존재하지 않고,

그런 점에서 인식론적 회의가 없다. 그들은 주어진 대상의 세계를 당연한 것으로 수용하고 절대적인 존재로 간주한다. 그런 점에서 비대상시는 대상에 대한 인식론적 회의의 산물이고, 이런 회의, 나아가 대상과의 단절이 미적 현대성과 통한다. 자아가 있기 때문에 대상이 있다면 일단 자아에 대한 질문이 중요하고, 그런 점에서 비대상시는 자아 찾기로 발전한다. 나는 누구인가? 내가 말하는 비대상시는 자아 찾기의 시이다. 간단히 도식으로 나타내면 다음과 같다.

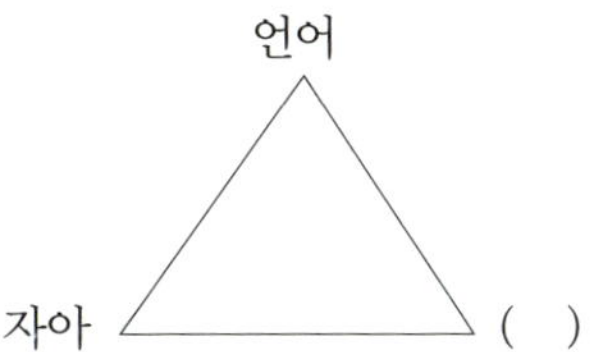

　비대상시는 시쓰기를 구성하는 세 요소 자아 – 대상 – 언어 가운데 대상이 소멸하고 언어에 의해 자아를 찾는 시이다. 과연 나는 누구인가? 이런 질문은 지금도 계속된다. 대상과 이별했기 때문에 자아는 자아/대상 혹은 주체/객체로 대립되는 이성적 자아가 아니고 나도 모르는 나, 어두운 내면 혹은 무의식이 된다. 그런 점에서 나는 나의 무의식을 탐구한다. 자아 찾기가 무의식 탐구와 만나는 이유이다.

　무의식을 노래한다고 했지만 처음엔 초현실주의적 기법을 사용하고, 그 후 표현주의적 기법, 그러니까 억압된 무의식을 한순간에 밖으로 투사하는 기법을 사용한다. 첫 시집 『사물A』(1969)를 낼 때까지 나는 비대상이라는 말 대신 내면성이라는 말을 사용하고, 두 번째 시집 『환상의 다리』(1976), 특히 연작시 「모발의 전개」, 「지옥의 올훼」를 쓰면서 비대상이라는 말을 사용한 것 같다. 그러나 두 시집 모두 대상을 노래하지 않는다는 점에서 비대상시에 포함된다. 결국 비대상시는 초현실주의, 표현주의

와 결합된 뜨거운 추상, 추상표현주의, 비대상 회화, 액션페인팅의 미학
과 유사하다.

　비대상 시론은 자아와 대상에 대한 인식론적 회의를 동기로 하면서 김
춘수의 2단계 무의미 시론, 잭슨 폴록의 비대상 회화에 영향을 받는다.
그러나 좀 더 정확하게 말하면 비대상시는 김춘수의 무의미시, 특히 2부
가 끝나는 곳에서 시작되고, 액션 페인팅의 방법을 적극적으로 수용한다.
김춘수는 무엇을 쓰는지 알고, 나는 무엇을 쓰는지 모른다. 그가 이미지
와 소리의 변증법을 강조한다면, 나는 그런 변증법이 아니라 나도 모르는
순간에 터져 나오는 억압된 무의식을 강조하고, 그런 점에서 추상표현주
의 미학에 가깝다.

> 　사나이의 팔이 달아나고 한 마리 흰 닭이 구 구 구 잃어버린 목을 쫓아 달
> 린다. 오 나를 부르는 깊은 명령의 겨울 지하실에선 더욱 진자하기 위하여 등
> 불을 켜놓고 우린 생각의 따스한 닭들을 키운다. 닭들을 키운다. 새벽마다 쓰
> 라리게 정신의 땅을 판다. 완강한 시간의 사슬이 끊어진 새벽 문지방에서 소
> 리들은 피를 흘린다. 그리고 그것은 하아얀 액체로 변하더니 이윽고 목이 없
> 는 한 마리 흰 닭이 되어 저렇게 많은 아침 햇빛 속을 뒤우뚱거리며 뛰기 시
> 작한다.

　필자의 시 「사물A」(1969) 전문이다. 이 시는 자연을 노래한 것도 아니
고 현실을 노래한 것도 아니고 억압된 나의 무의식, 나도 모르는 그것(it)
을 밖으로 터뜨린 것에 지나지 않는다. 그러니까 나는 이 시를 쓸 때 무엇
을 쓰는지 모르고 쓴 셈이다. 무슨 의도도 없고 목표도 없고 구체적인 대
상도 없다. 사나이의 팔이 달아나고 한 마리 흰 닭이 잃어버린 목을 찾아
달리는 풍경은 젊은 시절 나의 스산한 내면 풍경일 뿐이다. 생각 속에 따
스한 닭들을 키우지만 그 닭들도 불구의 닭이 될 뿐이다. 이런 나의 내면
풍경이 이른바 비대상의 세계, 곧 추상표현주의적 요소를 한결 분명하게

보여주는 것은 제2시집 『환상의 다리』(1976)에서다.

> 하아얀 해안이 나타난다. 어떤 투명도 보다 투명하지 않다. 떠도는 투명에 이윽고 불이 당겨진다. 一帶에 가을이 와 머문다. 늘어진 창자로 나는 눕는다. 헤매는 투명, 바람, 보이지 않는 꽃이 하나 시든다. (꺼질 줄 모르며 타오르는 가을.)

「가을」 전문이다. '하아얀 해안'은 구체적 대상의 세계가 아니고, 그것이 '떠도는 투명'으로 발전하면서 추상의 세계가 된다. '떠도는 투명'에 불이 당겨지고 그 일대에 가을이 와 머물고 나는 '늘어진 창자'로 눕는다. 과연 무슨 소리를 하고 있는지 지금도 모르겠고, 이런 모름, 무지, 불식(不識)이 무의식과 통한다. 그러므로 나는 이 시에서 나도 모르는, 억압된 나의 무의식을 그대로 노래한 셈이다. 대상의 세계가 아니라 추상의 세계이고, 비대상의 세계이고, 모두 나의 무의식이 밖으로 투사된 것. 그러므로 이런 풍경은 추상표현주의 미학을 암시하고, 이 시를 쓸 때 과연 내가 무슨 생각을 했는지 모르겠고, 그저 안에서 터져 나오는 대로 나를 밖으로, 그러니까 종이 위에 던졌을 뿐이다. 이 시에 대해 김춘수는 다음처럼 말한다.

> 서정적으로 아름답다. 그러나 그것은 이 시의 분위기일 뿐 자세히 보면 토막토막의 사고가 불연속의 연속으로 흐름을 이루고 있다. 수직적인 인과관계를 무시하고 수평적인 소재(이미지)들이 제멋대로 흩어져 있다. 이승훈은 자기의 시를 비대상시라고 한다. 대상이 아니라는 말인데 말이 좀 어색하지 않을까? 무대상시, 즉 대상이 없는 시라고 하는 것이 더 적절하지 않을까? 그렇다. 이 시에는 대상이 없다. 대상이 없다는 것은 주제가 없다는 것이 된다. 딱히 무엇을 말하겠다는 뜻will을 포기하고 있다. 세계관 상실의 상태다. 다르게 말하면 허무의 상태다. 이런 상태에서도 시가 가능한가? 가능하다고 생각하기에 그는 시(?)를 쓴다. 시라는 형태로 말을 한다. 그 말은 한없이 미끄러져간다. 시니피앙의 놀이가 된다.(김춘수, 「사색사화집」, 『현대문학』, 2002.1.28)

매우 정확한 지적이다. 수직적인 인과관계를 무시하고 수평적인 이미지들이 제멋대로 흩어진 것은, 지금 다시 생각하니까, 잭슨 폴록의 그림에서 읽는 '가로 세로 읽힌 궤적들이 보여주는 생생한 단면－현재'를 암시하는 것 같고, 토막 난 사고들의 연속도 비슷하다. 그리고 이런 시는 무엇을 말하겠다는 의지가 없다는 말도 적절한 지적이다. 나는 이런 시를 쓸 때 무슨 의도, 목적이 없었고, 그런 점에서 이 시는 주제가 없다.

추상화도 그렇고 추상표현주의 회화도 그렇고 이런 그림들은 현실(대상)에 대해 말하는 게 없고, 그런 점에서 주제가 없고, 이렇게 주제가 없다는 것이 상대적으로 주제가 된다. 문제는 비대상시라는 용어다. 내가 이 용어를 사용한 것은 앞에서도 말했듯이 미국 추상표현주의, 액션 페인팅을 누군지 지금 기억이 안 나지만 비대상 회화라고 부른 걸 읽었기 때문이다. 물론 비대상(non-object)은 무대상이라고 해도 된다. 그러나 다시 생각하면 비대상은 대상이 아니라는 것이고 무대상은 대상이 없다는 것. 그러니까 '아님'과 '없음'은 다르고, 이 문제는 비대상 개념을 禪과 관련시키며 뒤에 다시 살필 예정이다. 요컨대 비대상시는 대상과 단절된 끔찍한 고독 속에서 자아를 찾으려는 시도이고, 그것은 나의 무의식을 터뜨리는 작업으로 요약된다.

공포와 환각

자아 찾기가 무의식의 탐구 혹은 무의식의 폭로나 투사로 드러나는 것은 대상이 소멸한 상태에서 자아의 의식 대상은 자아가 되고 이때 자아 찾기는 의식의 근거인 무의식과 만나기 때문이다. 현상학의 경우 대상을 괄호 친 상태에서 의식은 의식 자체를 지향하지만 나의 경우는 의식 자체가 아니라 의식의 심층에 있는 무의식이 문제다. 무의식과 만날 때 내가 체험하는 것은 고독이 아니라 불안, 공포, 환각이다. 다음 시는 공포의 보기.

연작시 「모발의 전개」 가운데 하나인 「공포」 전문이다. 앞에 인용한
「가을」에도 흰빛의 이미지가 나오고 그 앞에 인용한 「사물A」에도 나오고
이 시에도 나온다. 도대체 왜 이렇게 흰빛의 이미지가 자주 나오는지 나
도 모르겠다. 그러니까 이런 이미지는 나의 의식을 넘어서고, 따라서 나
의 무의식과 관련된다. 아마 자세히 살펴보지는 않았지만 그동안 쓴 시들
에도 흰빛의 이미지가 압도적으로 많을 것이다. 누가 내 시에 반복되는
흰빛의 이미지를 연구했으면 좋겠고, 아무튼 이런 이미지는 정신분석의
대상이 되고, 나는 내 시에 나오는 흰색의 이미지를 다음처럼 분석한 바
있다.

초기의 내 시, 아니 그 후에도 내 시에 지속적으로 반복되는 이미지는
하얀 닭, 하얀 물고기, 하얀 비행기 등 하얀색이 많다. 흰빛은 모든 빛의
총화라는 점에서 죽음과 통하고, 슈레버 박사는 피해망상의 극한에서 빛
의 세계와 만나고, 그때 빛은 신과 통한다. 그런가 하면 정신분열증 환자
르네가 처음 체험하는 것은 빛의 세계이고, 이 빛은 공포와 결합된다. 따
라서 그녀는 공포와 빛의 세계와 투쟁한다. 그녀가 정신적으로 고통을 받
을 때 사람들은 괴상하게 변하고, 의미가 없는 몸짓과 운동을 하고, 그녀
는 무자비한 빛으로 짓눌려 있는 평원에서 유령처럼 맴돈다. 그녀는 이렇
게 쓴다.

었습니다. 그것은 바로 미친 빛의 세계였으며 비현실이었습니다. 나는 언제
나 가장 완전한 비현실 속에 있었습니다. 나는 그것을 '빛의 세계'라고 불렀
습니다. 그것은 눈이 부신, 황홀하고 차디찬, 전체적인 빛, 그리고 나를 포함
한 모든 것의 극단적인 긴장 상태였습니다.(세슈에, 은홍배·정애자 역, 『정
신분열증 소녀의 수기』, 하나의학사, 1994, 36~37)

이 소녀는 세케하에의 환자다. 그녀는 자신의 병을 수기 형식으로 기록
한다. 그녀가 병으로 고생할 때 최초로 체험하는 것은 미친 빛의 세계이
고, 이때 빛은 공포와 연결되고, 그녀가 느끼는 것은 지독한 고독, 비현
실, 광기, 황홀, 긴장이다. 요컨대 정신분열증의 경우 흰색은 평화가 아니
라 순수한 공포이고 긴장이고 절대적인 고독이다. 내가 「닭」(1983)에서
노래한 하얀 닭 역시 따뜻한 행복의 이미지가 아니라 고독, 통곡, 굶주림,
아무것도 없는 부재, 무의 이미지다. 이런 흰색의 이미지는 앞에 인용한
「공포」의 경우 공포 자체가 된다.

이 시는 난해하다는 평을 들은 작품이고 사실 지금 읽어도 난해하다.
이 시의 난해성은 어떤 구체적 현실도 나오지 않기 때문에 발생하고, 나
는 이런 유형의 시들을 이른바 '비대상시'라고 명명한다. 이 시의 경우
흰빛은 사라지는 빛이기 때문에 소멸, 분리, 단절을 상징하고, 내가 보는
것은 일종의 환각이지만, 거리의 창들이 흔들리는 것, 그러나 흔들려야
할 이유가 없기 때문에 이런 풍경은 프로이트가 말하는 괴기함(uncanny),
갑자기 현실에 구멍이 뚫리는 심리적 공황을 암시하고, 그것은 '흔들리
는 창에 물드는 사라지는 흰빛'이 '어떤 중얼거림'과 결합되면서 공포의
세계로 드러난다. 사실 내용을 알 수 없는 이런 중얼거림, 그것도 사라지
는 흰빛의 중얼거림은 얼마나 무서운 세계인가?(이승훈, 「현대시와 편집증」,
『정신분석 시론』, 문예출판사, 2007, 174)

시를 쓰는 것도 결국은 살기 위한 몸짓이고, 살기 위해서는 자아를 방

어해야 하고, 방어는 두 가지 양식으로 드러난다. 하나는 외부의 위협에서 자아를 방어하는 것이고, 다른 하나는 내부의 위협에서 자아를 방어하는 것이다. 외부의 위협은 눈에 보이므로 방어가 어느 정도 의식적이지만 내부의 위협, 예컨대 본능과 결합된 위협은 눈에 보이지 않고, 따라서 방어도 의식화되지 않는다. 자아를 위험한 본능에서 방어하는 데 실패할 때 신경증과 정신병이 발생한다. 편집증은 자신의 욕망을 밖으로 투사하는 증상이고, 이런 투사가 실패할 때 망상이 나타난다. 그런 점에서 「공포」는 자아 방어의 실패가 보여주는 망상과 환각의 세계이다.(좀 더 자세한 것은 앞의 책, 125~170 참고 바람)

프로이트는 신경증과 정신병을 구별한다. 전자에는 히스테리, 강박증, 후자에는 환각적 착란, 편집증 등이 포함된다. 히스테리의 경우 참을 수 없는 표상 내용은 의식에서 사라지고 정동(affect)은 육체로 전환된다. 강박증의 경우 참을 수 없는 표상 내용은 대체되고 정동은 남는다. 환각적 착란의 경우 참을 수 없는 표상 내용과 정동은 분리되어 외부로부터 온다. 환각은 자아에 우호적이며 자아를 방어한다. 편집증의 경우는 환각적 착란과 반대로 참을 수 없는 표상 내용과 정동은 유지되며 외부 세계로 투사된다. 편집증의 경우도 때로 환각이 나타난다. 그러나 프로이트가 분석의 대상으로 삼은 건 신경증이고, 정신병의 문제는 이론적으로 복잡하게 전개된다.

시쓰기와 치료

블로일러(Bleuler)는 정신병이 아니라 정신분열증(schizophrenia)이라는 용어를 처음 사용한다. 이 용어는 그리스어 분열(schizo)과 정신(phren)의 합성어로 정신병의 근본적 증상을 구성하는 분열 혹은 해리(dissociation)를 강조한다. 그가 이 용어를 제안한 것은 정신병의 부수적 증상(환각) 너머에 있는 근본적 증상(분열)을 강조하기 위해서이다.

나는 「현대시와 정신병」(앞의 책)에서 블로일러의 이론을 참고한 바 있다. 프로이트의 경우 분열은 페티시즘과 관계되고, 그것은 현실 부인과 시인의 갈등이 토대를 형성한다. 그러나 블로일러의 경우 분열은 사고, 감정, 행위 영역에 나타나며 무엇보다 사고의 흐름을 지배하는 연상 장애로 정의된다. 그에 의하면 정신분열증은 체질적인 것으로 생각되는 병적인 과정의 직접적 표현인 1차 증상, 그리고 발병 과정에 대한 병든 정신의 반응인 2차 증상으로 구분한다. 사고의 1차 장애는 연상이 해체되는 유형으로 연상이 응집력을 잃고, 연상에 일정한 방향이 없고, 연상의 흐름을 인도하는 사고, 관념이 없고, 따라서 연상의 실이 단절된다.

내가 「사물A」에서 일종의 피해망상을 읽고, 「공포」에서 환각의 세계를 체험한다면 이런 환각이 더 발전하면 정신분열증으로 나간다. 블로일러의 표현에 의하면 환각은 정신병의 부수적 증상이고 분열은 근본적 증상이다. 물론 「현대시와 정신병」에서 내가 강조한 것은 시적 기법이고, 내 시를 분석한 것은 자아를 찾는 과정에서 만난 무의식의 실체를 알기 위해서였다. 다음 시는 사고의 1차 장애를 보여준다.

> 나는 맨발로 계단을 오른다 붉은 닭들이 몰려온다 그렇게 고이는 시간의 연기 꿈의 힘 때문에 나는 다시 내려온다 내려오면 난파하는 귀 하나가 맴돌고 맴돌다 죽는다 그래서 다시 계단을 오른다 계단 위의 안개, 하얀 식물의 등불, 나는 무서워 곧장 뛰어 내려온다 내 정신의 폐가 바람 속에 맴돌고 맴돌다 죽으면 또 죽은 기억이 맨발로 계단을 오른다 아아 더럽다 오르지 못하고 곧장 올라간 것처럼 생각하면서 굴러떨어지는 내 두개골은 아마 내일 아침엔 다시 맨발로 계단을 오르지 못할 것이다

졸시 「권태」(1972) 전문이다. 이 시 역시 연작시 '모발의 전개' 가운데

한 편이다. 연상의 실 혹은 연상의 고리가 대부분 단절되고, 통일성이 없고, 연상을 지배하는 관념이 없다. 그런 점에서 연상이 해체되고 논리적으로 허위의 세계다. 나는 그때, 그러니까 이 시를 쓸 때 과연 무슨 생각을 하고 있었을까? 이 시는 1972년 12월에 쓴 것으로 되어 있다. 시집 『환상의 다리』(1976)에는 「모발의 전개」라는 표제로 이와 비슷한 시들을 여러 편 묶여 있다. 모발은 머리칼이고 그렇다면 모발의 전개는 머리칼이 눈 앞에 펼쳐진다는 뜻이다. 지금 당신 앞에 머리칼들이 펼쳐진다고 생각하라. 얼굴도 몸도 없고 오직 머리칼만 뒤엉킨 채 혹은 바람 속에 흩어져 휘날리는 풍경을 상상하라. 모발은 모래이다. 왜냐하면 머리 글자가 같기 때문이다. 모래 바람과 머리칼이 뒤섞이는 시간이다.

그런 시간에 나는 맨발로 계단을 오른다. 그러나 계단을 올라가 옥상에서 만나는 것은 하얀 빨래도 아니고, 의자도 아니고, 푸른 하늘도 아니다. 갑자기 몰려오는 붉은 닭들의 환각이다. 이런 환각은 공포와 결합된다. 붉은 닭들이 공포를 상징하기 때문이다. 다시 닭이 문제다. 초기시를 대표하는 「사물A」도 닭의 이미지가 지배하고, 그때는 '목이 달아난 흰 닭'이고 지금은 '몰려오는 붉은 닭들'이다. 한 마리가 아니라 여러 마리의 붉은 닭들, 아니 몇 마린지 모른다. 그때 내가 만나는 것은 흐르는 시간이 아니라 '고이는 시간의 연기'. 말하자면 일상적 시간의 죽음이고 '꿈의 힘'이다. 결국 나는 이런 시간에 현실, 언어질서, 상징계를 상실한다.

그러므로 계단을 내려오는 행위는 다시 현실과 만나려는 시도. 그러나 이런 시도 역시 실패한다. 왜냐하면 계단을 내려오면 '난파하는 귀 하나'가 맴돌다 죽기 때문이다. 난파한 귀는 귀를 배에 비유한 것. 귀는 소리를 듣는 기관이 아니라 바다를 항해하는 배이고, 따라서 이 배가 폭풍우를 만나 파선하는 것은 이 귀가 소리를 찾아 헤매다 결국 그 소리, 구원의 소리, 행복의 소리를 듣지 못하고 죽는 것을 뜻한다. 물론 시를 쓸 때 이런 생각을 하며 쓴 것은 아니다. 귀와 배의 이미지는 일종의 망상이고 편집증적 이미지이고 전체 시는 분열의 이미지로 되어 있다. 왜 부엉이나 올빼미는 떠오르지 않았을까?

그래서 다시 계단을 오른다. 이 시의 경우 연상을 지배하는 것은 계단을 오르고 내려오는 행위이고 이런 행위의 반복이다. 계단을 오르는 이미지는 대체로 상승, 초월, 비상을 상징하지만 이 시의 경우 계단을 올라가 만나는 것은 공포의 세계이다. 두 번째로 계단을 올라가 만나는 것은 '안개'와 '하얀 식물의 등불'이고, 나는 이런 환각의 세계가 무서워 다시 내려온다. 안개 속에 하얀 식물이 등불처럼 서 있는 풍경은 무섭다. 나는 이번엔 뛰어 내려온다. 난파하는 귀 대신 이번에는 '정신의 폐가 맴돌다 죽고 죽은 기억이 맨발로 계단을 오른다.' 이런 삶은 더럽다. 나는 오르지 못하고 올라갔다고 생각하며 계단에서 굴러 떨어지는 두개골을 보며 계단 오르기를 포기한다. 이 시의 경우 연상의 실, 연상의 맥락은 단절되고 따라서 연상의 해체를 보여주지만 환각적 이미지들이 최소한 상징적 의미를 획득하는 것은 중심 이미지로 계단이 존재하기 때문이다.

한편 사고의 2차 장애는 목표 표상(purposive idea)이 없는 상태에서 관념들이 감정의 복합체로 집결된다. 사고의 1차 장애는 연상의 해체로 나타나고, 필자의 시 「권태」는 1차 장애의 보기로 계단 이미지의 반복이 일종의 목표 표상의 역할을 한다.(이상 이승훈, 「현대시와 정신병」, 『라캉 거꾸로 읽기—해방시학을 위하여』, 월인, 2009, 296~301 참고)

그렇다면 이런 시를 쓰던 시절의 내가 정신병 환자였단 말인가? 환자일 수도 있고 아닐 수도 있다. 예술가들 가운데는 자아 방어에 실패한 자들이 많고, 그러므로 신경증과 정신병의 경향이 있고, 그들의 창조 행위는 이런 방어 실패를 극복하기 위한 노력이다. 그들은 우울증, 불안, 히스테리, 강박증을 통해 자아를 방어한다. 그러니까 병이 들었기 때문에 시를 쓰고 시쓰기는 병을 치료하는 과정이다. 병이 병을 치료하고 병에 의해 병을 치료한다. 과연 치료되는가? 사르트르는 『말』에서 이렇게 말한다. '쓰러져가는 낡은 건물, 나의 협잡, 그것은 또 하나의 나의 성격이었다. 신경증에서 벗어날 수는 있지만 나를 치유할 수는 없다.'

그러니까 병이 든 나는 쓰러져가는 낡은 건물이고, 시를 쓴다는 것은 협잡이다. 왜냐하면 시를 쓰면서 신경증에서 벗어날 수는 있지만 병이 완전히 치료되는 것은 아니기 때문이다. 그러므로 계속 그림을 그리고 시를 쓰고 이렇게 계속되는 창조 행위가 일종의 정신병원이다. 시를 쓰지만 병이 완전히 치료되는 것은 아니기 때문에 시쓰기는 진정제이다. 시인들이 죽을 때까지 시를 쓰는 건 시가 진정제이고 아편이기 때문이다.

한편 라캉에 의하면 모든 시인들은 정신병 환자이고, 그것은 시인들의 상상력이 정신병적 특성을 보여주기 때문이다. 그에 의하면 무의식, 곧 프로이트의 응축과 치환은 은유와 환유에 해당한다. 응축과 치환은 꿈의 세계이고, 은유와 환유는 시의 세계이다. 그러므로 시인들은 꿈 꾸는 자들이고, 미친 자들이다. 꿈은 이성을 모르고 현실을 모른다. 미친 자들이 어디 시인 뿐이겠는가? 시인, 연인, 광인은 모두 한 집안이다. 그런가 하면 라캉은 신경증과 정신병을 구별하며 전자에는 히스테리와 강박증이, 후자에는 정신분열증과 정신착란증이 속한다. 그리고 시적 창조는 정신병적 기제를 따른다. 나는 이런 기제를 분석한 바 있지만 그것까지 다루면 이야기가 너무 길어질 것 같아 생략한다.(자세한 것은 이승훈, 「현대시와 히스테리」, 『정신분석 시론』, 문예출판사, 2007, 42~44 참고)

중요한 것은 정신병이라는 용어와 정신병적 심리구조(mentality)라는 용어의 차이다. 시인이 정신병 환자라는 말은 말 그대로 환자가 아니라 정신병적 심리구조를 소유한다는 뜻이다. 이런 사유는 좀 더 발전하면 모든 인간이 정신병 환자라는 말로 발전한다. 왜냐하면 그에 의하면 현실, 언어질서, 상징계에 들면서 모든 인간은 금이 가고 분열되고, 따라서 우리가 생각하는 건강한 자아는 없기 때문이다. 건강한 자아는 환상에 지나지 않는다. 왜냐하면 우리는 한 세상 상상계에 존재하는 자아 아니면 상징계에 존재하는 분열된 주체로 살기 때문이다. 어디 건강한 자아가 있는가?

2. 대상은 없다

1) 자아 찾기

대상이 소멸한 상태에서 자아를 찾으려는 노력은 나의 무의식 탐구로 나타나고, 여기서 내가 읽은 것은 불안, 피해망상, 공포, 환각 같은 정신 병적 심리 세계였다. 그런 점에서 이런 시들은 자아 방어에 실패한 내가 방어 실패를 극복하는 과정이고, 병이 병을 치료하고, 병에 의해 병이 치료되지만 언제나 그것은 시를 쓰는 순간뿐이다. 내가 자아 찾기에 실패한 것은 이런 사정을 거느린다. 자아 찾기가 어렵고 자아 찾기에 실패한 이유를 당시 나는 다음처럼 말한다.

모든 객관적 대상과 헤어진 다음 나는 나를 대상으로 노래했다. 자의식의 공간을 노래했다. 그것은 현기증, 無, 자유, 형벌의 공간이었다. 나는 그것을 실존의 투사라고 불렀다. 그런 세계는 의식이 나를 잡아먹을 때 나타났다. 무의식과의 싸움이 시작되면서 나타났다. 그러나 실존의 투사는 얼마나 순간적이고 개인적인 정신의 모험이 성취하는 세계였던가? 그것은 일순에 내가 폭발하면서 어디론가 터져나가는 磁場이었다. 거기 넘치던 에너지는 어두운 충동의 세계를 거느리고 있었다. 에로스가 아니라 타나토스에 가까운 무의식, 혹은 혼돈의 실체와 나는 싸우고 있었다. 그런 싸움 속에서 모든 리얼리티는 정신의 구성물에 불과하며, 그것은 언어의 자율적인 힘에 의해 가능했다. 그러나 문제는 언제나 그런 공간, 현기증 나는 세계에서 이루었던 초월이 지나치게 허망했다는 사실이다. (이승훈, 「비대상」)

비대상의 세계는 실존의 투사이고, 이때 내가 체험하는 것은 현기증, 무, 자유, 형벌이다. 이런 세계는 의식이 나를 잡아먹을 때, 그러니까 내가 소멸할 때 나타나는 공간이다. 그런 점에서 나의 무의식 투사는 타나토스, 죽음 충동과 결합되는 혼돈의 세계다. 과연 나는 나를 초월했는가? 내가 읽는 건 초월의 허망이고 허망한 초월이다. 따라서 무의식의 투사는 환상과 결합된다. 자의식의 극한에서 의식은 나를 죽이고, 그러니까 나를 초월하고, 혼돈의 실체와 범벅이 되지만, 이 혼돈이 환상과 결합되자 나는 다시 잃어버린 의식의 방향을 찾는다.

앞에서는 정신분석의 시각에서 자아 찾기의 어려움과 실패를 치료의 순간성에서 읽었지만 당시 나는 정신분석이 아니라 의식과 무의식의 관계만 생각하고 있었다. 무의식의 극한에서 내가 읽은 것은 죽음 충동과 결합되는 혼돈, 현기증, 초월의 허망이고, 이 허망(순간)이 환상과 결합되기 시작하면서 다시 의식과 만난다. 그런 점에서 시집 『환상의 다리』에서 나는 대상 소멸-의식의 소멸-무의식-환상-의식의 방향으로 나가며, '환상'이 '의식'을 향한다는 것은 개인적인 환상(개인적 상징)이 보편적인 환상(원형)으로 나감을 뜻한다. 전자가 자의적이라면 후자는 보편적이다. 다음 시는 개인적 자의적 환상의 공간을 노래한다.

A가 도주한다. B도 C도 도주한다. A, B, C 손을 쳐들고 각자의 꿈속으로 도주한다. A가 B의 꿈에 나타난다. B가 C의 꿈에 나타난다. C가 A의 꿈에 나타난다. A, B, C 손을 쳐들고 신음한다. 어떤 밤은 눈물, 눈물 더하기 웃음,

어떤 밤은 눈물 더하기 웃음이다. A, B, C 손을 쳐들고 갑자기 웃기 시작한
다. 하하하 도주의 형태만이 완벽하다. 완벽한 것만이 도주한다. 도주가 아니
라 발악이다.

　연작시 「지옥의 올훼」 가운데 하나인 「도주의 풍경」 전문이다. 올훼(오
르페우스)는 그리스 신화에 나오는 최초의 시인이고 악인(樂人)으로 하프
의 명수이다. 그는 님프 에우리디케(유리디체)를 아내로 만나 사랑한다.
그러나 그녀는 한 청년에게 쫓겨 도망가다 독사에 발목이 물려 죽는다.
올훼는 죽음의 나라로 그녀를 찾아가 그의 연주에 감동을 받은 왕의 허락
을 받고 유리디체를 데리고 나오지만 지상에 돌아갈 때까지 아내를 뒤돌
아보면 안 된다는 법을 지켜야 한다. 그러나 올훼가 지옥에서 나올 때 뒤
따라오는 유리디체를 바라보고, 법을 어긴 탓으로 유리디체는 다시 죽음
의 나라로 간다. 그 후 올훼는 아내의 죽음을 슬퍼하며 다른 여자들을 돌
아보지 않음으로 그들의 원한으로 죽게 되고 시체는 산산조각이 되어 하
프와 함께 강물에 던져진다.

　지옥의 올훼는 유리디체를 찾아 죽음의 나라로 간 올훼이고 시인이다.
그는 지옥에서 그녀를 구하지만 다시 그녀는 그를 떠나 지옥으로 간다.
시쓰기가 그런 것이 아닐까? 당시 그런 생각을 하고 있었던 같다. 그런
점에서 내가 지옥의 올훼이고 지옥의 올훼가 나였다. 블랑쇼에 의하면 올
훼가 지옥으로 간 것은 그의 작품의 영광, 그의 예술의 힘, 낮의 아름다운
행복도 버리고 밤 속에 밤이 감추고 있는 것, '또 다른 밤'을 직시하기 위
해서이고 또 다른 밤이 유리디체다. 그러므로 그가 유리디체를 돌아본 것
은 그녀가 표상하는 죽음, 어둠, 부재와 만나기 위해서다. 올훼는 '그녀
가 보일 때가 아니라 보이지 않을 때' 그녀를 보고 싶어 한다. 그녀는 망
령이고, 망령은 부재의 현존이다. 블랑쇼는 다음처럼 말한다.

오르페우스가 '되돌아보는 것'을 금하는 무서운 법을 무시함은 불가피한 일이다. 망령들을 향하여 첫 걸음을 옮긴 그 순간부터 그는 법을 어긴 자이기 때문이다. 이러한 점을 주목하여 보면 우리는 사실 오르페우스가 끊임없이 에우리디케 쪽으로 몸을 돌리고 있었음을 예감할 수 있다. 자기의 부재를 감추지 않는 베일에 싸인 존재, 그녀의 무한한 부재의 현존인 망령이라는 부재 속에 오르페우스는 보이지 않는 그녀를 보았으며, 온전한 상태 그대로의 그녀를 만졌던 것이다. 오르페우스가 에우리디케를 쳐다보지 않았더라면 그는 그녀를 끌어당기지 않았을 것이다. 물론 그녀가 지금 거기 있는 것은 아니다. 그러나 그 시선 속에는 오르페우스도 부재이다. 오르페우스 또한 그녀만큼 죽은 상태이다. 그 죽음은 휴식이며 종말인 평온한 세계의 죽음이 아니라, 또 다른 죽음, 끝이 없는 죽음, 종말의 부재라는 시련으로서의 죽음이다. (모리스 블랑쇼, 『문학의 공간』, 박혜영 역, 책세상, 1990, 237)

올훼가 본 유리디체는 무한한 부재의 현존인 망령이고, 그러므로 그는 보이지 않는 그녀를 본다. 그녀는 지금 거기 있는 것이 아니고, 그녀를 보는 시선 속에는 그녀의 부재가 있으므로 그도 부재이다. 왜냐하면 망령을 보고 망령과 만나기 때문이다. 망령, 귀신, 허깨비를 만나는 시간에 자아는 없다. 그도 죽은 존재이다. 그러나 이 죽음은 낮과 대비되는 밤으로서의 죽음이 아니라 또 다른 밤, 또 다른 죽음, 끝이 없는 죽음, 종말이 없는 시련으로서의 죽음이다. '밤으로서의 죽음'은 '낮으로서의 죽음'이 아니다. 전자는 분별을 모르고 후자는 분별을 안다. 전자는 삶/죽음의 대립을 모르고 후자는 삶/죽음의 대립을 안다. 그러므로 '밤으로서의 죽음'은 종말을 모른다. 시작이 종말이고 종말이 시작이다. 시작도 없고 종말도 없는 無始無終으로서의 죽음이다. 선불교 식으로 해석하면 유/무를 초월하는 空으로서의 죽음이다.

올훼가 유리디체를 되돌아보고 그녀를 지옥으로 가게 한 것은 그녀 속에 죽음이 있기 때문이고 올훼가 소유하려는 것은 그녀의 부재이고, 그녀

속에 가득한 어둠이고, 자신도 부재가 되려는 노력이고 시련이다. 시는, 그리고 언어는 존재가 아니라 부재의 알리바이다. 「지옥의 올훼」를 쓸 때 나는 이런 부재, 또 다른 어둠을 생각한 건 아니고, 지옥을 현실로 치환하고, 이 지옥과 싸우며 지옥에서 벗어나려는 안타까운 몸짓을 하고 있었다.

그러므로 나는 유리디체(부재)를 소유하려고 유리디체를 버리고 지옥을 떠나는 것이 아니라 유리디체(부재)를 버리려고 지옥과 싸운 모양이다. 지옥에서 벗어나는 길은 시를 쓰는 일이고 '도주의 풍경' 에서 그것은 도주의 이미지로 나타난다. 그것도 추상화된 인간들인 A, B, C의 도주이고 신음이고 눈물이고 웃음이다. 이 웃음은 도주에 대한 아이러니이고, 그러므로 도주는 발악이 된다. A, B, C는 구체적인 인간이 아니다. 따라서 대상의 세계가 아니고, 이 시를 쓸 때 터져 나온 나의 무의식이고, 분열된 자아의 파편이라는 점에서 정신분열증적 이미지이다. 그러므로 이들의 도주는 나의 무의식, 도주의 욕망을 노래하지만 그것은 도주가 아니라 발악으로 끝나고, 나는 하나로 통합되지 못한다.

원형의 공간

결국 도주의 풍경은 현기증, 무, 자유, 형벌의 공간이고, 자의적인 환상의 공간이다. 이런 공간은 견디기 어렵다. 시집 『환상의 다리』는 이런 자의적 개인적 환상이 보편적 원형적 상징으로 나가는 몇 편의 시로 끝난다.

> 아버지는 바람을 일으킨다
> 나는 바람 속에 처박힌다
> 벌판에서 벌판의 피를 뜯어가지고
> 나는 다른 벌판을 만든다

아버지는 홍수를 일으킨다
내가 만든 벌판이 떠내려 감으로
나는 홍수 속에 처박힌다
홍수의 얼굴을 뜯어가지고

나는 커다란 푸른 담요를 만든다
아버지는 화재를 일으킨다
내가 만든 담요가 불에 탄다
나는 불 속에 처박힌다

나는 불 속에서 불의 손톱을 뜯어
공기를 만든다 불 속에서 내가 만드는
공기를 아버지는 짓밟는다 나는 화상을
입는다 공기의 재를 털고 가까스로 일어나면

새벽, 아버지는 악어를 찾아 떠나고
나는 악어가 되어 헤맨다
아아 하얗게 빛나는 피에타,
아버지가 나를 찾을 때까지
나는 내 흔적이나 계속 지워야겠다

「피에타 1」(1976) 전문이다. 비대상시가 추구하던 자아 찾기는 억압된 무의식을 터뜨리는 작업으로 요약되지만, 나는 그런 실존의 투사, 현기증, 무를 견딜 수 없었고, 그런 무의식과의 싸움은 다시 개인적 환상에서 보편적 환상의 세계로 나간다. 이 시는 「환상의 다리」 끝부분에 수록된 것으로 말하자면 원형, 보편적 상징으로 나가는 과정을 암시한다. 그러니까 나의 자아 찾기, 무의식 탐구는 나도 모르는 그것(it) 터뜨리기—개인적 환상—보편적 환상으로 발전한다.

프로이트에 의하면 환상은 무의식적 욕망을 상연하는 무대이고, 라캉에 의하면 무의식적 욕망을 임시 충족시키는 대리물로 나를 방어하는 기능이 있고, 따라서 그에 의하면 내가 나를 계속 유지할 수 있는 것은 환상 때문에 가능하다. 문제는 보편적 상징 혹은 환상이다. 보편적 환상은 융이 강조한 것으로 그는 프로이트가 말하는 무의식이 지나치게 개인적인 성욕 중심이라고 비판하면서, 이른바 집단무의식을 강조하고, 그것은 고대부터 계승되는 인류의 무의식으로 신화나 원형 이미지로 드러난다. 이런 이미지에 의해 우리는 신성한 세계로 초월할 수 있다. 나는 다음처럼 말한다.

> 모발의 전개 속에 지옥의 올훼가 나타났고, 올훼는 마침내 사막에 무릎을 꿇고 있었다. 사막에서 내가 문득 발견한 하나의 이미지, 그것은 피에타였다. 올훼의 이미지에서 어렴풋이 깨달은 원형이 피에타에서 분명한 형태를 띠고 다가왔다. 나는 어두운 개인의 내면세계가 극복되는 보편적인 내면세계를 생각하고 있었다. 피에타는 죽은 예수를 무릎에 안고 있는 마리아의 이미지이지만, 그것은 개인적 고통의 세계가 바로 인류의 고통과 직결된다는 자각을 환기했다.(이승훈, 「비대상」)

당시 어째서 내가 피에타의 이미지를 만났는지 생각이 안 나지만 이 시를 쓰던 1970년대 후반의 춘천 생활이 몹시 고통스러웠던 모양이다. 물론 이 고통은 정신적 고통이고 내면의 고통이다. 말하자면 억압된 무의식에 시달리고 있었다. 그 무렵 구약에 나오는 '천사와 싸우는 야곱'을 읽은 것도 이런 억압을 해소하려던 시도였는지 모른다. 나는 기독교 신자가 아니다. 그러나 그 무렵 쓴 시들에는 하느님을 모티브로 한 것들도 있고, 야곱의 이미지도 나온다. 이 시들은 그 후 시집 『당신의 초상』(1981)에 수록된다.

「피에타 1」에서 아버지와 나는 대립적 관계로 나타나며, 그 관계는 보편적 상징들인 바람, 물, 불, 공기로 전개된다. 그러나 이 시에서 아버지는 부정적 이미지로 나타나고, 나는 아버지와 계속 싸운다. 싸움의 끝에 새벽이 오고, 아버지는 악어를 찾아 떠나고 나는 악어가 되어 헤맨다. 이렇게 헤매는 내가 피에타의 이미지이고, 아버지가 나를 찾을 때까지 나는 나의 흔적을 지운다. 그러나 피에타를 안고 있는 마리아는 나오지 않는다. 도대체 무슨 말을 하고 있는가? 죽은 예수는 당시 나의 내면의 알레고리이다.

그렇다면 아버지는 누구인가? 아버지는 개인적으로는 나의 아버지이며 동시에 보편적 아버지, 신, 하느님, 이 세계를 창조한 근본에 해당한다. 아버지는 나에게 행복과 구원을 주는 게 아니라 나를 죽이고, 그런 점에서 나는 이 세계의 근원과 싸우고, 마침내 싸움에서 이기기 위해서, 혹은 싸우지 않기 위해 나의 흔적, 존재의 흔적을 지우는 일만 남는다. 나는 이 무렵 실존신학적인 세계를 노래한 셈이다. 시집 『환상의 다리』 표지에는 평론가 김현의 다음과 같은 말이 나온다.

> 이승훈 씨의 시의 특색은 자신의 내부를 들여다보는 가혹한 시선에 있다. 자신의 내부를 들여다보면 볼수록, 자신의 존재를 이루고 있는 허망함이 뚜렷하게 드러난다. 씨의 시가 보여주는 절망감은 그 허망함을 그 무엇으로도 극복할 수 없다는 씨의 처절한 인식에서 연유한다. 씨의 시에서 자신의 내부는 대체로 바다라는 이미지로 표상되고 있으며, 그 우울한 내부는 캄캄한, 어두운 등의 형용사가 암시하고 있다. 그 어두운 내부를 원색의 빛깔들이 채색하려고 하는 것이지만, 그것은 언제나 도로에 지나지 않는다. 그런 씨의 시세계는 계속 해서 그 어두운 빛을 더해가, 최근에는 절망한 자의 절규 그 자체로 나타난다. 씨의 정신적 결백주의가 이제는 경련적으로 소리를 내지를 만큼 고통하고 있는 것일까.(김현, 『환상의 다리』)

내부를 들여다보는 것은 자아를 찾는 방식이고, 그것은 대상과 헤어진 다음 내가 나를 찾는 일과 통하고, 그것은 나도 모르는 그것(it), 나의 무의식 찾기였다. 그러나 김현도 지적하듯이 존재의 심연은 무이고 허망함이고, 이 허망함이 절망을 낳고, 결국 자아 찾기는 절망, 사막, 경련과 만난다. 원형적 이미지는 이런 자아 찾기(무의식 탐구)에 좌절하고 나대로 새로운 길로 나간 것이고, 실존의 투사가 환기하던 백열(白熱)같은 현기를 견디지 못하고 새로운 방향을 찾은 것. 나의 30대는 이렇게 저물어 가고 있었다. 그리고 나는 1980년 서울 생활을 다시 시작한다. 그러니까 첫 시집 『사물A』를 들고 1969년 가을에 춘천교육대 교수가 되어 고향 춘천으로 내려가 10년을 헤매고 첫 연구서인 시론집 『시론』(고려원, 1979)을 들고 모교인 한양대 교수가 되어 서울로 돌아온다.

그러나 시집 『당신의 초상』(문학사상사, 1981)에 수록된 시들에서 내가 읽은 것은 새로운 길도 여의치 않았다는 사실이다. 고갱이 그린 천사와 싸우는 야곱의 이미지에서 내가 읽은 것은 싸움에서 이기는가? 지는가? 이런 문제가 아니라, 하느님인지도 모르는 환상과 내가 싸우고 있다는 사실이다. 나의 내면적 갈등은 그렇게 성서의 이미지와 만나고 있었다. 그러니까 나는 싸움에서 승리한 다음 하느님의 복을 받은 야곱이 아니라 밤새도록 하느님과 싸우고 있는 야곱의 이미지에서 나를 읽고 있었다.

하느님 나라에는
꽃이 있다
어제밤 내가 껴안은
찢어진 인생이 있다
총알이 있다
언제나 찢어진 인생이
언제나 총알이
찢어진 새의
창백한 아우성이
하느님 나라에는
피에 젖은 얼굴이

이 시집에 실린 「의식(儀式) 1」의 전반부이다. 하느님 나라에서 상처와 이지러짐의 세계만을 보는 이런 이미지는 시의 후반에서 하느님이 책상에 등을 구부리고 앉아 나에게 편지를 쓰는 이미지와 대비된다. 그런 점에서 이 시는 하느님의 구원을 갈망하고, 그것은 날개의 이미지로 드러난다. 이때 나는 날 수 없기 때문에 날 수 있다는 역설과 만난다. 일종의 실존신학을 생각하고 있었는지 모른다. 그러나 이런 시를 쓰면서 깨달은 것은 실존신학에서 실존이 탈락되고 신학만 전면으로 노출될 때가 많았다는 점이다. 따라서 개인적 환상은 보편적 환상으로 넘어가고 다시 성서적 이미지로 나가면서 어떤 벽에 부딪치고, 나는 감상의 파편들과 만난다. 결국 자아 찾기, 말하자면 나의 무의식 탐구는 일단 여기서 멈춘다.

그러나 자아 찾기는 계속된다. 그동안, 그러니까 10년 넘게 수행된 나의 자아 찾기는 나의 내부 들여다보기, 억압된 무의식 터뜨리기로 요약되고, 시론 「비대상」이 강조한 것이 그렇다. 그 후 나는 이런 의미로서의 자아 찾기를 포기하고 나—너—그의 관계에 관심을 둔다. 나는 너이고, 네가 없으면 나도 없다는 자아 인식이 시작된다. 이때의 너는 나의 거울 이미지도 되고 타자도 된다. 그러나 이런 작업에 의해서도 나의 정체성 찾기, 자아 찾기는 충족되지 못하고, 그 후 다시 나와 그의 관계, 그러니까 '나'를 물화된 '그'로 인식하는 단계가 온다. 이런 나—너—그의 관계에 의한 자아 찾기는 비대상 시론과는 직접 관계가 없으므로 이 글에서는 생략한다.

2) 대상과 언어

비대상 시론은 대상에 대한 인식론적 회의와 함께 언어에 대한 회의를 동기로 한다. 일반적으로 시인들은 언어를 수단으로 대상의 세계를 재현하고 표현하고 형상화한다. 그러나 이런 시인들은 대상에 대한 인식론적 회의도 없고 언어에 대한 회의도 없다. 비대상시는 언어로 자아를 탐구하고 자아를 증명하려는 노력이다. 과연 자아 찾기, 자아증명은 성공했는가? 어려운 이유는 무엇인가? 이런 반성 속에서 내가 만난 것은 언어 문제이고, 이제까지 나는 인식론적 회의라는 측면에서만 비대상의 논리를 설명했다.

그러나 나도 그렇고, 내 시론을 언급하는 이론가, 평론가들도 그렇고 내가 비대상 시론에서 말한 언어 문제, 이른바 언어론적 회의에 대해서는 관심을 두지 않았다. 내가 대상을 괄호치고, 혹은 대상을 부정하고, 대상이 소멸한 상태에서 언어에 의해 자아를 찾게 된 것은 우리 시가 대상에 대한 인식론적 회의를 결여하고 있었기 때문이다. 그러니까 자아와 대상의 관계를 인습적으로 수용할 뿐 대상이 어떻게 존재하는가에 대한 사유가 없이 대상의 존재를 당연한 것으로 수용하며 시를 쓴다는 점을 전제로 한다. 자아가 있으므로 대상이 존재한다. 그런 점에서 비대상 시론이 강조하는 인식론적 회의는 일단 대상보다 자아가 중요하다는 입장으로 발전한다. 대상이 아니라 자아가 문제이다.

한편 비대상 시론에서 대상을 부정하고 대상이 없는 상태에서 자아를 찾는다는 주장은 언어와 관계된다. 내가 자아, 무의식 찾기에 몰두한 것은 결국 사는 게 고독하고 불안했기 때문이다. 그런 점에서 나의 경우 시 쓰기는 이런 고독에 의미를 부여하고, 시쓰기에 의해 불안을 극복하는 행위이고, 언어를 매개로 한다는 점에서 언어에 의한 자기증명을 추구한다. 언어는 교통, 소통의 수단이다. 이런 수단을 강조한다면 자아 찾기는 딜레마에 봉착한다. 왜냐하면 자아 찾기는 타인과의 교통보다는 자아 자체를 강조하기 때문이다. 그러므로 내가 깨달은 것은 타인과의 교통 속에서 나를 증명하는 일도 어렵고, 타인과의 교통 없이 나를 증명하는 일도 어렵다는 사실이었다. 자기증명의 아이러니다.

나는 언어의 측면에서 이른바 침묵의 언어(교통 부재)와 웅변의 언어(교통) 사이에서 헤매고, 침묵의 언어를 동경하지만 한편 웅변의 언어를 버릴 수 없다는 딜레마를 앓는다. 발레리 식으로 말하면 침묵의 언어는 무용에 해당하고, 웅변의 언어는 보행에 해당하고, 사르트르 식으로 말하면 침묵의 언어는 사물로서의 언어에 해당하고, 웅변의 언어는 도구로서의 언어에 해당한다. 무용은 목적이 없고 보행은 목적이 있다. 사물로서의 언어는 사물 자체로 존재하는 언어이고 따라서 도구가 아니다.

일반적으로 시는 침묵, 무용, 사물로서 언어를 지향하고, 산문은 웅변, 보행, 도구로서의 언어를 지향한다. 무용은 현실적 효용성이 없고 목표가 없고, 보행은 현실적 효용성이 있고 목표가 있다. 우리는 어떤 목표에 도달하기 위해 걷는다. 미친 인간이 아닌 한 춤을 추면서 가는 것은 아니다. 춤은 일정한 공간에서 미적 가치를 전할 뿐 현실적 가치, 사용 가치가 없다. 시인은 실제적 효용성, 사용 가치, 목적을 전제로 언어를 사용하지 않는다. '오 장미여 너는 병들었구나' 라는 시행은 어떤 실제적 효용성도 없고, 무슨 목적이 있는 것도 아니다. 시인의 이런 말은 우리에게 장미가 병들었으니까 장미를 들고 병원에 가라는 것도 아니고, 우리는 이 말을 듣고 병원으로 가는 것도 아니다. 그런 점에서 이런 말은 일상적 가치가 없고, 일상적 교통을 부정한다. 그런 점에서 대상에 객관적 정보를 주는 것도 아니고, 어떤 현실적 효용성이 있는 것도 아니다. 아무 말도 하지 않고, 메시지가 없다. 다만 시인의 상상력이 전개하는 상상의 공간, 미적 공간을 보여줄 뿐이다.

그러나 당시 내가 괴로워한 것은 시는 웅변의 언어도 아니고 동시에 침묵의 언어도 아니라는 언어의 아이러니였다. 말하자면 어느 한 언어만 선택할 수 없다는 딜레마였다. 이유는 무엇인가? 침묵이 아니라 웅변을 선택하면 그것은 언어의 습관적 일상적 사용을 강조하고, 이런 사용은 상투적 일상적 사고와 관련된다. 한편 웅변이 아니라 침묵을 선택하면 그것은 언어의 시적 사용을 강조하고, 새로운 의미를 위해 언어를 실험하지 않으면 안 된다. 그러나 이런 침묵 역시 궁극적으로는 실패할 수밖에 없다. 왜냐하면 언어는 결국 도구, 교통이라는 효용성을 전제로 하는 약속의 체계이기 때문이다. 결국 침묵의 언어도 실패하고 웅변의 언어도 실패한다.

비대상의 언어

나는 이런 사유 속에서 사유와 함께 사유를 매개로 시의 본질을 다시 생각한다. 그것은 시의 본질이 보이지 않는 세계, 비대상, 無에 있다는 것. 당시 이 시론을 쓸 때는 이 문제를 침묵/웅변의 대립성 극복이라는 수준에서 해석하지 않고 곧장 언어의 본질이 비대상에 있다는 것, 그러니까 언어는 대상의 부재를 알려준다는 말을 했다. 침묵의 언어나 웅변의 언어나 모두 대상을 전제로 하기 때문에 대상을 전제로 하지 않는 언어, 비대상의 언어에 대한 사유가 요구되었기 때문이다. 침묵과 웅변이 모두 대상을 전제로 한다는 것은 둘 모두 대상에 대한 침묵 아니면 웅변이기 때문이다. 한 사람이 꽃을 들고 "이것이 무엇이오?" 묻는 경우 우리는 침묵하거나 "꽃이오"라고 대답한다. 그러니까 침묵도 웅변도 대상을 전제로 한다. 그러나 아무것도 없는 빈손을 들고 "이 속에 무엇이 있소?" 묻는 경우 우리는 침묵하는 것도 아니고 말을 하는 것도 아니고 그저 놀라 바라볼 뿐이다. 이런 말하기가 발전하면 일종의 선문답이 된다.

조주 선사는 학승이 "한 물건도 없을 때는 어떻습니까?" 묻자 "내려놓아라."고 대답하고, 학승이 다시 "한 물건도 없거늘 무엇을 내려놓으라는 겁니까?" 묻자 "그럼 짊어지고 가거라." 대답한다. 불교에서 한 물건은 마음을 뜻하고, 그러므로 한 물건도 없다는 말은 마음에 아무것도 세우지 않았다는 것, 마음을 비웠다는 것, 무심을 뜻한다. 아무 마음도 없다, 없음, 무에 대해 조주 선사는 "내려놓아라." 말한다. 무엇을 내려놓으라는 것인가? 아무것도 없으므로 내려놓을 것도 없다. 물론 선사의 대답은 아무것도 없다면 '아무것도 없다'는 말도 할 필요가 없고, 질문도 필요 없다는 뜻일 것이다. 왜냐하면 선(禪)이 강조하는 것은 불립문자 교외별전 직지인심 견성성불이기 때문이다.

요컨대 선이 강조하는 것은 있다/없다, 질문/대답, 웅변/침묵의 2항 대립 체계를 해체하고 초월하는 空의 세계이다. 비대상 시론을 쓸 때는 이런 선적 언어에 대해 생각한 것은 아니고, 시적 언어/산문의 언어, 침묵/웅변의 대립성을 극복하는 방법에 대해 생각했다. 웅변의 언어는 대상을 지시하고, 대상에 대한 정보를 전달한다. 웅변의 언어가 의미를 지니는 것은 이런 대상에 대한 지시성 때문이다. 그러나 침묵의 언어는 이런 지시성을 부정하고, 시인의 정서와 상상력의 세계를 보여준다. 그러나 지시성 부정 역시 대상에 대한 지시를 전제로 한다. '깃발은 소리 없는 아우성'은 대상에 대한 지시성, 곧 지시적 객관적 의미를 부정하지만 이런 부정은 어디까지나 대상(깃발)을 전제로 하기 때문이다.

대상의 부정과 대상의 부재는 같은 뜻이 아니다. 내가 강조하는 비대상은 대상이 없는 세계, 비대상, 무, 부재이고 마침내 언어의 본질이 이런 비대상, 무, 부재를 환기한다는 사유에 도달한다. 이런 사유는 언어에 대한 회의의 결과이고, 내가 비대상 시론에서 강조한 것은 그런 점에서 전통적 언어 인식을 부정하고, 따라서 언어에 대한 새로운 사유이다. 그것은 대상의 세계는 언어에 의해 존재하는 것이 아니라 언어에 의해 소멸한다는 명제로 요약된다. 나는 다음처럼 말한다.

대상의 세계는 언어로 명명될 때 죽거나 이미 부재한다. 블랑쇼가 본 것이 바로 그 점이다. 대상의 세계는 언어가 작동할 때 이미 비대상의 세계가 된다. 한 송이 꽃을 꽃이라고 할 때 이미 나는 그 꽃의 빛깔, 모양, 크기, 온도, 아름다움 같은 구체적인 현실을 그 꽃으로부터 박탈한다. 이런 박탈은 현실로서의 꽃이 존재하지 않음을 뜻한다. 언어에 의해 현실적인 꽃은 죽거나 부재하게 된다. 그러나 이때 놓쳐서는 안 될 부분이 현실적 꽃의 죽음 혹은 부재가 단순한 죽음 혹은 부재로 끝나지 않는다는 점이다. 언어의 다른 하나의 특성이 개입하는 자리다. 현실적 꽃의 죽음이나 부재는 그 꽃의 현실성을 다른 방식으로 알려주기도 한다. 그것은 현실적 꽃의 기본적 존재가 무에 있음을 간접적으로 시사한다. 그것은 모든 실존의 본질이 언어와 연결될 때 무, 죽음, 비대상에 자나지 않음을 암시한다. 문학, 특히 시가 맡는 몫이 여기 있다. 무나 죽음이나 비대상은 인간의 경우 인간을 파괴하면서 동시에 인간의 본질을 깨닫게 한다.(이승훈, 「비대상」)

이것이 언어를 매개로 생각해본 비대상의 한 논리이다. 하나의 논리라는 것은 언어를 매개로 비대상이론의 다른 논리도 가능하기 때문이다. 아무튼 이 글에서 내가 강조한 것은 존재의 언어가 아니라 부재의 언어이다. 존재의 언어에선 언어에 의해 대상들이 존재하고, 부재의 언어에선 언어에 의해 대상들이 부재한다. 전자는 대상을 강조하고, 후자는 비대상을 강조한다. 전자의 경우 어떤 대상을 '꽃' 이라고 명명하면 '꽃' 이 존재한다. 왜냐하면 '꽃' 이라는 언어, 이름이 없으면 우리는 무엇이 '꽃' 이고 무엇이 '풀' 인지 모르기 때문이다. 그러나 후자의 경우 어떤 대상을 '꽃' 이라고 명명하면 그 대상이 소유하는 구체적 특성은 탈락되고 '꽃' 이라는 추상화된, 죽은 개념만 나타난다. 그렇지 않은가? '꽃' 이라는 낱말에는 꽃의 빛깔, 모양, 크기, 온도, 아름다움이 없지 않은가? 김춘수는 시 「꽃」에서 '내가 그의 이름을 불러 주었을 때/ 그는 나에게로 와서/ 꽃이 되었다.' 고 노래하지만 부재의 언어를 강조하면 이 시행은 '내가 그의 이름을 불러 주었을 때/ 그는 나에게로 와서/ 부재가 되었다.' 가 된다.

언어를 매개로 한 비대상의 또 하나의 논리는 언어가 낳는 이런 무, 죽음, 비대상은 순간에 발생하고, 이런 순간은 과거로 인식된다는 점이다. 나는 저것을 '꽃'이라고 부른다. 그러나 이렇게 명명하는 순간 손에 잡히는 것은 없고, 구체적인 '꽃'은 이미 소멸한다. 그렇다면 이런 소멸, 부재, 무, 비대상은 어디 있는가? 어디에도 없다. 내가 '꽃'이라고 부르는 순간에, 순간과 함께, 순간을 매개로 부재가 존재하지만 그 순간은 순간으로 인식하는 순간에 이미 과거가 된다. 순간은 순간을 모른다.

선종의 6조 혜능의 無住 사상이 강조하는 것은 '念念不住 念念相續'이다. 생각 생각이 어떤 대상에 머물지 않고 이전 생각과 이후 생각이 서로 이어져 단절되지 않는다는 것. 순간은 이런 념념상속에서 벗어나 생각이 대상에 머물고, 따라서 이전과 이후, 혹은 과거─현재─미래는 마음의 자연스런 흐름을 인위적으로 나눈 것에 지나지 않는다. 따라서 이전과 이후, 과거─현재─미래라는 것은 없다는 것이 空 사상의 본질이다. 그러므로 순간/영원의 대립도 없다. 순간이 영원이고 영원이 순간이다. 혜능의 무주 사상은 생각이 대상에 머물지 않을 때, 곧 대상이 없을 때 순간도 없다는 것. 왜냐하면 순간도 허망한 마음이 만드는 것에 지나지 않기 때문이다.

후설에 의하면 현재, 순간은 존재하지 않고 언제나 현재는 이미 가고 없는 과거를 의식하는 파지(把持, retention)와 아직 오지 않은 미래를 의식하는 예지(豫持, protention) 속에 연결된다. 의식은 현재라는 순간으로 단절되지 않고 파지와 예지를 포괄하는 이른바 시간적 지평을 형성한다. 시간은 소멸하면서 지속된다. 우리가 어떤 대상을 '꽃'이라고 명명하는 순간 '꽃의 부재'가 존재하지만 그 순간은 바로 과거가 되기 때문에 무, 부재, 비대상의 세계는 이미 사라진 세계로 인식된다. 이 소멸이 문제다. 순간의 소멸, 순간의 부재를 선종과 결합시키면 이런 소멸은 념념상속, 空과 통하고, 후설의 시간 현상학과 결합시키면 파지와 예지를 포괄하는 시간 지평이 된다.

물론 이런 세계는 인식론적으로는 현실의 세계가 아니다. 그런 점에서 언어는 과거의 세계, 사라진 세계를 알려주고 동시에 미래와 결합되고, 비대상은 이런 과거로 소멸하는 세계이고 동시에 미래를 기대하는 세계이다. 물론 이 시론을 쓸 때 혜능의 무주 사상이나 후설의 시간 현상학을 염두에 둔 것은 아니다. 나는 블랑쇼가 말하는 부재의 언어를 존재와 시간의 차원에서 읽고 있었다. 그러나 이런 사유가 발전하면 선종이 강조하는 공 사상과 만나고 후설의 현상학과 만나고, 고형곤 교수는 『선의 세계』에서 무주 사상과 후설의 시간 현상학을 비교한 바 있다. 그러나 이 자리에서는 문제만 제기하고 다시 살필 수 있기를 바란다.

내가 강조한 것은 문학, 특히 시의 본질이 비대상의 세계에 있다는 점이고, 나는 그것을 대상과 언어의 수준에서 살핀 셈이다. 결국 시는 부재, 무, 죽음, 비대상의 세계다. 모든 시는 현실, 대상, 세계를 파괴한다. 이런 부재는 부재로 끝나는 게 아니라 부재에 의해 세계의 본질을 알려준다는 점에서 중성적 지식이 된다. 중성적 지식은 현실적으로 지식이 될 수 없음에도 불구하고 지식이 되는 그런 지식이다. 결국 모든 시의 출발, 고독의 심부에는 무, 죽음, 비대상이 있을 뿐이다. 시를 쓸 때 나는 언제나 무엇을 쓰는지 모르며 시작한다. 그것은 분명치 않은 파토스, 혹은 존재론적 불안이었다. 그러나 과연 시가 무 자체, 죽음 자체, 비대상 자체일 수 있는가? 앞에서 부재는 순간에 존재하지만 이 순간은 곧장 소멸한다고 말했다. 그렇다면 시쓰기는 이런 부재, 무, 죽음, 비대상의 세계를 더듬는 하나의 과정일 뿐이다. 물론 실패하면서 계속되는 과정이다. 삶의 의미도 그런 게 아닐까?

「비대상 시론」은 이런 말로 끝난다. 그러니까 이 시론이 강조한 것은 대상에 대한 인식론적 회의와 언어에 대한 새로운 인식이고, 비대상시는 이런 논리를 토대로 자아 찾기, 나의 억압된 무의식 탐구로 요약된다. 그러나 이런 자아 찾기, 무의식 폭로는 일단 이 시론으로 정리되고, 그 후 나는 다른 방향에서 자아 찾기를 시도한다. 나-너-그의 관계가 그렇다. 이 문제는 「자아론」에서 다룰 것이다. 그리고 부재의 언어는 이 시론에서 어디까지나 비대상의 논리로 다룬 것이지 비대상시를 쓰는 문제로는 다루지 않았다. 비대상시는 시쓰기를 구성하는 세 요소 자아-대상-언어에서 대상이 탈락되고, 자아와 언어의 수준에서 해명된다. 부재의 언어는 「언어론」에서 다시 다룰 것이다.

3) 대상은 기호이고 이미지다

앞에서도 말했지만 시론 「비대상」을 쓸 때 나의 사유를 지배한 것은 대상에 대한 인식론적 회의와 언어에 대한 새로운 인식이었다. 그러나 지금 다시 읽어보니까 인식론도 그렇고 언어론도 그렇고 논리가 소박하고, 언어론의 경우 선종과 후설의 이론을 언급했지만 이런 사유는 좀 더 논리적인 체계를 요구한다. 따라서 이 글에서는 대상 인식의 문제, 곧 인식론적 회의에만 초점을 두고 비대상의 논리를 다시 살피기로 한다. 그것은 크게 소쉬르의 언어학, 하이데거의 철학, 프로이트의 정신분석, 라캉의 정신분석, 현대 회화론, 선불교의 시각으로 요약된다.

첫째로 소쉬르에 의하면 대상은 기호에 지나지 않는다. 기호는 '-을 대신한다'는 의미이고 기호에는 신호, 징후, 도상, 흔적, 색인, 언어 등 여러 유형이 있다. 따라서 언어기호는 지시물, 곧 대상을 대신하고 지시한다. 그러나 언어기호와 대상 사이엔 필연적인 관계가 없고, 기호가 대상과 관계없이 대상을 지시한다는 점에서 대상이 있는 게 아니라 기호가 있고 기호에 의해 대상이 존재한다. 대상이 기호라는 말, 그러니까 대상이 아니라 기호가 있다는 말은 이런 뜻이다. 언어기호가 보여주는 가장 큰 특성은 기호와 지시물(대상)이 어떤 필연적 관계없이 자의적으로 결합된다는 점이다. 그렇지 않은가?

　대상과 이름 사이에는 내적 필연성이 없다. '산'이라는 대상을 우리는 '산'이라고 부르지만 영어로는 'mountain', 불어로는 'mont', 중국어로는 '山'이다. 이렇게 언어기호와 대상 사이에 내적 필연성이 없는 관계가 이른바 자의적 관계이다. 이런 자의성이 언어기호의 첫째 특성이다. 그런 점에서 대상을 지시하고 대신하는 언어는 자의성을 본질로 하고, 대상이 있어서 언어가 존재하는 게 아니라 거꾸로 언어가 있어서 대상이 존재한다. 왜냐하면 '산'이라는 언어가 없다면 우리는 산이 무엇인지 모르기 때문이다. 아무튼 대상과 언어는 자의적 관계에 있다. 책상은 '책상'이라고 불러도 되고, '상책'이라고 불러도 된다.

　그러나 언어가 있기 때문에 대상이 존재한다. '산'이라는 언어가 없다면 우리는 산과 언덕을 구별하지 못하고, '꽃'이라는 언어가 없다면 꽃과 풀을 구별하지 못하고, '책상'이라는 언어가 없다면 책상과 의자를 구별하지 못한다. 그런 점에서 언어는 비록 대상과 내적 필연성이 없이 제멋대로 결합되지만, 이런 결합에 의해 대상들을 구별하고, 이런 특성이 이른바 언어기호의 변별적 특성, 곧 변별성이다. 그렇다면 이렇게 대상과 아무 관계가 없는 언어기호는 어떻게 의미를 생산하는가? 대상과 관계가 없기 때문에 언어기호는 기호라는 말이 암시하듯이 자율적 세계가 된다.

　화학 원소 H는 대상을 지시하는 게 없는 자율적 세계다. 그러나 이 H가 '수소'를 뜻할 수 있는 것은 화학 원소기호 체계 속에서 '산소'를 뜻하는 다른 기호 O와의 차이 때문이다. 국어 체계 속에서 '꽃'은 '풀'과 대립되기 때문에 의미를 지니고, '하늘'은 '땅'과 대립되기 때문에 의미를 지닌다. 인칭 대명사 '나'를 생각해보라. '나'는 누구나 지시한다. 지금 이 글을 쓰고 있는 사람도 '나'이고 이 글을 읽고 있는 당신들도 '나'

이고, 거리를 지나가는 사람들도 모두 '나'이다. 그렇다면 이 '나'가 나로서 의미를 소유하는 이유는 무엇인가? 모두 '나'라면 이 낱말은 구체적으로 지시하는 게 없고, 이 '나'가 나를 뜻할 수 있는 것은 '나-너-그'라는 인칭 대명사 체계 속에서 서로 분별될 때만 가능하다. '너'라는 낱말이 없다면 '나'도 없고, '그'라는 낱말이 없다면 '너'도 없다. 요컨대 소쉬르에 의하면 언어와 대상은 아무 관계가 없고, 언어가 있기 때문에 대상이 존재하고, 대상이 분별되고, 언어의 의미는 언어기호 체계, 곧 나/너, 하늘/땅 같은 대립적 구조가 생산하고, 우리는 이 언어를 사회적 약속으로 지킬 뿐이다.

그런 점에서 대상은 언어에 지나지 않고, 대상은 없고, 우리가 만나는 대상은 비대상이다. 다만 이 비대상의 세계를 대상으로 알고, 사회적 약속으로 지킬 뿐이다.

대상은 이미지다

둘째로 하이데거의 경우 대상은 의지의 산물에 지나지 않는다. 비대상시는 대상에 대한 인식론적 회의, 곧 자아와 대상, 주체와 객체, 주체와 세계의 관계에 대한 회의를 근거로 한다. 내가 꽃을 꽃으로 인식하는 것은 나와 꽃을 주체와 객체로 대립시키고, 내가 주체가 된다는 것은 내가 객체를 지배한다는 뜻이다. 한자로 대상은 대상(對象)이고 독어로는 Gegenstand이다. 대상(對象)은 주체와 마주 서 있는 코끼리(象)를 뜻하고, 대상(對像)의 경우는 인간(人)이 개입한 코끼리(象)가 된다. 인간이 그린 코끼리란 뜻. 그러니까 대상(對象)은 그저 마주 서 있는 대상(對像)이지만 대상은 인간이 개입하고, 이때 인간이 개입한다는 것은 인간의 욕망, 의지가 개입한다는 듯이다. 물론 이런 대상은 인간이 그린 코끼리라는 의미에서 형상을 뜻하지만 이런 형상도 결국은 인간의 의지의 산물이다.

　독어로 대상을 뜻하는 Gegenstand 역시 비슷하다. 이 말은 '앞에 세운다'는 뜻으로, 앞에 세우고 마주한다는 것은 나와 대상, 주체와 객체의 대립을 강조하고, 대립은 언제나 투쟁과 지배를 지향한다. 그런 점에서 대상을 지각하고 표상(앞에-세움)하는 것은 나의 의지의 산물이고 모든 대상은 쇼펜하우어 식으로 말하면 나의 의지의 표상의 세계가 된다.

　그러나 하이데거가 강조하는 사물은 이런 의지의 표상으로서의 대상이 아니다. 그는 이런 의지의 표상으로서의 사물, 대상, 세계를 세계像이라고 부른다. 세계가 아니라 세계상이 존재하는 것은 근대, 그러니까 중세를 지배한 신의 구속에서 인간이 해방되면서 주관주의와 개인주의가 도래하고, 이른바 근대적 세계관이 형성되기 때문이다. 근대는 인간이 주체가 됨으로써 존재자, 세계, 사물들은 객체로 표상되고, 이때 표상은 '앞에 세운다'는 뜻이다. 사물들을 앞에 세운다는 것은 사물들을 객체화하고, 따라서 주체와 객체, 자아와 대상이 대립된다. 세계는 세계 자체가 아니라 하나의 표상, 쇼펜하우어의 용어에 의하면 의지의 산물이다. 그러므로 우리가 세계를 세계상으로 수용하는 것은 세계를 있는 그대로 두지 않고 우리의 의지로 지배하는 것, 우리가 주체가 되어 대상을 지배하는 것을 뜻한다.

　세계상은 세계 자체가 아니라 욕망과 이미지이고, 대상 역시 대상 자체가 아니라 욕망의 이미지가 된다. 앞에서도 말했지만 이미지를 뜻하는 한자 像은 인간과 코끼리가 결합된 현상이고, 이때 인간은 코끼리, 곧 사물, 대상과 대립되고, 인간이 사물을 지배한다는 뜻도 된다. 그러므로 사물은 사물 자체가 아니라 인간이 중심(주체)이 되어, 인간의 의지나 관념을 매개로, 인간이 해석하는 사물에 지나지 않는다. 나는 이런 문제를 시론「누가 코끼리를 보았는가」(시집 『이것은 시가 아니다』, 세계사, 2007)에서 새롭게 해명한 바 있다. 우리는 코끼리 자체를 본 적이 없고, 우리가 아는 코끼리는 상상계(사진, 그림, 이미지)나 상징계(언어)의 산물이고, 사진, 그림, 이미지, 언어는 모두 인간이 주체로 개입하는 현상이다. 그러므로 像이고, 인간이 부재하는 코끼리, 코끼리 자체, 象(실재계)을 본 사람은 없다.

결국 근대는 인간이 주체가 되어 존재자, 사물, 대상, 세계를 객체로 간주하는 주체/객체의 대립을 기본으로 하고, 주체는 세계 자체를 지각하고 인식하는 게 아니라 세계를 자신의 의지의 표상으로 간주한다. 세계는 이미지, 표상이 된다. 그러므로 하이데거에 의하면 근대의 본질은 '세계라는 것 자체가 像으로 되었다는 사실'이다. 이런 인식은 그리스 정신에서 읽을 수 있는 사유와 존재의 동일시, 곧 '현존하는 것으로서의 존재자를 받아들이고 인지(청취)하는 가운데 현존하는 것에게 자신을 열어놓는 것'에서 멀리 벗어난다. 근대가 되면서 세계는 재현될 뿐이고, 재현한다는 것은 세계, 존재자, 사물, 대상을 표상하는 행위이고, 표상은 사물을 '자기와 마주해-서-있는 것'으로 자기 앞으로 끌고 와 자기와 관련시키고 척도를 부여하는 행위이다.

그런 점에서 근대 예술 역시 이런 근대적 특성에서 자유로운 건 아니다. 하이데거가 근대 미학을 비판하는 것은 이런 문맥에서다. 근대 미학은 주관성 미학으로 이런 미학은 근대 인식론의 소산이다. 내가 주체가 되어 대상을 인식한다는 것은 주체가 대상을 종속시키고 주체가 주인이고 대상이 노예가 되는 일에 지나지 않는다.(좀 더 자세한 것은 이승훈, 『선과 하이데거』, 황금알, 2011, 157~161, 300~304 참고 바람)

비대상시는 자아와 대상, 주체와 객체의 이런 논리에 대한 회의와 부정을 목표로 한다. 대상을 노래한다는 것은 근대 미학이 강조하는 주관성 미학에 지나지 않고, 그것은 표현론과 재현론 모두에 해당된다. 근대 서정시는 결국 시인이 주체가 되어 대상을 지배하고, 자신의 뜻에 종속시키는 작업에 지나지 않는다. 내가 꽃을 노래한다는 것은 있는 그대로의 꽃이 아니라 나의 이성, 정서, 상상력을 매개로 꽃을 나의 것으로 만드는 행위이고, 한편 꽃을 재현한다지만 이 꽃은 표상, 이미지에 지나지 않는다. 그러므로 비대상을 노래한다는 것은 이런 주관성 미학을 비판하면서, 나, 자아, 주체에 대해 질문하고 탐구하는 일이다. 김춘수의 제2기 무의미시가 보여주는 심리적 공간과 허무가 그렇고, 나의 비대상시가 보여주는 억압된 무의식의 세계가 그렇다.

4) 대상은 무의식의 투사다

셋째로 프로이트에 의하면 대상은 무의식의 투사에 지나지 않는다. 편집증 환자는 자아와 양립할 수 없는 표상(무의식)으로부터 자신을 방어하기 위해 그 내용(억압된 무의식)을 외부 세계로 투사한다. 투사는 자신의 무의식을 밖으로 던진다는 점에서 크게 보면 나와 세계의 동일시 현상이다. 그런 점에서 세계는 세계 자체가 아니라 나의 무의식이 투사된 것, 곧 자아를 반영한다. 이른바 투사적 동일시의 세계다.(좀 더 자세한 것은 이승훈, 「현대시와 편집증」, 『정신분석 시론』, 문예출판사, 2004 참고 바람)

어디 편집증 환자뿐인가? 이런 현상은 이 시대 인간들의 일반적인 삶의 양식이지만 자각하지 못할 뿐이다. 그러므로 라캉에 의하면 모든 인간들은 정신병적 심성, 멘탈리티를 소유한다. 과연 멀쩡한 정신으로 사는 인간들이 어디 있는가? 이성과 광기의 경계는 어디인가? 우리가 자면서 꿈을 꾸는 것 역시 미친 짓이 아닌가? 프랑스 초현실주의 화가 살바도르 달리는 '편집증적 비판'이라는 개념을 주장하고 이 개념을 창작에 적용한다. 그에 의하면 편집증은 병이 아니라 창작 방법이고, 환각과 같은 방식으로 작용하는 편집증은 병이 아니라 현실에 대한 망상적 해석이다. 말(馬)의 이미지가 동시에 여성의 이미지가 되는 이중적 이미지는 이성 중심의 사고 체계를 미적으로 비판하고, 우리가 보는 현실에 대해 질문하고, 따라서 편집증은 미쳐 버린 이성이 아니라 새로운 창조 행위가 된다.

요컨대 프로이트에 의하면 대상, 현실, 자연, 세계는 자아가 자신과 동일시하는 거울에 지나지 않고. 좀 더 나가면 편집증적 투사의 세계, 곧 나의 억압된 무의식, 욕망을 투사한 세계에 지나지 않는다. 그러므로 현실을 재현하는 사실주의 미학, 모방이론, 대상을 노래하는 주관적 서정시는 이런 현실, 대상의 허구를 모르는 소박한 미학이다. 세계가 나의 무의식의 투사라는 것을 인정하고, 나의 무의식을 탐구하는 것이 보다 현대적이다. 비대상시는 최소한 대상이 나의 욕망의 산물이고 나의 욕망이 투사된 세계라는 것을 알고, 그런 인식을 미적으로 실천한다. 그렇다면 나는 편집증 환자인가? 그럴 수도 있고 아닐 수도 있다.

그럴 수도 있다는 것은 앞에서 말했듯이 따지고 보면 모든 인간은 자신의 억압된 무의식, 욕망을 외부로 투사하고, 투사된 세계를 현실로 착각하거나 현실로 믿으며 살아가기 때문이다. 쉽게 말하면 환상을 현실로 착각하며 산다. 그렇지 않은가? 상인은 현실이 돈으로 보이고, 정치가는 권력 투쟁으로 보이고, 경찰은 범죄 현장으로 보이고, 의사는 환자로 보인다. 객관적으로 있는 그대로 보는 게 아니라 모두 자신의 눈으로 보고, 그런 점에서 본다는 행위는 무의식, 욕망과 결합된다. 따라서 본다는 것은 자신의 억압된 무의식, 욕망을 투사하는 일에 지나지 않는다. 시각이 바로 무의식이고 욕망이다. 그리고 우리는 이런 투사에 의해 자아를 방어한다. 그런 점에서 대상(객관적 현실)은 정신적 이미지(투사)에 지나지 않지만 이런 이미지가 자아를 방어한다. 이때 대상은 의지의 표상과 유사하지만 대상을 지배하려는 건 아니고 나의 억압된 무의식이 투사된 세계라는 점에서 일상적 병적 메커니즘이다.

한편 편집증 환자가 아닐 수도 있다는 것은 살바도르 달리처럼 이런 투사가 새로운 창조 행위가 될 수 있기 때문이고, 그건 이성, 의식, 주체적 사고의 허위를 미적으로 비판하기 때문이다. 위대한 철학자, 종교인, 과학자, 예술가의 삶이 그렇다. 최소한 이들은 세계를, 사물을, 대상을 있는 그대로 보고 그 진리를 탐구하기 때문이다. 불교식으로 말하면 대체로 많은 인간을 지배하는 망심(때 묻은 마음)이 편집증과 통하고, 진심(청정한 마음)은 편집증을 벗어난다. 그러니까 우리는 환자일 수도 있고 아닐 수도 있다. 마음이 미혹하면 중생이고 깨달으면 부처다. 중생이 따로 있고 부처가 따로 있는 것이 아니다. 환자가 따로 있고 건강한 자아가 따로 있는 게 아니라 두 자아가 함께 있다.

대상은 환상이다

넷째로 라캉에 의하면 대상은 환상의 세계에 지나지 않는다. 비대상시는 대상이 주관의 산물에 지나지 않고, 따라서 자아가 없으면 대상이 없고, 대상이 존재하는 것은 자아 때문이라는 인식론적 회의를 근거로 한다. 라캉의 정신분석에 의하면 자아, 타자, 대상, 현실, 세계는 환상에 지나지 않는다. 대상이 환상인 것은 자아가 환상이기 때문이다. 그러므로 대상을 노래한다는 것은 대상 자체가 아니라 환상, 헛것, 욕망을 노래하는 것에 지나지 않는다. 그런 점에서 비대상시는 이런 환상이 아니라 환상을 생산하는 자아에 관심을 둔다. 라캉에 의하면 내가 나라는 것을 아는 것은 유아시기에 거울을 보면서 거기 나타나는 거울 이미지를 지각할 때이다. 그러므로 거울이 자아를 생산하고, 자아는 거울 이미지에 매혹되지만 한편 그 이미지가 가짜, 헛것, 허상, 환상이라는 걸 알고 그런 자아로부터 소외된다. 이른바 매혹과 소외의 변증법이다. 자아는 거울에 비치는 이미지(환상)이고 나는 이런 이미지에 매혹된다. 그러나 이 이미지가 가짜라는 걸 알고 나는 거울 이미지에서 소외된다.

　이런 변증법의 토대는 동일시 개념이다. 동일시 개념은 자아/거울 이미지의 관계뿐만 아니라 자아/타자, 자아/공간, 자아/세계, 자아/시간의 관계에도 적용된다. 나는 나와 거울에 비친 이미지를 동일시하면서 자아를 지각한다. 그러나 거울 이미지는 진정한 자아가 아니라 이미지, 환상에 지나지 않는다. 한편 이론 동일시 현상은 우리가 만나는 타자에도 적용된다. 우리는 타자를 타자 자체로 인식하는 게 아니라 나와 동일시하고, 이런 동일시는 자아와 공간의 관계에도 적용된다. 그러므로 상상적으로 동일시된다는 점에서 공간도 헛것, 이미지, 환상이고 공간을 차지하는 사물, 대상도 환상이다. 이런 동일시는 앞에서 말한 편집증적 투사와 유사한 개념이다. 그러나 라캉이 강조하는 것은 우리가 최초로 자아를 지각하는 양상이고 프로이트가 말하는 동일시적 투사는 정신병의 증상이다. 유아는 최초로 자신과 거울 이미지를 동일시하고, 자신과 어머니(타자)를 동일시하고, 그 후 사물들도 자신과 동일시한다. 프로이트가 「쾌락원칙을 넘어서」(1920)에서 관찰하는 손자의 놀이를 생각하자.

　그가 관찰한 것은 18개월 짜리 손자의 실패 놀이다. 아이는 어머니의 부재중에 실패 놀이를 한다. 아이가 실패를 던지면 그 실패는 반동에 의해 되돌아오고, 아이는 놀이를 계속하면서 실패가 멀리 가면 '오―오―'라고 소리를 지르고 반대로 되돌아오면 '아―'라고 소리를 지른다. 프로이트는 이 소리가 독어 '갔다(fort)'와 '여기(da)'라는 소리처럼 들린다고 해석한다. 이런 놀이는 어머니의 부재와 관련되기 때문에 고통의 경험이고, 그런 점에서 어머니의 부재와 현존에 대한 갈등을 나타낸다. 그러나 이런 고통과 갈등의 놀이를 계속하는 것은 아이의 반복 충동 때문이고, 이 충동은 쾌락원칙을 부정하고, 그 너머에 있는 죽음 충동을 지향한다.

　아이는 이 놀이에서 자신과 어머니, 자신과 사물(대상)을 동일시한다.

아이가 실패를 던지는 것은 부재하는 어머니에 대한 원망이고, 따라서 실패는 어머니와 동일시되고, 아이는 '좋아 그럼 가! 난 엄마가 필요 없어. 난 엄마를 던지는 거야' 라고 어머니에게 복수한다. 한편 아이가 실패를 던지는 것은 고독을 견딜 수 없는 자신을 던지는 것이고, 따라서 실패는 아이와 동일시된다.(좀 더 자세한 것은 이승훈, 「라캉의 주체 개념」, 『탈근대주체 이론─과정으로서의 나』, 푸른사상, 2003, 89~91 참고 바람)

요컨대 이 놀이가 암시하는 것은 실패가 어머니이고 실패(대상)가 아이(자아)라는 점이다. 한편 어머니는 아이의 거울 이미지이기 때문에 어머니와 아이도 동일시된다. 그러니까 자아/거울 이미지(어머니), 자아/대상(실패), 거울 이미지/대상은 동일시된다. 사정이 이렇다면 자아/세계, 자아/시간(미래) 역시 동일시의 관계에 있다. 이런 동일시의 세계는 상상의 세계에 지나지 않고, 라캉에 의하면 상상계이다. 모두가 상상이고 환상이고 꿈이다. 내가 내 육체를 상상적(거울 이미지)으로 지배하듯이 나는 너를, 타자를, 공간을, 사물을, 대상을, 세계를, 나아가 시간(미래)을 상상적으로 지배한다. 그러므로 지배하지 못한다. 모두가 상상이기 때문이다. 그러나 이 지배가 문제다.

나는 거울 이전 단계에선 나의 신체가 유기적으로 통일되었다는 것을 모른다. 그러니까 거울 이전의 자아는 파편화된 자아(욕망)이고, 거울을 매개로 이 파편들이 유기적 통일체로 지각되고, 이때 파편화된 몸은 통합에 저항한다. 말하자면 파편화된 몸이 강조하는 것은 공격성이다. 그렇다면 우리의 무의식, 욕망, 파편화된 몸은 거울 이미지로서의 자아뿐만 아니라, 타자, 공간, 사물, 대상, 세계, 시간도 공격한다. 대상의 문제에만 국한하면 대상은 자아이고 거울 이미지이기 때문에 무의식, 욕망, 파편들의 공격을 받는다. 이런 대상을 실제 사물로 착각하고 시를 쓴다는 것은 얼마나 우스운가? 요컨대 대상, 현실, 세계, 자연 모두 거울 이미지이고 헛것이고

환상이다.(동일시 개념에 대해 좀 더 자세한 것은 이승훈, 앞의 책, 59~63 참고 바람)

5) 액션 페인팅

다섯째로 비대상은 현대 회화의 경우 이른바 비대상 회화, 액션 페인팅, 추상표현주의 회화와 관련된다. 비대상시는 눈에 보이지 않는 무의식의 세계를 노래한다. 내가 굳이 무의식이 아니라 비대상이라는 용어를 사용한 것은 이런 용어가 현대회화에서 이미 사용되었고, 그 미학적 의미가 무의식이라는 용어보다 분명하기 때문이다. 비대상(non-object) 회화는 액션 페인팅으로도 부른다. 액션 페인팅은 제2차 세계 대전 후 미국에서 일어난 전위 회화 운동을 말한다. 같은 시기 유럽에선 이른바 비정형을 강조하는 앵포르멜(Art informel) 미술과 비구상(non-figuratif) 미술 운동이 전개된다. 두 운동 모두 기하학적 추상에 반대하는 뜨거운 추상을 강조한다.

그러나 앵포르멜 미술은 구상 미술과 비구상 미술을 부정하고 생생한 형태를 강조하며 이 운동의 선구자 포트리에, 뒤비페 등은 가혹한 전쟁의 피해자들이다. 비정형은 일정한 형태가 없다는 뜻이 아니라 '의미하는 것'과 '의미하지 않는 것'을 등가로 놓고 비정형 속에서 의미를 찾는다는 뜻이다. 한편 비구상 회화는 눈에 보이는 구상적 이미지에서 출발하여 차차 그 이미지를 추상화하고 마침내 무엇을 그렸는지 알 수 없는 경지에 이른다. 그런 점에서 처음부터 추상적 원리에 토대를 두고 제작하는 칸딘스키나 몬드리안과 구별되지만 일반적으로 추상 미술과 구별되지 않고 사용된다. 대표적인 화가는 바젠, 마네시에 등이다.

액션 페인팅 역시 기하학적 추상에 반대하고 뜨거운 표현주의적 추상을 지향한다. 그러나 액션(행위)라는 말이 암시하듯이 대표적인 화가 잭슨 폴록은 거대한 화포를 마룻바닥에 펴고 스스로 화포 속에 들어가 물감을 던지고 뿌리고 투사하는 방법(행위)으로 회화를 제작한다. 이른바 드리핑 기법으로 과거의 회화적 관습과 단절된다. 그러므로 완성된 작품에서 미적 가치를 추구하기보다 표현 행위 자체를 강조하고 그때 그가 체험하는 것을 나는 '실존의 현기'라고 부른 바 있다. 요컨대 그가 강조하는 것은 행위의 순간이고, 그림은 하나의 과정이고, 그는 무엇을 하는지 모른다. 그런 점에서 그는 그림을 그리는 것도 아니고 그리지 않는 것도 아니고, 말하자면 그의 경우엔 화가도 없고 캔버스도 없고 움직임, 행위, 뿌리기가 있을 뿐이고, 나는 이런 행위를 禪과 관련시켜 해석한 바 있다.(이승훈, 「선과 잭슨 폴록」, 『아방가르드는 없다』, 태학사, 2009)

결국 비대상 회화, 앵포르멜 미술, 비구상 미술 모두 기하학적 추상에 반대하고 뜨거운 추상을 강조하지만, 비대상 회화는 대상을 부정한다는 점에서 추상주의를, 화가의 억압된 무의식을 밖으로 투사한다는 점에서 표현주의를, 행위의 순간을 보여준다는 점에서 행위, 액션을 강조한다. 내가 「비대상 시론」에서 강조한 것이 그렇다. 물론 이 시론을 쓰게 된 동기는 그동안 시를 쓰면서 체험한 나의 시쓰기에 대한 사유와 관계된다. 어떻게 된 노릇인지 나는 등단 후 두 번째 시집을 낼 때까지 자연이나 현실같은 눈에 보이는 대상의 세계를 노래하지 않고 억압된 나의 무의식을 터뜨리는 비대상 회화와 유사한 방식의 작업을 해온 걸 깨닫고 비대상이라는 용어를 사용하기 시작했다. 첫 시집 『사물A』(1969)에선 초현실주의적 요소가 강하고, 두 번째 시집 『환상의 다리』(1976)에선 억압된 무의식을 터뜨리는 이른바 비대상시가 강조된다. 그런 점에서 액션 페인팅은 나의 비대상 시론에 많은 영향을 준다.

그러나 내가 액션 페인팅, 특히 잭슨 폴록의 작업을 선과 관련시켜 읽은 것은 2000년대 후반이다. 따라서 이 시론을 쓸 때는 선에 대한 사유보다는 추상 표현주의적 요소만 강조한 셈이다. 액션 페인팅을 선과 관련시켜 새롭게 해석한 것은 그 후 시에 대한 사유가 자아 부정, 언어 부정의 단계를 거쳐 마침내 선불교와 만났기 때문이다. 선의 문제는 뒤에 가서 비대상 시론을 총체적으로 비판하고 정리하는 「영도론」과 『선의 시학』에서 다루기로 하고, 이 글에서는 대상 부정의 논리, 곧 비대상 시론의 이론적 근거로 선불교에 대해 간단히 살피기로 한다.

6) 대상과 선

내가 선에 관심을 두게 된 것은 2000년대 초 우연히 『금강경』과 만나면서부터다. 그 후 나가라주나의 『중론』, 『반야심경』, 혜능의 『육조단경』, 의상 대사의 『법성게』, 『전등록』, 『선문염송』 등을 읽으며 선에 대한 관심과 사유가 깊어지고, 최근에는 당나라 선승 규봉종밀의 『화엄원인론(華嚴原人論)』을 읽고 있다. 그런 점에서 그동안 선에 대한 나의 사유는 중론, 선종, 화엄에 토대를 두지만 크게 보면 이들은 모두 선종에 포함된다. 이 글에서는 『반야심경』을 중심으로 비대상의 논리를 간단히 살핀다.

반야 사상에 의하면 대상 부정의 논리는 자아 부정의 논리를 전제로 한다. 왜냐하면 자아가 실체가 없고 연기이고 공이라는 것을 깨닫는 것이 선의 핵심이기 때문이다. 자아가 공이기 때문에 일체 존재하는 것이 공이다. 이때 자아는 오온(五蘊), 곧 몸(色)과 마음(受想行識)을 뜻한다. 몸을 구성하는 것은 이른바 四大, 곧 흙, 물, 불, 바람이고, 이 네 요소가 모여 몸이 되고, 따라서 몸에는 몸이라는 실체가 없다. 자아는 이런 사대가 모인 몸(색)과 마음(수상행식)으로 구성된다. 그런 점에서 자아는 오온, 곧 색 수상행식이고, 몸이 공이기 때문에 마음도 공이다. 이른바 오온개공(五蘊皆空)이고 『반야심경』은 이런 공을 깨닫고 실천할 때 일체 고통과 재앙에서 구원받는다는 말로 시작된다. 그러므로 몸도 공이고 마음도 공이다.

마음은 몸(색)을 매개로 하는 감각인 지각(수)−표상(상)−의지와 행위(행)−이런 행위에 대한 의식(식)으로 발전하고, 이런 과정은 모두 독립되는 게 아니라 서로 연기의 관계에 있기 때문이다.

쉽게 생각하자. 내 몸(색)을 구성하는 것은 뼈(흙), 피(물), 온도(불), 호흡(바람)이고 이들은 개별적 존재가 아니라 서로 의존하는 연기(緣起)의 관계에 있다. 따라서 몸의 실체는 없고 네 요소의 연기, 그러니까 空이 있을 뿐이고, 공은 유/무의 분별을 초월하는 세계이다. 지금 밖에는 비가 온다. 나는 창밖을 보고 쓸쓸함을 느끼고(수), 비가 오는 것을 마음속에 떠올리고(상), 의자에서 일어나 창가로 가고(행), 내가 창가로 간다고 의식한다(식). 식별하고 판단하고 알고 사유한다. 자아, 그러니까 몸과 마음은 어디 있는가? 무엇이 나의 본질인가? 결국 자아(오온)는 연기의 과정에 있고, 그러므로 공이다.

그렇다면 대상(비)은 어디 있는가? 내가 있으므로 비가 있지만 나도 공하고 비도 공하다. 왜냐하면 내가 실체, 본질이 없기 때문에 내가 보는 비도 실체, 본질이 없고 서로 연기의 관계에 있고 공하기 때문이다. 한편 비 자체만 강조해도 비에는 실체가 없다. 왜냐하면 비는 지상의 물이 수증기가 되고, 대기 중의 수증기가 찬 공기를 만나 엉겨서 다시 지상으로 떨어지는 물방울이기 때문이다. 비의 본질, 자성, 실체는 없고 여러 인연의 화합(공)이 있을 뿐이다. 그러나 공은 무, 부재, 없음이 아니다. 『반야심경』에는 다음과 같은 말이 나온다.

> 사리자여. 색은 공과 다르지 않고 공은 색과 다르지 않다. 색이 곧 공이요 공이 곧 색이다. 수상행식 역시 이와 같다. 모든 법은 공상이다. 그러므로 공에는 색수상행식(오온)이 없고, 안이비설신의(육근)도 없고, 색성향미촉법(육경)도 없고, 안계 내지 의식계(육식)도 없다.
>
> 舍利子 色不異空 空不異色 色卽是空 空卽是色 受想行識 亦復如是 是諸法

空相 是故空中 無色 無受想行識 無眼耳鼻舌身意 無色聲香味觸法 無眼界 乃
至 無意識界

　관자재보살이 지혜가 가장 뛰어난 사리자에게 말하는 내용이다. 여기
서 색은 자아를 구성하는 몸(색)의 뜻보다 눈에 보이는 일체 현상, 이른바
諸法을 뜻한다. 눈에 보이는 현상(색)에는 실체가 없고(공), 실체가 없는
것(공)이 눈에 보이는 현상(색)이다. 그러니까 색에서 공을 보고, 공에서
색을 본다. 공의 시각에서 보면 색은 공이고, 한편 색의 시각에서 보면 공
은 색이다. 그러므로 색이 공이고 공이 색이다.

　쉽게 생각하자. 여기 나무 한 그루가 있다. 나무는 눈에 보인다. 그러나
이 나무의 실체는 무엇인가? 나무를 구성하는 것은 뿌리, 흙, 수분, 나뭇
잎, 가지, 공기, 햇살 등이고 그러므로 나무에는 실체가 없고 이런 요소들
의 연기의 산물이고 따라서 공이다. 그러므로 색은 공이고 공은 색이다.
나무(색)에서 연기(공)를 보고 한편 연기(공)가 색(나무)이다. 나는 공에
의해 색을 보고(공의 시각) 색을 통해 공을 본다(색의 시각), 그러나 공의
시각이 따로 있고 색의 시각이 따로 있는 게 아니므로 색과 공은 중도의
관계에 있다. 간단히 도식으로 나타내면 다음과 같다.

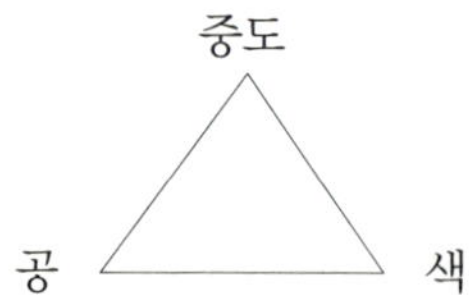

　몸도 눈에 보이는 현상(색)이지만 공(4대 연기)이고 이 공이 또한 색이
다. 몸이 그렇다면 마음을 구성하는 색수행식도 이와 같다. 그러니까 몸
과 마음(오온)은 모두 공이다. 오온개공이다. 몸 따로 마음 따로 존재하는
게 아니라 몸과 마음, 물질과 정신도 연기, 중도의 관계에 있다. 그러니까

몸(색)과 마음(수상행식)도 연기의 관계에 있고, 따라서 공이고 이 공이 또한 색이고 색이 공이다.

자아를 구성하는 오온(색수상행식)이 공한 것처럼 모든 법, 존재하는 모든 현상은 인연의 화합이고, 연기의 관계에 있고 공하다. 공성에는 존재하는 실체가 없다. 자아에 해당하는 색수상행식(오온)도 없고, 외부와 만나는 토대(육근)도 없고, 육근이 만나는 대상(육경)도 없고, 육근, 육경, 육식이 화합하여 생기는 세계(18계)도 없다. 이야기가 다소 복잡해진다. 나는 지금 비대상시, 그러니까 대상 없는 시쓰기의 논리적 근거를 선불교, 특히 반야 사상을 중심으로 밝히는 중이다. 오늘은 오후부터 비가 내리더니 빗발 속에 하루가 저문다. 갑자기 마음이 춥다. 지금은 2011년 5월 20일 금요일 저녁 여섯 시. 이형우는 오후 네 시 경에 문자 메시지를 보냈다. 선생님 같은 비가 내리네요. 어느새 옷이 젖었습니다. 오늘은 여기서 그만 쉬자.

이 글은 어제 쓰던 글. 오늘은 토요일이다. 그러나 오늘도 비가 온다. 비가 오고 날씨가 흐리면 정신이 집중되지 않고, 시야도 흐려 글을 쓰기가 어렵다. 그러나 글쓰기가 수행이라고 생각하며 책상 앞에 앉는다. 난 골다공증이 심해 다리도 약하고 허리도 약해서 지난해 여름부터 허리에 플라스틱 보조기를 하고 지내지만 며칠 전부터 무릎이 아파 고생이다. 병원엘 가야 하지만 이젠 모든 걸 맡기고 사는 심정이다. 다시 어제 읽던 『반야심경』을 읽는다.

6근 6경 6식

모든 법은 공상(空相)이고 그러므로 실체가 없다. 자아를 구성하는 색수상행식(오온)도 없고, 외부와 만나는 자아의 토대인 안이비설신의(육근)

도 없고, 육근의 대상이 되는 색성향미촉법(육경)도 없다. 육근이 육경을 받아들여 의식하는 12處도 없고, 육근과 육경이 서로 엉키는 12入도 없다. 육근이 육경을 받아들여 의식이 생기고(육식), 따라서 자아의 인식작용은 육근, 육경, 육식이 서로 응하여 일치하는 것으로 18계가 된다. 그러나 안이비설신의 육식도 없으므로 18계도 없다. 반야 사상에 의하면 자아와 대상의 관계는 이렇게 복잡한 것 같지만 한편 매우 과학적이고 논리적이다. 반야 사상의 이런 논리는 뒤에 「자아론」에서도 강조될 것이므로 이 자리에서 자세히 밝힌다. 모든 법이 공하다는 인식을 간단히 도표로 나타내면 다음과 같다.

　　육근과 육경이 만나면 12처이고, 12처와 육식이 만나면 18계가 된다. 예컨대 안근－색경－안식이 화합하면 안계, 곧 눈의 세계가 되고, 눈의 세계가 인식된다. 쉽게 생각하자. 내가 책상을 인식한다는 것은 무엇인가? 눈만 있어도 안 되고, 책상만 있어도 안 되고, 마음(식)만 있어도 안 된다. 책상을 책상으로 인식하기 위해서는 인식대상인 색경(책상), 감각기관인 안근(눈), 인식기능을 담당하는 안식(마음) 세 요소가 있어야 한다. 간단히 도식으로 나타내면 다음과 같다.

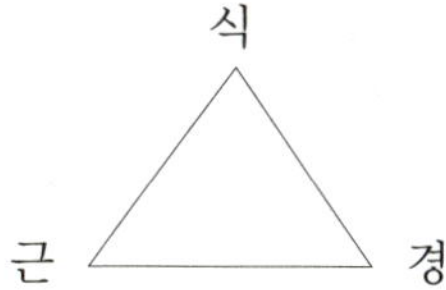

그러므로 감각(안근)과 대상(색경)만 있고 마음(안식)이 없으면 우리는 무엇을 보는지 모른다. 인식이 불가능하다.

육근(六根)은 인간이 소유하는 다섯 가지 감각기관(눈, 귀, 코, 혀, 몸)과 이것들을 종합하는 의근(意根)으로 구성된다. 곧 안이비설신의(眼耳鼻舌身意) 육근에서 마지막 의근이 종합적 기능을 한다. 우리는 시각, 청각, 후각, 미각, 촉각, 의근에 의해 대상(육경)을 지각하지만 의근이 감각기관을 뜻하는 육근에 포함된 이유는 무엇인가? 근(根)은 사물을 생기게 하는 근거, 뿌리, 힘을 뜻하고, 의(意)는 소리(音)와 마음(心)으로 구성되어 마음에서 나오는 소리, 예컨대 불편하거나 화가 날 때 나오는 소리 '아아!'에 해당한다.

그런 점에서 의근은 의식과 다르다. 의근은 어디까지나 몸으로 느끼고 알 수 있는 근거이다. 의근이 육근 가운데 마지막에 오는 것은 이런 이유 때문이다. 우리는 꽃을 처음 보고(안근), 시인이라면 꽃의 목소리를 듣고(이근), 향기를 맡고(비근), 입을 대보고, 조금 미쳤다면 혀를 대보고(설근), 손으로 만져보고(신근), 마침내 이 꽃이 사랑스럽다는 걸 느낀다.(의근) 그런 점에서 의근은 안이비설신 5근을 종합하는, 마음에서 나오는 느낌에 해당한다.

육경(六境)은 육근의 대상이 되는 색성향미촉법의 여섯 가지 경계이고, 흔히 육진(六塵)이라고 부른다. 이유는 육경이 외부에서 먼지처럼 들어오기 때문이다. 그러므로 선에서는 거울(마음)에 쌓인 먼지(번뇌)를 닦는 것, 감각(육근)으로 들어온 먼지(육진)를 닦아 육근을 맑게 하는 것이 깨달음으로 가는 길이 된다. 육경(색성향미촉법) 가운데 마지막 法境은 색성향미촉의 경계를 종합하는 경계로 의근(意根)에 대응한다. 우리가 존재하는 일체 현상을 법이라고 부를 때 그 법에 해당한다. 그러나 이 법의 경계, 곧 法은 根과 識에 의존한다. 여기 있는 책상(경)은 나의 눈(근)과 마음(식)에 의해 비로소 책상이 되기 때문이다. 그런 점에서 대상(육경)은 감각(육근)과 마음(육식)을 전제로 인식된다.

육식(六識)은 안이비설신의 여섯 식이고, 여기 나오는 의식과 육식에 나오는 의근(意根)은 같은 게 아니다. 의근은 다섯 가지 감각기능을 종합하는 몸의 기능이고, 의식은 앞에 나오는 다섯 식(前五識)을 종합하는 마음의 기능이다. 그러므로 육식은 전5식과 의식으로 구성된다. 유식론(唯識論)에 의하면 인간의 마음은 안이비설신의 6식 외에 말나식(제7식), 아뢰야식(제8식)으로 구성되고, 안이비설신 다섯 식이 전5식, 의식이 제6식이다. 쉽게 말하면 신식(身識)(5식) 다음에 오는 6식에 해당한다. 유식론이 강조하는 것은 유식무경(唯識無境), 곧 이 세계엔 마음(식) 뿐이고 대상은 없다는 입장이고, 마음의 근본이 아뢰야식(8식)이다.

아뢰야식(8식)은 모든 법이 전개되는 근본 마음이고, 말나식(7식)은 자아를 분별하고, 따라서 자아와 타자의 분별이 나타나 자아에 집착하는 마음이다. 제6식에 해당하는 의식은 의근에 의지해 모든 법(현상)을 인식하고 추리하고 생각하는 마음이다. 그러니까 8식(근본)−7식(자아)−6식(의식)−전5식(지각)의 단계로 발전한다. 한편 유식론에서는 6식에 해당하는 의식을 네 가지로 분류한다. 곧 전5식을 동반하는 明了의식, 전5식을 동반하지 않는 定中의식, 정중의식이 아니고, 경계에 매이지 않고 제법과 환상을 보는 독산(獨散)의식, 독산과 유사하나 깨어 있을 때가 아니라 꿈속에 일어나는 몽중(夢中)의식 네 가지이다.

문제는 반야 사상이다. 반야 사상에 의하면 자아(오온)가 공하기 때문에 육근, 육경 12처도 공하고, 육식도 공하기 때문에 18계도 공하다. 공하다는 말은 모든 현상엔 실체, 본질, 자성이 없고 모두 인연의 화합이고 緣起, 의타기성이라는 뜻이다. 요컨대 불교의 세계관은 5온, 12처, 18계 모두가 공이고, 그건 모두 자성, 실체, 본질이 없고 인연, 연기의 세계이기 때문이다.

대상은 육경에 해당하고, 육경은 육근과 육식에 의해 존재한다. 그러나 육근, 육식의 실체가 부정되기 때문에 대상(육경)의 실체 역시 부정되고, 마침내 자아(육근), 대상(육경), 마음(육식)이 화합하여 존재하는 일체 세계(18계)도 부정된다. 『금강경』에는 "무릇 상이 있는 것은 모두 허망하니 모든 상이 상이 아님을 알면 곧 여래를 본다. 凡所有相 皆是虛妄 若見諸相非相 卽見如來"라는 부처님 말씀이 나온다. 형상과 빛깔이 있는 모든 것은 실상이 아니기 때문에 허망하다. 자아나 대상은 相이기 때문에 이런 상을 부정할 때 여래(진리)를 만나게 된다. 그러나 세계 부정, 상 부정, 대상 부정은 소멸, 없음, 무가 아니라 이런 세계가 연기로 드러나고, 따라서 공이고, 이 공이 또한 색이 되는 중도를 뜻한다. 무상이 실상이고 실상이 연기 공 중도이다. 그러므로 내가 비대상 시론에서 주장한 대상 부정은 반야 사상에 의해 새롭게 해석되어야 한다.

3. 대상상실의 극복

1) 재난을 극복하는 방법

이제까지 나는 비대상 시론의 논리적 근거를 소쉬르의 구조언어학, 하이데거의 철학, 프로이트와 라캉의 정신분석, 액션 페인팅, 선불교의 시각에서 보충하고 심화하고 발전시켰다. 비대상 시론은 대상에 대한 인식론적 회의에서 출발했다. 이상에서 내가 강조한 것은 인식론적 회의의 이론적 토대, 비대상의 이론의 확장, 특히 비대상의 논리가 선에 의해 발전되어야 한다는 점이다. 요약하면 다음과 같다.

첫째로 언어의 본질에 대한 새로운 해석이다. 언어에 의해 대상이 존재하는 것이 아니라 언어에 의해 대상은 소멸한다. 언어의 본질은 존재가 아니라 부재에 있고, 따라서 존재의 언어가 아니라 부재의 언어가 강조되고, 대상은 존재하지 않는다. 둘째로 소쉬르에 의하면 대상은 기호에 지나지 않고, 기호는 대상과 관계가 없다. 따라서 대상은 존재하지 않는다. 셋째로 하이데거에 의하면 대상(세계)은 의지의 표상이고, 따라서 세계가 있는 것이 아니라 표상, 이미지, 그의 말에 따르면 세계像이 있다. 이미지는 실체가 아니기 때문에 대상(세계)은 존재하지 않는다. 넷째로 프로이트에 의하면 대상은 억압된 무의식의 투사다. 따라서 대상이 있는 게 아니라 자신을 방어하기 위해 밖으로 투사한 억압된 무의식(욕망)이 있다. 다섯째로 라캉은 이런 프로이트의 이론을 발전시키며 자아와 대상을 동일시하고, 자아가 거울 이미지, 환상인 것처럼 대상도 거울 이미지, 환상에 지나지 않는다. 여섯째로 현대 회화, 특히 액션 페인팅이 강조하는 추상표현주의는 대상을 그리지 않고 자아의 억압된 무의식을 터뜨리고, 비대상 시론의 근거는 이런 회화운동과 관련된다. 일곱째로 선불교, 특히 반야 사상에 의하면 대상의 실체, 본질, 자성은 없고 대상은 인연, 연기, 공으로 인식된다.

그러나 반야 사상이 문제다. 왜냐하면 비대상이론이 강조하는 것은 대상의 소멸, 부재, 무이고 선불교는 대상의 부재, 무를 강조하는 게 아니라 공을 강조하기 때문이다. 대상이 공하다는 말은 대상이 존재하지 않는다는 것이 아니라 유/무를 초월하는, 언어로 밝힐 수 없는 연기, 중도를 강조하기 때문이다. 한편 공은 색이고 색은 공이다. 그런 점에서 반야 사상에 의해 대상 부정의 논리는 비대상(공)이 대상(색)이고 대상(색)이 비대상(공)이라는 중도의 논리로 발전해야 하고, 이 문제는 「영도론」과 『선의 시학』에서 다루기로 한다.

그동안 내가 주장한 비대상 시론에 대해서는 말들이 많았고, 몇몇 이론가들은 나와 다른 시각에서 해석하고, 혹은 내가 미처 생각하지 못한 부분까지 지적해주어 나의 사유에 많은 도움이 되었다. 김준오는 다음처럼 말한다.

김춘수의 무의미시는 이승훈에게 비대상시로 계승된다. 이승훈은 관습화된 일상적 삶에 대해 한국시가 한 번도 제대로 인식론적 회의를 제기하지 못한 것과 노래가 시라는 자동화된 인식을 문제 삼는다. 그래서 그의 비대상시는 일체의 관습적인 것에 대한 회의에서 촉발된다. 비대상시란 실상 대상이 없는 것이 아니라 내면세계를 대상으로 한 것이다. 곧 외부세계를 희석화한 세계상실의 시다. 따라서 그의 비대상시는 자기증명의 시일 수밖에 없다. 그러나 이 내면세계란 좀처럼 포착되지도, 언어로 표현할 수도 없는 잠재의식이다.(김준오, 「순수-참여의 다극화 시대」, 『한국현대문학사』, 현대문학사, 2002, 383)

그에 의하면 비대상시는 세계상실의 시이고, 세계상실의 예술은 모더니즘 미학의 특성이다. 회화의 경우 추상화가 그렇고 표현주의 회화가 그렇고 문학의 경우 카프카, 조이스의 소설, 말라르메의 시가 그렇다. 마이어가 20세기 문학의 특성을 세계상실로 규정하면서 강조한 것은 추상 개념이고, 그에게 추상예술은 재난이고 원죄이다. 그가 강조한 것은 칸딘스키 같은 순수추상파들에 대한 비판이고, 그것은 그들이 추상에서 낙원을 읽기 때문이다. 그런 점에서 그는 카프카, 트라클 등 표현주의 시인들, 바하만과 파울 첼란 등을 포함하는 비극적 추상파를 옹호한다. 왜냐하면 이들은 세계상실이라는 재난을 재난으로 받아들이며 고통 속에서 이 재난과 싸우기 때문이다. 마이어는 다음처럼 말한다.

대체 세계상실이란 무엇인가? 추상파가 생각하는 세계상실은 세계적이며 가시적인 것을 무시함을 의미한다. 그런데 텍스트가 말하는 모델에 의하면 세계상실이란 세계적이며 불가시적인 것, 즉 세계내면공간이나 배후나 순수한 존재가 총체적으로 부재함을 의미한다. 바탕이 되는 존재의 총체적 결핍으로 파악되는 세계상실은 바탕상실에 지나지 않는다. 그리고 내부세계의 결핍으로 파악되는 세계상실은 「존재포기」(하이데거)에 지나지 않는다. 숱한 텍스트에 나타나는 세계상실은 철저한 부정적 상태이며 결코 긍정적으로 생각할 수 없는 것들이다. 바꾸어 말하면 그것은 절대로 복으로 바꾸어질 수 없는 화근이다.(R. N. 마이어, 『세계상실의 문학』, 장남준 역, 홍성사, 1981, 229~230)

여기서 말하는 추상은 비극적 추상이 아니라 순수추상이다. 순수추상이 보여주는 세계상실은 세계적이며 가시적인 것의 부정을 뜻한다. 그러니까 눈에 보이는 세계를 부정한다. 그러나 이런 순수추상엔 가시적인 것의 부정을 통한 불가시적인 것의 추구가 없다. 그러므로 추상파의 텍스트가 보여주는 것은 세계적이며 불가시적인 것의 부재이고, 이것이 마이어가 추상파를 비판하는 이유이다. 가시적인 것과 불가시적인 것이 문제다. 순수추상은 가시적인 것을 부정하며 동시에 불가시적인 것도 부정하기 때문에 비판의 대상이 된다.

그가 말하는 세계적이며 불가시적인 것은 이 세계의 토대, 하이데거가 말하는 '존재'에 해당한다. 그러니까 순수추상파의 세계상실은 세계의 부재가 아니라 세계의 근거로서 눈에 보이지 않고 언어를 초월하는 바탕의 부재이다. 그런 점에서 추상파는 하이데거가 말하는 존재를 포기하고, 따라서 그들의 세계상실은 낙원, 복이 될 수 없고, 그들의 추상은 해방이 될 수 없다. 그것은 결핍, 빈곤, 공허, 허공 속에서의 떠돌음이다. 이런 세계부정은 하이데거가 말하는 '가까이 있는 것'(존재)을 무시함으로써 존재의 파괴에 몰두하고, 그것은 진리의 몰락이 된다. 마이어에 의하면 이런 재난을 극복하는 방법은 참된 현실, 가장 가깝고 가장 단순한 것의 추구이다.

존재(참된 현실)는 눈에 보이지 않지만 가장 가까이 있고, 가장 단순하다. 하이데거가 추구하는 존재는 눈에 보이는 존재자들이 아니라 존재자들의 근거이다. 그러나 존재는 이렇게 우리 가까이 있고 단순한 것이지만 우리의 이성을 초월한다. 그의 존재 개념이 난해한 이유이다. 나는 그의 존재 개념에 대해 다음처럼 말한 바 있다.

하이데거의 존재 개념이 난해한 것은 그가 전통적 형이상학의 개념을 거부하기 때문이다. 그가 말하는 존재는 전통적인 존재/부재, 존재/무, 존재/본질의 이분법을 해체한다. 앞에서도 말했듯이 그가 강조하는 존재는 가깝고 동시에 멀고, 존재하며(현) 동시에 부재하고(은), 환한 영역이지만 숲속의 환한

터이다. 물론 그는 후기에 현존재라는 용어 대신 인간과 존재자라는 용어를 사용하고, 이때 인간은 존재자에 포함된다. 전기 사유에서 현존재가 자신이 은폐한 존재를 개시한다면 후기 사유에선 현존재(인간)의 본질은 존재와 탈존의 관계이고, 그가 탈―존이라고 표현하는 것은 이런 삶의 양식을 강조한다.(이승훈, 『선과 하이데거』, 황금알, 2011, 194)

탈―존은 자신을 벗어나며 동시에 존재하는 것. 요컨대 존재의 특성인 탈―존은 내가 존재와 만나면서 존재 속에 있고, 이때 나는 소멸하며 동시에 있다. 마이어가 추상파의 한계를 지적하면서 대안으로 제시하는 존재 개념이 그렇다. 눈에 보이지 않지만 가장 가까이 있고 가장 단순한 것. 쉽게 생각하자. '나는 있다.' '나무는 있다'에서 순수 추상이 강조하는 것은 '나는 없다.' '나무는 없다'는 무, 부재, 추상의 세계, 곧 세계상실의 공간에 해당한다. 세계적이며 가시적인 것의 부정이 존재의 몰락이다. 존재는 세계적이며 불가시적이다. 위의 문장에서 '(나)는 있다', '(나무)는 있다'가 되면 나, 나무는 보이지 않지만 '―는 있다'가 되어 보이지 않는 불가시적인 것은 있다. 하이데거가 강조한 존재는 이런 '있음', '존재'이고 그런 점에서 세계적이며(현상) 불가시적이다. 그렇지 않은가? 우리는 이런 있음을 볼 수 있는 것은 아니지만 이런 있음이 세계의 근거라는 것을 안다. 이런 존재, 있음은 가장 가까이 있고 동시에 멀리 있고, 가장 단순하다. 내가 위의 책에서 시도한 것은 하이데거가 말하는 존재 개념을 선불교의 시각에서 해석하는 일이었다.

김준오는 내가 주장한 비대상시를 내면세계를 대상으로 한다고 해석한다. 옳은 지적이다. 그러나 비대상시를 세계상실의 시라고 하면서 세계상실에 대한 구체적인 언급이 없어, 자칫하면 마이어가 비판하는 그런 시, 그러니까 순수한 형식 공허, 무를 지향하는 순수추상으로 오해될 여지가 있으므로 이 글을 쓴다. 비대상시는 세계상실의 시에 포함할 수 있지만 비극적 추상, 특히 액션 페인팅이 암시하는 추상표현주의를 지향한다. 따라서 칸딘스키의 추상보다 카프카의 비극적 추상을 지향하고, 내가 강조한 것은 실존의 현기이고 삶의 재난이다. 이런 세계는 언어로 표현하기 어려운 무의식을 추구한다. 아니 추구가 아니라 나는 억압된 무의식을 밖으로 터뜨린다. 그리고 그때 체험하는 실존의 현기를 견딜 수 없어서 원형, 기독교적 이미지, 일종의 실존신학의 세계로 넘어가고, 다시 벽에 부딪친다.

2) 무의식과의 싸움

정효구는 누구보다 나의 시와 시론에 많은 관심을 보여주고 글을 쓰신 분이다. 특히 나의 시론을 총체적으로 해석하면서 내가 미처 생각하지 못했던 부분을 지적해 주어 나의 사유에 많은 도움이 되었다. 비대상 시론도 그렇다. 그는 먼저 비대상시가 자아중심주의에 근거한다고 말한다. 왜냐하면 비대상 시론은 대상보다 자아를 우선시하고, 자아 찾기, 자기증명이 무의식의 표출과 등가를 이룬다는 점에 동의하든 하지 않든 관심이 자아 쪽에 있기 때문이다. 문제는 그가 비대상시가 노리는 무의식을 즉자적 세계로 읽고, 이 즉자적 세계를 라캉이 말하는 실재계와 관련시킨 점이다. 그는 다음처럼 말한다.

자아의 무의식, 그곳은 대상과 세계의 대표적 존재인 사회의 규범이나 제도 그리고 가치나 윤리에 순응하지 못하고 외로움, 불안, 우울 등으로 시달리던 그가 찾아낸 이른바 '고향'과 같은 곳이기도 하였다. 그는 여기서 자유, 순수, 평화, 안정, 해방 등과 같은 긍정적 감정을 얻을 수 있을 같다는 상상을 하였다. 달리 말하면 그는 대자적 세계인 대상, 사회 등과 구별되는 즉자적 세계를 갈망하였고, 그 즉자적 세계의 구체적 장소로 찾아낸 곳이 자아의 무의식이었던 것이다. 그곳은 대자적 세계로서의 인간들이 만든 어떤 인간적 사회적 관념과 조작도 끼어들지 않는 곳이다. 그는 이와 같은 즉자적 지대로서의 고향과 같은 무의식의 세계를 만나고, 그것을 드러내는 것이 바로 진정한 자기존재 증명의 시쓰기의 실체가 되어야 한다고 생각하였던 것이다. 즉자적인 세계란 라캉이 말하는 '실재계'와 다르지 않다.(정효구, 「비대상의 시론에서 不二의 시론까지」, 『한국현대시와 평인의 사상』, 푸른사상, 2007)

그러니까 비대상시는 언어로 무의식, 즉자적 세계, 실재계를 지향하는 시이다. 즉자적 세계는 사르트르가 『존재와 무』에서 사용한 용어로 즉자존재 혹은 즉자로도 번역된다. 정효구가 이 글에서 즉자를 무의식과 동일시한 건 정당하다. 왜냐하면 사르트르도 즉자를 무의식과 동일시하기 때문이다. 이런 동일시는 크게 보면 무리가 없다. 그러므로 내가 고백한 이른바 '방법론적 긴장'을 실재계(무의식)와 상징계(언어)의 문제로 해석한 건 탁견이다. 내가 고백한 이 긴장은 비대상시의 가능성과 불가능성의 갈등, 긴장을 말하고, 나는 그것을 개인상징 – 보편상징의 과정을 통해 극복하려다 포기한다. 왜 이런 방법론적 긴장이 있었던 것일까? 그러니까 왜 무의식, 즉자존재, 실재계를 그대로 터뜨리는 일에 회의가 온 것일까? 정효구는 다음처럼 말한다.

그러나 그가 언어를 버리지 않는 한, 그의 무의식 드러내는 일은 바로 그 언어에 의해 이루어져야만 했다. 언어란 사회적 산물로서 상징계의 대표적인 도구이기 때문에 그가 집중하는 즉자적 세계를 드러내는 일에 한계를 지닌다. 그는 여기서 개인상징으로 언어의 상징성과 도구성이 지닌 한계를 넘어보려 하였지만, 개인상징이 지닌 소통의 어려움과 그 개인상징조차도 실은 언어라는 도구의 한 형태라는 점을 상기할 때, 그것은 쉽게 풀리지 않는 과제로 남을 수밖에 없었다. 그는 이런 과제수행의 어려움을 '방법론적 긴장'이라는 말로 표현하기도 하였다. 요컨대 언어로 무의식, 실재계, 즉자적 세계를 드러내는 일엔, 그것의 가능성과 불가능성 사이에서 발생할 수밖에 없는 긴

　　장이 있다고 보는 것이다.(정효구, 앞의 글)

　실재계는 언어 체계와 법의 세계인 상징계 너머 존재(?)한다. 그러므로 실재계에 해당하는 무의식을 드러내기 위해서는 언어를 버려야 한다. 그러나 시의 경우 무의식 드러내기는 언어에 의존할 수밖에 없다. 그런 점에서 내가 추구한 개인상징도 언어의 한 형태다. 결국 내가 이른바 '방법론적 긴장'에 대해 말한 건 무의식 추구도 언어의 한 형태였기 때문이다. 그러나 언어를 버리는 일은 쉽지 않았고, 비대상 시론은 그 후 자아부정, 언어부정의 단계를 거쳐 시론 「영도의 시쓰기」로 발전하고, 여기서 내가 강조한 것은 대상, 자아, 언어 없는 시쓰기다. 한편 나는 라캉의 실재계를 禪과 관련시켜 해석한 글들을 『현대시학』에 1년 동안 「이승훈의 해방시학 강의」(현대시학, 2010~2011)라는 표제로 연재한 바 있고, 이 글들은 『이승훈의 해방시학—라캉으로 시읽기』(문학동네, 2011)로 출판되었다. 이 책에서 내가 강조한 것은 상상계, 상징계, 그러니까 자아, 대상, 언어 너머의 실재계를 찾아가는 길이고, 이 길이 자아 해방의 길이 된다. 이런 문제는 모두 「영도론」, 『선의 시학』에서 다룰 예정이다.

　다시 무의식과 언어의 문제. 무의식은 실재계이고 시는 언어를 수단으로 한다는 점에서 상징계에 속한다. 그러니까 시쓰기, 특히 무의식(실재계)을 추구하는 시쓰기는 상징계(언어 체계, 법, 제도) 속에서 이 상징계와 싸우고, 한편 상징계는 실재계(무의식)와 싸운다. 쉽게 말하면 상징계(시)는 상징계(언어))와 싸우고 상징계(언어)는 실재계(무의식)와 싸운다. 그런 점에서 비대상시는 이중의 싸움이다. 그러나 비대상 시론을 쓸 무렵 내가 생각한 것은 이런 이중의 싸움이 아니라 무의식/의식, 반이성/이성, 즉자/대자의 싸움이었다. 나는 이런 세계를 '무의식과의 싸움'이라고 불렀다.

내가 비대상의 공간에서 실존의 현기, 어지러움을 체험한 것은 무의식의 단편들, 의식할 수 없는 무명의 단편들 때문이었다. 그러므로 나는 무의식을 폭로하며 동시에 무의식과 싸운 셈이다. 그러나 무의식과의 싸움은 의식이 개입될 비로소 싸움이 된다. 의식은 지향성 혹은 대상과의 투쟁을 본질로 하고 무의식은 이런 지향성을 모르기 때문이다. 한편 의식은 자아에 해당하고 무의식은 자아의 심층에 있다(?). 비대상의 공간은 자아(의식)와 대상의 세계가 아니라 대상이 소멸한 상태에서 자아 찾기이고, 무의식 찾기이고, 무의식을 폭로하는 세계이고, 의식과는 무관한 세계이다. 그러나 무의식을 폭로하며 동시에 무의식과 싸우는 것은 무의식을 대상으로 하는 싸움이고, 따라서 의식이 개입한다. 왜냐하면 무의식도 대상이 되고, 대상과의 싸움은 의식의 개입을 요구하기 때문이다.

쉽게 생각하자. 대상이 소멸한 상태에서 자아를 찾는 세계는 자아를 대상으로 하는 의식, 곧 자의식의 세계이다. 그러나 이때 자아가 무의식이 된다는 점에서 이런 세계는 자의식이 아니라 자무의식(?)의 세계가 된다. 의식의 대상은 자아가 아니라 무의식이 되고, 의식은 무의식과 싸우기 시작한다. 그러나 무의식과 의식의 싸움은 언어에 의해 수행되고, 이때 언어가 의식이 된다. 왜냐하면 언어가 없다면 의식이 존재할 수 없기 때문이다. 요컨대 무의식과 의식의 싸움은 어지러운 심리세계인 무의식적 실체를 언어에 의해 표현하려는 노력이다.

그러나 언어는 대치의 개념을 본질로 한다. 말하자면 대상 자체가 아니라 그 대상을 기호로 대치한다. 따라서 모든 언어는 추상적 기호의 세계이고, 기호는 극단적으로 과학, 곧 추상을 지향한다. '산'이라는 낱말 속에는 구체적인 '산'이 없다. 그런 점에서 모든 언어는 구체적인 세계로부터의 소외를 운명으로 한다. 이것이 언어의 한계이다. 나는 다음처럼 말한다.

시는 나의 경우 주관적 진리의 세계라 할 실존의 투사를 증명함이고, 실존의 투사는 의식이 아니라 무의식 자체가 되려는 노력, 곧 사르트르 식으로 말하면 對自가 아니라 卽自로 존재코자 함인데, 그런 존재를 실현하는 언어는 본질적으로 대자를 지향했다. 의식적 자아인 대자는 의식 자체인 언어의 추상성 때문에 필연적으로 무의식적 자아인 즉자로부터 아득히 멀어졌다. 무의식적 실체인 즉자가 되고 싶은 인간의 노력인 詩作은 그리하여 언어와의 싸움을 야기했다. 그것은 의식과의 싸움이기도 했다. 어떻게 언어 일반, 의식 일반의 특성인 저 추상화로부터 나는 벗어날 수 있었던가.(이승훈, 「무의식과의 싸움」, 『비대상』, 민족문화사, 1983, 86)

비대상시가 강조한 것은 실존의 투사이고, 이런 투사가 노리는 것은 무의식 자체, 곧 즉자가 되려는 노력이다. 그러나 시쓰기는 언어를 매개로 하고, 언어는 의식, 곧 대자를 지향한다. 그러므로 언어의 추상성 때문에 무의식/의식, 즉자/대자의 갈등, 거리가 생기고, 따라서 무의식과의 싸움은 언어와의 싸움이 되고, 의식과의 싸움, 대자와의 싸움이 된다. 자아 찾기는 의식적 주체 찾기가 아니라 무의식적 실체 찾기이고, 그것은 억압된 무의식의 터뜨림, 실존의 투사로 수행된다. 그러나 이런 작업, 곧 무의식과의 싸움을 언어가 방해하기 때문에 그것은 언어와의 싸움이 되고, 언어가 의식이라는 점에서 의식과의 싸움이 된다. 사르트르 식으로 말하면 대자와의 싸움이다.

3) 즉자와 대자

나는 앞에 인용한 글에서 즉자와 대자 개념을 소박하게 해석했다. 그러나 사르트르가 말하는 즉자와 대자는 그렇게 단순한 개념이 아니다. 즉자 혹은 즉자존재는 무의식적 실체로 대자 혹은 대자존재와 대립된다. 대자가 자신의 존재방식을 자유롭게 선택할 수 있음에 반해 즉자는 잉여로 남

아도는 존재다. 사르트르가 『구토』에서 주인공 로깡땡을 통해 강조한 것이
이런 잉여 존재다. 그것은 태어남에는 이유가 없다는 우연성, 삶에는 목적
이 없다는 부조리성과 통한다. 그는 『존재와 무』에서 다음처럼 말한다.

> 즉자존재는 결코 가능하지도 않고 불가능하지도 않다. 그것은 '있다'. 의
> 식은 이것을 의인적 어법으로 즉자존재는 '남아도는 것'이라고 표현할 것이
> 다. 다시 말하면 의식은 즉자존재를 '어떠한 것으로'부터라도 절대적으로 끌
> 어낼 수 없다는 것이다. 다른 존재로부터도, 가능적인 것으로부터도, 필연적
> 인 법칙으로부터도 끌어낼 수 없다는 것이다. 창조되지 않았고 존재할 까닭이
> 없이 다른 존재와 아무 관계도 없이 즉자존재는 영원히 남아도는 것이다. 존
> 재는 있다. 존재는 자체로(즉자로) 있다. 존재는 그것이 있는 것이다. 이것이
> 존재현상에 관한 잠정적 검토에서 현상의 존재에게 돌려줄 수 있는 세 가지
> 특징들이다.(사르트르, 손우성 역, 『존재와 무 1』, 삼성출판사, 1977, 84~85)

무의식적 실체로 간주되는 즉자는 가능성/불가능성을 초월하지만 존
재는 '있다'. 그런 점에서 즉자는 있음, 존재 자체를 뜻한다. 그가 말하는
존재는 하이데거가 말하는 존재 개념과 유사하다. 앞에서도 말했지만 하
이데거의 경우 존재는 '있음' 자체, 그러니까 '나는 있다.' '돌이 있다.'
는 그런 있음이 아니라 '—는 있다.'는 문장이 암시하는 그런 있음을 뜻
한다. 무의식(즉자)은 의식(대자)의 영역을 초월하고, 혹은 그런 영역의
잉여로 존재한다. 즉자(무의식)는 존재가 되고, 모든 존재자, 곧 사물들이
나 인간은 이 즉자에 의존한다.

프로이트가 무의식을 정신분석의 문맥에서 해석한다면 사르트르는 현
상학의 문맥에서 해석한다. 전자든 후자든 무의식은 의식할 수 없고, 분
별할 수 없는 '그것'이다. 의식이 즉자를 '남아도는 것'으로 부르는 것은
즉자(무의식)가 의식의 지배를 벗어나는 잉여이기 때문이다. 그러므로 즉
자는 무엇으로 존재하는 것이 아니라 '그것'으로 존재하고, 마침내 그것

이 존재다. 대자(의식)는 즉자(무의식)에 대해 어떤 방법으로도 손을 댈 수가 없다. 다른 존재로부터 끌어낼 수 없고, 가능성, 필연성과도 무관하다. 존재할 까닭이 없이 존재하는 즉자존재는 영원히 남아도는 존재다.

물론 존재는 존재자가 아니다. 사르트르는 하이데거의 철학을 수용하면서 『존재와 무』를 쓰고, 그 후 실존주의로 나간다. 그가 말하는 존재는 존재자, 대자, 의식을 초월한다. 존재는 있다. 말하자면 존재는 무엇이 있음이 아니라 있음 자체다. 그리고 있음 자체가 즉자이다. 다라서 존재는 즉자로 있다. 존재는 무엇이 있는 것이 아니라 '그것'이 있는 것이고, '그것'이 즉자다. 하이데거는 「휴머니즘 편지」에서 '존재는 그것이고 그것은 그것 자체'라고 말한다. 그에 의하면 사유는 존재의 사유이고, 존재가 존재를 사유한다. 존재가 사유한다는 말은 주체, 이성이 소멸한 상태의 사유이기 때문에 사유 이전의 사유이고, 주체가 없기 때문에 '그것'이 사유하고, 존재는 '그것'이고, '그것'은 그것 자체이다. 과연 '그것'은 무엇인가? 나는 다음처럼 말한 바 있다.

> 이 세상엔 내가 있고 나무도 있다. 그러나 '나는 있다.'의 경우 '있음', '존재'는 어떻게 있는가? 내가 있는 것처럼 '있음'이 있고, 한 그루 나무가 있는 것처럼 '있음'이 있는가? 그런 점에서 존재(있음)는 존재자(나, 나무)처럼 있는 게 아니다. 존재자에 관해 '그것이 있다.'고 말하지만 존재(있음)에 관해서는 그런 말을 할 수 없다. 따라서 존재의 사유는 존재자 없는 사유이고, 주체도 대상도 없는 존재(있음)에 대한 사유이고, 존재는 '내가 있게 하는 것'이 아니라 '나를 있게 하는 것', '있음을 있게 하는 것', 그러니까 '그것'이고 '그것이 존재를 준다.' (이승훈, 『선과 하이데거』, 황금알, 2011, 203)

쉽게 생각하자. '그것'은 비인칭 대명사다. 그러니까 명사를 대신한다. 예컨대 '그것은 우산이다.'의 경우 '그것'은 나로부터 조금 떨어진 우산을 지시하고, 그 의미는 '이것(가까움)/그것(조금 떨어짐)/저것'(멀리 떨어짐)의 관계가 결정한다. 한편 '우산이 있다. 그것은 비가 올 때 사용하는 물건이다.'고 할 때 '그것'은 앞에 나온 명사 '우산'을 대신한다. 그러나 독어나 영어의 경우 '그것'은 예컨대 '비가 온다(It rains)' 처럼 주어 없는 문장에 사용된다. 이때 '그것'은 문장 형식으로서는 주어이지만 주어로서의 기능이 없다. 하이데거가 강조하는 존재, '그것'은 이렇게 존재자(우산)를 지시하지 않고, 따라서 존재자가 부재하지만 존재하는 것을 뜻한다. '그것'은 존재자처럼 존재하지 않지만(부재) 그러나 존재한다.

사르트르는 '즉자란 어디까지나 그것이 있는 것 밖의 아무것도 아니다.'고 말한다. 대자는 이렇게 의식의 대상이 될 수 없는, 분별을 초월하는 즉자(무의식적 존재)와 대립된다. 그에 의하면 대자는 하나의 '무'로 인식되고, 대자는 자신의 삶을 미래로 투사하는 기투적 존재이고, 존재를 추구한다. 가능성, 가치, 시간성이 문제가 되는 존재이다. 이런 대자 개념 역시 하이데거에 빚지고 있다.

대자와 현존재

그가 말하는 대자는 하이데거가 말하는 현존재에 해당한다. 세계-내-존재로서의 현존재의 일상은 이 세계에 퇴락하면서 존재를 개시하는, 기투하는 존재이다. 현존재는 세계 속에 있으면서 이미 자기를 앞지르는(염려) 존재로 그것은 피투성(사실성), 기투성(실존성), 퇴락성(일상성)이 통일된 존재다. 피투성은 나의 삶이 근거 없이 이 세계에 던져졌다는 것, 실존성은 나의 삶은 미래(죽음)를 미리 앞질러 선취해야 한다는 것, 그리고 이런 선취(기투)에 의해 나는 비본래적 삶(퇴락성, 일상성)을 초월한다. 요컨대 현존재는 피투성, 기투성, 퇴락성이 통일된 존재이다.

시간의 차원에서 현존재는 있어 오면서(과거) 마주하면서(현재) 다가가는(미래) 존재이다. 거칠게 요약하면 과거－현재－미래의 탈자적 통일성의 세계이고, 이때 탈자적 통일이라는 말은 각 시간이 개별적 특성을 벗어나며 하나가 된다는 뜻이다. 하이데거가 말하는 시간성이 그렇다. 그것은 피투성(과거)을 전제로 죽음(미래)을 앞질러 선취할 때 평균적 일상성(현재)에서 해방되고, 나 자신으로 있을 가능성을 개시한다. 죽음(미래)에의 선구는 죽음의 실존적 가능성이다.

그러므로 사르트르가 말하는 대자의 특성, 곧 대자가 하나의 '무'로 인식되고, 자신의 삶을 미래로 투사하고, 존재를 추구한다는 것, 그리고 가능성, 가치, 시간성 개념은 모두 하이데거의 사유를 수용한다. 대자가 '무'로 인식되는 것 역시 비슷하다. 그에 의하면 무는 존재의 기반 위에서만 자체를 무화한다. 앞에서 말했듯이 존재는 무엇으로 존재하는 것이 아니라 '그것', 언어와 사유를 초월하는 것으로서의 '무'이다. 대자가 무로 인식되는 것은 대자가 존재를 실현할 때 대자가 무화하기 때문이다. '무'는 존재 없이는 아무 의미도 소유하지 않는다는 그의 말이 그렇다. 그러니까 '존재와 무'가 강조하는 것은 '무'가 '존재'의 핵심이고, 대자는 무와 만나면서 존재를 실현한다. 존재의 두 유형으로 즉자와 대자가 나오는 것은 이런 문맥을 거느린다. 즉자는 존재에 가깝지만 존재의 핵심인 무를 모르고 대자는 존재의 핵심인 무를 실현한다. 그렇다면 이 무는 무엇인가?

하이데거에 의하면 일반적인 기분은 존재자를 드러내고 무를 은폐하지만 불안이라는 특이한 기분 속에서는 존재자가 붕괴되며 무를 보여준다. 무슨 말인가? 쉽게 생각하자. 애인을 만나 기쁨을 느낄 때 내가 체험하는 것은 이 세상이 애인(존재자)으로 가득차는 느낌이다. 그러나 이유 없이 마음이 불안한 시간에 내가 체험하는 것은 주위 사물들(존재자)이 일상적 의미를 상실하고 뒤로 물러가고 사라지고 나(존재자) 역시 사라지는 느낌이다. 그런 점에서 불안 속에서는 존재자가 붕괴되며 무를 보여준다. 그렇다면 이 무는 과연 무엇인가? 하이데거는 다음처럼 말한다.

> 불안에 직면할 때 '그것은 아무것도 아니고 어디에도 없다' 는 것이 드러난다. 세계 속에 '아무것도 아니고 어디에도 없다' 는 완고한 말이 의미하는 것은 세계의 본질이 그렇다는 것. '아무것도 아니고 어디에도 없다' 는 말이 내포하는 무의미성은 세계의 부재를 의미하는 게 아니라 세계 속에 잇는 존재자, 이른바 세계내부적 존재자는 그 자체로 무의미하고 이런 무의미를 토대로 세계가 세계성 속에서 스스로 솟구쳐 오른다는 것을 의미한다. (M. Heidegger, 『Being and Time』, trans. by J. Macquarrie & E. Robinson, Harper & Row, 1962, 231, 이승훈, 앞의 책, 45 재인용)

사실 불안은 지나고 나면 아무것도 아니고 어디에도 없다. 아니 불안의 시간에 우리가 체험하는 것도 '아무것도 아니고 어디에도 없는' 것이다. 불안이 공포와 다른 점이다. 불안은 대상이 없고, 공포는 대상이 있다. 그러므로 불안은 무를 대상으로 하고 무는 어디에도 없다는 것은 세계의 부재를 의미하는 게 아니라 이런 무를 토대로 세계가 스스로 솟구치는 것, 분출을 뜻한다. 그렇다면 이런 솟구침은 무엇을 의미하는가? 불안은 존재 전체를 붕괴시키고 뒤로 물러가게 하고, 뒤에 은폐된 무를 드러내고 무와 만난다.

따라서 불안은 존재자가 은폐하고 있던 무를 탈은폐하고 무는 이런 탈은폐에 의해 발생한다. 나는 이런 존재자, 특히 인간을 뜻하는 현존재를 현(존재)로 표현한 바 있다. 현(존재)는 불안의 순간에 현존재 자신이 은폐한 존재(무)를 드러내고, 이런 드러냄, 개시는 현존재 속에 은폐되었던 존재를 드러내기 때문에 단순한 드러냄이 아니라 탈은폐, 곧 은폐하면서 드러내고 드러내면서 은폐한다는 의미이다.(좀 더 자세한 것은 이승훈, 위의 책, 41~53 참고 바람)

대자가 하나의 무로 인식되고, 존재를 추구한다는 사르트르의 주장은 이런 문맥에서 읽을 수 있다. 그가 말하는 대자는 현존재에 해당하고, 대자가 존재를 추구한다는 것은 존재의 핵심인 무를 추구한다는 것. 현존재가 현(존재)의 구조라면 대자존재는 대자(존재)이고, 이때 존재의 핵심은 무이다. 그러므로 사르트르는 대자가 즉자(무의식, 존재)에 의존하고, 즉자가 대자에 앞선다고 말한다.

다시 요약하자. 존재 속에 무가 있고, 그러므로 존재와 무는 존재(무)의 구조이고, 이런 관계는 파이프 구멍에 비유할 수 있다. 파이프가 존재하는 것은 이 구멍 때문이다. 이런 사유는 노자가 말하는 無用, 곧 무의 효용과 유사하다. 노자는 '흙을 이겨 그릇을 만들지만 그릇의 텅 빈 곳에 그릇의 쓸모가 있다. 문이나 창을 뚫어 방을 만들지만 방의 텅 빈 곳에 방의 쓸모가 있다.'고 말한다. 물론 노자의 이런 말은 이른바 道를 강조하고, 사르트르는 이런 텅빔(무)이 존재의 핵심이지만 존재를 다시 즉자와 대자로 나눈다. 즉자는 존재에 가깝지만 무를 모르고, 대자는 무, 곧 존재를 추구한다.

4) 불안 다시 읽기

이런 사유를 전제로 비대상시에서 내가 읽은 무의식과의 싸움, 곧 무의식/의식, 반이성/이성, 즉자/대자의 싸움은 다시 검토할 필요가 있다. 먼저 즉자와 대자의 관계. 나는 즉자와 대자를 소박하게 무의식과 의식에 상응하는 것으로 수용했다. 물론 즉자는 무의식적 실체이고 대자는 의식이 가능한 존재를 의미한다. 그러나 사르트르에 의하면 이런 의식이 무로 규정되고, 따라서 대자는 하나의 무가 된다. 여기서 사르트르와 하이데거의 차이가 드러난다. 하이데거의 경우 무는 불안이라는 특수한 기분 속에 체험되고, 이 무를 매개로 현존재는 존재를 실현한다.

　그러나 사르트르는 무를 특수한 기분의 영역이 아니라 인간(대자)의 보편적 특성으로 간주하고, 인간이 존재를 추구하는 것은 무(의식) 때문이다. 그런 점에서 무는 존재의 핵심이다. 즉자는 무를 모르고 대자는 무를 안다. 아니 의식이 무라는 점에서 대자는 무 자체이다. 대자가 의식할 수 있는 것은 무 때문이고, 의식은 무의 무화 작용에 지나지 않는다. 이런 주장 역시 하이데거의 존재 개념을 빌리고 있다. 존재는 존재자들의 근거로 유/무, 있음/없음의 분별을 초월하고, 따라서 존재는 존재자의 시각에선 존재하지 않는 무에 해당한다. 그러나 이 무(존재)에 의해 유(존재자)가 존재한다. 대자의 핵심은 존재이고, 존재의 특성은 의식이고, 의식은 무이다. 존재와 무는 파이프와 파이프 구멍의 관계처럼 인식된다.

　이런 사유는 너무 복잡하고 나는 사르트르 전공자가 아니기 때문에 그가 말하는 즉자와 대자의 개념만 다시 요약하면 이렇다. 존재의 핵심은 무이고, 존재 속에 무가 있고(?), 존재는 다시 즉자와 대자로 양분된다. 즉자는 무의식 자체이고 대자는 의식적 존재이다. 의식에 의해 존재자, 곧 세계, 대상들이 존재하기 때문에 의식은 하이데거가 말하는 존재에 해당하고, 존재는 무이기 때문에 의식은 무이고, 따라서 즉자에 의존한다.

　아무튼 이런 논리에 의하면, 그 후 사르트르가 강조하는 무, 자유, 윤리적 선택, 곧 존재가능성의 문제를 제외하고, 즉자와 대자의 관계만 강조하면 비대상시가 제기한 즉자(무의식)/대자(의식)의 싸움이라는 문제는 대자가 의식적 존재이고, 의식의 본질이 무라는 것, 대자가 즉자에 의존한다는 것이 강조되고, 그런 점에서 대자는 존재의 실현, 무의 실현을 지향한다. 요컨대 즉자와 대자는 대립적 관계가 아니라 존재와 현존자의 관계가 그렇듯이 대자(즉자) 혹은 현(존재)의 구조로 인식된다. 대자는 자신 속에 있는 즉자(무)를 추구하고, 현존재는 자신 속에 있는 존재를 실현한다.

그러나 사르트르는 무를 자유와 관련시키고, 하이데거는 이런 윤리적 사회적 개념이 아니라 존재자의 근거, 곧 무/유, 존재/부재의 이항 대립을 초월하는 빛으로 인식한다. 비대상 시론에서 제기된 무의식(즉자) 드러내기는 사르트르보다 하이데거의 시각을 강조하면 존재 실현이라는 문제로 발전하고, 나는 이 존재를 선불교적 시각에서 空으로 해석한 바 있다. 그런 점에서 즉자/대자, 무의식/의식의 싸움은 선의 시각에서 새롭게 해석된다는 게 나의 입장이다.

한편 불안의 문제 역시 좀 더 발전적으로 읽을 필요가 있다. 비대상시의 근거는 불안, 우울 같은 심리상태를 동기로 한다. 그러니까 비대상시는 이런 불안의 시간에 내가 체험하는 정서적 무력감, 이유 없는 근심과 걱정을 극복하는 하나의 수단, 곧 억압된 무의식을 터뜨림으로써 이런 불안의 극복을 노린다. 나는 다음처럼 말한 바 있다.

> 불안이 찾아오는 시간에 내가 체험하는 것은 정서적 무력감과 까닭 모를 걱정이고 이런 심리적 상태는 신체적 반응을 수반하는 수가 많다. 앞에서 나는 지난해 겨울 아무것도 못 하고 시 몇 편 쓴 것이 전부라고 했다. 그리고 시를 쓰는 시간에는 불안하지 않았다고 했다. 결국 시를 쓰는 행위는 불안을 극복하는 행위이고 불안이 찾아오는 것은 아무것도 하지 않을 때다. 그러나 아무것도 하지 않는다고 해서 모두 불안한 것은 아니다. 일을 하고 쉬는 시간은 불안하지 않고 친구들과 노는 시간도 불안하지 않다.
>
> 그러므로 좀 더 엄격하게 말하면 불안은 아무것도 하지 않는 시간에 찾아오는 것이 아니라 아무것도 할 수 없는 시간에 찾아오고, 아무것도 할 수 없다는 것은 무력감에 젖는 것이고, 이런 심리 상태는 불안이 대상이 아니라 오직 상태와 관련된다는 프로이트의 말이 암시한다. 시쓰기를 비롯한 많은 예술 창조는 이런 무력감, 근심, 걱정을 극복하고 이런 무력감에서 자아를 지키려는 행위이다.(이승훈, 「현대시와 불안」, 『정신분석 시론』, 문예출판사, 2007, 20)

한마디로 시를 쓰고 그림을 그리는 행위는 불안을 극복하는 행위이다.

이 글에서 나는 이런 행위에 의해 자아를 지킬 수 있다고 말한다. 그러나 이런 말을 한 것은 내가 이 책을 자아 방어의 단계, 자아 승화의 단계, 자아 해방의 단계로 진행하고, 불안의 주제는 자아 방어의 단계에서 해석했기 때문이다. 비대상시는 자아 방어가 아니라 자아 찾기를 목표로 하고, 이때 자아는 일상적 자아(의식)가 아니라 그런 자아를 억압하는 자아(무의식)에 해당한다. 따라서 자아 찾기는 억압된 무의식을 드러내는 일과 통한다. 무의식의 폭로가 자아 해방과 관련된다는 시각에서 비대상시는 자아 해방을 지향한다.

프로이트의 경우 불안이 심리상태라면 하이데거의 경우 불안은 기분이고, 기분을 매개로 인간은 존재를 실현한다. 전자의 경우는 불안이 정신분석의 대상이고 후자의 경우는 존재론의 대상이다. 전자가 부정적 입장이라면 후자는 긍정적 입장이다. 왜냐하면 전자는 불안이 심리치료의 대상이지만 후자는 존재를 실현할 수 있는 가능성이기 때문이다. 비대상 시론은 프로이트의 입장에 서 있다. 그러므로 불안에 대한 새로운 해석은 하이데거의 입장에서 새롭게 추구될 수 있고, 나는 이 문제를 선과 결합시켜 해석한 바 있다.(이승훈, 「불안」, 『선과 하이데거』, 앞의 책)

5) 무의식과 언어

끝으로 무의식과 의식, 무의식과 언어, 언어와 의식의 문제. 나는 시론 「무의식과의 싸움」에서 무의식과 의식의 싸움은 언어에 의한 실존의 투사를 증명함이고, 실존의 투사는 무의식 자체가 되려는 노력, 대자가 아니라 즉자가 되려는 노력이지만 언어가 대자를 지향하기 때문에 무의식과의 싸움이 언어와의 싸움이고, 의식과의 싸움이라고 말했다. 그렇다면 언어의 이런 추상성에서 벗어나는 길은? 그때 나는 연작시 「모발의 전개」 가운데 하나인 「희망」(시집 『환상의 다리』)을 모델로 무의식과 의식의 대립이 아니라 무의식과 의식의 역동적인 긴장을 강조한다. 시의 전문은 다음과 같다.

> 오오 머얼다 가늘고 햇볕 속에 뛰는 물체여 너의 내부에서 쏟아져 나오는 의자들 하얀 소리 또는 퍼렇게 타버리는 발톱 열 개 가을의 마지막 1일의 사랑 사련에서 사련으로 가는 길은 머얼다

졸시 「희망」 전문이다. 이 시의 경우 '햇볕 속에 뛰는 물체', '쏟아져 나오는 의자들', '하얀 소리', '퍼렇게 타버리는 발톱' 등은 모두 언어 일반의 추상화를 거부한다. 이런 이미지들은 무의식 자체, 곧 즉자의 공간이고, 그것은 원자들이 서로 충돌하는 에너지로 가득한 물질의 세계다. 물론 원자는 전자로, 전자는 원자핵으로, 원자핵은 다시 무한소로 분석되지만 즉자, 곧 무의식적 실체는 하나의 양자 현상에 지나지 않는다. 그러나 내가 놀란 것은 이런 물질의 세계에는 의미가 없다는 점이었다. 언어는 무의식 자체가 될 수 있지만 무의식은 다시 의식(의미)과 만날 수밖에 없다는 역설과 만난다.

의식과의 만남은 최소한의 시적 진술을 요구한다. 이 시의 경우 '가을의 마지막 1일의 사랑', '사련에서 사련으로 가는 길은 머얼다' 같은 진술이 그렇다. 의식의 내용은 '어떤 가을날의 사랑은 사련이었고, 사련에서 사련으로 가는 길이 인생의 과정이 아닐까?'로 거칠게 요약된다. 그리고 이런 사련이 희망의 모습이다. 그런 점에서 표제 '희망'은 역설적 표현이다. 결국 무의식과의 싸움에서 나는 승리하고 패배한다. 언어로 무의식을 드러냈다는 점에서 승리이고 한편 의식(의미)과 결합된다는 점에서 패배다. 그러니까 언어는 무의식 자체를 드러내는 일에 실패한다. 그렇다면 어떻게 할 것인가?

나는 의식의 논리를 따라간다. 헤겔이 말했듯이 의식은 어떤 대상과의 싸움에서도 승리한다. 그러므로 자의식의 공간에서 의식은 자아(무의식적 실체)를 잡아먹기 시작한다. 의식이 무의식을 지배한다. 그러나 의식이 무의식을 잡아먹기 위해서는 무의식이 의식보다 앞서야 한다. 여기서 무의식과의 싸움은 다른 모습을 띠게 된다. 이른바 내가 '논리적 환상'이라고 부른 세계가 그렇다. 앞에서도 말했지만 비대상시는 개인적 환상에서 원형적 환상, 나아가 실존신학적 이미지로 나간다. 내가 이 글에서 말하는 논리적 환상은 개인적 무의식에 이성, 논리가 개입하는 것으로 원형의 이미지에 해당한다. 시 「피에타 1」은 원형적 환상의 세계이지만 내가 시의 원형으로 '아버지'와 '나'를 설정한 것은 그만큼 의도적이었고, 실존신학적 이미지에선 나 자신의 실존이 탈락하고 추상적 신학만 클로즈업되는 경우가 많았다.

그러므로 무의식과의 싸움은 다시 새로운 방향으로 나가고, 그것은 시적 구조에 대한 성찰로 발전한다. 그때 내가 관심을 둔 것은 구조란 역동적 유기적 체계인가, 선험적으로 주어진 것인가? 라는 질문이었고, 나는 전자에 동의한다. 왜냐하면 나의 경우 시는 선험적 구조, 그러니까 이미 주어진 틀을 사용하는 게 아니라 내적 에너지, 무의식의 투사였기 때문이다.

시는 생물이 스스로 유기적 질서를 생성하듯 새로운 세계를 생성한다. 그러나 이런 유기적 체계가 어떻게 생명의 신비, 무의식의 신비와 관련되는가? 유기적 질서라는 개념은 생물학적 개념이고, 생물학의 궁극적 목표는 생명의 신비를 해명함에 있다.

나는 그 무렵 샤르댕의 이론과 모노의 이론을 읽고 있었다. 특히 모노에게서 우연과 필연의 관계에 대한 구조 읽기를 배운다. 그에 의하면 구조는 규칙과 반복의 두 요소에 의해 해명되며, 생명의 신비는 우연의 배열에 의해 어떤 구조를 형성한다. 일단 하나의 우연한 배열, 곧 구조가 형성되면 그것은 어떤 합목적성을 지향한다. 예컨대 단백질의 경우 우연한 아미노산 배열은 몇 천 번 몇 만 번씩 각 생물, 각 세포마다 불변성을 유지하려는 메커니즘에 의해 재생(반복)된다. 그러니까 일단 우연히 수용되면 그것이 불변의 메커니즘에 의해 재생되며 하나의 규칙성, 곧 생명으로 전환된다.

내가 그 무렵 시적 구조의 특성에 대해 생각한 것이 그렇다. 시적 구조는 요소들의 우연한 배열에 지나지 않고, 일단 그것이 구조로 수용되면 그것이 시적 메시지(생명)를 전달한다. 이때 시적 메시지는 시적 구조가 전달하는 매우 특이한 암호이다. 여기서 나는 우연과 필연이라는 말을 무의식과 의식이라는 말로 대치하기 시작한다. 요컨대 시적 구조는 우연이 필연이 되는 구조이고, 무의식과 의식의 상호교환 체계 혹은 역동적 긴장의 체계이다.

그렇다면 나는 무의식과의 싸움에서 승리한 것인가? 비대상 시론이 강조한 것은 이런 역동성, 우연과 필연의 변증법이 아니라 우연, 무의식의 드러냄이다. 따라서 이런 이론은 비대상시, 추상표현주의적 시를 새롭게 읽는 방법일 뿐이고, 우연과 필연의 관계는 선불교의 시각에서 발전적으로 해석할 수 있다는 입장이다. 또한 무의식과 언어의 관계는 라캉의 시각에서 새롭게 해석할 수 있고, 나는 이 문제를 간단히 살핀 바 있다.(이승훈, 「언어와 욕망」, 『이승훈의 해방시학 강의 1』, 현대시학, 2010. 1)

결국 내가 추구한 무의식 드러내기는 개인적 환상, 원형적 환상, 실존신학적 환상의 단계로 발전하면서 한계에 부딪치고, 자아 찾기는 무의식이 아니라 나―너―그라는 관계에 대한 탐구로 발전한다. 그러므로 문제는 정효구 말처럼 자아중심주의 극복이다. 자아 찾기의 아이러니다. 자아 찾기가 자아극복과 만난다. 이것은 무의식에 대한 새로운 사유를 요구한다. 내가 생각하는 무의식은 에너지의 흐름이고, 특히 삶의 참된 에너지다. 그러므로 억압된 무의식을 터뜨리는 작업이 자기증명이고 진정한 자아 찾기가 된다. 그러나 왜 나는 무의식 드러내기의 가능성과 불가능성 사이에서 방황하고, 이른바 방법론적 긴장을 앓아야 했던가? 자아 찾기가 나―너―그의 관계에 대한 탐구로 나간 것은 이런 긴장을 극복하기 위한 하나의 방법인지 모른다.

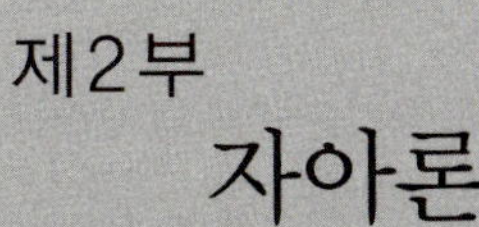

제2부
자아론

1. 자아 찾기는 계속된다

1) 자아 찾기의 한계

비대상 시론에서 내가 강조한 것은 시쓰기를 구성하는 세 요소 자아─대상─언어에서 대상이 소멸한 상태의 시쓰기. 그러니까 자아와 언어만 남고 나는 언어를 매개로 자아를 찾고, 이때 자아 찾기는 대상이 존재하지 않기 때문에 의식이 자아를 지향하는 자의식의 세계가 되지만, 내가 강조한 것은 의식이 아니라 무의식이고, 따라서 나는 무의식 탐구에 의해 진정한 자아 찾기에 몰두했다. 한마디로 비대상시는 무의식 드러내기로 요약된다. 그러나 앞에서 말했듯이 이런 무의식 드러내기는 개인적 환상, 원형적 환상, 실존신학적 환상의 단계로 발전하면서 한계에 부딪친다.

1980년 서울로 직장을 옮기면서 이런 자아 찾기는 '나와 너'의 관계로 이동한다. '나'를 중심으로 한 자아 찾기가 시집 『사물A』(1969), 『환상의 다리』(1977), 『당신의 초상』(1981)으로 정리된다면 '너'를 중심으로 한 자아 찾기는 시집 『사물들』(1983), 『당신의 방』(1986), 『너라는 환상』(1988)

으로 정리된다. 그러나 ‘너’를 중심으로 한 자아 찾기 역시 한계에 부딪
치면서 나는 ‘나’를 3인칭 ‘그’로 부르면서 새로운 방향을 모색하고, 이
런 사유는 시집 『길은 없어도 행복하다』(1991)로 정리된다.

그러니까 나의 자아 찾기는 거의 20년에 걸쳐 수행된 셈이다. 내가 생
각해도 끔찍하다. ‘나’를 중심으로 12년, ‘너’를 중심으로 5년, ‘그’를 중
심으로 3년이다. 1단계에 해당하는 시집 『당신의 초상』은 표제가 ‘당신’
으로 되어 있지만 여기서 ‘당신’은 ‘나’의 거울 이미지에 지나지 않는다.
아무튼 나의 초기시는 자아 찾기로 요약되고, 그것은 나(무의식)―너―그
의 단계로 발전한다. 간단히 도식으로 나타내면 다음과 같다.

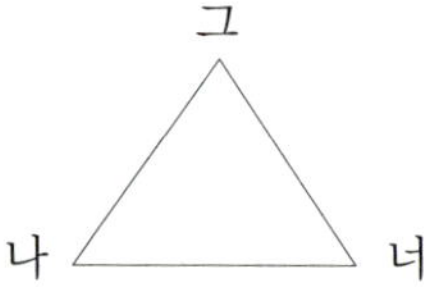

자아 찾기는 새로운 방향에서 계속되고, 나―너―그의 관계에서 자아
를 찾는 행위는 비대상시의 한계를 극복한다는 의미도 된다. 나는 앞에서
비대상시의 한계를 무의식 드러내기의 한계로 말한 바 있다. 그러나 내가
「비대상 시론」에서 강조한 것은 대상에 대한 인식론적 회의, 무의식 터뜨
리기, 자기증명의 아이러니였고, 이 아이러니는 앞에서 말했듯이 언어의
수준에서 발견된다.

시인은 침묵의 언어를 지향해도 웅변의 언어를 버릴 수 없고, 웅변의
언어를 지향해도 침묵의 언어를 버릴 수 없다는 아이러니다. 침묵의 언어
는 시이고 웅변의 언어는 산문이고, 혹은 침묵의 언어는 무용이고 산문의
언어는 보행이다. 이 시론에서 나는 이런 아이러니를 극복하기 위해 이른
바 부재의 언어, 곧 언어에 의해 대상이 존재하는 게 아니라 부재한다는

블랑쇼의 사유에 기댄다. 언어 때문에 대상이 존재하는 게 아니라 부재한다면 대상의 본질은 존재가 아니라 부재, 무이고, 이 부재, 무가 비대상과 통한다. 왜냐하면 대상은 언어 때문에 존재하지만 언어 때문에 부재하기 때문이다. 그러니까 중요한 것은 사물들의 기본적인 존재가 무, 죽음, 부재, 비대상에 있다는 인식이다. 그러나 이 시론은 다음과 같은 고백으로 끝난다.

> 그동안 시를 쓰면서 깨달은 것은 한마디로 비대상의 개념이었지만, 아직도 석연치 않게 생각되는 것은 과연 시가 무 자체, 죽음 자체, 부재 자체, 비대상 자체일 수 있을까 하는 점이다. 詩作은 그러한 세계를 더듬는 하나의 과정일 뿐이다. 물론 실패하면서 계속되는 과정이다. 삶의 의미 또한 그런 것이 아닐까. (이승훈, 「비대상」)

여기서 나는 비대상에 대한 회의와 불안을 고백한다. 여기서 말하는 비대상은 무의식의 세계가 아니라 언어를 매개로 하는 비대상, 그러니까 대상의 부재, 무, 죽음을 뜻한다. 한마디로 부재로서의 대상이다. 시의 본질은 이런 의미로서의 비대상 찾기이지만, 과연 시가 무, 죽음, 부재, 비대상 자체가 될 수 있을까? 이런 시쓰기는 실패하면서 계속된다는 점에서 아이러니이고, 나의 경우 시쓰기가 자아 찾기라면 이런 고백은 자아 찾기의 아이러니, 자기증명의 아이러니가 된다.

그리고 나는 이 시론을 발표하고 10년 지나 다시 이 문제, 그러니까 자기증명의 아이러니를 자아의 수준에서 사유한다. 시론 「비대상과 해체」는 내가 '나'를 버리고 '너'와 '그'에 대해 관심을 두게 된 동기와 과정을 나대로 성찰한 글이므로 다시 요약하면서 최근의 생각도 밝히기로 한다.(이승훈, 「비대상과 해체」, 『시적인 것은 없고 시도 없다』, 집문당, 2003)

먼저 이 시론에서 나는 비대상, 그러니까 대상이 탈락한 언어공간을 생산하는 주체, 자아에 대해 질문한다. 비대상시는 강박관념, 혹은 불안을 동기로 하지만 실제로 시를 쓸 때의 자아는 누구인가? 자아가 무의식을 찾는다는 점에서 자아 찾기의 경우 자아는 무의식에 해당하고, 그것은 자아(무의식)의 구조, 말하자면 자아가 속에 은폐한 무의식을 폭로하는 구조이고, 자아 속에 은폐된 무의식을 드러낼 때 자아를 발견한다는 논리다.

그러나 「비대상과 해체」에서 내가 강조한 것은 자아(무의식)의 구조, 그러니까 자아 찾기의 내재적 접근이 아니라 일종의 외재적 접근이다. 곧 자아/자아의 구조이다. 쉽게 말하면 시를 쓰는 자아가 진정한 자아를 내부에서 찾는 게 아니라 외부에서 찾는 구조다. 그러니까 내가 시를 쓰는 건 또 하나의 나를 찾으려는 행위, 또 다른 자아를 찾으려는 노력이고, 이것은 자아가 자아로부터 소외되는 이른바 자기소외를 극복하려는 노력이다.

그러므로 시를 쓰는 자아와 진정한 자아의 관계에 초점을 두고, 이때 대상이 탈락된 상태에서 자아를 찾는 일은 자아가 대상이 되고, 따라서 자아가 자아를 찾는 행위가 된다. 말하자면 일상적 자아/진정한 자아, 허위의 자아/ 진정한 자아, 비본래적 자아/본래적 자아의 대립을 전제로 한다.

그렇다면 이런 자아 찾기의 모델은 무엇인가? 가장 대표적인 것은 거울 보기이다. 거울을 본다는 것은 나를 찾는 행위이기 때문이다. 거울을 볼 때 나는 나를 지각하고 인식한다. 그러나 거울에 비치는 자아는 과연 진정한 자아인가? 그것은 이미지로서의 자아에 지나지 않는다. 라캉 식으로 말하면 오인된 자아이고 상상계의 자아이다. 이상, 윤동주의 시에 나오는 거울 이미지가 그렇다. 그렇기 때문에 내가 비대상시에서 강조한 것은 거울 이미지로서의 자아 대신 거울 이전의 자아, 무의식 찾기였다. 거울을 보기 전 나는 내가 누구인지 모르고, 이 모른다는 것이 무의식과 통하기 때문이다. 그러나 이런 무의식 찾기는 실패한다.

한편 거울 이미지는 나의 밖에 있는 이상적 자아에 해당하지만 이런 이상적 자아는 허위이고 진정한 자아가 될 수 없다. 그런 점에서 자기증명의 아이러니가 드러난다. 곧 거울 이미지, 이상적 자아를 보면서 진정한 자아를 만나지만 이 자아는 이미지이기 때문에 진정한 내가 아니라는 아이러니이다. 거울 보기를 모델로 하면 진정한 자아는 거울 이미지에 유추되고, 이미지는 가짜이기 때문에 진정한 자아를 찾으려는 노력은 실패한다.

그러므로 자아/무의식의 관계로 가든 자아/자아의 관계로 가든 자아 찾기는 실패한다. 요컨대 '나'를 중심으로 하는 자아 찾기는 실패한다. 내가 내 안의 무의식을 찾는 것이나 나 밖에 있는 이상적인 나를 찾는 것이나 모두 자아와 대상의 관계에서 자아를 강조한다는 점에서 내향적 태도이다. 융은 프로이트와 아들러의 차이를 주체와 객체의 관계를 중심으로 밝힌다. 전자는 주체가 객체를 향해 움직이는 외향적 태도, 후자는 객체에서 멀어지는 내향적 태도로 규정하고, 이 두 가지 태도는 한 인간에 내재하지만 균형을 지니는 것은 아니고 어느 하나가 두드러진다고 말한다.

이른바 외향성과 내향성이다. 외향성이 과도하면 자아 정체성을 잃고, 내향성이 과도하면 자폐적이 된다. 대상을 괄호 친 상태에서 자아를 찾는 행위는 내향성을 강조한다. 따라서 내가 '너'에 관심을 두게 된 것은 이런 내향적 모험의 실패를 외향적 태도로 극복하려는 몸짓인지 모른다. 그러나 결론부터 말하면 이런 시도, 곧 나와 너, 주체와 객체의 동일성을 통한 자아 증명은 실패한다. 왜냐하면 '나'가 환상인 것처럼 '너'도 환상이기 때문이다. 그러나 정신분석의 수준에서는 문제가 그렇게 단순하지 않다.

2) 너에 대한 관심

나는 네 번째 시집 『사물들』(1983)을 펴내면서 '너'에 대한 관심을 보여준다. 이 시집은 남들이야 어떻게 생각하든 나로서는 새로운 세계를 모색하는 전환점, 혹은 새로운 세계로 넘어가는 전환점이 된다. 그것은 자아 찾기의 한계를 '너'와의 만남을 통해 극복하려는 시도였기 때문이다. 새롭다는 것은 이 시집에서 내가 강조한 것이 이른바 '나'와 '너'의 동일성 증명이고, 이런 세계 속에서 진정한 '나'를 찾을 수 있으리라는 기대가 있었기 때문이다. 나는 이런 동일성 증명을 다음처럼 노래한다.

결국 나는 너이다
네가 있기 때문이다
네가 죽어가기 때문이다
나는 네가 죽어가기 때문이다
나는 있다 네가 죽어가기 때문이다
나는 있다 네가 죽어가기 때문에
나는 네 속에 박힌 돌이기 때문에
나는 너의 입
천당 같은 꽃잎
아니 나는 너의 배꼽
나는 너의 발
너의 발은 눈물이다
너의 발은 너의 손이다
너의 발은 뛴다
공기 속에 첨벙대며
멈추지 않는 것

「결국 나는 너이다」의 전반부이다. 이 시의 경우 '나'와 '너'가 동일시될 수 있는 것은 '너'가 있기 때문이다. '너'의 있음이 '나'의 있음을 증명한다. 네가 있으므로 내가 존재한다. 나의 존재 이유는 너이다. 그러나 중요한 것은 '네가 죽어가기 때문에' 내가 있다는 표현이다. 그러니까 너의 존재가 나의 존재를 증명하는 것은 네가 죽어갈 때이고, 이때 죽음은 부재, 무, 사라짐과 통한다. 네가 사라질 때 나는 존재한다는 말은 이상한 말 같지만 이상한 말이 아니다. 왜냐하면 평소엔 모르고 지내지만 누군가 곁에서 사라질 때 그의 존재, 그가 있었다는 생각이 강하게 다가오고, 그의 부재, 사라짐을 통해 나는 무엇인가? 나는 왜 사는가? 나의 존재의 의미는 무엇인가? 이런 상념들에 젖기 때문이다.

쉽게 생각하자. 우리는 누가 곁에 있을 때는 그 사람이 소중한 것을 모른다. 그러나 그가 떠날 때, 그가 사라질 때, 그가 없을 때 그 사람이 소중했다는 것을 느끼고, 후회하고 슬픔에 빠지고, 이런 감정들은, 마치 불안이 그런 것처럼, 나에 대한 반성과 성찰을 불러온다. 그런 점에서 너의 부재가 나의 존재에 더 큰 의미를 부여하고, 부재, 무, 죽음이 존재, 유, 생명을 증명하고, 부재는 부재가 아니고 존재의 다른 이름이다. 네가 사라지는 것, 네가 죽어가는 것은 나 자신을 알라는 메시지다.

부처님이 열반에 들 때 곁에는 아난(阿難) 존자가 없었다. 부처님은 한쪽 발을 관 밖에 내놓도록 하고 아난이 오면 보여주라고 한다. 아난은 급히 와 부처님의 발을 보는 순간 깨닫는다. 구족(具足)제자라는 말은 이런 사연을 함축한다. 구족제자는 발을 갖춘 제자라는 뜻이다. 부처님은 如來 如去, 오고 감이 자유로운 분이다. 부처님은 올 때도 중생을 가르치기 위해 오고, 갈 때도 중생을 가르치기 위해 간다. 그리고 다시 온다.

불신(佛身)은 흔히 법신(法身), 보신(報身), 응신(應身) 셋으로 나눈다. 法身은 영원불변의 우주 진리인 법이 몸으로 구현되지만 추상적이고, 報身은 인연 따라 나타난 몸으로 보살행의 수행 결과로 얻어진 구체적 몸으로 아미타불이 여기 속한다. 應身은 化身으로도 부르며 보신불을 못 만난 중생을 제도하기 위해 나타나는 부처로 석가모니불이 여기 속한다. 그러므로 부처님은 법신으로도 나타나고, 보신으로도 나타나고, 응신으로도 나타난다. 자유자재다. 『화엄경』에 나오는 부처님은 법신이고, 『법화경』에 나오는 부처님은 보신이고, 『원각경』에 나오는 부처님은 응신이다.

『화엄경』에 나오는 부처님은 비로자나불이고, 이 말은 광명편조(光明遍照), 곧 어디나 두루 비치는 빛을 뜻한다. 이 부처님은 빛을 상징하기 때문에 말씀이 없고 문수보살과 보현보살이 대신 말하고 행동한다. 『화엄경』에서 석가모니는 처음 보리수 아래 보리도량에서 깨닫고 가까운 강가에 있는 보광명전에서 설법을 한다. 그러나 신비한 것은 보광명전을 떠나지 않고 수미산 꼭대기 도리천으로 올라가고 그 후 야마천, 도솔천, 타화자재천으로 올라가고 다시 보광명전으로 돌아온다.

그러니까 석가모니 부처는 보리수 아래도 있고 수미산에도 있고 야마천궁에도 있고 도솔천에도 있고 타화자재천에도 있고 다시 보리수 아래 있다. 왜냐하면 법신이기 때문이고, 법신은 우주에 가득 차 있기 때문이다. 일부에서는 석가모니 부처가 보리수 아래 앉아 있으며 동시에 여러 곳을 편력한 것을 일종의 탈혼(脫魂), 그러니까 몸은 그대로 있고 영혼만 떠나 방황하는 신비한 체험으로도 해석한다. 법장은 불자재부사의해탈(佛自在不思議解脫)이라고 해석한다. 깨달으면 시간과 공간에 자유자재의 경지가 되고, 이런 경지는 일상적 사고를 벗어나는 해탈의 세계이다.

이야기가 너무 옆으로 흐른 것 같다. 오늘은 목요일. 지금은 오후 네 시다. 오전부터 피로가 몰려와 오전 산책도 하는 둥 마는 둥 삼십 분도 못 걷고 돌아왔다. 어느 날은 몸의 컨디션이 좋고 어느 날은 나쁘다. 오늘은 컨디션이 좋지 않은 날이다. 내가 사는 아파트에선 수요일에 쓰레기를 버리고 목요일 오후면 쓰레기 수거차가 온다. 지금 밖에선 쓰레기를 차에 실어 올리는 소리가 시끄럽다. 글을 쓰기 어려운 건 몸 컨디션도 안 좋고 밖에서 들리는 소음 때문이다.

그러나 다시 조용해진다. 이제까지 내가 말한 건 부처님 이야기이지만 난 부처님 이야기를 하려고 한 것도 아니고 하지 않으려고 한 것도 아니다. 문제는 너의 부재, 사라짐, 무, 죽음이 나의 존재를 환기한다는 것. 네가 사라질 때 정신이 번쩍 들고, 이런 체험이 나의 존재에 대한 성찰을 환기한다.

아난 존자도 돌아가신 부처님 발을 보고 깨닫는다. 부처가 살아 있었다면 깨닫지 못 했을 것이다. 그러므로 부처님의 죽음이 아난의 삶, 새로운 삶의 시작이고, 부처님은 아난을 깨닫게 하기 위해 열반에 들지만 죽은 것이 아니다. 왜냐하면 부처님의 몸은 하나가 아니고 우주에 가득 차 있기 때문이다. 예수님의 죽음도 죽음이 아니고 많은 사람들의 죄를 대신해서 십자가에 희생된 것이고, 그러므로 부활하신다. 부처님이든 예수님이든 깨달은 분들은 우리가 생각하는 생사의 경계를 벗어나신 분이기 때문이다. 그러므로 부처이고 그리스도이다.

중요한 것은 누가 곁에 있을 때는 그의 존재가 얼마나 큰지 모르고 그가 떠날 때, 사라질 때, 죽을 때 그의 존재가 얼마나 컸던가를 안다는 점이다. '살아 있을 때 잘 해!' 라는 말이 진리다. 네가 죽어가기 때문에 내가 있다. 결국 나는 너이다. 나는 '네 속에 박힌 돌' 이다. 너로부터 벗어날 수 없다. 그러나 너는 죽어가고 나는 '너의 배꼽' 이 된다. 배꼽은 탯줄을 끊은 자리로 배의 중심에 있고, 따라서 인체의 중심, 생명의 중심이고, 도교에서는 인체를 우주로 본다는 점에서 우주의 중심을 상징한다. 내가 너의 생명의 중심이 되는 것은 네가 죽어가기 때문이다. 너는 사라지면 안 된다.

그러므로 나는 '너의 발' 이 된다. 발이 있어야 움직일 수 있기 때문이다. 그러나 너의 발은 눈물, 슬픔과 비탄에 젖는다. 아무리 내가 너의 발이 되어도 너는 죽어가기 때문이다. 이제 '너의 발' 은 '너의 손' 이 되고, 그러므로 너의 발이 뛰는 것은 너의 손이 뛰는 것이고, 너의 손발, 너의 몸 전체가 뛴다. 공기 속에 멈추지 않고 첨벙댄다. 그렇다면 이렇게 공기 속에 계속 첨벙대는 건 너인가? 나인가? '첨벙대다'가 아니라 '텀벙대다'가 정확한 표현이다. 이 시를 쓸 때 이렇게 표현한 것은 내가 무식했기 때문이다. 지금 이 글을 쓰면서 '첨벙대다'는 표현이 이상한 느낌이 들어 사전을 펼쳐 보고 틀렸다는 것을 알았다. 국문과 교수가 이 정도라는 게 한심하다.

'텀벙'은 묵직하고 큰 물건이 물에 떨어질 때 나는 소리다. 그러니까 너의 손과 발이, 너의 온몸이 공기 속에 텀벙대며 떨어지고, 너는 뛴다. 공기 속에 텀벙대며 뛴다. 떨어지며 뛰고 있다. 죽어가며 질주한다. 죽음의 질주이고, 질주의 죽음이고, 죽음의 비약이고, 비약의 죽음이다. 너와 나는 죽으며 동시에 죽음에서 벗어나고, 벗어나려고 노력한다. 이런 운동의 지속, 지배, 지시 속에서 나는 '비로소 눈을 뜬다.' 네가 나라는 것을 안다. 눈을 감으면 아무것도 보이지 않고, 진리가 무엇인지 모른다. 눈을 뜨는 것은 無明에서 벗어나는 것. 이때 내가 보는 것은 '너의 눈 속에 타오르는 것'. 그러니까 불이고 빛이고 구원이고, '타오르는 언덕, 강물, 새'이고 '웃음과 흐느낌', 기쁨과 비탄이다. 기쁨이 비탄이고 비탄이 기쁨이다. 네가 죽어가기 때문이다.

내가 나의 시를 분석하는 게 우습지만 이 시 역시 어렵다면 어렵고 쉽다면 쉬운 시이고, 이런 분석적 읽기는 이 시를 통해 나와 너의 관계에 대한 사유, 나와 너의 동일성 문제에 대한 성찰을 수행하기 위해서다. 사실 이 시를 쓸 때는 이런 생각들을 하며 쓴 건 아니고 그저 나오는 대로 썼다.

애도와 우울

요컨대 '너'의 죽음은 '나'의 죽음이 된다. 나는 너다. '너의 있음/ 없음'이 '나'를 증명하지만 '너의 없음'이 더욱 강렬하게 '나의 있음'을 증명한다.

이 시는 고달팠던 춘천 생활을 끝내고, 다시 서울 생활을 시작하면서 느낀 생각들을 담고 있다. 고달팠던 춘천에서, 그것도 춘천 생활 후반에 나를 지배한 것은 '너의 있음'이 '나의 있음'을 증명한다는 동일성 인식이고, 서울 생활을 시작하면서 이런 동일성 인식은 '너의 있음'보다 '너의 없음'이 나의 정체성을 증명한다는 명제로 바뀐다.

너의 부재가 나를 증명하지만 너의 부재는 '죽어가는 너'가 다르고 '죽은 너'가 다르고 '사라져가는 너'와 '사라진 너'가 다르다. 앞의 시가 '사라져가는 너'를 동기로 한다면 「나는 뼈」 같은 시는 '사라진 너'를 동기로 한다. 과연 너의 완전한 부재, 죽음을 통해 진정한 나를 찾을 수 있는가?

프로이트는 「애도와 우울증」에서 사랑하는 사람의 죽음에 대한 반응을 애도와 우울증으로 나눈다. 간단히 요약하면 다음과 같다.

첫째로 애도나 우울증이나 모두 죽은 애인에 대한 슬픔을 동기로 하지만 우울증은 병리적 현상이고 우울증에 걸리는 사람은 병리적 기질이 있다. 우울증의 특성은 자기 비난, 자기 비하감, 곧 자애심(自愛心)의 추락이다.

둘째로 애도는 사랑하는 대상의 부재에 대한 반응이고 우울증은 대상의 부재가 아니라 대상의 상실에 대한 반응이고, 상실한 것이 무엇인지 모르는 경우도 있다. 그러므로 애도가 의식과 관계된다면 우울증은 무의식과 관계된다. 애도의 시간이 계속되는 것은 애인이 죽으면 그에게 부과되었던 리비도(성욕)를 철회해야 하지만 애도는 이런 철회에 반발하기 때문이다. 그러나 많은 시간이 흐르면 철회가 가능하다.

셋째로 애도는 세계의 빈곤을 체험하고 우울증은 자아의 빈곤을 체험한다. 죽은 애인이 세계 자체였기 때문에 그가 사라진 것은 세계가 사라진 것과 같고, 따라서 그의 죽음은 세계의 빈곤이다. 그러나 우울증은 무엇이 사라졌는지 모르기 때문에 의식의 빈곤이고 자아의 빈곤이고 이런 빈곤이 무의식과 관계된다.

넷째로 애도는 대상 상실과 관계되지만 우울증은 자아 상실과 관계되기 때문에 수치심 대신 자기 폭로를 통해 만족을 느낀다.

다섯째로 우울증이 보여주는 자기 비난은 표면적으로는 자기 비난 같지만 심층적으로는 사라진 대상에 대한 비난이다.(좀 더 자세한 것은 이승훈, 「현대시와 우울증」, 『정신분석 시론』, 문예출판사, 2007 참고 바람)

'너'의 부재, 소멸, 죽음, 무와 만나면서 내가 체험한 것은 너와 나의 동일시가 아니라 '고독과 절규와 절망'이고, '온갖 나태와 모멸과 피로에 찌든 나'일 뿐이다. 그런 점에서 나는 애도가 아니라 우울증에 시달렸는지 모른다. 나는 다음처럼 노래한다.

그러니까
나는
뼈
고독하고
절규하고
절망하고
이윽고
가라앉는다
온갖
나태와
모멸과
피로에
찌든
나는
뼈
내가
주인이 아니고

밤이 주인이다
그러니까
야옹
거리는
고양이가
주인이다
제발 집어쳐!
허지만
나는
뼈
몽상은 가짜다
악몽과
한숨과
식은 땀이 진짜다
지금은 사라진
그 사람의
눈이
지금은 사라진
그 사람의
코이다
어디
한번 손을
대면
와르르 부서지는
뼈
어두운
흐릿한
사라지는
이 의식의
오렌지
대포

오오

제발 집어쳐!

「나는 뼈」 전문이다. 원래는 후반부만 인용하고 글을 쓰려고 했다. 그
러나 글을 쓰다 보니까 전문을 인용하는 것이 낫다는 생각이 들어 전문을
인용한다. 이 무렵의 시들은 형태가 이렇게 한 단어가 한 행을 이룰 정도
로 행의 길이가 짧고, 시 전체는 가늘고 긴 형태로 된 것이 많다. 왜 이런
형태가 된 것일까? 가늘고 긴 형태는 고독하고 연약하고 위태로운 느낌
을 준다.

그리고 낱말이나 구로 한 행을 처리한 것은 문장의 연속성 단절, 흐름
의 파괴를 암시한다. 삶은 이렇게 단절되는 것이 아니라 계속 연속된다.
따라서 이런 행 처리는 삶, 의식, 시간의 흐름을 단절시키고, 이런 단절이
죽음, 무의식, 무시간을 환기한다. 우울한 시간에 내가 만나는 것은 사물
들이 유기성을 상실하고 단편들로 해체되는 모습이다. 이런 행 처리가 그
런 심적 공간을 암시하는지 모른다.

형태뿐만 아니라 내용도 그렇다. '그러니까 나는 뼈가 되고 고독하고
절규하고 절망하고 이윽고 가라앉는다' 그러나 시의 처음에 '그러니까'
가 왜 나왔는지 모르겠다. 이 시는 '그러니까'로 시작되지만 이 낱말 앞
에는 이유나 조건에 해당하는 내용이 없다. 있는 것은 없는 것, 곧 무, 부
재, 죽음이다. 무, 부재, 죽음이 있다. 그러니까 '나는 뼈'가 된다.

이 부재는 너의 부재이고 나는 '너의 부재' 속에서 뼈가 된다. 뼈는 몸
을 지탱한다는 점에서 삶의 본질, 불멸의 생명원리를 상징하고, 한편 죽
은 다음 뼈만 남는다는 점에서 죽음, 재생, 부활을 상징한다. 그러므로 뼈
는 본질과 죽음이라는 양가적 의미를 나타낸다. 그렇다면 이 시에서 내가
뼈가 된다는 것은 무엇을 의미하는가?

자코메티의 조각을 회상하자. 그의 조각 「광장을 가로지르는 남자」, 「개」의 이미지가 떠오른다. 광장을 걸어가는 가늘고 긴 사람, 물을 굽어 보며 지나가는 뼈만 남은 개는 무엇을 의미하는가? 나는 다음처럼 말한 적이 있다.

> 그가 보는 것은 인간이지만 보이는 것은 인간의 본질인 무이고 그것은 인 간을 둘러싼 공허이고 인간과 인간 사이의 거리이다. 이 거리 역시 공허이고 허공이고 부재이고 무이다. 따라서 거리가 인간을 만들고 현상을 만든다는 그의 명제는 작고 가느다란 철사 같은 인간으로 축소된다. 살(현상)이 빠지면 뼈(본질)만 남는다. 그가 1946년부터 받침대를 강조하는 것 역시 거리, 말하 자면 인간을 둘러싸고 있는, 혹은 인간과 인간의 공간적 관계를 만드는 허공, 무를 좀 더 강하게 부각시키기 위한 노력의 산물이다.(이승훈, 「자코메티, 가 늘고 긴 사람」, 『이승훈의 현대회화 읽기』, 천년의 시작, 2005, 128)

그의 조각 「광장을 가로지르는 남자」에 나오는 남자는 가늘고 긴 철사 같은 모습이다. 가느다란 것은 고독하고 긴 것 역시 고독하다. 이 고독의 근거는 무엇인가? 그 고독은 그를 둘러싼 허공을 동기로 하고, 그는 이 허공, 무, 부재 속에서 부재와 함께 부재로부터 벗어나기 위한 몸짓이다. 자코메티가 보는 것은 인간을 만드는 허공, 무, 부재이고, 인간의 근원이 부재, 무에 있기 때문에 작고 가늘고 뼈만 남은 이미지는 이런 부재, 무를 지향하고 마침내 살(현상)은 빠지고 뼈(본질)만 남는다. 그러니까 뼈는 고 독의 극한에서 그가 만나는 부재, 무를 상징한다.

내가 뼈가 된다는 것 역시 비슷하다. 그것은 고독, 절규, 절망의 극한에 서 만나는 삶의 본질이다. 그러나 이 뼈는 '고독하고 절규하고 절망하고' 이윽고 '가라앉는다.' 그러니까 침몰한다. 고독, 절규, 질망의 바다에서 바다 아래로 침몰한다. 이 뼈는 '온갖 나태와 모멸과 피로에 찌든 뼈'이 고, 그런 점에서 자기 비난, 자기 비하감을 암시하고, 이런 표현 역시 '너의 부재'와 만나 애도가 아니라 우울증에 시달렸다는 것을 암시한다.

투사와 동일시

결국 너의 부재 속에서 내가 만나는 것은 자아의 빈곤, 의식의 빈곤이고 이런 가난이 뼈의 이미지로 드러난다. 그러나 이렇게 자아, 의식이 사라졌기 때문에 이젠 내가 이 세계의 '주인'이 아니고 '밤'이 주인이 된다. 밤은 빛이 없다는 점에서 이성, 의식의 죽음을 상징한다. 왜냐하면 의식하고 사유하고 분별하는 행위는 사물들을 조명하는 행위이고, 그런 점에서 이성, 사유는 빛의 세계이기 때문이다.

문제는 이 '밤'이 '고양이'로 치환된다는 점이다. 나는 이 문제를 다른 글에서 해석한 적이 있으므로 그때 글을 회상하며 이 글을 계속한다. 이 시에서 나는 살이 없는 뼈만 남은 해골로 드러나고, 그것은 고독, 절규, 절망으로, 절망과 함께, 절망 속으로 가라앉는 자아, 그리고 나태, 모멸, 피로에 지든 자아를 상징한다. 문제는 이런 자아가 삶과 세계의 주인이 아니라 밤과 고양이가 주인이라는 말이고, 따라서 뼈만 남은 자아는 밤과 고양이로 치환된다. 이런 치환이 투사라면 자아는 내부적으로 양분되어야 하고, 그 가운데 자신이 거부하는 것을 밤과 고양이에게 투사해야 하고, 따라서 밤과 고양이 울음은 자아를 비난해야 한다.

투사는 자아가 자신과 양립할 수 없는 표상(무의식)으로부터 자신을 방어하기 위해 그 내용을 외부로 던지는 자아 방어 기제이다. 프로이트가 편집증적 방어, 곧 투사에 대해 말한 것은 한 여자의 사례를 모델로 한다. 그녀는 서른 살 가량의 처녀로 한 남자에게 방을 빌려주고 어느 날 그의 방을 청소할 때 그는 침대에 누워 그녀를 부른다. 가까이 갔을 때 그는 그녀의 손을 자신의 성기에 갖다 댄다. 그 후 그는 집을 떠난다.

이런 일이 있은 후부터 그녀는 관찰망상과 피해망상에 시달린다. 누군가 자신을 관찰한다는 망상과 자신이 피해를 받는다는 망상. 그녀는 이웃 여자들이 자신을 '쌍년' 이라고 비난한다는 망상에 빠진다. 그러나 이 욕은 그녀가 자신의 내부에 억압된 것을 밖으로 투사한 것. 그러니까 자신의 내부에 대한 비난을 밖으로 투사한 것. 그 이유는 내부의 비난은 거부할 수 없지만 외부의 비난은 거부할 수 있기 때문이고, 이런 투사에 의해 자신을 방어할 수 있기 때문이다.

그러나 투사와 동일시는 다르다. 투사는 자아가 내부의 갈등, 거부된 무의식의 내용을 타자에게 덮어씌우는 기법이고, 동일시에는 이런 특성이 없고, 자아와 타자가 공통의 병인에 기초한 동화로, 이것은 무의식 속에 있는 공통 요소와 관계되고, 이 공통 요소는 환상이다.

이 시의 경우 자아(뼈)가 밤과 동일시되는 것은 무의식을 공통 요소로 한다. 그렇다면 밤과 고양이의 관계는? 밤이 내부에 억압하는 것을 고양이에게 투사하는가? 이 문제는 그렇게 단순하지 않다. 자아(뼈)-밤-고양이는 동일시된다. 먼저 이런 동일시는 '검다' 는 공통 요소를 공유한다. 무론 뼈는 검지 않고 희다. 그러나 이 뼈는 검다. 왜냐하면 이 뼈가 상징하는 고독, 절규, 절망, 나태, 모멸, 피로, 침몰의 세계는 맑고 가벼운 흰색의 이미지가 아니라 검은색의 이미지이기 때문이다. 뼈도 검고 밤도 검고 고양이도 검기 때문에 세 요소는 동일시된다.

다음 고양이 울음은 관능, 성욕을 상징하고 그런 점에서 자아는 울고 있는 고양이를 향해 '제발 집어쳐!' 라고 말함으로써 자신의 성적 욕망을 보호한다. 결국 자아-밤-고양이의 동일시는 죽음 욕망(검은색)을 기초로 하고, 한편 고양이 울음이 환기하는 성적 욕망을 거부한다. 죽음 욕망이 성적 욕망이라면 이 시는 죽음 욕망과 죽음 욕망의 거부를 노래한다. 검은색은 죽음 욕망을 상징하고 죽음 욕망이 성적 욕망이다. 섹스는 자아

가 사라지는 죽음의 세계이기 때문이다. 그러나 다른 글에서는 이런 해석
이 없었고 지금 이 글을 쓰면서 이런 해석을 부연한다.(이상 이승훈, 「현대시
와 편집증」, 앞의 책, 141~142)

밤이 주인이고 고양이가 주인인 삶을 거부하지만 역시 ‘나는 뼈’이고,
그러므로 ‘몽상’은 가짜이고 ‘악몽과 한숨과 식은 땀’이 진짜다. 몽상은
아름답고 황홀하다. 그것은 의식과 전의식 혹은 의식과 무의식의 경계가
모호한 세계이기 때문이다. 그러나 몽상이 가짜이고 허위인 것은 이런 세
계가 뼈, 밤, 고양이의 세계, 곧 죽음과 무의식의 세계를 모르기 때문이
다. 말하자면 몽상은 우울을 모르고 무, 부재, 죽음을 모르고 악몽은 안
다. 아니 악몽은 죽음의 세계이고, 죽음과 싸우는 세계이고, 죽음 속에서
죽음과 함께 죽음에서 벗어나려고 안간힘을 쓰는 시간이다. 그것은 한숨
과 식은 땀에 젖는 시간이다.

이런 악몽 속에서 내가 만나는 것은 ‘너의 부재’이고, 그것은 ‘사라진
너의 눈’이 ‘사라진 너의 코’가 되는 세계이다. ‘결국 나는 너이다’에서
‘사라지는 너의 눈’은 빛으로 가득 차는 광명을 상징했지만 이제 그런 빛
의 세계는 소멸하고, ‘부재의 눈’은 ‘부재의 코’가 된다. 눈은 무엇이고
코는 무엇인가? 눈이 코를 찾아간다. 그러나 모두 부재의 눈이고 부재의
코이다. 죽음의 눈이고 죽음의 코이다. 눈이 빛을 상징한다면 코는 숨쉬
기, 생명을 상징한다.

그러니까 나(뼈)는 이 부재의 생명, 어디에도 없는 너의 생명에 손을 댄
다. 손을 대는 것은 구체적인 만남을 시도하는 것. 너의 부재는 추상적 존
재이고 손을 대는 것은 추상과의 구체적인 만남이다. 그러나 이때 나(뼈)
는 와르르 부서진다. 이젠 뼈도 사라진다. 말하자면 일체의 사유, 이성,
감정, 현실 같은 비본질적 삶을 제거한 본질로서의 뼈, 무와 부재를 지향
하던 뼈마저 소멸한다.

뼈만 남은 인생도 부서지고, 밤도 사라지고, 본질도 소멸하고 남는 것은 '어두운 흐릿한 사라지는 의식의 오렌지와 대포'이다. 사라진 의식이 아니라 사라지는 의식이 소유하는, 혹은 이런 의식과 동일시되는 오렌지와 대포는 무엇을 의미하는가? 나는 앞에 인용한 글에서 이 부분을 해석한 바 있다. 다시 회상하면서 이 글을 계속하자.

그때 나는 사라지는 의식을 전의식(기억)과 무의식이라고 했지만 다시 생각하면 이것은 의식이 소멸하는 단계이고 따라서 무의식이 얼굴을 내미는 순간이다. 이런 무의식 속에 존재하는 것은 다시 성적 환상이다. 오렌지는 여성, 대포는 남성을 상징한다. 오렌지와 대포의 이미지는 李箱의 시 'BOITEUX BOITEUSE'이 나오고 나는 이 이미지를 인용한다. 표제는 불어로 절름발이라는 뜻. 전자는 남성형, 후자는 여성형이다. 그의 시에는 '오렌지/ 대포/ 포복'이라는 시행이 나오고 오렌지는 원, 곧 여성을, 대포는 총, 곧 막대기가 암시하듯 남성을, 포복은 성교를 뜻한다.(좀 더 자세한 것은 이승훈, 『이상문학전집 1(시)』, 문학사상사, 1989 참고 바람)

그러나 뼈는 이렇게 사라지는 의식, 곧 태어나는 무의식의 내용인 오렌지와 대포, 여성과 남성의 만남을 '오오 제발 집어쳐!'라고 말하면서 성적 욕망을 거부한다. 그런 점에서 이 시에는 동일시 기법과 부정의 기법이 나타난다.(이승훈, 「현대시와 편집증」, 앞의 책, 141~143)

이제까지 진행한 사유의 여정을 요약하면 다음과 같다. '너의 부재' 속에 뼈(본질)만 남은 자아는 우울증이 환기하는 자아의 빈곤과 만나고, 상실한 것이 무엇인지 모른다는 점에서 다시 무의식으로 발전한다. 뼈－밤－고양이의 동일시가 그렇고, 무의식은 고양이 울음이 환기하는 성적 욕망으로 물들지만 뼈는 거부한다. 다시 '너의 부재'에 접근하지만 이때 뼈는 부서지고 무의식과 만나고, 무의식은 오렌지－대포가 환기하는 성적 욕망으로 물들지만 뼈는 다시 거부한다. 쉽게 생각하자. '너의 부재'

는 뼈만 남은 자아를 낳고, 이 자아는 우울증에 시달리며 무의식으로 돌아간다. 그리고 무의식의 실체는 성적 욕망이지만 뼈만 남은 자아는 이런 욕망을 거부한다. 그러니까 욕망과 만나면서 동시에 욕망을 거부한다. '너의 부재' 속에서 내가 체험하는 것은 이런 심리적 양가성(ambivalence)의 세계이다.

그러나 이런 심리 세계는 '너의 부재' 가 나를 삼키는 공간으로도 나타나고(「그는 누구인가」), '너의 부재' 가 짙은 자기 냉소와 자기 해학으로도 변주된다.(「피에로」)

유토피아와 분노

다섯 번째 시집 『당신의 방』(1986)에서 내가 노래한 것은 '너의 없음' 이 '나' 를 증명하는 게 아니라 마침내 '나' 를 멍들게 하고, 그렇게 멍든 자아로서의 나를 부정하려는 노력이다. 한편 이런 노력 속에서 '사라진 너' 는 두 가지 모습을 띤다. 하나는 '너' 를 유토피아로 인식하는 유형, 다른 하나는 비난의 대상, 나를 병들게 하는 대상으로 인식하는 유형이다. 예컨대 「당신의 방」에서 '너' 는 내가 영원히 도달할 수 없는 유토피아로 노래된다.

당신의 방엔
천 개의 의자와
천 개의 들판과
천 개의 벼락과 기쁨과
천 개의 태양이 있습니다
당신의 방엘 가려면
바람을 타고
가야 합니다
나는 죽을 때까지

아마 당신의 방엔
갈 수 없을 것 같습니다
나는 바람을 타고
날아가는 새는
될 수 없기 때문입니다

「당신의 방」 전문이다. '너'의 세계는 '천 개의 의자'가 상징하는 무한한 휴식, '천 개의 들판'이 상징하는 무한한 트임, '천 개의 벼락과 기쁨'이 상징하는 무한한 황홀과 전율과 공포와 환희, '천 개의 태양'이 상징하는 무한한 빛으로 가득 찬다. 그러나 나는 이런 세계에 갈 수 없다. 왜냐하면 이런 세계는 지상에 없고, 따라서 새처럼 날아가야 하기 때문이다. 새는 바람을 타고 하늘로 날아간다. 어디까지 가는가? 천상까지 갈 것이다. 마침내 천상에서 만나는 것은 태양이고 빛이고, 새는 빛이 되고 빛에서 힘이 나온다. 지상의 만물은 천상의 빛을 먹고 살지만 인간은 새가 아니기 때문에 빛의 세계에 갈 수 없다. 그 빛의 세계에는 '천 개의 의자'와 '천 개의 들판'과 '천 개의 벼락과 기쁨'과 '천 개의 태양'이 있다.

빛에서 힘이 나오고 유토피아에서 힘이 나온다. 그러나 이 무렵 나를 지배한 것은 이 빛의 세계로 갈 수 없다는 절망이고 안타까움이고 비탄이다. 왜냐하면 이 빛의 세계는 어디에도 없는 땅, 유토피아였기 때문이다. 유토피아는 이상향이지만 어디에도 없는 땅이라는 뜻이다. 마음 속에 빛이 있지만 그때는 밖에서 빛을 찾고 있었다. 나는 새가 될 수 없다고 고백한다. 그때는 마음이 새라는 것을 모르고 있었다.

그러니까 이런 고백은 '나'가 지상적 삶의 조건을 벗어날 수 없음을 뜻한다. '너'의 없음을 '나'의 있음으로 전환시킬 때 '나'의 있음이 증명된다. 그러나 그런 전환은 불가능하고, 그때 나를 찾아오는 것은 질병이고 병든 자아이고, 나를 구속하는 지상적 삶의 구속에 대한 분노이다. 그런

분노는 병든 자아로서의 '나'를 부정하려는 노력과 통한다. 그런 부정은

용기도 없고
사랑도 없고
기쁨도 없다
눈도 없고
코도 없다
밑빠진 나날
입도 없다
입도 없다
아아 사랑했던
너의 얼굴도 없고
기차도 없고
다리도 없고
건너야 할
다리도 없고
오늘도 없다
오늘도 없는
것들을 위하여
시를 쓴다
시를 어떻게 쓰나
망할 놈의 시를
쓸 줄 안다면
얼마나 좋을까

처럼 노래된다. 「망할 놈의 시」 전반부이다. '너'에게 갈 수 없는 병든 '나'를 물들이는 것은 '없다'는 인식 뿐이다. 병든 나에게는 용기, 사랑, 기쁨도 없고 눈, 코, 입도 없다. 그러니까 정서와 육체가 소멸한다. 그러 므로 토대를 상실한 삶이 전개된다. '밑빠진 나날'의 연속이다. 눈이 없 으므로 볼 수 없고, 코가 없으므로 호흡이 멈추고, 입이 없으므로 아무 말

도 할 수 없다. '너의 얼굴도 없다'는 것은 이런 곤경 때문이고 거꾸로 '너의 부재'가 이런 곤경을 낳는다. 한마디로 질병의 세계이다.

'너의 얼굴도 없다'는 것은 너라는 유토피아도 없다는 것. 유토피아, 이상, 빛의 세계가 없으므로 떠날 곳도 없고, 떠날 곳이 없기 때문에 타고 갈 '기차'도 없고, '건너야 할 다리'도 없다. 유토피아, 이상, 빛의 세계는 내가 도달하려는 세계이고, 따라서 미래이다. 그러나 이런 미래가 없으므로 '오늘', 현재도 없다. 자아도 없고 너도 없고 현재도 없는 이런 상황에서 시를 쓴다는 것은 무엇인가?

시도 이젠 '망할 놈의 시'가 된다. 그러나 시의 후반부에서 나는 '없는 얼굴'이 '나'를 감싸는 순간의 기쁨과 희망을 기대하고, 다시 이런 기대를 부정한다. 그러므로 아무것도 없는 공간에서 '나'가 쓰는 시, 그때 '나'를 찾아오는 것은 시쓰기에 대한 분노이며 동시에 그런 '나'를 부정하는 자기 해학적 표정이다.

3) 존재론적 회의

일곱 번째 시집 『너라는 환상』(1988)에 실린 시들을 쓰면서 이상하게도 내가 체험한 것은 '너의 없음'이 환기하는 병든 자아로서의 '나'에 대한 분노나 부정이 아니라, 그런 분노가 가라앉고, 또한 나/너의 대립적 관계가 해소되는 느낌이었다. 여섯 번째 시집 『샤갈』(1987)은 샤갈의 그림을 모티브로 한 특수한 시집이기 때문에 제외한다. 『너라는 환상』에서 나는 '너'를 환상으로 인식한다. 그러나 이때 환상은 아름다운 꿈, 유토피아가 아니라 헛것, 幻影, 허깨비라는 의미가 강하다. 그러니까 환상(fantasy)이 아니라 환영(illusion)을 뜻한다.

환상은 무의식, 결핍, 욕망의 스크린이고 아이와 어머니의 최초의 분리가 결핍을 낳고 결핍이 환상을 낳는다. 환상 속에서 우리는 어머니를 대신하는 대상 소문자 타자a와 만난다. '너'는 대상 소문자 타자이고, '너'를 통한 자아 증명은 이 타자와 하나가 될 때 가능하다. 그러나 '너의 부재'는 이런 동일시의 결여를 의미하고, 따라서 환상의 공간은 소멸한다. 남는 것은 우울증, 자기 비난, 분노였지만 어느 날 문득 깨달은 것은 '너'가 헛것, 환영에 지나지 않는다는 사실이다.

환상은 일종의 유토피아이고, 환영은 그런 유토피아의 소멸을 뜻한다. '너' 뿐만 아니라 따지고 보면 이 세상에 존재하는 모든 것은 실체가 없는 허깨비, 幻影, 그림자가 아닐까? 이 무렵 내가 깨달은 것은 이런 사유이고, 그것은 유토피아에 대한 회의와 부정으로 나간다. 유토피아는 어디에도 없다. 그러므로 '너'라는 유토피아도 없고, '너'와의 동일시를 꿈꾸는 '나'도 없고, 환상과 현실의 대립도 없고, 모두가 헛것이고 환영이다. 따라서 현실이 환상이고 환상이 현실이다. 말하자면 현실/환상, 현실/유토피아, 나/너의 경계가 허물어지기 시작한다.

유토피아로서의 '너'는 사라지고 '나'의 도처에 '너'는 명멸하기 시작한다. 현실/환상의 경계가 사라지면서 나의 사유는 나/너의 경계 역시 해체된다는 인식에 도달한다. 나는 이런 인식을 다음처럼 노래한다.

길을 가다가
문득 살펴보면
이 팔도
이 머리도
무수한 너로 덮인다
그렇다 내가
걷는 게 아니다
무수한 네가 걷는다
거리를 걸어가는 너

시장을 보러가는 너
운전을 하는 너
친구들 속에서 더욱
외로워지는 너
해질 무렵 유리창에
물고기를 그리는 너

「무수한 너」전반부이다. 옛날 같으면 길을 가면서 '나'는 '너의 부재'를 의식하고, 어딘가에 있을 '너'를 찾아 헤맸을 것이다. 그러나 이 시의 경우 길을 가는 '나'를 가득히 덮는 것은 '무수한 너'이며, 또한 '나'가 길을 걷는 게 아니라 '너'가 길을 걷는다. 아니 길을 걷는 사람은 '나'이며 동시에 '너'이다. 이런 자각은 무엇을 의미하는 것일까?

내가 '너'의 문제에 관심을 기울인 것은, 앞에서도 말했듯이, 초기부터 나를 사로잡은 주제였던 이른바 자아 찾기, 자기동일성 증명에의 욕구 때문이었다. 자기동일성 증명은 '나'가 '나'로부터 소외되었다는 인식을 동기로 한다. 그것은 한마디로 '나란 무엇인가?'라는 자아에 대한 인식론적 회의를 수반한다. 과연 나는 누구인가? 자아 찾기의 1단계는 나의 무의식 탐구로 수행되고, 탐구의 한계에 봉착하면서 나-너의 동일성 증명이라는 2단계로 나간다. 그러나 그것은 '너의 존재'가 아니라 '너의 부재'가 강조되고, 그때 내가 만나는 것은 우울증, 자기 비난, 분노였다.

그러나 일곱 번째 시집에 오면서 내가 깨달은 것은 나/너의 경계가 해체된다는 인식이다. 이런 인식은

너를 만난 날은
날개 달린 날이나
현실이 사라지고
다른 현실이

태어난 날
그러니까 그날은
초현실의 날이다 훨훨
새가 날아오던 날

처럼 노래되기도 한다. 「너를 만난 날」 앞부분이다. 이 시에서도 '너의 부재'가 아니라 '너의 존재'가 노래된다. 아니 '너의 존재'가 아니라 '너와의 만남'이고 이런 만남은 '다른 현실'을 낳고, 그것은 '초현실'이 된다. 초현실은 초현실주의 미학이 강조하듯이 단순히 현실을 초월하는 게 아니라 현실/환상, 현실/꿈의 경계가 사라지고, 현실이 환상이고 환상이 현실인 세계이다. 이 세계는 이성을 거부하고, 클레의 그림이 암시하듯, 순수한 아이들의 마음을 지향하고, 나는 「아이들이 좋아」 같은 시에서 아이들의 놀이, 유희를 찬미한다.

　이상하지 않은가? 원래 내가 노린 것은 '나는 누구인가?'라는 자아에 대한 인식론적 회의였고 자아 찾기는 이런 회의의 결과였다. 그러나 이 시집에 오면서 '나는 누구인가?'라는 인식론적 회의는 '나는 존재하는가?'라는 존재론적 회의로 전환한다. 정신분석의 시각에서 해석하면 히스테리에서 강박증으로 전환된다. 그러나 이런 해석은 어디까지나 유추이다. 이 점에 유의해 주기 바란다. 그러니까 나는 지금 나를 분석하는 게 아니라 인식론적 회의와 존재론적 회의를 라캉의 정신분석 이론에 기대어 유추적으로 사유한다.

히스테리와 강박증

　히스테리 환자는 '난 남자인가, 여자인가?'라고 성에 대해 질문하고, 강박증 환자는 '나는 살았는가, 죽었는가?'라고 존재에 대해 질문한다.

유추적으로 읽으면 히스테리 환자의 질문은 비록 성과 관계되지만 '나는 누구인가?'에 해당하고, 강박증 환자의 질문은 '나는 존재하는가?'에 해당한다.

히스테리 환자는 상징계(언어질서, 법, 현실)를 수용하면서 갈등을 겪고, 따라서 상징계에 의해 상징계를 회피하고 부정하면서 자신의 욕망을 타자에게 위탁한다. 그러므로 그는 타자에게 '내가 누구인지 말하라. 당신이 말하는 것이 나다.'라고 말한다. 이것은 자신의 정체성 찾기, 자아 찾기를 자신이 아니라 타자에게 위탁하는 행위이다. 보통 '나는-이다'. 고로 '나는 나'가 되지만 히스테리 환자들은 '네가 말하라. 그것이 나다'라고 자신의 문제를 남에게 뒤집어씌운다.(좀 더 자세한 것은 이승훈, 「환상과 히스테리」, 『라캉으로 시읽기-이승훈의 해방시학』, 문학동네, 2011, 254~255 참고 바람)

라캉은 강박증을 히스테리와 함께 신경증의 하나로 분류하면서 존재가 주체에게 묻는 질문이라는 생각을 발전시킨다. 주체가 존재에게 묻는 질문이 아니라 존재가 주체에게 묻는 질문이다. 주체 이전에 존재가 있고, 존재가 주체에게 묻는다. 과연 누가 묻는가? 나는 살았는지 죽었는지 모르기 때문에 나는 나에 대해 질문할 수 없고 대신 존재가 질문한다. 존재의 질문은 죽음의 문제와 관계된다. 그러므로 '나는 살았는가, 죽었는가?'는 존재와 부재의 문제에 대한 질문이고, 이 질문은 내가 하는 질문이 아니다. 강박증 환자가 강박 의례를 반복하는 것은 대타자(아버지, 법)의 거세를 회피하는 방식이다.

나의 자아 찾기는 '인식론적 회의'에서 '존재론적 회의'로 전환하고, 이런 전환은 히스테리가 강박증으로 전환하는 것에 유추된다. 그렇다면 이런 해석은 어떤 문제를 제기하는가? '나는 누구인가?'라는 인식론적 회의는 무의식 탐구와 나-너의 동일성 찾기로 나가지만 모두 실패한다. 그것은 언어(상징계)를 수용하면서 언어에 의해 언어를 회피하고 부정하면서 나의 욕망(무의식)을 타자에게 위탁한 것이고, 나―너의 관계는 '네가 말하라. 그것이 나다'라는 히스테리 증상에 지나지 않고, 그러므로 나―너의 동일성 증명은 실패한다.

한편 '나는 존재하는가?'라는 인식론적 회의는 이런 동일성 실패를 매개로 한다. 나―너의 동일성 증명은 '나'와 '너'의 대립을 전제로 하고, '나'와 '너'의 존재를 당연시 한다. 그러나 존재론적 회의는 이런 대립을 부정하고, 존재의 선험성을 부정하고, '나는 있는가?'에 초점을 둔다. '나'와 '너'는 대립적인 존재가 아니라 나/너의 경계가 해체되고, 따라서 나와 너의 존재의 정당성은 부정된다. 그런 점에서 존재론적 회의의 시쓰기는 강박 의례인지 모른다.

요컨대 나/너의 경계가 해체될 때 내가 체험하는 것은 '나'와 '너'는 동일하면서 그렇지 않다는 인식이고, 이런 인식은 또한 '나'는 존재하면서 존재하지 않는다는 인식을 환기한다. 과연 나는 존재하는가? 이런 존재론적 회의는 나/너의 관계에 대한 단계적 성찰을 전제로 한다. 먼저 너/나의 관계를 도식으로 나타내면 다음과 같다.

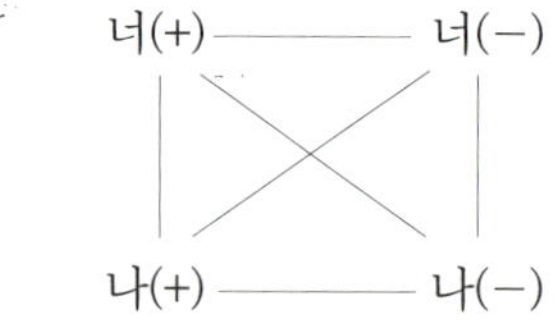

위의 도식에서 +는 있음, 존재를 나타내고 −는 없음, 부재를 나타낸다. 그러니까 '너(+)'는 '너의 있음'을 '너(−)'는 '너의 없음'을 뜻한다. 너/나의 관계는 위의 도식을 중심으로 하면 여섯 가지 유형으로 나타난다.

(1) 너(+) 나(+)
(2) 너(+) 나(−)
(3) 너(−) 나(+)
(4) 너(−) 나(−)
(5) 너(+) 너(−)
(6) 나(+) 나(−)

(1)(2)의 유형은 나의 경우 문제가 되지 않는다. 나의 경우 나/너의 관계는 '너의 부재', 곧 (3)의 유형부터 시작되기 때문이다. '결국 나는 너이다'에서 노래하듯이 '너의 부재'를 동기로 '나의 존재'를 인식한다. 곧 너(−) 나(+)의 관계이다. 이런 관계는 「나는 뼈」에서 심화되면서 마침내 (4)의 유형, '너의 부재'가 '나의 부재'를 인식하는 단계, 곧 너(−) 나(−)의 관계로 나가고 이때 내가 만나는 것은 우울증, 자기 부정, 자기 비난이다. 그러나 「무수한 너」에 오면 (5)(6)의 유형, 곧 너는 있으며 동시에 없고, 나도 있으며 동시에 없는 관계가 된다. 곧 너(+) 너(−)이고 나(+) 나(−)의 관계이다.

(3)(4)의 유형이 너를 전제로 하는 나에 대한 인식론적 회의를 암시한다면 (5)(6)의 유형은 너와 나에 대한 존재론적 회의를 암시한다. 이 단계에서 '너'는 없으면서 있고, '나' 역시 없으면서 있다. '너'와 '나'의 관계역시 그렇다. 이런 관계는 '너'와 '나'는 동일하며 동시에 다르다는 인식을 낳는다. 그것은 너/나의 경계를 해체하고, 나아가 있음/ 없음, 존재/부재, 현실/환상의 경계를 해체한다.

이 단계에서 나의 자아 찾기는 '나는 무엇인가?' (인식론적 회의)에서 '나는 존재하는가?' (존재론적 회의)로 전환한다. 그러니까 '나' (무의식)를 중심으로 하는 최초의 자아 찾기가 실패하고, '너'를 중심으로 하는 자아 찾기를 시도하면서 내가 발견한 건 '나'에 대한 존재론적 회의이다.

물론 비대상 시론에서도 인식론적 회의라는 용어를 사용했지만 그때는 대상에 대한 인식론적 회의를 더욱 강조했다. 그러니까 대상에 대한 인식론적 회의가 자아에 대한 인식론적 회의로 발전하고, 자아에 대한 인식론적 회의가 자아에 대한 존재론적 회의로 발전한다.

그러나 '나'(무의식)를 중심으로 하는 자아 찾기(시집1, 시집2, 시집3)가 실패하면서 '너'를 중심으로 하는 자아 찾기(시집4, 시집5, 시집7)가 수행되지만 '나'와 '너'의 동일성 증명은 실패하고, 이 단계에서 깨달은 것은 나/너의 경계 해체이고 나와 너의 관계를 중심으로 하는 자아 찾기 역시 벽에 부딪친다. 왜냐하면 자아는 존재하지 않는다는 사유로 발전하기 때문이다.

4) 그에 대한 관심

사유 주체로서의 자아가 없다면 '너'와 대립되는 '나'가 없고, 그렇다면 과연 '나'는 무엇이고 누가 생각하는 것일까? 뒤에 가서 다시 살펴겠지만 정신분석에 의하면 의식이 아니라 무의식이 사고하고(라캉), 구조주의 언어학에 의하면 '나'가 아니라 '언어'가 사고한다. 언어가 나를 생산하기 때문이다. 그렇다면 다시 무의식을 탐구해야 하는가?

1단계 자아 찾기에서 이런 노력은 벽에 부딪치고, 따라서 2단계 자아 찾기가 수행된다. 그런 점에서 사유 주체의 소멸이 암시하는 무의식은 언어와 결합되는 무의식, 라캉이 말하는 욕망의 환유로서의 기표와 관계된다. 그러나 이런 문제는 「언어론」에서 살필 예정이고, 내가 다른 글에서 시는 '무의식이 쓴다' 혹은 '언어가 쓴다'는 말을 한 건 이런 문맥과 관련된다.

사유 주체로서의 자아가 소멸하면서 내가 만난 것은 이런 의미로서의 무의식보다 3인칭 대명사 '그'이고, 지시 대명사로는 '그것'에 해당한다. '그것'은 과연 무엇인가? '그것(it)'은 영어의 경우 '비가 온다(It rains)'처럼 구체적으로 지시하는 대상이 없고, 라캉의 경우는 상상계와 상징계를 초월하는 것, 무의식이고, 하이데거의 경우는 존재에 해당하는 '그것'으로 그것은 그것 자체를 뜻하고, '존재가 사유한다'는 말은 나, 주체, 이성이 소멸한 상태의 사유로 '그것'이 사유한다는 뜻이다.

그러나 내가 지금 말하는 '그것'은 라캉이나 하이데거의 개념이 아니라 자본주의 사회에서 사물로 전락한 자아를 뜻한다. '나'를 '그'라고 부를 때 '그'는 주체가 아니라 하나의 객체이고 대상이고 사물이 되기 때문이다. 그러므로 '그것'은 나—너—그의 관계를 전제로 하는 개념이다. 자아 찾기는 '나'의 무의식 탐구가 한계에 부딪치면서 '나'와 '너'의 동일성 증명으로 나가고, 이 단계에서 나는 '너의 부재'가 환기하는 '나의 부재' 속에서 극도의 우울증, 자기 비난, 자기 부정에 시달리고, 마침내 너도 없고 나도 없는 나/너의 경계 해체를 체험한다.

그러나 이런 해체의 공간에서는 자아 찾기가 벽에 부딪친다. 그렇다면 자아 찾기는 포기해야 하는가? 이 무렵 내가 깨달은 것이 이른바 사물로 전락한 자아이고, 나는 '나'를 '그'라고 부르기 시작한다. 그에 대한 관심이 나타난 것은 이런 문맥을 거느린다. 다시 생각하자. 이제 '너'와의 동일성 증명에 실패한 '나'는 '그'가 된다. 이때 '그'는 사회학의 시각에선 자본주의 사회에서 物化(reification)된 자아, 곧 사물로 전락한 자아를 의미한다. '나'를 '그'라고 부르는 사람에겐 정신병적 요소가 있다고 누군가 말했고, 그런 견해는 타당하다. 사실 '나'를 '그'라고 부를 때 우리가 체험하는 것은 일종의 자아 상실감이며, 자아 상실은 정신병과 통하기 때문이다. 한마디로 이런 인간들에겐 사고 주체로서의 자아가 없다. 이 시대를 살아가는 많은 사람들이 '진정한 나'를 찾는 것은 '나'가 인격적 요소를 상실하고 사물 혹은 도구로 전락했기 때문이다.

‘나’를 1인칭 대명사로 부를 때와 3인칭 대명사로 부를 때 우리가 체험하는 것은 단순한 거리 개념이 아니다. ‘나’를 ‘나’라고 부를 때는 자아가 강조되고, ‘나’를 ‘너’라고 부를 때는 거울 앞에서 거울에 비친 자신을 바라볼 때처럼 대화적 관계가 성립한다. 그러나 ‘나’를 ‘그’ 혹은 ‘그 사람’이라고 부를 때는 ‘그’는 나와는 관계없는 하나의 물건으로 인식된다. 지시 대명사에 의하면 ‘이것’은 여기 있고, ‘저것’은 가까이 있고 ‘그것’은 멀리 있다. 인칭 대명사에 비유하면 ‘나’는 여기 있고, ‘너’는 가까이 있고, ‘그’는 멀리 있다.

멀리 있다는 것은 단순한 거리 개념이 아니라 나와는 멀다, 나를 떠났다, 나로부터 소외되었다는 뜻이다. 자본주의 사회에서 개인이 체험하는 소외의 특수한 형태가 이른바 物化이고, 물화는 사물로 전락했다는 의미이다. 이때 의식 주체로서의 ‘나’는 의식이 소멸하고 단순한 객체로 전락한다. 사회학적 시각에선 이런 ‘그’는 물화된 자아를 뜻한다.

물화는 루카치가 사용한 용어로 자본주의 사회에서 개인이 체험하는 소외의 특수한 형태를 뜻한다. 마르크스에 의하면 자본주의 사회에서 사회적 삶, 곧 인간관계는 교환가치를 매개로 하기 때문에 인간들은 자신으로부터 소외된다. 쉽게 생각하자. 나는 주체가 되어 사회 속에서 나의 가능성을 실현하는 것이 아니다. 나는 노동을 하지만 생산품은 나와 관계가 없고, 자연을 바라보지만 자연 자체를 보는 것이 아니라 착취의 대상으로 보고, 타자들은 언제나 나를 소외시키고, 사회는 나의 가능성이 아니라 도구성을 강조하고, 나는 하나의 도구로 소외될 뿐이다. 말하자면 나는 노동, 자연, 타자, 인간적 가능성으로부터 소외되고, 따라서 모든 소외는 자기소외다.

루카치에 의하면 상품 숭배가 자본주의의 특수한 문제이고 자본주의 사회의 중심적 구조이다. 상품구조의 본질은 인간들의 관계가 사물의 특징을 띤다는 것. 물화는 상품 구조의 객관적 측면이고, 상품 숭배는 주관적 측면이다. 객관적이라는 것은 이런 현상이 인간들의 관계를 은폐시킬 만큼 마력적 객관성과 자율성을 획득했기 때문이고, 주관적이라는 것은 인간들이 이런 비인간적 객관성에 종속되고, 소비 품목으로 간주되기 때문이다.

자기 소외든 물화든 상품 숭배든 자본주의 사회에선 인간의 주체성, 곧 의식 주체로서의 인간이 사물로 전락하고, 상품이 되고, 상품을 숭배하고, 따라서 인간성이 파괴된다.

아무튼 나는 제8시집 『길은 없어도 행복하다』에서 나를 '그'라고 부르면서 자아 찾기의 3단계로 진입한다. 그러나 마르크스나 루카치의 사회철학을 공부한 건 아니고 어쩌다 그렇게 되었고, 결과적으로 이런 작업은 '너'와 '나'의 동일성 증명이 벽에 부딪치면서 다시 '나'를 찾으려는 노력이 된다. 그것은 두 방향에서 진행된다. 하나는 산업사회 속에서 사물로 전락한 자아인 '그'를 노래하는 방향, 다른 하나는 무의식적 실체로서의 자아인 '그'를 노래하는 방향이다. 예컨대 다음 시.

그에게도 꿈 많던
시절이 있었다
그러나 그러나 그러나
어느 날 그에겐 흰 머리가 생기고
등이 휘고 토지가 사라지고
후배들은 그를 우습게 여기고
그에겐 코가 사라졌다
그에겐 입도 사라졌다
에로스도 사라지고
그를 지키려는

욕망도 사라지고
에고도 사라지고
그에겐 성욕도 사라졌다
그는 육체를 추방한 건 아니다
그의 육체는 스스로 사라졌다
아아 그렇다고
정신만 있는 것도 아니다
그에겐 정신도 사라졌다

「그에겐 행복이 생겼다」 전반부이다. '그'는 '나'이다. '나'를 '그'라고 부르니까 나를 멀리서 하나의 객체로 바라볼 수 있고, 이 시는 자아가 객체, 사물로 돌아가는 과정을 노래한다. 꿈이 있다는 것은 자아가 있다는 것이고 꿈이 사라지는 건 자아를 지탱하던 꿈, 이상, 낭만주의적 내면의 상실과 통한다. 그러므로 이제 나는 나의 내면에 있는 것이 아니라 나의 밖에 있다. 흰 머리가 생기고, 등이 휘고 토지가 사라진다. 안에 있을 때는 흰 머리가 보이지 않고, 등이 휜 것도 보이지 않고 밖에 있을 때 이런 내가 보인다. 나는 나의 밖에 있는 나를 본다. 내가 보아도 나의 모습이 우습고 후배들이 볼 때는 얼마나 우습겠는가? 나는 지금 후배들이 보는 나를 보고 있다. '토지'는 내가 기댈 정신적 토대이다.

사물로서의 자아

자아의 존재의 토대가 사라지면서 나는 코도 사라지고, 입도 사라지고, 에로스, 욕망, 에고, 성욕도 사라진다. 그러니까 말을 잃고, 호흡이 멈추고, 성욕도 없는 자아가 되고, 이런 자아는 자아가 아니다. 그러므로 에고도 없다. 사유 주체로서의 자아가 소멸하고 남는 건 '밤을 뒤섞어 만든 고깃덩어리'(「세계라는 것이 무엇인지 알 수 없게 된 한 남자」)이고, 요컨

대 육체와 정신이 소멸한 자아, 하나의 물건이고 사물이다. 다음 시에서
이런 자아는 '뼈'로 노래된다.

> 오늘도 뼈
> 서 있는 뼈
> 앉아 있는 뼈
> 누워 있는 뼈
> 돌아눕는 뼈
> '여보 뼈가 있소
> 결국 뼈만 남았소'
> 시린 뼈
> 시간의 뼈
> 시시한 뼈
> 시난히 앓는 뼈
> 시를 쓰는 뼈

「시인 이승훈 씨의 초상」 앞부분이다. '나'와 '너'의 동일성 증명을 통
해 자아를 찾던 단계에서도 '뼈'의 이미지가 나온다. 그때는 너의 부재
속에서 내가 만나는 자아가 뼈로 노래된다. 「나는 뼈」가 그렇다. 그 뼈는
고독과 절규와 절망으로 가라앉고, 나태와 모멸과 피로에 찌든 뼈였고,
우울증에 시달리는 뼈였다. 인용한 시에 나오는 뼈는 가라앉은 뼈가 아니
라 움직이는 뼈이다. 이 뼈가 그만큼 구체성을 띠는 것은 이 뼈가 사회적
자아, '이승훈 씨'를 상징하기 때문이다.

'나'를 '시인 이승훈 씨'라고 부른 건 '나'를 하나의 객체, 곧 '그'로
바라본 것이고, 그것도 '시인으로서의 '나'를 그렇게 인식한다. 한마디로
'나'는 '그'이고 '그'는 '뼈'로 나타난다. 그러니까 '그'는 해골이고 죽
은 자아이다. 이런 자아가 오늘도 서 있고, 앉아 있고, 누워 있고, 돌아눕
는다. 결국 남은 건 뼈뿐이다. 의식, 사유, 정서, 반성도 소멸한 자아가

「시인 이승훈 씨의 초상」이다. 그런 점에서 이 시대엔, 모두 그런 것은 아니지만, 시인도 물화되고 마침내 해골이 된다는 이런 인식은 자본주의 사회를 살아가는 시인의 아이러니다. 뼈가 시를 쓴다.

그 뼈는 추위에 떠는 '시린 뼈'이고, 시간이 사라지고 남긴 '시간의 뼈'이고, 가치가 없는 '시시한 뼈'이고, '시난히 앓는 뼈'이고 '시를 쓰는 뼈'이다. 뼈가 시를 쓴다. 뼈가 시를 쓴다는 것은 죽은 자아가 시를 쓴다는 말이고, 죽은 자아는 의식을 모르기 때문에 무의식적 실체가 된다. 그러므로 죽은 자아, 무의식적 실체가 시를 쓴다. 말하자면 의식이 시를 쓰는 게 아니라 무의식이 시를 쓴다. 이 뼈, 죽음, 무의식은 다시 시월의 죽음인 '시월의 뼈', '시들시들 앓는 뼈'가 되고, 추상적 시간의 소멸을 암시하던 '시간의 뼈'가 구체적인 '시계로 덮이는 뼈'가 되고, '세월로 덮이는 뼈'가 되고, '망상으로 덮이는 뼈'가 되고, '치욕의 뼈', '달밤의 뼈'가 되고 마침내 '시냇물의 뼈'가 된다.

그러나 '시냇물의 뼈'는 '뼈의 시냇물'이 되고, '아아 뼈의 시냇물도 있구나!'라고 말하면서 이 시는 끝난다. '시냇물의 뼈'는 시냇물의 죽음, 해골을 뜻하고, '뼈의 시냇물'은 이렇게 죽은, 사라진, 소멸한 시냇물에서 다시 시냇물을 보는 이미지다. 과연 시냇물이 죽고 그 죽음 속에 태어나는 시냇물은 무엇인가? '시냇물'은 산골짜기나 평지에 흐르는 작은 냇물이다. 그러므로 '시냇물의 뼈'는 그런 작은 냇물, 생명, 희망도 없다는 것을 상징한다. 그러나 이런 절망의 극한에서 내가 읽는 것은 절망의 아이러니다. '시냇물의 뼈'가 '뼈의 시냇물'이 된다. 죽음 속에 작은 생명이 있다. 결국 뼈들의 폐허가 '시인 이승훈 씨의 초상'이고 이 뼈들의 폐허에서 내가 읽는 것은 '뼈의 시냇물'이다.

'뼈의 시냇물'은 사물로 전락한 자아가 읽는 작은 희망이지만, 이 시는 그런 희망의 단서만 암시할 뿐 희망의 세계를 노래하지 않는다. 그런 점

에서 산업사회에서 사물로 전락한 '그', 특히 '시를 쓰는 그'는 사물로
전락했기 때문에 사유, 의식, 감정이 없는 무의식적 실체로 남는다. 그러
므로 '그'는 '뼈'이고, 뼈가 쓰는 시는 뼈의 산물이고, 뼈를 생산하고, 뼈
를 지향한다. 다른 방법이 없지 않은가? 뼈가 할 일은 뼈와 함께 뼛속에
서 뼈와 싸우는 일이다.

　뼈가 쓰는 시는 의식이 소멸한 자아, 곧 무의식이 쓰는 시이고 무의식
이 무의식을 찾아가는 시이다. 초현실주의 시인들이 강조한 것 역시 무의
식이고 꿈이고 환상이다. 그러나 내가 이 무렵 생각한 것은 이런 무의식
드러내기가 아니라, 사물로 전락한 자아(무의식)가 자신도 모르는 것, 의
식할 수 없는 것, 이름 부를 수 없는 것, 그러니까 무의식을 찾아가는 일
이었다. 나는 이런 상황을 '새로운 절망을 보면서/ 그는 파도친다/ 그는
펼쳐진다'(「절망이 기교를 낳는다」)고 노래했다. 1단계 자아 찾기에서 무
의식 드러내기가 실패하고, 지금 3단계의 자아 찾기, 곧 '그'를 통한 자아
찾기는 뼈, 돌, 사물로 전락한 무의식이 지신도 모르는 것, 그러니까 무의
식을 찾아 떠난다. 나는 다음처럼 노래한다.

　　　그는 선생이다
　　　그는 시도 쓴다
　　　그가 시를 쓰는 건
　　　XX에게 가기 위한
　　　하나의 방법이다
　　　'아무튼 가는 게 중요해'
　　　그는 중얼거리며
　　　XX를 찾아간다

「그는 선생이다」 앞부분이다. 이 시에서 나는 '선생'과 '시인'으로서의
'나'를 '그'로 노래한다. 앞의 시가 시인으로서의 '나'를 객체로 인식한

다면 여기서는 '시인'과 '선생'을 동시에 객체로 노래한다. 그는 선생이고 시도 쓴다. 중요한 것은 그가 시를 쓰는 건 XX에게 가기 위한 하나의 방법'이라는 점이다. 그때나 지금이나 이 XX가 무엇을 의미하는지 나도 모른다. 안다면 XX라고 했겠는가? 내가 좋아하는 희곡 작가 베켓은 『고도를 기다리며』에서 '고도'가 무엇을 의미하느냐는 질문에 '나도 모르오.'라고 대답했다. 나도 그렇다.

이 희곡에는 두 뜨내기 에스트라공과 블라디미르가 고도를 기다린다. 그러나 고도는 오지 않고, 중요한 것은 고도의 정체가 아니라 그들이 '기다린다'는 사실이다. 왜 무엇을 기다리는 것이 아니라 그저 기다리는 것, 기다리는 행위가 중요하다. 나는, 그러니까 사물로 전락한 그는 XX를 찾아가기 위해 시를 쓴다. 그러나 '아무튼 가는 게 중요해'라는 말은 XX의 정체가 아니라 '가는 행위'가 중요하다는 것을 말한다. 에스트라공과 블라디미르는 누군지 모르는 고도를 기다리고, '그'는 자신도 모르는 XX를 찾아간다. XX가 누구인가는 중요치 않고 아무튼 가는 게 중요하다.

한편 그는 선생이다. 따라서 제자들이 있지만 제자들 가운데는 주정뱅이, 깡패, 위선자도 있다. 그러나 모두 '그'가 사랑하는 제자다. 그리고 시의 후반에서 선생과 시인으로서의 '그'는 다음처럼 노래된다.

그는 선생이다
그에겐 제자도 있다
그에겐 모자도 있다
그에겐 처자도 있다
그는 시도 쓴다
후세에 남길?
천만에!
그런 건 다른 놈들이나
쓰라고 해!

그는 다시
학교에 들어가
학생이 될
필요가 있다
그는 XX를
사랑할 의무가 있다

그는 시를 쓰는 것이 아니라 시도 쓴다. 시쓰기는 절대적인 것이 아니다. 그러므로 '후세에 남길 시'에 대해 욕심도 없고, 단지 다시 학교에 들어가 학생이 될 필요가 있고, XX를 사랑할 의무가 있다. 그러나 그가 학교에 들어가 의자에 앉을 때 의자가 부서지고, 그는 공부할 것이 없어서 학교를 나온다.(「학교」) 남는 건 XX에 대한 사랑이다. 학교에 들어가 학생이 되어 공부를 하면 XX에 대해 알 수 있겠지만 그는 학교를 나왔기 때문에 XX에 대해서는 아는 것이 없다. 그는 자신도 모르는 XX를 사랑할 일만 남는다.

요컨대 사물로 전락한 '그'가 시를 쓰는 건 자신도 모르는 XX를 찾아가는 하나의 방법이고, XX의 정체가 아니라 그저 찾아가는 행위, 그러니까 목표가 아니라 과정이 중요하고, 자신도 모르는 것을 사랑하는 일이 중요하다. 이미지, 이름 없는 것, XX, 의식할 수 없는 것은 과연 무엇인가?

또 다른 밤

나도 XX가 무엇인지 모른다. 사물로 전락한 자아인 '그'가 찾아가는 것은 XX, 이름 없는 것, 의식할 수 없는 것, 그런 점에서 또 하나의 무의식이다. 사물로 전락한 그도 무의식이고 그가 찾아가는 것도 무의식이다. 나의 안에 무의식이 있고 나의 밖에 무의식이 있다. 나의 안에 있는 무의식이 밤이라면 나의 밖에 있는 무의식은 또 다른 밤이다.

「그에겐 행복이 생겼다」에서 그에게 행복이 생기는 것은 몸과 마음이 사라졌기 때문이다. 그는 '자는 게 제일 행복하다'. 잠이 든다는 건 몸과 마음, 육체와 정신이 없다는 생각도 없는 세계로 들어가는 것. 그때 나는 나의 밖에 있는 나를 보는 나도 없고, 자는 건 '어린애'가 되는 것이고 '말할 줄 모르던 시절'로 돌아가는 것. 그러니까 사물로 전락한 자아가 인간이 되기 위해서는 잠이 들고, 어린애가 되고, 언어 이전의 세계로 돌아가야 한다. 그때 행복이 생긴다. 사물로 전락한 자아가 밤이라면 언어 이전의 세계는 또 다른 밤이다. 자아가 낮(의식)이라면 사물로서의 자아는 밤(무의식)이고, 이 자아가 찾는, 알 수 없는 세계는 또 다른 밤(무의식)이다.

「그는 선생이다」에서 '그'는 XX, 이름 없는 세계, 알 수 없는 것을 찾아가고, 알 수 없는 것은 또 다른 밤(무의식)이다. 나는 「그가 꿈꾸는 빙산」에서 이런 의미로서의 또 다른 밤을 노래한다.

> 그가 꿈꾸는 빙산은
> 하아프의 빙산
> 하여튼 빙산
> 하염없는 빙산
> 하마터면 그를
> 삼킬지도 모르는
> 빙산엔 빙산엔
> 펭귄이 없네
> 정신병도 없네
> 불안도 없네
> 쓰다만 편지도 없네
> 물론 욕망도 없네
> 할 일 없는 그가

꿈꾸는 빙산은
꿈의 빙산
사람 없는 빙산
굴욕과 치욕 너머
태어나는 빙산
광기의 빙산
경아도 없는 빙산
이제 그는 빙산에서
조용히 웃네

「그가 꿈꾸는 빙산」 후반부이다. 이 시는 하아얀 빙산에서 '문득 아버지가 떠오르네'로 끝난다. 사물로 전락한 자아는 빙산(무의식)을 꿈꾸고, 이 빙산에서 '아버지'가 떠오른다. 1단계의 자아 찾기는 원형으로서의 아버지 찾기에 실패하면서 끝난다. 「피에타 1」이 그렇다. 피에타는 피아노가 아니다. 피에타는 예수의 시체를 안고 슬퍼하는 마리아상이고, 피아노는 건반을 눌러 소리를 내는 악기다. 그러나 피에타 이야기를 하면서 왜 갑자기 피아노가 나왔는지 모르겠다.

「피에타 1」은 기독교 성화의 이미지를 전유한 것. 이 시는 '아버지는 악어를 찾아 떠나고/ 나는 악어가 되어 헤맨다/ 아아 하얗게 빛나는 피에타/ 아버지가 나를 찾을 때까지/ 나는 내 흔적이나 계속 지워야겠다'는 시행으로 끝난다. 아버지는 나를 박해하고, 나는 도망간다. 아버지가 나를 찾지 못하게 나는 내 흔적을 지운다. 아버지는 나를 구원하는 게 아니라 나를 박해하고. 아버지와 나는 대립되고, 나는 소멸을 꿈꾼다. 그러니까 아버지를 통한 자아 찾기는 실패한다. '하얗게 빛나는 피에타'는 이렇게 도망가고, 소멸하고, 죽어가는 나의 초상이다. 그렇다면 예수의 아버지는 누구인가?

기독교는 성부–성자–성령 일체를 강조하고, 하느님이 성부이고 예수

그리스도가 성자이고, 하느님은 성령의 이미지다. 성령은 신성한 영혼, 이 세계의 정신을 초월하는 신비한 정신이다. 그러므로 성령이 하느님이고 하느님이 이 세상에 나타날 때 예수가 되고, 성령—성부—성자는 하나다. 불교식으로 말하면 법신—보신—응신 일체다. 불교가 강조하는 것은 하느님이 아니라 마음이고, 그것도 청정심이기 때문에 일반적으로 빛(화엄경)이나 허공에 비유된다. 법신은 마음을 인격에 비유한 것이지만 색과 형상이 없고, 『화엄경』에서는 비로자나불이 법신이다. 보신은 오랜 수행에 의해 진리를 깨달은 유형의 불신으로 석가모니의 몸이 해당하고, 응신은 중생을 구원하기 위해 나타나는 불신으로 삼세의 모든 부처가 그렇고, 역사적 존재인 석가모니불도 여기 해당한다.

그러니까 법신은 무형이고, 보신에 의해 구현되고, 중생과 만나 중생을 제도할 때 응신이 된다. 무형—유형—중생 제도다. 법신이 아버지라면 보신은 아들이고, 법신—보신—응신의 단계는 성령—성자—성부에 상응한다. 전자는 깨달음, 진리를 매개로 하나가 되고, 후자는 성령을 매개로 하나가 된다. 그러나 기독교는 성령—하느님—예수의 구조이고 불교는 마음—부처—부처의 구조이다. 부처님은 보신이고 동시에 응신이기 때문이다. 한편 불교에서는 마음—부처—중생이 하나다. 왜냐하면 마음이 미혹하면 중생이고 마음을 깨달으면 부처이기 때문이다.

'피에타' 는 예수의 시체를 안고 슬퍼하는 마리아상이다. 그러니까 위시의 제목 '피에타 1' 은 이 그림의 알레고리이다. 아버지와 나의 관계는 하느님과 예수의 관계에 비유되고, 아버지가 나를 박해하는 것은 하느님이 예수를 박해하는 관계와 유사하다. 내가 고갱의 그림 「천사와 싸우는 야곱」을 만난 것은 1970년대 후반 춘천에서다. 「비대상 시론」에서 밝혔듯이 나는 그 무렵 개인적 상징에서 보편적 상징을 지향하고 있었다. 다시 옮기면 다음과 같다.

시가 의식과 무의식이 만나는 공간에 있다는 생각에는 변함이 없었지만 두 번째 시집 『환상의 다리』(1976)에서 나는 두 가지 사실을 터득했다. 하나는 언어의 자발성 자체에 대한 전폭적 신뢰에 마음이 놓이지 않았다는 점이다. 그것은 개인적 실존의 현기를 견딜 수 없었음을 뜻한다. 다른 하나는 언어의 자발성이 아니라 언어의 규제성, 곧 언어의 자발성을 의식적으로 규제했을 때, 개인적 상징에서 보편적 상징으로 나가고 있었다는 점이다. 그런 상징의 보기가 '피에타'였다.(이승훈, 「비대상」)

의식과 무의식이 만나는 것은 1단계 자아 찾기, 곧 무의식 탐구의 한계를 동기로 한다. 억압된 무의식을 폭로하고 터뜨려 거기서 자아를 찾으려는 노력은 어디까지나 의식의 개입이 없는 실존의 투사이고, 그것은 실존의 현기, 어지러움, 현기의 공간이고, 나는 이 공간을 견딜 수 없었다. 이런 무의식 탐구는 대상을 괄호 친 상태에서 언어의 자발성을 신뢰하고, 언어의 자발성에 기대는 작업이다. 그러나 내가 언어의 자발성 자체에 대한 전폭적 신뢰에 마음이 놓이지 않았던 것은 개인적 실존의 현기를 견디기 어려웠기 때문이다.

따라서 무의식은 의식과 만나고, 언어의 자발성은 언어의 규제성과 만나게 된다. 그러니까 무의식 폭로는 언어의 자발성을 동반하고, 의식은 언어의 규제성을 동반한다. 무의식과 의식의 만남, 혹은 의식과 무의식의 만남은 언어의 자발성과 언어의 규제성의 만남이고, 그것은 언어의 자발적 터뜨림을 언어로 규제하는 일이 되고, 이때 개인적 상징은 보편적 상징으로 넘어간다. 보편적 상징, 혹은 원형이나 신화는 고대부터 인간이 지녔던 무의식, 이른바 집단 무의식의 이미지나 이야기라는 점에서 보편적 무의식이고, 이 보편성이 의식의 개입을 허용한다. 왜냐하면 이런 이미지는 무의식이며 동시에 의식화되었기 때문이다. 그러므로 원형과 신화는 무의식이며 동시에 의식이다.

「공포」 같은 시는 억압된 개인적 무의식의 폭로이고, 언어의 자발성에 기대고, 따라서 나도 무슨 소리를 하는지 모르는 세계이고, 이런 시가 환기하는 것은 실존의 현기 나아가 정신병적 증후이다. 그러나 「피에타 1」의 경우 '나' 와 '아버지' 의 관계가 기독교적 이미지, 혹은 원형적 이미지로 드러나면서 개인적 상징의 한계가 어느 정도 극복된다.

천사와 싸우는 야곱

그러나 「비대상 시론」에서도 말했듯이 이런 작업은 심화되지 못하고, 세 번째 시집 『당신의 초상』(1981) 제2부 「야곱」에서 단편적으로 드러난다. 내가 야곱의 이미지와 만난 것은 1970년대 후반 춘천에서다. 나는 기독교인도 아니고 종교에 대해 골똘히 생각해 본 적도 없다. 그러나 어느 황량했던 겨울날 나는 고갱의 그림 「천사와 싸우는 야곱」과 만난다. 야곱의 아버지는 이삭이고, 이삭의 아버지는 아브라함이다. 이삭에게는 두 아들이 있고, 야곱은 차남이다. 장자에게는 하느님 야훼의 축복이 약속된다. 어느 날 야곱은 어머니의 도움으로 아버지를 속이고 장남처럼 행세하고, 붉은 팥죽 한 그릇으로 형 에사오에게서 장자의 권리를 사고, 형이 받을 축복을 가로챈다. 그 후 형이 모든 사실을 알고 야곱을 위협한다. 야곱은 어머니의 도움으로 외숙의 집으로 떠난다.

「천사와 싸우는 야곱」의 이야기는 야곱이 많은 재산을 모아 외숙에게서 도망친 다음 형을 만나기 전에 일어난다. 야곱은 두 아내와 두 여종과 열한 명의 아들을 데리고 나루를 건넌다. 개울을 건넌 다음 야곱은 혼자 뒤떨어지고, 그날 밤 어떤 분이 나타나고, 야곱은 누구인지도 모르는 그 사람과 씨름을 한다. 그는 야곱을 이길 수 없다는 것을 알고 야곱의 엉덩이뼈를 치고, 야곱은 환도뼈를 다친다. 그는 동이 트고 있으니 이제 그만

놓으라고 했지만 야곱은 자기에게 복을 빌어주지 않으면 놓을 수 없다고
말한다.

그는 할 수 없어서 묻는다. "네 이름이 무엇이냐?" "제 이름은 야곱입
니다." 그는 다시 말한다. "너는 하느님과 겨루어 냈고 사람과도 겨루어
이겼다. 그러니 다시는 너를 야곱이라고 하지 말고 이스라엘이라 하여
라." 야곱이 말한다. "당신 이름이 무엇인지 가르쳐 주십시오." 그는 "내
이름은 무엇 때문에 묻느냐?" 하고는 야곱에게 복을 빌어 준다. 야곱은
"내가 여기서 하느님을 대면하고도 목숨을 건졌구나." 하면서 해가 떠오
를 무렵 다친 다리를 절뚝거리며 그곳을 떠난다.

「천사와 싸우는 야곱」은 이런 문맥을 거느린다. 당시 내가 읽은 것은
야곱이 싸움에서 이기는가 지는가의 문제가 아니라 그가 하느님인지도
모르는 환상과 싸운다는 점이었다. 하느님과의 싸움은 하느님을 만나기
위한 하나의 전제인지 모른다. 나는 그런 싸움에서 승리한 다음 하느님의
복을 받은 야곱의 이미지가 아니라 밤새도록 하느님과 싸우고 있는 야곱
의 이미지에서 나를 읽고 있었다.

> 하느님 나라에는
> 꽃이 있다
> 어제밤 내가 껴안은
> 찢어진 인생이 있다
> 총알이 있다
> 언제나 찢어진 인생이
> 언제나 총알이
> 찢어진 새의
> 창백한 아우성이
> 하느님 나라에는
> 피에 젖은 얼굴이

「의식(儀式) 1」의 일부이다. 하느님 나라에서 읽는 상처와 분열과 절규는 시의 후반에서 하느님이 책상에 등을 구부리고 앉아 나에게 편지를 쓰는 이미지와 대비된다. 하느님의 편지를 받을 수 있다는 기대는 하느님 나라에서 읽은 상처와 분열과 절규가 그 자체로 구원이 될 수 있다는 사유로 발전한다. 그러니까 날 수 없다는 사실이 바로 날 수 있다는 사실과 통한다. 이 무렵 나는 실존신학을 생각하고 있었는지 모른다. 그러나 이 무렵의 시들은 실존신학에서 실존이 탈락하고 신학만이 전면으로 노출될 때가 많았다. 실존의 현기를 견디기 어려워 원형 – 실존신학으로 나갔지만 실존이 탈락하고 신학만 남는 역설과 만난다.(이상 이승훈 「비대상」 참고)

글이 주제에서 많이 벗어난 것 같다. 어쩌다 그렇게 되었다. 원래 이 글의 주제는 '그가 꿈꾸는 빙산'에서 '아버지'가 떠오르고, 빙산이 '그'를 구원한다는 것. 그러니까 '빙산'과 '아버지'의 관계이다. 그동안의 여정을 다시 요약하자. 「피에타 1」에도 '아버지'가 나오고, '아버지'와 '나'의 관계는 하느님과 예수의 관계에 비유되고 이때 '아버지'는 '나'를 박해하는 존재이다. 「천사와 싸우는 야곱」에서는 이런 사유가 좀 더 심화된다. 야곱은 누구인지 모르는 사람과 밤새도록 싸워 승리하고, 마침내 그가 '하느님'이라는 것을 알게 된다. 그러니까 하느님과 싸워 이긴다. 그러나 이 무렵 나는 이런 승리가 아니라 하느님 나라에서 상처와 갈등을 읽는다.

그런 점에서 3인칭 자아, 곧 사물로 전락한 자아가 행복을 체험하는 것은 몸과 마음, 육체와 정신이 소멸할 때이고, 그것은 잠자는 시간, 어린 시절, 말할 줄 모르던 시절로 돌아갈 때이다. 이런 세계는 사물로 전락한 자아가 암시하던 밤이 사라지고 또 하나의 밤이 태어나는 시간이고, 이런 밤은 의식을 모르는 무의식의 세계이다. '그가 꿈꾸는 빙산'이 그렇다. 그리고 '빙산'에서 문득 아버지가 떠오른다. 이 아버지는 누구인가? 그동안 내가 노래한 아버지는 '나'를 박해하는 아버지였다. 그러나 '정신병도 불안도 없는 빙산'에서 만나는 아버지는 그런 아버지가 아니다. 그렇다면 빙산은 과연 무엇인가? 빙산은 얼음산이고 얼음산은 얼음과 산으로 구성된다. 나는 시집 『환상의 다리』에서 얼음을 노래한 적이 있다.

> 도대체 내가 그 나라에 간 것이 오류였다. 그 나라엔 사람들이 살고 있지 않았다. 나는 꽝꽝한 얼음 속에서 차음으로 어머니를 불렀다. 어머니는 한 토막 흐린 나무가 되어, 그래도 나를 보자 웃으셨다. 좀 더 살아보라, 살아보라고 어머니는 외치셨다. 땅도 하늘도 없는, 저 얼음 나라에서 그러나 나는 따스하게 존재했다. 고함마저 그때는 지를 수 없었으므로.

「어머니 말씀」 전문이다. 어떻게 이런 시를 썼는지 지금도 알 수 없다. 내가 얼음 나라에 간 것은 오류였지만, 시의 후반에 오면 나는 얼음 나라에서 따스하게 존재한다. 그러니까 행복을 느낀다. 그러나 행복을 느끼게 된 것은 '어머니'를 만났기 때문이다. 아무도 살지 않는 얼음 속에서 나는 어머니를 부르고, 어머니는 '한 토막 흐린 나무'가 되어 웃으시며 '좀 더 살아보라, 좀 더 살아보라'고 외치신다. 아무도 살지 않는, 하늘도 땅도 없는 꽝꽝한 얼음 속에서 내가 행복을 느낀 것은 어머니의 위로와, 거기서 고함도 지를 수 없었기 때문이다.

이 얼음은 무엇인가? 얼음은 물의 죽음이고, 그런 점에서 흐름, 생명, 지상의 풍요가 소멸하는 세계이다. 생명의 응결, 동결, 차가움, 경직, 죽음을 상징한다. 물이 생명을 상징하고 의식을 상징한다면 얼음은 물(의식)과 죽음(무의식)이 하나가 되는, 혹은 의식과 무의식의 경계를 상징한다. 왜냐하면 얼음은 바위, 돌, 쇳덩이와는 다르기 때문이다. 얼음은 바위처럼 견고하지만 얼음은 물이 응결한 것이고 바위는 흙이 응결한 것이기 때문이다. 바위가 죽음, 무의식을 상징한다면 얼음은 생명(물)과 죽음, 의식과 무의식의 경계, 혹은 동일성을 상징한다.

　그러므로 얼음 속에는 물, 생명이 잠재하고, 얼음 나라에서 어머니를 만난 것은 죽음 속에서 생명의 암시를 읽은 것이고, 어머니가 '한 토막 흐린 나무'로 나타나는 것은 죽음과 생명의 동일성을 상징한다. '나무'는 생명, 성장을 상징하고 '흐린 나무 한 토막'은 생명과 죽음의 동일성을 상징한다. '물'(생명)과 '얼음'(생명과 죽음)의 관계는 '나무'(생명)와 '나무 토막'(생명과 죽음)의 관계에 대응한다. 그러므로 얼음 나라는 죽음의 나라가 아니라 죽음 속에 생명이 있고, 죽음과 생명의 경계가 모호하고, 의식과 무의식의 경계가 모호한 나라이다. 나는 그 나라에서 어머니를 만나고 고함, 절규, 비탄을 극복한다. 그렇지 않은가? 누가 얼음을 보고 비탄과 한숨과 절망에 빠지겠는가?

블랑쇼와 하이데거

　그렇다면 빙산은 무엇인가? 빙산은 얼음과 산으로 구성되고, 산의 상징적 의미가 다양한 것은 산을 구성하는 다양한 요소들, 곧 높이, 수직성, 질량, 형태 등이 환기하는 다양한 암시성 때문이다.

　첫째 요소인 높이를 강조하면 산은 정신의 내적 고양을 상징하고, 둘째 요소인 수직성을 강조하면 산은 천상, 신과 만나는 신성한 곳, 세계의 중심─축을 상징하고 지상에서 가장 높은 곳이라는 점에서 낙원을 상징한다. 셋째 요소인 질량을 강조하면 산은 거대하다는 점에서 위대성과 관용, 소나무가 있는 산은 절개(유교), 구름에 가린 산은 신선의 세계, 이상향(도교), 움직이지 않는다는 점에서 확고함을 상징한다. 넷째 요소인 형태를 강조하면 산은 아래로 내려갈수록 차츰 넓어진다는 점에서 거꾸로 선 나무 형태로 다중성, 팽창하고 선회하고 물질로 화하는 우주를 상징한다.

산봉우리가 신비한 것은 그곳이 지상과 하늘이 만나는 지점이기 때문이고. 따라서 산정은 정신적 고양, 명상, 지복을 상징한다. '흰 산'은 이런 산의 상징에 흰색이 상징하는 지성과 순수가 결합된다.(좀 더 자세한 것은 이승훈, 『문학으로 읽는 문화상징사전』, 푸른사상, 2009 참고 바람)

물론 시를 쓸 때는 이런 상징적 의미를 의식하면서 쓰는 것은 아니다. 지금 산의 상징적 의미들을 살피는 것은 '빙산'을 해석하기 위해서다. 내가 쓴 시를 내가 분석하고 해석하는 것은 이 시를 쓰던 무렵의 나의 무의식을 알기 위해서이고, 그것은 당시 내가 어떻게 이런 시를 썼는지 모르기 때문이다. 블랑쇼는 말한다.

> 시가 있기 위해서는 먼저 시인이 있어야 하지만, 시인은 단지 시 앞에서만 마치 시를 쓴 후인 것처럼 존재한다. 이와 마찬가지로 자기가 쓰는 작품을 통해서 카프카가 죽을 수 있는 능력을 향하여 나간다면, 이것은 작품 그 자체가 죽음의 경험이며, 또한 그에 앞서 사전에 죽음과 자유로운 관계를 맺고 있어야만 작품에 다다를 수 있으며, 또 그럴 때에만 작품을 거쳐 죽음에 다다를 수 있으리라는 것을 의미함을 우리는 예감할 수 있다. 그러므로 이것은 작품 속에서 죽음에 접근함이며, 죽음의 時空이며, 죽음을 사용함이다. (모리스 블랑쇼, 「작품과 죽음의 공간」, 『문학의 공간』, 박혜영 역, 책세상, 1990, 122~123)

나는 과연 어디 있는가? 시를 쓰기 위해서는 먼저 내가 있지만 나는 시 앞에서만 시를 쓴 후인 것처럼 존재한다. 그러므로 시쓰기, 시에 의해 나는 두 개의 자아로 존재한다. 나─시─나의 관계이다. 카프카는 글을 쓰기 위해 세상을 등지고, 평화 속에서 죽기 위해 글을 쓴다. 그러니까 그는 죽기 위해 글을 쓰고 작품은 죽음의 경험이고, 그가 작품에 도달하는 것은 그에 앞서 죽음과 자유로운 관계를 맺어야 하고, 이때만 작품을 거쳐 죽음에 도달한다. 도대체 블랑쇼는 지금 무슨 소리를 하고 있는가?

작품은 죽음의 세계이고 죽음의 체험이고 죽음을 사용한다. 죽음 이전에 내가 있고 죽음 이후에 내가 있지만, 내가 죽기 위해서는 죽음과 관계를 맺어야 하고, 죽음에 접근하고, 죽음을 매개로 다른 나가 된다. 하이데거 식으로 말하면 나는 죽음을 선취하는 나이며 죽음을 통해 죽음이 되는 나이다. 블랑쇼는 예술가와 작품의 이런 이상한 관계, 이런 비정상성은 '시간의 형태들을 뒤흔들어 엎는 경험'에 기인한다고 말한다. 그러니까 과거와 미래가 탈자적 상태에서 현재를 만드는 시간이고, 이 시간이 죽음이고, 하이데거에 의하면 이런 현상이 '결단성의 시간적 구조'이다.

> 그것은 결단성이 미래를 지향하며 자신에게 돌아오면서 자신을 현재화하는 상황을 말한다. 내가 죽음을 선취할 때 나는 죽음(미래)을 앞질러 선취하며, 그러니까 죽음에 다가가며 동시에 나의 피투성(과거)을 떠맡는, 그러니까 나의 피투성으로 돌아오고, 이때 나의 현재가 드러난다. 이런 현상은 앞에서 말했듯이 쉽게 말하면 과거(있어옴)와 미래(다가감)가 탈자적 상태에서 현재를 만들고, 이런 미래의 통일성이 이른바 시간성이다. 과거가 '있어옴'(기재(既在))에 해당한다면 미래는 '다가감'에 해당하고 현재는 '마주함'에 해당한다. 왜냐하면 이런 상황에서 나는 고정된 하나의 점으로 있는 게 아니라 나의 존재 가능성과 마주하기 때문이다.(이승훈, 『선과 하이데거』, 황금알, 2011, 117)

존재와 마주하는 것이 죽음과 마주하는 것이고, 존재는 존재자, 사물, 인간의 근거를 뜻한다. 결단성은 내가 죽음을 앞질러 선취하는 실존적 태도이다. 그런 점에서 나는 이 세계에 던져져 있고(피투성) 이미 나를 앞질러 나를 투사한다.(기투성) 이렇게 나를 앞질러 가는 투사, 곧 결단성은 양심을 동기로 하고, 이때 나는 나의 고유한 가능성(죽음, 무)을 지향한다. 요컨대 결단성은 시간의 차원에서 과거(있어옴)와 미래(다가감)가 우리가 알고 있는 시간적 특성, 곧 과거-현재-미래의 계기성을 벗어나 현재를 만드는 구조이다.

블랑쇼에 의하면 나와 시쓰기의 관계는 나—시—나의 구조로 이때 시는 죽음의 세계가 된다. 그러므로 나는 죽음을 향해 가며 죽음을 체험하며 죽음의 흔적이 남는 나이다. 시 이전의 나와 시 이후의 나는 죽음을 매개로 하는 나이고, 이런 나는 일상적 자아가 아니다. 나와 시의 이런 이상한 관계를 블랑쇼는 '시간의 형태들을 뒤흔들어 놓는 경험'이리고 말한다. 나는 「그가 꿈꾸는 빙산」을 썼지만 당시 내가 어떻게 이런 시를 썼는지 모른다는 말은 이런 문맥을 거느린다. 한편 이런 시간 경험을 나는 하이데거의 결단성과 관련해서 읽는다. 그것은 과거와 미래가 탈자적 상태에서 현재를 만드는 구조이고, 이런 시간은 과거(피투성)가 미래(죽음)로 다가가면서 과거로 돌아오는 구조이고, 이때 현재와 마주한다. 불랑쇼가 과거(나)—현재(죽음)—미래(나)의 시간적 전복을 강조한다면 하이데거는 과거(나)—미래(죽음)의 시간적 탈자성을 강조하고 현재는 과거와 미래의 탈자적 상태로 존재한다.

하이데거의 결단성을 시쓰기에 대입하면 시쓰기는 내가 죽음을 앞질러 선취하는 실존적 태도이고, 그것은 나의 고유한 가능성(죽음, 무)을 지향한다. 크게 보면 블랑쇼나 하이데거나 죽음을 강조한다. 그러나 전자는 죽음(시) 체험 이전의 자아와 이후의 자아에 드러나는 죽음의 흔적을 강조하고, 후자는 죽음에의 결단성을 강조한다.

내가 이제까지 블랑쇼와 하이데거의 죽음, 시간성에 대해 말한 것은 시쓰기가 자아의 죽음을 매개로 하는 특수한 시간—공간이고, 따라서 시를 쓸 때 나는 다른 자아가 된다는 점을 강조하기 위해서다. 요컨대 「그가 꿈꾸는 빙산」은 내가 썼지만 그는 내가 아닌지 모르고, 이렇게 나도 모르는 것을 나는 무의식으로 부르고, 따라서 이 시를 지금 분석하는 것은 나도 모르는 그것을 분석하는 일과 통한다.

그가 꿈꾸는 빙산

빙산은 얼음과 산으로 구성되고, 얼음과 산의 상징적 의미에 대해서는 앞에서 말한 바 있다. 얼음은 물(의식)과 죽음(무의식)이 하나가 되는, 혹은 죽음이 생명을 내포하는 세계이다. 그렇다면 내가 노래한 '빙산'은 과연 어떤 산인가? 이 시는 '하아얀 빙산에선/ 문득 아버지가 떠오르네'로 끝나고, 이 '아버지'는 나를 박해하는 아버지가 아니라 나를 구원하는 아버지이다. 이유는 무엇인가?

시의 전반부에서 사물로 전락한 자아인 '그'가 꿈꾸는 빙산은 하나의 빙산이 아니라 두 개, 세 개, 백 개, 천 개의 빙산으로 드러난다. 그러니까 그는 무수한 빙산을 꿈꾸고, 이 무수한 빙산에는 '얼음'과 '열쇠'가 산다. 그러나 그는 겁이 많아 열쇠를 잡을 수 없다. 열소는 문을 여는 도구이고 자물쇠는 잠그는 도구이다. 그런 점에서 열쇠는 해방, 비밀스런 의식, 모르던 것을 아는 지혜, 지식을 상징하고, 신비나 수수께끼를 해명하고 지상의 한계를 초월하는 천상의 세계를 의미한다. 그러므로 그가 꿈꾸는 빙산은 해방, 모르던 것을 아는 지혜, 나아가 천상의 세계이지만 그는 이 세계가 무서워 '열쇠'를 잡지 못한다. 얼음을 강조하면 이런 세계는 의식과 무의식의 동일성이 해방, 지혜, 천상이 되는 길을 암시하고, 산을 강조하면 천상, 신성한 곳이다. 그러나 그는 이 세계로 들지 못한다.

그러나 시의 후반부에서 그는 다시 방산을 꿈꾼다. 그 빙산은 인용한 시행들이 노래하듯 '하아프의 빙산'이고, '하여튼 빙산'이고, '하염없는 빙산'이고 '하마터면 그를/ 삼킬지도 모르는/ 빙산'이다. 하아프는 줄을 튕겨 연주하는 만곡 형태로 된 현악기. 그러니까 이제 빙산은 악기가 되지만 '하여튼 빙산'이고 '하염없는 빙산', 아무 생각이 없는 빙산이고, 자칫 잘못하면 그를 '삼킬지도 모르는 빙산'이다. '하아프', '하여튼',

'하염없는', '하마터면'의 연결은 두운을 강조한 기법이고, 의미(기의)보다 말소리(기표)를 강조하고, 이런 기표들의 놀이는 무의식의 놀이가 된다. 그런 점에서 빙산은 무의식 자체이고 무의식의 놀이이고, 의미 없는 기표들이 노는 공간이다.

그러나 자칫 실수를 하면 이 빙산은 그를 삼킬지 모르는 무서운 세계이다. 모든 의미, 사물, 존재가 소멸한 공간이기 때문에 빙산엔 '펭귄'도 없고 '정신병'도 없고 '불안'도 없고, '쓰다 만 편지'도 없고, '욕망'도 없다. 나는 이런 이런 얼음의 세계는 의식과 무의식의 경계에서 그가 체험하는 '모든 열등한 것에의 저항', 곧 니체가 말하는 '생명을 얼어붙게 하는 적의로 가득 찬 공기의 세계'로 해석한 바 있다.(이승훈, 『문학으로 읽는 문화상징사전』, 푸른사상, 2009, 399)

그러므로 그는 할 일이 없고, 이제 빙산은 할 일이 없는 그가 꿈꾸는 빙산, '꿈의 빙산'이 된다. 현실로 존재하는 빙산이 아니다. 일종의 이상향, 신선의 세계이다. 신선은 하는 일이 없고 꿈이 현실이기 때문이다. 이 빙산은 '사람 없는 빙산'이고 '굴욕과 치욕 너머 태어나는 빙산'이지만 한편 '광기의 빙산'이고 '경아도 없는 빙산'이다. 문제는 광기다. '경아'는 누구인지 나도 모른다. 욕망도 없는 빙산에 왜 갑자기 '광기'가 나오는지 이것도 모르겠다.

아무튼 나는 굴욕과 치욕을 넘어 광기와 만나고, 이 광기를 매개로 아무도 없는 빙산을 본다. 과연 광기를 매개로 하는가? 빙산은 하얀 얼음산이고, 흰 빛은 모든 빛의 총화고 그런 점에서 죽음과 통한다. 초기부터 나를 지배한 것은 흰색이고, 그것은 하얀 닭, 하얀 물고기, 하얀 비행기의 이미지로도 드러난다.

물고기가 되기도 하고 통곡이 되기도 한다 아니다 닭은 몰려오는 비행기
저렇게 굶주리는 비행기 하아얀 닭은 하아얀 물고기 하아얀 통곡 온통 고독
하다 비행기가 몰려온다. 굶주림이 몰려온다 나는 방으로 들어가 이불을 뒤
집어쓴다 그러면 방 안에 가득 차는 하아얀 닭들이 밤새도록 푸드득거리고
나도 덩달아 푸드득거린다

「닭」(1983) 전문이다. 자칭 초기의 대표작 「사물A」에는 목이 달아난 흰
닭이 나오고, 이 시에선 온전한 흰 닭이 나온다. 목이 없는 한 마리 흰 닭
은 겨울 아침 마당에서 잃어버린 목을 좇아 달리고, 이 닭은 젊은 시절의
내 초상이다. 그러므로 이 닭 옆에는 '팔이 달아난 사나이' 가 나온다. 그
러니까 '목이 달아난 흰 닭' 과 '팔이 달아난 사나이' 가 병치되면서 두 이
미지는 동일시된다. 당시는 이 닭을 나의 초상으로 읽었고, 그만큼 나는
이 시를 쓰던 20대에 이상한 피해망상과 가난에 시달리고 있었다.

그러나 그 후 나는 이 시를 분석하면서 이 닭이 나이며 동시에 아버지
를 상징한다고 해석한다. 그리고 우리, 그러니까 나와 아버지는 지하실에
서 '생각의 따스한 닭들' 을 키우지만 실패한다. 이 닭을 나와 아버지의
동일시로 읽는 것은 프로이트 식으로 해석하면 이 닭이 동성애적 충동의
왜곡이고 변형이고 변주이기 때문이다.(자세한 것은 이승훈, 「현대시와 편집
증」, 『정신분석 시론』, 문예출판사, 2007, 163~170 참고 바람)

그러나 위의 시에서는 병든 닭이 아니라 온전한 닭이 나를 향해 몰려온
다. 이 닭은 무엇을 상징하는가? 병든 닭이 피해망상에 시달리는 이미지
라면 온전한 닭은 피해망상을 어느 정도 극복한 이미지다. 그러나 닭은
물고기가 되고 비행기가 되지만 통곡과 고독의 이미지로 드러난다. 물고
기가 되고 비행기가 되는 닭은 물고기도 아니고 비행기도 아니고, 바다와
하늘 사이에서 바다와 하늘을 그리는 지상의 닭이다. 그러므로 이 닭은
바다-지상-하늘의 구조를 암시한다. 바다를 헤엄칠 수도 없고 하늘을

날 수도 없는 닭이다.

몰려오는 비행기는 환상이지만 이런 비행기는 지상의 닭과 하늘의 비행기가 압축된 이미지. 그러니까 비행기가 되고 싶은 닭이고, 이런 닭이 내 청춘의 초상이고, 그것은 굶주림, 가난, 불안으로 요약된다. 꿈의 논리에 따르면 굶주림, 가난, 불안이 꿈─사고라면 이런 사고가 변형되어 한 마리 흰 닭이 되고(꿈─내용), 이 꿈─내용이 다시 물고기와 비행기로 변형된다.

문제는 하얀 닭, 하얀 물고기, 하얀 통곡, 하얀 비행기에 공통으로 드러나는 흰색의 이미지다. 시의 문맥에 따르면 흰색은 통곡, 고독, 굶주림을 상징하고, 나는 달려오는 닭을 피해 방으로 들어가 '이불'을 뒤집어쓰고, 이불도 하얀 이불일 것이다. 이불을 뒤집어쓰는 것은 잠들기 위해서이고, 잠드는 것은 일종의 죽음에 속하다. 따라서 흰색은 죽음도 상징한다. 한편 흰 빛은 모든 빛의 총화이고, 빛의 총화는 빛의 소멸이고, 그런 점에서 흰색은 죽음을 상징한다.

슈레버 박사는 피해망상의 극한에서 빛의 세계와 만나고 그때 빛은 신과 통한다. 그런가 하면 정신분열증 환자 르네가 처음 체험하는 것도 빛의 세계이고, 그 빛은 공포와 결합된다. 따라서 그녀는 공포와 빛의 세계와 싸운다.(이상 이승훈, 앞의 글, 171~172 참고)

그러나 불교의 경우, 특히 『화엄경』이 암시하는 화엄은 아름다운 꽃으로 장엄한 세계를 뜻하고, 이때 장엄은 칸트가 말하는 숭고미, 곧 아름답고 무서운 세계, 인간의 한계를 초월하는 신비와 공포의 세계이다. 그런가 하면 김흥호 교수는 화엄의 경지를 히말라야 높은 봉우리, 눈 덮인 雪山의 봉우리에 햇빛이 비칠 때의 아름다움에 비유한다. 히말라야에서 제일 높은 산은 에베레스트이고, 에베레스트 꼭대기는 얼음 덩어리로 물이 흘러내리지 않는다. 부처는 에베레스트 꼭대기 얼음처럼 존재하고, 따라서 말씀이 없고, 그 아래 단계인 보현보살이 대신 부처님의 뜻을 전한다.

이런 해석은 『화엄경』 제1장에 나오는 '果分不可說 因分可說'을 설명하는 부분에 나온다. 과분(果分)은 석가를 뜻하고, 인분(因分)은 보현을 뜻한다. 『화엄경』은 부처가 선정에 든 경지에서 보현보살이 부처의 뜻을 말하는 경으로 부처는 선정에 있기 때문에 말씀이 없고 대신 보현이 말한다. 그런 점에서 부처는 에베레스트 꼭대기 얼음에 해당하고, 보현은 얼음이 녹아내리는 물에 해당한다.(김흥호, 『화엄경강해 1』, 사색, 2009, 33)

부처의 생애는 6년 고행, 49일 선정, 35세 성불, 45년 설법으로 요약된다. 다른 경전은 모두 부처가 선정에서 깨어난 다음의 말씀이지만 『화엄경』만 선정에 드신 경지에서 보현보설이 대신 말한 경전이다. 따라서 화엄의 세계는 신비하고 장엄하고 환상적이다. 문제는 빙산, 하얀 얼음산이 화엄 사상의 경우 부처, 선정을 상징한다는 점이다.

그렇다면 '광기의 빙산'은 과연 무엇인가? 특히 나는 이 빙산에서 문득 아버지가 떠오른다고 말한다. 이제까지 흰색 이미지의 상징적 의미를 살핀 것은 빙산이 광기와 결합되는 근거, 무의식적 동기를 해명하기 위해서였다. 간단히 요약하자. 흰색은 굶주림, 불안, 죽음, 공포를 상징하고, 피해망상의 극한에 존재하는 빛이고, 이 빛이 신과 통한다. 그러나 불교의 경우 빛은 부처님을 상징하고, 화엄의 경우 빙산은 부처님, 선정을 상징한다. 그러니까 정신분석과 선불교의 사이에 '광기의 빙산'이 있다. 빙산에 떠오르는 아버지는 광기를 매개로 새로 태어나는 아버지다. 그러나 이 시에선 아버지가 떠오른다는 말만 나올 뿐 아버지의 특성에 대한 암시는 없다.

자아는 있는가

이제까지 나는 '나'를 '그'라고 부르며, 그러니까 사물로 전락한 '그'

를 통해 나의 정체성을 찾아 헤맸다. '그'를 통한 자아 찾기다. 나는 과연 자아를 찾았는가? 나의 존재를 증명했는가? 「그에겐 행복이 생겼다」에서 '그'는 잠, 무의식, 어린 시절을 지향하고, 「시인 이승훈 씨의 초상」에서 '그'는 뼈가 되고 뼈와 싸우고 뼛속의 시냇물을 찾는다. 무의식 속의 의식, 죽음 속의 생명이다. 그러나 이런 생명, 희망의 단서만 보인다.

「그는 선생이다」에서 '그'는 알 수 없는 존재 XX를 찾아가고, XX는 무의식이다. 그러니까 사물로 전락한 자아(무의식)가 XX(무의식)을 찾아가고, 「그가 꿈꾸는 빙산」에서 '그'는 빙산을 꿈꾼다. 그러니까 빙산은 그의 무의식이고, 빙산은 광기와 신성 사이에 있고, '아버지'가 떠오르며 끝난다. 그런 점에서 '아버지'는 광기와 신성 사이에 존재한다. 그러나 아버지가 떠오를 뿐 아버지에 대한 진술은 없다.

뼛속의 시냇물도 그렇고 빙산에서 떠오르는 아버지도 그렇고, 어디까지나 희망, 구원은 단서로만 드러난다. 그렇다면 사물로 전락한 '그'를 매개로 하는 자아 찾기는 성공했는가? 성공한 것도 아니고 실패한 것도 아니다. 사물로 전락한 그가 빙산과 만난 것은 그의 진정한 자아가 빙산이라는 점에서 성공이지만 따지고 보면 그는 빙산을 만나는 것이 아니라 꿈꾼다는 점에서 실패이다. 빙산을 XX라고 해석하면 그가 찾아가는 XX가 빙산이다. 그러나 그는 아직도 빙산을 꿈꿀 뿐이다. 그리고 빙산은 무의식이다.

그렇다면 1단계 자아 찾기(무의식 찾기)의 실패가 2단계 자아 찾기, 곧 '너'를 통한 자아 찾기로 나갔지만 '너의 부재'가 '나의 부재'를 낳고, 이 부재가 나의 소멸, 나의 죽음과 통하고, 자아 찾기는 다시 실패한다. 자아가 소멸한 마당에 무슨 자아 찾기가 가능하겠는가? 따라서 3단계 자아 찾기, 곧 사물로 전락한 자아, 의식이 소멸하고 무의식적 실체로 뒹구는 자아의 자아 찾기로 넘어간다. 그러나 다시 생각하자. 2단계 자아 찾기가 실패하면서 나는 '나의 죽음'과 만난다. 이때 죽음은 의식, 사유, 정서의 소멸과 통하고, 이런 자아는 사물에 지나지 않는다. 그러므로 2단계에서 체험한 자아의 죽음은 3단계에서 사물로 전락한 '그'가 된다.

간단히 요약하면 1단계(무의식 찾기 실패) – 2단계(나의 부재) – 3단계(사물로 전락)로 나간다. '나의 부재'는 '사물로 전락한 나'로 발전하고, 의식과 무의식의 논리를 대입하면 '나의 부재'는 의식이 소멸한다는 점에서 무의식에 해당하고, '사물로 전락한 나' 역시 그렇다. 그러므로 위의 단계는 1단계(무의식 찾기) – 2단계(무의식) – 3단계(무의식 – 무의식 찾기)로 요약되고, 결국 1단계의 무의식 찾기의 실패가 2단계에서 무의식을 발견하고, 3단계에서 이 무의식이 또 무의식을 찾아간다. 3단계의 경우 앞의 무의식은 사물로 전락한 자아, 곧 내적 무의식이고 뒤의 무의식은 밖에 있는 외적 무의식이다. 나는 전자를 '밤'이라고 부르고 후자를 '또 다른 밤'이라고 부른 바 있다.

결국 무의식 찾기에서 시작한 나의 자아 찾기는 무의식 찾기 실패 – 무의식 되기 – 무의식 찾기가 되면서 계속 실패한다. 자아는 의식이고 무의식은 자아가 아니다. 아니 자아의 토대라고 해도 된다. 나는 계속 무의식 찾기에 매달린다. 과연 자아는 어디 있고, 도대체 자아는 있는 것인가? 나는 자아 찾기에 실패하면서 '자아는 없다'는 사유에 도달하고, 그런 점에서 자아 없음에 대한 이론적 성찰이 요구된다.

2. 자아는 없다

1) 자아는 기호다

결국 나의 자아 찾기는 실패한다. 중요한 건 3단계에서 '그'는 죽은 자아, 사물로 전락한 자아, 의식과 언어를 초월하는 자아가 되고, 이런 자아는 무의식에 지나지 않고, 이런 무의식이 XX를 찾아가고, XX는 무엇인지 알 수 없는 그것(it), 무의식이다. 그러므로 '나'는 '나'를 찾지 못하고, 마침내 내가 깨달은 것은 '나는 없다'는 인식이다. 그러니까 인식론적 회의(1단계)가 존재론적 회의(2단계)를 거쳐 자아소멸(3단계)로 발전한다. 처음부터 이런 과정을 염두에 두고 시를 쓴 건 아니고, '나는 누구인가?'라는 자아 찾기가 결과적으로 이런 과정을 밟은 셈이다. 자아가 없다면 대상—자아—언어의 삼각형에서 이제 남은 것은 언어뿐이다. 자아소멸은 결국 언어의 문제로 발전한다. 따라서 비대상은 비자아 혹은 무자아로 발전하고, 시를 쓰는 세 요소 대상—자아—언어 가운데 언어만 남는다. 간단히 도식으로 나타내면 다음과 같다.

언어

△

(　　)　　　　　　　(　　)

　그러나 이 무렵 자아소멸에 대한 사유는 어디까지나 시쓰기의 실제 과정을 중심으로 전개되고, 따라서 그 논리적 근거가 다소 미흡하기 때문에 그 이론적 토대를 다시 세울 필요가 있다. 말하자면 이 무렵의 사유는 충분한 것이 아니고, 따라서 이론의 결핍을 채우는 작업이 필요하다. 이 자리에서는 '자아는 없다'는 명제를 중심으로 간단히 그 이론적 토대를 살피기로 한다. 그동안 내가 공부한 소쉬르, 프로이트, 라캉, 하이데거, 데리다, 선불교의 시각에서 다시 살피면 다음과 같다.

　첫째로 소쉬르에 의하면 자아는 기호다. 기호는 기표(말소리)와 기의(의미)로 구성되고, 기표와 기의 사이에는 내적 필연성이 없다. 이른바 자의적 관계다. 따라서 하나의 기표가 기의, 곧 의미를 소유하는 것은 어디까지나 언어 체계 속의 위치 때문이다. 자아에 해당하는 '말하는 나'는 이 체계와 무관하고, 그의 의도는 중요치 않고, 극단적으로 말하면 '말하는 나'는 존재하는 게 아니라 언어가 구성한다. 그런 점에서 소쉬르의 구조언어학은 폐쇄적이다. 그것은 기호 밖에는 아무것도 없기 때문이다. 존재하는 것은 기호뿐이다. 그러므로 기호가 의미를 생산하고, 자아를 생산하고, 세계를 생산하고, 현실을 생산하고, 말하는 자아를 생산한다.

　그렇다면 기호가 '말하는 자아'를 생산한다는 것은 무슨 뜻인가? 소쉬르에 의하면 언어활동(langage)은 발언(parole)과, 이 발언을 가능케 하는 언어 체계(langue)로 구성된다. 이 세상에는 무수한 빠롤이 존재하지만 이 빠롤이 존재하기 위해서는 그 심층에 문법, 곧 랑그가 있어야 한다. 그런 점에서 빠롤이 랑그를 결정하는 게 아니라 랑그가 빠롤을 결정한다. '나

는 학교로 갑니다.', '나는 학교로 가오.', '저는 학교로 갑니다.' '나 학교
가.' 등은 구체적으로 발언 행위, 곧 빠롤에 해당한다. 그러나 이 발언들
이 의미를 갖는 것은 빠롤들의 심층에 눈에 보이지 않는 문법, 곧 랑그에
해당하는 '주어+목적어+서술어'가 있기 때문이다. 이런 문법, 언어 체계,
곧 랑그가 없다면 발언은 의미를 띠지 못한다. 그러므로 랑그가 빠롤을
결정한다. 이런 언어 체계가 없다면 우리의 발언은 소음이 될 뿐이다.

'나'라는 말도 그렇다. 소쉬르는 '말하는 나'와 '말 속의 나'를 구별하
지 않는다. 왜냐하면 기호 밖에는 아무것도 없기 때문이다. 아니 그에게
는 자아에 대한 이렇다 할 주장이 없다. 있는 것은 언어 체계, 곧 언어를
구성하는 요소들의 관계이고, 이 관계가 가치와 의미를 생산한다. 의미와
가치는 정신현상에 속하지만 그가 강조하는 것은 언어 밖에 있는 초월적
정신현상이 아니다. 물론 그가 기의, 의미, 가치를 강조한다는 점에서 초
월주의나 현상학을 지향한다는 지적도 있다. 그러나 나는 논의의 초점을
그가 주장하는 언어 체계에만 한정한다. 이 체계가 의미를 생산하고, 따
라서 그는 초월주의가 아니라 구조주의를 지향한다. 그러므로 자아에 해
당하는 '나' 역시 랑그가 결정하고, 그런 점에서 자아는 언어일 뿐이다.

이 세상에는 무수한 '나'가 있지만 도대체 '나'는 누구이고 어디 있는
가? 지금 '나'는 이 글을 쓰고 있지만, 이 글을 읽는 당신도 '나'이고, 이
글을 읽지 않고 시장에서 물건을 사는 사람도 '나'이다. 그러므로 이 세
상에는 무수한 자아가 존재한다. 누구나 '나'라는 것은 자아에는 고유한
실체가 없다는 것을 뜻한다. 그렇다면 '나'가 '나'를 지시할 수 있는 근
거, 곧 자아가 자아로서의 의미를 소유할 수 있는 근거는 무엇인가?

'나'라는 말은 누구나 '나'라는 점에서 이 말이 지시하는 고유한 실체
가 없고, 현실, 구체적 인물과는 아무 관계가 없고 언어 체계, 랑그 속에
서만 의미를 띤다. 그러니까 국어의 문법 체계가 있기 때문에 의미를 소

유한다. 말하자면 국어의 인칭 체계, 곧 '나-너-그'라는 체계가 생산한다. '너'와 '그'라는 말이 없다면 우리는 모두가 '나'이다. 왜냐하면 '너'도 자신을 '나'라고 부르고 '그'도 '나'라고 부르기 때문이다. 여기 A, B 두 사람이 있다. A가 "나는 어제 머리가 아팠어"라고 말하고 B는 "나도 어제 머리가 아팠어"라고 말한다. 과연 누가 '나'인가?

그러나 같은 상황이지만 A가 "나는 어제 머리가 아팠는데 너는 어땠어?"라고 묻고 B는 "나도 머리가 아팠는데 너도 그랬다고?" 물을 때는 '나'와 '너'의 관계가 드러난다. '나'와 '너'의 인칭 체계가 없다면 '나'와 '너'의 관계가 드러날 수 없고 두 사람 모두 '나'이므로 A는 "나는 머리가 아팠는데 나는 어땠어?" B는 "나도 머리가 아팠는데 나도 아팠어?"라고 이상한 말을 할 것이다. 그렇지 않은가? 중요한 것은 '나'와 '너'역시 고유한 지시 대상은 없고 인칭 체계 속에서만 의미를 생산한다는 점이다. A, B 모두 '나'도 될 수 있고, '너'도 될 수 있기 때문에 구체적 지시 대상은 없고 '나'와 '너'는 관계일 뿐이다. '그'의 경우도 같다. 처음부터 '나'가 있는 게 아니라 나/너의 관계가 '나'의 의미를 생산한다.

그러니까 실체로서의 자아는 없고, 자아는 언어 체계가 생산한다. 그런 점에서 자아는 언어이고, 기호이고, 낱말이다. 그렇다면 기호란 무엇인가? 다시 생각하자.

첫째로 기호는 기표와 기의로 구성되고, 따라서 자아는 기표와 기의의 관계로 나타난다. 말하자면 '나'는 언어 기호 '나'이고, 이 '나'는 기표(말소리)에 지나지 않는다. 이 기표가 기의(의미)를 획득하는 것은 외부 세계와 단절된 기호 체계가 생산한다. 그런 점에서 '나'는 현실에서 추상화된, 폐쇄적인, 언어에 갇힌 자아이다.

둘째로 이런 기호로서의 '나'가 의미를 띠는 것은 다른 기호들, 곧 '나-너 그'의 관계 때문이고, '나'는 '나-너-그'라 인칭 체계 속에서

의미를 지닌다.

셋째로 '나'의 가치, 곧 의미는 상이성(교환성)과 비교(유사성)라는 역설적 원리에 의존한다. 그러므로 '나'는 아직 가치가 결정되지 않은, 따라서 가치가 결정되어야 할 사물에 지나지 않는다. '나'가 가치를 띠는 것은 마치 천원 권 지폐가 그렇듯이 다른 사물, 사람, 혹은 사람이라는 관념과 교환될 때이고, 동일 체계 속의 유사한 가치에 비교될 때이다. 예컨대 교수는 부교수, 조교수 등과 비교될 때 가치가 있다. 혹은 '나'는 '너'나 '그'와 비교될 때 가치가 있다. '나'라는 말의 가치, '자아'라는 말의 가치는 '나'라는 기호가 '사람'이 되니까 기호가 사람과 교환되고(교환성), '나'가 '너'와 '그'에 비교되니까 비교 가치(유사성)이다.(소쉬르의 자아 개념에 대해 좀 더 자세한 것은 이승훈, 「소쉬르와 자아」, 『발근대주체이론―과정으로서의 나』, 푸른사상, 2003, 28~32 참고 바람)

2) 자아는 어디 있는가?

둘째로 프로이트의 자아 개념은 크게 3단계로 발전한다. 1단계는 제1지형학, 2단계는 나르시시즘이론, 3단계는 제3지형학이다. 인간의 정신구조는 두 개의 지형학으로 나타난다. 제1지형학은 의식―전의식―무의식의 수직적 구조, 제2지형학은 이드―자아―초자아의 수평적 구조이고, 내가 2단계로 나르시시즘이론을 넣은 것은 라캉이 1단계와 3단계 사이에서 자아에 대한 새로운 이론을 모색하고 이 단계에 관심을 두기 때문이다. 먼저 제1지형학은 다음과 같다.

의식
전의식
무의식

제1지형학의 경우 자아는 다양한 역할을 맡지만 핵심은 방어 메커니즘으로 요약된다. 프로이트의 「과학적 심리학을 위한 기획」(1895)에서 자아의 중요한 기능은 무의식을 억압하고 금지하는 데 있다. 꿈의 작업에 나타나는 1차 과정(응축, 치환)과 2차 과정(상징, 서사)이 그렇다. 그런 점에서 자아는 주로 방어적 인자로 인식되고, 그것은 의식(자아)이 수용할 수 없는 관념들을 쫓고 배척하는 기능이다. 그러나 이 시기 그가 말하는 자아는 그렇게 분명한 게 아니다.

그런 점에서 이 단계의 자아는 의식에 상응하는 모호한 개념이고 그가 강조하는 것은 무의식이고, 무의식과 의식의 투쟁이다. 의식은 일상세계를 지배하고, 무의식을 억압하고, 그렇게 함으로써 자신을 방어한다. 그러나 억압된 무의식은 꿈, 실언, 이름 망각, 실수, 농담 등으로 드러나고, 꿈이 대표적이다. 꿈은 응축과 치환(1차 작업), 상징과 서사(2차 작업)로 완성된다. 1차 작업은 무의식의 메커니즘이고, 2차 작업에 의식이 개입한다. 꿈속에서 두 요소가 하나로 응축되고, 정서적 강도가 약한 것으로 치환되는 무의식의 기제는 의식의 감시를 피하기 위한 책략이다. 따라서 의식(자아)은 무의식을 억압하고 무의식은 의식의 감시를 피한다. 상징과 서사라는 2차 작업에 의식이 개입하지만 이런 개입의 구체적 양상 역시 모호하다.

2단계는 「나르시시즘 서론」(1914)을 중심으로 자아 문제가 다시 성찰된다. 그는 이 논문에서 자기성애와 대상애의 중간 단계로 나르시시즘, 곧 자기애라는 용어를 사용한다. 자기애라는 용어는 「편집증 환자 슈레버」(1911)에서 사용되고, 성적 발달 단계에서 유아가 자기 자신, 곧 자기 신체를 사랑의 대상으로 삼는 것이 보기이다. 그러나 「나르시시즘 서론」에서 프로이트는 이른바 리비도 개념을 전제로 자기애는 자아 리비도(자기성애)와 대상 리비도(대상애)의 중간 단계로 정의한다. 자기애는 리비도가 자아에 투여된 자아 리비도와 대상에 투여된 대상 리비도의 균형이 이루어지는 것으로, 이런 이론은 에너지 보존 법칙에 의존한다. 그러므로 대상에 투여된 리비도는 다시 자기로 돌아온다. 간단히 도식으로 나타내면 다음과 같다.

자아 리비도 ── 자기애 ── 대상 리비도

프로이트는 동성애와 편집증을 다루면서 이런 자아 개념에 도달한다. 여기서 자아, 혹은 통합된 자아는 태어나는 게 아니라 발전되는 것으로, 그 발전의 토대는 자기성애적(auto-erotic) 충동이다. 유아는 외적 대상에서 만족을 얻기 전에 자신의 육체에서 만족을 획득하며(손가락 빨기), 자아가 형성되기 위해서는 이런 자기성애가 요구되고, 자기성애(auto-eroticism)와 대상애(object love) 사이에 나르시시즘 단계가 존재하고, 이 자기애가 1차적 자기애이다. 그러니까 1차적 자기애는 리비도가 대상에 투여되면서 자기와 대상을 동일시한다.

그러나 대상에 투여된 리비도는 균형을 이루기 위해 다시 자기로 철수하면서 대상과 자기를 동일시하고, 이것을 2차적 자기애라고 부른다. 흔히 말하는 나르시시즘, 자기애는 2차적 자기애이고, 정신분열증, 편집증이 그 보기이다. 아무튼 나르시시즘이론의 경우 자아는 독립되어 존재하는 것이 아니라 자기성애와 대상애 사이에 있다. 1차적 자기애와 2차적 자기애의 관계를 간단히 도식으로 나타내면 다음과 같다.

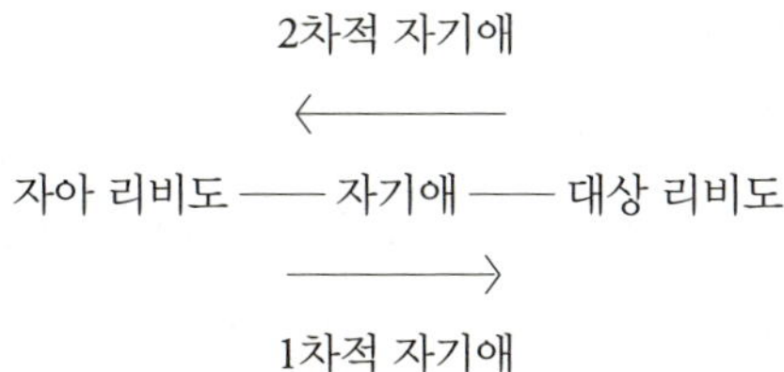

제2지형학에서 강조하는 것은 이드, 그것, 본능이다. 이때 정신 구조는 이드-자아-초자아의 수평 구조로 나타난다.

이드-자아-초자아

이 지형학에서 자아는 이드와 초자아 사이에 존재하는 역동적 자아이다. 이드 개념이 등장하면서 나르시시즘적 자아는 새롭게 해석되고, 이때는 자아 리비도와 자기애의 구분이 사라진다. 자아가 이드와 초자아 사이에 있다는 것은 자아가 초자아의 영향을 받는다는 것을 암시한다. 원래 초자아 개념은 「자아와 이드」(1923)에서 처음 도입되고, 이때 초자아는 금지와 이상을 뜻한다. 그러나 이런 금지 개념은 오이디푸스 콤플렉스와 관계된다. 오이디푸스 콤플렉스는 어린 아이가 부모에 대해 느끼는 사랑과 증오라는 복합 감정(콤플렉스)이다. 이런 감정은 오이디푸스 왕의 경우처럼 경쟁자인 동성 부의 죽음을 욕망하고, 이성 모에 대한 성적 욕망으로 나타난다. 그러나 남아의 경우엔 부를 살해하고자 하는 욕망과 모에 대한 사랑이 나타나지만 여아의 경우엔 거꾸로 모에의 증오와 부에의 사랑이 드러난다.

프로이트에 의하면 초자아는 오이디푸스 콤플렉스의 쇠퇴와 관련된다. 말하자면 어린 아이는 금지된 오이디푸스적인 욕망의 충족을 포기하고, 자신의 부모와 자신을 동일시하면서 부모의 금지를 내면화한다. 그것은 남아의 경우 부가 모에 대한 아이의 사랑을 금지하고, 금지를 어기면 거세한다는 거세 위협에 시달리기 때문이다. 따라서 그는 모에의 사랑을 포기하고 자신을 부(금지)와 동일시하고, 이때 부는 그의 이상이고, 이상적 자아가 된다. 초자아는 자아의 한계를 초월하는 이런 이상적 자아를 뜻한다. 자아가 초자아의 영향을 받는다는 것은 이런 문맥을 거느린다.

그런 점에서 자아는 외부 세계(초자아)의 영향을 받는 신체의 표면이 형성하고, 신체의 심층엔 이드(id)가 존재한다. 이드는 영어로 그것(it), 독어로는 das Es로 3인칭 대명사 Es를 명사화한 것으로 프로이트는 이드라는 용어를 사용한 바 없고, 영국 정신분석가들이 영어로 번역하기 위해 라틴어에서 빌려온 용어로 무의식적 욕망을 뜻한다. 그러므로 인간의 심리 메커니즘은 초자아–자아–이드의 구조이다.

자아는 동일시, 금지, 거세, 이상적 이미지 등 복잡한 과정의 내향화(internalization)인 초자아의 영향을 받는 몸, 신체 표면이 형성하고, 자아의 심층에는 무의식적 욕망인 이드가 존재한다. 내향화란 내투(introjection)와 비슷한 개념으로, 내투는 외부 대상을 상상에 의해 내부 대상으로 투사하는 것을 뜻한다. 그러나 내향화는 내부 세계가 재현을 획득하는 과정, 곧 지각한 것(내부 세계)이 이미지로 변하는 것(재현)을 말한다. 아이가 지각한 복잡한 과정이 이미지로 변한 것이 초자아이다.

이상 프로이트의 제1지형학, 나르시시즘 개념, 제2지형학을 중심으로 자아에 대해 살펴보았다. 제1지형학의 경우 자아는 무의식을 억압하고 방어하는 역할을 한다. 그러나 이때 자아라는 용어 대신 의식이라는 용어가 사용되지만 자아는 의식적 주체가 아니라 거의 무의식적으로, 모호하게 이런 기능을 맡는다. 안나 프로이트가 강조하는 자아의 방어 메커니즘 역시 의식적인 게 아니라 무의식적으로 작동한다. 예컨대 수용할 수 없는 무의식(욕망)을 밖으로 투사하거나, 억압에서 퇴행하는 것 등은 모두 무의식적으로 수행된다. 자아 방어는 이드와 초자아의 위협에서 자아를 방어하는 것이지만 그 방어 양식은 모호하다. 결국 제1지형학의 경우 자아 개념이 그렇게 분명하지 않다.

나르시시즘 단계에서 자아는 자기성애와 대상애 사이에 있고, 제2지형학의 경우 자아는 초자아의 영향을 받고 나타나는 신체 표면에 해당하고, 신체 심층에는 이드가 존재한다. 그러므로 자아는 이드와 초자아 사이에 있는 역동적 자아이다. 결국 프로이트의 경우 자아는 독립적인 실체가 아니라 이드와 초자아 사이에 있는 역동적 자아이다. 이런 자아는 어디 있는가? 프로이트가 강조하는 것은 자아가 아니라 이드, 무의식, 본능이다.

3) 자아는 이미지다

셋째로 라캉은 프로이트의 제2지형학에서 전개되는 자아 개념을 비판한다. 자아가 외부 세계의 영향을 받고, 이 외부 세계가 초자아와 관계된다면, 초자아는 양면성을 소유하기 때문이다. 그것은 처벌적 기능(부모의 요구, 금지)과 이상적 목표(자아 이상)라는 양면성이다. 그런 점에서 초자아는 나르시스적 요소(자아의 투사)를 환기하고, 이렇게 자아를 부모에 투사하는 행위는 상실된 유년의 나르시시즘을 대치하는 행위에 지나지 않는다. 쉽게 말하면 남아의 경우 부는 모에 대한 아이의 사랑을 금지시키고, 아이는 이런 금지를 수용하면서 부와 자신을 동일시하고, 이런 동일시에 의해 부는 자아의 이상, 곧 자아 이상이 된다.

그러나 라캉에 의하면 이런 동일시는 상실된 유년의 나르시시즘을 대치하는 행위가 된다. 나르시시즘, 곧 자기애의 본질은 대상에 대한 사랑을 자아 리비도, 자기성애로 회귀시키며 대상과 자아를 동일시하는 행위이다.(2차적 자기애) 그러므로 부(대상)와 자신(자아)을 동일시하는 것은 유년의 나르시시즘을 대치하는 행위가 된다.

그런 점에서 라캉은 초자아의 영향으로 드러나는 자아 개념보다 제1지형학을 옹호하고, 특히 나르시시즘이론을 수용한다. 프로이트가 「나르시시즘 서론」에서 강조한 것은 자아는 태어나는 게 아니라 발전한다는 것, 자아는 자기성애와 대상애 사이에 존재한다는 것, 이 사이에 나르시시즘 단계가 존재한다는 것으로 요약된다. 요컨대 자아는 나르시시즘과 함께 형성된다는 점이다. 그는 기질병, 건강 염려증, 남녀 애정생활을 분석하면서 나르시시즘에 접근한다. 예컨대 기질병, 신체 장기의 통증과 불쾌감으로 고통을 받는 사람은 외부 대상, 특히 사랑하는 사람에 대한 관심을 포기하고, 리비도를 자아로 집중한다.

그러나 나르시시즘과 관련되는 자아는 자기성애와 대상애 사이에 존재하기 때문에 논리적인 투명성을 보여주지 못한다. 라캉은 프로이트가 말하는, 자아는 탄생하는 게 아니라 발전한다는 견해를 수용하면서 나르시시즘 개념을 새롭게 해석하고, 이른바 '거울이론' 을 주장한다. 그러니까 프로이트의 나르시시즘은 라캉의 거울 단계로 치환된다.

거울 단계는 유아가 자신의 이미지를 알기 시작하는, 태어난 지 6개월에서 18개월 사이에 발생한다. 거울 단계는 동일시와 유사한 개념으로, 유아는 거울을 보면서 거기 나타나는 자신의 이미지를 자아와 동일시한다. 유아가 자아의 총체성을 거울을 통해 안다는 것은 거울 단계 이전에는 그가 자아의 총체성을 모른다는 것, 말하자면 그가 자신의 육체를 파편으로 인식한다는 것을 상대적으로 암시한다. 유아는 거울 이미지에 매혹된다.

그러나 거울 이미지는 진장한 자아가 아니고, 따라서 오인된 자아이고, 진정한 자아로부터 소외된다. 거울 이미지를 응시하면서 유아는 그 이미지에 매혹되지만 이 이미지를 자아로 지각하는 순간에 그는 소외된다. 이른바 매혹과 소외의 변증법이 나타난다. 이런 변증법은 자아/거울 이미지뿐만 아니라 자아/타자, 자아/공간, 자아/세계, 자아/미래의 관계에도 적용된다. 나는 이런 문제를 「대상론」에서 다룬 바 있다.(좀 더 자세한 것은 이승훈, 「라캉의 자아 개념」, 앞의 책 참고 바람)

그러나 라캉의 경우 문제는 자아와 주체 개념이다. 자아는 거울 이미지와 자신을 동일시한다는 점에서 상상계에 속한다. 그는 「로마 담론」

(1953)에서 당시의 정신분석을 비판하고, 이른바 라캉 학파를 형성하고, 그때 그가 관심을 두는 것은 주체의 말, 언어, 이른바 상징계이다. 물론 상징계에 대한 관심은 상상계의 기능에 대한 관심을 동반한다. 요컨대 그는 상상계, 상징계, 실재계라는 정신의 세 영역을 강조한다. 물론 이 세 영역은 서로를 간섭하는 관계로 이해된다.

그가 말하는 상징계는 언어 기호(상징)가 체계와 질서를 이루어 법이 되는 사회적 현실, 문화적 현실을 뜻한다. 그런 점에서 상징계, 언어 체계, 법이 현실이다. 자아는 상상계에서 상징계로 진입하면서 주체가 되지만, 이 주체는 분열된다. 왜냐하면 현실, 곧 언어 질서 속에 진입할 때, 언어로 명명될 때, 쉽게 말해서 '나'가 '이승훈'으로 명명될 때 '나'는 추상화되고, 참된 나로부터 소외되기 때문이다. 따라서 그가 말하는 주체는 상징계 속에서 분열된 주체, 금이 간 주체이다. 그가 말하는 자아는 오인된 자아(상상계)이고, 주체는 분열된 주체(상징계)이다.

나는 이제까지 주체가 아니라 자아라는 용어를 사용했고, 그것은 이 책에서 내가 시쓰기를 구성하는 세 요소 자아-대상-언어의 관계를 중심으로 '나는 누구인가?' 곧 자아 찾기를 시도하기 때문이다. 그러나 내가 말하는 자아는 라캉 식으로 말하면 금이 간 주체도 포함한다. 따라서 자아와 주체 개념을 명확하게 구분한 건 아니고, 자아와 주체 개념을 비슷한 것으로 사용한 셈이고, 나대로 굳이 정의한다면 자아는 자아-대상-언어의 관계 속에서 이해된다. 말하자면 자아는 대상과 대립되는 자아이고, 언어를 사용하는 자아이다. 전자는 주체/객체에 상응하고, 후자는 라캉이 말하는 상징계의 주체에 해당한다. 그러나 내가 말하는 대상(현실)은 라캉 식으로는 상징계(언어)가 되고 그가 말하는 상상계, 상징계, 실재계를 염두에 둔 것은 아니다. 이런 사유는 한이 없고, 너무 복잡하다.

그렇다면 라캉이 말하는 주체에 대해 살피는 이유는 무엇인가? 상상계의 자아로 끝나도 되지만 주체까지 언급하는 것은 주체도 내가 말하는 자아 개념에 포함될 수 있기 때문이다. 그러니까 나는 라캉이 말하는 주체 개념을 자아소멸, 곧 '자아는 없다' 는 명제를 강조하기 위해 나대로 수용하는 셈이다. 자아는 상징계로 진입하면서 금이 가고 분열되는 주체가 된다. '나' 는 '이승훈' 이라고 명명될 때 한국이라는 현실 속에 존재하지만 이런 명명(언어)에 의해 나는 추상화되고, 한국이라는 현실, 언어 체계, 법에 종속된다. 그런 점에서 '나' 는 금이 가고 분열된다. 이런 자아는 진정한 자아가 아니고, 본래적 자아/비본래적 자아, 진정한 자아/허위의 자아, 이상적 자아/현실적 자아의 2항 대립 체계를 전제로 하면 금이 간 주체(자아)는 후자에 해당한다. 그러므로 자아 찾기는 전자 찾기이고, 그동안 내가 시를 쓰며 체험한 것은 이런 자아 찾기의 실패이고, 따라서 '자아는 없다' 는 명제다.

소쉬르에 의하면 자아는 언어 기호에 지나지 않고, 블랑쇼에 의하면 언어에 의해 사물들은 존재하는 게 아니라 부재한다. 그렇다면 라캉은? 그의 주체는 없는 게 아니라, 금이 간 주체라는 점에서, 있으며 동시에 없다. 간단히 그의 주체 개념을 살피기로 한다.

첫째로 '나' 는 상징계(언어 체계)에 들 때 존재하기 때문에, '나' 는 '이승훈' 이라고 명명될 때 존재하기 때문에, 자아 이전에 언어가 있고, 상징계가 있고, 상징계가 자아를 생산한다. 그러니까 '나는 태어나기 전에 이미 존재한다.' 왜냐하면 부모, 친족(상징계)이 먼저 있었기 때문에 '나' 가 존재하고, 언어(상징계)가 먼저 있었기 때문에 '이승훈' 이 존재하고, 호적부(상징계)가 먼저 있었기 때문에 '이승훈' 이라는 존재가 기록되기 때문이다.

둘째로 이렇게 명명될 때 나는 현실 속에 존재하지만 동시에 금이 간다. 왜냐하면 '이승훈' 이라는 이름은 '나' 와는 아무 관계가 없고, '나' 는

‘이지훈’이 되어도 좋고, ‘이강’이 되어도 좋고, 또한 이런 명명에 의해 ‘나’는 추상화되기 때문이다.

셋째로 라캉은 소쉬르를 새롭게 읽으며 언어 기호의 특성을 알고리즘, 곧 기본 공식 S/s로 표현한다. 대문자 S는 기표(말소리), 소문자 s는 기의(의미)이다. 소쉬르의 경우엔 기의가 기표 위에 있고, 모두 대문자로 표기되지만 라캉의 경우엔 거꾸로 되고, 기표는 대문자, 기의는 소문자로 표기된다. 소쉬르의 경우엔 기표가 기의를 지향하고, 라캉의 경우엔 반대로 기표가 기의를 생산하지만 소문자s가 암시하듯 기의는 기표에 비해 무력하고, 계속 기표 아래로 미끄러지고, 완성되지 않는다. 무슨 말인가?

예컨대 ‘장미S는 식물s이다’의 경우 ‘식물’이라는 기의는 장미라는 기표를 충분히 뜻한 게 아니므로 소문자이고, 이 ‘식물’은 다시 기표가 되어 다른 기의를 요구한다. ‘이승훈’이라는 기표 역시 그렇다. ‘이승훈S’은 ‘정년퇴임한 대학 교수s’다. 이때, 그러니까 기의가 획득될 때 주체가 성립되지만 이 기의는 충분하지 않고, 따라서 계속 기표 아래로 미끄러진다. 왜냐하면 ‘정년퇴임한 교수’는 ‘정년퇴임’, ‘교수’에 대한 의미(기의)를 요구하고, 따라서 기표가 되기 때문이다. 결국 주체(기의)는 잠시 드러나지만 곧장 다른 기표가 되고, 따라서 다른 기의를 요구하고 이런 미끄러짐은 한이 없다.

넷째로 이렇게 잠시 획득되는 주체가 이른바 은유적 주체이고, 이 주체(기의)는 다시 기표가 된다. 앞에서 말했듯이 ‘이승훈S’은 ‘정년퇴임한 대학 교수s1’이지만 ‘정년퇴임S2’은 ‘무엇s2’이고, ‘교수S3’는 ‘무엇s3이다’ 식으로 발전한다. 이런 기표들의 관계는 환유적 관계이고, 기의는 계속 기표 아래로 미끄러지고, 기표들은 무의식, 욕망에 의해 결합된다. 그러므로 요망은 환유이다.

결국 기표는 다른 기표를 위해 존재하고, 이 말은 기표가 다른 기표를 위해 주체를 표상한다는 말과 통한다. 은유적 주체(기의)든 환유적 주체(기표)든 주체는 기표 사이에 있다(?). 주체는 두 기표 사이에 나타나며 동시에 사라진다.

　다시 요약하자. 자아는 이미지(상상계)이고 주체는 금이 간 주체(상징계)이다. 그리고 금이 간 주체는 두 기표 사이에 나타나며 동시에 사라진다. 끊임없이 소멸하는 주체가 있을 뿐이다.

3. 금강경과 만나다

1) 실존이냐 탈존이냐

넷째로 하이데거의 경우 자아 개념은 전기 사유와 후기 사유가 다르다. 전기 사유의 경우 자아는 현존재에 해당하고, 후기 사유의 경우 자아는 존재자에 해당한다. 전기 사유는 『존재와 시간』(1927)에서 말하듯이 세계-내-존재로서의 현존재가 존재를 찾아가는 과정이다. 존재는 현존재의 근거로서 현존재는 자신이 은폐한 존재를 개시할 수 있는 자이다. 그러나 논문 「진리의 본질에 관하여」(1930), 「휴머니즘 서간」(1930), 「시간과 존재」, 「철학의 종말과 사유의 관계」 등에서 그는 전기와 다른 사유를 전개한다. 전기의 사유가 현존재에서 존재로 나가는 방향이라면, 후기의 사유는 거꾸로 존재자에서 존재로 나가는 방향이고 마침내 존재와 존재자의 공속(共屬)이 강조된다. 이때 현존재는 존재자에 포함되고, 그런 점에서 현존재와 존재의 공속이 강조된다. 공속은 존재자 속에 존재가 은폐된 것이 아니라 존재자와 존재가 서로를 받쳐주고 서로를 지탱하는 그런

관계를 말한다. 따라서 후기 사유는 전기 사유로부터의 도약이고 전환이
고 전향이다.

물론 그는 자아라는 용어를 사용하지 않는다. 그러나 나는 다른 글에서
도 그랬듯이 그가 말하는 현존재 혹은 존재자를 자아 개념으로 수용하는
입장이다. 먼저 그가 말하는 현존재(Dasein)는 세계-내-존재이다. 말하자
면 현존재는 세계 밖에서 세계를 바라보는 존재가 아니라 세계 속에 있는
존재이고, 이렇게 세계 속에 있는 존재들엔 인간(현존재) 외에 사물들이
있고, 사물은 다시 도구사물과 관찰사물로 양분된다. '망치'는 도구로 사
용하면 도구사물이고, 단순히 관찰의 대상일 때는 관찰사물이 된다. 다 같
이 세계 속에 있지만 현존재(자아)가 이런 사물들과 다른 점은 현존재가
이른바 존재 가능성을 소유한다는 점이다. 존재 가능성은 현존재가 스스
로 안에 있는 존재(진리)를 개시할 수 있다는 뜻이다. 그렇다면 존재란 무
엇인가?

존재는 존재하는 것들을 존재하게 만드는 바로 '그것'을 뜻한다. 예컨
대 '나는 있다.'는 문장은 주어와 서술어로 되어 있고, 서술어 '있다'가
나의 존재를 규정한다. 그런 점에서 내가 있다는 현상을 규정하는 것은
'있음'이다. 그러나 '있음', '존재'는 어디 있는가? 나는 있지만 나는 '있
음'을 보는 게 아니라 '있는 나'를 보고(?) 있다. 그러나 '있음'이 없다면
나의 존재는 있을 수 없고, 따라서 '있음', '존재'는 이미 주어져 있고,
그는 이런 존재를 눈에 보이지 않는 지평이라고 말한다. 요컨대 존재가
존재하는 것들을 규정하고, 존재는 지금 여기 주어져 있다.(좀 더 자세한 것
은 이승훈, 「전향」, 『선과 하이데거』, 황금알, 2011 참고 바람)

쉽게 말하면 존재는 존재하는 것들의 근거이다. 하이데거가 존재를 강
조하는 것은 서구 형이상학이 존재하는 것들, 곧 존재자에만 관심을 두고
존재에는 관심을 두지 않았기 때문이다. 그렇다면 현존재는 어떻게 존재

(진리)를 개시하는가? 현존재는 지금 여기(Da) 있는 존재(Sein)로 인간만이 지금 여기 있다는 것을 안다. '망치'는 모르기 때문이다. 한편 현존재의 현(現)에는 나타난다는 뜻도 있다. 그러므로 현존재는 지금 여기 있는 존재이고, 존재가 나타나야 할 존재, 혹은 존재를 나타내야 할 존재이다. 그러므로 나는 현존재를 현(존재)라고 표현한다. 현(존재)는 현존재가 안에 존재를 은폐하고, 이 존재를 드러내야 하는 것을 암시한다. 그런 점에서 존재 탐구는 '나는 무엇인가?', '나는 왜 있는가?', '나는 어떻게 있어야 하는가?' 같은 존재론적 탐구를 지향하고, 따라서 실존의 문제가 된다.

결국 하이데거의 전기 사유가 강조하는 현존재는 자아의 실존을 강조하고, 그가 말하는 존재 탐구는 내가 말하는 자아 찾기와 통한다. 그렇다면 현존재는 어떻게 존재를 개시하는가? 그에 의하면 현존재가 존재를 개시하는 근원적 방식은 기분, 이해, 퇴락이다.

첫째로 불안(기분)은 무를 대상으로 하고, 이런 무를 토대로 세계가 스스로 솟구친다. 따라서 불안한 시간에 존재자들은 붕괴되고 은폐된 무를 드러낸다. 일반적인 기분은 존재자 전체를 드러내고 무를 감추지만 불안이라는 기분은 존재자 전체를 붕괴시키며 존재자가 은폐한 무를 드러낸다. 예컨대 '기쁨' 속에서는 세계 전체가 드러나고 무가 은폐되지만 '불안' 속에서는 반대이다.(좀 더 자세한 것은 이승훈, 앞의 책, 「불안」 참고 바람)

나는 「대상론」에서도 불안에 대해 말한 바 있다. 불안의 시간은 현존재가 존재, 있음, 무를 만나는 시간이다. 이때 무라는 용어를 사용하는 것은 존재자 혹은 현존재가 존재를 속에 은폐하고, 따라서 존재는 보이지 않기 때문이다. 그런 점에서 무는 존재를 뜻한다.

둘째로 이해는 무슨 일을 알거나 할 수 있는 능력이 아니라 현존재의 존재 개시를 가능케 하는 것으로서의 존재 양식을 뜻하고, 이해는 기분을 매개로 한다.

셋째로 퇴락은 이런 이해와는 거리가 먼 일상적 삶을 뜻한다. 내가 평균적 일상성(퇴락)에서 해방되는 것은 죽음을 앞질러 선취할 때이고, 그때 그동안 내가 상실한 나의 존재를 개시할 수 있고, 따라서 죽음은 나를 나 자신으로 있을 가능성을 개시한다.(좀 더 자세한 것은 이승훈, 위의 책, 「죽음」 참고 바람)

숲속의 빈터

요컨대 하이데거의 전기 사유에서 자아는 실존적 자아이고, 그것은 자아가 은폐한 존재(진리)를 드러내는 것을 목표로 한다. 그러나 후기 사유를 지배하는 것은 존재 자체이고, 따라서 존재로부터 존재자로 나가는 사유가 전개된다. 후기에는 현존재라는 용어 대신 인간이라는 용어가 사용되면서 존재와 존재자의 관계가 새롭게 성찰된다. 이때 인간은 존재자에 포섭된다.

전기 사유의 경우 현존재는 존재를 은폐하지만 후기 사유의 경우 존재는 이미 있는(?) 존재가 되고, 존재는 은폐되면서 개시되는 존재, 이른바 '숲속의 빈터'와 같은 이미지로 비유된다. 그런 점에서 나는 후기 사유의 현존재를 현-존재라고 표현한 바 있다. 현-존재는 현(존재)와 달리 존재가 개시되면서 동시에 은폐되는 것을 암시한다. 존재와 존재자의 관계를 강조하면 존재-자로 표현할 수 있다. 존재자는 세계 속에 존재하는 것들을 말한다. 그러나 존재-자는 존재와 존재자의 공속(共屬)을 뜻하고, 무와 유의 동시성을 뜻하고, 나는 이런 존재의 특성을 대정 스님의 선어(禪語)인 은현동시(隱現同時) 여시묘각(如是妙覺)을 구조적 모델로 해석한 바 있다. 전기 사유가 (은)현의 구조라면 후기 사유는 은-현의 구조가 된다.

하이데거는 존재와 존재자의 공속을 '숲속의 빈터'에 비유한다. 숲속의 빈터는 어떤 곳인가? 숲속의 빈터는 존재가 개방되어 있는 영역을 비유한다. 말하자면 존재가 뒤로 물러나며 스스로를 나타내는 영역이다. 이 터가 강조하는 것은 빛이 터를 창조하지 않고, 터가 빛을 만들고, 이 터에는 밝음과 어둠의 놀이가 있고, 밝음과 어둠에서 자유롭고, 소리와 소리의 사라짐에서도 자유롭다. 어렵게 생각하지 말고 있는 그대로 생각하자. 숲속의 빈터는 숲속에 가려 보이지 않지만(은) 이 빈터는 환하기 때문에 드러난다.(현) 이런 터는 있는가? 없는가? 있다면 있고 없다면 없다. 그런 점에서 유/무의 대립을 초월하고, 아니 유/무가 동시에 존재하는 제 3의 세계를 암시한다. 선불교 식으로 말하면 空의 세계이다. 공은 유/무의 부재가 아니라 유/무를 포함하며 초월하는 절대의 세계, 따라서 분별, 언어를 초월하는 세계다. 이 터에는 존재(무)와 존재자(유)가 함께 있고, 은과 현이 동시에 존재한다.

이런 사유가 나타나는 것은 근대인의 이성이 사물을 사물 자체로 두지 않고 자신에게 필요한 것들만 분별해서 수용하기 때문이다. 근대인의 사물 인식은 사물을 지배하고 착취하고 정복하려는 의지에 종속된다. 그러므로 세계는 의지와 표상으로서의 세계, 이른바 세계像에 지나지 않는다. 세계상은 있는 그대로의 세계가 아니라 인간의 의지에 종속되는 이미지를 뜻한다. 그런 점에서 근대적 자아는 의지, 욕망의 자아이고, 하이데거가 후기 사유에서 강조하는 것은 이런 자아, 세계의 중심으로서의 자아(주체)에 대한 비판이다.

전기 사유가 현존재가 존재를 발견하는 과정, 곧 나의 있음—무화(불안, 무, 죽음)—무아로 나가는 과정을 강조한다면 후기 사유는 '나의 있음'이 아니라 그저 '있음', '존재'이고, 나와 대상은 그렇게 그저 있다는 것을 강조한다. 그런 점에서 주관성을 포기한 사유이고, 존재 사유는 나 없는 사유이고, 따라서 사유 없는 사유이다.

그러므로 후기 사유의 경우 자아는 자아 없는 자아, 이른바 탈존적 자아가 된다. 전기의 실존이 후기에는 탈존이 된다. 현존재의 개시성은 존재의 개시성이 되고, 내가 존재를 발견하는 게 아니라 존재가 나를 노정한다. 내가 존재 자체가 되고 사물들이 존재 자체가 된다. 그러므로 존재는 탈존의 영역이고, 실존(Existenz)은 탈존(Ex−sistenz)이 된다. 탈존은 자신으로부터 벗어남, 탈자성(脫自性)을 뜻한다.(좀 더 자세한 것은 이승훈, 위의 책, 「전향」 참고 바람)

요컨대 실존적 자아는 탈존적 자아로 전환하고, 그가 강조한 것은 탈존, 곧 존재와 존재자의 공속이고, 이런 자아는 禪이 강조하는 무아 혹은 공에 접근한다. 한편 데리다는 하이데거에 기대면서 그를 비판한다.

2) 차연적 자아

다섯째로 데리다에 의하면 하이데거는 최초로 서구 형이상학, 플라톤주의, 현존 개념을 비판하지만 그도 역시 플라톤주의자로 비판된다. 전기 사유는 현상학적 존재론을 강조하나 후기 사유에서는 플라톤주의와 형이상학을 동일시하고, 플라톤적 형이상학, 곧 실재/외양, 본질/현상의 이원론을 비판한다. 그런 점에서 하이데거가 지향하는 것은 탈형이상학적 사유이고, 그는 전통적 이항 대립, 혹은 위계질서 가운데 어느 하나를 강조하는 사유로부터 해방을 시도한다. 그는 심지어 니체도 비판하는 바, 왜냐하면 그는 권력의지의 형이상학자로서 존재/생성이라는 플라톤적 대립을 유지하면서 다만 생성을 우위에 놓았기 때문이다. 그런 점에서 니체는 최후의 형이상학자이지 탈형이상학자가 아니다.

하이데거가 플라톤주의, 형이상학, 혹은 존재−신론(onto-theology)이라고 부르는 것을 데리다는 현존의 형이상학, 이성중심주의, 때로는 남근 중심주의(phallocentrism)라고 부른다. 그는 전통적 이항 대립적 사유가 서구 철학을 지배해 왔다는 하이데거의 주장에 동조하지만 하이데거는 이런 사유를 극복하지 못했다고 비판한다. 물론 그의 사유의 출발은 하이데거에 빚지고 있다. 그러나 이런 빚에도 불구하고 그는 하이데거의 이론이 형이상학에 속하고 이른바 존재-신론에 속한다고 본다.(데리다, 『입장들』, 영역본, 9~10)

무엇보다 하이데거가 이런 혐의를 받는 것은 그가 사용하는 '존재' 라는 용어 때문이다. 하이데거에 의하면 서구 형이상학의 역사는 존재 망각의 역사이고, 존재를 망각한다는 것은 존재(Being)와 존재자(Beings), 혹은 존재와 존재하는 것들을 혼동하는 것을 뜻한다. 하이데거에 의하면 플라톤은 '존재란 무엇인가?' 라는 질문을 '존재자들의 기본적 보편적 특성은 무엇인가?' 라는 질문과 동일시함으로써 이른바 '존재론적 차이' 를 모호하게 만들고 망각한다. 하이데거에 의하면 존재와 존재자들 사이에는 존재론적 차이가 존재하고, 그는 이 차이를 강조한다.

그러나 데리다에 의하면 '존재론적 차이' 역시 형이상학의 역역에서 벗어날 수 없고, 존재라는 특수한 이름은 존재할 수 없고, 따라서 이런 이름 역시 본질이나 절대에의 플라톤적 향수처럼 언어를 초월하는 절대에의 향수를 소유한다. 데리다가 차연, 흔적, 원-글쓰기(archi-ecriture), 보충 같은 용어를 사용하는 것은 하이데거와 거리를 두기 위해서다.(좀 더 자세한 것은 이승훈, 「데리다의 주체 개념」, 『탈근대주체이론-과정으로서의 나』, 푸른사상, 2003 참고 바람)

데리다의 경우 자아나 주체 문제만을 별도로 고찰한 글들은 별로 없다. 그러나 그의 글들은 크게 보면 자아나 주체와 관련된다고 할 수 있다. 왜냐하면 그의 철학이 지향하는 현존 비판, 구조 비판, 이성 비판 등은 모두 주체와 관련되기 때문이다. 이런 사유를 전제로 나는 데리다의 주체 개념을 차연적 주체, 해체적 주체, 텍스트적 주체로 명명한 바 있다.

그에 의하면 나, 자아, 주체는 지금 여기 절대적으로 존재하는 현존도 아니고, 초월적 주체도 아니고, 나는 나라는 자기동일적 주체도 아니고, 이른바 차연적 주체, 해체적 주체, 텍스트적 주체이다. 주체가 있는 것이 아니라 주체는 차연(差延, differance)이 생산하고, 그러므로 공간적으로 나뉘어지고(차이) 시간적으로 연기되면서 구성된다.

현존은 지금 여기 있는 순수 자아, 순수 의식으로서의 절대적 자아를 말한다. 그러나 과연 나는 지금 여기 절대적으로 존재하는가? 나는 지금 그러니까 2010년 5월 22일 토요일 오후 다섯 시에 여기 서초동 진흥아파트 3층 작은 방에 앉아 이 글을 쓴다. 그러나 지금이라고 부르는 순간 시간은 흐르고 연기된다. 나는 의자에서 일어나 주방으로 간다. 나는 어디 있는가? 글을 쓰던 나와 주방으로 가는 나는 다르고, 나뉘어지고, 따라서 차이가 나지만 글을 쓰던 나와 주방으로 가는 나는 연기된다. 그러므로 절대적인 현존이 있는 게 아니라 차이와 연기가 있다(?). 오늘의 나는 어제의 내가 시간적으로 연기된 자아이고 동시에 공간적으로 어제의 나와 차이가 나는 자아이다. 그런 점에서 나는 차연의 반복이고, 나는 이런 나를 차연적 자아라고 불러본다.

차연은 소쉬르의 차이 개념에 대한 데리다의 새로운 해체적 읽기의 산물이다. 소쉬르에 의하면 언어는 실체적 항목이 없는 차이들의 체계이다. 예컨대 '나'는 '나-너-그'라는 언어 체계 속의 차이에 지나지 않고, 이 차이가 '나'의 의미이다. 그러나 이 나-너-그는 구체적으로 지시하는 실체가 없다. 왜냐하면 누구나, 심지어 무엇이나 지시할 수 있기 때문이다. 데리다에 의하면 이런 차이의 세계는 지각될 수 없고, 개념화될 수 없고, 따라서 서구 형이상학을 벗어난다. 그러나 형이상학 밖에 있기 때문에 역설적으로 안에 영향을 주고, 그러므로 차이는 형이상학 밖에 있고 동시에 안에 있다.

차연(differance)이라는 용어는 차이를 의미하는 **difference**와 발음이 같다. 그러므로 소문자 a가 문제다. 이 a는 시각적으로 e와 다르지만 청각적으로는 차이가 없고, 따라서 e와 다른 소리를 소유하지 못한, 곧 자신의 소리가 없는 a이다. 이 a는 e의 실수도 아니고 오기도 아니다. 중요한 것은 이 a의 유희이고, 그것이 차연의 유희와 통한다. 차연은 진정한 의미로서의 말도 아니고 개념도 아니고 청각/시각, 말/글, 시간/공간, 현존/재현 등 2항 대립 체계를 해체하는 보이지 않고 개념화할 수없는 개념(?)이다.

그런 점에서 데리다는 초월적 주체, 자기동일적 주체를 해체한다. 초월적 주체는 현상/본질, 물질/정신 등 서구 형이상학의 2항 대립적 사유의 산물이고, 자기동일적 주체는 이런 사유의 토대이다. 나는 나이고 존재는 존재해야지, 나는 나이며 동시에 너일 수가 없고, 존재하며 동시에 부재할 수 없다. 그러나 이런 자아, 현존은 비판되고 해체된다. 그리고 이런 해체 속에 해체와 함께 차연적 자아가 존재(?)한다. 결국 이 세계의 본질, 기원은 없고 언어, 차연, 텍스트가 있을 뿐이다.

텍스트란 용어는 의미작용의 요소들로 구성된 구조를 의미하고, 주로 언어적 총체를 뜻하지만, 광의로는 모든 현상에 적용되고 심지어 존재 자체도 텍스트로 인식된다. 텍스트를 존재로 인식한다는 것은 존재를 언어로 인식한다는 것. 데리다가 진리는 체계의 기능이라고 말할 때 이 진리라는 말은 진리에 상응하는 이상적 실체, 본질, 중심이 없다는 것을 의미하고, 따라서 진리는 텍스트의 산물에 지나지 않는다. 그에 의하면 텍스트는 '들리지 않는 차이'이고, '들을 수 없는 차이'이고, 이것이 '들리는 차이들', '들을 수 있는 차이들'의 조건이다. 그리고 이런 차이가 흔적이다. 이런 차이, 흔적이 차연이고 텍스트의 조건인 텍스트성이고 텍스트는 텍스트성과 통한다. 텍스트는 차이이고 이 차이가 텍스트를 낳는다.

그러므로 기원, 본질로서의 자아가 있는 게 아니라 텍스트적 자아가 있고 이런 자아가 해체적 자아이고 차연적 자아이다. 결국 데리다에 의하면 자아는 현존적 자아도 아니고, 초월적 자아도 아니고, 자기동일적 자아도 아니고, 해체적 차연적 텍스트적 자아이다. 이런 자아는 존재하는 게 아니라 흔적 속에 있고, 시간과 공간이 해체되는 차연 속에 있고, 따라서 텍스트 속에 있다. 아니 텍스트가 바로 자아다. 이런 자아는 들리지 않는 차이로 존재하고, 소문자 a로 존재한다.(이승훈, 「데리다의 주체 개념」, 앞의 책 참고)

3) 금강경과 만나다

내가 자아 찾기에 실패하고, 자아소멸, 혹은 '자아는 없다'는 인식에 도달하고, 자아가 언어에 지나지 않는다는 사유에 도달한 것은 초기의 자아 찾기가 '나―너―그'라는 인칭 변화를 통해 수행되면서 후기구조주의 철학과 만난 게 동기가 된다. 그런 점에서 중기에 해당하는 자아소멸의 단계는 시쓰기를 구성하는 자아―대상―언어의 세 요소에서 자아와 대상이 소멸하고 언어만 남는 시쓰기, 이른바 '언어가 쓴다'는 명제를 낳는다. '언어가 쓴다'는 것은 부르주아적 주체든 뭐든 아무튼 자아가 소멸한 시쓰기, 창조 주체로서의 내가 사라진 시쓰기이고, 그것은 시인의 주관, 곧 정서, 상상력, 이성 등에 의해 대상을 지배하는 근대 서정시를 비판하고 부정하고, 시적 인습, 장르, 문학의 제도성에 대한 해체를 노린다.

그러나 나는 이 무렵 자아가 없다는 것을 어디까지나 언어학, 특히 후기구조주의 언어학 혹은 철학을 공부하면서 깨닫는다. 주로 방브니스트, 데리다, 라캉, 바르트의 이론이다. 자아가 말을 하는 게 아니라 말을 할 때 자아가 탄생하고, 따라서 말, 언어가 없다면 자아가 없다. 그리고 말을 할 때 말하는 나(언술 행위의 주체)와 말 속의 나(언술 내용의 주체)가 태어나고, 그런 점에서 나는 두 개의 나 사이에 있고, 나는 그렇게 흘러간다.

그러나 이상한 것은 이렇게 자아가 없다는 사유에 도달하고도 내가 계속 불안, 우울, 광기에 시달린 점이고, 정효구 교수는 내가 이런 심적 상태에서 표류하는 건 이런 깨달음이 언어학을 매개로 했기 때문이라고 지적한다. 옳은 지적이다. 왜냐하면 자아소멸, 주체 소멸을 주장하면서도 내가 자아로부터 완전한 자유나 해방을 성취하지 못한 것은 언어학, 특히 후기구조주의 철학을 매개로 했기 때문이고, 그건 이론이고 따라서 이론과 실천 사이에 괴리가 있었기 때문이다.

그러던 차에 나는 우연히 불교, 그것도 선불교와 인연을 맺게 된다. 나로서는 너무 늦은 법연(法緣)이다.

나는 1990년대 초 어느 봄날 진주 장모님 49재 때 아내가 모는 승용차를 타고 가족들과 함께 진주로 내려간다. 49재는 하동 지나 쌍계사 가는 지리산 입구에 있던 작은 암자에서 지내기로 되었다. 현재는 칠불사로 부르지만 당시엔 칠불암으로 불렀다. 봄날 오전 암자로 가던 하동 국도엔 하얀 벚꽃이 피고 햇살은 따뜻했지만 나는 계속 불안과 우울에 시달렸다. 미운 사람들도 많고 사는 데 다소 지친 상태였다. 언덕 위 작은 암자 법당에서 가사 입은 여러 스님들이 독송을 하고 법당 마루엔 봄날 오전 고운 햇살이 비치고 있었다.

내 앞엔 노란 표지의 책자가 놓여 있지만 나는 별로 관심도 없고 이상한 잡념과 망상에 시달린다. 스님들 독송이 끝나고 앞에 놓인 책자에 잠시 눈길을 준다. 노란 표지에 『금강반야바라밀다경』이라고 되어 있다. 무심히 책장을 넘긴다. 우연히 넘긴 부분이 '대승정종분'이고 눈에 띤 건 '왜냐하면 수보리야 만약 보살이 아상 인상 중생상 수자상을 갖는다면 보살이 아니기 때문이다. 何以故 須菩提 若菩薩 有我相 人相 衆生相 壽者相 卽非菩薩' 라는 부처님 말씀이다. 나는 이 부분을 읽고 충격을 받는다.

그렇지 않은가? 30년 넘게 자아를 찾아 헤매고 마침내 자아도 없다는 사유에 도달했지만 부처님은 그런 자아는 처음부터 없고 자아는 하나의 相이라고 말씀하신다. 그러니까 그동안 나는 자아라는 생각, 헛것, 환상을 찾아 헤맨 셈이다. 실체, 본질, 기원으로서의 자아를 가정하고 그런 자아를 찾아 헤매다 마침내 그런 자아가 언어에 지나지 않고, 따라서 자아소멸을 주장했지만 그동안의 사유는 출발부터 잘못 되었다. 나는 『금강경』과의 이런 만남을 '금강경 충격'이라고 부른다. 我相은 我想이고 我像이다. 나라는 형상, 모습은 나의 생각이 만든 것이고 생각이 만든 것은 이미지, 환상, 헛것이다. 왜냐하면 이런 생각, 이미지도 헛것이기 때문이다. 그러므로 아상을 버려야 한다. 나를 찾지 말고 나를 버려라! 그러기 위해선 생각을 버려야 하고 마음을 비워야 한다. 그때 깨달은 내용이다.

'금강(金剛)'은 어떤 물건도 능히 깨트릴 수 있고, 어떤 것에 의해서도 부서지지 않는 것을 뜻하고, '반야(般若)'는 깨달음의 지혜, 곧 세속적인 분별을 떠난 맑은 지혜, 일체가 인연이고 空이라는 것을 깨달은 지혜를 뜻하고, '바라밀다(波羅密多)'는 '저 언덕에 이른다(到彼岸)'는 뜻, 곧 번뇌에 시달리는 중생들의 세계(이 언덕)에서 반야의 지혜를 깨닫고 부처님의 세계(저 언덕)에 이른다는 뜻이다. 부처님[佛]은 깨달음을 뜻하므로 결국 반야바라밀다는 반야에 의한 깨달음의 세계를 뜻한다. 깨달으면 이 언덕이 바로 저 언덕이 된다. '경(經)'은 부처님이 말씀한 진리.

나는 우연히 『금강경』을 만났고, 그때 처음 펼친 부분이 '대승정종분'이고 거기서 보살, 곧 깨달은 중생覺有情으로 살면서 중생들을 교화하는 보살은 我相 人相 衆生相 壽者相, 곧 나라는 상, 남과 차별을 두는 인간이라는 상 혹은 너라는 상, 괴로운 것을 피하고 즐거운 것을 탐내는 중생이라는 상, 오래 산다는 상을 버려야 한다는 부처님 말씀과 만나면서 사유의 전환이 오고 그 후 無我, 無住, 不二, 中道, 空 같은 개념들이 나의 사유를 지배한다.

시집 『인생』(민음사, 2002)이 아공 사상을 강조한다면, 『비누』(고요아침, 2004)는 법공 사상을 강조하고, 이런 사유를 나는 시론 「비대상에서 선까지」(『작가세계』, 2005, 봄), 박찬일과의 대담 「자아 찾기의 긴 여정」(『현대시』, 2002. 11, 『이승훈의 문학탐색』 재수록), 이재훈과의 대담 「비대상에서 선까지」(『시와세계』, 2004, 겨울, 앞의 책 재수록)에서 밝힌다.

결국 자아는 고정된 실체가 없고, 인연의 산물에 지나지 않고, 그러므로 空이다. 그러나 이 공으로서의 자아는 유/무를 초월하는 자아이고, 따라서 있으며 동시에 없고, 없으며 동시에 있다. 나는 「대상론」에서 『반야심경』을 중심으로 이 문제를 언급한 바 있다. 『금강경』에서 만난 '아상을 버리라'는 부처님 말씀은 '자아는 없다', 곧 자아를 구성하는 몸(색)과 마음(수상행식), 이른바 오온(五蘊)이 공하다는 무아 사상과 통한다.

4) 아상을 버려라

나는 지금 건강이 안 좋은 상태에서 이 글을 쓰고 있다. 위암이 재발해 세브란스병원에 입원한 건 5월 24일 월요일. 난 흐린 오후 세면도구, 슬리퍼, 『지리산 스님 이야기』 한 권 들고 아내가 모는 차를 타고 세브란스병원 14층에 입원했다. 처음 위암으로 입원한 건 3년 전 겨울 저녁. 그때 위암 절제 수술을 받았지만 다시 재발했기 때문이다. 환자복 입고 입원실 14층 서향 창가에 서서 흐린 저녁 하늘 바라보고 다음 날 다시 수술하고, 팔에 링거 주사 꽂고 침대에 누워 있다가 퇴원한 건 어제 5월 28일 금요일 오후다.

그리고 오늘은 토요일. 아파트 마당엔 고운 햇살만 내린다. 갑자기 쓸

쓸하다. 모두가 업이다. 내가 전생에 지은 업이 많아 위암 수술을 두 번이나 받고 6월엔 대장암 초기로 다시 입원을 하고 또 수술을 받아야 한다. 그러나 모두 받아들이자. 나는 누구이고 나는 무엇이고 병든다는 것은 무엇인가?

『반야심경』은 나, 자아에는 고정된 실체, 본질, 자성이 없음을 강조한다. 그러므로 자아는 空이고, 공은 자아가 인연의 화합에 지나지 않는다는 뜻이다. 반야 지혜는 자아가 자성이 없는 공의 세계라는 것을 깨닫는 지혜이다. 그러므로 일체의 분별, 사량, 알음알이를 떠나야 하고, 순진한 아이들의 청정한 마음이 되어야 한다. 반야 지혜는 지식, 머리와는 관계없기 때문이고 머리로 안다고 해서 되는 것도 아니다. 선은 깨달음과 미혹의 경계마저 해체하는 경지다. [illegible] 스님은 열반송에서 이렇게 노래한다.

> 나무사람은 고개 위에서 옥피리 불고
> 돌계집은 시냇가에서 춤을 춘다
>
> 木人嶺上吹玉笛
> 石女溪邊亦作舞

나무사람은 나무와 사람의 경계가 해체되고 돌계집 역시 돌과 여자의 경계가 해체된 존재(?)이다. 그러므로 이 시는 대상에 대한 분별을 여위고(언어소멸), 자아에 자성이 없는(자아소멸) 경지를 노래한다. 공 사상은 「대상론」에서 실핀 바 있지만 자아소멸, 무아, 곧 '자아는 없다'는 문제를 다시 선종의 시각, 특히 반야의 시각에서 간단히 살피기로 한다. 『반야심경 - 공중무색』에는 다음과 같은 부처님 말씀이 나온다.

> 이런 까닭에 공 속에는 색도 없고, 수상행식도 없고, 눈 귀 코 혀 몸 뜻도 없고, 빛 소리 냄새 맛 촉 법도 없고, 안계 내지 무의식계도 없다.

是故空中無色 無受想行識 無眼耳鼻舌身意 無色聲香味觸法 無眼界 乃至無
意識界

　자아를 구성하는 오온(五蘊)이 모두 공하고 모든 현상이 공하다. 그러므
로 공 속에는 오온(색수상행식)도 없고, 육근(안이비설신의)도 없고 육경
(색성향미촉법)도 없고 육식(안이비설신의)도 없고, 따라서 18계(안이비
설의)도 없다. 자아가 없다는 말은 오온이 공하다는 말과 통한다. 자아는
고정된 실체, 본질, 자성이 없고 모두 인연으로 생겼기 때문에 공하다. 다
시 말하면 자아를 구성하는 몸(색)도 없고 마음 혹은 정신작용(수상행식)
도 없다.

　몸(색)은 지수화풍, 곧 흙 물 불 바람 네 가지 물질이 인연으로 만난 것
이기 때문에 실체가 없고, 마음(수상행식)은 이런 몸이 밖의 사물들과 만
나는 것이기 때문에 실체가 없다. 자아를 구성하는 색수상행식(오온)이
없으므로, 외부와 만나는 자아의 토대인 육근(안이비설신의)도 없고, 육
근의 대상이 되는 육경(색성향미촉법)도 없고, 육근이 육경을 받아드려
의식하는 12處도 없고, 육근과 육경이 서로 얽히는 12入도 없고, 육근이
육경을 받아들여 육식(안이비설신의)이 생기므로 이 세계는 육근－육
경－육식이 화합하는 18계지만, 육식도 없으므로 18계도 없다. 결국 세계
(18계)가 없는 것은 모두 자아의 실체 없음(공)을 동기로 한다.

　그러므로 중요한 것은 자아 없음, 곧 무아, 자아공에 대한 인식이다. 다
시 생각하자. 자아는 몸(색)과 마음(수상행식)으로 구성된다. 나는 '나의
몸'이라고 말한다. 그러나 과연 '나의 몸'은 어디 있는가? 나의 몸은 뼈,
피, 열, 호흡으로 구성된다. 앞에서 지수화풍 4대, 곧 흙 물 불 바람에 대
해 말했지만 이 네 요소는 어디까지나 요소일 뿐이지 말 그대로 나의 몸
이 흙 물 불 바람으로 구성된다는 말은 아니다. 화학 용어로 말하면 원소

에 해당한다. 따라서 견고한 것(흙), 축축한 것(물), 뜨거운 것(불), 흐르는 것(바람)을 뜻하고, 그런 점에서 나의 몸은 흙(뼈), 물(피), 불(열), 바람(호흡)으로 구성된다.

『원각경』 보안장에는 다음과 같은 말이 나온다. '나의 몸은 흙 물 불 바람 4대의 화합으로 이루어진다. 머리카락, 털, 손톱, 치아, 가죽, 살, 근육, 뼈 등으로 이루어진 더러운 몸은 흙으로 돌아가고, 침, 콧물, 고름, 피, 진액, 점액, 가래, 눈물, 호르몬, 대소변은 모두 물로 돌아가고, 따뜻한 기운은 불로 돌아가고, 움직이는 작용은 바람으로 돌아간다. 이런 네 가지 요소가 각각 분리되면 지금의 허망한 몸은 어디 있겠는가? 그러므로 알아라. 이 몸은 결국 실체가 없고, 화합해서 형상이 이루어진 것이니 참으로 환상이나 허깨비 같다.' (원각경, 신규탁 역, 깃발, 2009, 34~35)

한편 나의 몸이 존재하는 것은 밥을 먹고 물을 마시고 햇빛을 쪼이고 숨을 쉬기 때문이다. 아니 밥만 먹는 게 아니라 감자, 우유, 빵, 소고기, 물고기, 배추, 무 등을 먹는다. 그러나 밥의 경우에만 한정해도 밥을 먹는 건 쌀과 불을 먹는 것이고, 다시 벼를 먹는 것이고, 벼는 흙, 물, 햇빛, 비, 바람, 공기를 먹고 자라니까 결국 우리는 밥이 아니라 흙, 물, 햇빛, 비, 바람, 공기를 먹는다. 그러니까 밥에도 고유한 실체는 없고 흙 물 불 바람 4대가 인연에 의해 모인 물질이고, 이 밥을 먹고 유지되는 나의 몸도 그렇다. 요컨대 나의 몸에는 나의 것이 하나도 없고, 지수화풍 네 요소의 화합이 있을 뿐이다. 또한 이런 몸은 세월이 지나면 늙고 쇠약해지고 병이 들고 사라진다.

마음도 없다

이런 몸(색)이 감각에 의해 바깥 대상을 수용하고(受), 마음에 형상을 떠올리고(想), 의지에 따라 움직이고(行), 이 모든 것을 안다(識). 예컨대 편의점 앞을 지나갈 때 플라스틱 의자가 눈에 띈다. 아름답다는 느낌이 든다. 그러니까 나는 감각(눈)에 의해 바깥 대상(의자)을 수용하면서 아름답다고 느낀다(受). 그러나 어떤 사람은 이 의자를 보며 슬픔을 느낄 수 도 있고, 혹은 더럽다고 느낄 수도 있다. 그런 점에서 감각에 의한 수용은 객관적인 것이 아니라 주관적 감정을 내포한다.

나는 이렇게 수용된 것을 마음 속에 이미지로 떠올린다(想). 곧 감각의 대상을 '저건 파란 플라스틱 의자야' 라고 지각한다. 受가 감각과 느낌의 세계라면 想은 지각(perception)의 세계이다. 곧 감각 대상(覺)을 아는 것(知), 자기대로 정리하는 것이고, 이런 지각은 언어를 수반한다. 쇼펜하우어는 이 세계를 의지와 표상의 세계라고 한 바 있지만, 여기서 말하는 想은 그가 말하는 표상과 유사한 개념이다. 표상은 이미지와 언어가 결합된 세계이고, 지각 역시 覺(이미지, 감각)과 知(언어)가 결합된 말이다.

내가 想을 너무 분석적으로 해석하는지 모르겠다. 아무튼 想은 마음(心)에 떠오르는 형상(相)을 뜻하고, 그러므로 감각으로 수용된 것을 이미지로 떠올리고 아는 것. 시간의 차원에선 이런 표상작용은 감각 – 지각의 순서가 된다. 따라서 감각으로 수용한 것을 기억에 의해 이미지로 형상화하고 언어로 정리하는 단계다.

내가 受와 想에 대해 이렇게 분석적으로 해석하는 것은 처음 불경에서 색수상행식 오온을 읽을 때 이 부분에서 많은 혼란을 느꼈기 때문이다. 그렇지 않은가? 서양의 논리에 의하면 수와 상에 해당하는 별도의 용어가 없고, 모두 지각(perception)에 포함되기 때문이다. 감각과 지각이 분리되는 게 아니라 감각적 수용이 이미 지각을 내포하기 때문이다. 예컨대 우리는 의자를 보면서(감각) 이미 의자라는 것을 안다.(지각)

한편 내가 전공으로 하는 시론의 경우에는 감각과 지각이 아니라 지각

과 이미지의 관계에 대해 말한다. 시적 이미지는 心像으로 번역되고, 이
말은 인간의 정신에 재현되는 형상을 뜻한다. 그리고 이 재현 양상은 육
체적 지각을 통하는 경우와, 육체적 지각을 통하지 않는 경우로 양분된
다. 전자의 경우 이미지는 직접 육체적 지각을 반영하고, 후자의 경우 이
미지는 육체적 지각을 반영하지 않는다. 좀 더 부연하자.

> 한 그루의 나무를 바라보면 우리 정신 속에는 그 나무의 모습이 재현된다.
> 그러나 나무를 바라보지 않을 때에도 우리 정신 속에는 어떤 나무의 모습이
> 재현될 수 있다. 언젠가 보았지만 지금은 없는 나무를 기억하거나, 잡다한 지
> 각들을 상상력에 의해 결합할 때, 혹은 꿈속에 어떤 나무의 모습이 드러나는
> 경우가 그렇다. 다 같이 정신 속에 산출되는 나무의 모습이지만, 하나는 육체
> 적 지각을 동반하고 다른 하나는 육체적 지각을 동반하지 않는다. 따라서 하
> 나에는 육체적 지각이 그대로 반영되지만, 다른 하나에는 육체적 지각이 반
> 영되지 않는다. 한마디로 전자는 지각과 관계되고, 후자는 상상력이나 환상
> 과 관계된다고 할 수 있다. 지각과 관계되든 상상력이나 환상과 관계되든 이
> 미지는 모두 '정신 속에 기록되는 감각적 모습'이라는 공통점을 띤다. (이승
> 훈, 『시론』 개정판, 태학사, 2005, 192)

시적 이미지는 정신(마음)에 재현되는 형상(상)이라는 점에서 想에 해
당한다. 그런 점에서 이런 형상화 이전의 단계인 지각은 受에 해당한다.
그러나 불교에서는 受가 이미지(감각적 수용)이고 想이 지각에 해당한다.
시론에서는 지각─이미지의 과정이고 불교에서는 이미지─지각의 과정
이다. 용어의 혼란이 오는 것은 이런 사정 때문이다. 시론에서 이미지는
육체적 지각을 그대로 반영하는 경우와 기억, 상상력, 환상에 의해 재현
하는 경우가 있다. 그러나 모두 '정신 속에 기록되는 감각적 형상', 곧 정
신(마음)에 기록되는 형상(상)이고, 따라서 想에 해당한다. 이미지는 지각
된 것을 언어에 의해 마음에 형상화, 이미지화한 것이다.

따라서 지각─이미지(시론)에서 말하는 지각은 감각적 수용, 곧 감각에

해당하고, 이미지는 마음에 떠오르는 형상으로 지각과 이미지가 분리되지 않는다. 그러나 불교의 경우 이미지(受)-지각(想)에서 말하는 지각은 이미지에 언어가 개입되어 생각으로 나가고, 따라서 이미지와 지각이 분리된다. 쉽게 생각하자. '시린 겨울 하늘'(시적 이미지)은 겨울 하늘을 보고(지각) '시리다'는 느낌을 구체화하고 이미지로 만든다. (촉각적 이미지). 그러므로 지각과 이미지는 분리되지 않는다. 그러나 불교의 경우 나는 '플라스틱 의자'를 보고, 어떤 느낌을 갖고(이미지), 다음 '저건 플라스틱 의자야' 라고 생각한다.(지각) 그런 점에서 이미지와 지각아 분리된다.

시적 이미지는 受와 想이 분리되지 않고, 불교의 경우에는 분리되고, 혹은 시적 이미지는 受에 포함되고, 불교는 이런 이미지(受)를 언어로 의식화한다.(想) 물론 시론의 경우 시적 이미지는 감각(수)과 지각(상)을 직접 반영하는 경우와 반영하지 않는 경우가 있다. 후자는 기억, 상상력, 환상을 매개로 하는 경우이다.

그런 점에서 홍정식 교수가 受(감각)를 印象作用, 想(지각)을 表象作用으로 해석한 것은 도움이 된다. 감각과 지각이라는 용어가 혼란을 유발한다는 점에서 인상과 표상 혹은 形象이라는 용어를 쓰면 용어 상의 혼란이 덜하기 때문이다. 인상은 외계의 자극이 육체에 영향을 주는 것, 육체에 찍히는 것, 곧 감각으로 수용한다는 뜻이고, 표상은 이렇게 수용된 것을 밖으로 드러낸다는 뜻이고, 형상은 상(이미지)을 만든다는 뜻이다.

다시 회상하자. 나는 편의점 앞에 있는 플라스틱 의자를 보고(受), '저기 파란 플라스틱 의자 하나가 있군' 하며 그 형상을 마음 속에 떠올린다.(想) 의자를 보는 것은 외계의 자극이 육체(눈)에 영형을 주는 것(인상)이고, 생각하는 것은 이런 인상을 밖으로 드러내는 것(표상)이고, 이미지는 인상을 형상화하는 것(형상)이다.

다음은 行이다. 행은 간다는 뜻이다. 물론 이때 행은 육체적 움직임이 아니라 정신, 마음의 움직임을 뜻하고, 그런 점에서 행은 의지를 뜻한다. 그러나 의지는 행동을 수반한다. 정신작용을 강조하면 행은 의지, 추리, 기억, 상상의 세계가 되고, 이런 정신작용, 특히 의지는 거의 무의식적으로 드러나기 때문에 김명우 교수는 이 행을 충동(impulse)으로 번역한다.

쇼펜하우어에 의하면 세계는 의지와 표상으로서의 세계이고, 충동은 의지와 통한다. 쇼펜하우어에 의하면 세계는 칸트가 주장한 것처럼 주관적 인식의 틀, 곧 시간, 공간, 인과율 등의 형식에 의해 구성된 표상에 지나지 않는다. 그러니까 세계는 주관의 표상이다. 그러나 칸트가 세계의 본질인 物 자체를 인식할 수 없다고 주장함에 반해 그는 이 세계의 내적 본질, 곧 물 자체를 의지로 간주하고, 따라서 세계는 의지의 개별화이고, 의지의 표상이 된다. 그가 말하는 의지는 '맹목적인 삶에의 의지', 곧 본능적이고 충동적인 삶에의 의지이다. 따라서 세계는 이런 의지, 충동, 맹목적 힘의 형상화에 지나지 않는다.

그런 점에서 행은 의지의 세계이고, 의지는 맹목적인 힘이기 때문에 충동과 결합된다. 삶이 고통스러운 것은 이 세계가 의지와 표상으로서의 세계이기 때문이다. 그러므로 쇼펜하우어에 의하며 세계의 고통에서 벗어나기 위해서는 이런 의지, 욕구, 충동을 끊어야 하고, 행복은 의지가 부정되고 현상 세계가 무로 돌아가는 열반에 의해서만 가능하고, 그의 부정적 허무주의는 불교와 만난다. 이런 문제, 곧 행과 불교의 관계는 다시 살필 예정이다. 한편 쇼펜하우어의 니힐리즘은 니체에 의해 긍정적 니힐리즘으로 발전적으로 계승된다.

이런 논리, 곧 세계가 의지의 표상이라는 논리에 의하면 무엇을 기억하고, 추리하고, 상상하는 것도 의지, 충동의 산물이 된다. 왜냐하면 인간은 본능적으로 자신의 삶을 유지하고 확장하기 위해 세계를 형상화하기 때문이다. 하이데거는 이런 세계를 세계 자체가 아니라 인간이 주체가 되어 객체로 표상되는 이른바 세계像이다. 세계는 세계 자체가 아니라 하나의 표상(이미지)이 되고, 이런 표상은 쇼펜하우어가 말하는 의지의 산물과 통한다.

그러나 의지는 행동을 수반하기 때문에 行은 의지, 충동이라는 정신작용과 동시에 육체적 운동, 움직임을 뜻한다. 그러니까 '저기 의자가 있군' 생각하고 (상), '의자를 향해 간다'.(행) 이유는 무엇인가? 앉고 싶기 때문이다.(의지) 너무 오래 걸어 피로하기 때문에 의자에 앉아 쉬고 싶은 건 이성적 사유가 아니라 충동적으로 떠오르고, 이런 충동(의지)에 의해 나는 움직인다.(행동) 이런 의지와 행동은 모두 쓰러지지 않고 살려는 노력을 암시한다.

아는 만큼 보인다

마지막으로 識이다. 식은 受에 의해 수용된 대상을 대상으로 분명하게 판별하는 것, 말하자면 의식하는 것. 영어로는 의식(consciousness)에 해당한다. 의식은 나/너, 주체/객체를 나누어 판별하고 대립적으로 인식하는 행위이다. 따라서 대상은 주체와 대립되는 객체로 인식된다. 그러나 식이 수상행식의 마지막에 온다는 것을 강조하면 식은 수(감각, 느낌)−상(표상)−행(의지, 행동)을 스스로 주체가 되어 판단하고 종합해서 아는 행위가 된다. 대상(수)에만 한정하면 의자는 나와 대립되는 사물로 인식되고, 나는 주체가 되어 의자를 하나의 객체로 인식한다. 따라서 나(주체)와 의자(객체) 사이엔 거리가 유지되고, 둘은 대립된다. 그러나 전체적으로 보면 식은 수−상−행 전체를 인식하는 행위이다. 말하자면 식에 의해 나는 대상을 보고 대상을 생각하고 대상을 향해 가는 행위를 인식한다.

그러나 「대상론」에서도 말했듯이 불교에선 식, 의식 두 가지 용어가 사용된다. 식은 오온에 나오고 의식은 六識, 곧 안식, 이식, 비식, 설식, 신식, 의식 가운데 마지막에 해당한다. 세계는 육근-육경-육식의 화합으로 18계가 된다. 그러므로 세계는 외부와 만나는 자아의 토대인 육근과 그 대상인 육경(12처)으로 구성되는 게 아니라 이 12처에 인식을 담당하는 육식이 결합되어 존재한다.(18계) 의자의 경우 눈으로 의자를 보고 의자가 있다는 것을 안다. 눈과 의자만 있다면 우리는 의자가 무엇인지 모른다. 식이 개입되어야 그것이 의자라는 것을 안다. 따라서 눈(안근)-의자(색경)-마음(안식) 세 요소가 필요하다.

아는 만큼 보인다는 말이 있다. 식이 없다면 대상을 볼 수 없고, 식의 범위만큼 대상이 보인다. 그렇지 않은가? 의자라는 것을 알기 때문에 우리는 의자를 본다. 의자가 무엇인지 모르면 의자가 안 보인다. 책상, 의자, 벽이 있는 경우 책상, 의자, 벽이 무엇인지 알기 때문에 세 대상을 보는 것이지, 세 대상에 대해 아는 것이 없으면 내가 보는 것이 무엇인지 모른다.

책을 읽는 것도 그렇고 사람을 만나는 것도 그렇다. 영어책을 읽는 경우 낱말의 뜻, 문장 구조를 모르면 읽을 수 없고, 아는 만큼 읽는다. 많은 사람들이 모인 경우도 내가 아는 사람만 보이고, 모르는 사람은 아무리 보아도 그가 누군지 모른다. 모르기 때문에 공부를 하지만 불교에서 말하는 식은 공부를 해서 아는 것이 아니다. 그러므로 안식이다. 눈이 안다는 말이다. 머리가 아는 것이 아니라 눈이 안다. 눈(안근)은 의자(색경)를 보고 의자를 안다.(안식) 어떻게 머리가 아니라 눈이 아는가? 아니 어떻게 눈, 귀, 코, 혀, 몸이 알고 이렇게 아는 것을 아는가? 어떻게 안식, 이식, 비식, 설식, 신식이 가능하고 이런 식을 아는 의식이 가능한가?

의식은 육식의 마지막에 해당하고, 따라서 안이비설신 다섯 가지 식을 종합해서 아는 것을 뜻하고, 육근과 관련하면 육근의 마지막 의근에 대응한다. 의근은 다섯 가지 감각기능을 종합하는 몸의 기능이고, 의식은 이에 대응하는 마음의 기능이다. 유식론에서는 이 여섯째 식(6식)에 해당하는 의식 외에 말나식(7식), 아뢰야식(8식)에 대해 말한다. 의식(6식)은 의근에 의지해 모든 현상을 인식하고 추리하는 마음이고, 말나식(7식)은 자아를 분별하고, 따라서 자아/타자의 분별이 나타나 자아에 집착하는 마음이고, 아뢰야식(8식)은 모든 현상이 전개되는 근본 마음이다. 그러니까 유식론의 경우 의식은 말나식의 산물이다. 주체 혹은 자아가 먼저 성립하고(말나식) 그 후 자아가 대상을 분별하고 판별하고 인식한다.(의식)

그런 점에서 전의식(안이비설신), 이른바 전5식은 의식(6식)의 산물이고, 의식은 말나식(7식)의 산물이고, 말나식은 아뢰야식(8식)의 산물이다. 아뢰야식은 모든 현상이 전개되는 근본 마음, 모든 현상을 전재하고 생기하는 종자이다. 유식론이 강조하는 것은 유식무경(唯識無境), 곧 마음이 있을 뿐 대상의 세계는 없다는 주장이다. 아뢰야식은 마음의 뿌리에 해당하고, 이 뿌리, 혹은 종자는 의식할 수 없는 무의식에 가깝고, 이 종자가 자아를 분별하고, 자아에 집착하는 마음(말나식)으로 발전한다. 그리고 이런 자아/타자의 분별을 토대로 현상을 인식하고 추리하는 마음(의식)이 전개된다. 그러니까 의식은 선험적으로 주어진 이성적 능력도 아니고, 교육을 통해 획득되는 이성적 능력도 아니다. 오랜 세월을 통해 축적된 마음의 종자를 근원으로 하는 인식 능력이다. 그런 능력이 있으므로 눈도 알고 귀도 안다.

그러나 반야 사상의 경우 식은 어디까지나 색수상행식 오온의 마지막에 해당하고, 의식은 6식(안이비설신)의 마지막에 해당한다. 내가 유식론을 참고한 것은 의식이 안이비설신 5식을 종합적으로 인식할 수 있는 근거, 그리고 눈, 귀, 코, 혀, 몸이 스스로 인식할 수 있는 근거를 나대로 해명하기 위해서다. 쉽게 말하면 식은 육감(sense)이나 직관에 가깝고 의식은 영어 consciousness에 가깝다.

이제까지 자아를 구성하는 오온, 곧 몸(색)과 마음(수상행식)에 대해 말한 것은 '자아는 없다'는 명제를 선불교의 시각에서 해석하기 위해서다. 다시 생각하자. 과연 자아는 존재하는가? 먼저 몸(색)의 경우 몸의 고정된 실체는 없고, 이른바 4대의 인연 화합에 지나지 않고, 또 시간적으로 계속 변한다. 이런 몸이 마음과 만나기 때문에 마음 역시 실체가 없다. 수(감각, 느낌)―상(표상)―행(의지, 행동)―식(의식) 모두가 허망한 작용일 뿐이다.

『금강경』에서 부처님은 말씀하신다. '여래가 말하는 모든 마음은 모두 마음이 아니고 그 이름이 마음이다. 왜냐하면 수보리야 과거의 마음은 잡을 수 없고, 현재의 마음도 잡을 수 없고, 미래의 마음도 잡을 수 없기 때문이다. 如來說諸心 皆爲非心 是名爲心 所以者何 須菩提 過去心不可得 現在心不可得 未來心不可得' 과거의 마음은 이미 갔기 때문에 없고, 미래의 마음은 아직 오지 않았기 때문에 없고, 현재는 과거와 미래를 떠나 존재하는 것이 아니므로 현재의 마음 역시 없다. 그러므로 없는 마음, 곧 무심을 깨닫는 것이 중요하고, 이 무심은 어디에도 없지만 어디서나 작용한다. 내가 걷는 것, 밥 먹는 것 모두 이런 마음의 작용이 아니고 무엇인가? 이 무심이 번뇌 망상을 벗어날 때 드러나는 청정심이고 불성이다.

자아는 공이다

그러므로 선이 강조하는 것은 허망한 망념을 버리고 진심(眞心) 혹은 자성 청정심을 회복하는 일이다. 수행 혹은 마음 닦기가 노리는 것이 그렇고 깨달음의 세계가 그렇다. 보되 봄이 없고, 느끼되 느낌이 없고, 헛된 상, 이미지를 버려야 하고, 움직이되 움직임이 없고, 무엇보다 무엇을 하려는 의지를 버려야 하고, 이렇게 수―상―행을 버릴 때 마침내 의식도 소멸한다. 따라서 의자를 보아도 보는 것이 아니고, 파란 의자라는 이미지도 없고, 그 의자를 향한 의지도 없고, 그러므로 의자에 앉아도 앉아 있다는 것을 모른다. 이른바 무념 무상 무주이다. 그렇다면 몸은? 이런 수-상-행-식의 마음 작용이 없으므로 몸 역시 있지만 있는 것이 아니고, 없지만 없는 것이 아니다. 이른바 중도, 불이다.

번뇌 망상은 육근이 육경과 만나고 거기 육식이 개입하기 때문에 발생한다. 육식은 마음의 작용이고, 이 마음의 작용이 망상이므로 망상에서 벗어날 때 이 마음은 어떤 작용도 하지 않는 마음이고, 고요한 마음이고, 이것이 자성 청정심이고 불성이다. 깨달음은 비로 이것, 곧 본래 마음이 청정하다는 것을 깨닫는 것. 자아를 깨치고 다시 태어남이다. 아니 다시 태어남이 아니라 본래 지니고 있던 불성, 청정심과 만나면 된다.

그러므로 깨달음은 그렇게 어려운 것도 아니고 그렇다고 쉬운 것도 아니다. 분별을 버리라는 말은 수-상-행-식에서 벗어나라는 말이고, 그때 만물은 평등하고 고요하다. 마음을 비워야 한다는 것이 이런 뜻이다. 텅 빈 맑은 거울(청정심)은 분별하지 않고 오는 것을 모두 비치지만 이런 대상(이미지)들에 대한 집착이 없다.

한편 맑은 거울에 나타나는 대상들은 움직이고 변하고 소멸하지만 거울은 그대로 있다. 이런 거울 속 이미지들은 꿈속의 풍경과 같다. 꿈속에서 나는 괴롭고 기쁘고 누구와 싸우고 쫓긴다. 그러나 꿈을 깨면 아무 일도 없다. 사는 건 꿈과 같다. 그렇게 허망하고 속절없고 뿌리가 없고 고유한 실체가 없고 본질이 없고 자성이 없다. 그러므로 세계는 거울에 비치는 영상, 이미지, 헛것, 환상이고 허깨비와 같다. 『금강경』에서 부처님은 말씀하신다.

> '일체 현상은 꿈과 같고 허깨비 같고 물거품 같고 그림자 같고 이슬 같고 또한 번개 같으니 마땅히 이와 같이 보라. 一切有爲法 呂夢幻泡影 如露亦如 電 應作如是觀'

세계에 존재하는 모든 현상은 인연으로 생겨서 나타나고 변하고 소멸하기 때문에 꿈과 같고 허깨비 같고 물거품 같고 그림자 같고 이슬 같고 번개 같다. 이 꿈에서 깨어날 때 우리는 수-상-행-식을 버리고 참 마음, 참 나를 만나고, 이때 몸(색)은 있는 것도 아니고 없는 것도 아니다. 이른바 색즉시공이고 공즉시색이다. 몸(색)이 이렇듯이 마음(수상행식) 역시 색즉시공이고 공즉시색이다. 요컨대 자아를 구성하는 몸(색)과 마음(수상행식) 모두 색즉시공이지만 공은 색으로 존재하기 때문에 또한 공즉시색이다.

그러니까 자아가 공이라는 말은 나의 몸과 마음에 고정된 실체는 없지만(공) 이 공이 또한 나의 몸과 마음이라는 것(색)을 뜻한다. 따라서 색에서 공을 읽고 거꾸로 공에서 색을 읽어야 한다. 색에서 공을 읽는 것은 자아가 인연의 화합이고 자성이 없음을 아는 것. 고정된 실체가 없으므로 자아에는 변하는 것도 없다. 태어남과 죽음이 없고, 시작과 끝도 없다. 그러나 이런 공의 세계는 다시 색의 세계로 드러난다. 그런 점에서 나는, 자아는, 지금 여기 있는 나는 고정된 실체가 없이 인연 따라 계속 변하고 움직인다.

과연 움직이는가? 모든 현상은 본래 고요하고 평등하고 청정하기 때문에 오고 감, 나고 죽음, 생과 사가 없다. 아니 오고 감이 있기 때문에, 오면 가고 가면 오기 때문에 오고 감이 없다. 아뇩다라삼막삼보리가 그렇다. 아뇩다라(無上)의 진리는 이 세상엔 높은 것이 없기 때문에 낮은 것도 없다는 진리이고, 삼막(正等)의 진리는 모두 같다는 진리이고, 삼보리(正覺)는 바른 깨달음이다. 그렇지 않은가? 오는 것이 있으면 가는 것이 있음으로 오고 감이 없고, 한편 '나' 의 입장에선 '너' 가 오지만 '너' 의 입장에선 '나' 가 간다. 온다는 것은 무엇이고, 간다는 것은 무엇인가?

반야 사상이 강조하는 색즉시공 공즉시색의 색은 대승 불교의 진리론에 의하면 속제(俗諦)에 속하고 공은 진제(眞諦)에 속한다. 속제는 언어나 사유로 구성된 진리, 진제는 언어나 개념으로 구성되기 전의 진리를 뜻한다. 그러나 화엄 사상에 의하면 존재 혹은 현상은 변계소집성(공)−의타기성(가유)−원성실성(진공묘유)로 드러난다. 변계소집성은 모든 현상이 공이라는 것, 의타기성은 이런 공의 세계가 인연 따라 존재한다는 것, 원성실성은 공과 가유(假有)가 중도의 관계로 드러난다는 것. 그러므로 진공묘유는 공도 아니고 가유도 아닌 비공비무의 중도를 암시한다. 도식으로 나타내면 다음과 같다.

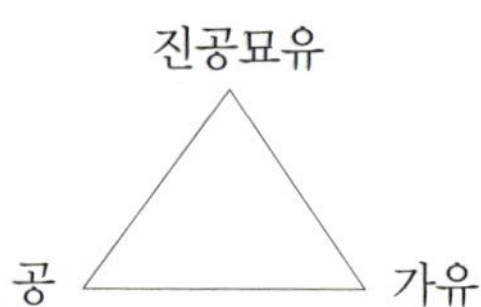

색에서 공을 읽고 공에서 색을 읽는다는 것, 곧 색즉시공 공즉시색은 표면적으로는 색과 공 두 요소를 강조하기 때문에 이해의 어려움이 있다. 색은 속제, 공은 진제에 해당한다. 그러나 반야 사상이 강조하는 것은 이 두 요소의 중도, 불이 관계이다. 화엄 사상은 이런 중도, 불이를 이해하는 데 도움이 되고, 선종이 화엄종을 수용한다는 점에서 공−가유−진공의 논리는 이질적인 논리가 아니다. 이런 문맥에서 '자아는 공이다'는 명제를 다시 해석하면 자아는 자성이 없는 공이다. 그러나 이런 공으로서의 자아는, 나는, 우리는 인연 따라 여기 한국에 임시 존재하는 가유(假有)이다. 그러므로 진정한 자아는 공과 가유의 중도로 드러나고, 따라서 묘유(妙有)이고 이렇게 공도 아니고 가유도 아닌 묘유가 참된 공, 진공이다. 공과 색의 논리로 말하면 공과 색의 중도가 묘유에 해당한다. 도식으로 나타내면 다음과 같다.

중도

공   색

　한편 대승 불교의 한 파인 천태종은 이런 진리이론을 변형시켜 이른바 3諦 개념을 강조한다. 천태종은 법화경을 근본으로 하고 정과 혜의 조화를 지향하고 제법실상론(諸法實相論)을 주장한다. 내가 천태 사상에 대해 말하는 것은 이런 실상의 문제를 다루려는 것이 아니라 천태종이 강조하는 세 가지 진리 개념도 크게 보면 화엄 사상이 강조하는 공—가유—진공묘유와 유사하기 때문이다.

　천태종은 전통적인 진리이론, 곧 속제와 진제 개념을 변형시켜 이른바 3諦 개념, 곧 空諦, 假諦, 中道第一義諦를 주장한다. 공제는 언어나 사유가 없는 진리, 가제는 언어나 사유에 의해 임시로 설비된 가설(假設)로서의 진리, 중도제일의제는 이런 空과 假를 초월하여 모든 현상의 실상을 드러낸 진리이다. 천태종은 3觀 수행에 의해 3제를 다양한 방식으로 관찰한다. 화엄 사상이 강조하는 공—가유—진공묘유나 천태 사상이 강조하는 공—가—진공묘유나 크게 보면 비슷한 논리이다.

　그런 점에서 나는 반야 사상이 강조하는 색즉시공 공즉시색을 공—색—중도의 체계로 읽을 때 이해가 쉽다는 입장이고, 이런 체계는 화엄 사상과 천태 사상을 수용하고 함께 간다. 따라서 선종과 화엄 혹은 천태 사상의 회통을 지향한다. 문제는 다시 '자아는 공이다' 는 명제이다. 이 명제는 오온이 공이고, 따라서 자아를 구성하는 몸(색)과 마음(수상행식)이 공이고, 둘의 관계 역시 공이라는 뜻이다. 몸과 마음이 모두 색즉시공 공즉시색이다. 모든 현상이 공이므로 오온도 없고, 육근 육경 육식도 없다.

　요컨대 자아가 없다는 말은 말 그대로 없음이 아니라 색즉시공 공즉시색이라는 뜻. 쉽게 말하면 현상 자체에는 실체가 없고(공), 실체가 없는 것이 눈에 보인다(색)는 뜻이다. 색에서 공을 읽는 것이 큰 반야(지혜)라면 공으로 색을 읽는 것은 자비이다. 나는 이런 관계를 공-가-중도의 논리로 읽은 셈이다. 지금 여기 앉아 글을 쓰는 나는 실체가 없는 공이고, 이 공이 눈에 보이므로 색이지만 이 색은 假有이고 가짜, 환상, 꿈과 같다. 그러므로 공도 아니고 가유도 아닌, 공과 색을 초월하는 중도의 존재가 진정한 나이다.

즉비(卽非)의 논리, 곧 不異不一의 논리에 의하면 중도는 空卽非空 色卽非色이다. 공은 공이면서 공이 아니고, 색은 색이면서 색이 아니다. 일체 분별을 초월하는 이런 자아가 진아(眞我)이고 이런 참 자아의 마음이 진심(眞心)이다. 진심이 보리, 깨달음이고(반야경), 법계이고(화엄경), 여래이고(금강경), 열반이고(반야경), 여여이고, 법신이고, 진여이고(기신론), 불성이고(열반경), 여래장이고(승만경), 원각이고 자성 청정심이고 평상심이다.

그러므로 참된 자아는 오온을 중심으로 하면 몸(색)과 마음(수상행식)의 관계에서 먼저 마음을 버릴 때 드러난다. 감각, 느낌, 지각, 의지, 의식을 버려야 한다. 말하자면 눈으로 소리를 듣고(觀音). 귀로 사물을 보아야 한다. 보되 보는 것이 없고 듣되 듣는 것이 없어야 한다. 눈이 뚫리고 귀가 뚫린다는 말이 그렇다. 수상행식은 망념이고 먼지이고 이 망념 먼지가 사라질 때 진심, 청정심, 맑은 거울이 된다. 한편 육근-육경-육식의 경우에는 무엇보다 먼저 육식을 버려야 하고, 이때 자아(육근)는 그저 있을 뿐이고, 대상(육경)도 그저 있을 뿐이다. 그저 있는 자아는 분별, 의식, 사량이 없기 때문에 자아와 대상, 주체와 객체, 나와 우주의 경계가 사라지고, 남은 것은 산은 산이고 물은 물인 경지이다.

제3부

언어론

1. 언어가 시를 쓴다

1) 시적인 것은 없고 시도 없다

　비대상 시론에서 추구한 자아 찾기, 곧 시쓰기를 구성하는 세 요소 자아-대상-언어에서 대상을 괄호 치고 자아를 찾으려던 노력은 자아도 언어에 지나지 않고, 그런 점에서 자아는 없다는 사유에 도달한다. 남은 것은 언어뿐이다. 간단히 도식으로 나타내면 다음과 같다.

　그렇다면 이제 누가 시를 쓰는가? 자아가 언어에 지나지 않는다면 언어가 시를 쓰고, 대상이 없으므로 대상을 노래하지 않는다. 그런 점에서 전통적인 시쓰기를 부정한다. 왜냐하면 전통적인 시쓰기는 자아(시인)가 언어를 수단으로 대상을 노래하고, 이때 대상은 자아와 대립된다. 자아 찾기는 자아(시인)가 자아를 대상으로 노래하는 자의식의 시다. 그러나 나의 경우 자의식의 시는 아니고 대상으로서의 자아는 무의식이었다. 그런 점에서 무의식이 진정한 자아에 해당되지만 이런 자아 찾기에 실패한다. 한마디로 내가 추구한 것은 '나는 누구인가?' 라는 명제이고, 우리 시의 경우엔 이상, 김춘수 등의 모더니즘 시가 모델이다.

전통적인 시쓰기는 자아─언어─대상의 구조이고, 모더니즘 시는 대상을 괄호치고 자아─언어의 관계에서 자아를 찾는 유형과 언어의 자율성을 강조하는 유형으로 나눌 수 있다. 그러나 자아도 대상도 소멸하고 언어만 남은 시쓰기는 전통적인 시도 모더니즘 시도 부정한다. 자아(시인)가 쓰는 게 아니라 언어가 쓰고 언어를 대상으로 한다. 시를 쓰는 자아 혹은 주체가 없다는 점에서 이런 시는 우리가 알고 있는 근대시, 혹은 일반적인 의미로서의 시를 부정하고, 근대적 주체로서의 시인을 부정한다.

서정시든 현실비판을 지향하는 사회시든 시인은 시쓰기의 주체가 되어 자연을 노래하고 사회를 비판한다. 서정시는 시인의 정서나 상상력을 매개로 자연을 노래하지만, 따지고 보면 자연을 주관화하는 것이고, 이런 주관화는 하이데거도 비판하듯 대상(객체)에 대한 주관적 착취에 지나지 않는다. 왜 자연을 있는 그대로 두지 않고 주관화하는가? 최근의 우리 시단이 보여주는 두드러진 특성은 이런 서정시로의 퇴행이다. 그 많은 시론 교수, 평론가들이 하는 소리가 한결같이 서정시가 최고라는 어투다.

왜냐하면 서정시는 산업사회의 고통을 정서적으로 순화시키기 때문이라는 게 이유다. 도대체 낭만주의 시대도 아니고 20세기도 가고 21세기 한국에서 자연을 매개로 정서를 순화한다는 발상이 얼마나 낭만적인지 모르겠다. 낭만적 정서가 최고라는 이런 시대착오적인 주장들은 한심스럽고, 좀 알아준다는 교수나 시인들도 시의 본질은 서정이고, 따라서 모든 시는 서정시라는 이상한 주장을 하면서 서정시를 옹호한다.

　문제는 대상의 주관화에 있고, 이런 주관화는 어디까지나 근대적 주체 개념을 전제로 한다. 근대적 주체는 인간이 주체가 되어 대상을 객체로 인식하고, 이성에 의해 객체를 착취한다. 서정 시인 역시 그렇다. 이성이 아니라 정서나 상상력을 매개로 하지만 서정 시인들 역시 자연을 주관화한다. 이런 주관화는 자연을 자아와 동일시하고, 그런 점에서 자연을 그대로 두지 않고 나의 것으로 만드는 자연 착취에 지나지 않는다. 왜 꽃을 꽃 자체로 두지 않고 이러니 저러니 설명하고 기쁘니 슬프니 노래하는가? 이유는 무엇인가? 결국 시인의 욕망 때문이고, 따라서 서정시 역시 크게 보면 시인(주체)의 의지와 표상의 세계에 지나지 않는다. 17세기 독일 신비주의 시인 안겔루스 실레시우스는 이렇게 노래한 바 있다.

> 장미는 이유 없이 존재한다.
> 장미는 핀다. 왜냐하면 그것이 피기 때문이다.
> 장미는 자신에 신경 쓰지 않고
> 사람들이 자신을 보는지 안 보는지 묻지 않는다.

　장미는 이유 없이, 그러니까 근거나 본질 없이 존재하고, 장미는 피기 때문에 핀다. 그러므로 이 시가 강조하는 것은 본질(근거)과 현상(피다), 원인과 결과, 목적과 수행이라는 이원론적 세계관의 해체이고, 이런 해체는 인간이 주체가 되고 대상이 객체가 되는 주체/객체의 이원론, 곧 근대적 인식의 토대 해체를 지향하고, 나는 이런 해체를 禪과 관련시켜 해석한 바 있다.(이승훈, 『선과 하이데거』, 황금알, 2011, 226~228, 318)

　요컨대 언어가 쓰는 시는 전통적인 시 인식, 혹은 근대시 개념을 부정한다. 이런 시들은 모두 자아를 주체로 간주하기 때문이다. 서정시는 자아가 주체가 되어 자연을 착취하고, 사회시는 자아가 주체가 되어 이성에 의해 사회를 비판한다. 왜 자아(시인)가 자연이나 현실의 중심이 되어야 하는가? 모더니즘 시는 이와는 달리 자아가 주체가 되는 게 아니라 잃어버린 자아, 혹은 진정한 자아를 탐구하거나 언어의 자율성을 강조한다. 그러나 자아 찾기에 실패하면서 언어만 남는 시쓰기로 발전한다. 이런 시쓰기는 주체로서의 시인이 없고, 따라서 의도나 목적이 없고, 자아는 시에 의해 태어나고, 언어를 대상으로 한다는 점에서 언어질서, 문법, 문학 장르, 법칙 등과 싸운다.

내가 최동호 교수의 월평 「시의 부정, 해체 그리고 시적 생성」(『문학사상』, 1996. 10)에 대한 반론 형식으로 시론 「시적인 것은 없고 시도 없다」(『문학사상』, 1996. 11)를 발표한 것은 시에 대한 이런 사유를 동기로 한다. 그러므로 이 시론은 시쓰기를 구성하는 세 요소 자아―대상―언어에서 언어만 남은 단계의 시쓰기에 대한 나의 사유를 보여준다. 내가 이 시론을 쓴 것은 최 교수가 그 무렵 내가 발표한 시론과 시를 지나치게 주관적으로 해석한 점, 새로운 시의 방향에 대한 그의 보수적인 입장 때문이다. 그가 이 글에서 강조한 것은 최근의 우리 시가 보여주는 시에 대한 부정, 시를 부정하는 것이 마치 가장 첨단인 것처럼 논의된다는 사실에 대한 비판이다. 이런 비판은 그때 내가 발표한 시 「시」, 「노예」 등(『문예중앙』, 1996. 9), 「고통에 대하여」, 「제목 없는 시」, 「이 시대의 시쓰기」, 「눈길」(『문학사상』, 1996. 9) 등과 시론 「모든 끝이 시작이다」(『문학사상』, 1996. 9), 「문학의 역사는 폐허의 역사다」(『소설과 사상』, 1996, 가을호) 등을 대상으로 한다.

모든 끝은 시작이다

그는 내가 발표한 시론 「모든 끝은 시작이다」에서 몇 가지 명제를 인용하면서, '이 알쏭달쏭한 명제들은 물론 불가능성을 가능성으로 바꾸어 시를 쓰겠다는 언명으로 해석되기는 하지만, 정말 시를 쓰겠다는 것인지 아닌지 잘 알 수 없도록 만들어 일반 독자들에게 폭력적 표현이 된다.'고 말한다. 그가 인용한 명제들을 다시 인용하면 다음과 같다.

> (1) 내가 최근에 쓰는 글(시라고 할까?)은 시쓰기의 가능성과 불가능성을
>   문제로 삼는다.
> (2) 이 '나'는 시를 생산하는 게 아니라, 그러니까 시를 쓰는 게 아니라 시
>   에 의해 구성된다.
> (3) 시쓰기의 불가능성은 시쓰기의 가능성이다.
> (4) 문학 속에선 무슨 말이나 해도 된다.
> (5) 시를 쓰려면 시를 못 쓴다. 시를 쓰지 않으려고 시를 쓴다.

최 교수의 주장에 의하면 이런 나의 발언이나 주장은 시쓰기의 혼란을 야기하고 그야말로 시를 부정하게 만드는 결과를 초래한다고 비판된다. 시론 「시적인 것은 없고 시도 없다」에서 내가 주장한 건 이런 명제들에 대한 보충이고 부연이고 해석이다. 이렇게 명제만 읽고 보면 그의 주장처럼 시쓰기의 혼란만 부추기고 시를 부정하는 느낌을 줄 수도 있기 때문이다. 그러나 나는 당시도 그렇고 지금도 그렇고 시쓰기의 혼란이 없는 시쓰기, 무슨 고정된 틀에 매인 시쓰기, 인습적인 시쓰기에 대해서는 부정적인 입장이고, 시를 부정할 때 새로운 시가 가능하다는 입장이다. 도대체 왜 시쓰기의 혼란이 문제이고 시의 부정이 문제인가? '시여 침을 뱉어라' 일찍이 김수영은 이렇게 말했고, 나는 '시적인 것은 없고 시도 없다'고 말한다. 이 시론에서 주장한 내용을 좀 더 부연하면 다음과 같다.

첫째 명제인 시쓰기의 가능성과 불가능성의 문제. 「모든 끝은 시작이다」라는 짧은 시론은 시집 『밝은 방』(1995)을 낸 이후 내가 쓰는 시에 대한 고백이고, 그것은 시쓰기의 가능성과 불가능성의 문제로 요약된다. 내가 쓰는 글은 시인가? 시가 아닌가? 이런 질문은 그동안 우리가 믿어온

시에 대한 질문이고 회의이고 갈등을 암시한다. 그것은 크게 시대적 조건, 인식론적 조건, 창조적 조건을 전제로 한다.

이 시대엔 그동안 우리가 믿어온 시, 그러니까 시라고 생각하는 시는 말 그대로 생각 속에 있는 시에 지나지 않게 되고, 따라서 비판된다. 먼저 자연을 노래하는 자연 찬미, 사회를 비판하는 계몽 이성, 초월을 강조하는 관념론적 도피 등이 모두 그렇다. 이 시대에 서정 시인들이 노래하는 아름다운 자연은 과연 어디 있는가? 있다면 찢어진 자연, 상처받은 자연, 슬픈 괴물이 된 자연이 있을 뿐이다. 그렇게 아름답고 착하고 위안이 되는 자연은 이 시대, 말하자면 산업자본주의 시대에는 어디에도 없다. 있다면 그런 자연을 찬미하고 찬양하는 시대착오적인 시인들의 머릿속에나 있을 것이다. 그러므로 아름다운 자연이 아니라 보복하는 자연이 있고 복수하는 자연이 있을 뿐이고, 그러므로 자연 서정시는 반시대적이고 낭만주의적 퇴행에 지나지 않는다.

다음 계몽 이성에 대한 절망은 아우슈비츠로 요약된다. 도대체 이런 일이 어째서 독일뿐만 아니라 세계에서 일어나야 하는가? 인간중심주의자들, 그러니까 휴머니스트들이 그렇게 믿어온 인간 이성이 이 시대에 오면서 비판의 대상이 되는 것은 이성의 아이러니다. 결론부터 말하면 이성은 비이성이다. 말하자면 비이성이 이성의 가면을 쓰고 있는 셈이다. 이성적 인간들이 그동안 해온 일이란 이성이 없는 동물들을 죽이고 자연을 파괴한 일뿐이다. 어디 그뿐인가? 이성적 인간들은 이성의 이름으로 전쟁을 하고 이성 밖에 있는 인간들인 병자, 광인, 어린이, 전신병자, 알콜 중독자 등을 가두고 고통을 준다. 요컨대 이성은 자기보존의 수단에 지나지 않고 그런 점에서 도구 이성이다.

이런 시대에 무슨 초월이 가능하며 정신주의 시, 초월주의 시가 가능한가? 나는 초월이니 본질이니 기원이니 하는 말들을 별로 믿지 않는 편이

다. 왜냐하면 이런 개념들은 모두 현실/이상, 현상/본질, 물질/정신 같은
2항 대립 체계를 전제로 하고, 또한 이런 체계 속에서 후자를 중심으로
하기 때문이다. 모두가 관념론자들의 넋두리이다. 말하자면 세상을 눈에
보이는 현상계와 눈에 보이지 않는 이데아로 나누는 플라톤적 사고의 모
방이다. 그러나 현상계보다 이데아가 왜 더 가치 있고, 육체보다 정신이
왜 더 가치가 있단 말인가? 정신주의는 육체 너머 어딘가 있는 정신을 찾
아가고, 이 정신을 진리라고 생각한다. 그러나 이런 진리, 정신의 세계는
어디 있는가?

　현실 너머 어디 있다면, 이런 사유는 정신을 또 하나의 실체로 간주하
는 실체론적 오류에 떨어진다. 이데아가 현상계 너머 있고, 현실 너머 절
대 진리에 해당하는 이데아를 찾아간다는 말은 두 개의 실체, 곧 현상계
와 이데아, 물질과 정신을 전제로 하고, 이런 사유는 관념론에 지나지 않
는다. 중요한 것은 이런 관념적 이원론을 극복하는 일이고, 우리는 이 세
계에 존재한다는 사실, 하이데거 식으로는 세계—내—존재라는 것, 좀 더
좁혀 말하면 이 한국이라는 세계에 몸으로, 육체로, 그것도 병든, 고통 받
는, 찢어지는 몸으로 존재한다는 사실이다.

　이것이 초월을 강조하는 정신주의 시학이 이 시대에 설득력이 없는 이
유이다. 그리고 이런 미학, 혹은 세계관의 연장선에서 논의되는 禪 사상,
혹은 선시 역시 크게 잘못 인식되고 있는 것 같다. 선이 강조하는 것은 정
신주의자들이 생각하는 초월적 관념의 세계가 아니라 그런 관념, 정신도
초월하는 無我 사상이고, 그런 점에서 세계로부터의 해방을 노린다. 그러
니까 물질/정신, 육체/정신, 현실/이상의 이분법이 해체되고 마침내 세속
과 출세간, 중생과 부처가 不二의 관계에 있는 중도를 강조한다. 그러므
로 고상하고 순수한 정신이 아니라 번뇌가 깨달음이고, 진창이 연꽃이 되
는 세계이다. 그러니까 하찮은 지금 여기의 삶을 초월하는 무슨 정신이

아니라 지금 여기서 진리를 깨닫고 지금 여기가 진리라는 사상이다.

그러므로 부처는 마른 똥 막대기이고 뜰 앞의 잣나무이다. 물론 임제는 부처 같은 우상도 버리라는 뜻으로 똥 막대기라고 하고 조주는 일체 분별을 버리라는 뜻으로 뜰 앞의 잣나무를 말한다. 그러나 우상도 버리고 분별도 버린다는 점에서 부처는 기왓장에도 있고, 똥에도 있고, 오줌에도 있고, 아무튼 행주좌와 일체가 수행이고 진리다. 부처는 우리가 찾아가는 대상이 아니라 이미 우리 속에 있다. 다만 깨닫지 못할 뿐이다. 중생이 부처이기 때문에 불성은 중생 너머, 세속을 초월하는 이상한 정신도 아니다. 그런 점에서 깨달음 이전에 깨달음이 있고, 중생은 자신 속에 있는 불성, 자성 청정심을 발견하면 된다. 깨달았다고 중생이 달라지는 것도 아니다. 내가 선불교에 대해 말하는 것은 이 땅 일부 시인들이 선을 현실을 초월하는 무슨 순수한 정신으로 오해를 하기 때문이다. 요컨대 정신이 중심이라는 정신주의는 플라톤적 사고의 모방이고, 선과는 전혀 다른 범주라는 점에서 비판의 대상이 된다.

이상이 인습적인 시쓰기가 불가능한 시대적, 인식론적 조건이다. 이런 조건 속에서 창조는 과연 가능한가? 내가 이 시론을 쓰면서 시쓰기의 가능성과 불가능성의 문제를 제기한 건 이런 문맥에서다. '내가 최근에 쓰는 글(시라고 할까?)은 시쓰기의 가능성과 불가능성을 문제로 삼는다.' 고 말한 것은, 특히 '시라고 할까?' 라고 말한 것은 당시 내가 쓰던 시가 시와 비시, 시쓰기의 가능성과 불가능성 사이에 있었기 때문이다. 물론 이런 사유는 개인적으로는 자아, 대상이 소멸하고 언어만 남는 단계의 시쓰기, 곧 언어가 쓴다는 명제를 전제로 한다. 그러니까 자연 찬미, 계몽 이성, 정신적 초월은 다시 생각하면 자연 찬미는 자아가 대상을 착취하고, 계몽 이성은 자아 혹은 주체를 강조하고, 정신적 초월 역시 그렇다. 이런 시들은 대상이 환상이고 자아가 환상이라는 것을 모르고, 그런 점에서 소박한 인식론에 머물 뿐이다. 그러므로 이런 인식론, 세계관, 미학을 비판하는 새로운 시쓰기, 인습적인 시를 부정하는 시쓰기가 요구된다.

2) 나는 시를 쓸 때 태어난다

새로운 시쓰기가 요구되는 것은, 그러니까 시쓰기의 가능성과 불가능성이 문제가 되고, 이제까지 믿어온 시쓰기가 불가능한 것은 이런 시대적 조건과 인식론적 조건 때문이다. 어디 그뿐인가? 내가 그동안 시를 쓰면서 깨달은 것 가운데 하나는 내가 시를 쓴다고 하지만 이 '나'는 시를 쓰는 게 아니라, 그러니까 시를 생산하는 게 아니라 시에 의해 구성된다는 사실이고, 이런 깨달음 속에서 내가 깨달은 것이 또한 시쓰기의 불가능성, 그동안 우리가 믿어온 근대시, 부르주아적 시쓰기가 불가능하다는 점이었다.

두 번째 명제가 나타나는 것은 이 부분에서다. '나'는 시를 쓰는 게 아니라, 그러니까 시를 생산하는 게 아니라 시에 의해 구성된다. 태어난다. 이제는 창조적 조건이 문제다. 나는 시를 쓴다. 나는 지금 '달이 뜬 밤 나는 A시에서 술을 마신다'고 쓴다. 시 속에 나오는 '나'는 지금 이 방에서 이 글을 쓰고 있는 '나'가 아니다. 그리고 그런 '나'이다. 그럼 지금 내가 A시에서 술을 마신다고? 시를 쓰는 '나'는 시 속으로 들어가지만 그 '나'는 지금 이 글을 쓰는 '나'가 아니다. 그렇다면 시를 쓰는 '나'는 누구이며 시 속에 있는 '나'는 누구인가? 시를 쓰는 '나'는 사라지고 다른 '나', 말하자면 시 속의 '나'가 생긴다. 탄생한다.

그런 점에서 시쓰기, 문학이라는 이름의 글쓰기는 나의 소멸, 나를 지우기, 지금 여기 있는, 그동안 있다고 믿어온 '나'를 없애기, 결국 부재를 증명한다. 나는 「시」(시집 『나는 사랑한다』, 1997)라는 시에서 다음처럼 노래한다.

나는 시를 쓴 다음 가까스로, 거의 힘들게, 어렴풋이 발생한다. 나는 시를 쓰는 게 아니라 시 속에 태어난다. 시 속에 태어난다. 시 속에 시 속에 내가 발생한다. 그렇다면 시란 무엇인가?

「시」의 앞부분이다. 나는 없다. 나는 시를 쓸 때 태어날 뿐이다. 따라서 근대적 시쓰기의 주체인 나에 대한 회의와 부정이 나타나고, 이것은 근대 주체에 대한 회의와 부정으로 발전한다. 무슨 주체가 있는 게 아니라 시가 있고, 언어가 있을 뿐이다. 시가 '나'를 생산하고, 언어가 '나'를 생산하고, 이런 '나'는 시 속에, 언어 속에, 텍스트 속에 존재할 뿐이다. 내가 없는 터에 어떻게 시쓰기가 가능한가? 시쓰기가 불가능한 이유이다.

그러나 나는 세 번째 명제에서 '시쓰기의 불가능성은 시쓰기의 가능성이다.'라고 말한다. 무슨 소린가? 모든 게 가능하다면 모든 게 불가능하다. 왜냐하면 불가능성이 가능성의 조건이고, 거꾸로 가능성이 불가능성의 조건이기 때문이다. 근대 부르주아적 시쓰기, 그러니까 사유 주체, 창조 주체, 생산 주체로서의 시쓰기는 불가능하지만 이런 불가능성이 새로운 시쓰기, 예컨대 언어가 쓰는 그런 시쓰기의 가능성을 연다.

네 번째 명제가 개입되는 부분이다. '문학 속에선 무슨 말이나 해도 된다.' 주체가 없고 언어만 남은 시쓰기는 언어가 언어에 의해 언어에 대해 쓴다. 시론 「시적인 것은 없고 시도 없다」에선 이 부분을 말과 침묵의 관계로 해석했다. 말하기는 언제나 결핍이기 때문에 모든 말을 할 수 있는 것은 침묵에 의해 가능하고, 침묵이 완전한 말이기 때문이다. 그러나 지금 다시 생각하니까 이 부분에 다소 논리의 비약이 있다.

문학 속에선 무슨 말이나 해도 된다는 것은 언어만 남은 시쓰기, 곧 '언어가 언어에 의해 언어에 대해 쓴다'는 주장과 관계된다. 언어가 쓴다는 것은 시쓰기의 주체로서의 자아가 소멸하고 언어로 태어나는 자아가 쓰기 때문에 언어가 쓴다는 뜻이다. 그리고 언어에 의해 쓴다는 것은 언어(시적 장르, 법칙)에 의해 쓴다는 뜻이고, 언어에 대해 쓴다는 것은 이 시적 장르, 법칙에 대해 쓴다는 뜻이다. 요컨대 언어가 쓰는 시는 시를 쓰는 주체로서의 자아가 시적 장르, 법칙에 의존하는 게 아니라 언어(나)가 언어(시적 장르, 법칙)에 의존하면서 동시에 이런 언어(법칙)에 대해 쓰는 것, 그러니까 시라는 장르 속에서 시라는 장르와 싸우는 것을 뜻한다.

이런 시쓰기는 시라는 장르, 법칙을 해체하기 때문에 무슨 말이나 해도 되고, 특히 문학이라는 법은 법을 위반해도 되는 법이기 때문에 무슨 말이나 해도 된다. 근대 제도로서의 문학이 지켜야 하는 법은 같은 근대 제도인 학교, 군대, 병원이 지켜야 하는 법과 다르다. 후자의 경우 법은 지키기 위해 존재하고 법을 위반하면 안 되지만 문학의 경우는 법, 그러니까 문학적 법칙, 장르의 특성 등은 지키지 않아도 되고, 위반이 허용되는 법이다. 그러므로 문학은, 시는 무슨 말을 해도 된다.

불가능성이 가능성이다

다섯 번째 명제는 이런 사유와 관계된다. 내가 '시를 쓰려면 시를 못 쓴다. 시를 쓰지 않으려고 시를 쓴다'는 명제에서 말한 시는 시적 장르, 법칙을 고지식하게 지키는 인습적인 시를 뜻한다. 이런 시를 쓰는 시인들은 무슨 말이나 해도 되는 게 아니라 무슨 말은 해선 안 된다고 주장한다. 나는 이런 문제를 '시'에서 다음처럼 노래한다.

> 시는 시라는 장르에 속하는 게 아니라 시라는 장르에 참여한다. 참여한다는 건 속하지 않으며 동시에 속함을 의미하고, 시는 시라는 장르에 속할 때, 말하자면 시라는 장르로 일반화될 때 이미 시가 아니다. 우리 시단엔 이런 의미로서의 귀속, 너무나 시 같은 시, 장르라는 일반의 옷을 입고 행세하는 시

들이 너무 많다.

　일반화된 시는 시가 아니다. 내가 시를 쓴다는 것은 시에 의해 시 속에서 시를 향해 시와 싸우며 시라는 길 위에서 헤매는 일이다. 헤맬 때 내가 태어 난다. 시가 무엇인가를 알면, 도대체 시가 있다면, 우린 시를 쓸 필요가 없을 것이다. 일반화는 모든 삶의 숨결을 죽인다.

　내가 생각하는, 내가 쓰는, 내가 쓰면서 생각하는 시는 이런 의미로서의 시 가 없는 시다. 시가 없을 때 시가 태어난다. 아아 시가 없을 때 시가 있다면 시를 쓸 필요가 없다. 말하자면 나는 이 시대의 문학이라는 이름의 유령과 싸 운다.

　무엇이나 말할 수 있는 이 문학이라는 이름이 이상하게도 이 땅에선 무엇 이나 말해선 안 된다는 점잖은 인습으로 고착된 지 오래다. 우리 문학이 답답 한 건 이런 인습 때문이다. 인습을 파괴해야 한다. 그리고 무엇이나 말할 수 있는 문학이라는 이름에 대한 새로운 자각이 필요하다.

　모든 제로의 가능성은 제로의 불가능성이고 이 불가능성이 또 가능성이다. 무엇이나 말할 수 있는 가능성은 무엇이나 말할 수 없다는 불가능성이고 이 불가능성이 또 가능성이다. 나는 시를 쓴다. 아니 산문인가?

　「시」의 후반부이다. 내가 비판한 것은 시라는 장르에 귀속된 시, 너무 나 시 같은 시, 장르라는 일반의 옷을 입고 행세하는 시들이다. 그러나 시 는 장르에 속하며 동시에 그런 장르의 특성을 부정하고 극복하고 해체하 고 해체해야 한다. 왜냐하면 시를 쓴다는 건 시(시적 장르, 법칙)에 의해 시 속에서 시를 향해 시와 싸우며 시라는 길 위에서 헤매는 일이기 때문 이다. 그러므로 내가 생각하는 시는 이런 의미로서의 시, 곧 시적 장르의 특성에 맹목적으로 귀속되는 시, 일반적 시, 시라고 믿는 시가 없는 시이 고, 따라서 시가 없을 때 시가 태어난다.

　문학은 무엇이나 말할 수 있는 이상한 제도이고 유령이다. 그러나 이 땅에선 이런 제도적 특성이 무엇이나 말해선 안 된다는 인습으로 고착된 지 오래다. 이런 인습을 파괴하고 제로에서 출발해야 한다. 제로의 가능성은 제로의 불가능성이고 이 불가능성이 또 가능성이다. 이런 말은 알쏭달쏭한 말이 아니라 가능성과 불가능성이 대립적인 관계가 아니라 상생적인 관계에 있다는 것을 강조한다. 일체의 시적 인습, 법칙을 해체하고 시를 쓰는 건 제로에서 출발하는 일이고, 따라서 무엇이나 말할 수 있는 가능성은 제로의 가능성이다. 그러나 제로의 가능성은 가능한가? 제로의 가능성은 제로의 불가능성이다. 무엇이나 말할 수 있는 가능성은 무엇이나 말할 수 없다는 불가능성이다. 한편 불가능성을 전제로 가능성이 가능하다. 왜냐하면 처음부터 가능하다면 노력할 필요가 없기 때문이다. 요컨대 가능성 속에 불가능성이 있고 불가능성 속에 가능성이 있다.

老子 식으로 말하면 유와 무는 대립적인 관계가 아니라 유 속에 무가 있고 거꾸로 무 속에 유가 있다. 지금 여기 존재하는 것들은 영원한 게 아니라 변하고 소멸해서 무로 돌아간다. 그러므로 있음 속에 없음이 있고, 지금 여기 존재하는 것들은 무에서 태어난다. 그러므로 없음 속에 있음이 있다. 무와 유는 서로 생성한다. 그렇다면 무와 유는 어디서 나오는가? 노자는 道라고 말한다, 그러므로 무와 유는 다른 것이 아니고 이름이 다를 뿐이다. 무와 유는 둘이 아니라 생성하는 사태 속에서 하나이고, 그러므로 도는 妙이고 玄이다. 현(dark)은 암흑(black)이 아니다. 현은 거무스름한 세계, 곧 무와 유가 둘이 아니지만 하나도 아닌 묘한 세계, 형상과 언어를 초월하는 세계이고, 이 도에서 무와 유가 나온다. 무명(無名)은 천지의 시작이고 유명(有名)은 만물의 어미이지만 둘은 같은 것에서 나와 이름이 다를 뿐이다. '차양자동 출이이명(此兩者同 出而異名)'. 불가능성이 무에 해당하고 가능성이 유에 해당한다면 불가능성과 가능성은 제로(도)에서 나와 이름만 다를 뿐이다.

3) 언어 훔치기

내가 부정하는 시는 일반화된 시, 시라는 장르에 집착하는 시, 너무나 시 같은 시, 말하자면 일반화되고 평준화된 시이다. 최동호 교수 역시 이런 나의 주장에 동조하듯이 '어떻게 보면 새로운 시쓰기는 그와 같은 부정을 통해 그 가능성이 열릴 수도 있을 것이다.' 라고 말한다. 그러나 그는 이런 말 뒤에 곧장 '그러나 기본적 가정을 부정하고 있다면 그 뒤에 따라붙은 여러 가지 번다한 수사들은 끝내 시쓰기를 긍정하는 것이 될 수 없다.' 고 말한다. 나는 시쓰기를 부정한다. 이때 시쓰기는 근대 부르주아적 시쓰기이며, 사유 주체, 시를 쓰는 주체를 강조하는 시쓰기이며, 그런 점에서 인습적 시쓰기이다. 이런 시쓰기, 혹은 시를 부정하는 것은 새로운 시쓰기를 동기로 하며, 따라서 내가 시를 부정한다는 것은 하등 욕될 것도 없고, 비난받을 일이 못된다.

그가 내 주장을 비판하는 이유는 내가 '기본적 가정' 을 부정하기 때문이다. 그가 말하는 '기본적 가정' 은 아마도 우리가 믿어온 '인습적 시'를 의미하는 것 같다. 그는 '결국 그가 말하는 글쓰기는 가능하지만, 그의 글쓰기는 시를 포기한 자의 글쓰기를 뜻한다.' 고 말한다. 문장이 제대로 되지 않은 글이긴 하지만 이 글에서 그는 내 글쓰기를 '시를 포기한 자의 글쓰기' 로 정의한다. 말하자면 '시' 라는 기본적 가정을 포기하고 시를 쓰기 때문에 시를 부정한다는 주장이다.

나는 시를 포기한다는 말을 한 적이 없지만 기본적 가정을 전제로 시를 쓴 적도 없다. 우리가 생각하고 있는 '시라는 기본적 가정' 은 '시라는 문학적 제도' 에 지나지 않고, 이 제도는 무슨 영원한 본질이 있는 게 아니라 어디까지나 시대와 사회의 산물이다. 이조 시대에 시라고 생각하던 것과 이 시대에 시라고 생각하는 것이 다른 것은 이런 기본적 가정이 오류임을 드러낸다. 그런 점에서 진리는 시대적 사회적 산물이며, 따라서 한 시대에 통용되는 문학 혹은 시 역시 이데올로기적 흔적을 지닌다. 내가 시를 부정하고, 최 교수 말처럼 포기한다면 그건 이런 생각 때문이다. 새로운 시는 시를 부정하고 시를 포기하고 시를 잡아먹고 시와 싸운다. 무엇이 잘못이며 왜 이런 생각이 비판되어야 하는가?

한편 최 교수는 『문학사상』 9월호에 발표한 내 시 「이 시대의 시쓰기」를 평하면서 다음처럼 말한다. '이 시를 문맥 그대로 해석하면 이승훈 씨의 시는 언어를 도둑질한 것이다.' 가 된다. '염치도 없이' 라는 말을 반복하는 시의 화자는 이렇게 순진한 해석을 거부할지 모르지만, '그의 시는 우울증의 산물이며, 그 우울증은 언어를 훔침으로써(실제는 아니지만) 시쓰기로 극복된다는 것이다.' 그런가 하면 이 글의 후반에서 그는 '우울증 환자가 시를 쓸 수 있겠지만, 그것이 새로운 시대의 글쓰기 방법도 아닐 뿐만 아니라 시를 쓰는 모든 사람이 우울증에 걸려야 하는 것도 아니다.' 고 이상한 주장을 하고 있다. 나는 시를 쓰는 모든 사람이 우울증에 걸려야 한다고 말한 적이 없다. 아니 그렇게 읽어도 할 수 없다. 문제는 우울증이다.

이 시에서 내가 강조한 것은 표제가 암시하듯이 「이 시대의 시쓰기」에 대한 나대로의 성찰이다. 그것은 크게 두 가지 문제로 요약된다. 하나는 언어 문제, 다른 하나는 우울증의 문제다. 내가 시를 쓰는 것은 언어가 있기 때문이다. 언어가 없다면 어떻게 시를 쓸 수 있겠는가? 그렇다면 언어란 무엇이고 우울증이란 무엇인가? 시가 좀 길지만 전문을 옮긴다.

물론 이승훈 씨는 시를 쓰신다 언어가 있기 때문이다 언어라? 언어라? 언어라? 도대체 언어란 무엇인가? 그는 언어 때문에 시를 쓰지만 언어 때문에 실패의 연속이다 언어 유리디체여 그녀를 돌아보면 안 된다 차라리 불을 지르라 물론 어려울 것이다 그렇다면 이제 남은 건 훔쳐오기 그렇다 이제 그는 유리디체를 훔친다 그가 읽은 책, 그가 읽는 책, 그가 읽을 책, 그리고 최근의 경험, 말라빠진 현실, 엉터리 꿈, 한낮에 졸고 있던 약방, 카페에서 그의 담배에 불을 붙여주던 사람(얼마나 고맙던가?) 그는 작은 일에 약하다 말하자면 예민하다

그의 예민성은 신경증이 되고 우울증이 되고, 신경증엔 히스테리와 강박증이 있고, 우울증이 도지면 나처럼 의기소침해지고 그러나 우울증엔 여러 유형이 있다 창녀가 되고 싶은 유형, 자살을 꿈꾸는 유형, 험담을 하는 유형, 험담은 병이 아니라 이 시대의 상식이다 험담을 하고 모함을 하고 인간들은 우울증을 극복한다

우울증 환자 가운덴 알콜 중독자도 있고 투전꾼도 있고 약물 중독자도 있고 요컨대 이승훈 씨가 쓰는 시는 우울증의 산물이다 오오 우울증이 무슨 죄란 말입니까? 그는 불안이라고 하지만 아마 우울증일 것이다 그건 누구보다 내가 잘 안다 우울증은 자랑할 일이 아니다 불안하면 도둑질도 한다 무슨 짓을 못하랴?

그는 오늘도 그가 읽는 책에서 언어를 훔치고 창문도 훔치고 종이도 줍고 물론 불을 지를 순 없으리라 언어 속에서 언어를 훔치는 이승훈 씨여 언어라는 아파트에서 그는 가구나 물건들(예컨대 재떨이, 신발, 양말, 의자, 낡은 셔츠 등)을 훔친다 도둑질을 한다 그는 염치도 없이 염치도 없이 훔친다 벼락처럼 훔친다 이젠 자신도 훔친다 그도 언어 속에 있기 때문이다 그가 쓴 책 속에 그가 있다

이 시대의 시쓰기는 도둑질이다 자연파 시인들은 자연을 훔치고 나 같은 자칭 언어파는 언어를 훔친다 오오 표절 속에 표절 속에 2월이 간다 김춘수 선생의 '들림, 도스토에프스키' 라는 시에는 '가도 가도 2월은 2월이다 '라는 시행이 나온다 정말 가도 가도 끝이 없다 낡은 시도 많고 새로운 시도 많고 나처럼 조금 미친 이승훈 씨도 있고 겨울 저녁 불을 켜고 앉아 언어를 훔치는 시인도 있다 그럼 이승훈 씨여 부디 분발하시기 바란다

「이 시대의 시쓰기」 전문이다. 원래 발표할 때, 그리고 시집에 수록할 때는 이렇게 단락이 있는 산문 형태가 아니라 변형 산문 형태였다. 한 행이 산문 형태로 계속되지만 행의 끝까지 나가지 않고 중간에서 돌아오는 형태다. 그러니까

물론 이승훈 씨는 시를 쓰신다 언어가 있기
때문이다 언어라? 언어라? 언어라? 도대체
언어란 무엇인가? 그는 언어 때문에 시를
쓰지만 언어 때문에 실패의 연속이다 언어

같은 형태로 계속된다. 당시에는 이런 형태로 쓴 시가 많다. 왜 산문 형태
를 이렇게 변형했는지 모르겠다. 한 행이 계속 나가다가 중간에 단절되는
이런 형태 역시 우울증을 반영하는가? 우울한 시간에 나를 찾아오는 것
은 사물의 전체가 아니라 파편이고, 따라서 시간적 계기성, 전체성, 총체
성은 해체된다. 산문이 강조하는 것은 앞으로 계속 나가는 시간적 발전,
역사적 진보성이다. 그러나 우울증은 이런 시간적 계기성을 파괴한다. 벤
야민 식으로 말하면 물화된 사물, 파편만 뒹군다.

그러나 이 시는 파편의 나열이 아니고 앞으로 나가다가 도중에 아무 의
미 없이 정지하고 다시 시작하는 형태다. 그러니까 이런 형태는 시간적
발전에 대한 우울한 저항을 암시하는 것 같다. 그러나 당시엔 이런 형태
에 대한 자의식 없이 그저 그렇게 썼고, 모든 시가 그렇다.

그렇다면 왜 지금 이런 형태를 다시 산문시, 그것도 단락이 있는 산문
시로 고쳐 인용하는가? 나도 모르겠다. 아마 이런 형태가 싫기 때문이고,
또한 이런 형태가 읽기에 편하기 때문인 것 같다. 싫은 건 싫고 좋은 건
좋다. 무슨 이유가 있는가? 그러나 싫은 건 언제나 싫고 좋은 건 언제나
좋은 것도 아니다.

나는 언어 때문에 시를 쓰지만 언어 때문에 실패의 연속이다. 나는 '낙
엽이 진다' 고 쓴다. 그러나 이 글 속에 과연 낙엽이 지는가? '낙엽' 이라
는 낱말도 그렇다. 이 낱말이 있기 때문에 이런 시를 쓰지만 이 낱말은 현
실, 곧 지금 이 가을밤 서초동 아스팔트에 뒹구는 구체적이고 개별적인
낙엽들을 추상화한 것에 지나지 않는다. 그런 점에서 이 낱말은, 이 언어

는 사물을 그대로 그려내는 게 아니라 사물을 죽인다. 이런 죽음과 싸우는 게 시라지만 이런 싸움에서 이긴 시인들은 없고, 이겼다면 죽을 때까지 시를 썼겠는가? 언어의 조건이 이렇다면 언어에 불을 지르는 일이 언어와의 싸움에서 승리하는 일일 것이다.

그러나 언어가 사회를 구성한다. 언어가 없다면 사회가 없고 현실이 없고 법이 없고 이른바 아버지라는 이름이 없다. 그런 점에서 언어는 사회적 관계를 구성하고, 나는 이 관계 속에 이른바 주체로 존재한다. 그러나 이런 언어 체계, 현실, 법 속에 들 때 주체는 금이 가고 분열된 주체가 된다. 내가 꿈꾸는 것은 이런 관계, 언어 질서, 곧 사회라는 언어 그물에서 벗어나는 일이고, 그것이 시쓰기다.

이런 언어로부터 해방되는 길은 이 언어라는 체계에 불을 지르는 일이다. 그러나 시인이 무슨 힘으로 이런 거대한 언어 체계에 불을 지른단 말인가? 이 시에서 언어는 유리디체에 비유된다. 올훼는 죽은 애인 유리디체를 찾아 지옥까지 가서 그녀를 데리고 나온다. 그러나 지상에 나올 때까지 그녀를 돌아보면 안 된다는 조건이 붙는다. 그는 그녀를 너무 사랑한 나머지 약속을 어기고 그녀를 돌아보고, 그때 그녀는 다시 죽음의 나라로 돌아간다.

그러니까 내가 '언어 유리디체여 그녀를 돌아보면 안 된다'고 한 것은 그녀, 곧 죽은 언어, 사물을 죽이는 언어를 살려보자는 것. 그러나 시인은 올훼처럼 죽은 언어를 너무 사랑한 나머지 돌아보고, 보살피고, 근심한 나머지 도로 죽음의 나라로 보낸다. 그러므로 죽은 언어를 사랑하면 안 되고, 죽음의 언어는 삶의 언어가 될 수 없다. 시인은 올훼이고 언어는 유리디체다. 언어 유리디체를 돌아보면 안 되지만 시인들은 돌아본다. 그렇다면 이제 시인에겐 언어에 불을 지르는 일만 남는다. '차라리 불을 지르라' 그러나 이런 방화도 어렵다.

그러므로 이제 남은 건 언어를 훔쳐오는 일이다. '그렇다 이제 그는 유리디체를 훔친다.' 언어를 훔친다는 것은 무엇인가? 퍼트리샤 워도 지적하듯이 그건 부르주아 문화의 텍스트를, 그런 텍스트가 숨기고 있는 허구성을 파괴하고 절단하고 훔치고, 훔친 파편들을 세상에 뿌리는 일이다. 오늘날 부르주아 이데올로기에 속하지 않는 언어의 영역은 존재하지 않는다. 우리는 이 영역에 감금되어 있다. 유일한 해결책은 대항도 사랑도 파괴도 아닌 도둑질이다. 문제는 이 시에서 내가 이런 도둑질을 우울증과 결합시킨 점이다.

그는 '그가 읽은 책, 그가 읽는 책, 그가 읽을 책'에서 도둑질을 한다. 그러나 이런 도둑질이 이 시에서는 '최근의 경험, 말라빠진 현실, 엉터리 꿈, 한낮에 졸고 있던 약방, 카페에서 그의 담배에 불을 붙여주던 사람'을 매개로, 특히 담배에 불을 붙여주던 사람을 매개로 그의 무의식과 결합된다. 그는 작은 일, 그러니까 누가 담배에 불을 붙여주는 그런 일에 약하다. 작은 일에 대범하지 못한 건 그가 예민하기 때문이고, 이런 예민성은 신경증이 되고 우울증이 된다.

결국 이 시에서 언어 훔치기, 도둑질은 사회적 문맥과 무의식, 곧 정신분석의 문맥에서 노래되고, 따지고 보면 사회적 억압과 개인적 억압이 따로 노는 게 아니라는 점에서 언어 훔치기를 우울증과 관련시킨 건 그렇게 문제가 되지 않는다. 물론 이 시를 쓸 때 이 두 가지 문맥을 분명하게 의식한 건 아니고 쓰다 보니까 그렇게 된 셈이고, 시가 그렇게 흘러간 셈이다.

4) 우울증에 무슨 죄가 있는가?

우울증엔 여러 유형이 있고, 우울증이 도지고 특히 불안을 동반하면 도둑질도 한다. 무슨 짓을 못 하랴? 그러므로 언어를 훔치는 시, '이승훈 씨가 쓰는 시는 우울증의 산물이다.' 그러나 최동호 교수는 '이승훈 씨의 시는 염치도 없이 언어를 도둑질한다'고 말한다. 그의 말이 맞다. 그러나 이런 도둑질이 왜 문제가 되는가? 문제는 우울증이다. 물론 우울증은 자랑할 일이 못 된다. 그러나 우울증에 무슨 죄가 있는가? 우울증에 죄가 있는 게 아니라 인간들에게 죄가 있고, 이 시대에 죄가 있고, 이 사회에 죄가 있고, 말하자면 부르주아 이데올로기에 죄가 있다.

우울한 시간에 나를 찾아오는 것은 공포와 슬픔이지만 이런 분위기 속에서 사물들은 파편으로 뒹군다. 우울한 시간에 사물들은 전체에서 분리되고, 탈락되고, 떨어져 나온다. 전체와 관계없이 뒹구는 파편들이 보인다. 전체가 아니라 부분에 집착한다. 따라서 우울증은 분리, 단절, 소외를 체험하는 시간이며 세계가 파편으로 뒹구는 시간이다.

벤야민은 우울 속에서 사물은 物化된다고 말했다. 물화된 사물엔 시간이 존재하지 않는다. 우울 속에는 '비균질적인 특이한 단편적인 순간들'만 존재한다. 그런 점에서 우울증의 시간은 역사가 없는 시간이다. 지속이 아니라 단편들, 그것은 건전한 인간 오성이 허위로 드러나는 시간이다. 말하자면 우울증은 역사, 시간적 계기성, 전체성, 총체성이라는 부르주아 이데올로기가 해체되는 순간에 대한 체험이다. 전체성을 상실한다는 점에서 우울은 전체성이라는 허구를 부정적으로 비판한다. 상상력이 전체성을 강조한다면 우울증이 보여주는 이런 단편성, 파편성은 상상력의 균열을 의미하고, 이런 균열은 건전한 이성에 대한 부정적 비판이 된다. 내가 쓴 「노예」라는 시의 형식은 이런 우울증을 반영한다.

그렇다면 우울증이 무슨 죄인가? 상상이 아니라 상상의 균열을 보고, 이성이 아니라 이성의 허위를 보고, 건강이 아니라 광기를 본다는 것은 인간이 물화되고, 사물이 물신이 되는 자본주의 사회에선 무엇보다 솔직한 미학이 될 것이다. 모든 것이 병든 사회에선 병들지 않고 건강하다는 것이 병이며, 모두가 미쳐가는 사회에선 미치지 않는 인간들이 미친 인간들이다. 그러므로 건강한 인간들이 시를 쓸 수는 있겠지만, 그것이 새로운 시대의 글쓰기 방법도 아닐 뿐만 아니라 시를 쓰는 모든 사람이 건강해야 하는 것도 아니다. 문제는 광기다. 우리 시엔 광기가 없다. 이 문제는 별도의 글을 요구한다.

5) 비빔밥 시론

그러나 최 교수는 시의 건강성을 주장하면서 '오늘날의 독자들은 환자들의 시를 읽으려는 것이 아니다. 삶의 깊이를 천착하고 음미한다는 것과 우울증적 자기 호소를 독자들에게 강요하는 것은 서로 다른 문제이다.'라고 말한다. 그가 말하는 독자들이 누구인지 알 수 없지만 환자들의 시니 우울증적 자기 호소니 하는 말은 이렇다 할 개념 정의가 없는, 그러니까 즉흥적이고 다소 감상적인 느낌이다. 최동호 교수 같은 알아주는 대학의 알아주는 시론 교수가 이런 식으로 감정적인 어투를 사용하는 것은 어쩐지 민망하다.

삶의 깊이를 천착하고 음미한다지만 나로서는 삶에 무슨 깊이가 있고 표면이 있는지 알 수 없고, 또한 깊이는 진리이며 표면은 비진리라고 생각하는 데에도 문제가 많다. 왜냐하면 깊이/표면, 진리/허위 같은 개념들은 서구 관념론자들이 조작한 2항 대립적 사유 체계에 지나지 않고, 시는 이런 사유 체계를 부정하고 해체하고 파괴하는 데 목적이 있지, 이런 사유 체계를 고집하고, 특히 어느 하나, 예컨대 깊이나 진리를 우위에 두려는 게 아니기 때문이다.

그러므로 그가 제시하는 우리 시의 활성화의 가능성 역시 비판된다. 그에 의하면 우리 시의 활성화 가능성은 진정성을 바탕으로 하는 시적인 것의 추구이며, 진정성과 더불어 건강성이 강조된다. 말하자면 진정성과 건강성을 바탕으로 시적인 것을 추구해야 한다는 주장이다. 진정성이니 본질이니 하는 말들이 과연 시론에서 무슨 의미로 쓰이는지 잘 모르는 나는 잠시 이 글을 쉬고 한글 사전을 펼쳐본다. 사전에는 진정성이 참되고 바름, 거짓이 없음이라고 정의되어 있다. 그렇다면 참되고 바르다는 것은 무엇인가? 참되다는 것은 거짓이 없다는 의미일 것이다.

그렇다면 최 교수가 강조하는 시는 참과 거짓, 진리와 허위 가운데 전자를 옹호하는 셈이다. 그러나 우리는 참을 증명하고 진리를 주장하기 위해 시를 쓰는 것인가? 진리라고 하지만 무엇이 진리인지 모르겠고, 진리 역시 무슨 절대적 진리가 있는 게 아니라 세계관에 따라 과학적 진리, 예술적 진리, 종교적 진리 등으로 나누어진다. 시적 진리는 과학적 진리도 아니고 종교적 진리도 아니다. 모든 시는 이런 진리, 특히 과학적 진리나 일상적 진리를 뒤집어엎고, 아니 진리/허위의 2항 대립 체계를 부정함에 그 진리가 있다.

청마의 「깃발」에 나오는 '저것은 소리 없는 아우성'이라는 시행만 하더라도 이 시행에 무슨 진리가 있는가? '깃발'이 소리 없는 아우성이라는 말은 말이 안 된다. 이 세상엔 '소리 없는 침묵'이 있거나 '소리 있는 절규'가 있을 뿐이다. '깃발은 소리 없는 아우성'이라는 말은 진리도 허위도 아니다. 그리고 모든 시는 이렇게 진리도 허위도 아닌 이상한 세계이고, 도덕적으로 바른 소리도 아니고, 조금 미친 소리다.

정상적이고 건강한 인간들이라면 이런 소리는 하지 않는다. 그러니까 병적이고 비이성적인 소리다. 그렇지 않은가? 정상적이고 건강한 인간들이 읽으면 도대체 무슨 소리인지 알 수 없는 말이기 때문이다. 그러나 우린 이런 소리를 시라고 부르고, 그런 점에서 진리도 허위도 아닌 이상한 소리가 시의 특성이고, 이런 이상한 세계는 현실 속엔 없고, 따라서 이런

세계는 부재, 죽음, 타자, 폐허에 지나지 않는다. 내가 시론 「문학의 역사
는 폐허의 역사다」(1996)에서 강조한 것이 그렇다.

요컨대 시는 진정한 것도 아니고 진정하지 않은 것도 아니다. 진정성이
아니라 진지성이 문제이며, 그것도 체험의 진지성이 문제일 것이다. 그러
므로 그가 주장하는 진정성을 바탕으로 하는 시적인 것의 추구, 진정성과
건강성 운운은 비판의 대상이 된다. 진정성에 대한 개념 정의가 모호하기
때문에 이런 진정성을 바탕으로 하는 시적인 것의 추구 역시 설득력을 상
실한다. 최 교수에 의하면 우리 시의 나갈 길은 '시적인 것의 추구'이다.
그는 '시적인 것 자체를 부정하면 시적 진정성도 부정될 것이며 시가 아
닌 시 비슷한 글쓰기가 범람하게 될 것'이라고 걱정이다.

도대체 시적인 것이 무엇인가? 시적인 것이 있는 게 아니라 언어가 있
고 언어와의 싸움이 있을 뿐이다. 일상적 어법을 비틀고 왜곡하고 거기서
이탈하는 어법이 시적 어법이고, 그런 점에서 시인들은 말을 잘 못하고,
틀리게 말하고, 이상하게 말하는 자들이다. 물론 이런 어법이 노리는 것
은 일상적 어법이 환기하는 일상적 사고의 부정이고, 더 나아가 이 세계
를 지배하는 언어 질서, 법, 이른바 상징계와 싸우는 일이다. 그러므로 어
디 시적인 것이 있는가? 곱고 아름답게 말하면 시적인가, 꽃이 시적이고
이슬이 시적인가? 꽃은 시를 모른다. 꽃을 소재로 시를 쓸 뿐이다. 그러
니까 꽃이 시적인 게 아니라 꽃에 대한 이상한 느낌과 말하기가 있을 뿐
이다.

최 교수 말처럼 어딘가 시적인 것이 있다면, 그래서 그 시적인 것을 추
구해야 한다면 얼마나 좋겠는가? 시적인 것이 있다면 찾아가고 싶은 심
정이다. 그러나 과연 시적인 것이 어디 있단 말인가? 시적인 것은 없고
시도 없다. 그리고 시가 없기 때문에 시가 태어난다. 시가 있다면 우리가
쓰는 시는 이미 존재하는 시를 베껴먹는 일에 지나지 않는다.

내가 「시」라는 시에서 "시가 없을 때 시가 태어난다. 아아 시가 없을 때 시가 없을 때 시가 있다면 시를 쓸 필요가 없다. 말하자면 나는 이 시대의 문학이라는 이름의 유령과 싸운다."고 말한 것은 이런 사정 때문이다. 시든 문학이든 무슨 본질, 순수한 기원이 있다고 믿는 건 자유지만 이런 자유가 우리 시의 발전을 억압한다. 그 자체가 문학인 텍스트도 없고 그 자체가 시인 텍스트도 없다. 한 시대에 시라고 명명되면 시이다. 문학도 없고 시도 없다. 비시가 시이고 시가 비시이다. 시는 부정을 먹고 산다.

나는 시론 「시적인 것은 없고 시도 없다」(1996)에 이어 낸 시집 『나는 사랑한다』(세계사, 1997)에 시론 「비빔밥 시론」을 발표한다. 이 시론에서 내가 강조한 것은 (1) 시는 없고 차이와 반복이 있다, (2) 쓴다는 것은 무엇인가? (3) 복수성의 형식, (4) 타자, 흔적, 차연으로서의 시쓰기로 요약된다. 이 시론은 앞의 시론이 그렇듯이 시를 구성하는 세 요소 자아-대상-언어 가운데 자아와 대상이 소멸한 다음 단계, 곧 언어가 시를 쓰는 단계에 대한 성찰과 사유를 반영한다. 언어가 쓰는 시는 전통적인 시 인식, 혹은 근대시 개념을 부정한다. 언어가 쓴다는 점에서 시를 쓰는 주체로서의 시인이 없고 자아는 시에 의해 태어나고, 언어를 대상으로 한다는 점에서 이런 시는 언어 질서, 문법, 문학 장르, 법칙 등과 싸운다.

특히 「비빔밥 시론」에서 내가 주장한 것은 이런 시는 언어 질서, 문학 장르, 법칙과 싸우고 이런 법칙이 문학적 제도라는 점에서 제도와 싸운다는 점이다. 비빔밥은 밥도 아니고 반찬도 아니고 밥과 반찬의 경계가 모호할 뿐만 아니라 재료들을 섞고, 비비고, 만드는 과정이 먹는 과정보다 더 중요하다. 그런 점에서 비빔밥은 완성된 것도 아니고 개방적이다. 모든 음식은, 김밥이나 주먹밥까지, 완성된 다음 먹는 것이지만 비빔밥은 내가, 당신이, 우리가 만들며 먹는다. 만든 다음 먹는 것이 아니라 만들며 먹고, 무엇을 만드뜻지 모르고 먹는다.

비빔밥 시는 독자의 참여를 요구하는 시라고 할까? 왜냐하면 비빔밥은 내가 스스로 비벼야 하니까. 그리고 완성이 아니라 만드는 과정, 생성이 중요하고, 그런 생성이 무슨 단일한 세계가 아니라 복수성, 파편의 세계로 뒹구는 것도 중요한 점이다. 비빔밥 시에서는 안과 밖이 섞이고, 밥과 반찬이 섞이고, 당신과 내가 섞이고, 시와 비시가 섞인다. 섞임의 미학이다. 이런 복수성의 세계는 이른바 2항 대립 체계, 위계질서를 해체한다는 점에 의미가 있고, 무의미가 있고, 철학이 있다. 한마디로 비빔밥 시론은 해체의 시학이고, 이런 해체는 언어 질서, 장르, 법과 싸운다는 점에서 언어를 대상으로 하는 시쓰기가 된다. 좀 더 부연하자.

먼저 이 시론이 '시는 없고 차이와 반복이 있다'는 주장으로 시작되는 것은 시론 「시적인 것은 없고 시도 없다」는 주장에 대한 오해와 신경질적인 반응을 동기로 한다. 내가 이 시론에서 '시적인 것은 없고 시도 없다'고 주장한 것은 시라는 실체, 본성, 본질은 없고 모든 시는 시대적 산물이고, 따라서 시의 절대적 본질은 없고, 시의 본질이 있다면 그건 어디까지나 상대적 본질(?)이고, 따라서 우리가 믿는 시의 본질은 영원한 게 아니라는 것. 그러므로 시는 시에 대한 부정이고, 특히 인습적 시에 대한 부정이다.

「비빔밥 시론」에서 나는 다른 의미로서 시가 없다는 주장을 한다. 사실 우리 시단엔 시가 없는 것이 아니라 시가 너무 많고, 시라는 이름의 요물들이 너무 많고, 너무 많다는 것은 없다는 것과 같다. 이 세상에 무덤이 너무 많으면, 그래서 무덤이 세상을 가득 채우면, 세상은 무덤이 되고, 집과 무덤의 차이는 존재하지 않는다. 무덤은 없는 셈이다. 하기야 데리다는 '차연'에서 무덤의 그리스 어원은 오이케시스(oikesis)이고, 이 낱말은 그리스어로 집을 뜻하는 오이코스(oikos)의 친척이라고 말하고는, 이 오이

코스에서 '경제'라는 말이 도출되었다고 말한다.

나는 지금 무덤, 집, 경제에 대한 데리다의 사고를 해석하고 사유하고 비판하려는 게 아니다. 문제는 우리 시단엔, 아니 시단이 아닌 곳에서도 너무 많은 시들이 발표되고, 그것도 상투적인 유형의 시들이 발표되고, 그런 점에서 시가 사라진 게 아닌가 하는 생각이고, 그런 시들에 내가 지쳤다는 점이다. 물론 시론「시적인 것은 없고 시도 없다」에서 주장한 것 역시 이런 상투적인 시에 대한 비판이다. 그러므로 시는 시를 부정하고 부정해야 한다.

한편 시는 독자가 읽을 때 시가 된다. 말하자면 시로서의 정체성, 아이덴티티를 획득한다. 그러나 같은 시도 독자마다 다르게 읽고, 따라서 시로서의 아이덴티티, 고유한 본질, 자기 동일성은 한결같은 게 아니다. 그런 점에서 시가 있는 것이 아니라 차이가 있고, 독자들 사이의 차이가 시라면, 시는 불확정적이고 전환적이고 끝없이 떠도는, 이름 없는 유령이고 차이이고 반복이다.

사정이 이렇다면 이제까지 우리가 믿어온 시론, 특히 본질주의자들의 시론은 비판되어야 한다. 시를 찾는다는 것은 시를 부정하고 시를 포기하는 행위와 통한다. 시라는 실체가 있는 것이 아니라 차이가 있고 반복이 있을 뿐이다. 시의 정체성, 기원, 목적은 없다. 기원이 비기원이다.

6) 거짓말을 하든지 죽든지

그건 그렇고 이만식 시인은 시집(『밝은 방』, 세계사, 1995)을 읽고 제일 먼저 편지를 주었고, 나는 그의 편지가 고마워 그에게 주는 편지 형식으로 시를 한 편 썼다. 그의 편지에는 내 시집 서문에 나오는 '그러나 고독하다는 것, 홀로 있다는 것은 무엇인가?'라는 글을 패러디한 시와 안부 내

용이 적혀 있고, 나는 내 글을 패러디한 그의 시를 패러디한 시 「답장」을
썼다. 그리고 그 시를 김재홍 교수가 주간으로 있는 시 계간지 『시와시
학』에 발표했다. 일종의 시론시인 셈이다. 이런 시론시는 그 후에도 「윤
호병 교수와의 대담」, 「크리티포에추리?」, 「시」, 「이 시대의 시쓰기」, 「이
글쓰기」 등으로 전개된다.

　이만식 시인에게 보내는 편지 형식의 시는 제목이 '답장'으로 되어 있
다. 그리고 '이만식 시인에게'라고 부제를 붙였다. 그렇다면 이 시의 독
자는 누구인가? 편지를 읽을 사람이 정해져 있고, 내용도 사적인 것이
대부분이다. 그리고 답장이라니? 이 시는 시인가, 편지인가? 시지에 실
렸으므로 시라고 할 수밖에 없지만 분명히 나는 읽을 사람을 밝혀놓았
다. 그렇다면 다른 독자들은 읽지 말라는 말인가? 그렇지는 않다. 왜냐
하면 시지에 발표했기 때문이다. 시와 편지는 다른 형식의 글쓰기이다.
그러나 여기서, 이 '답장'이라는 시에서 나는 이 구별, 장르의 대립, 2항
대립성, 논리적 체계를 깨고, 해체하고, 뭐가 뭔지 모르는 그런 경계를
노렸다.

　시는 없고 차이와 반복만 있다면 이 시에서 나는 시와 편지 사이에 시
가 있고, 시와 편지의 차이가 시이고, 또 시와 편지 사이에 편지가 있고,
시와 편지 차이가 편지라는 이른바 사이의 미학, 혹은 반미학을 노린 셈
이다. 일종의 장르 해체이며, 광의로는 복합매체(intermdia) 미학, 복수성
의 미학을 염두에 두고 있었다. 이런 작업은 지금도 계속된다.

　이런 시론시에서 노래되는 것들은 현실도 아니고 현실이 아닌 것도 아
니다. 「답장」에서 나는 글쓰기, 시쓰기에 대한 나대로의 사유를 노래했
고, 시의 후반에서는 추신 형식으로 답장을 쓰던 날의 근황을 다소 엄살
을 섞어 말했기 때문이다. 섞는다는 것, 혼합성, 복수성이 문제다. 이런
복수성의 세계는 이른바 2항 대립 체계, 위계질서를 해체한다. 그렇다면

시를 쓴다는 것은 무엇인가? 나는 이 시에서 다음처럼 노래한다.

> 그러나 쓴다는 것은 고독하다는 것이며 나를 나에게서 분리시키고 두 개의
>   나를 만드는 행위라고 생각합니다
> 그러나 쓴다는 것은 나를 버리는 행위입니다 종이 위에 나를 버리고 나는
>   하나의 차이로 존재합니다
> 그러나 쓴다는 것은 계속 쓴다는 것은 나를 계속 연기시키는 일입니다 종
>   이 위에서 나는 계속 연기됩니다 나는 이미 내가 아닙니다 나타나고 사
>   라지는 무수한 텍스트, 밝은 방 속에 드러나는 이 흔적!
> 그러나 쓴다는 것은 산다는 뜻입니다 글 속에만 내가 있으므로 나는 내가
>   아니고 동시에 나입니다
> 오오 그러나 쓴다는 것은 내가 언어이며 타자라는 사실이고 이 나는 무수
>   히(글을 쓰는 만큼) 나타나고 사라집니다
> 그러니까 사막입니다 계속 쓴다는 것은 우리 인생에 의미가 없다는 사실을
>   깨닫는 일이고 방랑이고 (아무튼 시작도 끝도 없지요) 내 시는 여기서 끝
>   내야 겠습니다

「답장」의 일부이다. 끝이라고? 쓴다는 것은 '아무튼 시작도 끝도 없는 방랑'이므로 연속이다. 그러나 여기서 끝낸다니? 그런 점에서 끝은 연기된다. 한편 이 시는 이런 내용 다음 편지 고마웠다는 내용, 쓴다는 것은 업이라는 말, 지난밤엔 「내일의 시」 동인들이 마련한 출판기념회(인사동 누님 국수집)에서 술을 너무 마셔 하루 종일 앓았다는 내용이 나오면서 끝난다.

시론시라지만 다시 읽어보면 이 시에는 세 개의 코드가 들어 있다. 하나는 이만식 시인의 시, 하나는 내가 쓴 시론, 하나는 근황이다. 하나의 메시지 속에 두 개 이상의 코드가 들어 있는 것은 비빔밥과 비슷하고, 나는 이런 형식을 복수성의 미학이라고 불러본다. 이런 복수성 미학은 박상배 형에게 주는 편지 형식의 시 「기차를 향한 배고픔」 외에 「끄노에 대한

단상」, 「거짓말을 하든지 죽든지」 등에도 나타난다. 거짓말을 하든지 죽든지 이런 형식은 시라는 동일성 개념을 해체하고, 막힌 것을 뚫고, 김수영 시인이 쾌활한 마음으로 '누이야 장하고나' 라고 외칠 때 같은 그런 세계를 지향한다. 문제는 다시 내 시론이다. 쓴다는 것은 과연 무엇인가?

시를 쓸 때 고독이 문제이지만(고독의 문제에 대해서는 그때와 지금이 다르지만) 나는 두 개의 나로 분열된다. 두 자아는 시를 쓰는 자아와 시 속의 자아이다. 그러나 두 자아는 별개의 자아가 아니고, 서로 넘나드는 관계에 있고, 혹은 전자가 후자가 된다는 점에서 현실적 자아, 시를 쓰는 나는 소멸하고, 따라서 시 속의 나는 사라진 나의 흔적, 곧 부재의 흔적이 된다.

그러므로 쓴다는 것은 나를 버리는 행위이고, 이때 나는 시를 쓰는 나와 시 속의 나의 차이로 존재한다. 그러나 계속 쓰기 때문에 이런 나는 계속 연기되고, 나타나고 사라지는 무수한 나는 시라는 무수한 텍스트, 밝은 방 속에 드러나는 무수한 흔적이 된다.

그러나 이렇게 쓸 때 나라는 흔적이 존재하니까 쓴다는 것은 산다는 뜻이다. 글, 텍스트 속에만 내가 있으므로 나는 내가 아니고 동시에 나다. 이런 나는 언어에 지나지 않기 때문에 타자이고, 시를 쓸 때 무수한 타자가 존재한다. 그러므로 시쓰기는 현실, 존재, 생명이 아니라 부재, 폐허, 사막과 만나는 일이고, 따라서 인생에 의미가 없다는 사실을 깨닫는 일이고 어디에도 정착하지 못하는 방랑이고 표류이다. 결국 기의, 의미를 모르는 기표들의 표류만 있고 이런 표류가 나이다.

7) 타자, 흔적, 차연으로서의 시쓰기

시 속에서 나는 차이(차)로 존재하지만 그 차이는 계속 연기된다.(연)

그런 점에서 차연이 있을 뿐이다. 그리고 나는 없고 언어만 있다. '나타나고 사라지는 무수한 텍스트, 밝은 방'이 있고, '흔적'이 있을 뿐이다. 언어 기호를 구성하는 기표(시니피앙)는 하나의 기의(시니피에)에 정착하지 못하고 기표는 계속 표류한다. 예컨대 '당신'이라는 기표는 '나'라는 기표와의 차이에 의해 기의, 곧 의미가 드러나지만 이 '당신'의 의미는 '당신은 술을 마신다.' '당신은 담배를 피운다.' 같은 기표들에 의해 계속 연기된다. 그러므로 언어 기호의 의미는 차이가 나면서 계속 연기된다. 이런 관계가 차이이고 연기, 곧 차연이다.

결국 무수한 텍스트가 있을 뿐이다. 그렇다면 이 텍스트, 글쓰기, 시쓰기는 누가 수행하는가? 내가 차연으로 존재한다는 점에서 이런 시쓰기는 차연이 수행하고, 차연은 개념도 아니고 실체도 아니다. 차연은 흔적이고 타자이다. 시쓰기는 결국 시인의 부재를 알려주고, 시인의 부재가 죽음을 뜻한다는 점에서 시는 죽음을 운반한다. 그러므로 존재, 진리, 의미에 대한 질문을 망각하지 않으면 안 된다. 망각이 진리이고, 시를 쓰는 주체는 없고, 무수한 텍스트가 있을 뿐이다. 자아(시인)도 대상도 없다.

타자, 흔적, 차연으로서의 시쓰기는 내가 쓰는 것이 아니고 언어가 쓴다. 그리고 언어에는 기원도 없고 본질도 없다. 언어가 언어에 의해 언어에 대해 쓰는 시는 언어로서의 내가 흘러가면서 언어에 의해 언어와 싸우는 시이다. 요컨대 나는 문학이라는 이름의 유령, 법, 장르인 언어와 싸우고, 이 싸움은 그동안 두 가지 방식으로 수행되었다. 하나는 문학 혹은 시의 자율성, 일관성, 통일성을 해체하는 방법이고, 다른 하나는 문학 혹은 시의 제도성을 해체하는 방법이다.

전자는 시집 『나는 사랑한다』(1997)에 수록한 「노예에 대해」, 「이 글쓰기」 등에서 파편의 기법, 혹은 뿌리기 혹은 산종(dissemination)의 기법으로 수행된 셈이다. 물론 크게 보면 이런 시들도 복수성의 개념에 포섭되지만 의도는 시적 통일성, 한 편의 시에는 오직 한 편의 시만 존재해야 한다는 이상한, 그러나 한 번도 의심하지 않은 근대 부르주아 시학의 허구성을 비판하고 파괴하는 데 있다.

이런 산종 혹은 파편화는 기쁨이고, 쾌락이고, 어린 시절의 순결이고 놀이이다. 혹자는 놀이를 비판하지만 논다는 것이 왜 나쁜가? 놀이는 해방이고 자유이고 꿈이다. 백남준의 비디오 작품 「TV 부처」는 가부좌한 부처 앞에 TV가 있고, TV 뒤에는 비디오카메라가 있다. 부처는 TV 화면에 나오는 자신의 모습을 응시한다. 한편 존 케이지를 해석한 퍼포먼스에서는 샬럿 무어만이 웃옷을 찢고 두 손으로 첼로 줄을 잡고 첼로가 된 백남준을 껴안고 그를 악기 삼아 연주한다. 모두 놀이요 장난이 아니고 무엇인가? 백남준은 리비어와의 인터뷰에서 "TV를 장난감처럼 다룬 것은 아닌가요?"라는 질문에 다음처럼 대답한다. "모든 것이 장난감이에요. 비디오는 장난감이죠. 그림도 장난감이죠. 나 역시 장난감이에요. ―그 이후 내가 하는 모든 것은 게임이 되었죠. 나는 아기 TV예요."(「백남준―말에서 크리스토까지」, 백남준 아트센터, 2010, 220)

그가 장난감에 매혹되는 것은 어른이 되고 싶지 않기 때문이고, 어른이 된다는 것은 아주 힘들기 때문이다. 그러나 많은 예술가, 시인들은 이런 장난, 놀이, 게임, 유희를 모르고 너무 엄숙하고 진지하다. 진지하고 엄숙한 건 어른들의 세계이고 예술은 그렇게 진지하고 엄숙한 세계가 아니다. 이런 어른들은 놀이의 해방, 기쁨, 자유를 모른다. 「이 글쓰기」에는 세 개의 파편이 존재하고, 형태도 하나의 큰 부분을 왼쪽에서 파고드는, 그러나 독립성을 유지하는, 독립성을 유지하면서 유지하지 않는 두 개의 파편으로 구성된다. 시의 앞부분만 옮기면 다음과 같다.

난 글쓰기를 두려워했다 글쓰기를 사랑했기 때문이다
뭐라고 할까? 난 글쓰는 환자 불안 때문에 병이 든 이
승훈 씨는 우울 때문에 병이 든 이승훈 씨다 그러나
어제부터, 꿈속에서 박목월 선생님이 나타나시고 난
　　　　　　　　　　　　글을 써야 한다고 생각했다
난 글을 쓰면서 커피를　　글쓰는 환자들은 행복하다
조금 마시고 담배를 피　　글쓰기는 병을 치료하는 한
우고 박카스를 조금 마　　가지 방법이다 어제는 '문
시고 아무것도 마신　　　학의 역사는 폐허의 역사'
건없다 아무것도 달　　　라고 글을 썼다 30매를 쓴
라진 건 없다 아무것도　　다는 게 35매를 썼다 원고
생긴 건 없다 사라진　　　료를 조금 더 받으려고 그
것도 없다 이 종이를　　　런 건 아니다 물론 난 어디
보시오!　　　　　　　　갔던가? 글을 쓰면서 난 컴
　　　　　　　　　　　　퓨터를 두드리면서 동시에
창밖을 볼 순 없다 인간은 동시에 두 가지 일을 못한
다 그러나 담배는? 오 담배를 피우며 컴퓨터를 두드
릴 순 있다 담배는 그만큼 인간적이다 담배를 모욕해
선 안된다 난 흐린 날을 두려워했다 흐린 날 흐린 날

의미는 계속 연기되고, 전환되고, 접목되고, 나도 무슨 소리를 하는지
모르겠고, 무슨 소리가 무슨 소리다. 통일성도 없다.

그러가 하면 후자, 곧 시의 제도성을 비판하고 해체하는 시로는 「준이
와 나」, 「쏘파 이야기」 「뒤샹의 샘?」 등이 있다. 「준이와 나」는 준이를 안
고 있는 나, 준이와 내가 함께 있는 사진을 제목만 붙여 『현대시사상』
(1996, 겨울호)에 시랍시고 발표했다. 이 시―사진을 쓰면서(?) 오리면서 붙
이면서 나를 사로잡은 것은 시란 무엇인가 하는 새삼스런 질문이었다. 시
의 전문을 옮긴다.

　제목 「준이와 나」만 있고 시는 없고 사진만 있다. 그렇다면 사진이 시란 말인가? 시일 수도 있고 아닐 수도 있다. 이 사진은 1995년 겨울 아내가 찍어준 사진이다. 가족 앨범에 넣으면 기념 사진이 된다. 그러나 앨범에는 제목 같은 건 안 붙인다. 붙이는 사람들도 있겠지만 나는 안 붙인다. 나는 이 사진에 제목을 붙였고, 시 계간지에 발표했고, 시를 쓴 사람이 이승훈이라고 밝혔다. 그러니까 엄연히 시다. 쓴 사람 이름이 나오고 시지에 발표하면 시가 된다.

　그러나 앨범에 붙이면 기념사진이 되고, 내 책상 앞 벽에 걸면 사진-그림이 된다. 잃어버리면 내가 찾는 물건이 되고, 사진관에서는 돈이 되고, 준이에게는 무엇인지 모르는 것이 되고, 장난감이 된다. 시는 어디 있고, 사진은 어디 있는가? 시는 시라는 이름의 제도 속에 있고, 사진은 앨범이라는 이름의 책 속에 있다. 그리고 이 시는 누가 쓴 것인가? 아내가 찍었으므로 아내가 저자인 것 같지만 분명히 내 이름이 나오므로 내가 저자인 것도 같고, 그러나 나는 제목만 붙였다.

　저자는 없다. 낱말, 글, 문자는 저자의 부재, 죽음을 운반한다. 그러나 나는 이 시의 저자로 원고료를 4만원이나 받았다. 내가 뒤샹에 관심을 두는 것도 이런 사정과 관계가 있다. 그가 피카소보다 매혹적인 이유는 그의 작품은 매체들, 장르들 사이에 존재하지만 피카소의 작품은 그림이라는 실체로 존재하기 때문이다. 그의 전시품 「샘」은 변기이고 변기가 아니다. 공중 화장실에 놓이면 변기이고, 전시장에 놓이면 작품이기 때문이다. 한편 앤디 워홀은 그림을 그린 게 아니라 사진에 물감만 칠하고 위대한 예술가가 되었고, 보이스는 한 술 더 떠서 물감 칠도 하지 않고 위대한 예술가가 되었다. 나는 이런 예술가들을 존경한다. 예술이 없고 예술이라는 제도만 있고, 이 제도가 예술을 잡아먹는 시대에 이들은 이 제도와 싸웠기 때문이다.

예술은 업이고 사막이고 우리 인생에 의미가 없다는 사실을 깨닫는 일이고 해탈이고 그런 점에서 위대한 놀이다. 시쓰기가 사막이지만 사막엔 시작도 중간도 끝도 없다. 확정할 수 없는 것, 목적이 없는 것, 다만 무언가 생기고 있는 것, 존재가 아니라 과정이 진리고, 오류가 인생이고 행복이다. 밖은 안에 있고, 안은 밖에 있다.

2. 언어란 무엇인가?

1) 언어는 논리적 그림이다

　이상에서 나는 시쓰기를 구성하는 자아—대상—언어 가운데 자아와 대상이 소멸하고 언어만 남은 시쓰기, 곧 '언어가 쓴다'는 명제를 살폈다. 요컨대 그것은 자아와 대상이 없기 때문에 언어가 언어에 의해 언어에 대해 쓰는 시다. 이때 자아는 언어에 의해 태어나고 사라지며 계속되고, 대상은 언어, 곧 시라는 장르, 제도, 법이 되고, 이런 시가 노리는 것은 이런 장르, 제도와 싸우는 일이다. 왜냐하면 언어는 법이고 억압이고 구속이기 때문이다.

　그러나 이런 시쓰기 역시 언어에 의존하기 때문에 다시 언어가 문제이고, 그런 점에서 그동안 시인들을 지배한 언어이론에 대한 비판적 성찰이 요구된다. 그동안 시인들을 지배한 언어이론은 크게 지시론, 구조론, 후기구조론, 정신분석 등이 있고, 이런 이론에 대한 비판이 요구된다.

　첫째로 지시론에서는 언어의 가치가 대상을 지시하고, 이런 지시성이 언어의 의미가 된다. 그러나 프레게도 지적했듯이 이 세상에는 대상을 지시하지 않고도 의미를 소유하는 언어가 있다. 예컨대 돌사자, 木人, 石女 등이 그렇다. 선시에 자주 나오는 이런 낱말들은 현실적 구체적 대상을 지시하지 않지만 의미가 없는 것은 아니다.

한편 비트겐슈타인의 경우 언어에 대한 전기의 사유가 지시론에 속한다면 후기에는 전기 사유를 비판한다. 그는 전기의 『논리철학 논고』(1921)에서 언어를 세계의 그림으로 정의한다. 이른바 그림 이론. 세계는 사실들(case)의 총체이고, 사태는 대상들로 결합되고, 대상들이 결합되는 방식이 구조이다. 그러니까 중심 개념은 세계─사실─사태─대상이다. 세계란 무엇인가? 이 중심 개념들을 거꾸로 읽으면 된다. 이 세상엔 대상들이 있고, 대상들이 결합되어 사태가 되고, 사태들의 구조적 결합이 사실이고, 이 사실들의 추상적 구조적 총체가 세계이다.

그런 점에서 언어는 단순히 대상을 지시하는 게 아니라 세계를 구성하는 사태들의 추상적 구조적 총체, 곧 사실을 지시하고, 따라서 언어는 그림과 같다. 그림이 보여주는 것은 대상들이 결합된 사태들의 구조, 그리고 이 구조가 사실이라는 점에서 그림은 사실을 지시하고, 사실은 현실이 아니라 현실과 공통적인 것, 현실의 논리적 형식이므로 그림은 현실의 형식이다. 그러므로 우리의 사고는 사실들의 논리적 그림에 지나지 않고, 이 논리적 그림이 이른바 명제이다.

쉽게 생각하자. 지금 이 방에는 책상, 의자, 종이, 연필 같은 대상들이 있다. 내가 의자에 앉아 책상에 있는 종이에 연필로 글을 쓰면 사태가 발생한다. 그러니까 사태는 대상들의 배치와 접속이고, 대상들의 결합이고, 대상들이 결합되고 배열될 때 사태가 발생한다. 이 사태 속에 책상, 의자, 종이, 연필, 나가 연관되어 있는 방식이 구조이고, 이 구조는 눈에 보이지 않고, 세계는 이런 사태들의 총체에 지나지 않는다. 말하자면 나는 방에서 글을 쓰고, 어떤 사람은 공장에서 일을 하고, 어떤 사람은 거리에서 운전을 하고, 나무는 바람에 쓰러진다.

그러나 지금 이 방의 사태를 그림으로 그리면 사태의 현실적 구체적 세부를 전부 드러낼 수 없고 화가는 사태의 구조, 곧 사실을 그린다. 말하자면 사태의 논리적 추상적 구조를 보여준다. 그러므로 그림은 현실이 아니라 현실의 모형이고 그림의 요소는 대상들에 대응하고, 대상들을 대표한다. 그림은 하나의 사실이고, 사실이기 되기 위해서는 현실과 공통적인 것을 소유해야 한다. 우리가 사고한다는 것은 결국 사실들을 논리적으로 그리는 행위이고, 논리가 사고의 조건이다. 그러므로 비트겐슈타인은 다음처럼 말한다.

> 3.   사실들의 논리적 그림이 사고이다.
> 3.001 사태가 생각될 수 있다는 것은 우리가 그 사태에 관해 하나의 그림을 그릴 수 있다는 것이다.
> 3.01 참된 사고들의 총체는 세계의 그림이다.(비트겐슈타인, 이영철 역, 『논리 ─ 철학 논고』, 천지, 2000, 45)

결국 언어는 그림에 비유되고, 언어와 그림이 공유하는 것은 논리적 형식이고, 이 형식이 현실의 형식이고, 이 형식에 의해 우리는 사고한다. 사고를 표현하는 기호가 명제이고, 명제는 세계에 대해 투사적 관계에 있다. 곧 명제에는 세계가 투사되지만 투사된 것 자체는 투사되지 않고 그 형식만 투사된다. 언어의 경우 명제는 문장에 해당한다. 명제는 사물이 '어떻게 있는가?' 를 말할 수 있을 뿐 '사물이 무엇인가?' 에 대해서는 말할 수 없다.

'나는 책상에 앉아 글을 쓴다' 는 명제를 생각하자. 이 명제는 내가 책상에 앉아 글을 쓴다는 현실, 사태를 지시한다. 아니 이런 현실이 투사되어 있다. 그러나 구체적인 나, 책상, 글쓰기는 투사되지 않고, 누가-어디서-무엇을 한다는 논리적 형식만 투사되어 있다. 그러니까 나는 누구이고, 책상은 무엇이고, 왜 글을 쓰는가? 라는 내용은 없다. 혹은 '비가 그치고 해가 난다.' 라는 명제의 경우에도 비와 해의 관계, 논리적 형식만 투사되지, 비는 무엇이고, 해는 무엇인가? 혹은 비가 그치고 해가 난다는 것은 무엇인가? 라는 문제에 대해서는 알려주는 게 없다.

간단히 요약하면 비트겐슈타인의 언어-그림이론, 혹은 언어-회화이론은 세계-그림-언어가 대응 관계에 있고 세계와 그림의 공통점은 논리적 형식이다. 세계는 대상들의 구조이고, 그림과 언어는 대상들의 구조를 지시한다. 따라서 문장의 고유명사는 그림(지도)의 한 지점의 좌표와 같고, 문장의 형식, 곧 주어+서술어의 형식은 사태들의 구조, 대상들의 결합 방식, 곧 어떤 사실을 주장한다.

'호준이는 밥을 먹는다.' 라는 문장(명제)은 '호준이' 와 '밥' 을 추상적으로 지시하면서 둘의 관계, 곧 논리적 형식, 관계, 구조를 알려준다. 우리가 이 문장의 의미를 알게 되는 것은 이런 관계 때문이다. 왜냐하면 이 문장은 '호준이는 착하다' 와 논리적 형식, 혹은 대상들의 결합 방식이 다르고, 따라서 그 의미가 다르기 때문이다. 전자는 주어+목적어+서술어의 형식, 후자는 주어+서술어의 형식이고, 이 문장이 명제가 되고 의미를 생산하는 것은 이런 형식을 따르기 때문이다.

세계가 사태들의 총체라는 말은 세계가 단순히 대상들로 정태적으로 존재하는 게 아니라 대상들이 역동적으로, 그러니까 어떤 관계로 존재하기 때문이고, 따라서 사태는 대상이 아니고, 사태는 무수히 많고, 이렇게 무수한 사태들을 이해하고 사고할 수 있는 것은 언어 때문이다.

2) 언어는 삶의 형식이고 놀이다

그런 점에서 비트겐슈타인의 전기 언어이론은 언어가 대상을 지시한다는 단순한 지시론이 아니라 이런 지시론을 내포하면서 지시론을 극복한다. 왜냐하면 언어(명제)는 대상들의 논리적 관계를 지시하고, 이런 관계 혹은 형식이 우리의 사고를 구성하기 때문이다.

그러나 그는 『논리철학 논고』의 끝부분에서 "세계가 어떻게 있느냐가 신비스러운 것이 아니라 세계가 있다는 것이 신비스러운 것이다."(6.44)라고 말하면서 "말할 수 없는 것에 대해서는 침묵해야 한다."는 말로 이 책을 끝낸다. 왜냐하면 말할 수 없는 것은 스스로 드러나고, 그것이 신비스럽기 때문이다.

> 6.53 말할 수 있는 것－자연과학의 명제들, 철학과는 아무 상관이 없는 것 － 외에는 아무 말도 하지 말고, 어떤 사람이 형이상학적인 것을 말하려고 할 때 언제나 그가 그의 명제들 속에 있는 기호들에 아무 의미도 부여하지 못했음을 입증해 주는 것－이것이 본래 철학의 올바른 방법일 것이다.

> 6.54 나의 명제들은 다음과 같은 점에서 하나의 註解 작업이다. 즉 나를 이해하는 사람은, 만일 그가 나의 명제들에 의하여, 나의 명제들을 딛고서, 나의 명제들을 넘어 올라간다면, 그는 결국 나의 명제들을 무의미한 것으로 인식한다. (말하자면 그는 사다리를 딛고 올라간 후에는 그 사다리를 던져 버려야 한다.) 그는 이 명제들을 극복해야 한다. 그러면 그는 세계를 올바로 본다.(비트겐슈타인, 앞의 책, 143)

비트겐슈타인이 여기서 강조하는 것은 그림이론에 대한 자기비판이다. 말할 수 있는 것은 자연과학의 명제들이지만 이런 명제들은 철학의 길이 아니라는 것. 왜냐하면 '세계가 있는 방식', 곧 대상들의 결합 방식이 아니라 '세계가 있다는 것'이 신비이고, 이 신비에 대해서는 말할 수 없기 때문에 침묵을 지켜야 하기 때문이다. 그러므로 『논리철학 논고』의 명제들은 극복의 대상이고, 다 올라간 다음 버려야 할 사다리이고, 이 사다리를 던져 버릴 때 우리는 세계를 올바로 본다.

이런 주장은 설법(언어)을 뗏목에 비유하고, 피안에 도달하면 뗏목을 버려야 한다는 부처님의 말씀과 유사하다. 『금강경─정신희유분』에서 부처님은 '이런 까닭에 여래가 늘 말하기를 너희 비구들아, 나의 설법이 뗏목에 비유됨을 아는 자는 법도 마땅히 버려야 하거늘 하물며 법 아닌 것이랴. 以是義故 如來常說 汝等比丘 知我說法 如筏喻者 法尙應捨 何況非法' 말씀하신다. 이 문제는 뒤에 다시 살피기로 하고, 문제는 다시 비트겐슈타인이다.

그는 세계의 신비에 부딪치면서 철학을 버리고 초등학교 선생을 하다가 다시 케임브리지 대학으로 돌아와 전기와는 다른 후기 사유, 이른바 언어 놀이 개념을 강조한다. 이 시기의 사유는 유작으로 출간된 『철학적 탐구』(1953)에 수록된다. 그의 후기 사유는 전기 사유를 비판한다. 그에 의하면 언어의 고유한 본질은 없고, 언어는 다양한 용도로 사용되는 도구일 뿐이고, 그런 점에서 언어는 놀이에 지나지 않는다. 『철학적 탐구』는 먼저 유아들의 언어 배우기에 관심을 둔다. 유아들은 어른들이 대상을 가리키며 말하는 이름을 듣고 단어의 의미를 배운다. 그런 점에서 지시 의미론의 범주에 든다. 그러나 그에 의하면 이런 방식은 명사들에는 적용되지만 단어들이 사용되는 많은 방식에 대해서는 설명할 수 없다.

내가 '호준아!'라고 부를 때 이 낱말은 호준이를 지시하지만 어조, 크기, 성량 등에 의해 다양한 방식으로 사용되고, 그렇게 사용되는 만큼 의미도 다양하다. 선물을 주면서 부를 때는 선물을 받으라는 의미이고, 식탁에서 부를 때는 식사하라는 의미이고, 운동장에서 볼을 차며 부를 때는 볼을 받으라는 의미이고, 차가 지나갈 때 부르면 조심하라는 의미이다. 그런 점에서 언어(단어)는 단순히 사물을 지시하는 게 아니라 삶의 활동의 일부, 그의 용어에 의하면 언어는 삶의 형식의 일부이고 놀이가 된다.

그렇다면 시쓰기는? 여기서 잠시 시에 대해 생각해보자. 시는 언어로 구성된다. 그러니까 시는 언어사용의 한 유형에 지나지 않는다. 그러나 시적 언어, 곧 시적 어법은 일단 언어의 지시성이나 과학적 명제를 부정한다. 그런 점에서 시인은 세계가 어떻게 있느냐에 관심을 두지 않고 세계가 있다는 것, 세계의 신비에 관심을 둔다. 어떻게? 이제 언어는 현실의 논리적 그림이 아니라 삶의 형식의 일부이고 놀이가 된다. 그러므로 시쓰기 역시 놀이가 된다. 말하자면 우리가 사용하는 여러 언어 놀이 가운데 하나가 된다. 나는 시 속에서 '호준아!'라고 부를 수 있지만, 이런 호명은 앞에서 예로 든 여러 사용 유형 가운데 하나이다. 따라서 시쓰기 역시 삶의 형식의 일부가 되고, 언어 놀이가 된다.

가족유사성

언어 놀이(Sprachspiel)란 무엇인가? 언어 놀이는 언어장난이 아니다. 언어 놀이는 언어 사용의 다양한 모습을 이해하기 위한 자체적인 규칙과 내적 정합성을 뜻한다. 언어(낱말)의 의미는 언어의 사용이고, 언어를 사용한다는 것은 마치 도구를 사용하듯이 그 사용의 범위는 무한하다. 망치는 못을 박을 수도 있고, 철판을 펼 수도 있고, 잠긴 문을 두드려 열 수도 있고, 돌을 부술 수도 있고, 사람을 때릴 수도 있고, 다른 물건과 바꿀 수도 있고, 도구 통에 넣을 수도 있고, 버릴 수도 있다. 이런 사용은 모두 삶의 형식의 일부이고, 망치를 사용하는 것이나 공을 사용하는 것이나 크게 보면 비슷하다. 우리는 공으로 축구를 할 수도 있고, 농구를 할 수도 있고,

정구를 할 수도 있고, 탁구를 할 수도 있고, 혼자 운동장에서 찰 수도 있고, 다른 공과 바꿀 수도 있고, 버릴 수도 있다. 하나의 공이 사용되는 범위는 무수히 많고 나아가 새로운 사용법이 고안될 수도 있다. 언어(낱말) 역시 비슷하다.

그렇다면 이렇게 무수히 많은 사용, 놀이의 본질은 무엇인가? 축구, 농구, 정구, 탁구 등은 모두 놀이이지만 이들 놀이에는 공통점이 있는가? 비트겐슈타인에 의하면 '모든 유형에 같은 낱말을 사용케 하는 어떤 一者가 공통적으로 있는 건 아니고, 놀이들은 서로 매우 다양한 방식으로 近親的이다. 그리고 이런 근친성 또는 근친성들 때문에 우리는 그것들을 모두 언어들이라고 부른다.' 모든 놀이들, 곧 판 위에서 하는 놀이, 카드 놀이, 공놀이, 격투시합 사이에는 공통점은 없고, 서로 겹치고 교차하는 유사성들의 복잡한 그물이 있을 뿐이다.

> 67. 나는 이러한 유사성들을 '가족유사성' 이란 낱말로 특징짓는다. 왜냐하면 몸집, 용모, 눈 색깔, 걸음걸이, 기질 등 한 가족의 구성원들 사이에 존재하는 다양한 유사성들은 그렇게 겹치고 교차하기 때문이다. 그리고 나는 '놀이들' 이 하나의 가족을 이루고 있다고 말할 것이다.(비트겐슈타인, 이영철 역, 『철학적 탐구』, 서광사, 1994, 61)

언어 사용은 삶의 형식의 일부, 곧 사회적 문화적 행동의 일부이고, 이런 행동은 일정한 규칙을 따른다. 학교에서는 학교의 규칙을 따르고, 군대에서는 군대의 규칙을 따르고, 병원에서는 병원의 규칙을 따르고, 가정에서는 가정의 규칙을 따른다. 말하기 역시 말하기의 규칙을 따른다. 그러나 이런 규칙, 그러니까 사회적 문화적 행동의 규칙은 절대적이고 본질적인 것인가? 혹은 규칙들 사이에 공통점이 있는가? 언어(낱말) 사용은 운동 경기에서 공을 사용하는 것과 비슷하다. 말하기, 곧 언어 사용은 낱말을 규칙에 따라 사용하고, 운동 경기는 공을 경기 규칙에 따라 사용한다. 그러나 언어 놀이, 운동 경기, 다른 놀이들은 모두 일정한 규칙, 본질, 공통점은 없고, 서로 겹치고 교차하는 유사성들의 복잡한 그물이 있을 뿐이다.

다시 생각해 보자. 카드놀이들, 공놀이들, 격투놀이들이 있다. 카드놀이들(화투놀이, 트럼프 등) 사이엔 공통점이 없고 유사성이 있을 뿐이고, 공놀이들(축구, 농구, 정구, 탁구 등)도 같다. 또한 카드놀이와 공놀이는 같은 놀이지만 공통점은 없고 유사성이 있을 뿐이다. 언어 놀이도 같다. 언어 사용은 놀이이다. 그러나 언어 놀이들(같은 낱말을 다양하게 사용하는 경우) 사이에는 공통점이 없고 유사성이 있을 뿐이다. 그리고 언어 놀이, 공놀이, 카드놀이 사이에는 공통점이 없고 유사성이 있을 뿐이다.

비트겐슈타인은 그런 말을 안 했지만 나는 카드놀이들, 공놀이들, 격투놀이들, 언어 놀이들 각자가 보여주는 유사성을 내적 유사성, 각 놀이들 사이에 나타나는 유사성을 외적 유사성이라고 부른다. 따라서 언어 놀이든 무슨 놀이든 본질, 공통점은 없고, 내적 유사성과 외적 유사성이 있고, 이런 유사성이 '가족유사성' 이다. 한 가족의 구성원들은 입, 코, 귀, 몸집, 걸음걸이 등에 공통점은 없고, 다양한 유사성들이 겹치고 교차한다.(내적 유사성) 그런가 하면 가족과 가족 사이에도 사정은 같다.(외적 유사성) 문학에 적용하면 모든 시는 내적 유사성을 보여주고, 시, 소설, 희곡 사이에는 외적 유사성이 존재한다.

시쓰기는 다양한 언어 사용법 가운데 하나다. 그런 점에서 언어 놀이들 가운데 하나다. 앞에서 나는 시적 어법이 지시성과 과학적 명제가 지향하는 '말할 수 있는 것' 이 아니라 '말할 수 없는 것', 세계의 존재의 신비에 관심을 둔다고 말했다. 그러니까 시는 세계의 존재 방식이 아니라 세계의 존재 자체에 관심을 둔다. 이제 시쓰기는 이런 관심을 전제로 언어 사용의 문제, 곧 언어 놀이의 문제로 넘어간다. 시쓰기는 언어 놀이들 가운데 하나이고, 시쓰기라는 언어 놀이는 내적 유사성과 외적 유사성을 소유한다. 람핑의 분류에 의하면 지시적 서정시, 감정표시적 서정시, 사역적 서정시, 친교적 서정시, 메타적 서정시, 시적 서정시 등 사이엔 내적 유사성이 있고, 시, 소설, 희곡, 수필 사이엔 외적 유사성이 있다.(람핑의 분류는 이승훈, 『시론』 개정판, 태학사, 2005, 131~132 참고 바람)

쉽게 말하면 서정시, 참여시, 실험시 등은 자체만의 본질은 없고, 공통점도 없고 가족유사성이 존재한다. 나는 이 가족유사성 개념을 강조하는 입장이다. 왜냐하면 이런 개념에 의해 시의 본질은 없고, 시, 소설, 희곡, 평론 등의 경계가 모호하고, 나아가 신문 기사, 웅변, 광고 등 다른 유형의 글쓰기와의 경계도 모호하게 되기 때문이다. 남은 것은 무엇인가? 본질 찾기의 실패이고 본질 찾기의 모순이고 오류이다. 그저 무심하게 쓰면 된다. 낱말의 고유한 의미는 없고 하나의 언어 놀이 속에서, 마치 어떤 운동 경기에서 공을 차듯이, 낱말을 사용하면 그것이 낱말의 의미가 되고 놀이가 변하면 의미도 변한다.

나는 '꽃밭으로 가는 호준이/ 꽃을 보는 호준이/ 꽃을 꺾는 호준이/ 하늘을 보는 호준이'라고 시를 쓴다. 이때 '호준이'라는 낱말은 네 개의 의미를 소유한다. 첫째 의미(꽃밭으로 가는 호준이)는 둘째-셋째-넷째 의미로 변하고, 시쓰기(경기)가 계속되는 만큼 낱말의 위치와 상황이 변하고, 그 위치와 상황에 따라 의미가 변한다. 그러므로 '諸法無我고 諸行無常'이다. 인연이 있을 뿐이다. 그런 점에서 시쓰기는 공(볼)의 놀이고 공(空)의 놀이다. 이 문제는 뒤에 가서 다시 살피기로 하고 여기서는 하나의 가설로 제기한다.

결국 가족유사성 개념에 의하면 시쓰기(언어 놀이)의 경계는 있는 것도 아니고 없는 것도 아닌 불이, 중도를 암시하고, 선험적 본질주의 시론은 비판된다. 그러므로 시는 철학처럼 언어의 미혹과 싸우고, 이 미혹은 논리적 본성이 아니라 일상적 언어 사용을 그대로 수용할 때 극복된다. 시의 규칙, 본질이 아니라 언어 놀이를 있는 그대로 수용할 때 우리는 禪과 만난다. 시적 언어의 본질은 없고, 언어는 그저 놀이로 사용될 뿐이다. 그러니까 시적 의미, 시적 규칙 깨기가 필요하고, 禪, 특히 조사선이 강조하는 것은 규칙 깨기다. 시인들은 언어라는 병 속에 갇힌 파리다. 이 병에서 어떻게 나올 것인가?

3) 사유는 기호의 조작이다

나는 이 문제, 곧 시인들이 언어라는 병에서 나올 수 있는 방법을 언어 놀이 개념을 중심으로 다른 글에서 살핀 바 있다. 비트겐슈타인은 언어의 기능에 대해 말하면서 언어에 대한 사유가 아니라 언어 실천을 강조하고, 그가 말하는 언어 실천, 기호 실천은 사유가 없는 행동으로 나타난다.

말하자면 기호는 죽은 것이고 기호는 사용(실천)될 때 살아난다. '연필'이라는 기호는 연필이라는 사물을 지시하지만 기호 자체로는 연필과 관계없고, 따라서 기호 자체는 아무 의미가 없다. 왜냐하면 '연필이라는 사물'과 '연필이라는 기호' 사이엔 필연성이 없고, 우리는 이 사물을 다른 기호로 불러도 되기 때문이다. '연필'이라는 기호가 언어로서 기능을 발휘하는 것은 '연필 좀 빌려줘!' 라고 말할 때이다. 기호 자체는 죽은 것이고 기호는 우리가 사용할 때 살아난다. 한편 언어를 사용할 때 우리는 그 지시적 의미에 대해 사유하면서 언어를 사용하는 게 아니다. 다음은 비트겐슈타인의 말.

‘이 석판!’이라는 명령을 받고 B는 A가 가리키는 그 석판을 가져온다. “석판 거기!”라는 명령을 받으면 B는 석판 하나를 A가 지시한 장소로 나른다. 그렇다면 이 경우 ‘거기’라는 단어는 지시적으로 가르쳐 지는가? 그렇기도 하고 아니기도 하다. 한 사람이 ‘거기’라는 단어를 사용하는 훈련을 받는다고 할 때 교사는 가리키는 몸짓을 하며 ‘거기’라는 단어를 발음할 것이다. 하지만 그로써 그가 한 장소에 ‘거기’라는 이름을 부여했다고 해야 할까? 이 경우 그가 가리키는 몸짓은 바로 소통의 실천임을 기억하라.(비트겐슈타인, 진중권 역, 『청갈색책』, 그린비, 2006, 159)

‘이 석판!’이라는 명령을 수행할 때 우리는 ‘이것’의 지시적 의미를 명백히 사유하고, ‘삭판 거기!’의 경우 역시 ‘거기’의 지시적 의미를 명백히 자각하면서 움직이는 것은 아니다. 이런 명령이 나오면 우리는 거의 무의식적으로 자동적으로 기계처럼, 그러니까 사유 없이 행동한다. 따라서 단어의 의미가 중요한 게 아니라 실천이 중요하고, 이런 언어 사용, 실천은 사유를 모른다. 물론 ‘거기’를 생각하며 움직일 수도 있고, 생각 없이 움직일 수도 있다. 이때 중요한 것은 가리키는 몸짓이고, 말할 때는 발음이고, 글을 쓸 때는 손의 움직임이다.

한편 ‘셋’이라는 단어는 구체적으로 지시하는 대상이 없다. 이 단어는 사과에도 해당하고 벽돌에도 해당한다. 그렇다면 ‘셋’의 지시적 의미는 무엇인가? 이런 주장이 강조하는 것은 언어의 기능은 의미에 있는 게 아니라 사용, 실천에 있다는 것. 그리고 이런 실천은 사유를 모른다. 비트겐슈타인에 의하면 사유, 생각은 본질적으로 기호를 가지고 하는 조작이다. 다음은 기호 조작의 보기.

나는 누구에게 ‘사과 여섯 개’라고 써 있는 종이쪽지를 건네주면서 ‘가게에 가서 사과 여섯 개를 사오라’고 명령한다. 그가 이 명령을 수행하는 방식을 기술하면 다음과 같을 것이다. 종이쪽지에 ‘사과 여섯 개’라고 적혀있고,

그 쪽지가 점원에게 건네지면, 그 점원은 '사과'라는 단어를 각 선반들에 붙어 있는 라벨들과 비교해본다. 그는 라벨들 중 어느 하나에 '사과'라고 적혀 있는 것을 발견하고, 1에서 시작해 그 쪽지에 적힌 숫자까지 셈하며 그때마다 선반에서 과일을 하나씩 꺼내 봉지에 담는다. 이것이 단어가 사용되는 한 가지 사례다. (비트겐슈타인, 앞의 책, 53)

사유는 기호를 조작하는 것, 기호 조작이다. 우리의 사유는 이렇게 전개된다. '가게에 가서 사과 여섯 개를 사오라'는 쪽지를 받는 경우 이 쪽지는 점원에게 가고, 점원은 선반들에서 '사과'라고 적힌 라벨을 찾고, 1에서 6까지 셈하며 사과를 하나씩 봉지에 담는 과정이 명령에 대한 그의 사유이고, 이 사유를 동반하는 행위이다. 그러나 우리는 이렇게 생각하며, 그러니까 이렇게 기호를 조작하며 사과 여섯 개를 사는 건 아니다.

비트겐슈타인에 의하면 생각, 사고, 사유는 '정신적 활동'이 아니라 본질적으로 기호를 조작하는 활동이고, 글을 쓸 때 활동은 손에 의해 수행되고, 말을 할 때는 입과 성대에 의해 수행된다. 그러나 우리는 이렇게 사유하며, 그러니까 기호를 조작하며 언어를 사용하는 게 아니라 이른바 언어-놀이를 한다. 언어 놀이는 어린 아이가 단어를 사용하기 시작할 때 쓰는 언어 형태다.

앞에서 말했듯이 그의 전기 사유가 강조한 것은 명제의 논리적 형식을 통해 언어 전체의 구조를 해명하려는 시도였다. 그러나 후기에 오면 언어 놀이 혹은 언어 게임을 강조하며 전기 사유를 부정한다. 왜냐하면 이 세상엔 여러 명제(문장)들이 있지만 공통적 핵심은 없고, 가족유사성을 소유하기 때문이다.

'돌'이라는 명사는 이 세상에 구체적으로 존재하는 대상으로서의 돌을 지시할 때 그 의미가 성립하고, 이 돌은 이 세상에 있는 모든 돌들의 공통적 속성을 뜻한다. 그의 전기 사유가 강조한 것은 이런 의미로서의 언어의 지시성(현실 투사)과 공통점 찾기이다. 그러나 후기에 오면 '돌'의 의미는 지시성이 아니라 쓰임새, 사용성에 있다. 친구와 함께 길을 갈 때 돌이 앞에 있는 경우를 생각하자. 내가 돌을 가리키며 '돌!' 하면 이 말은 친구에게 '돌을 보라!' '돌을 조심하라!'는 의미이고, 치우는 시늉을 하며 '돌!' 하면 '돌을 치우라!'는 의미이고, 돌을 보며 '돌?' 하면 '이게 돌인가?'라는 의미이고, 돌이 날아오는 경우 '돌!' 하면 '돌을 피하라!'는 의미이다. 결국 돌의 일반적 의미가 있는 게 아니라 다양한 사용이 있고, 이런 사용이 언어 놀이다.

문장 역시 사정은 비슷하다. 이 세상엔 단언문(옷을 입었다), 의문문(옷을 입었는가?), 명령문(옷을 입어라)만 있는 게 아니라 비트센슈타인도 지적하듯이 허구(옷이 웃는다), 농담(사람이 아니라 옷이 걸어가네), 설명(옷은 몸에 입는 것), 사건(옷이 불에 타버렸다), 가설(이게 옷이라면), 감사(옷에게 고맙다고 해야지), 저주(옷이 원수야) 등 한이 없다. 그러므로 문장들의 공통점이 아니라 사용이 중요하다.

결국 기호, 단어, 문장의 본질, 일반적 의미, 공통점은 없고 이들의 용도는 수없이 많고, 새로운 언어 놀이가 존재하고, 다른 것들은 구식이 되어 잊혀진다. 중요한 것은 언어 놀이가 사유, 기호 조작이 아니라 행동의 일부, 혹은 삶의 한 형태라는 점이다. 따라서 언어 놀이가 강조하는 것은 생각, 사유, 기호 조작을 하지 말고 실제 사물을 있는 그대로 보라는 것. 나와 대상 사이엔 사유가 아니라 행동이 있고 이때 언어는 투명해진다. 말하자면 기호와 지시성(의미)의 관계에서 의미가 상실되고 기호만 드러난다. 따라서 그동안 의미 찾기에 몰두한 철학은 혼란이고, 이제 우리가 할 일은 이 혼란을 청소하는 것. 문제의 해결은 문제를 청소하는 데 있다.

내가 비트겐슈타인의 후기 철학에서 읽는 것은 크게 두 가지다. 하나는 언어에는 의미(본질)가 없고 다만 사용하는 데 그 의미가 있다는 것. 다른

하나는 사유 없는 행동이고 사유로부터의 해방이다. 그리고 이런 사유가
禪과 통한다. 금강경에서 부처님은 '나의 설법은 비유하면 뗏목과 같다
知我說法 如筏喩者'고 말씀하신다. 설법은 말이고 언어다. 그러나 언어
는 그저 피안에 도달하기 위한 방편이고, 다른 의미가 없고, 따라서 사용
한 다음 버리라는 것. 언어에는 무슨 의미도 본질도 없고 다만 사용하는
데 의미가 있다. 비트겐슈타인이 강조하는 언어 놀이나 부처님 말씀이나
강조하는 건 같다.

한편 진각 스님이 강조하는 무심, 무념, 무사의 삶은 주체, 사유, 분별
없는 삶이다. 비트겐슈타인 역시 사유 없는 삶, 그러니까 기호(언어) 조작
없이 그저 움직이는 삶, 사유의 매개 없는 삶을 강조한다. 이런 삶은 조사
선이 강조한 평상심, 곧 분별없이 배 고프면 밥 먹고 잠 오면 자는 삶과
통한다. 언어를 사용하지만 사유 없이 사용하고, 시를 쓰지만 사유 없이
쓰는 시. 시인들은 언어라는 병 속에 갇힌 파리이다. 이 병에서 어떻게 나
갈 것인가? 다음은 육긍 대부와 남전의 공안.

> 육긍: 옛 사람이 병 속에 거위 한 마리를 길렀는데 거위가 점점 커서 나오
>   지 못하게 되었소. 병을 깨뜨려도 안 되고 거위를 죽여도 안 되오. 어
>   떻게 거위를 꺼내겠소?
> 남전: 대부여!
> 육긍: 네!
> 남전: 나왔소.

이 말을 듣고 육긍이 깨닫는다. 선문답이기 때문에 이러니 저러니 주석
을 달고 해석을 하고 분석을 하는 게 웃기는 짓이지만 나대로 뱀의 다리
를 그린다면 병 속의 거위를 꺼낸다는 생각도 분별이고 사유이다. 그러므
로 남전이 '대부여!' 소리 쳐 부른 것은 육긍의 이런 분별, 망상을 소멸시

키기 위해서다. 갑자기 소리 쳐 이름을 부르는 순간 육긍은 아무 생각 없이 거의 기계처럼 자동적으로 '네!' 라고 대답하고, 이때 그는 무아, 무심, 무지의 상태가 되기 때문이다. 선사들이 학승을 가르칠 때 몽둥이로 때리거나 큰 소리로 할(喝)을 하며 꾸짖거나 나무라는 것과 비슷한 경우다.

남전이 '나왔소' 하는 것은 이런 상태, 무아의 순간엔 분별이 없기 때문에 거위는 병 속에 있는 것도 아니고 없는 것도 아니라는 것을 암시한다. 그러니까 선의 시각에선 처음부터 병도 없고 거위도 없다. 왜냐하면 일체 현상은 본질, 실체, 자성이 없기 때문이다. 그러므로 언어라는 병 속에 갇힌 파리라는 생각도 사유이고 분별이다.

내가 비트겐슈타인의 후기 사유를 선과 관련짓는 것은 이런 문맥을 거느린다. 그는 어디선가 '나는 아무 교리가 없고 아무 말도 필요 없는 종교를 상상할 수 있다.' 고 말한 바 있다.(이상 비트겐슈타인의 후기 사유와 선의 관계는 이승훈, 『선과 하이데거』, 황금알, 2011, 175~180 참고)

3. 언어는 없다

1) 언어는 구조다

둘째로 전통적 언어이론을 비판하기 위해서는 구조주의 이론을 비판하고 후기구조주의 이론을 살필 필요가 있다. 다른 글에서도 말했지만 구조주의 언어이론은 소쉬르의 경우 지시의미론을 극복한다는 점에서 전통적 이론을 극복한다. 전통적 이론에서 강조하는 것은 지시의미론, 곧 언어(낱말)는 사물을 지시할 때 의미를 소유한다는 것. 이런 지시의미론은 프레게에 의해서도 비판된 바 있지만 소쉬르는 기호학의 시각에서 비판한다는 점에 의의가 있고, 그의 이론은 현대 언어학의 출발이고, 문학이론, 문화이론, 사회이론 등에 폭 넓게 영양을 준다는 점에서 중요하다.

소쉬르에 의하면 언어는 기호이고, 기호는 기표(능기)와 기의(소기)로 구성되고, 언어기호는 자의성을 본질로 한다. 다시 생각하자. 기호란 무엇인가? 기호는 H가 수소를 대신하듯 '—을 대신한다' 는 의미이고, 대체로 모든 기호는 지시물을 대신한다. 이렇게 '—을 대신하는' 기호는 화학 기호, 신호등, 천둥 소리 등 여러 유형이 있으며, 언어는 여러 유형의 기호 가운데 하나다. 그렇다면 언어기호는 무엇을 대신하는가?

'이승훈'이라는 기호는 '나'를 대신하고, '산'이라는 기호는 자연으로서의 산을 대신한다. 지시이론에 의하면 기호는 지시물을 지시하고, 구조이론에 의하면 기호는 지시물을 대신한다. 그러나 '산'이라는 기호는 '산'(지시물)을 대신하지만 '산'이라는 기호가 '자연-산'을 대신해야 할 필연성은 없다. 왜냐하면 이 지시물을 우리는 '산'이라고 부르지만 영어로는 'mountain', 프랑스어로는 'mont', 중국어로는 '山'이라고 부르기 때문이다. 그런 점에서 언어와 현실, 언어기호와 지시물 사이엔 자의성이 존재하고, 소쉬르의 용어에 의하면 기호를 구성하는 기표(말소리)와 기의(개념) 사이에는 자의성이 존재한다. 말하자면 필연성이 없다.

언어기호는 대상(지시물)과는 관계없이 언어 체계(구조)가 의미를 생산한다. 낱말의 경우 이 체계는 기표와 기의로 구성되고, 기표는 말소리(시니피앙, 능기), 기의는 개념(시니피에, 소기)라고도 한다. '나무'라는 언어기호는 기표(namu라는 말소리)/ 기의(나무라는 개념)로 구성되고, '나무'라는 말소리와 '나무'라는 개념은 서로 아무 관계가 없지만(자의성), 둘은 동전의 앞뒤 관계처럼 존재하고, 기표(나무)가 기의(나무)를 생산하는 것은 언어 체계에 의존한다. 곧 기표의 경우 '나무'는 나무/ 아무/ 너무 등의 체계 속의 차이가 생산하고, 기의의 경우 '나무'는 나무/ 풀/ 숲 등의 체계 속의 차이가 생산한다.

쉽게 생각하자. '나'는 누구나 '나'가 될 수 있다. 지금 이 글을 쓰고 있는 나도 '나'이고, 이 글을 읽는 당신들도 '나'이다. 과연 나는 누구인가? 그런 점에서 '나'는 누구를 지시할 때 의미가 있는 게 아니고, 나/너/그라는 국어 인칭 대명사 체계 속에서만 의미를 지닌다. 말하자면 인칭 대명사 체계, 그러니까 언어 체계 속의 차이나 대립이 의미를 생산한다.

물론 소쉬르는 언어 체계를 기호(낱말)의 수준과 기호들이 결합되는 문장의 수준에서 해석한다.

먼저 기호의 수준에선 '나무' 라는 말소리를 '나무' 라는 개념으로 교환하는 상이성 교환과 나무/아무/너무(기표), 나무/풀/숲(기의)을 비교하는 유사성 비교가 드러난다. 곧 기호의 경우 의미는 유사성과 상이성에 토대를 둔다. 다음 기호들이 결합되는 문장의 경우 각 기호들 역시 유사성과 상이성에 토대를 둔다. '나는 밥을 먹는다' 의 경우 언어 체계는 다음과 같다.

나	밥	먹는다	나―밥―먹는다
저	떡	삼킨다	
소생	빵	씹는다	

〈유사성 비교〉   〈상이성 교환〉

그러나 언어의 의미에 대한 이런 복잡한 주장도 요약하면 언어의 의미는 체계 속의 차이 혹은 대립이 생산한다는 명제로 요약된다.

따라서 소쉬르의 구조 언어학이 강조하는 것은 언어의 의미는 지시성이 아니라 체계, 곧 구조가 생산하다는 것. 이런 주장을 시론에 대입하면 시적 의미는 대상, 자연, 사물과는 관계가 없고(재현론 부정), 자아, 시인, 주관성, 의도와도 관계가 없고(표현론 부정) 오직 시적 언어 체계, 곧 대상, 시인과 관계없는 자율적 언어 체계가 생산하고, 이런 자율성이 현대성과 통한다. 20세기 영미 신비평, 러시아 형식주의, 시적 유기체론, 시적 구조론 등이 모두 크게 보면 구조주의 언어이론을 함축한다.

2) 구조와 차연

　그러나 구조주의 언어학은 후기구조주의 철학에 의해 비판된다. 해체철학자 데리다는 소쉬르의 기호학을 비판한다. 소쉬르에 의하면 앞에서 말했듯이 언어(기호)의 특성은 자의성과 차이성이다. '나'라는 기표와 '나'라는 기의가 결합되는 데엔 필연성이 없고 둘은 자의적 관계에 있다. 그러나 이런 자의성이 가능한 것은 체계 속의 차이성(나/너/그) 때문이다. 무슨 말인가? 쉽게 생각하자. 언어기호는 현실(지시물)과는 관계없이 의미를 생산한다.(자의성) 그러나 이런 의미가 가능한 것은 언어기호를 구성하는 요소들의 체계 속의 차이(차이성)에 의존하기 때문에 언어기호의 자의성은 차이성에 의존한다는 것.

　그러므로 중요한 것은 차이성, 곧 차이의 원칙이고, 이 원칙이 언어기호를 구성하는 기표와 기의에 영향을 주기 때문에 언어에는 오직 차이가 있을 뿐이다. 차이에 앞서 존재하는 기표나 기의는 없고, 체계는 차이이고, 요소들의 대립이다. 따라서 기의(의미)는 그 자체로 현전하거나 자체를 현전할 수 없고, 모든 의미는 차이들의 체계적 유희를 수단으로 생산된다.

　의미는 차이들의 유희이고, 데리다가 강조하는 것은 이 유희, 놀이다. 앞에서 말한 비트겐슈타인의 놀이 개념을 비유하면 하나의 낱말이 의미를 지니는 것은 운동 경기 속에 있는 볼이 의미를 지니는 것과 비슷하다. 볼(낱말)은 차이들의 유희 (위치와 상황)에 따라 여러 의미를 드러낸다. 요컨대 기의(볼의 의미)는 자체로 현전하는 게 아니라 체계 속의 차이들의 유희가 생산하고, 이런 체계 속의 차이들의 유희는 의미의 생산이 아니라 의미 생산의 가능성이고, 체계의 가능성이고, 이런 유희가 이른바 差延(diffⅰerance)이다.

차이는 고정된 실체가 아니고, 개념도 아니고 어떤 대상을 지시하는 낱말도 아니다. 그렇지 않은가? 과연 요소들의 차이라고 하지만 이 차이는 어디 있는가? 데리다가 말하는 차연도 비슷하다. 그렇다면 차이와 차연은 같은 말인가? 그렇지 않다. 차이는 의미(기의)를 생산하는 원칙이지만 차연은 이런 차이를 생산한다. 차연은 차이(공간)와 지연(시간)의 유희를 암시하는 신조어로 현존의 절대성을 부정한다. 현존의 절대성은 전통적인 서양 철학의 토대이다. 그동안 서양 철학은 절대적인 자아를 전제로 하고, 그것은 지금 여기 있는 자아의 절대성을 강조한다. 그러나 이런 절대적 자아는 과연 절대적으로 존재하는가? 데리다에 의하면 이런 절대성, 지금 여기 존재하는 자아의 절대성, 곧 나는 나라는 자기동일성은 비판된다. 왜냐하면 지금 여기 있는 절대적 '나'는 없기 때문이다.

어제의 나와 오늘의 나는 공간적으로는 차이가 나고 시간적으로는 지연된다. 나는 어제는 병원에 있었고 오늘은 집에 있어 차이가 나지만 그렇다고 어제의 나와 오늘의 나가 다른 건 아니고 오늘의 나는 어제의 나의 지연, 연속이다. 그러므로 같은 것도 아니고 다른 것도 아니다. '나'는 공간적으로 차이가 나고 시간적으로 지연되는 존재이다.

프랑스어로 차연(différance)은 차이(différence)와 발음(청각)은 같지만 형태(시각)로는 e와 a로 차이가 난다. 그러니까 차연은 청각적으로는 같고 시각적으로는 차이가 나고, 언어에 대입하면 음성 언어와 문자 언어 사이에 있다. 한편 차연은 명사도 아니고 동사도 아니므로 명사와 동사 사이에 있다. 왜냐하면 프랑스어의 경우 명사-동사는 없기 때문이다. 그러므로 차연은 사물과 행위 사이에 있다. 결국 차연은 존재하며 존재하지 않는다. 데리다는 이런 존재에 빗금(X)을 긋고 삭제 표시를 한다. 곧 차연은 존재하면서 존재하지 않고 현존이며 동시에 부재이다.

이렇게 차이가 나며 동시에 같은 것, 같은 것도 아니고 다른 것도 아

닌 것이 유희이고 놀이이다. 그런 점에서 데리다는 소쉬르의 기호학을
해체한다. 소쉬르가 강조하는 것은 체계 속의 차이이다. 그러나 데리다
가 강조하는 것은 차이가 아니라 차연이고, 차연은 차이/지연, 공간/시
간, 단절/연속의 경계가 해체되고, 두 경계를 넘나드는 유희이고 놀이이
고 게임이다. 축구 경기가 놀이인 것은 이 경기가 일상적 시간과 공간 너
머에 있고, 그러므로 현실이 아니지만(부재), 또 하나의 현실로 존재하기
때문이다.(존재) 말하자면 운동 경기는 존재하며 부재한다. 춤의 경우도
그렇다.

　모든 놀이, 유희, 경기의 조건은 그런 점에서 차연이다. 구조가 차이를
강조한다면 후기구조 혹은 탈구조는 차이, 대립, 경계의 해체를 강조하
고, 이 해체가 차연이고 놀이이다. 결국 차연, 곧 존재하며 부재하는 흔적
이 차이(존재)를 생산하고 이 흔적은 실체가 없고 이름이 없지만 움직인
다.(이상 데리다의 견해는 이승훈, 「데리다의 주체 개념」, 『탈근대주체이론―과정으
로서의 나』, 푸른사상, 2003, 224~226 참고)

　데리다의 후기구조주의 혹은 해체 철학이 강조하는 것은 구조주의 언
어학 비판이고, 그것은 구조(체계)가 언어의 의미를 생산하는 게 아니라,
그러니까 체계 속의 차이가 의미를 생산하는 게 아니라 차연, 혹은 체계
속의 차이들의 유희가 차이를 생산한다는 것. 그러니까 차연―차이―의
미의 관계가 중요하다. 차연이 강조하는 것은 차이, 대립이 아니라 차이,
대립의 해체이다. 이런 해체이론을 수용할 때 미적 자율성, 유기적 구조
를 강조하는 현대시론은 비판된다. 나는 데리다의 해체 개념을 중심으로
우리 시의 후기 현대성을 해석한 바 있다.(이승훈, 「포스트모더니즘과 해체」,
『포스트모더니즘 시론』, 세계사, 1991, 「한국 현대시와 포스트모더니즘」, 『모더니즘
시론』, 문예출판사, 1995)

　특히 후자에서 내가 강조한 것은 미국시와 독일시를 중심으로 한 포스

트모더니즘의 시적 논리와 우리 시의 해체 양상이다. 우리 시의 경우 그 것은 텍스트 내적 해체와 텍스트 외적 해체로 나누어지며, 전자에선 문제론적 책략, 형태변화와 시니피앙의 원리가 해명되고, 후자에선 경계 해체의 양상, 패러디, 패스티쉬 기법이 해명된다. 그러나 이런 해체 시학, 포스트모더니즘 시학은 후기 자본주의 사회의 새로운 미적 양상이라는 점에서 긍정적이고, 한편 소비 자본주의 논리를 강화하는 역할 밖에 할 수 없다는 점은 부정적이라는 결론을 내린다.

이런 사유는 미학과 정치의 관계에 대한 새로운 이론적 검토와 반성을 요구한다. 지금 이 글을 쓰면서 다시 문제가 되는 것은 크게 두 가지이다. 하나는 데리다의 해체론과 포스트모더니즘의 관계이고, 다른 하나는 데리다의 해체론과 선불교의 관계이다.

전자의 경우 데리다는 포스트—라는 접속사에 저항한 점이 문제다. 따라서 해체는 한 시기나 한 시대의 철학, 미학, 언어학의 범주가 아니라 어느 시대든 당대의 문화적 인습의 토대를 검토하고 변화를 모색하는 책략이 된다. 그런 점에서 우리 시에 대한 해체적 독해는 가능하지만 그것은 이 시대의 철학, 미학, 언어학의 가정과 허구를 해체하고 새로운 방향을 모색하기 위해서이고, 내가 그의 해체론을 우리 시의 포스트모더니즘과 관련시켜 해석한 것은 어디까지나 우리 시의 현대성, 자율성 미학을 비판하고 새로운 시의 이론을 확립하기 위해서였다. 그러니까 나는 그의 이론을 나대로 수용하면서 우리 시의 후기 현대성 이론을 모색한 셈이다.

후자의 경우 중요한 것은 해체론과 禪의 관계다. 나는 그가 말하는 차연, 곧 존재하면서 존재하지 않는 것을 이른바 선불교에서 말하는 非有非無와 관련시켜 해석한 바 있지만 이런 해석은 어디까지나 하나의 가설에 지나지 않는다. 선불교가 강조하는 것은 연기, 공, 중도 사상이다. 그러나 선이 강조하는 중도, 불이 개념과 차연, 해체 개념은 비슷한 점도 있고 다른 점도 있다. 유사성은 서양 사유를 지배하는 본질, 자기동일성 개념, 이항 대립적 사유 체계를 해체한다는 점이다. 그러나 데리다의 해체는 해체 자체에 목표가 있고, 그는 비록 해체를 강조하나 어디까지나 서양 형이상학, 특히 현상학과 언어학을 토대로 한다. 그러니까 그가 차연을 강조하는 것 역시 다시 생각하면 차이와 차연의 분별이고, 이런 분별은 언어를 매개로 한다.

그러나 선이 지향하는 것은 앞에서도 말했듯이 이론적 토대를 거부하고, 특히 언어 자체를 부정하는 입장이다. 따라서 선의 시각에선 차연, 해체도 없고, 그런 건 언어이고 분별일 뿐이다.

3) 언어는 무의식이다

이제까지 나는 비트겐슈타인, 소쉬르, 데리다의 견해를 중심으로 전통적 언어학, 곧 지시의미론의 한계를 비판하고, 다시 현대 언어학으로 불리는 소쉬르의 구조주의 언어학을 비판하는 데리다의 해체론을 살폈다. 이런 고찰을 통해 도달한 것은 언어에 대한 인습적 사유의 극복이고, 언어소멸의 철학적 토대이다. 한마디로 우리가 믿어온 언어는 없다. '언어가 없다'는 사유는 언어의 본질, 실체가 없다는 사유와 통하며 이런 사유는 프로이트와 라캉의 정신분석 이론에서도 읽을 수 있다.

프로이트의 경우 언어가 문제 되는 것은 자유연상 기법에 의해 환자들의 억압된 무의식을 도출할 때이다. 그는 처음 최면술에 의한 치료를 시도하다가 이런 치료에 저항하는 환자들이 있다는 것을 알고 자유연상의 기법을 사용한다. 자유연상은 환자가 무엇을 선택하거나, 의도하거나, 내용들을 조절하지 않고 의식의 개입 없이 떠오르는 대로 말하는 방법이다.

그런 점에서 무의식의 실현이고, 프로이트는 이런 방법을 자기분석과 꿈의 해석에 응용한다.

그가 무의식의 언어에 관심을 둔 것은 의식이 무의식을 억압하고, 억압된 무의식은 그대로 있지 않고 어떤 형태로든 밖으로 드러나 억압으로부터 해방되기 때문이다. 억압된 무의식은 실언, 이름 망각, 실수, 농담, 꿈 같은 무의식의 언어로 드러나고, 이런 언어들은 무의식, 좀 더 정확하게 말하면 욕동, 곧 우리 신체를 어떤 목표로 향하게 하는 에너지의 역동적 과정을 표상한다. 그렇다면 무의식의 표상, 욕동의 표상은 어떻게 가능한가?

프로이트의 경우 욕동(drive)과 본능(instinct)은 다르다. 그동안 나는 그가 말하는 무의식이라는 용어를 욕동, 본능, 충동, 리비도 등 다양한 용어로 사용했다. 그러나 본능과 욕동은 다르다. 그가 무의식의 표상과정에 대해 말할 때 강조한 것은 욕동이다. 본능은 개인적 차이가 없고 변화도 없는 동물들의 고유한 유전적 행동 구조를 말하고, 욕동은 신체를 어떤 목표로 나가게 하는 에너지의 역동적 과정을 뜻한다. 그러나 프로이트는 이런 차이를 강조하면서도 두 용어를 혼용하는 경우가 많다.

그에 의하면 욕동 혹은 본능의 심리적 재현은 두 요소로 구성되고, 이 두 요소는 억압의 과정에서 상이한 변화를 보여준다. 하나는 심리적 에너지, 곧 욕동이 집중된 관념 혹은 관념들의 집단이고, 다른 하나는 욕동이 작용하는 정동(affect)이다. 그는 욕동이 인간, 사물, 관념에 집중하는 것, 곧 욕동의 집중을 카텍시스(cathexis)라고 명명한다. 따라서 그가 말하는 관념은 이런 에너지가 집중된 관념이고, 정동은 이런 에너지가 작용하는 감정이나 정서를 뜻한다. 그는 처음 욕동과 정동을 같은 의미로 사용하나 그 후 욕동이 정동으로 변하는 것을 일정한 양의 정동, 혹은 정동양이라고 부른다. 욕동의 심리적 재현을 간단히 도표로 나타내면 다음과 같다.

욕동의 표상은 정동과 관념으로 구성되고, 정동은 좀 더 정확하게 말하면 일정한 양의 정동 혹은 정동의 양이고, 관념은 표상, 심리적 대표자, 표상된 대표자. 표상의 대표자를 뜻한다.

나는 현대시와 히스테리의 관계, 특히 불안 히스테리에 대해 말하면서 서정주의 「화사」를 분석한 바 있다. 이 시에서 본능(욕동)은 억압된다. 억압에 의해 본능은 '뱀'으로 대체된다. 성적 본능, 곧 한 여성을 향한 리비도는 억압되고, 대표 표상은 '뱀', 그것도 '꽃뱀'으로 대치된다. 말하자면 이 뱀은 대체물이고, 심리적 에너지의 양적 부분, 곧 정동은 불안으로 바뀐다. 그러나 이런 억압은 실패하고 불안은 계속된다. 시인은 불안으로부터 도피를 시도하고 그것은 공포 이미지로 드러난다.(좀 더 자세한 것은 이승훈, 「현대시와 히스테리」, 『정신분석 시론』, 문예출판사, 2007 참고 바람)

불안은 억압이 실패할 때 발생하고, 억압은 대체물을 형성하면서 증상을 남기고, 따라서 대체물 형성에 의해 억압은 카테식스(욕동의 집중)를 철회한다. 억압의 경우 욕동은 사물이나 관념에 집중되지 않기 때문에 대표 표상은 모호하고, 정동은 불안이 된다.

그렇다면 억압이 없는 경우 욕동의 표상 과정은 어떤가? 라캉은 프로이트가 말하는 욕동의 표상 과정을 욕구와 욕망의 단계로 나누어 해석한다. 뒤에 다시 살피겠지만 라캉에 의하면 언어는 욕망, 그러니까 충족 결핍의 세계이고, 프로이트가 말하는 표상 역시 그렇다. 프로이트는 욕망

대신 소원이라는 용어를 사용한다. 다음은 임진수 교수의 도표.

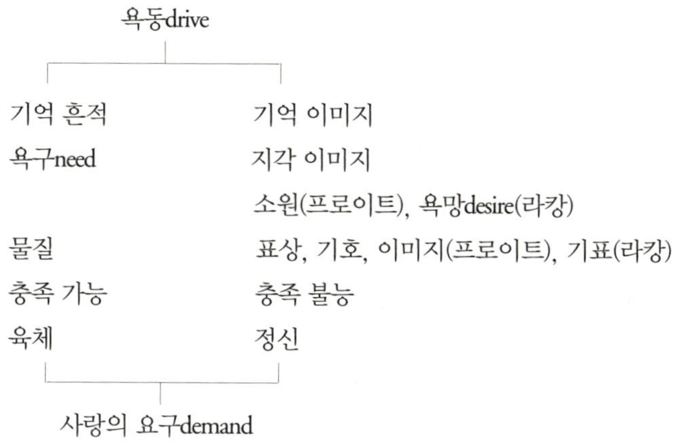

욕동은 두 방향으로 진행한다. 먼저 욕동은 욕구 충족을 지향하고, 최초로 욕구가 충족되면 그 충족은 기억 속에 흔적으로 남는다. 이상은 정신과는 관계없는 어디까지나 육체의 문제이다. 욕구는 물질적 충족을 지향하는 심리적 에너지다. 쉽게 생각하자. 유아도 그렇지만 성인도 비슷하다. 유아는 엄마의 모유를 먹고 욕구가 최초로 충족된다. 그리고 이 최초의 충족이 기억에 남아 기억 흔적이 된다. 유아가 배가 고플 때마다 모유를 욕구하는 것은 이런 흔적이 있기 때문이다. 나는 최초로 빵을 먹고 욕구가 충족된다. 그리고 이 최초의 충족이 기억에 남아 있기 때문에 다른 음식이 아니라 빵이 먹고 싶은 것이지, 최초로 빵을 먹은 기억이 없다면 빵에 대한 욕구는 없다. 그러니까 욕구−충족−기억−욕구−충족이 반복된다.

그러나 이런 기억 흔적은 다음 단계에서 기억 속의 이미지로 바뀐다. 처음 엄마의 모유를 먹은 아이는 엄마의 하얀 젖가슴을 떠올린다. 그러나 이런 이미지는 모유가 아니기 때문에 그의 욕구를 충족시킬 수 없다. 그러므로 기억 속의 이미지는 육체적 충족의 대상이 아니고 그가 최초로 지각하는 세계이고, 최초의 감각적 지각이 발생한다. 이런 지각, 이미지를 통해 그는 모유를 소원하지만 지각과 이미지는 욕구의 대상이 아니라 그 대상의 부재를 나타내고, 따라서 기억 이미지는 결핍, 부재, 소원, 욕망의 세계가 된다.

과연 이미지란 무엇인가? 이미지는 사물이 아니다. 이미지는 사물이 우리 정신에 재현되는 현상으로 육체적 지각을 매개로 하는 경우와 육체적 지각을 매개로 하지 않는 경우가 있다. 나무를 볼 때 나무의 형상이 우리 정신 속에 재현된다. 그러나 기억이나 상상력에 의해 사물의 형상이 재현되는 경우도 있다. 위 도표에선 기억 이미지가 강조된다. 한편 정신분석의 경우엔 내투(introjection)란 용어가 있다. 내투는 유아가 환상을 통해 대상이나 그 특질을 밖에서 안으로 들여오는 것. 결국 이미지는 사물이 아니고 사물이 우리 정신 속에 재현되는 것이고, 따라서 사물의 현존이 아니라 부재를 의미한다. 유아가 환상 속에 그리는 엄마의 젖가슴은 엄마의 이미지이지 엄마 자체가 아니다.

기억 이미지도 최초의 지각을 토대로 하고, 이런 이미지(엄마의 젖가슴)는 유아의 욕구가 현재 충족되지 않았기 때문에 소원의 세계이고, 라캉의 용어로는 욕망의 세계이다. 이런 기억 이미지에는 이미지, 언어, 기표가 있다. 기표는 언어기호를 구성하는 두 요소 기표(말소리)와 기의(개념) 가운데 하나로 최초의 언어는 기표이다. 라캉은 기표를 욕망의 표상으로 해석하지만 프로이트에겐 소원의 표상이다. 기억 이미지에 표상이 포함되는 것은 이미지가 표상(재현)되기 때문이고, 프로이트는 앞에서 말했듯이 이런 표상을 표상(관념)과 정동으로 양분한다.(좀 더 자세한 것은 이승훈, 「현대시와 환상」, 『정신분석 시론』, 문예출판사, 2007, 315~317 참고 바람)

최초의 언어

프로이트의 경우 최초의 언어는 소원의 세계이고, 소원은 원래 욕구와 결합되고, 욕구는 욕망이 아니다. 욕구는 충족될 수 있지만 욕망은 충족되지 않기 때문이다. 문제는 언어다. 프로이트에 의하면 최초의 언어는 결핍이 생산하고, 따라서 소원의 세계이다. 그는 「쾌락원칙을 너머서」(1920)에서 18개월짜리 손자의 놀이를 관찰한다. 이 아이는 어머니가 외출한 방에서 혼자 실패(요요?) 놀이를 한다. 아이가 실패를 던지면 그 실패는 반동에 의해 되돌아오고, 아이는 놀이를 계속하면서 실패가 멀리 가면 오-오-오(o-o-o)라고 소리를 지르고 반대로 되돌아오면 아(a)라고 소리를 지른다. 프로이트는 이 소리가 독어 '갔다(fort)'와 '여기(da)'라는 소리처럼 들린다고 해석한다. 그에 의하면 이 놀이는 몇 가지로 해석된다.

1) '오(fort)'와 '아(da)'는 어머니의 부재와 현존에 대한 갈등을 나타낸다.
2) 이 놀이는 고독 속에서 자신을 소멸시키는 방법이다. 아이는 큰 거울 속에서 자신의 이미지를 발견하고는 바닥에 움츠린다. 그렇게 함으로써 거울 속의 이미지가 소멸되기 때문이다. 따라서 실패를 던지는 행위는 무의식 중에 자신을 저쪽으로 던지는 행위, 곧 자신을 소멸시키는 행위를 암시한다. 결국 아이는 어머니의 부재가 환기하는 고독을 견디기 위해 자신을 소멸시킨다.
3) 이 놀이를 통해 아이는 자신과 어머니의 분리를 시도한다. 실패 놀이는 어머니의 사라짐과 나타남에 대한 갈등을 표상하고, 그것은 부재와 현존에 대한 저항, 곧 어머니와의 분리 시도로 읽히기 때문이다.
4) 이 놀이를 통해 아이는 수동적 경험(어머니의 부재)을 능동적 경험(실패 던지기)으로 전환한다.
5) 아이는 실패를 던지면서 '좋아. 그럼 가! 난 엄마가 필요 없어. 난 엄마를 던지는 거야.'라고 엄마에게 복수한다.

결국 언어란 무엇인가? 최초의 언어는 고독한 놀이 속에서 태어나고, 그 언어는 의미(기의)가 모호한 말소리(기표)이고, 이 소리는 엄마의 부재를 동기로 하는 결핍, 무의식적 소원을 표상한다. 그러므로 언어는 억압받는 무의식, 결핍, 소원의 세계이다. 시쓰기 역시 근본적으로는 이런 언어, 말하기에 속한다.

4) 욕망과 환유

그러나 라캉은 구조, 곧 요소들의 대립이 의미를 생산한다는 소쉬르 언어학에 토대를 두고 이 놀이를 해석한다. 첫째로 그에 의하면 이 놀이는 대립되는 두 음소, 곧 '오' 와 '아' 의 놀이로 드러나며 아이는 부재와 현존 현상을 상징적 차원에서 수행한다. 말하자면 '오/아' 라는 음소의 대립에 의해 상징계가 나타나며 동시에 아이는 이 상징계, 곧 언어 속에 탄생한다. 둘째로 부재의 현존인 낱말은 부재에 이름을 부여하고, 부재/현존의 대립에 의해 언어의 의미가 생산되고, 이 의미 속에 사물의 세계가 구성된다. 그러니까 언어가 존재한 다음 사물이 존재한다.

'바다' 라는 낱말에는 '바다' 가 없다. 그런 점에서 이 낱말은 없음, 부재의 현존이고, 부재에 이름을 부여하고, 이런 이름, 언어, 상징 속에 '바다' 라는 사물이 존재한다. 아이가 태어나는 것은 '오/아' 라는 음소의 대립 속에서이며, 이런 대립이 의미를 낳고, 따라서 아이의 놀이, 곧 '오/아' 라는 소리는 이 의미, 언어, 상징 속에 그가 태어남을 뜻한다.(좀 더 자세한 것은 이승훈, 「라캉의 주체 개념」, 『탈근대주체이론—과정으로서의 나』, 푸른사상, 2003 참고 바람)

프로이트가 유아의 실패 놀이, 곧 '아/오' 소리에서 발견한 것은 유아의 억압된 무의식이고, 그런 점에서 최초의 언어는 무의식(욕동)의 표상으로 의미가 없는 소리이다. 그러나 라캉은 이 최초의 언어에서 음소의 대립을 읽고, 이런 대립이 의미를 생산한다는 점에서 이 최초의 언어에 의해 아이는 언어, 의미의 세계로 진입한다고 말한다. 라캉에 의하면 우리는 이렇게 상징계에 진입하면서 금이 가고 분열되고, 따라서 언어는 다시 억압이 된다. 언어 억압에서 벗어나기 위해 우리는 언어, 상징계, 법과 싸운다. 언어(상징계) 극복의 문제는 언어와 욕망의 문제를 전제로 한다.

라캉은 소쉬르의 구조주의 언어론과 프로이트의 정신분석을 결합하면서 언어에 대한 새로운 주장을 편다. 나는 그것을 크게 세 가지 수준에서 간단히 살피기로 한다. 첫째는 소쉬르의 유사성 비교와 상이상 교환의 문제, 둘째는 언어와 욕망의 문제, 셋째는 언어(상징계) 극복의 문제다.

첫째로 앞에서도 말했지만 소쉬르에 의하면 언어는 기호이고 그 의미는 낱말의 수준에선 유사성 비교, 문장의 수준에선 상이성 교환에 의해 생산된다. 물론 낱말의 수준에서도 상이성 교환이 존재하지만 (기표와 기의의 교환) 여기선 생략하고, 언어 기호의 의미는 수직 구조(유사성 비교)와 수평 구조(상이성 교환)로 해석할 수 있다. '나는 밥을 먹는다' 의 경우 그것은 수직구조와 수평구조로 구성된다.

```
나      빵     먹는다 ▲        나-밥-먹는다
저      떡     삼킨다 |         ──────────▶
소생    국수   씹는다 |


〈유사성 비교〉              〈상이성 교환〉
〈선택〉                    〈결합〉
〈계열체〉                  〈통합체〉
〈은유〉                    〈환유〉
```

야콥슨에 의하면 수직구조에선 낱말들이 유사성을 토대로 선택되고,

수평구조에선 낱말들이 상이성(접촉성)을 토대로 결합된다. 그런 점에서 언어는 계열체(유사성)에서 낱말을 선택하여 통합체(접촉성)로 결합한다. 그리고 은유는 접촉성(통합체) 혼란, 환유는 선택성(유사성) 혼란에 해당한다. 한편 프로이트가 『꿈의 해석』에서 말한 꿈의 1차 작업은 환유(환유적 치환, 제유적 응축), 2차 작업(상징적 이미지)은 은유(동일시)가 된다.

그러나 라캉에 의하면 환유는 '돛'과 '배'의 경우처럼 물질적 접촉에 토대를 두지만 부분과 전체의 관계는 현실적으로 존재하지 않고 오직 기표 속에서만 존재하고, 따라서 환유는 기표와 기표의 관계 혹은 연결에 토대를 둔다. 은유 역시 유사성의 관계가 아니라 두 기표의 결합으로 정의되고 이때 초현실주의 시처럼 한 기표는 다른 기표를 위해 존재한다.

'달은 신비로운 유리상인'이라는 시행의 경우 기표1(달)은 기표2(유리상인)와 결합된다. 그러나 이런 결합은 일단 의미를 소유하지만 그 의미는 절대적인 것이 아니고, 기표2는 다시 기표3(유리상인은 '무엇'이다)을 전제로 하고, 따라서 모든 기표는 다른 기표를 위해 존재한다. 그러므로 라캉에 의하면 환유적 구조는 $f(S-S') \cong S(-)s$, 은유적 구조는 $f(S'/s)S \cong S(+)s$처럼 표시된다.(좀 더 자세한 것은 이승훈, 「은유」, 『시론』 개정판, 태학사, 2005, 253~56 참고 바람)

은유는 비록 유사성과는 관계가 없지만 소쉬르의 언어구조에 대입하면 수직구조, 환유는 수평구조에 해당한다. 수직구조에선 낱말(기표)이 선택되고, 수평구조에선 낱말(기표)들이 결합된다. 문제는 의미 생산이다. 은유의 경우 의미(기의)는 기표가 생산하지만, 은유의 공식이 암시하듯이, 기의는 소문자(s)로 표시된다. 먼저 기의가 기표 아래 있는 것(S'/s)은 기표가 기의를 억압한다는 것, 그리고 기의가 소문자로 표시된 것은 기표가 생산하는 기의(의미)가 충분치 못하다는 것을 뜻한다.

'장미는 램프'라는 은유의 경우 '장미'(기표1)는 '램프'(기의1)를 생산하지만 이 기의(의미)는 충분치 못하고, 따라서 '램프'(기의1)는 기표2가 되어 다시 기의2를 생산한다. 라캉의 정의에 의하면 생산이 아니라 대치다. 곧 기표는 기의로 대치된다. 그러니까 '장미'는 '램프'로 대치되고, 다시 '램프'는 '가로등'으로 대치된다. 은유의 공식에서 +는 기표와 기의의 단절(−)을 극복하고 기의(의미)가 생산되는 것을 뜻한다.

환유의 공식에서 S−S'는 기표와 기표의 결합을 뜻하고, S(−)s는 기표가 기의(의미)로 환원될 수 없다는 것, 곧 의미작용에 대한 저항, 의미 결핍을 뜻한다. 나는 이런 환유의 공식을 은유와 대립된다기보다 은유의 논리가 발전된 것으로 읽는다. 은유의 경우 기의(의미)는 계속 억압되고, 기의가 다른 기표로 대치된다. 말하자면 기표를 S, 기의를 s로 표시하면 은유는

$$\frac{S1}{s1} \nearrow \frac{S2}{s2} \nearrow \frac{S3}{s3}$$

의 형식이 되어 기의는 계속 소멸하면서 기표들이 지배적 역할을 한다. 그런 점에서 환유의 공식 S−S'와 유사한 형식이 된다. 물론 은유는 의미작용을 허용하고(+), 환유는 허용하지 않는다.(−) 그러나 은유가 허용하는 의미(s)는 충분치 못하고, 계속 다른 기표로 치환된다는 점에서 극단적으로 말하면 이런 기의는 소멸하기 위해 존재한다. 그리고 환유가 가능한 것은 이런 기의(의미)의 소멸 때문이다. 결국 라캉은 소쉬르의 언어 기호의 구조를 단순한 유사성 비교와 상이성 비교의 수준을 넘어 새롭게 해석한다.

둘째로 언어와 욕망의 문제는 이런 관점에서 설명이 가능하다. 라캉에 의하면 환유가 욕망이고 욕망이 환유다. 무슨 말인가? 우리가 말을 한다는 건 낱말(기표)들을 결합하는 일이고, 그것은 은유의 차원과 환유의 차

원, 곧 언어기호의 수직구조와 수평구조를 요구한다. 그러나 앞에서 말했듯이 두 차원을 하나로 결합하면 말하기는 의미(기의)의 억압과 소멸을 동반하는 기표들의 치환에 지나지 않는다.

'나는 밥을 먹는다' 라고 말하는 건 '나' (S1)→ '밥' (S2)→ '먹는다' (S3)로 치환된 것. 그러나 다시 생각하면 이때 '나' 의 의미(s1)는 소멸하면서 '밥' 과 결합된다. 그러므로 기표 '나' 의 기의(의미)가 주체 혹은 자아에 해당하지만 이 주체(기의)는 태어나며 곧장 소멸하고 다른 기표(밥)로 치환된다. 결국 낱말(기표)의 결합 혹은 치환은 의미(기의)의 소멸을 전제로 하고, 의미가 의식이고 자아라면 의미의 소멸은 무의식이고 욕망과 결합된다. 기표가 기의(의미)를 억압하고, 한편 기의(의미)가 소멸하면서 언어질서, 곧 기표들의 연쇄가 가능하다. 의미의 억압이 무의식을 낳고 억압된 무의식이 욕망을 낳는다.

우리는 왜 말을 하는가?

그러므로 이런 의미의 소멸, 무의식, 욕망에 의해 낱말(기표)들이 치환되고, 따라서 낱말 결합, 말하기의 조건은 의미의 소멸, 무의식, 욕망이고 결핍이다. 왜냐하면 욕망의 조건은 결핍이기 때문이다. 그러니까 우리가 계속 말하는 것은 언어, 말하기가 언제나 완벽한 의미(기의)에 도달하지 못하고, 또한 기표가 기의를 억압하고, 기의가 소멸되면서 다른 기표로 치환되기 때문이다. 나, 자아, 주체, 의미, 기의는 잠시 태어나지만 곧장 소멸하기 때문에 언어, 말하기의 주체는 '나' (의미)가 아니고 '나' 를 죽이는 욕망이고, 그러므로 기표가 욕망이고 이 욕망이 기의(의미)를 죽이며 계속 결합된다. 의미(기의)의 소멸은 의미를 모르고, 의식을 모르고 따라서 무의식이고 욕망이다. 그러므로 욕망(결핍)이 낱말들을 결합하고,

기의(의미)에 저항하면서 낱말들이 치환되는 환유는 욕망이 된다.

쉽게 생각하자. 우리는 왜 말을 하는가? 그건 말이 결핍이고 완전한 의미(기의)에 도달하지 못하기 때문이다. 한마디 말로 의미를 충분히 전달할 수 있다면 우리는 굳이 그렇게 많은 말을 할 필요가 없을 것이다. 그러므로 말하기는 결핍이고 결핍이 욕망이다. '나는 외로워'라고 말하지만 이 말의 의미는 충분한 게 아니고 완벽한 게 아니다. 왜 외로워? 어떻게 외로워? 외롭다는 게 뭐야? 그럼 어떻게 해 달라는 거야? 등등 의미(기의)는 한없이 계속되고, 따라서 말하기는 결핍, 욕망의 산물이고 욕망에 의해 수행된다. 기의는 맥을 못 추고 다시 기표가 되고, 기표와 기표 사이에 '나'(기의)가 있다. 그러나 이 '나'는 계속 나타나며 소멸하고, 거기 남는 건 나도 모르는 나의 무의식, 결핍, 욕망이다. 결국 낱말을 결합하고 혹은 치환하는 주체는 내가 아니라 욕망이고, 욕망이 환유다.

셋째로 언어(상징계) 극복의 문제. 언어는 낱말들의 결합이고, 법이고, 질서이고, 이런 언어질서가 이른바 상징계이다. 앞에서는 언어(상징계)의 조건을 결핍, 욕망이라고 했지만 자아는 상징계(현실)에 진입하면서 주체가 된다. 그러나 이때 주체는 금이 가고 분열된다. 금이 간다는 것은 욕망이 억압되는 것을 뜻한다. 그런 점에서 욕망(결핍)이 언어를 생산하고 동시에 언어가 욕망(결핍)을 생산한다. 언어(상징계)에 진입할 때 자아는 사회적 주체가 되지만 이런 주체는 완벽한 주체가 못되고 금이 가는 주체이고, 결핍이 있는 주체이므로 욕망이 억압된다. 그것은 상징계가 법이고 법이 현실이기 때문이다.

나는 '이승훈'이라는 이름으로 호적에 오르면서 상징계(현실)에 진입한다. 그러나 '이승훈'이라는 언어는 구체적인 나를 있는 그대로 재현하는 게 아니라 그런 구체성을 억압하고 추상화하고, 극단적으로 말하면 '나의 현존'이 아니라 '나의 부재'를 재현한다, 이 언어에 의해 나의 욕망은 억압되고 나는 금이 가고 분열된다. 금이 간 주체에서 해방되는 길은 없는가?

  내가 『라캉 거꾸로 읽기—해방시학을 위하여』(월인, 2009)에서 시도한 것이 해방의 가능성이다. 이 책에서 나는 상상계 해방과 상징계 해방을 강조하고, 이런 해방이 禪과 만나는 길을 모색했다. 상상계 해방은 자아라는 환상에서 벗어나고, 상상적 동일시를 극복하기. 상징계 해방은 기표들의 연쇄, 곧 언어 질서를 공격하기(9장), 증상 즐기기(10장), 분열증적 글쓰기(12장), 환상 가로지르기(14장)를 중심으로 모색되고, 마침내 라캉과 선의 만남(15장)으로 마무리된다.

  그러나 이 책에서 나는 선의 시학을 다룬 것은 아니고, 자아가 가짜이고, 언어가 억압이고, 이런 자아와 언어 때문에 우리가 병이 든다는 것. 따라서 라캉의 정신분석은 선의 시학을 위한 이론적 토대, 곧 자아와 언어를 버려야한다는 주장의 이론적 토대가 된다. 그 후 이 책의 일부를 강의한 내용을 그대로 옮긴 「이승훈의 해방시학」(『현대시학』, 2010, 1~12)을 발표하고 『이승훈의 해방시학—라캉으로 시읽기』(문학동네, 2011)로 책을 펴낸 바 있다.

  선과 만나면서 내가 깨달은 건 차안이 피안이고, 중생이 부처이고, 진창이 연꽃이고, 번뇌가 열반이라는 중도 사상이다. 그러니까 흐린 오늘 저녁이, 오는 사람도 가는 사람도 없는 사막이 유토피아고 열반이다. 중도는 언어를 모르고, 자아를 모른다. 언어는 분별이고 분별이 억압이다. 분별이 없는 마음은 시비가 없고, 유와 무를 모르는 청정심이고 맑은 마음이다. 마음이 맑으면 세상이 맑고, 마음이 열반이면 세상이 열반이다. 자아도 분별이고, 따라서 언어를 버리는 것은 분별심, 사유, 이성을 버리고 청정심을 회복하는 것. 과연 시란 무엇이고, 언어란 무엇인가? 자아도 대상도 없고 언어가 있을 뿐이지만 언어도 이름이고 분별이다. 그러므로 언어소멸은 무분별, 평상심, 禪과 만난다.

5) 언어도 버리자

이상에서 강조한 것은 '언어는 없다' 는 명제다. 언어는 구조이고, 구조는 차연이 생산하지만 차연은 실체가 없다. 한편 언어는 소원, 결핍에 지나지 않고, 그것은 의미 없는, 의미를 죽이는 기표이고 욕망이다. 나는 '언어가 시를 쓴다' 는 단계를 지나 '언어도 없다' 는 언어 소멸의 단계를 지나 마침내 '언어도 버리자' 는 사유에 도달한다. 왜냐하면 언어도 없기 때문이다. 언어도 없다는 말은 언어엔 무슨 본질도 의미도 없다는 비트겐슈타인, 데리다, 프로이트, 라캉의 이론을 철학적 토대로 한다. 시쓰기를 구성하는 세 요소 자아－대상－언어의 삼각형은 이제 다음과 같은 도식이 된다.

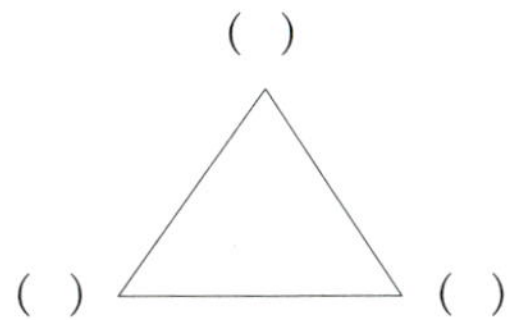

그러나 언어 소멸, 언어 부정은 말 그대로 언어가 없다는 것이 아니고, 언어의 한계를 새로운 시각에서 극복하는 방향으로 나가고, 이 방향이 禪이다.

'언어도 버리자' 는 주장은 비대상 시론을 구성하는 세 요소인 자아－대상－언어의 도식을 전제로 한다. 자아소멸이 아공(我空)으로, 대상소멸이 법공(法空)으로 치환되고 남은 건 언어이고 이 언어가 문제이다. 그런 점에서 나는 자아소멸, 대상소멸 다음 언어소멸에 관심을 둔다. 시집 『비누』(2004) 서문에서 나는 다음처럼 말한다.

> 나도 없고 대상도 없고 언어만 남았다. 그러나 언어도 버려야 하리라. 언어도 버리는 심정으로, 이 심정도 버리는 심정으로 시를 써야 하리라. 언어는 나를 사랑하지 않고 나는 언어에서 벗어날 수도 없다. 오늘도 바람 부는 세상 해질 무렵 시 한 줄 쓴다.

그리고 나는 이 시집에 「언어도 버리자」라는 제목의 시를 수록한다. 다음은 시의 전문.

> 나는 지금 시론을 쓰는 심정으로 이 시를 쓴다. 언어도 버리자. 언어는 존재의 집이 아니라 존재의 짐이므로 집도 버리고 짐도 버리고 산도 버리고 거리도 버리고 저 거울도 버리고 나는 그동안 대상을 버린 시를 썼다. 비대상은 억압, 충동, 욕망의 구토였다. 구토는 지루함이 억압들을 펼쳐 보이는 하얀 식탁보가 아니고 욕망의 전환이 아니다. 그건 내가 길들여진 야수적인 고통. 나는 타자의 욕망을 상상하기 때문에 이 고통을 견딘다. 그러므로 토할 때 나는 다른 누구이고 길을 잃고 헤매지만 헤맴, 방황, 유랑이 희열이고 쾌락이고 주이상스다. 그러므로 나도 버리자. 나도 버리고 나도 버리고 남은 건 언어 이 황량한 언어 언어가 나이므로 언어도 버리자. 언어도 버리고 언어도 버리고 시를 써야 한다. 언어를 버리는 심정으로! 이런 심정도 없는 심정으로!

「언어도 버리자」 전문이다. 언어를 버려야 하는 것은 언어가 존재의 집이 아니라 존재의 짐이기 때문이다. 언어가 존재의 집이고 존재의 건설이고 존재의 터전이라고 한 철학자는 하이데거다. 그러나 여기서 다시 강조해야 할 것은 그가 말한 존재의 집은 흔히 잘못 이해되는 경우가 많고, 이 시에서도 잘못 이해된, 그러니까 오해된 경우로 말한다는 데 유의하시기 바란다. 『선과 하이데거』(황금알, 2011)에서 해명한 것처럼 그가 말하는 존재는 대문자 존재(Being)이고 이 말은 이 세상에 존재하는 것들, 곧 존재자, 소문자 존재(being)의 근거로서 무에 가까운 개념이다. 그러나 많은 평론가, 시인들은 이런 의미로서의 존재, 곧 대문자 존재를 소문자 존재와 혼동하고, 나도 초기에는 이 존재 개념을 오해했다.

이 시에서는 그가 말하는 존재 개념을 알면서도 소문자 존재의 의미로 사용했다. 그러므로 언어는 존재의 집이라는 말은 언어에 의해 이 세상의 사물들, 곧 존재자, 소문자 존재가 존재한다는 뜻. 우리는 '산'이라는 낱말(언어)을 모르면 산이 무엇인지 알 수 없다. 처음 누군가 '산'이라고 불렀기(명명) 때문에 산이 산으로 존재하고, 우리는 산을 알게 된다. 이런 의미로서 언어는 존재(사물)를 건설하고, 언어가 존재의 집이 된다. 요컨대 언어가 있기 때문에 사물들(존재)이 존재한다. 그러나 나는 이 시에서 언어는 존재의 집이 아니라 존재의 짐이라고 말한다. 언어는 사물들을 존재케 하는 것이 아니라 사물들에게 짐이 되고, 부담이 되고, 폐가 된다는 것. 이유는 무엇인가?

다시 생각해 보자. '산'이라는 언어 때문에 산이 존재하지만 이 낱말은 산의 실체, 본질, 전체를 말하지 못하고 구체적인 산의 모습, 형태, 색깔, 크기 등을 추상화 하고 개념화한 것에 지나지 않는다. 따라서 이 낱말(언어)은 구체적인 산에 대해 부담이 되고 폐가 된다. 그러므로 언어를 버려야 한다. '산도 버리고 거리도 버리고 저 거울도 버리자'는 것은 산, 거리, 거울도 언어이기 때문이다. 그동안 내가 비대상의 시를 쓴 것은 이런 의미로서의 대상, 곧 언어가 지시하는 대상의 세계가 부담이었기 때문이다. 물론 「비대상 시론」에서는 언어적 회의를 강조했지만 그게 그거다.

그렇다면 비대상 시란 무엇인가? 이 시에서 나는 비대상을 억압, 충동, 욕망의 구토라고 다시 정의한다. 비대상 시는 대상을 괄호치고 자아(무의식)를 찾는 시. 회화의 경우엔 이른바 추상표현주의, 액션페인팅의 세계와 유사하다. 그것은 살아가면서 억압된 무의식, 욕망, 충동의 세계를 밖으로 투사하는 것. 그런 점에서 비대상 시는 억압, 충동, 욕망의 구토다.

구토는 억압된 내면을 밖으로 토하는 것. 그러나 이런 구토는 '지루함이 억압들을 펼쳐 보이는 하얀 식탁보'가 아니고 '욕망의 전환'이 아니다. 생리학적 수준에서 구토는 토사물로 하얀 식탁보가 더러워지고, 비유적 수준에서 토한 욕망들은 다른 세계로 전환되지 않기 때문이다. 오히려 구토는 야수적인 고통이고 나는 나의 욕망이 아니라 타자의 욕망을 상상하기 때문에 (나의 욕망은 타자의 욕망이다) 이 고통을 견딘다.

말하자면 구토의 고통을 견디는 것은 내가 토하는 욕망이 나의 것이 아니라 타자의 것이기 때문에 견딜 수 있다는 것. 이런 사유는 다소 복잡하고, 구토의 문제를 타자와 관련시킨 건 내가 생각해도 좀 현학적인 느낌이다. 그러므로 토할 때 나는 내가 아니라 다른 누구, 타자이고, 길을 잃고 헤매지만 이 헤맴, 방랑, 유랑이 희열이고 쾌락이고 주이상수다. 사실 토하는 건 고통이지만 이 고통이 동시에 쾌락이 아닌가? 대변의 쾌락이 정상적이라면 구토의 쾌락은 비정상적이고 변태이고, 이 변태, 비정상, 그러니까 입으로 토하는 행위는 정상적인 쾌락보다 더 큰 쾌락이다. 왜냐하면 결국 쾌락은 정상적인 행위보다 비정상적인 행위, 곧 변태적인 쾌락이 더 큰 쾌락을 보증하기 때문이다. 아래로 토하는 설사보다 위로 토하는 구토가 더 큰 쾌락을 주고, 그건 고통에 반비례한다. 그러므로 구토는 희열이고 쾌락이고 주이상스이다.

그러므로 대상도 버리고, 자아도 버리고 남은 건 언어, 황량한 언어지만 언어가 또한 나이므로 언어도 버려야 한다. 결국 이 시에서 나는 대상을 버리고 자아(무의식)를 찾던 비대상 시는 억압, 충동, 욕망의 구토이고, 구토가 쾌락이지만, 자아도 언어이므로 언어도 버리고 시를 쓰자고 주장한다. 언어도 버리고 시를 쓴다? 어떻게? 그건 언어를 버리는 심정으로 쓰는 것이고 이런 심정도 없는 심정으로 시를 쓰는 것. 정효구는 이런 나의 주장에 대해 다음처럼 말한다.

언어를 사용하되, 그것이 언어라는 점도, 그것을 버려야 한다는 점도, 그것
이 헛것이라는 점도, 또 그 무엇도 다 버리는 심정으로 시를 쓴다는 것은, 언어
사용의 실재계화라고 말할 수 있다. 즉 인위의 언어를 무위의 것처럼 사용하는
일이다. 그것은 無心의 경지에서 언어를 만나는 것이다. 그리고 언어와 자아가
실재계의 차원에서 하나가 되고자 하는 행위이다.(정효구, 「비대상의 시론에
서 不二의 시론까지」, 『한국현대시와 평인의 사상』, 푸른사상, 2007, 400)

언어사용의 실재계화는 라캉의 개념을 원용한 것으로 실재계는 상상
계, 상징계를 초월하는 세계를 뜻한다. 나는 이런 실재계화는 상징계(언
어질서)에 구멍을 뚫는 일로 정의한 바 있다. 문제는 정효구가 이런 실재
계화를 무심의 경지로 해석하는 점이고, 나 역시 『라캉 거꾸로 읽기—해
방시학을 위하여』(월인, 2009)에서 시도하고 모색한 것이 그렇다. 내가 말
하는 자아해방은 상상계와 상징계를 초월할 때 가능하고, 이런 해방이 禪
과 통하고, 따라서 이 책에서 내가 시도한 것은 라캉의 실재계를 선의 시
각에서 해석하는 일이었다. 정효구가 말하는 '인위의 언어를 무위의 언
어처럼 사용하는 일', '무심의 경지'는 비록 선불교에 대한 언급은 없지
만 크게 보면 선이 강조하는 무심과 통한다.

그러니까 문제는 자아도 버리고(아공) 대상도 버리고(법공) 이 이공(二
空)을 언어와 결합시키는 일이다. 그러나 말로는 쉽지만 이론의 수준에
선 그렇게 쉬운 것이 아니다. 이건 결합이 아니라 회통이기 때문이다. 한
편 이런 공(空)의 세계는 불립문자의 세계이고 언어는 이런 세계에 닿기
위한 뗏목에 지나지 않는다. 언어를 버리는 심정은 뗏목을 버리는 심정
이지만 버리는 심정은 버리는 행위가 아니다. 왜냐하면 어떤 방법으로든
시는 언어를 수단으로 하기 때문이다. 언어가 없다면 시가 없다. 그렇다
면 어떻게 할 것인가? 나는 시론 「비대상에서 선까지」(2005)에서 다음처
럼 말한다.

따라서 문제는 크게 두 가지이다. 하나는 언어가 자아이고 언어가 대상이라는 인식이고, 다른 하나는 도구로서의 언어 사용 문제이다. 먼저 자아와 대상이 언어적 허구이고 언어적 체계라는 점에서 선적인 시쓰기는 이 허구, 언어 체계에 구멍을 뚫는 일이다. 이 구멍이 空이고 해탈이고 不二이고 진리이다. 이 구멍은 라캉 식으로 말하면 상징계에 구멍이 뚫릴 때 문득 나타나는 실재계에 해당하고, 비트겐슈타인에 의하면 언어를 초월하는 세계, 그러나 이 세상에 존재하는 세계, 그가 말할 수 없는 것에 대해서는 침묵해야 한다고 말할 때의 침묵(신비)에 해당하고, 하이데거에 의하면 無가 존재한다고 말할 때의 그 무, 이른바 대문자 존재에 해당한다.

한마디로 이런 공, 그러니까 아공법공의 세계는 언어 질서에 구멍이 뚫릴 때 드러나고, 이 구멍은 언어를 초월하지만 시는 언어에 의존하고, 따라서 문제는 이런 공의 세계, 말할 수 없지만 존재하는 세계를 시로 말하는 방법이고, 여기서 언어사용이 문제가 된다. …요컨대 이제까지 우리가 사용해온 시적 언어, 예컨대 비유성, 상징성, 이중성, 깊이, 다의성을 버리고 언어를 사용하는 일이다. 왜냐하면 언어도 공 자체, 무 자체가 되어야 하고, 언어에는 무슨 본질, 깊이, 심오한 의미가 있는 게 아니라 언어는 오직 교통을 위해 잠시 빌려 쓰는 도구에 지나지 않기 때문이다. 이런 인식에 도달하면서 나는 한결 자유로워진 셈이다. 시적 의미든 사회적 의미든 모든 의미는 짐이다. 결국 언어를 버린다는 것은 언어의 의미를 버린다는 말과 같다. (이승훈, 「비대상에서 선까지」, 『작가세계』, 2005, 봄)

이 글에서 내가 강조한 것은 두 가지다. 하나는 아공법공과 언어의 회통은 자아, 대상도 언어이기 때문에 언어(상징계)에 구멍을 뚫는 일. 다른 하나는 이런 空은 언어를 초월하지만 언어에 의존하기 때문에 이런 공을 언어로 말하는 방법이 문제다. 나는 이 글에서 전통적인 시적 어법을 버리고, 사회적 의미든 시적 의미든 언어의 의미를 버려야 한다고 주장한다. 요컨대 의상 대사가 『법성게』에서 말하듯 무상무명 절일체(無相無名 絶一切), 곧 형상과 언어가 없으므로 일체가 단절되는 공의 경지이고, 그것은 자아, 대상의 소멸(무상), 언어의 소멸(무명)의 경지를 지향한다. 그러나 이 화엄 사상이 강조하는 것은 법성원융 무이상(法性圓融 無二相)이다. 진리의 세계는 원융하여 두 개로 대립되는 형상이 없다. 그러므로 언어의 의미를 버린다는 것은 분별을 버리고 언어를 사용한다는 뜻이다. 자아든 대상이든 언어든 自性은 없고, 그렇기 때문에 불수자성 수연성(不守自性 隨緣成)의 시쓰기, 곧 자성이 없으므로 인연 따라 가는 시쓰기이고 이런 시쓰기가 무심의 시쓰기다.

6) 언어는 뗏목이다

그러므로 언어도 空이라는 사상이 중요하고, 언어 소멸의 다음 단계로 내가 생각하는 「영도의 시쓰기」는 禪과 만나고, 선의 시학은 시적 언어도 空에 지나지 않고, 시쓰기는 언어(공)에 의해 자아와 대상이 공이라는 것을 알려주는 것을 목표로 한다. 언어가 공이라면 이런 언어의 기능은 무엇인가? 용수는 『회쟁론』 첫 머리에서 공성(空性)으로서의 언어는 자체가 공이기 때문에 대상을 부정할 수 없다는 적대자(장리학파)의 주장을 논박한다. 다음은 적대자의 주장.

> 1. 만일 모든 것에 실체가 없다면 언어도 모든 것이고 따라서 언어는 실체가 없으니 어떻게 대상을 부정할 수 있겠는가? 若一切無體 言語是一切 言語自無切 何能遮彼體(용수, 『廻諍論』, 한역, 김성철 역주, 경서원, 1999, 15)

논박하는 자의 질문에 대해 용수는 게송 64에서 다음처럼 대답한다.

> 64-2.3. 법의 실체가 없기 때문에 법의 실체가 없음을 알고, 법의 실체가 있기 때문에 법의 실체가 있음을 안다. 비유하면 집에 천득이가 없는데 어떤 사람이 천득이가 있느냐고 물을 때 답하는 사람은 '있다'고 말할 수도 있고 '없다'고 말할 수도 있다. 없다고 말하는 경우 이 말은 집에 천득이가 없음을 짓지(作) 않고 다만 천득이가 집에 없음을 알려줄 뿐이다. 이처럼 만일 모든

모든 법에 실체가 없기 때문에 언어도 실체가 없다. 그러므로 언어도 무이고 공이다. 언어가 이렇게 실체가 없다면 대상을 부정할 수 없다는 것이 적대자의 문제 제기다. 그러나 용수는 자신은 대상을 부정하지 않고 또한 부정되는 사물도 없다고 말한다.(63) 모든 사물이 공하다는 말은 부정이 아니기 때문이다. 중요한 건 부정과 공의 문제. '없다'는 말은 '있다'는 말의 부정이다. 사람들은 모든 법에 실체가 있다고 말할 수도 있고, 없다고 말할 수도 있다. 그건 그들이 그렇게 알기 때문이다. 그러나 공이라는 말은 부정이 아니다.

집에 천득(天得)이가 없는 경우 사람들은 천득이가 '있다'고 말할 수도 있고, '없다'고 말할 수도 있다. 집에 있기 때문에 '있다'고 말하고, 한편 집에 없기 때문에 '없다'고 말할 수 있다. 문제는 '없다'고 말하는 경우다. 이 때 이 말은 천득이가 집에 없음을 알려줄 뿐이지 '없음'을 짓고 만들고 조성하는 건 아니다. 그러므로 용수에 의하면 '없다'는 말이 천득이를 부정한 것도 아니고, 천득이가 세상에 없다고 주장한 것도 아니다. 모든 법은 실체, 자성이 없다. 공이라고 말하는 것은 모든 법이 없음을 만드는 것이 아니라 다만 모든 법의 실체가 공이라는 것을 알려줄 뿐이다.

쉽게 생각하자. 언어는 실체, 자성이 없고 연기의 산물이므로 공이다. 따라서 공으로서의 언어는 대상을 부정할 수 없다는 게 적대자의 주장이다. 그러나 용수에 의하면 대상이 공이라는 말, 천득이가 집에 없다는 말은 대상의 존재를 부정하고, 천득이가 존재하지 않는다고, 그의 존재를 부정하는 것은 아니다. 그는 집에 없지만 죽은 것(무)은 아니다. 다만 대상의 실체, 본질, 자성이 없다는 것, 공이라는 것을 강조할 뿐이다. 반야 사상에 의하면 색(법, 현상)은 있고, 다만 이 색의 본질, 실체, 자성의 없음(공)이 강조된다. 공은 색을 부정하는 게 아니다. 그러므로 색즉시공이고 공즉시색이다. 천득이는 존재하지만(색) 그의 본질, 실체, 자성이 없다(공)는 말이다.

부처님은 일체 만물이 실체가 없고 모두 공이라고 말씀하셨다. 그러므로 언어도 실체가 없고 인연으로 발생하는 연기의 산물일 뿐이다. 과연 언어(말)는 어디 있는가? 말의 실체가 있는 게 아니라 입, 입술, 혀, 치아, 목구멍의 인연 화합이 있을 뿐이다. 그러므로 언어도 공이다. 그렇다면 이렇게 실체가 없는 언어가 대상에 대해 무슨 말을 할 수 있단 말인가? 언어가 공이라면 대상도 공이다. 언어가 대상에 대해 하는 말은 대상이 공이라는 것. 언어는 공이지만 없는 것이 아니기 때문에 사용될 수 있고, 이런 언어가 대상은 공이라고 말한다. 그러니까 언어도 있고 대상도 있다. 다만 둘 모두 실체가 없고 연기, 공을 본질로 한다. 언어가 공이라는 말은 언어를 부정하는 것이 아니고, 대상이 공이라는 말도 대상을 부정하는 것이 아니다.

앞에서 나는 비트겐슈타인의 후기 철학이 강조하는 것은 언어에는 다만 사용하는 데 그 의미(본질)가 있다는 것, 그리고 그가 말하는 언어 놀이는 사유가 없는 행동이고 사유로부터의 해방의 길을 암시한다고 주장한 바 있다. 언어가 공이라는 말은 언어에는 의미(본질)가 없다는 말과 통하고, 공으로서의 언어 사용은 언어 놀이에 비유될 수 있다. 그리고 이런 비유는 두 가지 의미를 내포한다. 하나는 언어 놀이가 사유 없는 행동이라는 점에서 선사들의 언어 사용, 특히 선시와 통한다는 것. 다른 하나는 부처님이 말씀하신 것처럼 언어는 사용하면 버려야 하는 뗏목과 같다는 것.

축구 경기의 경우 뛰어난 선수들은 볼이 오면 무슨 생각을 하며 볼을

차는 게 아니라 아무 생각 없이 그때그때 인연 따라 볼을 차고(사용하고)
버린다. 그러므로 크게 보면 언어 놀이가 강조하는 사유 없는 행동과, 언
어를 사용 한 다음 버리는 것은 별도로 나누어지는 건 아니다. 언어가 공
이고, 이런 언어를 사용하는 것 역시 이런 시각에서 해석할 수 있다. 볼에
실체, 본질, 자성이 없고 게임에 사용될 때 의미가 있듯이 언어에도 실체,
본질이 없고, 사용될 때 그 의미가 있다. 그렇다면 이 의미는 무슨 의미인
가? 아무 의미도 없는 의미이다. 사유 없는 행동이 이런 볼 사용이고 언
어 사용이고, 볼이 골에 들어가고 경기가 끝나면 볼을 버리듯이 언어도
'공' 이라는 목표를 성취하면 버려야 한다.

　결국 자아, 대상, 언어 모두 공이다. 앞에서 나는 자아도 없고, 대상도
없다고 말하면서 이런 부정을 선의 시각에서 공으로 해석한 바 있다. 그
러니까 나는 자아－대상－언어도 없는 상태에서 쓰는 행위만 있는 단계,
영도의 시쓰기에 도달하고, 이 영도가 선과 만나는 과정이 앞으로의 과제
이다. 영도냐 선이냐? 그동안 나는 불교와 만나면서 시집 『인생』(민음사,
2002), 『비누』(고요아침, 2004)를 펴내고, 이 시집들을 대상으로 시론 「비대
상에서 선까지」(『작가세계』, 2005, 봄)를 발표한다. 그리고 시집 『이것은 시
가 아니다』(세계사, 2007)를 내면서 책 뒤에 시론 「누가 코끼리를 보았는가」
를 발표하고, 다시 시집 『화두』(책 만드는 집, 2010)를 내면서 책 뒤에 시론
「영도의 시쓰기」를 발표한다. 다시 요약하면 다음과 같다.

시집	시론
2002 인생	
2004 비누	비대상에서 선까지
2007 이것은 시가 아니다	누가 코끼리를 보았는가
2010 화두	영도의 시쓰기

　내가 이렇게 요약하는 것은 영도의 시쓰기와 선의 관계 때문이다. 시간적 순서로 보면 나는 「영도의 시쓰기」 전에 이미 선에 대해 말한다. 시론 「비대상에서 선까지」에서 강조한 것은 초기의 비대상시에서 출발한 자아탐구가 그 후 자아탐구―자아소멸―자아불이의 단계로 나가고, 특히 이 시론은 자아불이의 세계, 곧 선이 강조하는 자아는 연기이고 공이고 중도이고 불이라는 사유를 강조한다. 그 후 나는 시론 「누가 코끼리를 보았는가」에서 이런 사유를 보충하고 심화한다. 요약하면 시에도 삶에도 무슨 자성은 없고, 시와 삶, 시와 비시도 불이의 관계에 있다는 것. 그리고 시론 「영도의 시쓰기」를 발표한다. 영도의 시쓰기는 자아―대상―언어가 소멸한 다음의 시쓰기, 그러니까 쓰는 행위만 남은 시쓰기다.

　그러나 시집 『화두』에 수록한 시론 「영도의 시쓰기」는 시론집 『라캉 거꾸로 읽기―해방시학을 위하여』(월인, 2009)에 수록한 「영도의 시쓰기」를 짧게 요약한 것이므로 내가 주장하는 영도의 개념이 충분히 전달되지 않았을 수도 있다. 원본 「영도의 시쓰기」가 강조한 것은 선이 무원(無願)의 종교적 실천이고, 영도의 시쓰기 역시 그런 실천을 지향한다는 것. 이 글에서 나는 시에 대한 그동안의 사유를 이렇게 도표로 나타낸 바 있다.

자아 찾기 —— 자아소멸 —— 자아불이
|
영도의 사유

　그러니까 영도의 사유는 자아불이의 사유의 연속이고 발전이다. 영도의 시쓰기는 쓰는 행위만 남은 시쓰기, 곧 자아―대상―언어가 사라진 상태에서 쓰는 행위만 남은 시쓰기이지만 불이 사상을 전제로 하면 이때 자아, 대상, 언어는 없는 것도 아니고 없는 것이 아닌 것도 아니다.(不一不異) 그러므로 영도의 시론은 자아, 대상, 언어의 부정을 다시 부정하고, 이 부

정의 부정이 선과 만나고 만나야 한다. 그러나 요약본 「영도의 시쓰기」에
선 이런 선적 사유가 충분히 전달되지 않았고, 따라서 나는 다시 시론
「영도냐 선이냐」(『시와세계』, 2011, 여름호)를 발표하고, 내가 말하는 영도의
시쓰기는 선 혹은 공의 시쓰기와 만난다고 주장한다.

이런 사유에 의하면 영도의 시학은 선의 시학으로 나가고, 선의 시학과
만나고, 선의 시학을 위한 기초가 된다. 「영도론」에서는 먼저 자아—대
상—언어가 소멸하고, 세 요소가 부정되고, 영도와 만나게 되는 과정을
살피고, 다음 영도의 시쓰기를 중심으로 선의 시론, 혹은 선의 시학이 나
갈 방향을 살피기로 한다.

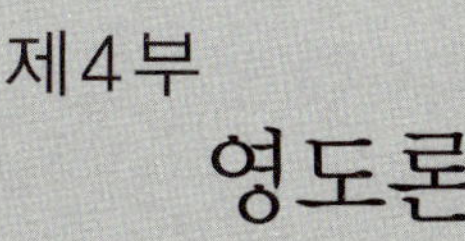

제4부

영도론

1. 영도와 자아

1) 자아불이

나는 선 사상, 곧 불이사상과 만나면서 시집 『인생』(2002), 『비누』(2004)를 내고, 시론 「비대상에서 선까지」(『작가세계』, 2005, 봄)를 발표한다. 이 시론에서 내가 강조한 것은 불교와 만나면서 내가 깨달은 사유의 전환과 전환의 사유이고, 언어를 버린다는 것의 의미와 두 권의 시집에 대한 나대로의 성찰이다. 이 시론을 중심으로 이 시론에 의존하면서 영도의 시론을 시작한다.

선과 만나면서 내가 깨달은 건 초기부터 나를 지배한 자아 찾기가 자아소멸의 단계를 거쳐 마침내 자아불이 사상으로 전환한 것. 나는 다음처럼 말한다.

과연 나는 누구인가? 초기부터 나를 지배한 화두는 자아탐구였고 이런 탐구가 중기에 오면 자아소멸로 전환하고, 최근 그러니까 자칭 후기에 오며 내가 만난 것은 자아불이라고 이재훈과의 대담(『시와 세계』, 2004, 겨울)에서 밝힌 바 있다. 불이는 이불이 아니다. 불이는 '유마경'에 나오는 말씀. 40년 넘게 시를 써 왔지만 나는 자연을 노래한 적이 없고 사회 현실도 노래한 적이 없다. 도대체 내가 누구인지 모르는데 어떻게 자연, 사회, 현실을 노래할 수 있단 말인가? 그동안 쓴 시들은 자아탐구—자아소멸—자아불이로 요약되고, 시쓰기를 구성하는 자아—대상—언어의 관계를 중심으로 말하면 초기에는 대상이 없는 시, 자칭 비대상의 시를 썼고, 중기에는 자아가 소멸하기 때문에 언어가 시를 쓰고, 후기 그러니까 최근에는 언어마저 헛것, 환상, 허상이라는 생각이고 따라서 언어도 버려야 한다는 생각이다. (이승훈, 「비대상에서 선까지」)

언어도 버리자. 나는 '언어도 버리자'라는 제목으로 시를 발표한 적도 있다. 그러나 과연 언어를 버리고 시를 쓸 수 있는가? 최근의 화두이다. 언어란 무엇이고, 언어를 버린다는 것은 무엇이고, 不二란 무엇인가? 불이는 같은 것도 아니요(不一) 다른 것도 아니라는(不異) 선불교 용어. 자아소멸을 주장하고, 그러니까 자아가 없다고 주장하고 다시 자아불이를 주장하는 것이 이상한 것 같지만 이상한 게 아니다. 사유의 전환이 필요할 뿐이다. 불교와 만나면서 내가 깨달은 건 사유의 전환이고 전환의 사유이다.

이런 사유가 그 후 시론 「누가 코끼리를 보았는가?」, 「모노와 해방시학」, 「영도의 시쓰기」로 발전한다. 영도의 시쓰기라는 용어는 마지막 단계에 나오지만 자아불이 사상이 영도와 만나고, 영도와 겹치면서 선에 대한 사유로 발전한다. 시쓰기에 대한 그동안의 사유를 다시 요약하면 다음과 같다.

대상소멸 —— 자아 찾기 —— 자아소멸 —— 자아불이

대상론   자아론   언어론   영도론

그러므로 영도론은 자아불이 사상을 전제로 하고, 내가 이 글에서 「비

대상에서 선까지」를 먼저 다루는 것은 이런 사정을 동기로 한다. 물론 자아불이는 대상불이, 언어불이와 다시 불이의 관계로 드러난다. 그렇다면 불이 사상과 영도의 관계가 문제이고, 내가 이 글의 제목을 「영도와 자아」로 한 것은 이런 사정 때문이다.

　자아 찾기는 자아 있음을 강조하고 자아소멸은 자아 없음을 강조한다. 그러나 자아불이가 강조하는 것은 이런 있음/없음의 경계를 깨고 해체하고 변증법적으로 종합하는, 아니 선(禪)은 종합이 아니기 때문에, 그런 종합도 초월하는 空의 세계를 지향한다. 그동안 나는 시를 쓴 게 아니라 나를 찾아 헤맸고 마침내 법연(法緣)이 닿아 불이사상과 만났다. 자아불이는 자아 있음과 자아 없음이 같은 것도 아니고 다른 것도 아니라는 것. 불이는 그런 유/무의 경계를 초월하는 공의 세계이다. 시집 『인생』 서문에는 다음과 같은 말이 나온다.

> 　모더니즘, 포스트모더니즘, 해체주의를 거쳐 불교와 만나게 된 건 고마운 인연이다. 산이 물 위로 간다. 가는 것은 산인가, 물인가? 최근의 화두이다. 오늘도 무엇을 쓰는지 모르며 무엇을 쓰고 어디로 가는지 모르며 어디로 간다. ―나의 무가치가 나의 가치이고, 나의 무의미가 나의 의미이다. 나도 나를 인정하지 않고, 나도 내가 쓴 시를 모르고, 나도 나를 이해할 수 없다. 왜냐하면 이해할 게 없으므로. 결국 나는 아무것도 말하지 않고 말한 게 없고 이 글도 이렇게 쓰지 않았으면 좋았을 것이다.

도대체 무슨 소리인가? 미학의 수준에서 자아 찾기, 곧 비대상의 시는 모더니즘에 해당하고, 자아소멸, 곧 언어가 시를 쓰는 단계는 포스트모더니즘 혹은 해체주의에 해당한다. 나는 한국적 포스모더니즘의 시를 데리다의 해체주의와 관련시켜 해명한 바 있고, 따라서 후기모더니즘 혹은 탈모더니즘은 해체주의와 동일시된다. 문제는 내가 불교와 만나면서 인용하는 '산이 물 위로 간다'는 말. 도대체 무슨 소리인가? 가는 것은 산인가, 물인가?

이 화두에서 산과 물은 같은 것도 아니고 다른 것도 아니다. 이른바 불이의 관계에 있고, 이 화두가 노리는 것은 이런 불이, 중도, 공의 세계이다. 그러므로 가치/무가치, 의미/무의미, 말/침묵도 불이의 관계이고, 나도 나 아닌 것도 불이의 관계에 있다. 나도 나를 이해할 수 없다는 것은 모든 이해가 분별, 이성, 논리, 인식, 존재를 전제로 하기 때문이고 이런 논리, 인식, 존재의 극한에 공이 있다.

물론 공이 있다는 것도 말이 안 된다. 공은 이런 있음/ 없음을 초월하기 때문이다. 그러므로 인식의 극한에 공이 있다는 말도 어디까지나 언어이고 부처님은 언어를 뗏목에 비유한다. 뗏목은 깨달은 다음, 그러니까 피안에 도달한 다음, 물론 차안이 피안이고 피안이 차안이지만, 버려야 하고, 그러므로 깨닫기까지는 언어라는 뗏목이 필요하다. 피안에 닿으면 버려야 하지만 거기 닿을 때까지는 필요한 도구이다. 임시 빌려 쓰는 방편이다.

그런 점에서 언어에는 무슨 본질이 있고 심오한 의미가 있는 게 아니다. 밥을 먹기 위해 수저가 필요한 것과 같다. 물론 수저 없이 맨손으로 밥을 먹을 수도 있다. 말하자면 언어라는 도구에 기대지 않고 곧장 깨닫는 것. 六祖 혜능은 일자무식 나무꾼이었지만 누구보다 먼저 깨달았다. 그러므로 선이 강조하는 것은 不立文字, 敎外別傳, 直指人心, 見性成佛이다. 이 말은 선이 한창 세력을 떨치던 당나라 때 선종에서 창안한 것으로 『보림전』에 처음 등장한다. 이 말은 화엄종 등 기존의 교종을 폄하하고 선의 우월성을 강조하기 위해 등장한다. 그러니까 선과 교에서 선을 강조하는 말. 선은 문자에 의존하지 않고, 교, 가르침, 경전 외에 별도로 전하고(염화미소), 바로 마음을 가리키고, 마음이 부처이므로 마음을 보아 부처가 된다는 것.

그러나 경전과 교학을 무시한다는 점에서, 그러니까 언어 방편을 무시한다는 점에서 오해가 많은 말이다. 왜냐하면 부처님 말씀(언어)이 무엇인지도 모르고 참선만 하는 것은 마치 어디로 가지만 지도 한 장 없이, 그러니까 어디로 왜 어떻게 가는지도 모르고 가는 것과 같기 때문이다. 그런 점에서 나는 청허 스님이 주장한 선교(禪教)일치 혹은 사교입선(捨敎入禪)의 입장이다. 청허 스님은 『선가귀감』에서 '선은 부처의 마음이고 교는 부처의 말씀이다. 말 없음으로 말 없는 데 이르는 것은 선이고, 말로써 말 없는 데 이르는 것은 교다.' 라고 말하며 선과 교의 중도를 강조하고, 무엇보다 교에 의지해 목표를 정하고 선으로 들어갈 것, 곧 사교입선을 강조한다. 책이나 경전을 한 권도 안 읽는 불교는 무지한 불교이고, 무식한 불교이고, 허세의 불교이다. 우리 불교의 문제도 이런 데 있다는 생각이다. 물론 부처님의 진리는 언어를 초월하는 불립문자의 경지이다.

불립문자도 언어다

그러나 불립문자도 언어이고 그런 점에서 언어라는 도구가 필요하다. 뗏목이 필요하고 사다리가 필요하고 이런 글이 필요하다. 사실 수저에 무슨 의미가 있는가? 수저로는 밥을 먹으면 되고 수저는 밥을 먹기 위한 도구일 뿐이다. 내가 언어도 버려야 한다고 말하는 것은 이런 문맥을 거느린다. 언어를 그저 잠시 도구로 수단으로 방편으로 쓰자는 것. 그런 점에서 시적 언어라는것도 버려야 한다. 내가 앞에서 언어는 다만 사용하는 데 의미(본질)가 있다는 비트겐슈타인의 말을 강조하고, 그가 말하는 언어 놀이가 사유 없는 행동이고 사유로부터의 해방을 암시한다고 주장한 것도 이런 문맥을 거느린다. 한편 모노파 예술에 의하면 언어도 버린다는 것은 언어로 아무것도 하지 않는 것이 아니라, 무엇을 만들지 않는 시쓰기, 자아나 주체가 없기 때문에 무아의 시쓰기가 된다.

결국 선과 만나면서 자아소멸에서 자아불이로 전환하듯이 언어소멸도 언어불이로 전환한다. 그러니까 자아탐구, 자아 찾기, 곧 자아를 찾는다는 것 자체가 인식론적 오류였다. 인식론적 오류라? 그렇다면 40년 넘게 자아 찾기의 시를 쓰고, 자아를 찾아 헤맨 세월이 너무 헛된 것인 아닌가? 나는 그렇게 생각하지 않는다. 오히려 고맙다는 생각이다. 그동안의 자아탐구는 헛된 것이 아니고 나대로 의미가 있기 때문이다. 자아가 있기 때문에 자아를 찾아 헤맸고, 그 후 자아가 없다는 결론에 도달했지만, 선과 만나면서 자아는 없는 것도 아니라는 선적 인식에 도달했기 때문에 이런 깨달음은 어디까지나 자아 찾기─자아소멸─자아불이의 단계로 발전하고, 특히 자아 찾기─자아소멸의 단계가 없었다면 자아에 대한 선적 인식에 도달할 수 없었기 때문이다. 그러니까 그동안 고생한 보람이 있지 않은가?

이 책 교정을 볼 때 심은섭의 박사학위논문을 받았다. 그는 이 논문에서 내 시론의 특성을 종합이 없는 부정의 변증법으로 해석하며 대상부정─자아부정─언어부정의 단계를 아방가르드 정신으로 요약하고, 선과 아방가르드의 관계를 다룬다.(심은섭, 「이승훈의 시론 연구」, 관동대 대학원 국문과 박사학위논문, 2012)

아방가르드란 무엇인가? 처음부터 자아에는 실체, 자성, 본질이 없다는 걸 알았다면 더 좋았겠지만 무엇을 제대로 안다는 것은 이런 고통, 암중모색, 사유의 시련을 통해 결국 내가 아는 게 하나도 없다는 것을 아는 것이 아닌가? 자아가 없다는 걸 알기 위해 시를 썼고, 사유했고, 헤맸고, 방황했고, 술을 마셨고, 병이 들었고, 언어를 낭비했다. '시 쓰는 사람 병이 많고 술을 사랑하네.' 만해 한용운의 시다. 그렇다. 이런 병과 고독과 불안과 방황이 있었기 때문에 자아가 없다는 걸 깨닫고 자아가 공이라는 걸 깨달았다. 그런 점에서 나는 우울한 독학자, 만성 떠돌이고 지금도 떠돌이 시인이고 자폐증에 시달리는 늙은 교수이고 3류 선객(禪客)이다.

이 글은 어제 쓰다만 글. 며칠째 허리 통증이 심하고 걷기도 힘들고 자주 현기증도 오는 걸 참고 지내다 할 수 없이 아들에게 말했다. 아들은 곧장 세브란스병원 후배 의사에게 연락을 하고, "아버지, 내일 바로 병원 가서 MRI 검사 예약하고 검사 받으세요. 환자 카드만 가지고 가면 돼요." 말한다. 서울이 집중 호우로 물바다가 된 다음 날 신촌 세브란스병원 영상의학과에 가서 예약을 하고 돌아와 글을 썼지만 도무지 글이 안 나가 그만 포기하고 오늘 다시 책상에 앉아 글을 쓰지만 정신이 집중되지 않는다.

지난해 이맘때가 생각난다. 비가 오락가락하던 지난해 이맘때도 허리가 아프고 걷기가 힘들어 세브란스병원에 입원까지 하고 검사를 받았다. 다행히 뼈에는 암이 발견되지 않았지만 골다공증 악화 진단을 받고 그 후 계속 약을 먹고 두 달에 한 번 병원에 가서 한 시간짜리 주사도 맞고 지낸다. 아픈 곳이 어디 한두 군데인가? 7월엔 위암 내시경 검사를 또 받고, 전립선암 수치도 안 좋고 며칠 전에는 팔에 염증이 생겨 피부과를 다녀왔다.

지난해 여름 만해마을 축제 때 『시와 세계』 세미나에 주제를 발표할 예정이었지만 포기한 건 허리 때문이었다. 올해도 또 세미나 주제를 발표할 예정이다. 그러나 건강이 이 꼴이라면 또 포기해야 하는가? 이런 저런 생각 때문에 글도 제대로 쓰기 어렵고 불안하다. 벼랑 끝에서 손을 놓아라! 말은 쉽지만 사실 모든 걸 놓고 산다는 게 이렇게 어렵다.

향엄(香嚴) 스님은 위산(潙山) 스님 문하로 들어가 선을 배운다. 어느 날 위산이 향엄에게 "부모에게서 태어나기 전의 본래면목은 무엇인가?" 묻는다. 부모미생전(父母未生前) 본래면목(本來面目)이라는 화두. 본래면목은 본지풍광(本地風光)이라고도 하고 천연 그대로 인위적인 조작이 없는 자태로 사람이 본래 지니고 있는 마음, 곧 불성을 뜻한다. 그러나 향엄은 대답을 못하고 자신의 수행의 경지를 한탄한다. 그 후 몇 차례 위산에게 가르쳐 달라고 하지만 거절당한다.

마침내 향엄은 그동안 읽은 책들을 모두 태워버리고 끝내 불법을 깨치지 못하면 환속해야 한다고 결심하고 위산을 하직한다. 그 후 하남성 남양 향엄사로 가서 혜충국사를 둘러본다. 거기서 며칠을 쉬던 어느 날 마당을 쓸다가 빗자루에 쓸려나간 벽돌 조각이 대나무에 부딪쳐 '딱!' 하는 소리를 듣고 본래면목의 진리를 깨닫는다.

이 공안에서 내가 읽는 것은 불법을 깨치기 전 향엄을 휩쓸던 끔찍한 고독, 단독자 의식, 불안과 방황이고 이런 고독과 함께 고독을 넘어 마침내 진리를 깨치는 과정이다. 위산이 가르쳐주지 않은 것 역시 '너 혼자 깨치라'는 단독자 의식이고, 향엄이 그동안 읽은 책들을 모두 불살라 버리는 행위 역시 철저한 단독자가 되기 위해서다. 철저한 고독의 수행이 있었기 때문에 벽돌 조각이 대나무에 부딪치는 소리를 듣고 그동안 자신이 알고 있던 것, 모든 분별을 망각한다. 선이 강조하는 것은 절대로 남에게 의존하지 말라는 것. 그러므로 철저한 단독자 의식이고 단독자 의식의 끝에 무가 나타난다.

2) 자아 찾기는 오류다

향엄 스님 이야기를 하는 건 지금 내가 무엇을 깨치기 위해 하는 소리가 아니라 스님이 고독과 방황의 과정을 거쳐 깨친 것처럼 무슨 공부든 이런 철저한 고독과 방황을 매개로 진리에 도달한다는 것을 강조하기 위해서다. 그러니까 아전인수 같지만 40년 넘게 자아를 찾아 헤맸기 때문에 마침내 어느 날 문득 자아가 없다는, 자아도 공이라는 사유에 도달한 셈이다. 사유의 전환이 전환의 사유이고, 전환의 사유가 가르쳐주는 것은 자아 찾기라는 주제가 처음부터 오류였다는 것. 그렇다면 왜 오류인가? 앞에서 주장했듯이 자아에 해당하는 오온(五蘊), 곧 몸과 마음에 실체, 자성, 본질이 없고, 따라서 자아는 연기의 과정이고 공이기 때문이다. 좀 더 부연하자.

첫째로 자아 찾기가 인식론적 오류인 것은 자아를 있는 그대로 보지 않고 대상으로 객관화해서 인식했기 때문이다. 그러니까 나를 하나의 대상으로 인식한다는 점에서 서구의 전통적 인식론, 곧 주체/객체의 이원론의 시각에 서 있다. 흔히 자의식이라고 하자만 내가 나를 의식한다는 것은 결국 내가 나를 또 하나의 대상으로 설정하고 그 대상의 본질을 인식하는 행위이고, 그런 점에서 주체(자아)/객체(자아), 자아(자아)/대상(자아)의 관계가 되고, 불교가 강조하는 것은 자아는 실체가 없기 때문에 주체가 될 수도 없고 나아가 객체도 될 수 없다. 자아가 있는 것도 아니고 이 자아를 대상으로 인식할 수도 없다. 공에 지나지 않는 자아가 주체가 되어 자신을 객체로 인식한다는 것은 오류이다. 한편 이런 공으로서의 자아가 주체가 되어 자신을 객체로 인식하는 것은 인식론적 폭력이 된다. 결국 자아를 사물이나 대상으로 간주한 건 오류이다.

둘째로 찾기, 탐구의 오류이다. 찾는다는 것은 무엇이고. 탐구한다는 것은 무엇인가? 찾는다는 것은 없는 것, 숨은 것, 잃어버린 것을 나타나도록 뒤져 살핀다는 뜻이고, 탐구한다는 것은 더듬어 구하고, 바라고, 구걸하고, 빈다는 뜻이다. 자아는 처음부터 없기 때문에 이렇게 없는 자아를 뒤지고 살피는 행위는 오류이다. 자아는 어디 숨어 있는 것도 아니다. 그러나 나는 처음 이 자아, 그러니까 진정한 자아를 자아 심층에 있는 무의식으로 간주하고 무의식을 탐구한 셈이지만 자아는 자아(의식) 속에 숨어 있는 것(무의식)도 아니고, 이 무의식은 잡히지도 않았기 때문에 숨은 자아를 나타나도록 뒤지고 살피는 행위는 오류이다. 그렇다고 우리는 자아를 잃어버린 것도 아니다. 왜냐하면 처음부터 자아는 없었고, 이렇게 없는 자아가 있기 때문이다. 자아공이 강조하는 것은 유/무를 초월하는 무이고 이 무가 空性을 뜻한다. 따라서 더듬어 바랄 게 없고 구걸할 게 없고, 빌 대상이 없다.

셋째로 자아 찾기는 마음의 지껄임에 지나지 않는다. 말하자면 대상에 대한 말하기. 언어로 표현하기, 언표이다. 세존께서는 『삼매왕경』에서 다음처럼 말씀하신다.

> 공한 법들을 자성으로 생각하는 자는 나쁜 길로 가는 어리석은 자이다. 공한 법들은 언어로 표현되지만, 표현될 수 없는 것들이 언어로 표현된 것이다. 寂靜하고 적정한 법들을 생각하는 사람과 그의 마음은 결코 진실한 존재가 아니다. 모든 희론은 대상에 대한 마음의 심尋이다. 너희들은 제법이 미묘하고, 不思議함을 깨달아야 한다. (찬드라키르티(월칭), 김정근 역주, 『쁘라산나 빠다 1-중론』, 푸른가람, 2011, 288 재인용)

모든 법, 현상은 자성이 없음으로 공하지만 그렇다고 이 공을 자성으로 생각하면 안 된다. 공성은 언어로 표현할 수 없는 세계이므로 언어로 표현하는 것은 표현될 수 없는 것을 표현하는 것이다. 모든 현상의 공성, 곧 적정한 제법을 생각하는 마음은 존재하는 마음이 아니다. 그러므로 대상에 대해 마음이 찾는 것(尋)은 웃기는 이야기다. 희론(戲論)은 아무 이익도 없이 그저 희롱하는 담론. 희론에는 사물에 집착하는 마음과 어디에 치우치는 소견 두 가지가 있다. 흔히 재가불자들이 전자에, 출가 스님들이 후자에 빠진다. 중요한 것은 모든 현상이 언어와 사유를 초월하는 미묘한 세계이고, 따라서 생각할 수 없는 세계라는 것.

부처님 말씀에 따르면 자아 찾기는 자아를 사물로 간주하고 사물에 집착하는 희론에 지나지 않는다. 자아라는 대상에 대한 마음의 심, 찾기이다. 대상에 대한 마음의 작용은 심(尋)과 사(伺)가 있다. 안혜의 「유식삼십송석」에 의하면 심은 사물에 대한 추구이며, 마음의 지껄임이고 지껄임은 대상에 대한 言表이다. 사도 같지만 다만 심이 거친 사유라면 사는 세밀한 사유이다. 혹은 심이 대상에 주의를 돌리는 것이라면 사는 대상에 침잠하여 머무는 것. 월칭에 의하면 심은 분별이다. 그러나 심과 사는 대상에 대한 집중이므로 초선(初禪)에 들어가기 위해 필요하다.(앞의 책, 각주, 288 참고)

앞에서 말했지만 자아 찾기는 자아를 대상, 사물로 간주하고 이 대상을 마음으로 찾는 것(심)이다. 따라서 자아가 공한 것임에도 불구하고 자성이 있는 사물로 간주하고, 그 사물에 집착하는, 사물에 대한 추구이므로 오류이다.

넷째로 자아 찾기는 자아라는 대상에 대한 추구이며, 이런 추구는 마음의 지껄임, 곧 대상에 대한 언표가 된다. 그러므로 언어로 표현할 수 없는 것을 표현하는 작위이고, 언어가 분별이라는 점에서 분별이다. 그러므로 미묘하고 불가사의한 공성에 어긋나고, 따라서 자아 찾기는 오류다.

물론 심(尋)과 사(伺)는 자아를 대상으로 간주하는 자아 찾기가 아니라 자아가 밖에 있는 대상에 대해 일으키는 마음의 작용이고, 그런 의미로서 초선에 들기 위해 필요하다. 그러나 나는 이런 의미보다 자아 찾기가 자아를 대상으로 간주하고 그 대상에 집착한다는 의미로 찾기(심)를 해석한다. 참고로 부연하면 심(尋)에는 영어로 look for(찾다), visit(방문하다, 구경하다, 지껄이다, 잇다, 첨가하다, 헤아리다)의 뜻이 있고, 사(伺)에는 watch(살피다, 엿보다)의 뜻이 있다.

물론 자아 찾기의 오류를 지적하면서 내가 자아가 없다는 말을 하는 것은 있다/없다의 문맥이 아니라 자아의 空性, 곧 자아가 공하다는 뜻이다. 그러니까 자아가 없다는 말은 자아의 자성, 실체, 본질이 없다는 뜻이다. 이 점에 유의해 주시기 바란다. 불교가 강조하는 것은 있다/없다, 존재/부재 같은 이항 대립이나 양극단이 아니라 불이, 중도이다. 그렇다고 중도에 머무는 것도 아니다.

3) 아공과 법공

자아 찾기가 자아소멸의 단계를 거쳐 자아불이 사상, 곧 자아가 공하다는 자아의 공성과 만난 것은 시집 『인생』에서다. 시론 「비대상에서 선까지」에서 나는 이 시집에서 노래한 것은 이공(二空) 가운데 하나인 아공(我空)이라고 말한다. 그러니까 아공과 법공 가운데 아공을 지향하고, 그것은 자아를 구성하는 오온(五蘊), 곧 색수상행식(色受想行識)에 자성, 곧 본질, 실체가 없기 때문이다. 나는 이런 자성 없음, 무아, 아공을 「서울에 오는 눈」에서 다음처럼 노래한다. 자아공은 아공을 뜻한다.

> 서울에 오는 눈이 춘천에도 오고
> 춘천에 오는 눈 속엔 누가 있나
> 춘천에 오는 눈 속엔 춘천이 있
> 고 서울에 오는 눈 속엔 서울이
> 있네 서울에 오는 눈이 진주에도
> 오고 부산에도 오고 수원에도 오
> 네 오늘 하루종일 내리는 눈발
> 속에 하루가 내리고 오늘 오는
> 눈은 어제 오던 눈 이 눈 속에
> 눈 속에 내가 있네 눈은 내리고
> 눈발 속에 내가 사라지네 눈발이
> 나를 덮네 간절함도 애절함도 눈
> 발에 파묻히는 불빛일 뿐

「서울에 오는 눈」 전문이다. 이 시에서 눈은 자아와 대립되고, 그것은 '춘천에 오는 눈 속엔 누가 있나' 라는 시행이 암시한다. 그러나 지금 다시 읽어보니까 중요한 것은 눈과 자아의 대립이 아니라 공간 속에 존재하는 자아의 문제이다. '춘천에 오는 눈' 은 대상이고 한편 춘천을 강조하면 공간이다. 이 공간엔 누가 있나? 이런 질문은 '춘천에 오는 눈 속엔 춘천이 있고' 라는 시행에 의해 자아는 춘천으로 치환되고, 따라서 일종의 무아 개념이 드러난다. 춘천에 오는 눈 속엔 누군가 있어야 하지만 이 시에서 내가 강조한 것은 그런 사람은 없다는 것. 이 사람은 '나' 일 수도 있고, '나의 분신' 일 수도 있고, '타자' 일 수도 있다. 그러니까 이 시행은 자아와 대상의 대립이 아니라 대상 속엔 자아가 없다는 것을 암시한다.

그러나 대상(눈)은 다시 공간과 시간의 차원에서 변주된다. '서울에 오는 눈이 진주에도 오고 부산에도 오고' 라는 시행이 강조하는 것은 이곳/저곳의 분별이 사라지는 세계. '서울에 오는 눈' 이 '진주에 오는 눈' 이고, '부산에 오는 눈' 이다. 공간적으로 서로 다른 세 곳이 눈을 매개로 동일시된다. 그렇다면 서울이 진주이고 부산인가? 이 세 공간은 같은 것도 아니고 다른 것도 아니다. 왜냐하면 서울은 서울이고 부산은 부산이기 때문이다. 그러나 눈을 매개로 하나가 되기 때문에 세 지역은 같은 것도 아니고 다른 것도 아니다. 그런 점에서 공간에도 자성이 없다.

한편 '오늘 오는 눈은 어제 오던 눈' 은 시간적인 차원에서 오늘/어제의 분별이 사라지는 세계다. 시간의 관점으로 말하면 '오늘 오는 눈' 은 '어제 오던 눈' 이 아니다. 그러나 이 시에선 눈을 매개로 이런 시간의 차이가 소멸한다. 왜냐하면 '오늘 오는 눈은 어제 오던 눈' 이라고 말하기 때문이다. 결국 이 시가 강조하는 것은 눈을 매개로 오늘/어제, 현재/과거는 같은 것도 아니고 다른 것도 아니라는 空性이다.

시론 「비대상에서 선까지」에서 나는 자아의 문제만 강조하고 공간과 시간의 문제에 대해서는 언급하지 않았다. 이 시가 자아공의 세계를 보여주는 것은 '눈 속엔 아무도 없다' 는 진술이 시의 후반에 가면 '눈 속엔 내가 있네' 라는 진술로 치환되기 때문이다. 그렇다면 눈 속엔 누가 있는가, 없는가? 있는 것도 아니고 없는 것도 아니다. 이른바 자아공의 세계가 드러난다. 서울에 오는 눈 속엔 서울이 있고 자아는 없었지만 이제 서울에 오는 눈 속엔 자아가 있고, 따라서 자아는 없는 것도 아니고 있는 것도 아니다. 그리고 이런 사유는 공간도 시간도 공하다는 선적 사유를 매개로 한다. '이 눈 속에 내가 있네'라는 시행에서 '이 눈'은 과연 어디 있는 눈이고, 어디 내리는 눈이고, 언제 내리는 눈인가? 서울에 내리는 이 눈은 부산에 내리는 저 눈이고, 지금 내리는 이 눈은 어제 내리던 저 눈이다. 그러니까 이 눈은 저 눈이고 동시에 저 눈이 아니다.

자아는 공성으로서의 눈 속에 있다. 그러므로 '눈은 내리고 눈발 속에 내가 사라지고' 동시에 '눈발이 나를 덮는다.' 나는 눈 속에 있고 눈발 속에 사라지고 눈발에 덮인다. 과연 나는 어디 있고, 나의 정체는 무엇인가? 나는 있는 것인가, 없는 것인가? 나는 눈 속에 있지만, 눈발에 묻혀 사라지고 동시에 눈발은 사라지는 나를 덮는다. 어떻게 눈발이 사라지는 나를 덮을 수 있는가? 사라지는 것은 수평 구조다. 그러나 눈발이 덮는 것은 수직 구조다. 나는 눈발 따라 멀리 수평으로 사라진다. 그러나 눈발은 사라지는 나를 위에서 수직으로 덮는다. 이때 수평과 수직은 하나이며 하나가 아니다.

한편 '사라지는 나'는 완전히 소멸한 나도 아니고, 그렇다고 살아있는 나도 아니다. 이런 자아는 있음/없음, 존재/부재의 분별을 벗어나는 흔적이고, 그런 점에서 자아의 공성, 곧 자아공을 뜻한다. 자아가 공이므로 자아의 감정인 '간절함도 애절함도 눈발에 파묻히는 불빛'에 지나지 않는다. 눈발에 파묻히는 불빛은 불빛이며 동시에 불빛이 아니다.

이 시에서 자아는 눈발에 덮이며 동시에 사라진다는 점에서 눈 속에 있는 것도 아니고 눈 속에 없는 것도 아닌 공성을 상징한다. 그러나 눈은 계속 내린다. 그렇다면 대상의 세계는 있다. 과연 있는가? 시론 「비대상에서 선까지」에서 나는 '눈(法)은 있고 사람(我)은 없다'고 말하면서 '눈이 나를 덮는다는 것은 법의 세계가 이런 아공을 삼킨다는 뜻인가?' 라고 묻는다. 그러나 아공법유(我空法有)라는 생각도 집착이라고 말한다.

내가 「비대상에서 선까지」에서 아공법유, 곧 자아는 공하고 대상은 있다고 말한 것은 공간과 시간의 공성에 대해 말하지 않고 곧장 눈발에 덮이는 나를 강조했기 때문이다. 공간의 차원에서 눈은 공하고, 시간의 차원에서도 공하다. 따라서 이 눈은 일상적 현상으로서의 눈, 세간의 입장에서 보는 눈이 아니라, 공성으로서의 눈이 강조된다. 그리고 눈은 내리고, 자아는 이 눈에 덮인다. 그러므로 '눈은 있고 사람은 없다' 는 명제가 강조하는 것은 자아공과 대상공이 보여주는 불이, 중도의 관계로 다시 해석할 필요가 있다.

한편 송준영은 「연꽃 옆에」, 「서울에 오는 눈」 두 편의 시를 시공이 일탈된 거듭거듭 다함이 없는 화엄세계로 해석한다.

> 이승훈의 위의 시는 데리다의 차연에서 말하듯 절대적인 토대는 존재하지 않는다는, 아니 상주(常住)할 때는 파악할 수조자 없는 흔적을 노래한다. 일체만물의 진공묘유, 두두물물과 그 사이의 세계를 형상화한다. 이법계(이치가 춤추는 평등의 세계), 사법계(사물의 세계, 개별의 세계, 하나—많음이 서로 부딪치지 않는 원융무애한 세계), 이사무애법계(이치와 사물이 서로 원융무애한 세계), 사사무애법계(가유로 존재하는 사물과 사물, 물물의 사이인 흔적의 세계), 곧 화엄의 4법계를 형상화하여 보여주고 있다. 이승훈이 그리고자 하는 것은 화엄법계로 정리되는 '사이' 에 존재하는 '나' 와 '너' 라는 가유(假有)된 세계다. 없는 듯이 짐짓 있고, 있는 듯 하나 실은 없는 진공묘유의 '나—너' 혹은 일체 만물, 그가 40여 년 끊임없이 탐구하여 오던 '나' 와 '너', 우리가 무너져 내려앉는, 즉 바람 같은 구름 같은 사이와 사이에 가유하는 흔적들, 이 사이미학을 형상화한다. (송준영, 「현대선시의 새로운 기미—이승훈 시집 『인생』을 중심으로」, 『선, 언어로 읽다』, 소명, 2010, 129)

나는 앞에서 고백했듯이 자아소멸 단계, 그러니까 언어로 시를 쓰는 단계에서 데리다의 철학과 만나고, 자아는 언어에 지나지 않고, 이 언어로 서의 자아는 차연이고 흔적이라고 주장한 바 있다. 그리고 불교와 만나면 서 차연, 흔적 개념은 空性으로 발전한다. 그러니까 데리다는 불교 이전 이고 불교로 넘어가는 다리이고, 이미 건너간 다리이다. 그렇다면 다리 이쪽과 저쪽엔 무엇이 있는가? 데리다는 이쪽에 있고 불교는 저쪽에 있 다. 그러나 이쪽과 저쪽 사이엔 다리가 있고, 나는 이 다리를 건너 이쪽에 서 저쪽으로 건너간다. 그렇다면 이 다리는 무엇인가? 다리는 데리다가 불교와 만날 수 있는 가능성이다.

4) 데리다와 선

부처님은 저쪽(피안)에 이르면 언어라는 뗏목을 버리라고 말씀하신다. 불교의 경우 이쪽(차안)과 저쪽(피안) 사이엔 강물이 있고 우리는 언어라 는 뗏목을 타고 저쪽으로 건너가야 한다. 그러나 데리다와 선 사이엔 강 물 위에 다리가 있다. 그러니까 건너기가 한결 쉽다. 왜냐하면 뗏목(언어) 을 타고 건너기보다 다리를 건너기가 쉽기 때문이다. 뗏목으로 건너려면 힘을 주어 뗏목을 젓고, 뗏목과 싸워야한다. 그러니까 언어를 타고, 언어 에 의존하고, 언어 속에서 언어와 싸우며 가야 한다. 그러나 다리는 그저 걸어가면 된다. 물론 폭풍이 치거나 폭설이 내리거나 강물이 범람할 때는 힘이 들지만 이런 경우는 예외다. 그리고 다리를 건넌 다음 우리는 다리 를 버리는 게 아니다. 다리는 그대로 저쪽과 접속된다.

그러니까 다리가 데리다와 선을 연결한다. 불교의 경우 이쪽과 저쪽, 차안과 피안, 미망과 깨달음 사이엔 강물로 단절되지만, 데리다의 경우엔 이쪽(데리다)과 저쪽(선)은 다리로 연결되고, 이런 점이 데리다뿐만 아니 라 비트겐슈타인, 하이데거의 철학이 선과 친척이 되는 이유이다. 데리다가 강조하는 것은 모든 존재의 절대적 토대가 없다는 차연, 흔적, 놀이 개념이지만 그가 말하는 존재의 무자성, 곧 존재에 본질, 자성이 없다는 사상은 언어에 토대를 두고, 불교의 경우 무자성 사상은 언어를 버릴 때 가능하다. 그러니까 그는 언어에 의존하고, 선은 언어를 버린다. 그가 언어를 버리려 하지만 버릴 수 없는 건 언어를 버리면 철학이 사라지기 때문이다. 그러나 선은 언어를 버리고, 따라서 선은 철학, 사유, 분별을 모른다. 그런 점에서 이 다리는 언어와 침묵 사이에 있다. 그리고 다리는 둘을 연결한다. 그렇다면 이 다리는 과연 무엇인가? 둘을 잇는다는 점에서 데리다와 선, 언어와 침묵은 다른 것도 아니고 같은 것도 아니다.

한편 데리다가 말하는 언어는 차연, 흔적으로서의 언어이다. 차연은 구조 이전의 놀이이고, 공간과 시간의 대립, 자아의 동일성이 해체되는 세계이다. 그런 점에서 선이 강조하는 공성과 유사하다. 그러므로 다시 생각하면 차연과 공성, 데리다와 선은 같은 것도 아니고 다른 것도 아니다. 그와 선 사이에 다리가 있는 이유이다. 차연과 공성이 공유하는 무자성 사상은 비슷하고, 차연이 언어에 의존하고 선이 언어를 버리는 것은 다르다. 차연은 후기구조주의 혹은 탈구조주의 철학이고, 선은 종교이지만 일반적인 의미로서의 종교가 아니다. 일반적인 의미로 종교는 유일신을 믿는다. 그러나 불교는, 특히 선종은 중생이 부처이고, 깨달으면 모두 부처가 된다는 점에서 절대적인 신을 믿지 않는다. 그러므로 당나라 때 임제선사는 부처도 죽이라고 말한다.

선은 언어와 사유를 버릴 때 가능하고, 언어가 사유이므로 언어를 버리면 가능하다. 그러나 언어를 버리면 선이 무엇인지 모른다. 그러므로 차연과 선을 연결하는 다리는 언어를 버리기 위해 언어를 사용하는 다리이고, 철학과 선을 잇는 다리이고, 언어에서 선으로 가는, 언어가 선과 만나는 다리이다. 결국 철학도 시도 피안, 깨달음에 이르기 위한 방편이다. 데리다가 선사가 될 수 없는 것은 그가 철학자이고 언어가 없으면 그의 철학이 설 수 없기 때문이고, 내가 언어를 버릴 수 없는 것도 언어를 버리면 시를 쓸 수 없기 때문이다. 그러나 선은 언어를 모르고 철학을 모르고 사유를 모르고 시를 모른다. 진정한 선시는 이미 언어를 버린 시이고, 그러므로 시가 아니고 시이다.

왜냐하면 선이 강조하는 공성(空性)은 유/무를 초월하고, 동시에 유/무를 내포하고, 그러니까 유/무, 존재/부재에 대한 분별, 사유가 없을 뿐이고, 사유, 분별은 언어의 소산이므로 언어가 없는 세계이다. 언어가 없다는 것은 유/무를 초월하는 무, 곧 공성을 뜻한다. 물론 데리다가 말하는 차연, 흔적, 놀이의 언어도 구조, 대립을 모른다. 그렇다면 차연이 공성인가? 아니다. 왜냐하면 낱말이 다르고, 차연은 언어, 구조, 대립, 분별을 생산하는 흔적이고, 공성은 언어, 구조, 대립, 분별이 소멸한 세계다. 차연은 언어에 의존하지만 선은 언어에 의존하지 않는다. 다만 이름이 공이기 때문에 공도 없다.

다시 비가 쏟아진다. 며칠 전 집중 호우로 서울이, 특히 내가 사는 서초동과 우면산 아래 마을이 더욱 심한 집중 호우로 물바다가 되어 고생이 말이 아니고, 아직 상가엔 전기도 안 들어오는 상태다. 지금은 2011년 7월 31일 일요일 오후 다섯 시 반. 다소 길게 데리다에 대해 말한 것은 내가 선을 만나기 전 데리다의 영향을 받았기 때문이고, 송준영도 그에 대해 언급하기 때문이다. 엄격하게 말하면 차연은 공성이 아니고 화엄 사상과는 거리가 있다. 그러나 데리다의 사유가 선에 접근한다는 점에서 차연과 선을 결합하는 것은 무리가 아니고, 나도 그런 시도를 했고, 이제까지 말한 것은 그런 시도 가운데하나이다.

모든 존재에 절대적인 토대가 없다는 무자성 사상은 불교의 토대다. 자성, 본질이 없기 때문에 진공묘유이고, 진공은 묘유이고, 묘유는 유에도 무에도 치우치지 않는 그런 있음이고, 그러므로 모든 종류의 사물들, 곧 두두물물의 사이가 강조된다. 이 사이는 있는 것도 아니고 없는 것도 아니다. 화엄이 강조하는 것도 크게 보면 비슷하다, 법성, 진리는 원융의 세계이고 4법계는 이와 사의 네 가지 원융을 강조한다. 중요한 것은 그가 내 시를 '화엄법계로 정리되는 사이에 존재하는 나와 너라는 假有된 세계' 라고 해석한 점이다.

그에 의하면 「서울에 오는 눈」은 나/너, 우리/물물이 흔적으로만 가유하는 존재란 깨침을 '눈발에 파묻히는 불빛' 으로 형상화한다. 이 나는 있음/없음에 포함되어 흔들리는 나가 아니라 나/너의 개념이 무너지는 절대현재의 순간, 진공묘유 묘유진공 속에 파묻힌다. 그러니까 '눈발에 파묻히는 불빛' 으로서의 '나' 는 나/너의 대립이 해체되는 절대현재의 순간이고, 진공묘유의 세계이다. 참된 공은 묘유, 곧 있는 것도 아니고 없는 것도 아닌 세계이고, 화엄 사상에 의하면 실상과 연기가 둘이 아닌 불이 세계로 확대되면서 화엄의 사사무애세계가 된다. 사사무애는 가유로 존재하는 사물과 사물이 장애 없이 원융무애한 세계. 그러므로 나/눈은 가유(흔적)로 원융무애한 세계를 보여준다.

내가 가유(假有)라는 용어를 쓰지 않고 자아와 대상의 관계를 살핀 것은 화엄 사상이 아니라 반야 사상을 강조했기 때문이다. 반야가 강조하는 것은 모든 현상이 공하다는 사유이고 이 공이 또한 색이라는 공즉시색 색즉시공의 세계이다. 따라서 진정한 공은 공과 색, 색과 공 사이, 중도에 있다. 이 시에서 내가 강조한 것은 색으로서의 현상인 나와 눈이 공하다는 것. 그러니까 색(현상)에서 공을 읽고, 이 자아공과 대상공이 불이의 관계 (사라지는 나를 덮는 눈)로 만난다. 그러므로 이 공이 또한 색이다. 색에서 공을 읽고 공이 색으로 드러난다는 점에서 이 색은 공이 임시 빌려 드러나는 곳이고, 화엄 사상이나 유식학이 강조하는 가유(假有)가 된다. 그

러나 반야 사상은 가유라는 말을 사용하지 않고 어디까지가 공즉시색 색
즉시공을 강조한다. 그리고 진공(眞空)은 공과 색 사이에 있고, 나는 이 사
이를 중도, 불이라고 말한다. 간단히 도식으로 나타내면 다음과 같다.

　이 도식이 말하는 것은 색의 본성은 공이고, 이 공이 색으로 나타나고,
따라서 진공은 공과 색, 색과 공 사이에 중도로 존재(?)한다는 것. '서울
에 오는 눈'에서 나는 색(나, 눈)에서 공(자아공, 대상공)을 읽고 색과 공
의 중도에 대해서는 말하지 않았고, 다만 자아공과 대상공이 만나는 불이
의 관계를 언급했고, 자아공은 대상공을 매개로 드러난다. 크게 보면 화
엄 사상이 말하는 가유는 내가 말하는 색과 같다.
　나는 앞으로 『선의 시학』에서 반야 사상과 화엄 사상을 중심으로 선시
의 구조를 살필 예정이다. 잠시 여기서 간단히 언급하면 신라 시대 의상
대사의 화엄 사상을 중심으로 할 때 선시의 구조는 '空-假有-眞空妙
有'의 도식으로 나타낼 수 있다.

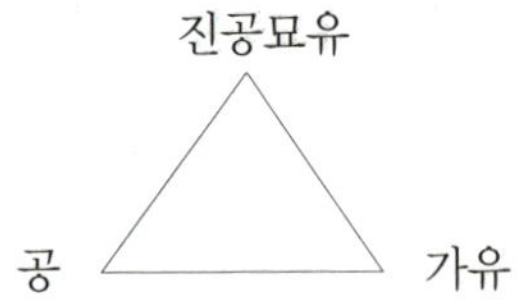

　일체 현상은 자성이 없고 인연의 소산이기 때문에 공하다. 그러나 이런
공성도 사물에 의지해 존재하고, 따라서 이런 존재는 가짜, 환상, 그림자,
곧 가유이다. 그러므로 이런 인연, 무자성, 공성을 제대로 보아 모든 사물

이 자성이 없고 서로 원융하는 것이 진공이고 묘유이다.

의상은 이 세 가지 현상을 변계소집성, 의타기성, 원성실성이라고 부르고, 또한 언어(가르침)와 증득(깨달음)의 관계에 대해 말한다. 이른바 敎와 禪의 관계. 깨달음의 경지는 언어로 표현할 수 없지만 언어를 빌리지 않고는 깨달음의 경지를 전달할 수도 없다. 의상이 강조한 것은 언어와 깨달음의 중도이고, 그의 중도 사상은 유식학파가 주장하는 三性과 三無性이 보여주는 비유비무의 중도를 확대하고 발전시킨다. 그러므로 의상의 중도 사상을 제대로 알기 위해서는 유식학파의 삼성과 삼무성을 알아야 하고, 유식학은 『해밀심경』의 영향을 받고, 해밀심경은 유가행파의 영향을 받는다. 따라서 이들의 삼성설을 간단히 살피도록 한다.

5) 의상의 화엄 사상

이른바 삼성설(三性說)은 마음의 존재 양태를 의타기성, 변계소집성, 원성실성의 세 종류로 분류한 학설로 이런 유식학파의 주장은 유가론을 배경으로 한다. 유가론을 주장한 유가행파는 유와 무를 여실하게 알 것을 주장하고, 따라서 무 뿐만 아니라 유도 알아야 한다는 입장에서 최초로 불이중도 사상이 주장된다. 용수(나가라주나)는 사물의 공성(空性)을 주장하지만 유가행파는 무가 아니라 유가 있다는 것을 주장한다.

이 세상에 있는 항아리는 언어로 표현된 항아리에 지나지 않는다. 따라서 언어 속에는 참된 항아리, 실재하는 항아리는 없다. 그러나 대상, 곧 언어가 지시하는 항아리는 있기 때문에 항아리가 없는 것은 아니다. 그러므로 '언어-항아리'는 무로서의 항아리이지만 이 무를 가능케 하는 '실재-항아리'는 있다.(비유비무) 따라서 유가행파는 아무것도 없다는 공 사상을 비판하고, 언어로 표현되는 대상은 있다는 주장이다.

그런 점에서 유가행파는 존재는 유도 아니고 무도 아니라는 불이 중도 사상을 강조하고, 이 학설을 기반으로 해심밀경의 삼성설이 나타난다. 『해밀심경』에는 삼성(三性)이 아니라 삼상(三相)이라는 용어가 나오지만 삼성으로 읽는다. 해밀심경의 주장은 다음과 같다.

첫째로 의타기성은 이 세상에 존재하는 사물은 언어를 매개로 타자(지시물)에 의존하다는 것. 존재론의 수준에서 이런 특성은 언어로 표현된 것이기 때문에 대상은 존재하지 않지만(무), 언어로 표현되는 대상은 있다.(유)는 명제를 낳는다. 따라서 의타기성은 유가 아니지만 무도 아니다.(非有非無) 언어학의 시각으로 해석하면 언어와 지시물의 관계가 다소 모호하다.

언어학의 시각에서 언어와 지시물의 관계는 크게 지시론과 구조론으로 나누어지고, 전자에 의하면 언어는 지시물을 지시하고, 그런 점에서 언어와 지시물의 관계는 1대1로 대응한다. 곧 '항아리'라는 언어는 실재하는 '항아리'를 그대로 반영하고, 따라서 언어가 그대로 지시물이 되고, 언어는 존재, 유가 된다. 한편 구조론에 의하면 언어와 지시물 사이엔 아무 관계가 없다. '항아리'라는 언어는 항아리를 지시할 필연성이 없고, 따라서 항아리는 '항아리', '호', 'Jar', 'Pot' 등 얼마든지 다른 이름으로 불러도 된다. 그런 점에서 언어 속에는 지시물이 없고, 언어는 무, 부재가 된다.

그러나 해밀심경에 의하면 언어는 유가 아니지만 무도 아니다. 언어는 지시물을 지시하지만 지시물이 변질되기 때문에 지시물이 아니고, 따라서 언어는 부재, 무가 된다. 사물이 변질된다는 것은 원래 사물은 자성이 없고, 연기, 공이므로 언어로 표현할 수 없지만 언어로 표현될 때는 표현이 가능한 것으로 변질된다는 뜻이다. 그러나 이렇게 변질되기는 하지만 이런 언어가 존재하기 위해서는 지시물이 있어야 하기 때문에 언어는 무도 아니다. 결국 언어는 지시물도 아니고 지시물이 아닌 것도 아니다.

'항아리' 라는 언어는 항아리가 아니므로 유가 아니지만 이 언어를 가능케 한 항아리가 있으므로 무도 아니다. 결국 해밀심경의 언어이론은 지시론과 구조론 사이에 있고, 의타기성이 강조하는 것은 이 세상에 존재하는 모든 사물은 언어를 매개로 타자(지시물)에 의존한다는 것.

둘째로 변계소집성은 의타기성에 언어로 표현할 수 없는 사물의 자성이나 속성이 부가되는 것. 그러나 사물의 자성은 언어로 표현될 수 없기 때문에 무이고 공이다. 이상 의타기성과 변계소집성의 관계를 간단히 도식으로 나타내면 다음과 같다.

	의타기성	
의타기성		변계소집성
언어 표현 가능		언어 표현 불가
비유비무		무
전체		부분
본체		첨가

우리가 만나는 사물은 언어로 표현된 것(의타기성)이다. 그러나 이 언어 속에는 표현할 수 없는 사물의 자성(변계소집성)이 첨가된다.

셋째로 원성실성은 의타기성에서 언어가 사라질 때 본래 언어로 표현할 수 없는 사물(법)이 되고 이런 사물의 세계가 원성실성이다. 말하자면 의타기성은 언어의 때가 묻은 잡스러운 것이고, 원성실성은 잡스러운 것이 소멸한 청정한 것을 뜻한다. 해밀심경의 삼성설을 요약하면 의타기성+변계소집성→언어소멸→원성실성의 단계로 발전한다.(이상 '해밀심경' 의 삼성설은 효도 가즈오兵藤一夫, 김명우 · 이상우 역, 『유식불교ー유식이십론을 읽다』, 예문서원, 2011, 49~51 참고)

三無性

　그 후 유식학파 세친은 「삼성론」에서 해밀심경의 삼성설을 유식의 입장에서 새롭게 해석한다. 그에 의하면 변계소집성, 의타기성, 원성실성은 불이, 중도의 관계에 있다. 이병욱의 견해를 중심으로 삼성과 삼무성에 대한 유식학파의 주장을 요약하면 다음과 같다.

　변계소집성은 실제로 존재하지 않는 대상을 존재한다고 잘못 생각하는 것. 밤길을 가다 '새끼줄'을 보고 '뱀'이라고 잘못 보는 것과 같다. 의타기성은 인연에 의하여 존재하는 것. '새끼줄'이 그렇다. 원성실성은 의타기성을 제대로 보아 사물의 바른 모습을 깨닫는 것. 따라서 변계소집성은 원래부터 없는 것(性無自性), 의타기성은 다른 것에 의지함으로 자성이 없는 것(性無自性), 원성실성은 사물의 바른 모습이 원래부터 공임을 아는 것(勝義無自性)으로 삼성은 三無性이 된다.

　다시 삼성과 삼무성의 관계를 살피면 변계소집성은 원래부터 없으므로 空이고, 의타기성은 다른 것에 의지해 존재함으로 假有이고, 원성실성은 사물의 바른 모습으로 眞空妙有가 되고, 요약하면 공－가유－진공묘유(중도)의 관계가 된다. 또한 삼성과 삼무성을 결합할 때 변계소집성은 원래 없는 것이므로 비유비무의 중도이고, 의타기성은 다른 것에 의지해 존재하나 지성이 없으므로 비유비무의 중도이고, 원성실성은 진공묘유로서의 중도이다. 요컨대 변계소집성은 無相이고, 의타기성은 無生이고, 원성실성은 無性이다.(이병욱, 「의상의 사상」, 『한국불교사상의 전개』, 집문당, 2010, 87~88)

　변계소집성은 실제로 존재하지 않는 대상을 존재한다고 잘못 생각하는 것으로 '새끼줄'과 '뱀'의 경우가 보기이다. '새끼줄'을 잘못 보아 '뱀'으로 아는 것은 일종의 환각이고, 따라서 '뱀'은 幻影이고 꿈과 같다. 실제로 존재하지 않는 대상을 잘못 본다는 것을 세친은 幻術에 비유한다. 마술사가 돌이나 나무조각에 주문을 걸어 코끼리나 말 등으로 보이게 하는 것과 같다. 유식학이 강조하는 삼성은 이런 환술에 비유된다.

> 코끼리가 실재한다고 집착한다 – 허망한 분별(변계소집성)
> 코끼리가 사라지고 환술이 종료된다 – 근본무분별지(원성실성)
> 코끼리가 나타나 있지만 환영이라는 것을 알고 집착하지 않는다 – 후득청
> 정 세간지(의타기성)

여기서 알 수 있는 것은 삼성이 智와 관련된다는 것. 허망한 분별은 깨닫기 전의 지로 우리는 관객이 되어 환술에 의해 나타나는 헛것, 환영을 실재한다고 집착한다. 허망한 분별이라는 것은 이런 분별, 사유, 판단, 그리고 이런 분별을 가능케 하는 언어가 모두 허망하기 때문이다. 그러나 우리들의 세상살이는 모두 이런 허망한 사유와 분별로 이루어진다.

나는 지금 흐린 여름 아파트 3층 작은 방 책상에 앉아 이 글을 쓰다 말고 일어나 창밖을 본다. 오후 다섯 시. 다시 비가 올 것 같다. 아파트 마당엔 나무들이 서 있고, 승용차들이 있고, 등나무가 있고, 등나무 아래 나무 벤치가 있고, 경비실이 있고, 그런 사물들을 보는 내가 있다. 그러나 나는 저 사물들이 헛것이라는 생각을 못하고, 그것들을 바라보는 나 역시 헛것이라는 생각을 하지 못한다. 모두 실재한다고 집착한다. 모두가 허망한 분별이다.

그러니까 지금 아파트 골방에 앉아 있는 나도 환영이고, 내가 쓰는 글도 환영이다. 그러나 일체가 자성이 없고 인연의 산물이고, 따라서 공하다는 것을 깨닫는 것은 이 환영, 꿈에서 깨어날 때이고, 일체가 환영이라는 것을 알고 집착하지 않을 때이다. 세친에 의하면 꿈과 같은 미혹의 존재 방식, 곧 대상이 실재한다고 집착하는 존재 방식(변계소집성)을 자각

할 때, 꿈에서 깨어날 때 근본무별지(원성실성)에 이르고, 다시 이런 지에 의해 자아와 사물을 보고 집착하지 않는 후득청정세간지(의타기성)로 살아야 한다.

일반적으로 불교에서는 깨달음의 경지가 무분별지에 해당한다. 그러나 세친은 근본무분별지와 후득청정세간지로 나눈다. 이유는 무엇인가? 대승 불교가 흥기하고 얼마 후 유식의 교의가 체계화되면서 무분별지로 알려진 부처나 보살의 깨달음의 智는 둘로 나누어진다. 하나는 스스로 공성(空性)을 요해하는 지, 다른 하나는 요해한 지를 언어로 표현해 중생을 인도하는 지이다.

전자는 근본무분별지로 언어 분별을 초월하는 불립문자의 세계다. 그러나 이렇게 선정에서 얻은 지는 그 후 설법에 의해 중생을 제도해야 하고, 따라서 언어 분별을 동반하고, 이것이 후득청정세간지이다. 코끼리 환술의 경우 허깨비 코끼리를 실재한다고 집착하는 것이 허망한 분별이고, 환술이 종료한 상태가 근본무분별지이고, 코끼리가 있지만 그것이 환영이라는 것을 알고 집착하지 않는 것이 후득청정세간지이다.(이상 세친의 견해는 효도 가즈오, 위의 책, 21~214 참고)

해밀심경과 유식학의 차이는 특히 후자의 경우 삼성이 지와 결합된다는 것. 변계소집성은 허망한 분별이고, 원성실성은 근본무분별지이고, 의타기성은 후득청정세간지에 해당한다. 유식의 입장에서 우리의 삶은 환영을 실재로 보는 허망한 분별의 삶이다. 나도 환영이고 내가 보는 사물들도 환영이다. 그러나 깨닫고 보면 자아도 사물도 뿌리가 없고, 실체가 없는 연기, 곧 공이고 무분별의 세계, 곧 근본무분별지에 이르고, 그동안의 삶이 환화이고 꿈과 같다는 것을 안다. 그런 점에서 깨달음은 꿈에서 깨어나는 것과 같다. 꿈에서 깨어나 이 꿈(삶)을 보면 모두가 고요하고 청정할 뿐이다.

의상 대사는 『법성게』에서 '모든 현상은 움직이지 않고 본래 고요하다. 諸法不動本來寂'라고 말한다. 꿈에서 깨어나면 꿈속의 삶, 소란, 어지러움, 탐내고 화내고 어리석던 짓들이 모두 사라지고 모든 것이 고요할 뿐이다. 그러므로 원래 모든 현상은 고요하지만 꿈속에선 그걸 모른다. 꿈에서 깨어나라! 꿈에서 깨어나면, 모든 환상과 환영과 허깨비들이 사라지면 지금 이 글을 쓰고 있는 나도 의자도 책상도 사라지는 것인가? 그렇지 않다. 나는 글을 쓰고 책상은 그대로 책상이다. 다만 나도 의지도 책상도 환영이라는 걸 알 뿐이다. 이런 앎이 후득청정세간지의 삶을 지향한다.

의상과 화엄

나는 이제까지 삼성에 대한 유가행파, 해밀심경, 유식학파의 견해를 간단히 살폈다. 문제는 화엄이고, 이제까지 이들의 주장을 살핀 것도, 화엄, 특히 앞에서 말한 의상 대사의 화엄 사상을 해명하기 위해서다. 의상에 의하면 공―가유―진공묘유는 변계소집성―의타기성―원성실성에 해당한다.

변계소집성은 원래 없는 것을 있다고 생각하여 발생하는 전도된 세계로 범부의 세계다. 의타기성은 인연에 따라 생긴 것으로 자성이 없고 타자에 의존해서 존재하는 세계로 무아의 세계다. 원성실성은 양변, 피차가 원융하는 평등의 세계, 곧 분별이 없는 세계로 聖智의 세계다. 그러니까 변계소집성은 범부의 경계, 의타기성과 원성실성은 성지의 경계다. 한편 변계소집성은 원래부터 없으므로 空이고, 의타기성은 다른 것에 의존해 존재하므로 假有이고, 원성실성은 모든 사물이 상호원융하는 세계, 곧 一中一切 多中一 一卽一切 多卽一의 세계, 이른바 상입상즉의 세계로 있음/없음의 분별이 없는 진공묘유의 경지다. (의상, 『화엄일승법계도』 참고)

앞에서 의상은 삼성과 삼무성을 토대로 언어와 깨달음(증득)의 중도를 강조한다고 말했거니와 이병욱의 견해를 중심으로 요약하면 다음과 같다.

분별을 강조하면 언어와 깨달음은 분리되지만 무분별(진리)의 입장에 선 둘은 중도의 관계이다. 둘로 나누어지지 않는다. 왜냐하면 삼무성의 경우 변계소집성은 무상(無相)이고, 의타기성은 무생(無生)이고, 원성실성은 무성(無性)이기 때문이다. 무상은 상의 유/무를 초월하고, 무생은 생의 유/무를 초월하고, 무성은 성의 유/무를 초월한다. 변계소집성은 사물이 있는 것도 아니고 없는 것도 아니고, 의타기성은 생이 있는 것도 아니고 없는 것도 아니고, 무성은 성이 있는 것도 아니고 없는 것도 아니다. 그러므로 진리의 입장에선 변계소집성, 의타기성, 원성실성의 자성은 중도에 있다. 따라서 언어(의타기성)와 깨달음(원성실성)도 중도의 관계이고 분별되지 않는다. 의상에 의하면 삼성은 범부의 경계이고 삼무성은 성인의 경계이다.

다음 의상은 삼성설을 토대로 '연기의 존재'와 '깨달음의 대상'이 중도에 있음을 주장한다. 삼성 가운데 의타기성은 연기의 존재이고, 원성실성은 깨달음의 대상이다. 왜냐하면 의타기성은 자성이 없고 타자에 의존해 존재하기 때문이다. 그러나 의타기성도 무자성, 원성실성도 무자성이라는 점에서 같고, 의타기성은 연기의 존재이고, 원성실성은 증득의 대상이라는 점에서 다르다.

이런 사유를 토대로 의상에 의하면 언어와 깨달음은 중도가 된다. 언어는 의타기성 가운데 하나이고, 깨달음은 원성실성이다. 삼성설에 의하면 의타기성은 언어로 표현된 사물에 표현될 수 없는 사물이 부가된 것이므로 언어는 의타기성 가운데 하나다. 그러나 삼무성에 의하면 의타기성은 무생이고 원성실성은 무성이다. 모두 자성이 없고 무성은 무생이고 무생이 무성이다. 반야 사상에 따르면 공즉시색이고 색즉공즉이다. 공과 색이 중도의 관계에 있듯이 의타기성(언어)과 원성실성(깨달음)도 중도의 관계에 있다.(좀 더 자세한 것은 이병욱, 「의상의 사상」, 『한국 불교사상의 전개』, 집문당, 2010, 87~92 참고 바람)

원래 내가 의상의 화엄 사상에 관심을 둔 것은 깨달음과 언어의 관계까지 살피려던 것은 아니고, 글을 쓰다보니까 여기까지 온 셈이다. 의상의 언어 사상은 뒤에 선시를 살필 때 참고가 될 것이다. 의상의 화엄 사상이 문제가 된 것은 「서울에 오는 눈」에 대한 송준영의 해석 때문이다. 그는 이 시를 화엄법계로 정리되는 '사이' 에 존재하는 '나' 와 '너' 라는 가유된 세계라고 해석하고 데리다의 차연을 선과 관련시켜 해석한다.

시론 「비대상에서 선까지」를 쓸 때 나는 이런 가유에 대해 언급한 바가 없고, 데리다와 선의 관계도 언급한 바 없다. 내가 이 글에서 강조한 것은 반야 사상을 전제로 색으로서의 현상인 '나' 와 '눈' 이 공하다는 것. 그러니까 색에서 공을 읽고 이것을 자아공(나)과 대상공(눈)이라고 부르고 자아공과 대상공은 중도의 관계에 있다. 화엄 사상을 전제로 하면 공과 가유의 관계이다. '나' 와 '눈' 은 원래부터 없으므로 공(변계소집성)이지만 인연 따라 다른 것에 의존해 존재하는 가유(의타기성)이다. 그런 점에서 나는 가유로서의 '나' 와 '눈' 에서 공을 읽은 셈이다.

자아공은 눈 속에 있는 나이고, 눈 속에 사라지며 동시에 눈에 덮이는 나이다. 이런 나는 있는 것도 아니고 없는 것도 아니다. 유/무를 초월하며 동시에 내포하는 나이므로 공이다. 한편 이 시에서 눈 역시 대상공으로 드러난다. 이 눈은 공간과 시간의 차원에서 여기/저기, 오늘/어제의 경계가 해체되는, 그런 경계를 초월하며 동시에 내포하는 눈이므로 공이다. 문제는 자아공이 대상공을 매개로 나타나고, 자아공이 대상공 속에 존재하고, 대상공과 특수한 관계를 맺는다는 것. 이것이 계속 문제다.

중도 읽기

시론 「비대상에서 선까지」에서 나는 이 시를 자아공의 세계로만 읽었다. 그러나 이 글을 쓰면서 이 시는 자아공과 대상공을 노래하고, 특히 자아공이 대상공을 매개로 나타나고, 대상공 속에 자아공이 존재한다고 읽는다. 그리고 자아공은 대상공 속에 사라지며 동시에 대상공에 덮인다. 사라지며 동시에 덮이는 존재 역시 능동/수동, 수평/수직의 경계를 포월(내포하며 동시에 초월)한다는 점에서 자아공이 된다. 자아공과 대상공의 이런 관계를 나는 반야 사상을 전제로 자아공과 대상공이 불이, 중도로 만난다고 해석했다.

그러나 송준영에 의하면 이 시는 화엄이 강조하는 '사이'에 존재하는 '나'와 '너'라는 가유를 강조한다. 그리고 가유에 대한 충분한 설명이 없이 '너와 나, 우리가 무너져 내려앉는, 사이와 사이에 가유하는 흔적들, 사이 미학을 형상화한다.'고 말한다. 이 사이는 무엇인가? 아마 중도를 뜻할 것이다. 자아공은 인연으로 잠시 있는 존재이고, 대상공도 잠시 있는 존재이다. 그러나 자아공은 자아이며 자아가 아니고, 색이 공이고 공이 색인 그런 자아, 곧 색과 공의 중도로 존재한다(?). 대상공 역시 그렇다. 그리고 다시 자아공과 대상공은 중도의 관계이다.

그런 점에서 자아공이 색과 공의 중도를 강조한다면 화엄이 강조하는 가유로서의 자아 역시 가유와 공의 중도를 강조한다. 가유로서의 대상 역시 같고, 가유로서의 자아와 대상은, 자아공과 대상공이 그렇듯이, 다시 중도의 관계에 있다. 화엄법계로 정리되는 '사이'가 중도이고, 의상 대사가 강조한 것도 중도이다. 그는 흔적들이라고 말하지만 흔적은 데리다의 용어로 차연과 유사한 용어이다. 간단히 도식으로 나타내면 다음과 같다.

화엄 사상에 의하면 자아공은 자아가 중도(사이)에 있다는 것. 따라서 가유로서의 자아는 공도 아니고 가유도 아니다. 자아는 공과 가유 사이에 있다. '나'는 '눈' 속에 있지만 실체, 자성, 본질이 없으므로 공하다. 그러나 이런 공성이 몸과 마음을 가진 존재로 임시 언어를 빌려 존재하므로 가유이다. 그러므로 공과 가유는 중도의 관계에 있다. 의상 대사에 의하면 空은 변계소집성이고, 의타기성은 假有이고, 원성실성은 眞空妙有(중도)이다. 변계소집성은 원래부터 없으므로 공이고, 의타기성은 다른 것에 의존해 존재함으로 가유이고, 원성실성은 모든 사물이 상호원융하는 진공묘유의 경지이다.

결국 자아공은 공과 색 사이(반야)에 있고, 공과 가유 사이(화엄)에 있고, 대상공도 그렇고 두 공은 다시 두 공 사이(중도)에 있다. 이 사이는 언어와 형상이 없고 분별이 없으므로 진공묘유의 경지가 된다.

문제는 자아공과 대상공의 관계다. 화엄종은 중중무진(重重無盡) 사사무애원융을 강조하고, 이런 세계를 인드라망에 비유한다. 범어 Indra는 제석천(帝釋天)의 망(網)을 뜻한다. 제석천궁전을 장엄하는 망은 각 코마다 보배진주가 붙어 각각의 진주는 다른 진주의 그림자를 비치고 각각의 그림자 속에 다른 모든 그림자가 비치는 것처럼 무한히 얽히며 반영된다. 이른바 화엄의 세계가 그렇다. 진리의 세계, 법계는 하나 속에 무한이 있고 무한 속에 하나가 있고, 하나가 무한이고 무한이 하나다. 一中一切多中一一卽一切多卽一, 곧 상입 상즉의 세계다.

나는 「서울에 오는 눈」에서 '이 눈 속에 내가 있고, 눈은 내리고 눈발 속에 나는 사라지고 눈발이 나를 덮는다.' 고 노래한다. 눈은 한 송이가 아니라 무수히 많고(多) 나는 하나(一)로 눈 속에 있다. 이른바 多中一의 세계다. 한편 이 무수한 눈발 속에 나는 사라지고 눈발이 나를 덮는다. 눈발 속에 사라지고 눈발에 덮이는 것은 多卽一 一卽多의 세계다.

　그런 점에서 위의 도식에서 자아공과 대상공이 중도의 관계에 있다는 것은 자아중도, 대상중도가 다시 중도의 관계가 된다는 점에서 중중무진, 사사무애원융의 인드라망을 보여준다. 중중(重重)의 구조이다. 자아중도가 重이고 대상중도가 重이지만 자아중도와 대상중도가 다시 중도의 관계로 드러나기 때문에 중중의 구조가 된다. 그러므로 이런 관계는 다시 다음처럼 도식으로 나타낼 수 있다.

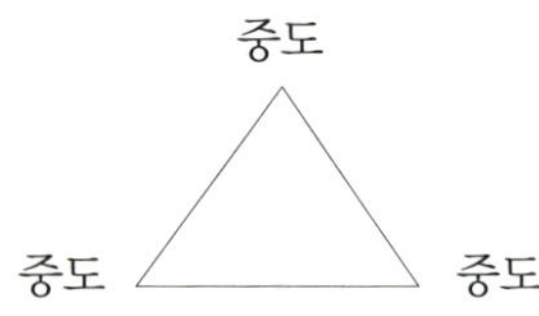

　의상 대사에 의하면 삼성은 범부의 경계이고 삼무성은 성인의 경지이다. 삼성을 강조하면 변계소집성－의타기성－원성실성의 관계는 공－가유－진공묘유의 중도로 요약된다. 위의 도식에서 자아중도, 대상중도를 읽는 방식이 그렇다. 그러나 삼무성을 강조하면 변계소집성은 무상이고, 의타기성은 무생이고, 원성실성은 무성이므로 모두 자성이 없고, 따라서 그 관계는 중도－중도－중도의 관계로 드러난다. 그런 점에서 내가 쓴 시는 삼무와 삼무성을 이해하는 하나의 모델이 될 수 있다. 그러나 나는 아직 깨달음, 증득과는 거리가 많은 위인이고, 이게 시인과 도인, 시인과 성인, 교와 선, 언어와 증득의 차이다. 그러므로 중도 시학은 어디까지나 교의 입장이고 선과는 거리가 있다. 나는 범부이고 중생이고 그저 시나 쓰고 시나 분석하고, 그것도 자신이 쓴 시를 분석하는 이상한 교수일 뿐이다. 이 점을 특히 유념해주시기 바란다.

6) 중도의 시학

나는 이 시를 쓸 때 반야 사상에 영향을 받았고, 그리고 「비대상에서 선까지」에서는 이 시를 아공으로 해석했다. 그러나 이 글을 쓰면서 다시 아공과 법공의 중도로 해석한다. 이 시론에서는 아공, 법공이라는 용어를 사용했지만 지금 이 글을 쓰면서 자아공, 대상공이라는 사용하는 것은 시쓰기의 세 요소로 자아—대상—언어로 설정했기 때문이다.

반야 사상이 강조하는 것은 색즉시공 공즉시색이고 나는 이 명제를 색과 공, 공과 색이 중도에 있는 것으로 읽는다. 공—색—중도이다. 한편 화엄 사상의 경우 삼성설을 강조하면 공—가유—진공묘유(중도)이고, 삼무성을 강조하면 중도—중도—중도의 관계이다. 그런 점에서 거칠게 요약하면 반야나 화엄이나 중도를 지향한다는 점에서 두 사상은 크게 다르지 않다.

나는 자아—대상—언어가 소멸하는 단계에서 선 사상, 곧 불이사상과 만나고, 시집 『인생』, 『비누』를 발표하고, 시론 「비대상에서 선까지」를 발표한다. 그리고 이 시론에서 자아공과 대상공을 강조한다. 그런 점에서 자아소멸, 대상소멸, 언어소멸은 말 그대로 없는 게 아니라 자아공—대상공—언어공이 되고, 이때 공은 불이, 중도로 해석되고, 쓰는 행위만 남은 시쓰기는 네 수준에서 불이, 중도의 관계로 드러난다.

    (1) 자아, 대상, 언어가 각각 중도로 드러난다.
    (2) 자아, 대상, 언어의 상호 관계가 중도로 드러난다.
    (3) 위 삼각형(자아, 대상, 언어)과 아래 삼각형(쓰는 행위)의 관계가 중도로 드러난다.

(4) 중도는 자아공－대상공－언어공－행위공의 관계에 적용된다.

「서울에 오는 눈」의 경우 (1) 자아와 대상이 각각 중도로 드러나고, (2) 자아와 대상의 관계가 중도로 드러난다. 결국 자아공 시학은 자아불이 시학이고, 자아중도 시학이다. 그리고 이런 중도 시학은 대상, 언어, 행위에도 적용되고, 다시 (2) (3) (4)의 단계로 발전시켜야 된다. '팔천송(八千頌)' 반야바라밀에서 수보리 존자는 다음처럼 말한다.

> 천신들이여. 중생들은 幻化와 같다. 중생들은 꿈과 같다. 그러므로 환화와 중생은 不二이다. 또한 꿈과 중생은 불이이다. 천신들이여. 諸法도 환화와 같고 꿈과 같다. 수다원도 환화와 같고——전등각자도 환화와 같고 꿈과 같다——열반도 환화와 같고 꿈과 같다. 설령 열반보다 더욱 뛰어난 어떤 법이 존재할지라도 나는 그것도 환화와 같고 꿈과 같다고 말할 것이다. 왜냐하면 환화, 꿈, 열반은 불이이며, 그것은 二分되지 않기 때문이다. (찬드라키르티, 김정근 역주, 「여래에 관한 고찰」, 『쁘라산나빠다 3－중론』, 푸른가람, 2011, 998~1000 재인용)

幻化는 실체가 없는 것을 있는 것처럼 환술로 만들어내는 것. 幻은 환술사가 만든 것이고 化는 부처와 보살의 신통력으로 변화한 것. 열반도 환화와 같다면 중생은 더 말해 무엇 하랴. 마술사가 돌에 마술을 부려 코끼리를 만드는 것처럼 이 세상 모든 현상은 환화와 같고 꿈과 같다. 그러나 우리는 이 삶이 환화이고 꿈과 같다는 것을 모른다. 부처님은 『금강경』에서 일체 유위법은 꿈과 같고, 허깨비 같고, 물거품 같고, 그림자 같다고 말씀하신다.

왜냐하면 자아든 대상이든 언어든 모두 자성, 실체, 본질이 없는 인연의 화합이고, 따라서 공하기 때문이다. 그러나 공성(空性)은 아무것도 없는 무의 세계가 아니라 유/무의 분별이 소멸하고, 유/무의 분별을 초월하고 동시에 내포하는 세계, 곧 불이(중도)의 세계(?)이다. 그러므로 해공(解空) 제일의 수보리 존자는 "중생은 환화와 같고 꿈과 같다. 그러므로 환화와 중생은 불이이고 꿈과 중생은 불이이다"라고 말한다.

반야는 모든 현상이 공하다는 것을 아는 지혜이고, 이 지혜에 의해 우리는 바라밀, 곧 피안에 도달한다. 해탈한다. 번뇌 망상에서 해방된다. 수보리 존자는 이 세상이 환화와 같고 꿈과 같다는 것을 아는 것이 반야이고, 환화와 중생은 불이(중도)이고 꿈과 중생은 불이라고 말한다. 그러니까 환화, 꿈, 중생도 중도라는 것. 중생은 환화와 꿈속에 살고 부처는 환화와 꿈이 환화와 꿈이라는 것을 안다. 그러나 공성의 시각, 의상이 말하는 성지(聖智), 혹은 진제(眞諦)의 입장에서는 중생과 부처도 중도이고, 따라서 환화와 해탈도 중도이고, 꿈과 해탈도 중도이다. 요컨대 반야도 중도이다. 그러므로 피안과 차안도 중도의 관계에 있다.

그런 점에서 중도시학의 모델은 어디까지나 영도의 시쓰기를 선의 문맥에서 해석하고 이론으로 정립한 것이지 선 혹은 선시의 모델이 아니다. 왜냐하면 이런 모델도 환화와 같고 꿈과 같기 때문이다. 그러나 중국 당나라 청원유신(靑原惟信) 선사는 말한다.

(1) 참선하기 전에는 산은 산이고 물은 물이었다.
(2) 훌륭한 선사를 만났을 때는 산은 산이 아니고 물은 물이 아니었다.
(3) 그러나 마지막 깨달음을 얻고 보니 산은 산이고 물은 물이다.

이 공안에 대한 해석은 관점에 따라 다양하다. 유식의 시각에서 읽으면 참선하기 전에 산은 산이고 물은 물이라는 것은 허망한 분별이다. 그러니까 그것들이 환영인 걸 모르고 실재한다고 집착하는 것. 우리의 일상적 삶이 그렇다. 그러나 참선할 때, 마음공부 할 때는 산은 산이 아니고 물은 물이 아니다. 왜냐하면 모두 환영이고 꿈과 같기 때문이다. 그러나 마지막 깨달음을 얻을 때 산은 산이고 물은 물이라는 것은 이다/아니다의 분별이 사라진 무분별의 경지, 공의 경지다. 그러므로 이때 산과 물은 언어와 분별이 사라진 근본무분별지에 해당한다.

그러나 언어와 분별이 사라진 이 경지를 어떻게 알 수 있는가? 청원 선사는 깨달은 다음에도 산은 산이고 물은 물이라고 말한다. 언어를 사용한다. 분별한다. 이런 언어 분별은 깨달음을 전제로 하고, 그런 점에서 후득청정세간지에 해당한다. 선사들의 공안이 그렇고 선시가 그렇고 경전이 그렇다. 이때 산은 산이며 동시에 산이 아니고, 물은 물이며 동시에 물이 아니다.

물론 이런 해석은 유식학의 입장이고, 반야의 입장에서는 청원의 공안은 색―공―중도의 도식으로 읽을 수 있다. 참선하기 전 산은 산이고 물은 물이라는 말은 색의 세계, 참선 공부할 때 산은 산이 아니고 물은 물이 아니라는 말은 색에서 공을 읽는 단계, 마지막 깨달음을 얻은 후 산은 산이고 물은 물이라는 말은 공과 색, 색과 공이 중도인 세계이다. 그러므로 이때 산은 산이 아니고 산이 아닌 것도 아니다. 일체 분별이 소멸한 단계이다.

중도라는 말은 『중론』이 강조하듯이 중생, 환화, 꿈, 열반 등 일체 현상이 중도(불이)임을 강조한다. 그러므로 중도시학도 중도이고 청원선사가 말하는 깨달음도 중도이다. 그러나 선사의 공안은 언어에 의존한다. 언어냐 깨달음이냐? 의상 대사는 언어와 깨달음의 중도를 강조하고, 서산 대사는 선교일치를 주장한다. 물론 대사가 강조한 것은 捨敎入禪이고, 그런 점에서 교, 언어를 무시하지 않는다.

영도에 대한 사유

내가 중도시학을 말하는 것 역시 선이 아니라 교, 깨달음이 아니라 언어를 강조하는 입장이지만 나는 아직 교에 머문다. 영도가 강조하는 것이 그렇다. 영도의 시쓰기, 곧 쓰는 행위만 남은 시쓰기는 영도의 시쓰기이고, 이때 영도는 중도와 만난다. 그러나 중도시학은 깨달은 선사들의 오도송도 아니고, 선기나 선취를 노래하는 선시도 아니고, 어디까지나 영도에 대한 나의 사유의 산물이고 현대시의 새로운 방향과 관계된다.

근대시 혹은 현대시의 세 유형은 서정시, 리얼리즘시, 모더니즘시이다. 그동안 의도한 것은 아니지만 결과적으로 나는 근대시의 세 유형을 부정한 셈이다. 왜냐하면 자아소멸은 서정(표현론)을 부정하고, 대상소멸은 리얼리즘(모방론)을 부정하고, 언어소멸은 모더니즘(형식론)을 부정하기 때문이다. 영도의 시는 이런 부정의 산물이고, 마침내 쓰는 행위만 남고, 이때 나는 공, 중도, 불이사상과 만난다. 그러므로 중도시학은 서정시, 리얼리즘시, 모더니즘시가 종말을 고하면서 내가 추구하는 현대시의 새로운 방향일 뿐이다. 다시 생각하자. 영도란 과연 무엇인가?

영, 제로, O은 모든 수의 모태이지만 현실에 존재하는 것도 아니고 존재하지 않는 것도 아니다. 노자 식으로 말하면 도에 해당한다. 노자는 말한다. 도는 도라고 할 수 있지만 언제나 도는 아니고, 이름은 이름이라고 할 수 있지만 언제나 이름이 아니다. 이름 없음이 천지의 시작이고 이름 있음이 만물의 모태이다. 道可道 非常道 名可名 非常名 無名天地之始 有名萬物之母. 도는 도라고 부를 수 있지만 그런 이름을 초월하는 우주의 근본을 뜻한다. 언어를 초월하는 도는 거무스름하다(玄). 거무스름한 것은 검은 것도 아니고 흰 것도 아니고, 음과 양이 함께 있는 세계이다. 그런 점에서 도는 무명이고 유명이다. 왜냐하면 유명과 무명은 도에서 나온 것으로 이름만 다르기 때문이다.

O 역시 그렇다. 영은 있는 것도 아니고 없는 것도 아닌 수이고, O에서 1이 나오고 1은 현실에 존재하는 수이고, 이 수가 모든 수의 모태가 된다.

한마디로 O은 유명 무명의 대립을 초월하는 세계이다. 영이라고 부르지만 이런 이름도 단지 이름일 뿐이다. O에서 1이 나오고, 1이 모든 수의 시작이다. 그런 점에서 영도의 시쓰기는 도의 시쓰기에 비유되고, 그것은 시 이전의 시, 언어 이전의 시, 거무스름한 시를 지향한다.

한편 O은 불교가 강조하는 空에 비유된다. 원불교가 강조하는 것이 특히 그렇지만 공안에는 동그라미 이야기가 많고, 이때 동그라미는 공을 암시한다. O이 空을 암시하는 이유는 많다. O은 존재하는 것도 아니고 부재하는 것도 아니다. 어디 그뿐인가? O을 드려다 보면 안과 밖, 앞과 뒤, 위와 아래, 충만과 공허의 경계가 해체된다. 한마디로 이항대립 체계가 소멸하는 형태다. 空이 강조하는 것이 그렇지 않은가? 그런 점에서 O은 공, 중도, 불이를 상징한다.

내가 영도의 시쓰기를 중도시학과 관련시킨 것은, 지금 생각하니까, 영에 대한 이런 사유가 반영된 것 같다. 나아가 O은 플러스(+)와 마이너스(−)가 하나가 되는 수이고, 나와 우주가 하나가 되는 수이다. 왜냐하면 영을 축소하면 점(나)이 되고 확대하면 무한한 우주가 되기 때문이다. 그런 점에서 영은 아뇩다라삼막삼보리심을 상징한다. 영은 위도 없고 아래도 없는 평등한 세계이고 이런 세계가 바른 깨달음의 마음이고, 자성청정심이다. 그러므로 O은 보리심과 청정심을 상징한다. 영도에서 색과 공의 중도, 공과 색의 중도가 나올 수 있는 근거이다.

2. 영도와 대상

1) 씨앗과 열매

물론 우연이겠지만 시집 『인생』(2002)의 표제가 암시하는 것이 인생, 사람, 자아라는 주제라면 시집 『비누』(2004)의 표제가 암시하는 것은 비누, 대상, 만유라는 주제이다. 그런 점에서 전자는 자아공의 세계를, 후자는 대상공의 세계를 지향한다. 시론 「비대상에서 선까지」에서는 아공, 법공이라는 용어를 사용했다. 이런 생각은 프로이트에 의하면 이른바 사후 작용(differed action)에 해당한다. 그에 의하면 우리의 경험, 인상, 기억 흔적은 사후에 새로운 경험과 관련을 맺으면서 수정되어 다른 차원으로 발달하고 따라서 새로운 의미와 새로운 심리적 효과가 발생한다.

늑대 인간의 경우 부모의 성교 장면, 이른바 원초적 장면은 한 살 반 때 기억의 흔적으로 남지만 그는 그때는 그것이 성교라는 것을 이해하지 못하고 네 살 때 꿈을 꾸었을 때 비로소 그것이 성교라는 것을 이해한다. 그리고 이런 꿈이 그의 경우 공포증이 시작되는 순간이다. 그러므로 늑대 인간의 경우엔 성교에 대한 이해가 사후 효과이고, 나의 경우엔 시집 표제에 대한 이해가 사후 효과이다. 처음 시집 표제를 『인생』이나 『비누』로 할 때는 그것이 이런 의미, 곧 자아공과 대상공의 세계를 지향한다는 것을 몰랐고, 그러니까 의도적으로 이런 이름을 붙인 것은 아니고, 시론을 쓰면서 그 시론이 매개가 되어 사후에 그런 의미였다는 것을 이해했다. 그렇다면 이 시론이 나의 경우 공포증이 시작되는 순간인가? 나는 전자가 자아공의 세계이고 후자가 대상공의 세계라는 것을 사후에 이해한다. 그러나 이런 이해는 공포증의 시작이 아니다. 공포증은 무의식을 전제로 하고, 쏟은 그런 무의식도 공으로 인식하기 때문이다.

시집 『인생』에는, 특히 「서울에 오는 눈」의 경우는 앞에서 말했듯이 자아공과 대상공이 노래되고, 나아가 두 세계의 만남, 불이, 중도가 노래되지만 대체로 자아공의 세계가 많고, 따라서 이런 이해가 틀린 것도 아니다. 「천진」, 「일월」, 「이른 봄날」, 「밖에서 찾지 말라」 등이 그렇고 다만 「나 없이 쓰기」, 「시」 등에서는 자아공을 전제로 하는 시쓰기에 대한 성찰을 노래한다.

그러나 시집 『비누』는 상대적으로 대상공을 노래하는 시들이 많다. 법공, 곧 대상공은 만유(대상)가 마음과 개념의 산물이므로 만유에도 자성, 곧 실체나 본질은 없고 모두가 인연의 相에 지나지 않는다는 인식을 토대로 한다. 나는 앞에서 「서울에 오는 눈」을 모델로 대상공(눈)을 중도로 해석한 바 있다. 이 글에서는 중론의 시각에서 대상공의 세계를 살피기로 한다. 나는 「비누」에서 이렇게 노래한다.

비누는 가늘게 내리는 가랑비 가랑비 내리던 아침 그대와 길을 떠났지 비누를 가방에 넣고 떠났던가? 오늘도 가랑비 온다 가늘게 내리는 가랑비 밤이면 하얀 눈발 어둠 속에 비누가 반짝인다 비누는 마루에 있고 거실에도 있고 화장실 거울 앞에 있지만 비누는 과연 어디 있는가? 비누는 씨앗도 아니고 열

「비누」전문이다. 비누에서 가랑비를 연상하는 것은 가랑비 오던 아침 그대와 떠난 여행을 동기로 하지만(이건 상상의 세계다) 아무튼 여기서 비누는 가랑비다. 말하자면 비누의 본질은 없고 비누는 밤이면 하얀 눈발로 변한다. 이런 변화는 그렇게 이상한 것이 아니다. 왜냐하면 비누 가루에서 하얀 눈발이 연상되기 때문이다. 그렇다면 비누는 어디 있는가?

비누는 마루에 있고 거실에 있고 화장실 거울 앞에 있다. 어디든지 존재할 수 있다. 가방 속에도 있고 주머니 속에도 있고 마당에도 있고 그러므로 '추운 밤 깊은 산 속에 앉아' 있을 수도 있다. 왜 산 속에 있어선 안 된단 말인가? 있는 그대로 보고 생각하자. 비누가 반드시 있어야 할 자리는 없고 비누는 그런 점에서 무주(無住)를 상징하고, 무주가 무본(無本)과 통한다. 상징이 아니라 비누 자체가 무주이고 무본이다. 비누는 어디 한 곳에 머물지 않고, 아니 머물면서 계속 떠난다. 그것은 실체, 본질이 없기 때문이다.

비누가 가랑비가 되고 눈발이 되는 것은 자성, 실체, 본질이 없기 때문이고 자성이 없으므로 아무 곳에도 머물지 않는다. 다만 인연 따라 나타날 뿐이고, 이런 무주가 만유의 근본이고 이른바 대상공의 세계다. 이유는 무엇인가? 비누는 씨앗도 아니고 열매도 아니기 때문이다. 이른바 불이, 중도 자체이고 나가르주나(용수)는 그것을 씨앗과 싹의 관계로 논증한다. 씨앗은 원인이고 싹은 결과이다. 그렇다면 비누의 원인은 무엇이고 결과는 무엇인가? 일반적으로 원인이 있으므로 결과가 생긴다. 과연 그런가?

씨앗에서 열매가 생길 때 씨앗과 열매는 완전히 같은 것도 아니고(不一) 전혀 다른 것도 아니다.(不異) 씨앗에서 열매가 생긴다는 인과론, 곧 원인이 있으므로 결과가 있다는 인과론이 비판되고 연기론이 긍정되는 것은 이런 사정 때문이다. 나가르주나 식으로 좀 더 부연해보자. 씨앗이 열매를 내포한다면(같다면) 열매가 두 번 존재하기 때문에 논리적으로 오류이고, 한편 씨앗이 열매를 내포하지 않는다면(다르다면) 사실적으로 오류이다. 결국 불이, 중도가 강조하는 것은 인과론이 아니라 모두가 얽혀 존재하다는 이른바 연기(緣起)이다. 그러므로 비누는 씨앗도 아니고 열매도 아니다. 내가 이 시에서 강조한 것은 만유의 제유인 비누가 보여주는 연기, 불이, 중도, 공이다.

그러나 이 시의 경우 나, 자아는 가랑비 내리던 아침 그대와 길을 떠난 걸 회상하고, 끊임없이 변하는 비누를 관찰하고, 비누의 본질에 대해 질문한다. 한편 '비누를 가방에 넣고 떠났던가?' 라는 시행은 자아와 비누가 대립적인 관계, 혹은 주인과 노예, 사용자와 도구, 주체와 객체의 관계임을 암시한다. 「서울에 오는 눈」에서는 자아가 눈을 매개로 나타나고, 눈과 만나면서 있는 것도 아니고 없는 것도 아닌, 유/무의 경계를 초월하며 동시에 내포하는 그런 자아, 이른바 자아공으로 드러났다.

그러나 『비누』에서는 자아가 이런 공, 중도로 드러나지 않는다. 그러므로 『비누』의 경우 대상공이 강조되지만 나, 자아, 주체는 공, 중도, 불이가 아니다. 시론 「비대상에서 선까지」에서 내가 시집 『비누』가 아유법공의 세계를 지향한다고 말한 건 이 시를 모델로 했기 때문이다. 그러나 지금 다시 읽어보면 이 시집 역시 자아공을 노래하는 시들이 많고, 시와 언어에 대한 회의를 노래하는 시들도 많다. 전자의 보기로는 「무주」, 「눈 내린 저녁」, 「여름」, 「너도 없고 나도 없다」 등, 후자의 보기로는 「모두가 시다」, 「시」, 「언어」 등을 들 수 있다.

그런 점에서 내가 시론에서 시집 『인생』을 대상은 그대로 있고 자아만 공으로 나타난다는 我空法有로, 시집 『비누』를 자아는 그대로 있고 대상만 공으로 나타난다는 我有法空으로 해석한 것은 지나치게 도식적이고, 그것은 아공, 법공 二空은 다시 아공, 법공, 구공 삼공으로 완성되고 완성되어야 한다는 도식적 사유에 너무 집착한 결과이다. 구공은 무원(無願)의 세계, 곧 아공 법공도 잊는 공불공의 세계이다.

2) 아유법공의 문제

선에 대한 이런 단계적 사유 혹은 단계적 발전에 대해 나는 최근 시론 「영도냐 선이냐」에서 나의 견해를 밝힌 바 있다. 이 글은 영도의 시쓰기가 선과 만난다는 것을 다시 강조한다. 그러니까 영도의 시쓰기가 선의 시쓰기와 만나는 과정에 대해 간단히 설명한 글이다. 이 글의 결론 부분은 다음과 같다.

> 이제까지 나는 영도의 시쓰기가 선의 시쓰기와 만나는 과정에 대해 말했다. 그렇다면 왜 법공의 단계에 속하는 「비누」에 대해 말했는가? 그건 시집 『인생』, 『비누』, 『이것은 시가 아니다』의 단계적 발전도 방편에 자나지 않고, 선의 시쓰기가 강조하는 것은 이런 단계적 발전이 아니라 「비누」에서 읽을 수 있는 무자성, 무주도 무념—무상—무주—무위의 관계로 읽을 수 있기 때문이다. 그러므로 무주가 무상이고 무상이 무념이고 이런 상태에서 무위의 시쓰기가 가능하다. (이승훈, 「영도냐 선이냐」, 『시와 세계』, 2011, 봄)

이 글에서 나는 영도의 시쓰기가 혜능의 선 사상, 곧 무념—무상—무주의 도식으로 나갈 수 있다는 것을 강조했다. 그러므로 영도와 대상, 특히 대상공을 다루는 단계엔 어울리지 않는다. 나는 앞으로 『선의 시학』에서 선의 시쓰기, 혹은 무위의 시쓰기에 대해 살필 예정이다. 그건 그렇고 위의 글에서 나는 아공—법공—구공의 단계적 사유도 방편에 지나지 않고, 따라서 법공에 해당하는 「비누」를 선의 시쓰기와 관련시킨다. 한편 선불교에 영향을 받으며 쓴 세 권의 시집 『인생』, 『비누』 『이것은 시가 아니다』도 찬찬히 읽어보면 이런 단계를 그대로 밟지 않고 삼공(三空)이 얽혀 드러난다는 점도 문제가 된다.

다시 생각하자. 아공은 무엇이고 법공은 무엇이고 구공은 무엇인가? 아공은 오온(五蘊)이 화합한 것이 자아이므로 자아라는 실체가 없다는 것. 법공은 법, 곧 현상 역시 자성이 없으므로 실체가 없다는 것. 자아는 오온의 화합, 인연의 산물이다. 그렇다면 대상은? 실체가 없는 자아가 수용하고 생각하는 것이 대상이기 때문에 대상 역시 실체가 없다. 말하자면 자아공이 수용하는 석이므로 대상공이다. 화엄경은 일체유심조를 말하고 유식학은 유식무경을 말한다. 대상은 자아가 만드는 것이고 극단적으로 말하면 자아만 있고 대상은 없다.

그러나 반야 사상에 의하면 자아공이 토대가 되어 대상이 인식된다. 나는 「자아론」에서 자아가 공하다는 말을 하면서 오온, 곧 색(몸)수상행식(마음)이 모두 공하므로 자아가 공하다고 말했다. 색은 地水火風 네 요소로 구성되고, 수상행식에 의해 대상을 안다. 그러므로 수상행식이라는 마음의 작용이 없다면 우리는 대상이 무언지 알 수 없지만, 자아가 공하므로 대상도 공하다. 한편 「대상론」에서 나는 다음처럼 말했다. 모든 법, 곧 존재하는 모든 것은 연기의 관계에 있고, 따라서 공하고, 공에는 실체가 없다. 그러므로 자아에 해당하는 색수상행식(오온)도 없고, 외부와 만나는 토대(六根)도 없고, 육근이 만나는 대상(六境)도 없고, 육근, 육경, 육식이 화합하여 생기는 세계(18계)도 없다.

한마디로 반야 사상이 강조하는 것은 일체가 공하다는 一切皆空 사상이다. 그러므로 자아도 공하고, 대상도 공하다. 이른바 아공, 법공이다. 그렇다면 자아는 공하나 모든 존재가 공이 아닌 我空法有란 무엇인가? 아공법유는 자아와 대상이 공하다는 我法二空과 상대되는 개념이다. 자아는 공하지만 모든 존재가 공한 것은 아니고 독자적인 자성, 실체를 소유한다는 것. 곧 법(자성)은 있다는 것.

일반적으로 아공법공, 곧 자아도 대상도 공하다는 견해가 대승(大乘)의 입장이고, 자아는 공하지만 대상, 곧 법이 있다는 견해는 소승(小乘)의 입장이다. 소승은 자신의 해탈만을 강조하는 성문, 연각의 도이고, 대승은 자아와 대상이 모두 공함을 깨달아 自利 利他의 양면을 갖춘 보살의 도이다. 성문(聲聞)은 소리를 듣는 사람이라는 뜻으로 부처님의 말씀을 듣고 깨닫는 것을 말하고, 연각(緣覺)은 독각(獨覺)이라고도 하며 벽지불로도 부른다. 부처님의 가르침에 의지하지 않고 스스로 도를 깨달은 사람. 고요와 고독을 좋아할 뿐 설법과 교화를 하지 않는 성인(聖人)이다. 보살은 道衆生, 覺有情이라고도 하며 上求菩提 下化衆生에 임하고 바라밀을 행하는 사람이다. 성문, 연각, 보살이 이른바 삼승이고, 대승불교가 강조하는 것은 보살도이다.

이런 문맥을 전제로 내가 시론에서 사용한 我空法有 我有法空이라는 말을 다시 살필 필요가 있다. 我空法有는 위에서 말한 소승의 입장이지만 我有法空은 말이 되지 않는다. 왜냐하면 자아가 공하기 때문에 대상도 공하고, 자아가 있으므로 대상도 있는 것이지, 자아는 있고 대상이 공하다는 것은 불교적 사유가 아니기 때문이다. 내가 아유법공이라는 용어를 사용한 것은 나를 지배하는, 지나치게 도식적인 사유 때문이다. 좋게 말하면 논리적이지만 불교는 이런 논리를 거부한다. 먼저 논리적 체계에 의하면 자아와 대상의 경우 공과 유는 다음처럼 네 가지 유형으로 드러난다.

(1) 자아(유) 대상(유)
(2) 자아(유) 대상(공)
(3) 자아(공) 대상(유)
(4) 자아(공) 대상(공)

첫째로 자아도 있고 대상도 있는 我有法有는 일상인, 범부, 중생들의 사유다. 자아가 있다는 말은 자아라는 실체, 자성, 본질이 있다는 것을 뜻하고, 이런 자아 인식이 발전하면 근대적 자아, 곧 내가 이 세계의 중심이라는 주체사상이 강조된다. 따라서 자아와 대상, 주체와 객체가 대립되고, 자아는 대상을 지배하기 시작한다. 쇼펜하우어에 의하면 대상은 의지의 표상이고, 하이데거에 의하면 대상을 지각하고 표상한다는 것은 대상을 지각하고 나의 앞에 세우는 것을 뜻한다. 따라서 자아와 대상이 있다는 것은 말 그대로 있는 것이 아니라 대립적인 관계로 있고, 나아가 자아가 대상을 착취하는 관계로 있다. 우리가 사는 것이 그렇지 않은가? 자연을 착취하고 도구로 만드는 게 우리의 삶이다. 그런 자아의 본질로 인식되는 이성은 도구 이성이고 현대 기술문명을 지배하는 것이 그렇다.

둘째로 자아가 있고 대상이 공하다는 我有法空이 문제다. 나는 시론 「비대상에서 선까지」에서 시집 『비누』를 아유법공의 세계라고 말했지만 이건 어디까지나 시쓰기의 단계를, 특히 공과 관련시켜 해석하면서, 지나치게 도식적이고 체계적으로 생각했기 때문이다. 하기야 시 「비누」는 읽기에 따라서는 대상(비누)의 자성 없음, 무주(無住) 사상을 노래하고, 자아는 현실적 자아로 드러난다고 할 수 있다. 그러나 앞에서 고백했듯이 시집 『비누』는 대체로 자아공, 대상공, 시와 언어에 대한 회의를 노래하는 시들이 많고, 이 시집 서문에서 나는 다음처럼 말한다.

> 무슨 말이 필요하랴? 나도 없고 대상도 없고 언어만 남았다. 그러나 이 언어도 버려야 하리라. 언어도 버리는 심정으로 이 심정도 없는 심정으로 시를 써야 하리라. 언어는 나를 사랑하지 않고 나는 언어에서 벗어날 수도 없다. 오늘도 바람 부는 세상 해질 무렵 시 한 줄 쓴다. (시집 『비누』 서문)

그러므로 내가 이 시집을 아유법공(我有法空), 곧 자아는 있고 대상은 공

하다고 말한 건 논리적 비약이고, 앞 시집과의 차이를 강조하기 위한 도
식적 사고를 반영한다. 그렇다면 보기로 든 시 「비누」는 어떤 세계인가?
앞에서 나는 '가랑비 내리던 아침 그대와 길을 떠났지 비누를 가방에 넣
고 떠났던가?' 라는 시행을 인용하면서 나와 비누, 자아와 대상이 대립적
인 관계 혹은 주인과 노예, 사용자와 도구, 요컨대 주체와 객체의 관계를
암시한다고 말한 바 있다.

　그러나 이 시에서 '나'는 가랑비 내리던 아침 '그대와 길을 떠나던 나'
를 회상하고, 그 후 '비누에 자성이 없음'을 노래한다. 그러니까 자아는
'시 속의 나'와 '시를 쓰는 나'로 나누어지고 '시 속의 자아'는 가랑비 내
리던 아침 비누를 가방에 낳고 그대와 함께 길을 떠난다. '시 속의 자아'
를 강조하면 자아, 타자, 비누, 가랑비, 가방은 대립적 관계가 아니라 상
입상즉(相入相卽)하는 관계이다.

3) 두 개의 자아

　그 시론을 쓸 때 왜 이런 생각을 못했을까? 그때는 비누를 관찰하는 자
아, 곧 시를 쓰는 자아만 강조했기 때문이다. 시의 경우 자아는 '시 속의
자아'와 '시 밖의 자아'로 나눌 수 있고, 후자는 다시 '시를 쓰는 자아'
와 '일상적 자아'로 다시 나눌 수 있다. '시 속의 자아'와 '시 밖의 자아'
의 관계는 크게 네 가지 유형이 있다.

　　　⑴ 전자와 후자가 분리되는 유형
　　　⑵ 전자와 후자가 동일한 유형
　　　⑶ 전자는 있고 후자는 없는 유형
　　　⑷ 전자는 없고 후자만 있는 유형

　따라서 자아와 대상의 관계 역시 이런 자아 유형을 전제로 해석되어야

한다. 먼저 두 자아의 관계를 살핀다.

첫째로 전자와 후자가 분리되는 유형에선 '시 밖의 자아' (시를 쓰는 자아)가 '시 속의 자아' 를 관찰하고 서술하고 바라본다. 그런 점에서 3인칭 객관적 시점에 포함된다.

둘째로 전자와 후자가 동일한 유형에선 두 자아가 분리되지 않고 '시 밖의 자아' 가 바로 '시 속의 자아' 가 된다. 이때 '시 밖의 자아' 는 '시를 쓰는 자아' 도 되고 '일상적 자아' 도 된다. 전자의 경우엔 시 속에 시를 쓰는 자신의 모습을 그대로 보여주는 실험시, 후자의 경우엔 일상적 자아를 그대로 보여주는 실험시가 포함된다. 먼저 전자의 보기.

> 이 시는 여우도 읽고
> 지나가는 바람도 읽고
> 우리 석준이 호준이도
> 읽으라고 쓰는 시
> 우리 석준이는 여덟 살
> 호준이는 네 살
> 그러나 시를 쓸수록
> 추위만 더하네
> 비는 피할수록 몸에 젖고
> 병은 피할수록 다가오네
> 그러므로 아직도 멀다

졸시 「시」(시집 『비누』)의 전반부이다. 이런 시는 많이 썼지만 마땅한 보기가 생각나지 않고, 눈에 띄는 대로 한 편 인용한다. 이는 봄바람 부는 저녁 시를 쓰는 나를 노래한다. 그러니까 시를 대상으로 하는 시지만 시를 쓰는 나의 심정이 드러난다. 석준이 호준이는 손자다. 그들은 마루에서 놀고 나는 시를 쓴다. 그러나 마음은 춥고, 비에 젖고, 병에 시달리기 때문에 '아직도 멀다'. 아직도 갈 길이 멀다. 그러니까 아직도 마음공부가 모자라고 수행이 모자라고, '가벼운 마음'이 되기에는 멀다.

'시를 쓰는 나'는 어디 있고 '시 속의 나'는 어디 있는가? 시인이 그대로 '시 속의 자아'가 된다. 일반적으로 시인들은 시를 쓰는 자신을 보여주지 않는다. 그러나 이 시에선 봄날 저녁 책상에 앉아 시를 쓰는 나의 모습을 보여주고, 따라서 '시를 쓰는 자아'가 '시 속의 자아'가 된다. 일종의 메타시에 속한다.

그런가 하면 '일상적 자아'가 그대로 '시 속의 자아'가 되는 보기로는 다음과 같은 시가 있다.

> 겨울 오후 대전 버스 터미널 가방 들고 지나갈 때 미친 여자가 "배가 고파 그래요. 천 원만 줘요." 손을 내밀며 말하네. 난 코트 주머니에서 동전 몇 개 주며 말했지. "천 원짜리가 없어요." 물론 주머니엔 천 원짜리 지폐가 있었겠지. 내가 이런 인간이다.

졸시 「겨울 오후」(시집 『화두』) 전문이다. 있는 그대로 일상적 삶의 한 부분을 보여주는 시다. 일반적으로 시인들은 자신의 일상적 삶을 시에 그대로 옮기지 않고, 그것을 변형하거나, 그 삶에 대한 정서를 노래하거나, 상상력에 의해 이른바 시적인 공간을 만든다. 그러나 이 시에는 무슨 정서도 없고, 상상력도 없고, 사회비판도 없다. 그저 있는 삶을 그대로 옮겼을 뿐이다. 그러므로 전통적 시론에 의하면 이런 시는 시가 아니다.

그렇다면 나는 왜 이런 시를 썼을까? 이런 시를 쓴 이유는 현대시에 대한 회의와 반성 때문이다. 도대체 시란 무엇인가? 왜 일상의 삶을 그대로 옮기면 안 되는가? 이 문제는 「언어론」에서 다루었기 때문에 긴 설명을 피한다. 시가 있는 것이 아니라 시라는 제도가 있다는 것이 근대사회의 특성이다. 이 시도 시지나 시집에 발표하니까 시가 된다. 그렇지 않은가? 시집에 발표하면 시가 되고, 일기로 기록하면 일기가 되고, 편지로 보내면 편지가 되고, 낙서를 하면 낙서가 되고, 기행문에 넣으면 기행문이 되고, 쓰레기통에 버리면 쓰레기가 된다. 시가 어디 있는가? 그런 점에서 이런 시는 시와 일상의 경계를 해체하는 실험시에 속하고 전통적 시론에 대한 미적 비판이 된다. 요컨대 '시 밖의 자아'와 '시 속의 자아'가 동일시되는 유형은 실험적이고 전위적인 시쓰기에 속한다.

결국 둘째 유형은 '시를 쓰는 자아'가 시 속에 등장해서 자신이 시 쓰는 모습을 그대로 보여주거나, '일상적 자아'가 시 속에 등장해서 일상적 삶을 그대로 보여준다. 그런 점에서 시와 일상의 경계가 해체되고, 특수한 1인극의 형식이 된다. 특수하다는 것은 일반적으로 1인극은 작가가 작가 자신이 아니라 제3의 인물을 무대에 등장시키기 때문이고 이런 유형의 시는 시인, 혹은 일상인으로서의 자신의 삶을 그대로 보여주기 때문이다. 시집 『화두』(2010)에서 내가 시도한 것이 그렇다. 그런 점에서 '나'는 '나를 바라보는 자'가 되고, '시 속의 나'는 하나의 객체, 곧 '그'가 된다. 내가 나를 바라본다는 것은 '나'를 객체로 무대에 올리고 '그'의 말, 움직임 등을 묘사할 뿐 '그'에 대해 이러니 저러니 해석하고 설명하지 않고, 그대로 보여주는 일과 통한다. 일종의 실험시라고 할 수 있다.

셋째로 전자는 있고 후자는 없는 유형은 이른바 묘사시에 포함된다. '시 속의 자아'는 있고 '시를 쓰는 자아'가 없다는 것은 자아가 시 속의 자아에 대해 이런 저런 말을 하지 않고, 따라서 주관성이 배제된다는 점에서 둘째 유형과 비슷하다. 자아가 있다는 말은 사유 주체로서의 내가 있다는 것이고, 자아가 없다는 말은 이런 주체가 없다는 것, 따라서 감각만 존재한다. 사유란 의식한다는 것. 불교의 경우 우리가 안다는 것은 이른바 육식(六識), 곧 인이비설신의 여섯 가지 식을 말하고 앞의 5식(인이비설신)은 개별적 감각적 식이고 뒤의 여섯 번째 식(의)에 의해 이런 개별적 앎이 종합되어 이른바 의식이 가능하다.

자아가 있다는 말

따라서 자아가 있다는 말은 의식적 자아, 곧 이런 의미로서의 의식이 있다는 것을 뜻하고, 자아가 없다는 말은 이런 의식이 없다는 것이지만 앞의 5식이 없다는 것을 뜻하지 않는다. 5식은 감각에 대응하는 앎을 뜻한다. 흔히 감각이라고 하지만 감각 자체는 앎 이전이고, 감각은 대상과 만나고 다시 식과 결합되어야 앎이 된다. 시각의 경우 나는 어떤 대상을 보고 그것이 꽃이라는 것을 안다. 어떻게 아는가? 직관적으로 안다고 하지만 이런 앎은 시각―대상―안식의 관계를 전제로 한다. 불교 용어로는 육근―육경―육식 가운데 안근―색경―안식의 관계다.

눈으로 아는 안식이 없다면 나는 어떤 대상을 아무리 보아도 그것이 꽃인지 무엇인지 알 수 없다. 그렇지 않은가? 바다를 아무리 보아도 바다가 무언지 모르면 그저 모르는 것을 바라볼 뿐이다. 두 살짜리 유아가 그렇다. 아이는 그저 어떤 대상을 바라볼 뿐이다. 아는 만큼 보인다는 말이 있듯이 앎(식)이 없다면 의미 없는 감각만 존재할 뿐이다. 그러므로 감각과 대상만 있는 경우 우리는 대상이 무언지 모른다. 시각의 경우는 다음과 같은 세 요소가 요구된다.

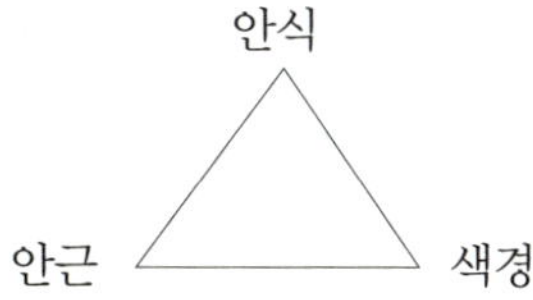

나는 눈(안근)이 있으므로 대상(색경)을 본다. 그러나 눈으로 어떤 대상과 만날 뿐 그것이 무엇인지 모른다. 그것이 꽃이라는 것을 알아야(안식) 비로소 나는 꽃을 본다는 것을 안다. 그것이 꽃이라는 것을 알게 되는 것은 안식이 개입되어야 한다. 그러니까 시각―대상―안식 세 요소가 결합되어야 나는 무엇을 보는지 알게 된다. 안식이 없다면 어떻게 내가 꽃을 본다는 감각적 경험이 가능하겠는가? 그러나 눈으로 아는 것은 의식과 다르다. 의식은 육식(안이비설신의) 가운데 마지막 요소로 흔히 우리가 어떤 대상을 총체적으로 알고 그 대상을 객체로 인식하는 일을 뜻한다. 그러니까 의식은 제6식이고 앞의 감각적 앎은 전5식이다. 6식은 전5식을 총체적으로 알고 이런 총체적 앎을 하나의 객체로 아는 심리 작용이다.

그런 점에서 감각적 앎, 곧 전5식은 부분적인 앎이다. 바다의 경우 눈으로 보고 알지만(안식) 바다 전체를 아는 것은 아니다. 왜냐하면 파도 소리를 듣고(이식), 바다 냄새를 맡고(비식), 혀로 짠 맛을 알고(설식), 손으로 만져보고 차다는 것을 알아야(신식) 바다 전체를 아는 것이기 때문이다. 이렇게 전5식을 하나의 전체로 아는 것이 제6식인 의식이다. 바다를 의식한다는 것은 바다를 전체로 알고 하나의 객체로 인식하고, 따라서 나는 주체가 되고 바다는 객체가 되어 대립한다. 그런 점에서 자아를 지배하는 것은 의식이고, 의식이 사유와 통하고, 사유는 분별이다.

그런 점에서 의식, 사유, 마음은 두 가지 차원에서 이해할 필요가 있다. 하나는 6식 내부에 한정하는 식, 다른 하나는 6식 외부와 관련되는 식이다. 전자의 경우 식은 전5식과 제6식으로 나누어지고 전5식은 개별적 감각적 식이고, 이른바 의식은 전5식을 전체적으로 통일하는 제6식에 해당하고, 이 식은 6근 가운데 의근(意根), 6경 가운데 법경(法境)과 관련된다. 도식으로 나타내면 다음과 같다.

6근: 안이비설신 ——→ 의근

6경: 색성향미촉 ——→ 법경

6식: 안이비설신 ——→ 의식

개별적 감각적 식 ──→ 종합적 식

〈내부적 관계〉

〈외부적 관계〉

이 도식에서 '내부적 관계'는 제6식인 의식이 수평 구조, 곧 안이비설신─의식의 구조에서 전5식(안이비설신)과 맺는 관계를 나타내고 '외부적 관계'는 의식이 수직적 구조, 곧 의근─법경─의식에서 의근─법경과 맺는 관계를 나타낸다. 물론 내부적 관계에 있는 전5식도 수직 구조로 된 전5근, 전5경과 관련된다. 그러나 내가 강조하는 것은 제6식인 의식이고, 의식을 내부적 관계로 읽는 것은 의식이 6식 내부에서, 그러니까 전5식과 맺는 관계에 초점을 둔다.

날씨가 다시 흐려온다. 나는 2011년 12월 4일 오후 서초동 삼성빌딩 부근 주상복합 코아텔 14층 창가에 앉아 이 글을 쓴다. 아니 옛날에 쓴 글에 다시 손을 대고 있다. 창 앞은 바로 높은 빌딩이다. 빌딩에 막혀 하루종일 해 한번 들지 않는다. 어쩌다 여기까지 온 것은 그동안 살던 서초동 진흥아파트 공사 때문이다. 공사 기간은 한 달. 이제 일주일이 지났다. 해 한번 안 드는 방에서 일주일을 살고 아직도 더 살아야 하는 게 고민이다. 책도 손에 잡히는 대로 서너 권 들고 왔기 때문에 글을 쓰면서 참고할 일이 있어도 그저 넘어간다. 그러나 그저 넘어간다는 게 고맙다. 이것 저것 챙기는 것도 강박증이고, 이젠 그런 강박증에서 벗어나고 싶다. 그러나 강박증이 나를 보호하는지 모른다. 이건 방이 아니고 감옥이다. 그러나 책상 머리에 스탠드를 켜놓고 글을 쓴다. 병인지 모른다.

문제는 다시 의식이다. 전5식은 개별적 감각적 세계로 존재하고, 제6식인 의식에 의해 그 전체가 지각되고 알게 되고, 대상은 의식의 대상이 되고 의식에 의해 대상이 된다. 자아와 객체가 존재한다. 물론 6식도 6근, 6경과 관련된다. 그러므로 내가 6식 내부에 초점을 두는 것은 전5식과 제6식의 관계를 강조하기 위해서다. 감각적 식(전5식)도 식이고 의식(제6식)도 식이다. 그러나 자아라는 용어는 의식과 관련되고, 따라서 전5식, 곧 개별적 감각적 식은 자아 이전의 세계로 해석할 수 있고, '시를 쓰는 자아'가 없다는 것은 이런 의미, 그러니까 의식(제6식)은 없고 전5식, 곧 개별적 감각적 식은 있다는 의미이다.

시 속의 자아 시 밖의 자아

'시 속의 자아'는 있고 '시 밖의 자아'가 없다는 말은 이상한 말이고, 나도 이상하다고 생각한다. 자아와 대상의 관계라면 하등 이상할 것이 없을 것이다. 자아가 없고 대상만 있다는 말은 자아(시인)의 주관적 요소가 소멸하고 대상을 객관적 감각적으로 묘사하는 것을 뜻한다. 일종의 묘사시이다. 그러나 나는 어쩌다 '시 속의 자아'와 '시 밖의 자아' 문제와 만났고, 그것은 이 문제가 제대로 풀려야 자아와 대상의 문제도 제대로 풀리기 때문이다. 시적 자아라는 문제도 따지고 보면 그렇게 단순한 게 아니다. 시적 자아는 시 속의 자아인가, 시 밖의 자아인가?

「비누」의 경우엔 두 자아가 모두 드러나고, 따라서 자아와 대상의 관계는 두 자아의 관계를 전제로 한다. 그렇다면 두 자아의 관계는 시에서 어떻게 나타나는가? 네 가지 유형을 제시한 건 내가 유형학, 논리, 도식을 좋아하기 때문이고, 좋으니까 이런 글을 쓰고 있다. 과연 좋아서 쓰는가?

나도 잘 모르겠다. 아무튼 '시 속의 자아'는 있고 '시 밖의 자아'가 없는 유형이 있고, 있어야 한다. 이때 '시 밖의 자아'는 '시를 쓰는 자아'가 된다. 그런 점에서 '시 밖의 자아'는 두 유형으로 나타난다. 하나는 '일상적 자아', 다른 하나는 '시를 쓰는 자아'다. '시를 쓰는 자아'가 없다는 것은 '시 속의 자아'에 대한 의식, 사유, 분별이 없다는 뜻이고, 따라서 시인은 그를 감각적으로 묘사할 뿐이다. '시 속의 자아'에 대한 감각(전5식)만 존재한다.

일반적으로 묘사시는 대상을 대상으로 하지만 여기서 말하는 묘사시는 인물, 특히 '시 밖의 자아'를 대상으로 하고 그를 객체로 인식하면서 이 자아를 감각적으로 묘사하는 시이다. 그렇다면 둘째 유형, 곧 '시 속의 자아'와 '시 밖의 자아'가 동일시되는 유형과 무엇이 다른가? 앞에서 「시」와 「겨울 오후」를 보기로 든 것처럼 이 유형에선 '시를 쓰는 자아'와 '일상적 자아'의 삶이 그대로 시가 되고, 따라서 시와 일상의 경계가 해체된다. 그러나 셋째 유형에선 '시를 쓰는 자아'가 없고, 따라서 '시 속의 자아'에 대한 사유, 의식, 설명이 없고, '시 속의 자아'에 대한 감각적 묘사만 드러난다.

쉽게 말하면 둘째 유형은 나의 일상적 삶이 그대로 시가 되고, 셋째 유형은 나의 일상적 삶 전체가 아니라 감각적 특성만 강조된다. 이때 '시 밖의 나'는 '시를 쓰는 나'이지만 이런 자아가 없다는 것은 시를 쓰되 '시 속의 자아'에 대한 의식이 없고 그 자아에 대한 감각만 있기 때문이다. 보기가 적당한지 모르겠으나 다음과 같은 시를 인용한다.

> 담요로 몸을 싸고 누워 있던 밤도 있고 배가 아파 두 손을 배에 대고 누워 있던 밤도 있고 이마에 한 손을 얹고 누워 있던 밤 이불로 몸을 싸던 밤 침대에 코를 박던 밤 성냥을 찾으려다 그만 둔 밤 기침이 나서 입을 틀어막던 밤 벌떡 일어나 현관으로 나가 구두 닦던 밤

졸시 「그것뿐이야」(시집 『화두』)의 일부이다. 이 시가 강조하는 것은 '시 속의 자아'가 겪는 일상적 삶, 말하자면 단편적인 에피소드가 아니라 그의 행위에 대한 감각이다. 담요로 몸을 싸고, 두 손을 배에 대고, 한 손을 이마에 얹고, 이불로 몸을 싸고, 침대에 코를 박고, 기침이 나서 입을 틀어막고, 벌떡 일어나는 행위에 대한 설명, 곧 이유나 해석이 없고, 그저 움직이는 모습만 있고, 각각의 움직임이 아무 필연성 없이 연결된다. 감각적 세부에 대한 묘사가 결여된 것은 이런 행위의 연속을 강조하기 위해서였다. 디테일에 집착하면 전체가 흐려지기 때문이고, 난 그런 세부에 집착하지 않는 체질이고, 그런 세부 묘사에 재주도 없다.

자아가 있다는 것은 6식의 내부적 관계에서 제6식, 곧 의식이 있다는 뜻이고, 자아가 없다는 것은 의식은 없지만 전5식은 있다는 뜻이다. 그러니까 감각만 있지만 불교에선 안이비설신 5식은 감각의 세계이며 동시에 식, 앎을 내포한다. 이런 앎은 영어로 감각적 앎을 뜻하는 sense에 가깝다. 일종의 직관적 앎이다.

한편 위의 도식에서 의식(제6식)은 의근―법경―의식의 외부적 관계로 드러난다. 그러니까 의식은 내부적으로는 개별적 감각들을 하나의 전체로 아는 식이고, 외부적으로는 의근, 법경과 관련되는 식이다. 의근은 뜻을 아는 감각의 뿌리로, 안이비설신 5근, 곧 시각, 청각, 후각, 미각, 촉각을 하나의 총체로 지각하는 감각이고, 법경은 색성향미촉 5경, 곧 형상, 소리, 향기, 맛, 접촉의 세계를 하나의 총체로 종합하는 세계이다. 그러므로 의근―법경―의식의 결합은 의식이 6식 내부의 관계가 아니라 6근, 6경과 전체적으로 관련되는 것을 뜻한다.

자아와 대상의 만남은 마음(6식)이 6근을 통해 6경을 수용하는 것을 뜻한다. 이때는 개별적 감각적 식(전5식)과 의식의 관계가 아니라 의근―법경―의식의 전체적인 관계가 강조된다. 나는 지나가는 사람, 자동차 소

음, 커피 향기, 달콤한 사탕 맛, 친구의 따뜻한 손 등의 대상(법경)을 감각
(의근)으로 만나고 이런 만남이 마음(의식)에 찍힌다. 물론 불교가 강조하
는 것은 이런 마음도 환상에 지나지 않기 때문에 버리고, 그러니까 자아
를 버리고 대상을 있는 그대로, 곧 의식, 관념, 표상 너머에 있는 대상 자
체와 만나는 일이고, 이때 산은 산이고 물은 물이다.

4) 삼공과 삼승

이야기가 본론에서 너무 이탈한 것 같다. 그러나 본론은 무엇이고 이탈
은 무엇인가? 어디가 중심이고 어디가 주변인가? 한국의 입장에선 한국
이 중심이다. 그러나 중국의 입장에선 한국은 주변이고 중국이 중심이다.
방에 앉아 글을 쓸 때 나는 안에 있고 마당은 밖에 있지만, 글을 쓰다 말
고 마당에 나가면 이 방은 나의 밖에 있다. 안은 어디고 밖은 어디인가?
갑자기 왜 이런 생각이 드는지 모르겠다.

아무튼 문제는 다시 시적 자아다. 시의 경우 자아는 '시 속의 자아'와
'시 밖의 자아'로 양분되고, 따라서 자아와 대상의 관계는 이 두 자아의
관계를 전제로 해명되어야 한다. 이제까지 나는 첫째로 전자와 후자가 분
리되는 유형, 둘째로 두 자아가 동일한 유형, 셋째로 전자만 있고 후자는
없는 유형에 대해 말했다. 그리고 셋째 유형에 대해 말하던 중 시 속의 자
아는 있고, 시 밖의 자아는 없다는 것. 특히 이때 자아가 없다는 말이 무
엇을 의미하는가에 대해 자세히 살펴보았다. 셋째 유형은 시 밖의 자아가
없다는 점에서 둘째 유형과 비슷하고, 셋째 유형의 경우 시 밖의 자아가
없다는 것은 6식을 전제로 하면 의식(제6식)이 소멸하고 감각(전5식)만
남는다는 점에서 둘째 유형과 다르다. 둘째 유형에서 두 자아가 하나가
되기 때문에 시 밖의 자아가 없지만, 셋째 유형에선 자아의 의식이 없고

감각만 존재한다는 의미에서 자아가 없다. 감각적 묘사시, 이미지스트시 들이 여기 포함된다. 어떤 사물이나 사태를 보여주기만 하는 시이다.

넷째로 '시 속의 자아'는 없고 '시 밖의 자아'만 이는 유형이 있다. 과연 이런 유형이 가능한가? 이런 경우는 시가 없다는 말이 되고, 따라서 시인의 일상적 삶, 기록, 일기 등이 그대로 시가 된다. 일종의 실험시다. 둘째 유형이 1인극 형식으로 시인의 삶을 그대로 보여준다면 넷째 유형은 일상적 삶의 가록, 편지, 일기, 사직서, 연보, 사진, 신문기사 등을 그대로 발표하는 경우이다. 「언어론」에서 말했듯이 이런 시가 노리는 것은 전통적 시론에 대한 과격한 미적 비판이다.

이 글은 원래 시론 「비대상에서 선까지」에서 내가 시 「비누」를 아유법공, 곧 자아는 있고 대상은 공이라고 말하고, 다시 이런 주장은 논리적 비약이라고 고백한 것을 동기로 한다. 이 시를 다시 읽어보니까 가랑비, 나, 그대, 비누, 가방은 대립적 관계가 아니라 相入相卽하는 관계로 나타난다. 그리고 나는 이런 풍경을 노래한다. 그러니까 이 시의 경우 자아는 '시 속의 자아'와 '시 밖의 자아'로 양분되고, 후자는 전자에 대해 말한다. 시의 경우 두 자아 가운데 어느 자아를 강조하느냐에 따라 해석이 다르다. '시 속의 자아'를 강조하면 시 텍스트 분석이 중심이고, '시 밖의 자아'를 강조하면 시인의 전기적 연구 혹은 시쓰기의 방법에 대한 연구가 중심이 된다. 나는 처음 이 시를 해석하면서 두 자아에 대한 분별을 무시한 셈이고, 시 속의 자아를 강조하며 다시 읽은 결과 자아(시 속의 자아)와 대상의 관계가 화엄 사상을 보여준다는 걸 깨달았다.

그러므로 이 시는, 나아가 시집 『비누』는 我有法空의 세계가 아니고 我空法空의 세계를 지향한다. 그렇다면 시의 경우 아유법공은 무엇을 의미하는가? 자아는 있고 대상은 없다는 것은 불교의 경우 말이 안 되지만 시의 경우는 아유법공을 아유법무(我有法無)로 해석하면 허무주의가 된다.

그것은 자아를 강조하고 대상, 세계, 현상은 없다고 보는 태도이고 인식론의 측면에서는 일종의 유아론(唯我論)이 된다. 물론 불교는 유아론도 허무주의도 아니다.

자아와 대상을 아(我)와 법(法)으로 치환하고 불교의 시각에서 읽으면 그 관계는 아유법유, 아유법공, 아공법유, 아공법공 네 유형이 된다. 나도 있고 대상도 있는 아유법유(我有法有)는 중생의 입장이고, 나는 있지만 대상이 없는 아유법공(我有法空) 혹은 아유법무는 허무주의와 유아론의 입장이고, 나는 공하고 대상이 있는 아공법유(我空法有)는 소승의 입장이고, 나도 공하고 대상도 공한 아공법공(我空法空)은 대승의 입장이다. 그런 점에서 나는 선종과 만나면서 아공법유(시집 『인생』)에서 아유법공(시집 『비누』)으로 발전한 게 아니라 두 시집 모두 아공법공의 세계를 지향한다. 지향은 실천이 아니다. 이 점에 유의해주시기 바란다.

다만 시론 「비대상에서 선까지」에서 아공─법공의 단계를 주장한 것은 아공, 법공을 별도로 강조하고, 두 공성이 발전 단계, 곧 아공─법공─구공(俱空)의 단계로 완성된다는 법상종(法相宗)의 삼공(三空) 개념을 다소 도식적으로 이해했기 때문이다. 구공은 무원의 세계, 곧 아공도 법공도 잊는 세계이지만 이때는 아공과 법공이 따로 있는 게 아니라 대승이 지향하는 아공법공 자체도 잊는다는 뜻이다.

6조 혜능은 수행의 단계를 첫째로 언어의 숲에서 헤매는 단계, 둘째로 언어를 이해하는 단계, 셋째로 실천하는 단계, 넷째로 불교도 잊는 단계로 말한 바 있다. 역사적으로 선종에서 문제가 되는 것은 선(禪)과 교(敎)의 관계이다. 선이 강조하는 것은 불립문자 교외별전 직지인심 견성성불이다. 깨달음은 언어나 문자로 말할 수 없고 따라서 가르쳐서(교) 전하는 게 아니고 곧장 마음을 가리켜 불성을 보고 깨닫는 세계이다. 그러므로 교(언어)는 중요치 않다. 우리나라 선종도 교보다 선을 강조한다. 그러므

로 영도의 시학이니 선의 시학이니 하며 쓰고 있는 이런 글도 삿된 짓 정
도가 아니다.

그러나 선종의 초조 달마는 이입사행(二入四行)을 강조한다. 이입은 이입
(理入)과 행입(行入)이다. 먼저 경전(교)을 통해 선의 대의를 알고(理入), 다음
실천(行入)에 들어야 한다. 행입은 불도의 네 가지 실천, 곧 보원행, 수연
행, 무소구행, 칭법행이다. 보원행은 전세의 원한을 보답하는 실천, 수연
행은 인연에 따르는 실천, 무소구행은 아무것도 구하지 않는 실천, 칭법행
은 법의 본성에 일치하는 실천을 뜻한다. 그런 점에서 달마는 교를 무시한
게 아니고 선교 일치, 혹은 문자에 의한 앎과 불도의 실천을 동시에 강조
한다. 6조 혜능 역시 선과 교를 분리하지 않고, 경전(교) 공부를 통해 진리
를 깨닫고(선), 그 후 실천하고 마침내 불교도 잊는 단계를 강조한다.

그렇다면 선과 교의 분리는 언제 왜 나타난 것인가? 불립문자 교외별
전 직지인심 견성성불은 당나라 때 편찬된 선의 역사서 『보림전』에 처음
등장하고, 그런 점에서 선이 주류가 되던 당말 시기에 선종이 선의 우월
성을 강조하고 화엄종 등 교종을 폄하하기 위해 창안한 것으로 알려진다.
그러나 우리나라의 경우에도 서산 대사 청허 휴정 스님은 『선가귀감』에
서 '선은 부처의 마음이고 교는 부처의 말씀이다' 라고 규정하면서 선교
합일, 사교입선(禪敎合一, 捨敎入禪)을 강조한다. 말 없음에서 말 없음에 이
르는 것이 선이고 말로써 말 없음에 이르는 것이 교다. 선이든 교든 궁극
적으로 목표는 같다.

문제는 앞에서 말한 삼공(三空), 곧 아공 법공 다음 단계인 구공(俱空),
곧 아무것도 원하는 게 없는 단계 혹은 아공법공도 잊는 단계이다. 나는
앞의 시론에서 '三空은 아공, 법공, 구공이고 구공은 무원(無願)의 세계,
곧 자아에 대한 집착과 대상에 대한 집착도 여의고 이런 집착 없음도 여
의고 공의 궁극에 도달하는 것' 으로 해석했다. 요컨대 구공은 공불공(空不

空), 말하자면 아공법공도 잊어야 하는 공불공의 깨달음이다. 이런 무원의 세계는 달마 대사가 말하는 무소구행, 혜능이 말하는 불교도 잊는 단계에 해당한다.

삼공은 앞에서 말했듯이 법상종의 교리이다. 법상종(法相宗)은 유식종 혹은 유식중도종이라고도 하며 부처님이 열반에 든 천년 후 북인도의 무착(無着)과 세친(世親)이 세우고 중국에서는 현장(玄奘)이 계승한다. 이 종은 우주 만유의 본체보다 현상을 자세히 설명하기 때문에 법상종이고, 일체 만유는 오직 식이 변해서 이루어진 것이고, 만유는 오직 아뢰야식의 연기이다. 따라서 삼계유일심(三界唯一心)이고 심외무별법(心外無別法), 곧 마음 외에 별도의 현상이 없다고 주장한다는 점에서 유식종이다.

유식종이 아니라 유식학, 특히 세친의 견해에 대해서는 앞에서 「삼성설」에 대해 말하면서 언급한 바 있다. 삼공(三空)은 법상종의 교리이다. 그러나 나는 앞의 시론을 쓸 때 법상종에 대한 지식이 없었고, 지금도 사정은 크게 다르지 않다. 그러므로 삼공에 대한 자세한 해석도 더 이상 진행할 수 없고, 이 글에서는 삼공을 전제로 선종이 주장하는 三乘, 곧 성문, 연각, 보살의 교법과 관련시키는 것으로 끝낸다. 성문과 연각은 소승으로 아공법유의 입장이고, 보살은 대승으로 아공법공의 입장이나 보살은 그런 진리도 잊고 세속으로 회향해서 중생을 제도하지만 제도한다는 생각도 잊고, 그러니까 구하는 게 없이 실천하고, 불교도 잊고 실천한다.

5) 반야와 화엄

그러나 나는 어디까지나 시 한 줄 쓰는 시쟁이이고, 시에 대해 연구하는 서생에 지나지 않기 때문에 아공법공도 그렇고 아공법공 다음의 무원도 머리로 이해하는 단계다. 아니 나는 아직도 언어의 숲에서 헤맬 뿐이다. 그러나 이런 헤맴을 사랑하자. 비 내리고 바람 불고 고민 많은 이 세상의 삶이 불성이고 진리이다. 왜냐하면 지금 여기 나를 떠나 어디에도 부처가 없고 불성이 없기 때문이다. 그런 점에서 중생의 삶이 그대로 불성의 길이고, 번뇌가 열반이고, 처음 낸 마음이 깨침이다. 초발심시편정각(初發心時便正覺)이다. 문제는 내가 부처라는 믿음이고, 이 믿음에 대한 이해이고, 수행이고 실천이다.

아직 이런 믿음이 부족하지만 「영도의 시쓰기」가 노리는 것은 아무 생각 없이 쓰는 시이고, 그러므로 시쓰기가 수행이고 실천이라는 입장이고, 이제 시에 대한 사유는 존재가 된다. 사유는 존재에 대한 사유이지만 이제 사유는 존재가 된다. 영도의 사유는 사유의 영도이고, 이 영도는 사유 없는 존재이다. 아니 존재가 사유를 낳고 사유가 존재를 낳지만 둘은 같은 것도 아니고 다른 것도 아니다. 청송 고형곤 선생의 말씀이 생각난다.

> 희비협주의 인생극, 이 우수사려(憂愁思慮)의 무대 이외에 또 다시 무슨 이름다운 세상이 있다는 말인가? 왜 우수사려를 버려야 하는가? 우수가 사유를 낳고 사유가 우수를 낳는다. 이 우수, 근심이 없으면 사유가 없고 사유가 없으면 진리가 없다. 우수와 사유는 하나도 아니고 둘도 아니다. 분별하지 말고 있는 그대로 보자. 그러니까 산은 산이고 물은 물이다. 우수는 그저 우수일 뿐이고 사유도 그저 사유일 뿐이다. 기쁨과 슬픔이 어울리는 인생은 한 편의 연극이고, 우리는 우수사려의 무대에 허깨비로 존재한다. 그러나 이 허깨비를 떠나 어디 불성이 있는가?(고형곤, 서문, 『선의 세계』, 동국대 출판부, 2005.)

청송에 의하면 허깨비와 진리는 상즉상입하는 화엄 사상으로 드러난다. 허깨비는 가유(假有)이고 이 가유를 떠나 불성(공)이 존재하는 게 아니다. 진공묘유는 가유와 공이 상즉상입하는 세계이므로 이 허깨비, 연극을 떠나 아름다운 세상은 없다. 연극을 즐겨라!

송준영은 시집 「비누」에 와서 자유로움이 시집 『인생』보다 훨씬 강하게 나타나고, 선시의 반상합도, 무한실상, 초월은유가 도처에 보인다고 말한다. 그에 의하면 시 「비누」에서 무자성인 기표 비누는 여러 인연과 만나면서 한없이 미끄러져 내리고, 비누의 존재는 일체개고 제행무상 제법무아 열반적정의 사법인(四法印)으로 풀 수 있고, 차례로 이해하면 돈오점수이고 절대 현재에 돈입할 때는 돈오돈수의 경지가 된다.(송준영, 「선시론」, 『선-언어로 읽다』, 소명출판사, 2010, 88~89)

너무 과찬이지만 그는 나아가 이 시를 空亦不空(용수), 自他不二(유마힐)로 해석하고, 불교의 두 기둥인 실상설(實相說)과 연기설(緣起說)은 불이의 관계에 있으므로 불이법문에 따르면 이 시는 대상의 세계만 서술한 게 아니고, 따라서 이 시는 一法界, 공, 통일장, 필드, 화엄법계를 노래한다고 말한다. 실상설과 연기설에 대한 설명이 없기 때문에 일반 독자는 다소 어렵지만 내가 새롭게 읽은 건 그가 이 시를 화엄법계로 해석한 점이다. 실상론과 연기론은 근대 불교학에서는 별로 사용하지 않는 것으로 불교 교리 체계를 둘로 나눈 것. 실상론은 일체 만법의 본체와 현상을 자세히 구명하는 계통으로 법화경, 반야경, 유마경, 중론 등이 속하고, 연기론은 일체 만법이 서로 의존하여 변하는 만유의 근본을 설명하는 계통으로 『화엄경』, 『능가경』, 『기신론』, 『유식론』 등이 속한다.

나는 앞에서 이 시가 대상(비누)만 노래하지 않고 자아-그대-가랑비-비누가 상즉상입하는 관계에 있다고 해석한 바 있다. 그런 점에서 이 시는 화엄 사상을 반영한다. 송준영은 앞의 글에서 이 시를 중론(용수)과 불이(유마힐)라는 공 사상, 그러니까 반야 사상으로 해석하고, 이런 해석을 실상론에 포섭한다. 반야경, 유마경, 중론은 실상론에 속하기 때문이다. 다음 연기설과 관련시키며 화엄법계로 해석한다.

그러나 중요한 것은 실상설과 연기설을 불이의 관계로 본 점이고, 내가 강조하는 것이 이 점이다. 반야 사상(실상)만 강조하면 이 시는 비누의 무자성, 공의 세계를 노래하고, 화엄 사상(연기)만 강조하면 화엄법계의 세계를 노래한다. 실상과 연기라는 용어가 다소 혼란스러운 것은 연기라는 용어가 일반적으로 반야 사상에 더욱 자주 사용되기 때문이다. 그건 그렇고, 이 시는 대상(비누)의 무자성만 노래하는 게 아니라 화엄법계를 노래하고, 반야와 화엄은 불이의 관계로 인식된다. 화엄은 우주의 본체, 이치를 밝히고 그것이 법계이다.

4법계는 사법계, 이법계, 이사무애법계, 사사무애법계이다. 사법계(事法界)는 차별적인 현상계, 이법계(理法界)는 이런 사법계의 근본 원리인 무차별적 보편성, 이사무애법계(理事無礙法界)는 사(현상)와 이(본체)가 상즉상입하고 융통 무애해서 현상이 바로 실재가 되는 세계이고, 사사무애법계(事事無礙法界)는 사(현상)와 사(현상)도 상즉상입하고 융통 무애한 세계이다. 나는 하이데거가 말하는 존재를 화엄 사상과 관련시켜 해석하면서 두순(杜順)이 말하는 4법계에 대해 자세히 언급한 바 있다.(이승훈, 「존재와 화엄」, 『선과 하이데거』, 황금알, 2011, 219~226) 그러나 송준영은 『비누』를 화엄법계로 정의할 뿐 법계의 유형에 대해서는 자세한 해석을 생략한다. 아마 사사무애법계를 염두에 둔 것 같다.

이 책을 쓰면서, 특히 영도의 시학을 모색하면서 내가 염두에 둔 것은, 앞의 「영도와 자아」의 경우도 그랬듯이, 반야 사상과 화엄 사상이고, 두 사상의 회통이다. 두 사상을 불이의 관계로 읽으면 이 문제는 크게 문제가 되지 않는다. 화엄 사상의 경우 처음의 연기설은 그 후 성기설로 발전한다. 성기설(性起說)에 의하면 性(체)이 곧 起(용)이다. 다음은 고형곤의 주장.

緣起說은 앞에서 말했듯이 서로 의존해 변하는 만유의 근본에 대해 말하지만 현상(연기)은 진여본성(실체)의 드러남으로 이해된다. 그런 점에서 현상은 體(진여)의 用(현상)이다. 변하지 않는 진여와 인연 따라 형성되는 현상이 분리된다. 물론 진여는 진공묘유이다. 그러나 性起說에 의하면 진여본성(실체)이 바로 현기(현전)이다. 그런 점에서 體(진여)가 用(현상)이다. 인연 따라 현존하는 세계 밖에 진여가 없으므로 性이 起이고, 理가 事이다. 상즉상입, 理事不二이기 때문에 사사물물이 모두 理의 현현이다.(고형곤, 『선의 세계 1』, 운주사, 1995, 164 참고)

고형곤에 의하면 연기설은 이원론이 되고 성기설은 일원론이 된다. 그러나 박진영은 이런 주장에 대해 비판적이다. 왜냐하면 중국화엄 사상의 근간을 이루는 두순, 징관, 법장, 종밀은 이렇게 연기와 성기를 분리하지 않고, 연기가 곧 不起라는 점에서 성기를 주장했다고 보는 게 옳기 때문이다. 연기를 불변과 수연(隨緣)의 두 문으로 설명하는 것은 『대승기신론』이 대표적이지만 여기서도 불변 수연의 두 문은 이원론적으로 설명한 것이 아니라 둘이 하나임을 밝히기 위해서다. 곧 일체 중생의 한 마음(一心)임을 드러낸 것이고 규봉 종밀 역시 일심이문(一心二門)을 통해 깨침의 과정을 설명한다.

그렇다면 왜 성기인가? 연기는 모든 존재가 다른 존재와 관련하여(緣) 존재하며(起), 따라서 모든 존재는 자성이 없이 공하다는 것(空). 그러나 존재(있음)의 연기가 존재자(사물)의 연기로 오해되어 마치 자성, 실체가 있는 존재자가 다른 존재자와 관련하여 존재한다는 식으로 오해할 여지가 많기 때문에 성기설이 주장된다. 연기는 존재의 공성(空性)을 강조하면 일어남 자체가 없는 것, 곧 불기(不起)이고, 그것은 진여자성의 그대로 나타남(性起)이기 때문이다. 그러나 성기 역시 진여자성을 고정적인 어떤 본체나 실체로 생각할 수 있는 오해를 불러일으킬 수 있다는 게 박진영의 견해이다.(박진영, 「바람의 미학—청송의 선 철학」, 『청송의 선과 철학』, 운주사, 2011, 194~195)

연기냐 성기냐?

연기냐 성기냐? 진여의 현현이냐, 진여가 바로 현현이냐? 체의 용이냐, 체가 바로 용이냐? 존재의 현현이냐, 존재 자체가 이미 현현이냐? 이(理)의 사(事)냐, 이(理) 자체가 이미 사(事)냐? 화엄 사상이 강조하는 것은 상즉 상입 상호원융이고, 그런 점에서 이사무애법계 사사무애법계가 강조되고, 연기와 성기 역시 상즉상입 불이로 해석하면 된다는 게 나의 생각이다. 그러므로 반야 사상과 화엄 사상 역시 불이 중도의 관계로 해석하면 되고, 따라서 대상공 시학은 자아공 시학이 그렇듯이 공－색－중도(반야)와 공－가유－진공묘유(화엄)의 도식으로 나타낼 수 있다. 다만 화엄의 경우 공－가유－진공묘유는 理－事－무애법계에 해당하고 이사불이이기 모든 사물이 理의 현현이고 따라서 事－事－무애법계가 된다.

그러나 반야의 경우 공과 색은 공즉시색 색즉시공으로 중도 불이이지만 색의 근본, 실상은 공(무자성, 연기)라는 점이 강조되고, 화엄의 경우는 공(理)과 가유(事)는 성기설을 전제로 공불기가 강조되어 공과 가유의 근본, 실상이 아니라 공과 가유, 이와 사의 무애법계가 강조된다. 그러므로 반야 시학과 화엄 시학은 다시 불이 중도의 관계로 드러난다. 간단히 도식으로 나타내면 다음과 같다.

자아공이든 대상공이든 공의 시학은 이상 반야 시학과 화엄 시학으로 드러나며 두 시학은 여기서 회통한다. 시 「비누」를 모델로 대상공 시학을

설명하면 다음과 같다.

먼저 반야 사상의 경우 비누(색)는 자성이 없고, 따라서 인연 따라 자아―그대―가랑비―가방―눈발로 현현한다. 그러므로 비누(색)는 무자성 연기로 空이다. 색즉시공이다. 그러나 비누의 이런 공성은 비누(색)를 떠나서는 알 수 없기 때문에 공즉시색이고, 색과 공, 공과 색은 중도로 드러난다. 문제는 공과 색이 중도로 드러나지만 이런 중도의 근본, 실상은 연기, 무자성, 공이라는 점이다.

『반야심경』에도 '이 모든 법(현상)은 공상이다. 이런 까닭에 공 가운데는 색도 없고 수상행식도 없다. 是諸法空相 是故空中無色 無受想行識' 이라는 말이 나온다. 모든 현상이 공상이기 때문에 공 가운데는 아무것도 없다는 말. 이런 말은 空과 無의 관계에 대해 말하는 것 같지만 이때의 무는 유와 대립되는 무가 아니라, 그런 분별도 없는 무, 요컨대 5온, 6근, 6경, 6식이 없는 세계를 뜻한다. 중요한 것은 '모든 현상이 공상이기 때문에 공 가운데 아무것도 없다' 는 말이다. 현상을 지배하는 것은 공성이고, 공성은 분별이고, 따라서 공과 색의 분별도 없다는 것.

한편 화엄 사상의 경우 이 시는 가랑비―자아―그대―비누―가방―눈발이 상즉상입하는 화엄법계를 보여준다. 그러나 이사무애법계가 아니라 사사무애법계에 가깝고 이런 법계는 이사무애법계를 전제로 이사불이(理事不二), 곧 모든 사물이 理의 현현이라는 것을 강조한다. 그러므로 이때는 가랑비―자아―그대―비누―가방―눈발 등의 관계가 인연 따라 현현하기보다는 상즉상입하는 세계로 드러난다. 가랑비 내리는 아침 나는 그대와 길을 떠나고 비누를 가방에 넣는다. 가랑비 속에 나, 그대, 비누, 가방이 있고, 한편 가랑비는 가랑비―나―그대―비누―가방 속에 잇고, 그러므로 상입한다.(一中多 多中一). 그러나 가랑비―나―그대―비누―가방은 모두 개별성을 유지하고, 평등하므로 상즉한다.(一卽多 多卽一)

다시 생각하자. 가랑비-나-그대-비누-가방을 1-2-3-4-5로 치환하면 2-3-4-5는 1이 있으므로 존재하기 때문에 1 속에 있고, 한편 1은 전체 속에 있고, 그러므로 상입한다. 가랑비가 있으므로 다른 대상들이 존재하기 때문에 다른 대상들은 가랑비 속에 있고, 한편 가랑비는 다른 대상들 속에 있고, 그러므로 상입한다. 무자성이다. (일중다 다중일) 그러나 1-2-3-4-5는 모두 개별적으로 하나이고, 따라서 평등하고, 상즉한다. 가랑비-나-그대-비누-가방의 관계도 그렇다. 무분별이다. (일즉다 다즉일) 이런 상즉상입의 세계는 비누-눈발-산의 관계에도 해당한다.

진여자성(공)은 어디 있고 현상(가유)은 어디 있는가? 현상 자체가 사사무애의 세계이기 때문에 현상 자체가 자성무애이고, 性(체) 자체가 起(용)이다. 그러므로 이상에서 내가 수행한 해석도 장애가 된다. 있는 그대로의 현상, 곧 비누는 비누일 뿐이다. 그리고 이 비누가 성(체)이고 기(용)이다. 그러니까 청원 유신 선사가 말하는 세 번째 단계, 곧 '산은 산이고 물은 물이다'. 그저 눈앞에 펼쳐지는 세계가 사사무애법계다. 주체도 객체도 없는 세계. 그런 점에서 내가 화엄 시학이니 뭐니 하며 이 시를 분석하는 게 이미 현상을 객체로 인식하고 주체로서의 나의 관념, 사유, 언어를 덮어씌우는 일이다.

그러나 다시 선(禪)과 교(敎)가 문제다. 선종이 화엄 사상을 수용하는 것은 고려 시대 보조 지눌 대사가 그랬듯이 선과 교(화엄)의 회통을 노리고, 따라서 화엄 교학도 필요하다. 선이냐 화엄이냐? 선은 모든 현상이 공하다는 것을 깨치면 되고, 화엄은 이 공성, 연기로 우주만물을 설명한다. 이사무애법계, 사사무애법계, 중중연기법계가 그렇다. 그러나 화엄은 교학에 속하고, 선과 화엄의 만남은 선종의 입장에서 화엄교학을 수용한다.

중국 화엄종 3대 조사인 현수 법장은 1부터 10까지의 숫자로 사사무애의 세계를 해석한다. 1은 개별적 존재자이지만 1이 의미를 갖는 것은 나머지 숫자가 있기 때문이다. 2도 같다. 그러므로 각 숫자는 이체(異體)이지만 1이 의미를 갖기 위해서는 나머지 숫자가 존재해야 하고 2도 그렇다.(일중다 다중일) 한편 각 숫자는 서로 다른 게 아니라 모두 개별성을 유지하기 때문에 동체(同體)가 된다.(일즉다 다즉일) 나는 앞에서 이런 논리로 『비누』를 해석했다.

내가 이 시를 모델로 화엄 사상을 해석한 것은 이 글이 시론이기 때문이다. 일상의 차원에서도 비누는 사사무애법계의 세계에 있다. 비누 자체가 있는 게 아니라 비누-비눗갑-물-인간-수건-화장실-아파트-마을-서울-한국-우주식으로 중중연기법계로 있고, 비누 자체만 보더라도 그 속에는 비누를 구성하는 여러 사물들이 있다. 결국 비누를 비누로 본다는 것은 이런 사사무애법계를 본다는 말에 지나지 않는다.

나는 앞에서 화엄 사상에 의하면 자아공과 대상공의 관계는 자아공 중도, 대상공 중도, 그리고 자아공과 대상공의 중도로 다시 해석할 수 있다고 말한 바 있다. 시 「서울에 오는 눈」도 그렇고 「비누」도 그렇고, 두 시의 경우 자아공만 노래하는 것도 아니고 대상공만 노래하는 것도 아니다. 시 속에서 자아와 대상은 공성을 드러내며 다시 중도 불이의 관계를 보여준다.

3. 영도와 언어

1) 언어 버리기

　나는 자아도 대상도 사라지고 언어만 남고, 따라서 '언어가 시를 쓴다' 는 명제와 만나고, 다시 '언어도 없다' 는 언어소멸의 단계를 지나 마침내 '언어도 버리자' 는 사유에 도달한다. 이 문제는 「언어론」에서 자세히 언급했고, 특히 두 가지 문제를 지적했다. 하나는 언어가 자아이고 언어가 대상이라는 인식, 다른 하나는 도구로서의 언어 사용의 문제다. 전자를 강조하면 영도의 시쓰기는 자아와 대상이 언어적 허구이고 언어적 체계라는 점에서 이 허구, 언어 체계에 구멍을 뚫는 일이고, 후자를 강조하면 이제까지 우리가 사용해 온 시적 언어를 버리고, 언어도 공 자체, 무 자체가 되어야 한다. 왜냐하면 언어에도 무슨 본질, 깊이, 심오한 의미가 있는 게 아니라 언어는 오직 우리가 잠시 빌려 쓰는 도구에 자나지 않기 때문이다.

　시론 「비대상에서 선까지」는 언어, 상징계에 구멍 뚫기에 대해 말하면서 끝난다. 그러므로 이 글에서는 이 문제를 먼저 다루기로 한다. 언어도 버리고 시를 쓰는 건 언어는 임시 빌려쓰는 도구에 지나지 않고, 자아도 대상도 언어(허구)라는 인식을 전제한다. 그러므로 시쓰기는 언어(도구)로 언어(자아, 대상)에 구멍을 뚫는 일이고, 이 구멍이 공이고 해탈이고 불이이고 진리이다. 한편 이 그 구멍은 상징계(언어질서)에 구멍이 뚫릴 때 문득 나타나는 실재계(라캉)이고, 언어를 초월하는 세계, 말할 수 없는 세계, 침묵(비트겐슈타인)이고, 무가 존재한다고 할 때의 무(하이데거)에 해당한다. 나는 위의 시론에서 시 「철학」(시집 「이것은 시가 아니다」, 2007)을 모델로 이 문제를 해석한다. 다음은 시의 전문.

> 올 겨울엔 이런 일이 있었다. 진눈깨비 치던 오전 난 택시를 타고 공항터미널로 가고 있었다. 그날 제주에서 제주대 대학원 박사논문 심사가 있었기 때문이다. 나는 기사 옆에 앉고 그는 50대로 보이는 남자. 공항터미널로 가면서 그가 힐끗힐끗 곁눈으로 나를 보더니 조심스레 묻는다. 선생님은 무얼 하십니까? 난 검은 바바리를 걸치고 낡은 밤색 가방을 무릎에 놓고 있었다. 글쎄 뭐 하는 사람 같아요? 그랬더니 기사 왈 철학하는 사람 같군요! 네? 철학이요? 왜 있잖아요? 풍수도 보고 예언도 하는 철학 말입니다. 진눈깨비 치던 겨울 오전이었다.

「철학」 전문이다. 이 시에 무슨 심오한 의미가 있고 은유가 있고 상징이 있는가? 있는 것은 오직 "뭐 하는 사람 같아요?"라는 질문과 "철학하는 사람 같군요!"라는 기사의 말 사이에 뚫리는 구멍이고 나아가 "네? 철학이요?"라는 질문과 "왜 있잖아요? 풍수도 보고 예언도 하는 철학 말입니다"라는 그의 대답 사이에 뚫리는 더 큰 구멍이다. 무슨 말이 필요하랴? 그저 멍해지는, 아무 말도 할 수 없는, 그러나 존재하는 세계다.

달리가 그 유명한 「기억의 고집」을 완성한 저녁 그의 아내 갈라가 돌아와 이 그림을 보고 한 말은 "몰라. 더 이상 아무 생각도 나지 않아."였다.

그렇다. 그것은 헐벗은 절벽, 티 없이 푸른 하늘, 깨질 것만 같은 하늘, 사막처럼 텅 빈 공간, 아무도 살지 않는 침묵의 공간이었다. 내용은 다르지만 그때 나는 기사의 말을 듣고 아무 생각도 나지 않았다. 갑자기 이 세상에 구멍이 뚫리고 나는 멍하니 그 구멍을 본 셈이다. 현실, 세계, 언어 질서에 구멍이 뚫릴 때 그 구멍에는 의미가 없다.

시적 의미든 사회적 의미든 모든 의미는 짐이다. 이 짐을 털어버려야 한다. 결국 언어를 버린다는 것은 언어의 의미를 버린다는 말과 같고, 의미를 버리는 언어는 시니피앙(기표)과 시니피에(기의)의 거리가 소멸하는 언어이고, 기표가 바로 기의가 되는 언어이고, 바르트 식으로 말하면 카메라에 필름 넣는 것을 잊고 셔터를 누르는 행위에 비유된다. 이때 섬광이 터지지만 이 빛은 아무것도 밝히거나 드러내지 않는다. 이 시에서 내가 시도한 것은 다음과 같다.

첫째로 언어를 버리는 심정으로 시를 쓴다는 것은 행위나 사건을 그대로 옮긴다는 것. 그러니까 의미를 찾지도 않고 의미를 부여하지도 않고 시를 쓴다는 말이고 이때 언어는 투명해야 한다. 투명한 언어는 다의성(多義性)이 아니라 일의성(一義性)을 강조하고 나아가 기표와 기의의 거리가 소멸하고 이런 소멸이 空과 만난다.

둘째로 대화를 인용하는 것은 언어(langue)가 아니라 말(parole)을 강조하는 것. 언어는 말들의 추상적 보편적 법칙을 뜻하고 말은 개별적 구체적 발언 행위를 뜻한다. 많은 시인들은 시의 법칙을 따르고, 그런 점에서 언어를 강조하고 말은 이런 법, 언어를 해체한다. 대화가 그렇지만 파롤은 일회성, 구체성, 표면성을 강조하고 이 표면성이 중요하다. 언어를 버린다는 것은 말의 표면을 사랑하는 태도이고, 이런 표면에 금이 갈 때, 균열이 생길 때 이른바 空이 태어난다.

셋째로 이 시에는 아이러니가 드러난다. 언어적 아이러니가 아니라 극적 상황적 아이러니에 속한다. 그러나 이런 아이러니는 선사들의 공안에도 나오고, 우리가 일반적으로 알고 있는 시적 아이러니와는 다르다. 시적 아이러니가 서로 배반되는 두 요소의 변증법적 종합을 지향한다면 내가 생각하는 아이러니, 이른바 선적(禪的) 아이러니는 그런 종합을 모르는, 그런 종합과 싸우는 아이러니다. 종합은 이성의 산물이고 종합 부정은 그런 이성, 논리, 인식과 싸우고, 이런 아이러니가 불이(不二) 사상과 만나고 공과 만난다. 조주 선사는 학승이 "조사가 서쪽에서 오신 뜻이 무엇입니까?" 묻자 "뜰 앞의 잣나무니라" 대답한다.

넷째로 언어를 버리는 시가 노리는 것은 결국 공의 발견이고 시와 삶, 시와 비시도 불이의 관계에 있다는 것. 요컨대 이런 경계의 해체를 노린다. 왜냐하면 시에는 자성, 본질, 실체가 없고, 따라서 시는 없고, 시라는 이름, 언어, 제도가 있기 때문이다. 그러므로 언어를 버려야 하고, 언어에 구멍을 뚫어야 하고, 제도와 싸워야 한다. 삶에도 시에도 무슨 본질, 실체는 없고 그저 있는 것이고 사는 것이고 쓰는 것이다. 산은 산이고 물은 물이다. 영원한 본질은 없다. 아무 생각 없이 살고 아무 생각 없이 쓴다. 삶이 시이고 시가 삶이다. 아니 삶과 시는 같은 것도 아니고 다른 것도 아니다. 시는 써도 되고 쓰지 않아도 된다. 부처님의 가르침이다.

2) 서정시 비판

내가 시론 「비대상에서 선까지」(2005)에서 주장한 것은 자아 – 대상 – 언어가 소멸한 다음 쓰는 행위만 남은 시쓰기, 이른바 영도의 시쓰기가 선과 만나면서 자아공 – 대상공 – 언어공의 문제를 제기하고, 그런 점에서 영도의 시쓰기는 선의 시쓰기와 만난다. 그러나 선의 시쓰기에 대한 사유는 본격적으로 드러나지 않는다. 그 후 나는 시집 『이것은 시가 아니다』

(2007)를 내면서 시집 뒤에 시론 「누가 코끼리를 보았는가」를 발표한다.

이 시론은 시론 「비대상에서 선까지」를 보완하고 보충하고 시집 『비누』 이후에 쓴 시들에 대한 나의 사유를 종합하고 분석하려는 게 목표였다. 시집 『비누』 이후 내가 관심을 둔 것은 한마디로 현실을 그대로 옮기는 것. 그러나 나는 리얼리즘을 처음부터 부정하는 입장이기 때문에 이런 시쓰기는 리얼리즘과는 아무 관계가 없다. 그동안의 시쓰기는 리얼리즘뿐만 아니라 서정주의, 형식주의도 부정하고, 그런 점에서 근대시론 혹은 현대시론의 세 요소인 모방론, 표현론, 형식론, 혹은 재현주의(리얼리즘), 서정주의(리리시즘), 형식주의(모더니즘)가 부정된다. 왜냐하면 리얼리즘은 대상을 노래하고, 서정주의는 자아를 강조하고, 모더니즘은 언어의 자율성을 강조하지만 나는 그동안 대상소멸, 자아소멸, 언어소멸과 만났기 때문이다. 그러니까 영도의 시가 태어난다.

그러나 현실을 그대로 옮기는 것은 대상(현실)을 전제로 하는 것이 아닌가? 그렇다고 할 수도 있고 그렇지 않다고 할 수도 있다. 내가 노리는 것은 시와 삶, 시와 현실의 경계를 해체하는 데 있고, 이런 해체를 통해 근대 예술이 강조한 미적 자율성을 파괴하고, 일상과 예술의 단절을 극복함에 있다. 그런 점에서 이런 극복은 현실 환원주의나 거친 리얼리즘으로 퇴행하지 않기 위해서 불이(不二) 중도 사상을 지향해야 한다. 시에도 삶에도 무슨 본질, 실체, 자성은 없고, 시와 삶, 시와 비시도 불이의 관계에 있기 때문이다.

많은 시인들은 시와 삶의 경계를 강조하고 시는 아름답고 삶은 비천하다는 이상한 인식론을 고집한다. 물론 이런 경계를 강조하는 것이 근대예술이지만 이런 경계를 만드는 것은 시인들이 좀 특수하다는, 일반인과 좀 다르다는 선민(選民)의식 아니면 차별의식에 지나지 않는다. 이 썩어가는, 아름답고 퇴폐적인 자본주의 시대에 일상적 세속적 삶과 다른 무슨 고상

한 정신과 영혼의 세계가 있다고 믿는 시인들은 너무 소박하거나 위선자
일 것이다.

소박하다는 것은 이들이 세계를 물질과 정신, 육체와 영혼, 현상과 본
질 등 2항 대립 체계로 인식하고 후자를 우위에 두기 때문이고, 위선이라
는 것은 이들의 경우 대체로 삶과 시가 모순의 관계에 있기 때문이다. 이
들은 자본주의적 삶의 양식에 충실하게 살면서 시는 순수한 영혼 같은 초
월의 세계를 노래한다. 쉽게 말하면 쓰레기통(현실) 속에 살면서 이슬(영
혼)을 노래한다. 그러나 이런 영혼 따위는 허위고 이 시대엔 무슨 고상한
형이상학도 없다. 이들은 삶이 그대로 진리라는 걸 모른다.

> 사유는 결국 미친 짓이죠. 무슨 영혼, 진리, 본질 따윈 버리세요. 잊으세요.
> 망각하세요. 세계와 거리를 두지 마세요. 그저 사세요. 영혼 따위에 속지 마
> 세요. 진리를 찾지 마세요. 삶이 그대로 진리입니다. 당신의 진리가 있는 게
> 아니라 당신이 진리죠. 오전엔 눈이 오고 오후엔 해가 납니다.

「우리가 할 일은 웃는 것이다」(시집 『이것은 시가 아니다』)의 일부이
다. 앞으로 인용하는 시는 모두 이 시집에 수록된 것들임을 밝힌다. 소박
한 시인들의 사유는 영혼, 진리, 본질을 찾는 사유이고, 그런 사유가 미친
짓이라는 걸 모르는 사유이고, 한마디로 육체 따로 있고 영혼 따로 있고,
현실 따로 있고 본질 따로 있다는 사유이고, 그런 점에서 자아와 세계에
거리를 두는 사유이다. 우리는 세계 밖에서 세계를 보는 자가 아니라 세
계 속에 세계와 함께 있는 자이다. 거리를 두고 세계를 바라보고, 세계의
진리를 찾는 건 소박하고, 한편 현상과 본질로 나누는 건 조작이다. 그러
므로 우리가 할 일은 웃는 것이다. 그들의 진리는 웃음을 모르는 진리이
고 너무 진지하고 엄숙하고 이 시대의 삶이 쓰레기라는 걸 모른다. 그러
므로 그들이 노래하는 영혼은 시대착오적이고 너무 순수하고 그들은 이

런 순수가 폭력이라는 걸 모른다.

「서정시」의 일부다. 시 따로 놀고 인생 따로 노는 위선자들은 순수도
서정도 폭력이라는 것을 모르고 이 시대 우리 시가 갈 곳이 없다는 것을
모른다. 하기야 이런 인간들이 어디 시인들 뿐이랴? 선(禪) 공부를 한다는
교수, 시인들 가운데도 가짜들이 많고 물론 나도 가짜지만 나는 최소한
내가 가짜라는 건 안다.

이상에서 나는 시와 삶, 시와 현실의 경계를 강조하는 허위의식을 비판
하고 나아가 순수 영혼을 추구하는 서정 미학을 비판했다. 그런 점에서
내가 현실, 삶을 그대로 옮긴다는 것은 이런 이원론, 서정시의 미학을 비
판하는 시쓰기이고 시와 삶의 경계를 해체하는 시쓰기다. 이런 시쓰기를
위해서는 시가 있는 게 아니라, 그러니까 시에 무슨 자성(自性), 본질, 실
체가 있는 게 아니라 시라는 이름, 언어, 제도가 있다는 인식이 요구되고,
이런 인식을 토대로 근대 자율성 미학, 그러니까 모더니즘 미학을 파괴할
필요가 있다.

3) 현실에 뚫리는 구멍

1917년 뒤샹은 남성용 변기를 전시장에 옮기고 나는 일상적 현실. 그것
도 아무 의미가 없는 구체적인 삶의 단편들을 이 시집에 옮긴다. 옮긴다
는 말을 강조하자. 옮기는 것은 원래 물체에 손을 대는 것도 아니고 변형

시키는 것도 아니고 원래 물체를 소재로 새로운 세계를 창조하는 것도 아니다. 뒤샹은 남성용 변기에 「샘」이라는 제목을 붙이고 자신의 이름을 무트라고 고쳐 뉴욕 앙데팡당전에 출품한다. 물론 운영위원들은 이 작품(?)을 전시장 칸막이 뒤에 버렸고 뒤샹은 대대적인 반격에 나선다.

뒤샹은 무슨 새로운 세계를 창조한 것도 아니고 그저 옮겼을 뿐이다. 이때 변기는 변기로서의 사용가치가 사라진다. 그렇다고 이른바 미적 가치가 있는 것도 아니다. 전통적으로 미적 가치는 창조 개념을 전제로 한다. 그렇다면 미적 규범에서 벗어난 이런 변기가 노린 것은 무엇인가? 한마디로 그것은 근대 예술에 대한 비판, 미적 자율성 비판, 곧 근대 예술이 사회적 제도에 지나지 않는다는 주장이고, 창조란 그에 의하면 개떡이다. 그는 사물을 선택하고 제목을 붙이고 전시장으로 옮겼을 뿐이다. 그렇다면 나는? 먼저 시 한 편을 인용하자.

> 깊은 밤 술에 취해 택시를 타면 담배 생각이 나고 난 기사 옆자리에 앉아 그에게 말한다. 담배 한 대만 피웁시다. 그러세요. 어떤 기사는 허락하고 에이 좀 참으세요. 어떤 기사는 참으란다. 깊은 밤엔 많은 기사들이 담배를 허락하고 난 창문을 반쯤 열고 담배에 불을 붙인다. 담배가 떨어져 기사에게 담배를 빌릴 때도 있다. 어느 해던가? 성냥을 켜던 나를 보고 기사가 말했지. 선생님 이상하네요. 아니 켜기 쉬운 라이터를 두고 왜 성냥을 넣고 다니십니까? 네 성냥이 좋아서요. 라이터는 무겁고 성냥은 가볍잖아요? 그런 밤도 있었다.

「담배」 전문이다. 정효구 교수도 친절하게 해석한 것처럼 나는 이 시에서 그저 살면서 겪은 작은 삽화를 그대로 옮겼을 뿐이다. 그러니까 담배에 대한 몽상도 없고 상상도 없고 진술이나 해석이나 비판도 없고 무슨 정서적 반응을 노래한 것도 아니다. 그저 그런 일이 있었다는 것. 일체의 가치 판단을 보류한 상태에서 삶의 공간, 그것도 별 의미가 없는, 흘러가는 삶의 공간을 그대로 옮겼을 뿐이다. 그러므로 이런 시를 읽는 독자나

일부 평론가나 시인들은 아마 당황할 것이다. 왜냐하면 그들의 경우 시는 이렇게 삶의 세계를 그대로 옮기는 게 아니라 이런 소재를 변형하거나 새로운 세계를 창조해야 하고, 창조는 상상력과 정서를 동반해야 하기 때문이다.

언젠가 어떤 여류 시인은 이와 비슷한 시「화장실 문」을 읽고 전화까지 한 적이 있다. "선생님. 어떻게 이런 게 시가 될 수 있습니까?" 그녀의 질문 요지였다. 당시 내가 무슨 대답을 했는지 지금 기억이 나지 않는다. 이런 시는 시가 아니다. 말하자면 당신들이 생각하는 시가 아니고, 당신들이 현대 시론과 시창작론에서 공부한 그런 시가 아니다. 왜냐하면 이런 시는 창조한 것도 아니고 무슨 은유나 상징도 없고 요컨대 미적 가치가 없기 때문이다.

그런 점에서 나는 현대시가 끝났다는 입장이고, 내 시의 종말(end)이 내 시의 목적(end)이고 내 시의 목적이 내 시의 종말이다. 그러니까 40년 가깝게 나는 현대시의 종말을 향해 시를 써온 셈이다. 그러나 시집에 실었기 때문에 시다. 이런 시가 노리는 것은 이 시대 시인들이 보여주는 자율성 미학의 위선, 시 따로 놀고 삶 따로 노는 부르주아 시인들의 위선에 대한 부정과 비판이고, 과연 시란 무엇인가에 대한 질문이다. 그런 점에서 나는 형식주의 미학, 모더니즘 미학을 비판한다.

그러나 이런 시쓰기, 아니 의미 없는 현실을 그대로 옮기면서 나는 이 현실에 구멍이 뚫리는 이상한 경험을 하게 된다. 현실은 언어로 구성되고, 그런 점에서 언어 질서이고 라캉 식으로 말하면 상징계이고 이 상징계, 언어 질서에 구멍이 뚫릴 때가 있다. 이 문제는 앞의 글「언어 버리기」에서 시「철학」을 중심으로 해석한 바 있다. 현실에 구멍이 뚫린다는 것은 언어 질서, 법, 구조에 구멍이 뚫리는 것이고, 이때 자아 혹은 주체는 작은 해방을 체험한다. 말하자면 언어 때문에 주체가 되면서 동시에 자신으로부터 소외되고 분열되는 주체인 나는 이때 이상한 해방감을 느낀다. 언어 질서 속에 있는 내가 아니라 그런 질서에서 벗어나는 나, 의식할 수 없는 나.

라캉에 의하면 언어는 기표들로 구성되고, 기표는 다른 기표를 위해 주체를 생산한다. '오늘은 가을바람이 분다.' 이 언어 질서는 기표1(오늘)+기표2(가을바람)+기표3(분다)이 결합된 기표들의 연쇄이다. 그렇다면 이 기표들은 누가 결합하는가? 물론 내가 결합한다. 그러나 나는 어디 있는가? 보이지 않는 나, 의식할 수 없는 나, 그러니까 나의 욕망이 결합하고, 그런 점에서 이 기표들은 욕망을 표상한다. 언어를 욕망의 환유라고 하는 것은 이런 의미다. 언어는 기표(욕망)의 치환이고, 나는 기표1과 기표2 사이에 잠시 나타나고 다시 기표2와 기표3 사이에 잠시 나타나고 소멸한다. 기표가 다른 기표를 위해 주체(의미)를 생산한다는 것은 이런 뜻이다.

기표와 기표 사이에 내가 있지만 이 기표들의 연쇄가 잠시 파괴는 순간이 있고, 그때 나는 기표가 생산하는 내가 아니다. 시 「철학」의 경우 나의 질문과 기사의 대답 사이에 구멍이 뚫리는 순간이 그렇다. 이런 아이러니의 순간에 내가 보는 것은 상징계(현실)의 결여이고 결핍이고 얼룩이고 무의식이고 그것(it)이고 욕망, 기표 자체이다. 그리고 그것(it)은 상상계와 상징계를 초월하는 그것, 이름 부를 수 없지만 존재(?)하는 실재계이다. 내가 현실의 극한에서 순간적으로 만난 것이 그렇다. 자아 해방은 그것과 만나는 순간이다.

그러나 이런 구멍, 상징계 결여, 부성 기능(paternal function)의 결여, 이른바 부명(父名)이 상징계에서 폐제될 때, 이 때 우리가 체험하는 것은 정신병이다. 부명이 상징계를 지탱하니까 부명의 폐제가 상징계 부재와 통한다. 물론 상징계에 구멍이 뚫리는 것과 상징계가 부재한다는 것은 다르다. 전자의 경우엔 이 구멍을 통해 그것(it)과 만날 수 있지만 후자의 경우엔 그런 만남 자체가 불가능하고 따라서 자아 해방이 무언지 모른다. 신경증 환자들이 상징계를 수용하면서 자아 정체성, 곧 나는 누구인가? 남성인가 여성인가? 이런 정체성 회의에 시달린다면, 정신병 환자들은 상징계를 거부하고 심한 경우 망상과 환각에 시달린다.

시론 「누가 코끼리를 보았는가」에서 나는 현실에 뚫리는 구멍을 크게 두 가지 유형으로 제시했다. 하나는 상징계 결여이고, 다른 하나는 정신병적 유형이다. 논리적으로 말하면 정신병적 유형은 상징계(현실) 자체를 거부한다는 점에서 상징계 결여가 아니다. 그러나 구멍을 강조하면 상징계 결여는 작은 구멍이고 정신병적 유형은 큰 구멍, 거대한 구멍, 너무 크기 때문에 마침내 구멍이 바로 상징계가 되고 거꾸로 상징계 자체가 구멍이 되는 경우라고 할 수 있다. 특히 나는 정신분석가의 입장이 아니라 시론가의 입장에서 이 글을 쓰기 때문에 정신병적 구조를 현실에 뚫리는 구멍과 관련시킨다. 이런 나의 사유를 오해하지 마시기 바란다.

사실 『정신분석 시론』(2007)을 쓸 때도 그랬고, 『라캉 거꾸로 읽기―해방시학을 위하여』(2009)를 쓸 때도 그랬고 정신병이 문제였다. 현대시와 정신병의 관계를, 그것도 자아 해방의 시각에서 어떻게 해석하고 이론으로 구성할 것인가? 지금도 이론적으로 완벽한 것은 아니다. 왜냐하면 시론의 경우 정신병 문제는 그렇게 단순하지 않기 때문이다. 정신병 환자가 쓰는 시, 정신병 환자가 그리는 그림은 미학의 차원에서는 이론적 모델이 되고, 그들은 시를 쓰고 그림을 그리면서 억압된 무의식을 터뜨리고, 그런 점에서 자아 해방을 성취한다. 그렇다면 시인들이 모두 정신병 환자가 되어야 하는가? 문제는 여기 있다.

그동안 나는 정신병과 정신병적 심리구조를 나누자는 입장이었고, 망상, 환각, 분열증적 세계를 보이는 시인들은 정신병 환자가 아니라 정신병적 심리구조를 보여준다는 입장이다. 그러나 라캉에 의하면 모든 시인

들은 정신병 환자이고 그것은 시인들의 상상력이 정신병적 특성을 보여
주기 때문이다. 그에 의하면 시적 창조, 곧 상상력의 구조는 정신분열증
(분열)과 정신착란증(착란)의 기제로 구분된다.(이승훈, 『정신분석 시론』, 문예
출판사, 2007 참고 바람)

그 후 나는 이 문제를 「현대시와 정신병」, 「현대시와 정신분열증」을 중
심으로 다시 다룬다.(이승훈, 「라캉 거꾸로 읽기」, 위의 책) 사실 따지고 보면
시인들은 상상계로 퇴행하거나 상징계에 구멍을 뚫고 혹은 상징계를 거
부하고 부정하는 이상한 인간들이다. 그러므로 자아 해방은 상상계도 거
부하고, 상징계도 거부할 때 가능하고, 최근에 나는 이 문제를 「환상 가
로지르기」, 「증상 즐기기」로 해석한 바 있다. 그러나 이런 나의 사유가 또
어떻게 변할지 모르고, 그건 내 책임이 아니다. 사실 어디까지가 이성이
고 어디까지가 광기인지 모르겠고, 정상과 비정상의 차이도 모르겠고, 결
국 이런 분별, 사유를 버리는 사유가 진정한 사유라는 게 최근의 내 사유
이다. 미치지 않은 인간들이 어디 있는가?(이승훈, 『라캉으로 시 읽기―이승훈
의 해방시학』, 문학동네, 2011)

4) 삶이 꿈이다

다시 생각하자. 나는 언어 질서, 현실, 상징계의 극한에서 상징계에 뚫
리는 구멍을 발견하고, 그것은 두 가지 유형으로 드러난다. 하나는 기표들
의 연쇄를 파괴하는 구멍이고, 다른 하나는 부명의 폐제가 생산하는 구멍
이다. 정확하게 말하면 후자는 구멍 자체가 상징계지만 시론을 위한 방편
으로 다른 하나의 유형으로 구분한다. 전자는 그것(it), 무의식, 욕동(drive)
과 만날 수 있는 길을 열고(시 「철학」), 후자는 정신병의 길을 연다. 그러나
무슨 차이가 있는가? 시인들의 상상력이 정신병적 구조라고 말한 건 라캉

이고 어느 시대나 진짜 예술가들, 진짜 시인들은 상징계에 구멍을 뚫거나 상징계를 거부한다. 다음은 정신병적 구조로서의 구멍을 보여주는 시.

> 한양대 교수로 직장을 옮긴 1980년대 초 밤이면 김일성이 자신의 집을 폭파하겠다고 전화를 하고 밤새도록 지붕 위엔 낯선 비행기가 떠 있다고 편지를 보낸 제자가 있었다. 춘천교육대학을 중퇴하고 결혼에 실패한 그는 대학 시절 서울 집으로 간다며 철길을 계속 걸어간 적이 있지. 어느 날은 그의 시집이 영국에서 출판하게 되었으니 선생님이 평론을 쓰셔야 한다는 편지도 보냈다.

「이것은 시가 아니다」 전반부이다. 이 시의 후반부는 편지가 아니라 정말 정신병에 시달리는 서른 정도 되어 보이는 남자가 연구실을 찾아온 이야기. 잠바 차림의 그는 연구실 문을 열고 들어오더니 다짜고짜 "선생님이 불쌍해요."라고 말한다. 그는 전라도 광주에서 시를 공부하는 청년으로 내 생각이 나서 도시락을 싸 왔다며 손에 들고 있던 도시락을 풀었다. 이것은 시가 아니다. 그러나 나는 이 글을 『현대시학』(2005. 6)에 발표했고, 따라서 이 글은 시가 된다. 시가 되는가? 「담배」는 일상의 세계를 그대로 옮겼기 때문에 시가 아니고, 「철학」도 그렇지만 이 시에선 일상의 세계에 구멍이 뚫리는 것만 다르다. 인용한 시 역시 일상의 세계에 구멍이 뚫리지만 이때의 구멍은 부명의 폐제를 동기로 하고, 따라서 정신병의 세계를 보여준다.

나는 정신병으로 고생하는 제자의 편지 내용을 그대로 옮겼기 때문에 이 글은 시가 아니고, 그러나 내 이름과 제목을 붙였기 때문에, 그리고 시지에 발표했기 때문에 시다. 그러나 다시 생각하자. 이 글은 시가 아니다. 제자의 편지, 그것도 정신병에 시달리는 제자의 횡설수설이 어떻게 시가 될 수 있는가? 그리고 나는 솔직하게 '이것은 시가 아니다'라고 밝혔다. 그러나 그때나 지금이나 이상한 것은 나의 이런 행위, 시쓰기에 대해 아무도 이의가 없었다는 점이고, 이런 상황은 우리 시의 후진성, 소박성, 무지, 지적 태만과 통한다.

이것은 시가 아니다. 그러나 시지에 발표되었기 때문에 시로 대접받는다. 휴지통에 넣으면 휴지가 되고, 편지로 보내면 편지가 되고, 일기로 쓰면 일기가 되고, 정신과 의사의 노트에 적으면 병력이 된다. 도대체 시는 어디 있는가?

내가 이런 제목을 달아 시지에 발표한 것은 도대체 당신들이 생각하는 시는 뭐요? 시는 과연 어디 있소? 이런 질문을 하고 싶었기 때문이고, 정신병의 세계를 그대로 옮긴 것은 이젠 우리 시도 이런 세계를 제대로 수용하고 공부하면서 광기에 대한 새로운 사유가 요구되기 때문이다. 예술은 광기를 먹고 산다. 미치지 않은 시인들을 어떻게 믿을 수 있겠는가? 정신도 육체도 멀쩡한 시인들은 가짜다. 김소월, 이상, 김수영을 생각하자. 그러니까 광기의 이성과 이성의 광기에 대해 사유하자. 삶은 무엇이고 꿈은 무엇인가?

멀쩡한 인간들이 자며 꿈을 꾼다는 것은 미친 짓이다. 그러나 우리는 꿈을 미친 세계로 인식하지 않는다. 히스테리, 망상, 분열증, 착란과 무엇이 다르단 말인가? 다만 정신병적 심리는 상징계, 현실, 언어 질서가 들어설 여지가 없다는 점이 다르고, 그만큼 과격하다. 인용한 편지를 보낸 제자는 편지를 보낼 때 잠시 현실과 만나고, 편지를 쓸 때는 망상의 세계에 있었을 것이다. 제자가 정신병에 시달리는 건 아프고 괴롭고 쓸쓸한 일이다. 이런 근심과 걱정은 어디까지나 나(상징계)의 입장이고 그는 이런 생각이 없다. 그는 무슨 생각을 하는지 모른다.

시를 모르는 사람들은 시인을 보면, 모두 그런 건 아니지만, 대체로 근심과 걱정을 하고 나아가 미친 짓을 한다고 뒤에서 쯧쯧 혀를 찬다. 자기 아들이나 딸이 시를 쓴다면 많은 부모들은 못 쓰게 말린다. 이유는 무엇인가? 시쓰기가 미친 짓이기 때문이다. 그렇지 않은가? 돌을 떡이라고 하지 않나? 까마귀가 손짓을 하고 나무가 잠이 든다고 하지 않나? 그러니까 상상력, 환상, 꿈, 망상, 착란은 모두 한 집안이다. 정도의 차이가 있을 뿐이다. 비트겐슈타인은 가족유사성이라고 했다.

다시 생각하자. 삶은 무엇이고 꿈은 무엇인가? 결국 삶이 꿈이다. 오늘도 나는 사는 게 아니라 꿈을 꾸는 것 같다. 나는 현실을 그대로 옮기면서 현실의 극한에 뚫리는 구멍을 보고 이 구멍에서 무의식을 발견하고 마침내 이 무의식이 삼키는 현실과 만난다. 현실은 어디 있고 꿈(무의식)은 어디 있는가? 어디까지가 현실이고 어디까지가 꿈인가? 현실이 꿈이고 꿈이 현실이다. 내가 할 일은 꿈을 그대로 옮기는 것. 그런 점에서 이런 행위도 뜰 앞의 잣나무다. 시론 「누가 코끼리를 보았는가?」에서 나는 이렇게 말한다. 무슨 소리를 하고 있는가? 뜰 앞의 잣나무라? 그때는 무슨 소리인지 알고 이런 소리를 한 것 같지만, 지금 읽어보니까 무슨 소리인지 모르겠다.

어느 날 한 학승이 조주(趙州) 선사에게 "달마가 인도에서 온 뜻이 무엇입니까?" 물을 때 선사는 "뜰 앞의 잣나무다."라고 대답한다. 그때 뜰 앞에 잣나무가 있었고, 조주 선사는 무심히 잣나무를 가리키며 잣나무라고 한 것. 그러니까 무심, 무아의 상태에서 대상을 가리킨 것. 그러므로 이때 선사와 잣나무는 주체/객체의 대립이 없고, 선사가 그대로 잣나무가 된다. 무심 자체가 되는 것이 달마가 중국에 온 뜻이다. 그렇다면 나는? 나는 그런 경지가 못 되기 때문에 이 말을 한 건 아마 멋으로 한 것 같다. 꿈이 현실이고 현실이 꿈이므로 꿈을 옮기는 행위는 아무 생각이 없는 무심의 행위이고, 나를, 상징계를, 언어를, 이성을 버리려는 행위가 된다. 나는 무엇을 만드는 게 싫다. 나는 예술의 본질을 믿지 않는다. 나는 오늘도 꿈을 꾼다. 꿈을 꾸는 건 누구이고 꿈을 구경하는 건 누구인가? 시 한 편을 옮긴다.

　　김춘수 선생님 전화야요. 난 아내가 준 전화를 받는다. 가을 오후인지 겨울
오후인지 기억이 안 난다. 선생님 목소리다. 그러나 내용은 기억나지 않고 난
수화기를 놓고 말했지. 이상해 돌아가신 선생님이 어떻게 전화를 했을까? 아
마 누군가 김춘수 선생님이라고 속였을 거야요. 아내의 말이다. 아니야. 선생
님 목소리가 맞아. 도대체 알 수 없군. 돌아가신 선생님이 전화를 하다니! 난
오늘도 꿈을 꾼다.

「바람 부는 날」 전문이다. 정말 알 수 없는 노릇이다. 돌아가신 선생님
이 어떻게 전화를 하신 것일까? 이 시는 꿈의 내용을 그대로 옮긴 것. 프
로이트에 의하면 꿈, 환상, 증상은 의식과 무의식, 검열과 회피, 자아와
이드의 타협물이다. 꿈은 논리를 모르고 의도를 모르고 아니오를 모르고
2항 대립을 모른다. 꿈속에는 시간이 존재하지 않고, 따라서 삶과 죽음의
경계가 모호하다. 그러므로 돌아가신 선생님이 전화를 할 수도 있고, 돌
아가신 아버지와 만날 수도 있다. 얼마나 좋은가? 이 꿈은 돌아가신 선생
님을 만나고 싶은 나의 무의식의 변장이고 마스크다. 변장된 것은 자아검
열, 의식의 개입 때문이다.

　그렇다면 꿈은 누가 꾸는가? 나는 자고 있었다. 따라서 내가 이 꿈을
꾼 것은 아니고 나도 모르는 그것, 라캉 식으로 말하면 아는 주체가 아니
라 모르는 주체(unknowing subject)가 꿈을 꾸고, 꿈에 의해 난 모르는 주체
와 만나고, 모르는 주체가 꿈을 꾸고 나를 지배한다. 모르는 주체가 꿈을
꾸고 나는 이 꿈속에 나오고 나를 바라본다. 과연 꿈속의 나는 누구인가?
이 나는 나도 모르는 그것의 변장이므로 무의식이고, 나는 나의 무의식을
본다. 그러므로 꿈은 의식(보는 나)도 아니고 무의식(꿈속의 나)도 아니고
의식이 아닌 것도 아니고 무의식이 아닌 것도 아니다. 나의 실체, 자성,
본질은 무엇인가?

　부처님은 『금강경』에서 말씀하신다. '일체 현상은 꿈과 같고 환상과 같

고 물거품 같고 그림자 같고 이슬 같고 또한 번개 같으니 응당 이와 같이 보아야 한다. 一切有爲法 如夢幻泡影 如露亦如電 應作如是觀' 일체 현상이 꿈과 같다는 것은 일체 현상에 고정된 본질이나 실체가 없다는 것. 따라서 자아든 대상이든 상(相)을 취하지 말라는 것. 함허당 득통에 의하면 상은 삼상(三相), 곧 있다는 유상(有相), 없다는 무상(無相), 유도 아니고 무도 아니라는 중상(中相)이다. 그러므로 나는 있는 것도 아니고 없는 것도 아니고 있음과 없음 중간에 있는 것도 아니다.

내가 꿈에서 읽는 것이 그렇다. 유상은 의식에 해당하고, 무상은 무의식에 해당한다. 꿈속에서 나는 의식도 아니고 무의식도 아니다. 그렇다고 중간에 있는 것도 아니다. 선이 강조하는 중도는 상, 존재, 현상이 아니기 때문이다.

5) 시의 본질은 없다

일체 현상이 꿈과 같고 꿈이 현실이고 현실이 꿈이다. 우리는 이 현실이 꿈이라는 것, 인연들이 잠시 모여 있다는 것을 모르고 아직도 무슨 본질, 실체, 자성을 찾아 헤맨다. 일체 현상에는 자성이 없다. 시에도 자성이 없다. 과연 시의 본질은 무엇인가? 시나 삶에 자성이 없다면 시와 비시도 중도, 불이(不二)의 관계에 있을 뿐이다. 그러므로 그동안 내가 삶을 그대로 옮기며 깨달은 것은 시와 삶이 다른 것도 아니고 다르지 않은 것도 아니라는 것. 삶과 꿈의 관계도 그렇다는 것. 이런 불이 사상은 시와 비시, 시와 시론의 관계에 대한 사유에도 적용된다.

시와 비시의 구분은 애매하다. 어디가 경계인가? 이런 구분 역시 이성의 산물이고 분별의 산물이다. 현실을 지배하는 것은 이성이지만 이성과 광기의 경계도 애매하고, 결국은 경계가 있는 게 아니라 언어, 이름, 명명이 있을 뿐이다. 그러므로 시의 본질 찾기는 시의 명명 행위이고 모든 명명 행위는 자의적이다. 영원한 것이 아니고 한 시대 공동체의 약속일 뿐이다. 시에 대한 낭만주의, 상징주의, 모더니즘, 포스트모더니즘의 정의가 다른 것은 결국 시의 본질은 없고 사라는 언어가 있고 이 언어는 시대, 제도, 동의, 약속이 생산한다는 사실을 반영한다.

데리다는 문학이라는 이름의 이상한 제도라고 말한 바 있다. 문학은 근대 제도에 속하지만 이상한 제도이다. 이상하다는 것은 문학이 모든 것을 모든 방법으로 말할 수 있는 제도이기 때문이다. 그런 점에서 문학은 사회 제도이지만 그런 제도를 뛰어넘는 제도, 이상한 제도이다. 문학 역시 제도라는 점에서 법을 지켜야 하지만 이상한 제도이기 때문에 문학이라는 법, 법칙, 원리, 규범 등은 지키려고 존재하는 것이 아니라 위반하려고 존재한다. 요컨대 문학의 본질은 비본질이고 시의 본질도 비본질이다. 그러므로 아직도 시의 본질, 진리, 자성을 강조하는 시인, 평론가, 학자들이 많다는 것은 웃기는 일이고, 그런 점에서 나는 본질주의자가 아니다. 시의 고민이 사라지고 쓰는 시는 시의 본질에 대한 고민이 사라지고 쓰는 시이고, 따라서 시와 비시의 경계가 없는, 모두가 섞이는 멀티(multi)시이고 다중구조의 시이다. 다음과 같은 시가 그렇다.

이 시는 시의 고민이 사라지고 쓰는 시 아무렇게 써도 되고 안 써도 되는 시 비가 오면 아무 일도 못하고 비 때문에 비 때문에 이제 시는 끝났다 비가 올 때 끝나고 시의 문제는 철학의 문제로 넘어간다 아슬아슬하게 넘어간다 시와 산문의 전쟁도 끝나고 오늘부터 끝나고 시의 종말은 시의 죽음이 아니야 한 시대가 끝난 거야 이젠 무슨 시론도 본질도 없지 최근 젊은 애들이 쓰는 시를 욕해선 안 되지 이게 우리 시의 희망이고 미래야 본질주의자들은 엿이나 먹어라! 또 비가 오잖아? 사흘만 참으면 돼 사흘 뒤에 사흘 뒤에 너를 만나겠지

「개는 사람을 문다」 전반부다. 요약하면 이 시는 (1) 시의 고민이 사라

지고 쓰는 시에 대한 사유, (2) 비가 오면 아무 일도 못한다는 비에 대한 사유, (3) 시가 끝나고 철학이 시작된다는 사유, (4) 시와 산문의 문제, (5) 시의 종말과 우리 시의 미래, (6) 본질주의 비판, (7) 만남에 대한 기대 등 무려 일곱 가지를 대상으로 하고, 좀 더 간추리면 시쓰기, 정서, 시론, 철학, 사랑을 대상으로 한다.

그렇다면 나는 이 시에서 시가 아니라 시쓰기, 시론, 철학에 대한 강의를 하고 틈틈이 날씨 이야기, 비 오는 날의 심리상태, 어떤 만남에 대한 기대를 말하는 것인가? 어느 것이 핵심 주제인가? 이 시의 경우 핵심 주제는 없고, 위의 항목들이 다중 구조를 형성하고, 따라서 나는 이런 시를 멀티시라고 불러본다. 멀티미디어의 시대에 멀티포에트리, 잡종, 쓰레기, 혼종의 시를 쓰는 건 하등 이상할 게 없다.

결국 본질은 없다. 개의 본질은 무엇이고 인간의 본질은 무엇이고 이 저녁의 본질은 무엇인가? 개는 낯선 사람을 보면 짖고 주인을 보면 꼬리를 치고 잠이 오면 잔다. 인간도 배고프면 밥을 먹고 잠이 오면 잔다. 이 저녁에 무슨 본질이 있고 진리가 있고 자성이 있는가? 내가 「나는 빠르게 늙어간다」 같은 고백적인 시를 쓴 것 역시 크게 보면 내 삶의 본질, 내 삶이 은폐하는 것, 숨기는 것이 없다는, 혹은 숨길 것이 없다는, 그러니까 무슨 진리 같은 것이 없다는 이런 사유를 동기로 한다. 결국 나도 워홀처럼 기계가 되고 싶다. 사유는 힘이 들고 괴롭기 때문이다.

그러므로 내가 쓰는 시는 시 되기를 거부하는 시, 나오는 대로 쓰는 시다. 「손이 떨려도 좋아」에서 내가 강조한 것은 나오는 대로 쓰는 시다. 그리고 마침내 시가 시론이 되고 시론이 시가 되는, 그러니까 시와 시론은 같은 것도 아니고 다른 것도 아니라는 불이(不二) 사상을 만나면서 나오는 대로 쓰는 시, 손이 떨리면 떨리는 대로, 글자가 틀리면 틀리는 대로 쓰는 시에 대한 사유가 여기 있다. 이런 시는 시론시, 메타시가 아니라 시와 시론이 불이의 관계에 있는 시. 그러므로 나는 이런 시를 쓰면서 시를 쓰는 지 시론을 주장하는지 나도 모르고 그저 나오는 대로 쓴다. 「시론」이라는 시가 특히 그렇다.

결국 나는 무엇을 창조한 게 아니라 그저 기표를 따라 표류했을 뿐이다. 기의가 없는 기표의 세계, 의미 없는 삶의 세계에서 떠돈 것은 언어를 버리고 시도 버리고 나도 버리기 위한 하나의 시도였다. 언어가 현실이고 언어가 법이고 언어가 아버지다. 따라서 언어를 버리기 위한 시는 부명(父名)이 폐제되는 세계, 요컨대 미친 소리고 미친 소리가 구원이고 해탈이다.

6) 누가 코끼리를 보았는가?

미친 소리는 언어, 상징계, 현실에 구멍이 뚫리는 소리이고 상징계를 거부하는 소리이고 이 소리는 마침내 침묵을 지향한다. 침묵은 언어의 죽음이고 다시 생각하면 언어, 상징계의 본질은 침묵이고 죽음이고 결여이고 부재이다. 언어는 기표들의 연쇄이고, 기표는 다른 기표를 위해 주체, 자아를 생산한다. 기표들의 연쇄는 기의가 탈락하는 연쇄이고, 기표와 기표 사이에 자아가 있다는 것은 자아가 기의에 해당하고, 따라서 자아는 계속 태어나면서 소멸한다. 그런 점에서 언어, 곧 기표들의 연쇄는 부재, 죽음, 침묵을 생산한다. 언어가 지속적인 결여를 본질로 한다는 것은 이런 뜻이다.

그러므로 현실, 언어, 상징계에 구멍을 뚫는 시는 이런 덧없는 자아, 주체도 소멸하는 시이고, 내가 시를 쓰는 것은 언어가 있기 때문이고 언어가 표상하는 결여, 부재, 죽음을 매개로 이 죽음과 싸우는 방식이다. 그러나 시는 언어, 상징계, 현실을 완전히 포기할 수 없기 때문에 언어(의미)

버리기가 요구된다. 그 이론적 근거는 현실이 꿈이고 환상이라면 현실을
구성하는 언어도 환상이기 때문이다. 이 말을 강조하자.

이 우아한 밤에
남은 건 언어
언어가 시를 쓴다고
시론을 쓰던 날들도 가고
해체시도 가고
난 힘이 빠지고
머리가 빠지고
그래도 맥주를 마시며
산다
언어가 시를 쓰던
날들도 가고
마침내 마침내 마침내
오오 마침내 언어도
환상이다
그러므로 언어도 버리고
시를 써야지

「언어도 환상이다」의 일부이다. 언어도 환상이다. 부처님도 『금강경』
에서 말씀하신다. '너희 비구들아. 나의 설법은 뗏목과 같다. 따라서 법
도 버려야 하거늘 하물며 비법이랴? 汝等比丘 知我說法 如筏喩者 尙法應
捨 何況非法' 모든 말, 언어는 뗏목처럼 목표에 이르기 위한 방편일 뿐
아무 본질, 의미가 없다는 말. 언어도 헛된 것이고 환상에 지나지 않는다.

그러므로 언어도 버리고 시를 써야 한다. 어떻게? 그건 나도 모른다.
그동안의 시쓰기는 언어도 버리고 시를 쓰기 위한 연습이고 훈련이고 시
도이고 모험이고 모함이고 아무래도 좋다. 내 인생에 대해 나는 할 말이
없다. 말하자면 내 인생은 의식의 죽음의 역사이고 남은 건 정신분석 아

니면 선(禪)이다. 이 시론을 쓸 때 나는 선이 아니라 정신분석을 매개로 하는 선(?)을 생각하고 있었다. 언어를 버릴 때 선과 만난다. 선은 불립문자 이심전심의 세계이다. 라캉이 강조하는 정신분석 역시 상징계 너머 있는 그것, it, 알 수 없는 것의 실현이다.

라캉의 정신분석이 노리는 것은 환상 깨기, 환상 가로지르기이고 이런 행위는 결국 상상계와 상징계에 대한 동시적 파괴를 노리고, 따라서 언어로 표현할 수 없는, 그러나 존재하는 그것, 욕동(drive), 실재의 세계를 지향한다. 시의 경우 은유, 상징, 유사성, 동일성의 시학을 파괴해야 하고, 이런 파괴가 상상계 파괴와 통한다. 한편 상징계 파괴는 상징계를 구성하는 문법을 파괴하고, 의미를 구성하는 기표와 기의의 관계를 파괴하고, 기호, 구조의 세계를 파괴해야 한다. 이런 시쓰기는 선과의 만남을 기대하지만 아직은 기대일 뿐이다. 결국 무엇을 기대한다는 것도 착(着)이다. 그러므로 기대하지 말고 기대가 나를 찾아와야 한다. 선도 버리자. 그때 그때 기표들 사이에 소멸하고 태어나는 내가 있을 뿐이다.

선종에는 염념상속(念念相續)이라는 말이 있다. 뒷생각이 앞생각을 바로 이어 중간에 다른 생각이 섞이지 않게 하는 수행법. 생각은 기표가 생산하는 기의에 해당하고 이 기의가 자아가 된다. 왜냐하면 자아는 언어, 사유, 기의에 의해 존재하기 때문이다. 따라서 그때 그때 기표들 사이에 소멸하고 태어나는 나는 기의, 의미, 생각에 해당하고, 염념상속은 기호학 혹은 정신분석에 의하면 기표와 기표 사이에 기의, 생각, 자아가 태어나지 않게 기표들이 연속되는 것을 뜻한다.

물론 이런 사유는 아직 가설의 단계에 있다. 시론 「누가 코끼리를 보았는가」에서 내가 강조한 것은 상상계 파괴와 상징계 파괴이고, 상상계 파괴는 모든 현상이 환상이라는 선적 사유를 동기로 하고, 상징계 파괴는 언어도 환상이기 때문이다. 결국 내가 바라는 것은 비누 되기이다. 한 교수에게 보내는 편지 형식의 시 「비누에 대하여」에서 나는 이런 생각을 다음처럼 노래한 바 있다.

> 언제나 사라짐이 있을 뿐입니다. 우리는 사라질 때 있습니다. 비누는 사라지며 시로 소신 공양한다는 한 교수 말도 좋습니다. 그러나 시가 비누이고 시 쓰기는 비누처럼 자아를 버리는 수행이고 연습이고 도 닦기입니다. 목적도 기원도 없이 흘러가는 시! 과정으로서의 시! 無住의 시! 뿌리도 진리도 과거도 미래도 없는 시! 오오 마침내 시도 없는 시! 모두가 시인 시! 한 교수는 사라지면서 버리면서 시가 비누를 얻는다고 했지만 시도 언어도 삶도 비누입니다. 비누는 공양을 모르고 공양을 합니다. 우리는 비누가 되어야 합니다.

과연 누가 코끼리를 보았는가? 우리는 코끼리를 사진, 그림, 이미지로 보거나 코끼리라는 낱말, 언어에 의해 생각한다. 마리 야누스도 말하듯이 코끼리는 이미지(상상계)와 낱말(상징계)로 존재하고 이런 존재는 코끼리가 아니다. 상상계도 상징계도 실재의 코끼리를 망각한다. 실재의 코끼리는 코끼리의 현실(reality)로 치환되고 이 치환된 현실을 실재(Real)로 착각할 뿐이다. 그런 점에서 내가 강조하는 시쓰기, 상상계와 상징계를 동시에 부정하고 파괴하는 시쓰기는 실재 찾기이고, 이 실재는 상상과 언어 너머 있고, 그러므로 자성이 없고 진리가 없고 본질이 없는 과정, 흐름, 변화, 말하자면 비누이다. 누가 비누를 보았는가?

4. 영도의 시쓰기

1) 쓰는 행위만 있다

이제까지 나는 시론 「비대상에서 선까지」(2005), 「누가 코끼리를 보았는가?」(2007)를 중심으로 자아—대상—언어가 소멸한 상태에서 시도한 시쓰기에 대해 살펴보았다. 전자는 이런 시쓰기를 처음 선과 관련시켜 논한 것으로 시집 『인생』(2002), 『비누』(2004)를 대상으로 한다. 그러나 이 시론에서 내가 시집 『인생』을 아공의 세계, 『비누』를 법공의 세계로 해석한 것은 아법—법공—구공이라는 법상종의 교리를 지나치게 단순하게 적용한 결과이고 이 책을 쓰면서 다른 사유와 만난다. 아무튼 『인생』을 아공법유(我空法有)로, 『비누』를 아유법공(我有法空)으로 읽은 것은 너무 도식적이다.

아공법유는 소승의 입장이지만 아유법공은 말이 되지 않는다. 자아는 있고 대상은 없다는 것은 불교의 경우 말이 안 되고 이 말을 '我有法無'로 읽으면 허무주의나 유아론이 된다. 물론 불교는 허무주의나 유아론이 아니다. 두 시집을 다시 읽어보니까 두 시집 모두 아공법공의 세계를 노래한다는 것을 확인할 수 있었고, 따라서 시론 「비대상에서 선까지」에서 주장한 나의 해석은 새롭게 수정된다.

그러나 아유법공은 임제의 사료간(四料揀)을 전제로 하면 경계를 빼앗고 사람은 빼앗지 않는 둘째 수행법에 해당하고, 따라서 새로운 사유가 가능하지만 이 글에서는 생략한다. 왜냐하면 내가 아유법공이라고 한 것은 어디까지나 현상학의 입장이지 마음공부, 수행법의 단계로 말한 것이 아니기 때문이다. 이 문제에 대해서는 언젠가 별도의 글을 써야 할 것이다.

그건 그렇고 이 시론에서 내가 그런 주장을 한 것은 아공, 법공을 별도로 강조하고, 두 공성을 발전 단계, 곧 아공―법공―구공의 단계로 완성된다는 법상종의 삼공(三空) 개념을 너무 도식적으로 수용한 결과이다. 의상 대사의 『법성게』에는 '처음 발심할 때가 바로 바른 깨달음 初發心時便正覺' 이라는 말이 나온다. 처음 불교에 입문할 때, 그러니까 처음 부처님 말씀을 믿을 때, 내가 부처라는 것을 믿고 마음을 낼 때 바로 부처가 된다는 것. 초심이 중요한 것은 그 후 아는 것이 많아지고, 많은 장애가 생기기 때문이다. 물론 나는 이런 문제를 지금 여기서 이러니 저러니 말할 주제가 못 된다. 문득 생각이 나서 하는 소리다.

시론 「누가 코끼리를 보았는가?」에서 내가 강조한 핵심은 상상계, 상징계 너머 있는 실재계를 찾아가는 시쓰기이고, 이런 시쓰기가 선과 맺는 관계이다. 요컨대 두 시론 모두 시쓰기를 구성하는 자아―대상―언어가 소멸한 다음의 시쓰기에 대한 사유이고, 이런 사유는 선을 지향한다. 그리고 나는 두 시론을 전제로 나는 자아―대상―언어가 소멸한 상태의 시쓰기를 이른바 영도의 시쓰기, 쓰는 행위만 남는 시쓰기라고 부른다. 그러므로 그 후 내 시쓰기의 구조는 자아―대상―언어의 삼각형 구조에 역삼각형이 첨가되는 다이아몬드 구조로 변형되고 역삼각형의 꼭지점에

'쓰는 행위'가 나온다. 도식으로 나타내면 다음과 같다.

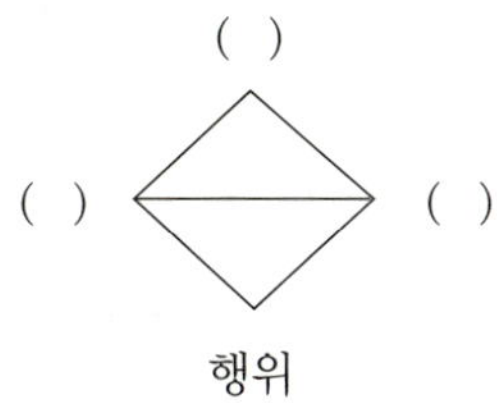

이 도식은 시쓰기를 구성하는 자아-대상-언어가 소멸한 다음 쓰는 행위만 남은 시쓰기를 암시한다. 이런 문제, 곧 자아도 대상도 언어도 사라진 상태에서 시를 쓰는 문제는 『정신분석 시론』(문예출판사, 2007) 후반에서 주장한 자아 해방의 시쓰기의 연속선상에 있고, 『현대시의 종말과 미학』(집문당, 2007) 제3부에서 주장한 禪을 지향하는 시쓰기와도 관계되고, 개인적으로는 재일화가 이우환의 전위예술 모노파를 다시 읽으며 확신이 섰다.

내가 시론「모노와 해방시학」(『라캉 거꾸로 읽기』, 월인, 2009)을 쓴 것은 이런 사정을 전제로 한다. 이 시론을 쓴 것은 2007년이지만 발표를 하지 않고 있다가 2009년 책에 수록한다. 이 글에서 내가 강조한 것은 쓰는 행위만 남은 시쓰기, 곧 영도의 시쓰기에 대한 사유이고, 나는 이 글에서 영도의 시쓰기에 대한 최초의 사유를 정리한 셈이다. 영도와 자아, 영도와 대상, 영도와 언어에 대한 논의는 이 책을 쓰면서 다시 정리한 것이지만 영도의 시쓰기에 대한 총체적 사유가 전개된 것은 아니다. 그런 점에서 영도의 시쓰기에 대한 최초의 총체적 사유는「모노와 해방시학」에서 전개된다.

다시 말하자. 영도의 시쓰기는 시쓰기를 구성하는 세 요소 자아-대상-언어가 모두 소멸하고 쓰는 행위만 남은 시쓰기다. 나는「대상론」, 「자아론」, 「언어론」에서 이상 세 요소가 소멸하는 과정과 이 소멸이 다시 소멸하면서 공 사상과 만나는 과정에 대해 말했고, 「영도론」에서는 이제까지 영도와 자아, 대상, 언어의 관계에 대해 말했다. 「비대상 시론」에서 출발한 자아 찾기를 전제로 하면 자아 찾기는 자아소멸의 단계를 거쳐 마침내 자아불이 사상과 만나고, 따라서 쓰는 행위만 남은 시쓰기는 공사상, 혹은 불이사상과 관련되고, 그런 점에서 영도의 시쓰기는 공사상을 강조하면 자아공─대상공─언어공의 세계와 만나고, 불이사상을 강조하면 이 세 요소가 불이의 관계에 있는 시쓰기다.

그러나 자아─대상─언어가 없고 쓰는 행위만 남는 시쓰기만 강조하면 최초의 삼각형 도식은 다이아몬드 도식으로 바뀐다. 난 처음엔 쓰는 행위를 염두에 두지 않고 있었다. 그러나 「모노와 해방시학」을 쓰면서 쓰는 행위가 등장한다. 그렇다면 이런 시, 쓰는 행위만 있는 시는 어떻게 써야 하는가? 자아─대상─언어가 소멸한 상태에서 과연 시쓰기는 가능한가? 영도의 시쓰기는 말 그대로 아무 말도 하지 않는 시쓰기이고 따라서 우리가 읽는 것은 텅 빈 백지의 시, 흘러가는 강물에 쓰는 시다. 그러나 텅 빈 백지는 아무 말도 하지 않는 것이 아니다. 나는 피카소에 대해 다음과 같은 시를 쓴 바 있다.

이웃에 사는 어린이가 피카소를 찾아와 놀다 간다. 그는 피카소 그림도 구경하고 피카소가 그림 그리는 것도 구경하고 어느 날 백지 한 장을 들고 와 피카소에게 보여주며 말한다. "아저씨. 이게 제가 그린 그림이야요." "응. 뭘 그린 거냐?" "소가 풀을 뜯어먹는 그림이야요." "소가 어디 있단 말이냐?" "소는 풀을 뜯어먹고 잡에 갔어요." "그럼 풀은 어디 있지?" 피카소가 묻자 아이는 "그야 소가 다 뜯어 먹었지요." 대답한다. 그때 피카소가 한 말 "내 눈엔 소가 보이질 않았다. 애야. 난 추상화로 사기를 치는데 넌 한술 더 뜨는구나."

「피카소 이야기」(시집 『화두』, 2010) 전문이다. 아이가 그린 그림은 백지다. 그러니까 그는 아무것도 그린 게 없다. 그러나 그는 '소가 풀을 뜯어

먹는 그림'이라고 말한다. 물론 소도 없고 풀도 없다. 그러나 그는 '소는 풀을 뜯어먹고 집에 가고, 풀은 소가 뜯어먹어 없다'고 말한다. 백지에서 아이가 보는 것이 어디 소와 풀뿐이겠는가? 때 묻지 않은 눈, 맑은 마음으로 보면 이 백지엔 염소도 있고 초가집도 있고 강아지도 있고 무엇이나 있을 수 있다. 그러므로 백지는 백지이며 동시에 백지가 아니다.

영도의 시는 백지의 시이고, 이때 영도는 무수한 사물들이 존재할 수 있는 근거, 노자 식으로 말하면 도(道)에 해당하고, 불교식으로 말하면 空에 해당한다. 영은 존재하며 존재하지 않는 수이고, 그런 점에서 존재/부재의 분별 이전의 세계이고 유/무의 경계를 초월하며 동시에 내포하는 세계다. 그러나 이런 사유에 도달한 것은 최근이고, 처음 영도의 시쓰기를 생각하던 무렵 나는 우연히 이우환의 예술과 만난다.

2) 모노와 해방시학

이우환은 1967년부터 일본에서 전위적인 예술운동을 전개하고 특히 1968년부터 모노파 운동을 주도한 재일화가이다. 그가 말하는 모노는 物을 뜻하고, 그가 지향하는 것은 물과의 만남이다. 그러나 모노파가 강조하는 모노는 모델이 없기 때문에 사물처럼 모방할 수도 없고, 형태도 없고 본질적으로 무명성(無名性)을 지니며 어떤 대상도 없는 세계이다. 그런 점에서 그가 강조하는 것은 인간, 의미가 부재하는 사물과의 만남이고, 물건에 묻은 때를 제거하는 작업이다. 그가 다루는 돌, 유리, 철판은 일체의 일, 사건, 의미가 존재하지 않는 사물이고 그의 예술은 이런 사물들과의 만남을 지향한다. 한마디로 그것은 자아나 주체가 개입하지 않은 상태에서 사물들이 만나는 관계이고 이런 관계를 그는 「관계항(relatum)」이라고 부른다.

그의 설치 작품 「관계항」 가운데 하나가 프레스센터 앞마당에 있지만 과연 누가 눈여겨보았는지 모르겠다. 내가 이 작품을 본 것은 2011년 가을 저녁 정민 교수가 상을 받아 그의 수상을 축하하기 위해 프레스센터로 갔을 때였다. 시간도 좀 남고 담배 생각도 나서 프레스센터 앞마당을 서성거릴 때 우연히 만나게 되었다. 나도 그 설치 작품이 언제부터 거기 있었는지 모르던 차라 너무 반갑고 오래 전에 헤어진 애인을 만난 기분이었다. 왜냐하면 나는 그에 대해 이미 두 편의 글 「선과 이우환」(『아방가르드는 없다』, 태학사, 2009), 「모노와 해방시학」(『라캉 거꾸로 읽기 – 해방시학을 위하여』, 월인, 2009)을 쓴 바 있고, 그의 예술에 대한 관심이 컸기 때문이다. 가을 저녁 어둠 속에 서 있던 커다란 돌을 가리키며 "이게 유명한 이우환의 설치 작품 관계항이야." 그때 옆에 있던 이형우 시인에게 한 말이다.

그의 모노 예술이 지향하는 것은 만드는 것에 대한 부정과 대상성 초월이다. 만든다는 것은 근대 미학의 토대인 창조 개념이다. 따라서 모노는 창조를 부정한다. 창조는 창조 주체로서의 예술가를 강조하고, 이때 예술가는 자신의 의지와 상상력과 기교에 의해 세계를 지배하기 때문이다. 어디 세계만 지배하는가? 회화의 경우 관람객을 지배하고, 시의 경우 독자를 지배한다. 그런 점에서 근대 미학은 근대적 인간중심사상, 곧 세계의 중심이 인간이라는 사상을 반영하고, 이런 휴머니즘은 인간이 주체가 된다는 점에서 폭력이 된다. 왜 인간이 세계의 중심이 되어야 하는가? 욕심과 욕망과 의지 때문이 아닌가? 이우환의 모노가 노리는 것은 근대 휴머니즘 초극, 한마디로는 근대성 초극이다.

한편 모노는 대상성을 초월하는 세계다. 그에 의하면 근대 미술은 표상 작용에 의한 상(像)을 다시 대상화하는 작업이고, 그렇지 않은 것을 그렇도록 규정하는 착각의 세계이다. 나아가 이런 현상은 미술에 한정되지 않고 근대 문명의 특성이 된다. 근대문명은 상의 제조에 지나지 않고, 그런 점에서 표상화의 별명인 착각 작용에 지나지 않는다. 그는 의지의 표상작용에 의해 세계를 대상화한다는 쇼펜하우어의 말을 인용한다. 이른바 의지와 표상으로서의 세계다. 하이데거에 의하면 우리가 만나는 세계는 세계가 아니라 세계상(像), 곧 이미지이다. 모노가 대상성을 초월한다는 것은 크게 두 가지 의미를 거느린다. 하나는 근대 미술의 한계, 곧 표상작용에 의한 이미지의 대상화 작업, 곧 이미지(세계)의 이미지화 작업을 초월한다는 협의의 개념이고, 다른 하나는 근대 문명의 한계, 곧 표상작용에 의한 像, 대상, 사물의 세계를 초월한다는 광의의 개념이다. 표상작용이란 세계를 주관화, 주체화하는 것이고 따라서 폭력이다.

그렇다면 창조 주체도 대상도 소멸한 상태에서 그는 무엇을 하는가? 그는 만지는 것을 그만 두는 것은 아니고 더구나 아무것도 하지 않는 것은 더욱 아니라고 말한다. 그러니까 모노는, 예컨대 돌과 유리의 경우 그는 돌을 만지기 때문에 아무것도 하지 않는 것은 아니다. 나는 이 말을 강조하고 싶다. 아무것도 만들지 않는다는 것은 창조, 창조 주체에 대한 부정이고, 표상작용, 곧 근대문명과 근대 인간에 대한 부정과 통한다. 그러나 그는 설치한다. 돌을 만지고 유리를 만지고 돌을 유리에 놓는다. 그러므로 그는 아무것도 하지 않는 것이 아니다. 그는 무언가를 한다. 그러나 만들지 않기 때문에 자아, 주체, 의식, 의지, 상상이 탈락한 상태에서 움직이고, 이런 행위가 무아(無我) 사상과 통한다.

영도의 시쓰기는 자아-대상-언어가 소멸하고, 혹은 부정되고 쓰는 행위만 남은 시쓰기다. 그렇다면 이런 시쓰기, 자아도 대상도 언어도 소멸한 상태의 시쓰기는 어떻게 가능한가? 내가 모노 예술과 만나는 자리가 여기다. 시의 구성 요소도 자아(창조 주체)와 대상과 행위이고, 조각이나 설치의 구성 요소도 같다. 그러나 시의 경우 대상, 곧 사물은 언어와 동일시되고, 모노의 경우 사물은 언어가 아니라 사물 자체, 물질로 존재한다. 시의 경우 행위는 언어를 수단으로 하고, 모노의 경우 행위는 사물을 수단으로 한다. 따라서 시쓰기는 자아—대상—언어—행위 네 요소로 구성되고, 쓰는 행위만 남은 시쓰기는 언어로 아무것도 하지 않는 것이 아니라, 언어를 만지지만 무엇을 만들지 않는 시쓰기이고, 만들지 않기 때문에 자아, 주체, 의식, 의지, 상상이 탈락한 상태, 곧 무아의 시쓰기를 지향한다.

근대 미술이나 설치 미술은 주체의 의지, 상상력, 기교에 의해 대상을 설치함으로써 대상의 특수한 공간을 창조한다. 그러나 모노가 강조하는 것은 창조 주체가 무언가를 만드는 것(창조 행위)에 대한 부정과 대상성(세계라는 이미지)에 대한 부정이고 따라서 행위는 목적이 없는 행위가 된다. 이른바 행위—구조이고 이런 구조가 근대 미술의 한계를 극복하고, 나아가 근대 주체 개념의 모순을 극복하고, 이런 극복이 자아 해방과 통한다. 시의 경우에도 이런 행위로서의 시쓰기가 가능하고, 그때 시는 근대시, 혹은 현대시의 한계를 극복하고, 나아가 근대 주체의 모순을 극복하는 이른바 자아 해방의 시쓰기가 가능하다. 좀 더 부연하면 다음과 같다.

첫째로 이런 시는 아무것도 만들지 않는다. 이른바 창조 행위를 부정하는 시쓰기다. 근대시 혹은 현대시가 강조하는 것은 시라는 특수한 공간, 이른바 미적 자율성의 세계를 창조하는 것. 현대시는 일상 공간, 현실, 대상과 단절된 특수한 언어 공간, 이른바 미적 자율성의 세계를 창조한다. 시인은 창조 주체가 되어 무언가를 만든다. 그러나 영도의 시쓰기는 이런 창조 개념을 부정한다. 그렇다고 아무것도 하지 않는 것은 아니다. 이우환이 만지는 것을 그만 두지 않듯이 나도 쓰는 것을 그만 두지 않는다. 중요한 것은 창조 주체로서의 나를 부정하고 시를 쓰는 행위이다.

이런 시쓰기가 창조 주체를 부정한다는 것은 근대 주체의 한계와 모순을 극복한다는 뜻이다. 인간이 인간이라는 것을 그만 두어야 하듯이 이제 시인은 시인이라는 것을 그만 두어야 한다. 푸코는 『말과 사물』의 끝에서 '인간이 마치 해변의 모래사장에 그려진 얼굴이 파도에 씻기듯이 이내 지워지게 되리라.'고 말한다. 그는 근대 인간의 소멸에 대해 말한다. 근대 인간은 근대라는 역사의 산물에 지나지 않는다.

고대 한국이나 중국의 경우 인간은 자연과 단절된 독립된 주체가 아니라 하늘과 땅과 인간이 어울리는 이른바 천지인 삼재(天地人 三才) 사상이 지배하고, 유교는 인(仁)을 강조하고, 이 글자 역시 하늘과 땅 사이에 인간이 있음을 암시한다. 주역이 강조하는 것은 一陰一陽謂之道이고, 유교를 새롭게 해석한 성리학(주렴계)이 강조하는 것은 無極而太極이 진리라는 사상이다. 음과 양의 대립을 초월하는 것이 도이고, 무극(원)은 태극(중심)에 의해 움직이기 때문에 무극이 태극이다. 이런 인간, 혹은 삶은 독립된 자아, 세계의 중심으로서의 인간을 부정한다. 서구의 경우 중세는 신이 중심이지 인간이 중심이 아니다. 불교가 강조하는 것은 무아사상이다. 인간에겐 고유한 실체, 본질, 자성이 없고 모두 인연의 화합에 지나지 않기 때문이다. 물론 무아는 자아가 없다는 것이 아니라 있음/ 없음의 경계를 초월하는 空사상과 통하고, 진공묘유(眞空妙有)를 지향한다. 인간 추체 사상은 어디까지나 근대의 산물이다.

아무튼 근대에 인간이 태어나고, 이런 인간, 곧 근대 인간은 역사 변혁의 주체, 노동 생산의 주체, 생명의 힘을 과시하는 주체이고, 이렇게 인간이 주체가 되는 것은 불행한 시대이다. 왜냐하면 근대 인간이 한 것은 세계를 있는 그대로 두지 않고 욕망과 의지에 의해 세계를 변형하고 착취하고 인간화한 것에 지나지 않기 때문이다. 더욱 지금은 21세기가 아닌가? 그러므로 근대 인간의 한 유형인 창조 주체는 사라져야 하고 근대 시인은 마치 해변의 모래사장에 그려진 얼굴이 씻기듯 이내 지워져야 하리라.

둘째로 대상성을 초월하는 시쓰기, 이른바 구조-행위로서의 시쓰기가 가능하다. 구조-행위는 아무것도 만들지 않고 상, 표상, 이미지의 세계를 초월하는 행위, 말하자면 무아의 상태에서 대상들이 만나는 상태이다. 돌과 돌은 그저 만난다. 주체는 이제 주체가 아니고 자아는 자아가 아니고 나는 인간이 아니고, 나는 자아가 없는 상태에서 사물들과 만나고, 자아의 부재 속에서 사물들이 서로 만난다. 그러나 나는 아무것도 하지 않는 것은 아니다. 이런 행위 속에 나는 있는가? 없는가? 자아소멸의 상태라고 하지만 나는 아무것도 하지 않는 것은 아니다. 요컨대 이런 시쓰기의 경우 나는 있는 것도 아니고 없는 것도 아니고, 언어는 대상성, 곧 의미가 소멸한 상태에서 서로 만난다. 이런 상태는 자아의 유/무를 초월하는 空의 세계를 지향한다.

셋째로 언어 역시 불이의 상태를 지향한다. 마치 우연히 돌과 돌이 만나듯이 언어, 곧 낱말과 낱말은 우연히 그저, 아무 의미 없이 서로 만난다. 낱말과 낱말의 만남이 행위에 속한다면(왜냐하면 주체가 소멸한 상태에서 쓰기 때문에) 이 만남이 구조가 되고, 이런 행위-구조는 대상(이미지)과 이름(언어)의 세계를 초월하는 광대한 우주로 우리를 인도하고, 인도해야 한다. 자아 해방의 순간이다. 요컨대 이런 세계, 이런 순간은 이미지(상상계)와 언어(상징계)를 초월하는 실재계로 우리를 인도한다. 내가 실재가 되는 것, 이름도 대상도 없게 되는 것이 자아 해방의 조건이다.

넷째로 특수한 시적 방법은 없다. 모노 예술은 행위-구조를 보여주면서 소재나 그 제시 방식을 한정하지 않고 방법론에 구속되지 않는다. 시의 경우도 한마디로 무엇이나 시가 되고 특수한 시적 방법은 없다. 이른바 소재와 방법의 문제다. 근대 시인은 자연, 현실을 소재로 하고 그 방법은 낭만주의적 영탄(서정시)이나 재현(리얼리즘), 한마디로 소재는 자연, 현실이고 방법은 주관적 영탄이나 복사 혹은 재생산이다. 한편 현대 시인은 자연, 현실과 단절된 상태에서 시인의 내면세계를 노래하거나 자아나

대상의 본질을 추구한다.(모더니즘). 한마디로 소재는 자아의 내면이고 방법은 시적 자율성의 세계를 만드는 것.

　그러나 행위로서의 시쓰기, 영도의 시쓰기는 대상성을 초월하기 때문에 자연, 현실, 대상, 곧 일체의 표상, 인간의 의지의 표상으로서의 세계를 거부하고, 아무것도 만들지 않기 때문에 일정한 방법론이 없고, 일정한 방법론이 없기 때문에 어떤 방법론도 허용된다. 그러므로 대상의 논리, 방법론을 거부하고 이런 저런 개념 규정이 없는 시쓰기다. 그런 점에서 자아도 없고 대상도 없고 언어도 없는 시쓰기, 그저 쓰는 행위만 있는 시쓰기가 가능하다.

3) 영도의 사유

　나는 시집 『인생』, 『비누』, 『이것은 시가 아니다』에서 자아 – 대상 – 언어를 공으로 인식하고 그런 점에서 공사상을 수용하지만 어디까지나 인식론의 차원에 머문다. 선종이 강조하는 것은 인식의 문제가 아니라 수행, 참선을 통한 깨달음이고, 그런 점에서 시의 경우엔 시쓰기가 수행이 되어야 한다. 자아 해방의 시쓰기는 이런 수행을 매개로 가능할 것이다. 그렇다면 소재(대상)와 방법(주체, 언어)에 구속되지 않는 이런 시쓰기는 어떻게 가능한가?

　정효구 교수는 그동안 내가 발표한 시론들을 크게 비대상, 비주체, 비언어, 불이의 개념으로 요약하면서, 특히 언어를 버릴 때 시어와 일상어, 시적인 것과 비시적인 것 사이의 이분법이 와해되면서 시는 그저 그가 지닌 몸의 연속선상에 놓이게 되고, 그 몸은 실재계에 닿아 있고, 따라서 모든 것을 버리고 우주의 흐름에 몸을 싣고 말하는 것이라고 해석한다.(정효구, 「비대상 시론에서 불이의 시론까지」, 『한국현대시와 평인의 사상』, 푸른사상,

2007, 400)

그러니까 그저 쓰는 행위만 있는 시쓰기는 그에 의하면 행위와 행위 주체가 구별되지 않는 시쓰기, 몸의 연속으로서의 시쓰기다. 그것은 인위의 시쓰기를 무위의 장으로 돌려놓는 일이다. 그는 다음처럼 말한다.

> 시도 삶도 어찌 보면 궁극적으로는 실재계라는 무위의 道에 편안히 몸을 실기 위한 투쟁의 과정이고 안간힘이라고 한다면 이승훈의 시론이 전개되어 온 여정은 인간과 그들의 삶의 이해에 큰 도움을 줄 뿐만 아니라 이승훈 개인을 위해서도 매우 바람직한 길을 찾은 것처럼 보인다. 인위의 시쓰기를 무위의 장으로 돌려놓는 일, 상징계의 시쓰기를 실재계의 흐름으로 돌려놓은 일, 도구로서의 언어를 존재하는 몸으로 돌려놓은 일, 본질의 배타성(중심성)을 해체의 포용성으로 돌려놓은 일, 이런 일들이 이승훈의 비언어 시론과 관련해서 도출될 수 있는 내용들이다. (정효구, 앞의 글, 401)

중요한 것은 정효구 교수도 지적하듯이 시와 삶의 방향이 같다는 점이고, 따라서 그저 쓰는 행위만 있는 시쓰기는 무위의 도를 지향하고 이때 자아 해방이 가능하다. 특히 이런 시쓰기가 상징계의 흐름을 실재계로 돌려놓는 시쓰기라는 그의 지적은 시사하는 바 많다. 내가 『라캉 거꾸로 읽기—해방시학을 위하여』, 『이승훈의 해방시학—라캉으로 시읽기』에서 강조한 해방시학은 라캉의 L도식을 전제로 마침내 그것(it), 에스(Es), 무의식, 욕동으로 가는, 그러니까 '그것'이 되는 과정이고 라캉에 의하면 '그것'이 이른바 실재계다. 문제는 실재계와 도(道), 혹은 선(禪)의 관계이고 이 관계가 계속 문제이다. 도는 노장 사상의 핵심이지만 중국 선종이 노장 사상을 수용한다는 점에서 선과 관련시켜 해석할 수 있다.

라캉이 말하는 실재계는 상상계와 상징계를 초월하는 세계이고, 선이 강조하는 것 역시 상상계와 상징계를 초월하는 세계이다. 다만 전자는 무의식, 욕동의 세계이고, 후자는 이런 무의식, 욕동의 세계를 초월한다는 데 문제가 있다. 아직 본격적인 이론 작업에 들어간 것은 아니지만 이런 문제는 「유식학」을 중심으로 새롭게 탐구할 수 있다는 생각이고, 지금 하는 말은 어디까지나 하나의 가설에 지나지 않는다. 크게 보면 실재계와 空은 유사하고, 좀 더 찬찬히 분석하면 차이가 난다. 그런 점에서 정효구 교수가 실재계를 무위의 道와 동일시한, 그러니까 노장 사상과 결합한 것은 앞으로의 이론 전개에 도움이 된다.

결론적으로 시론 「모노와 해방시학」에서 주장한 내용들을 다시 요약하면 다음과 같다. 쓰는 행위만 있는 시쓰기는 첫째로 아무것도 만들지 않는 시쓰기, 둘째로 대상성을 초월하는 시쓰기, 셋째로 언어 不二의 시쓰기, 넷째로 특수한 방법이 없는 시쓰기다.

그러나 나는 자아—대상—언어가 소멸하는 단계, 곧 쓰는 행위만 남은 시쓰기, 이른바 영도의 시쓰기 단계에서 空 사상 혹은 불이 사상과 만나고, 따라서 이 세 요소는 말 그대로 없는 게 아니라 자아공—대상공—언어공이 되고, 공은 있음/없음을 초월하는 중도, 곧 불이의 세계이다. 공은 일체가 본질, 자성, 실체가 없고, 모두가 연기의 세계에 있다는 것을 강조한다. 그러므로 자아, 대상, 언어는 없는 것도 아니고 없는 것이 아닌 것도 아니다.(不一不異) 불이사상을 강조하면 쓰는 행위만 남은 시쓰기는 세 가지 층위에서 불이, 중도의 관계로 드러난다. 다시 도식으로 나타내면 다음과 같다.

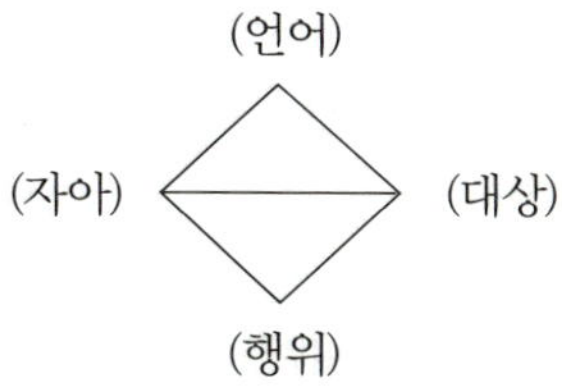

앞의 도식에서는 자아—대상—언어의 소멸을 괄호( )로 표현하고 거기

쓰는 행위가 첨가되었다. 그러나 공사상, 중도사상, 불이사상을 전제로 하면 자아―대상―언어는 있는 것도 아니고 없는 것도 아닌 불이의 양상을 띠고, 위 도식에서 괄호 속에 문자가 있는 것은 그런 의미다. 괄호 속에 있는 문자는 마치 문자에 빗금을 긋는 것처럼 있는 것도 아니고 없는 것도 아닌 존재(?)를 암시한다. 나는 이것을 자아공―대상공―언어공으로 부른다. 한편 행위 역시 쓰는 것도 아니고 쓰지 않는 것도 아닌 불이, 중도의 행위, 곧 행위공이 된다. 모두 자성이 없고, 인연의 산물이고, 따라서 공하고, 이 공성이 불이(중도)를 뜻하기 때문이다.

그러나 다시 생각하면 이런 시쓰기가 보여주는 중도는 크게 내적 중도와 외적 중도로 양분된다. 내적 중도는 자아―대상―언어―행위 네 요소가 개별적으로 보여주는 중도이고, 외적 중도는 자아―대상―언어―행위 네 요소 상호간에 드러나는 중도의 관계이다. 이상이 영도의 시쓰기의 구조이다. 이런 구조는 『선의 시학』에서 다시 살필 것이다.

영도의 사유는 아무것도 사유하지 않는 사유이고 사유에 대한 자의식이 없는 사유이다. 나는 50년 동안 자아도 버리고 시도 버리고 시론도 버리기 위해 시를 쓰고 시에 대해 사유한 것 같다. 그러니까 최근에 내가 만나는 것은 사유의 영도이고 영도의 사유이다. 영도의 시쓰기는 자아―대상―언어가 소멸하고 쓰는 행위만 남은 시쓰기이고, 이런 시쓰기가 선과 만난다. 그러나 영도의 시쓰기는 선과 만나는 시쓰기이지 선의 시쓰기가 아니다. 이 점을 강조하고 싶다.

나는 시론 「모노와 해방시학」(2007)을 쓰고 다시 시론 「영도의 시쓰기」(2007)에서 이 주제, 곧 쓰는 행위만 있는 시쓰기에 대한 사유를 좀 더 발전시킨다. 그리고 이 시론에서 본격적으로 영도의 시쓰기라는 용어를 사용하고, 영도의 사유를 不二의 사유와 관련시켜 다시 해석한다. 그러므로 이 글에서는 「영도의 시쓰기」를 중심으로 영도의 시쓰기에 대해 좀 더 살피기로 한다. 영도의 사유는 아무것도 사유하지 않는 사유이고, 사유에 대한 자의식이 소멸한 사유, 요컨대 자아도 대상도 없는 사유이고, 그러므로 집착이 없는 사유이다. 다시 회상하자. 그동안 수행된 나의 시쓰기는 대상소멸-자아 찾기-자아소멸-언어소멸-자아불이-영도의 사유로 발전한다.

대상소멸 —— 자아 찾기 —— 자아소멸 —— 언어소멸 —— 자아불이
|
영도의 사유

그러나 영도의 사유는 아무것도 원하는 게 없는, 이른바 구공(俱空), 무원(無願)의 세계의 입구이고 그림자라는 생각이다. 왜냐하면 영도의 사유는 구공, 곧 아공법공의 세계를 지향하지만 지향은 어디까지나 지향일 뿐이고, 그런 경지에 이른 것은 아니기 때문이다. 선은 깨달음의 세계이고 영도의 시쓰기는 그런 세계로 가는 입구이다. 선이 무원의 종교적 실천이라면 영도의 시쓰기는 무원의 미적 실천이고, 결국 미학이 문제다. 그러나 최근에 나는 시학, 미학, 철학, 언어학, 정신분석, 종교, 윤리의 경계도 버리자는 입장이다. 중요한 것은 '지금 여기' 다.

지금 여기를 떠나 무슨 선이고 무원이고 깨달음이 있는가? 허무하고 괴롭고 어리석은 세상이 없다면 깨달음도 없고, 내가 없다면 세상도 없고, 지금이 없다면 영원도 없다. 그러므로 지금 여기가 중요하다. 언제나 지금 여기 내가 있기 때문이다. 지금 여기 내가 있는가? 영도의 시쓰기는 내가 상(相)이라는 것을 깨닫는 수행에 지나지 않는다. 영도의 사유는 사유의 영도에서 움직이고 이런 움직임, 진동, 울림이 영도의 시쓰기를 낳는다. 영도의 시쓰기는 사유의 영도에서 가능하고, 이런 시쓰기는 아무것도 바라는 게 없는 시쓰기다. 그것은 생각 없이 하는 말과 비슷하다. 시론

「영도의 시쓰기」를 중심으로 이런 시쓰기에 대한 사유를 정리하면 다음과 같다.

4) 영도의 기표

비트겐슈타인은 말한다. 생각 없이 하는 말과 생각을 하면서 하는 말은 하나의 음악 작품을 생각 없이 연주하는 것과 생각하면서 연주하는 것과 비슷하다. 영도의 시쓰기는 생각 없이 하는 말, 생각 없이 하는 연주와 비슷하다. 물론 이런 연주는 연주 기법을 초월하고 망각하고 기법의 영도를 지향한다. 그러니까 생각 없이 하는 말은 말하는 방법을 초월한 말하기, 나오는 대로 말해도 말이 되는 말하기다. 그런 점에서 영도의 시쓰기는 시의 문법, 기법을 망각하는 시쓰기이고 생각 없이 쓰는 시이다. 그저 쓸 뿐이고 쓰기에 대한 자의식이 없다.

나는 「언어론」에서 비트겐슈타인의 후기 철학을 크게 두 가지로 요약한 바 있다. 하나는 언어에는 의미(본질)가 없고 다만 사용하는 데 그 의미가 있다는 것. 다른 하나는 언어 사용은 사유 없는 행동이고 사유로부터의 해방이라는 것. 기호, 단어, 문장의 본질, 일반적 의미, 공통점은 없고, 이들의 용도는 수없이 많고, 따라서 새로운 언어 놀이가 존재한다. 중요한 것은 언어 놀이가 사유, 기호의 조작이 아니라 행동의 일부, 혹은 삶의 한 형태라는 점이다. 따라서 언어 놀이가 강조하는 것은 생각, 사유, 기호 조작을 하지 말고 사물을 있는 그대로 보라는 것. 나와 대상 사이엔 사유가 아니라 행동이 있고 이때 언어는 투명해진다. 따라서 그동안 의미 찾기에 몰두한 철학은 혼란이고 이제 우리가 할 일은 이 혼란을 청소하는 것. 문제의 해결은 문제를 청소하는 데 있다. 그런 점에서 영도의 시쓰기는 의미 찾기라는 혼란을 청소하는 일이다.

자아, 대상, 언어가 없는 영도의 시쓰기를 들뢰즈 식으로 해석하면 자아 없음은 그가 말하는 주체와 유사하고, 주체는 기관 없는 신체에 해당한다. 대상 없음은 그가 우연의 점들 혹은 선들이 보여주는 역동적 힘으로 정의하는 대상에 해당하고, 언어 없음은 정신분열적 무의미와 유사하다. 그러나 자아 없음, 대상 없음, 언어 없음 세 요소는 서로 분리되어 존재하는 것이 아니라 서로 관련되고, 그런 점에서 같고 다르다. 나는 이런 주장을 불이 사상으로 해석할 수 있다는 입장이다. 문제는 언어다. 그가 말하는 정신분열적 무의미가 강조하는 것은 언어의 내재적 의미, 고정적 의미는 없고 한 낱말은 다른 낱말로 정의되며 끝없이 지연되고, 이렇게 정의된 한 낱말은 또 다른 낱말로 정의되는 무한한 자기-지시적 퇴행의 과정이 있을 뿐이다.

그에 의하면 의미의 기본적 구조는 마나(초자연적 힘, 비물질적 개념)처럼 일련의 기표들과 기의들이 하나로 수렴되는 역설적 지점이고, 언어가 움직이기 시작하는 영도의 기표이다. 영도의 기표는 표현 가능한 것, 곧 낱말과 사물 사이에 존재하는 표면이고, 영도의 시쓰기는 영도의 기표를 지향한다. 이때 의미는 사건이 되고, 사건은 낱말과 사물 사이에 존재하는 표면이고, 그것은 정신분열증적 낱말을 지향한다. 요컨대 정신분열적 낱말, 정신분열적 무의미는 언어와 대상 사이에 존재하는 표면이다. 이 표면을 강조하자. 비트겐슈타인에 의하면 나와 대상 사이엔 사유가 아니라 행동이 있고, 들뢰즈에 의하면 언어와 대상 사이엔 표면이 있고, 이 표면은 의미(사유)를 모른다.

그렇다면 다시 영도의 시쓰기는 무엇인가? 중요한 것은 부처님 말씀처럼 언어도 망각하고 버려야 한다는 것. 언어를 버린다는 것은 시쓰기도 버린다는 의미이고, 그러나 언어를 버릴 순 없고, 따라서 언어도 버리는 심정, 그러니까 일체의 의미를 포기하는 시쓰기가 요구된다. 그렇다면 다시 언어가 의미를 포기한다는 것은 무엇인가? 그것은 들뢰즈가 말하는 영도의 기표를 지향하고, 야콥슨이 말하는 영도의 음소에 비유된다.

영도의 음소는 실제적인 소리는 없지만 음소, 곧 의미의 토대인 변별적 자질을 소유하는 음소가 없는 것은 아니라는 뜻이다. 그런 점에서 소리의 부재가 소리의 기능을 하고, 음소의 부재가 음소의 기능을 한다. 음소의 부재라는 말은 음소는 소리를 토대로 하지만 영도의 음소에는 소리가 부재하기 때문이다. 그러므로 영도의 음소는 음소인 것도 아니고 음소가 아닌 것도 아니다. 낱말 '나'가 의미를 생산하는 것은 '너'와의 차이, 음운론의 경우 모음 'ㅏ'와 'ㅓ'의 차이가 생산하고, 이때 두 모음은 변별적 자질, 곧 음소가 된다.

그러나 야콥슨이 말하는 영도의 음소는 이런 소리, 'ㅏ'와 'ㅓ'라는 구체적인 소리는 없지만 변별적 자질은 소유한다. 소리가 있는 음소를 구체적 음소라고 한다며 소리가 없는 음소는 추상적 음소라고 할까? 이런 음소는 음소가 아니고 음소가 아닌 것도 아니고, 이런 음소는 들뢰즈가 말하는 영도의 기표, 곧 언어의 구조(차이, 변별성)가 움직이기 시작하는 역설적 지점과 유사하다. 영도의 기표는 기의(의미) 없는 기표로 기의의 토대가 되고, 영도의 음소는 소리 없는 영도로 음소의 토대(?)가 된다. 사실 이런 사유는 난해하고 너무 섬세하다. 영도의 시쓰기가 과연 이런 이론까지 끌어들여야 하는지 지금 이 글을 쓰면서도 모르겠지만 아무튼 그때, 그러니까 시론 「영도의 시쓰기」를 쓰면서 나는 이런 이론까지 생각하고 있었다.

영도의 시쓰기는 영도의 기표에 비유되고 영도의 음소에 비유된다. 들뢰즈는 『의미의 논리』에서 이런 언어를 캐럴과 아르토의 글쓰기를 중심으로 설명한다. 낱말들은 의미를 표현하지만 표현되는 것은 사물의 속성, 곧 사건이다. 표현 가능한 것은 낱말과 사물 사이에 존재하고, 사물, 대상은 표현된-것으로서의-대상이다. 의미(낱말들의 표면 효과)와 사건(사물들의 표면 효과)은 낱말들에 나타나지만 사물에 속하는 것은 아니다. 내가 말하는 영도의 시쓰기 역시 의미론의 수준에서는 이런 사유와 유사하다.

결국 자아도 없고 대상도 없고 언어가 있지만 이 언어는 자아가 없으므로 의도가 없고 대상이 없으므로 의미가 없는 언어, 그저 있는 언어이다. 남은 것은 그저 쓰는 것, 그저 있는 것, 블랑쇼는 말한다. "작품은 완성된 것도 아니고 완성되지 않은 것도 아니고 그저 존재할 뿐이다. 이런 작품이 존재한다는 것, 작품이 말하는 것은 오직 이것뿐이다. 이런 작품이 존재하다는 것. 그 이상 아무것도 의미하지 않는다."(모리스 블랑쇼, 박혜영 역, 『문학의 공간』, 책세상, 1990, 19)

5) 영도와 바르트

아무 의미 없이 그저 존재하는 작품은 자아가 없기 때문에 의도가 없고, 대상이 없기 때문에 무엇이나 대상이 되고, 언어가 없기 때문에 의미가 없다. 대상이 없기 때문에 모두가 대상이 된다는 것은 모두가 대상이면 대상이 없고 거꾸로 대상이 없다면 모두가 대상이 되기 때문이다. 한 마을에 병원이 없으면 모든 집들이 병원이고, 모든 집들이 병원이면 병원이 없다. 자아도 그렇다. 내가 없으면 모두가 나다. 왜냐하면 모두가 나이면 내가 없기 때문이다. 이건 내가 하는 말이다. 다시 생각하면 언어도 그렇지만 이 시론을 쓸 때는 이런 사유를 강조하지 않았다.

없다는 것은 무엇이고 있다는 것은 무엇인가? 선종에 의하면 있음도 없음도 모두 분별일 뿐이다. 空사상에 의하면 내가 없기 때문에 모두가 나이고, 언어가 없기 때문에 모두가 언어다. 선종에는 無情說法이라는 용어가 있다. 부처님의 진리에 대한 설법은 情識을 소유하는 有情의 생물만 하는 것이 아니라 정식이 없는 산천초목같은 無情의 무생물도 한다는 뜻. 마음을 가라앉혀 지혜의 귀로 들으면 모두가 말을 하고 있다. 물론 언어가 없다는 말은 언어도 공하기 때문에 그 실체가 없다는 뜻이다.

그러나 시론 「영도의 시쓰기」에는 자아, 대상, 언어에 대한 이런 선적 사유, 곧 모두가 없기 때문에 모두가 있다는 사유는 드러나지 않고, 지금 이 글을 쓰면서 하는 말이다. 이 문제는 『선의 시학』에서 다시 살피기로 하고, 당시 나는 아무 의미 없이 존재하는 작품을 의도가 없고(자아소멸), 무엇이나 대상이 되고(대상소멸), 의미가 없는 것(언어소멸)로 정의한다. 의미가 없으므로 언어는 그저 있고, 영도의 시쓰기는 그저 쓰는 것, 그러니까 쓰는 행위만 있는 시쓰기다. 그러므로 이런 시쓰기는 시라는 장르도 모르고 몰라야 하고, 그저 쓰는 행위만 있다. 이것이 찬란한 자명성, 확연 무성(廓然無聖)과 통한다. 산은 산이고 물은 물이다. 텅 비어서 성스러운 진리도 없는 경지의 시쓰기로 가야 한다.

사유의 영도는 영도의 사유이고 영도의 사유는 사유의 죽음이 실천하는 사유이다. 사유도 죽었다고 사유해보라. 남은 것은 일체의 분별, 판단, 해석, 주장, 서정도 부정하는 시쓰기. 그리고 이런 시쓰기는 시가 아니라 그저 글을 쓰는 것이고 따라서 영도의 글쓰기다. 물론 글쓰기의 영도를 주장한 이론가는 바르트이다. 그가 글쓰기의 영도를 주장한 것은 문학에 대한 회의 때문이다. 이른바 모더니즘 작가들, 예컨대 말라르메, 랭보, 초현실주의자들, 끄노, 블랑쇼, 까뮈가 보여주는 것은 문학적 언어에 대한 질문이다. 이제 문학이 제기하는 것은 문학적 언어에 대한 회의이고, 이런 언어 회의는 문학에 대한 회의로 발전하고, 새로운 글쓰기에 대한 관심을 낳는다.

바르트가 말하는 영도의 글쓰기는 크게 두 가지 유형으로 요약된다. 하

나는 사르트르가 말하는 산문과 시, 언어와 문체 중간에 존재하는 글쓰기
다. 그는 산문 대신 언어, 시 대신 문체라는 용어를 사용하면서 전자는 명
명, 이데올로기, 역사에 봉사하기 때문에 우리를 억압하고, 후자는 폐쇄
된 개인적 과정으로 작가의 의도의 은유이고 사회 밖에 머물기 때문에 비
판된다. 그러니까 그가 강조하는 영도의 글쓰기는 언어(산문)와 문체(시)
의 경계를 해체하고, 문학의 죽음을 선언하고, 문학의 새로운 가능성을
찾는다. 아니 우리가 믿어온 문학은 사라지고 글쓰기가 태어나고, 이런
글쓰기는 자살의 구조를 소유한다. 오르페우스는 그의 애인 유리디체를
뒤돌아보지 않을 때, 거부할 때 그녀를 구원한다. 문학은 문학을 거부할
때 구원되고, 문학의 거부, 문학의 소멸, 문학의 죽음이 문학의 탄생이다.

　　다른 하나, 곧 문학적 언어를 파괴하는 또 하나의 유형은 이른바 무색
의 글쓰기, 백색의 글쓰기, 영도의 글쓰기이다. 이런 글쓰기는 주어진 인
습적 언어 형식으로부터 자유로운 글쓰기이다. 언어학의 경우 단수/복수
같은 이항 대립 체계 사이에 제3의 항목, 이른바 중립항 혹은 영도의 요
소가 존재한다. 가정법과 명령법 사이에 존재하는 지시법은 법(mood)이
부재하는 형식, 문법적으로 무표적(amodal) 형식이다. 법은 화자의 태도
를 표현하지만 영도의 글쓰기는 기본적으로 지시법을 지향하고, 좀 더 정
확하게 말하면 저널리즘적 글쓰기라고 할 수 있다. 다음은 바르트의 말.

　　새로운 중립적 글쓰기는 절규와 판단 사이에 존재하며 이들의 부재로 구성
　된다. 그러나 이런 부재가 완벽한 것은 이런 부재가 어떤 도피도 비밀도 허용
　하지 않기 때문이다. 그러므로 우리는 이런 글쓰기를 글쓰기의 막다른 골목이
　라고 말해선 안 되고 오히려 이런 글쓰기는 순결하다. 이런 글쓰기의 목표는
　우리의 운명을 기본적 말하기에 맡기면서 살아있는 언어와 문학적 언어로부터
　멀어지면서 문학을 초월하는 데 있다. 까뮈의 '이방인'에서 시작된 이런 투명
　한 말하기의 형식은 문체의 부재를 성취하고 이 부재가 문체의 이상이다. 이제
　글쓰기는 일종의 부정법으로 환원되고, 따라서 언어의 사회적 신화적 특성은

형식의 중립성, 불변의 상태를 위해 소멸한다. 그러므로 사유는 역사에 대한 2차적 언급이 아니라 사유 자체에 책임을 지고 사유 자체에 머문다. (R. Barthes, 『Writing Degree Zero』, trans. A. Lavers & C. Sontag, Hill & Wang, 1967, p.77)

영도의 글쓰기는 절규와 판단이 부재하는 글쓰기이고, 가정과 명령을 허용하지 않는 글쓰기이고, 그야말로 순결한 글쓰기, 무의 글쓰기, 부재의 글쓰기이다. 이런 글쓰기는 사유 자체, 사유의 영도가 낳고, 내가 말하는 영도의 시쓰기도 그렇다. 그렇다면 영도의 시쓰기와 영도의 글쓰기는 같은 것인가? 목표는 같지만 동기와 과정과 방법은 다르다. 아니 목표도 다른지 모른다.

영도의 시쓰기는 空 사상, 불이 사상, 중도 사상을 매개로 하고, 영도의 글쓰기는 서양 현대문학의 한계를 매개로 한다. 한편 영도의 시쓰기는 자아-대상-언어를 전제로 하고, 영도의 글쓰기는 언어와 문체를 전제로 한다. 그러나 두 글쓰기 모두 영도의 사유를 지향한다. 영도의 시쓰기도 절규와 판단을 부정하고, 가정과 명령을 허용하지 않는 순결한 글쓰기를 지향한다. 그러나 영도의 시쓰기의 경우 이런 순결성은 禪과 관련된다. 따라서 그의 주장과 나의 주장은 공통점도 있고 차이점도 있다.

6) 영도와 자아

요컨대 영도의 시쓰기는 선종의 불이 사상을 지향한다. 그러나 시론 「영도의 시쓰기」에서 나는 불이 사상의 선적 실천이 아니라 미학의 수준에서 이런 시쓰기를 살핀 셈이다. 미학의 수준이라는 말을 강조하자. 아직은 선이 아니라 미학이고 반미학이다. 이제까지 내가 주장한 내용을 요약하면 다음과 같다.

첫째로 영도의 시쓰기는 자아 혹은 주체가 없는 시쓰기다. 자아가 없기 때문에 의도가 없고 목적이 없고 시작도 끝도 없고 나오는 대로 쓴다.
「무대에서 일생을 보낸다」 등이 그렇다.

> 시는 빨리 써도 되고 천천히
> 써도 되고 피곤한 저녁에
> 써도 되고 해만 쨍쨍 나는
> 여름에 써도 되고 엎드려
>
> 써도 되고 선풍기 틀어 놓고
> 써도 되지 반바지 입고 앉아
> 써도 되고 서서 써도 되고
> 남에게 부탁해도 되고 그가
>
> 쓴 시를 찢어버려도 되고
> 밤에 써도 되고 채소밭에서
> 써도 되지 채소밭이 써도
> 되고 쓰지 않아도 되고

「무대에서 일생을 보낸다」(『시안』, 2008, 봄) 전반부이다. 시집 『화두』
(2010)에는 수록하지 않았지만 왜 수록하지 않았는지 모르겠다. 아마 연
구 분이 있는 시이기 때문에 수록하지 않은 것 같다. 시집 『화두』에 수록
한 시들은 거의 산문시이고, 그것도 일상적 삽화나 꿈 이야기를 그대로
옮긴 것들이 대부분이다. 아무튼 이 시에서 나는 시쓰기에 대해 시를 쓰
고, 그것도 전통적인 시쓰기에 대한 부정과 반역과 해체이다. 한마디로
시인이 주체가 되어 시를 쓴다는 시론에 대한 비판이다.

전통적으로 시는 자아가 시쓰기를 지배하고, 따라서 의도, 주제, 형식,
방법, 시작과 끝이 명확하다. 그러나 이 시에서 나는 '시는 빨리 써도 되
고 천천히 써도 되고', '엎드려 써도 되고', '반바지 입고 앉아 써도 되

고', '서서 써도 된다'고 말한다. '어떻게 쓰는가?' 라는 방법에 대한 회의와 부정이다. 시인들은 대체로 천천히 생각하면서 쓰고, 책상 앞에 얌전히 혹은 점잖게 앉아 쓰고, 복장도 점잖아야지 나처럼 반바지 입고 앉아 쓰지는 않는다. 이름 난 시인들 사진을 보면 집필실에 점잖게 앉아 있지 원고지나 백지를 들고 서 있는 건 아니다. 앉아서 쓸 수 있다면 서서 써도 되고 '구두를 신고 써도 되고', '돌 의자에 앉아 써도' 된다.

'언제 쓰는가?' 라는 시간도 문제다. 시인들은 대체로 깊은 밤에 쓰거나 새벽에 쓴다. 그러나 나는 '피곤한 저녁에 써도 되고', '해만 쨍쨍 나는 여름에 써도 되고', '추운 저녁에 써도 된다'고 말한다. 아무 때나 좋다. 고요한 시간을 찾는 것은 자아를 성찰하고, 자아의 내면을 응시하고, 자아를 지키려는 노력이고, 그런 점에서 자아를 강조하는 일에 지나지 않는다.

'어디서 쓰는가?' 라는 장소도 문제다. 많은 시인들은 서재에서 쓰거나 방에서 쓴다. 그러나 나는 '채소밭에서 써도 되고', '창고에서 써도 되고', '거리에서 써도 되고', '강남역 5번 출구 돌 의자에서 써도 된다'고 말한다. 왜 안 되는가? 시는 어디서 써도 된다.

시인은 아니지만 철학자 비트겐슈타인은 『논리─철학 논고』 초고를 1차 대전 전쟁터에서 쓴다. 1915년 3월부터 전선에서 몇 달 동안 그는 논리학에 대해 쓰지만 4월과 5월 그의 연대가 속했던 오스트리아 11사단이 러시아 공격의 선봉을 맞아 엄청난 사상자를 낼 때 그의 주제는 바뀐다. 이때 그를 사로잡은 것은 '신에 관해서 그리고 인생의 목적에 관해서 내가 아는 것은 무엇인가?' 라는 질문이고, '나는 완전히 무기력하다'고 생각한다.

전쟁은 세계 속의 사건이다. 그러나 그는 이런 사건 앞에서 무기력할 뿐이다. 이런 체험을 매개로 '나는 사건들에 대해 어떤 영향도 포기함으로써 나 자신을 독립적으로 만들 수 있을 뿐이며 어떤 의미에서 세계를 지배할 수 있다'는 사유로 발전한다. 세계와 자아의 단절을 통해 세계를 지배할 수 있다는 역설이 『논리-철학 논고』를 낳는다. 언어는 세계의 논리적 그림이지만 그가 이 책에서 강조한 것은 이 세상에는 언어로 표현할 수 없는 것들이 있고, 이런 있음이 신비하다는 것. 그러므로 언어라는 사다리는 오르고 나면 버려야 한다는 것. 그는 말한다. '문제의 해결은 문제의 소멸이다.'(레이 뭉크, 남기창 역, 『루드비히 비트겐슈타인 1』, 문화과학사, 2000, 203~207)

시는 전선에서 써도 된다. 비트겐슈타인은 전선에서 인간들의 죽음과 고통과 상처를 보면서 삶의 방식, 그러니까 윤리와 철학을 결합한다. 방에서 쓰는 시들이 자아를 보호한다면 거리에서 쓰는 시들은 자아의 소외를 노래하고, 전자가 자신의 체험에 거리를 둔다면 후자에겐 그런 거리가 소멸한다. 한마디로 어디서나 쓸 수 있다는 것은 시와 일상의 단절을 부정한다.

'누가 쓰는가?'도 문제다. 일반적으로 시인이 쓰고, 이때 시인은 세계를 지배하고, 독자를 지배하고, 언어를 지배한다. 그런 점에서 그의 시쓰기는 폭력이 된다. 근대 미학이 강조하는 창조 주체로서의 시인은 따지고 보면 세계의 중심이 되어 세계를 지배하고 착취하는 근대 인간의 한 유형일 뿐이다. 그러므로 나는 '남에게 부탁해도 되고', '창조는 미친 짓이다'라고 말한다. 이런 사유는 근대 미학에 대한 부정과 비판과 조롱을 함축한다. 따라서 '쓰다 말고 나가 싸우다 돌아와 써도 되고', '쓰지 않아도 되고', '쓰지 않는 것도 쓰는 것'이라는 시행들이 나온다. 자아가 중심이 되어 쓴다는 것은 의도와 목적을 전제로 한다. 그러나 영도의 시쓰기는 자아의 소멸을 전재로 하기 때문에 이런 의도와 목적을 모르고, 따라서 한 편의 시를 완성한다는 의식도 없고, 시작도 끝도 없다.

쓰지 않아도 시가 된다는 것은 시가 있는 것이 아니라 시라는 언어가 있기 때문이고, 시와 비시의 차이도 언어 분별에 지나지 않는다는 사유를 반영한다. 침묵과 소음의 관계도 그렇다. '침묵도 소음이고 소음도 침묵이다'. 왜냐하면 침묵 속에 무수한 언어, 소음들이 있고 거꾸로 소음 속에 무수한 침묵들이 있기 때문이다. 요컨대 '시는 쓰지 않아도 시이고 써도 시다.' 내가 너무 과격한 말을 하고 있는지 모르지만 근대시 혹은 현대시의 한계를 비판하기 위해서는 이 정도의 사유는 있어야 한다는 게 나의 입장이다.

자아가 헛것이라면 인생은 연극이고 나는 무대에서 일생을 보낸다. 그러므로 움직이지만 내가 움직이는 게 아니고 나는 남의 흉내나 내고, 시간과 공간도 환상일 뿐이다.

> 어디 가요? 물으면 밥 먹는 시
> 늉을 하고 어디 가요? 또 물으
> 면 모자 쓰는 시늉을 했지 두
> 손으로 모자 쓰는 시늉하며 가
> 네 누가 나를 보면 딱하구나
> 하겠지 아마 병원에서 퇴원하
> 고 몸이 몹시 약해진 모양이야
> 그러겠지

「무얼 어디서」(시집 『회두』)전문이다. 솔직히 고백하면 이 시는 2007년 1월 처음 세브란스병원에서 위암 수술 받고 퇴원한 다음 쓴 작품이다. 그러나 이런 동기가 문제가 아니라 이 시에서 내가 강조한 것은 자아 정체성 혼란이고, 그런 혼란이 자아소멸, '나는 없다'는 인식으로 발전하고, 이때 내가 없다는 것은 자아를 지탱하는 이성의 소멸과 통한다.

'어디 가요?' 물으면 가는 장소를 말해야지 이렇게 '밥 먹는 시늉'을 하면 안 된다. 이건 동문서답도 아니고 질문과 대답의 모순이고, 그런 점에서 이성적 사유의 혼란이고 소멸을 암시한다. 장소를 물으면 장소로 대답해야 논리적이다. 장소(질문)와 행위(대답)의 대응은 논리적으로 모순이고, 이런 모순은 '어디 가요?' 또 물으면 '모자 쓰는 시늉을 했지'에도 반복된다. 그렇다면 왜 밥 먹는 시늉과 모자 쓰는 시늉인가? 시늉은 모양이나 동작을 모방하는 행위다. 그러니까 나는 이 시에서 어떤 사람이 질문할 때 밥을 먹고 모자를 쓰는 게 아니고 그런 흉내를 낸다.

밥 먹는 흉내와 모자 쓰는 흉내가 암시하는 것은 많다. 밥을 먹고 싶다는 뜻도 있고, 모자를 쓰고 싶다는 뜻도 있다. 밥이 먹고 싶은 건 배가 고프기 때문이다. 그렇다면 모자는? 시를 쓸 때는 나오는 대로 썼지만 지금 이 글을 쓰면서 모자의 상징적 의미가 떠오른다. 모자는 머리에 쓴다는 점에서 사고, 이성을 상징한다.

李箱의 「오감도시 제14호」에는 '古城 앞 풀밭이 있고 풀밭 위에 나는 모자를 벗어놓았다'는 시행이 있다. 여기서 모자는 생각을 상징하고, 따라서 이상은 옛 성 앞 풀밭에 자신의 생각을 버리고 성 위에서 옛날 생각(기억)을 하고, 성 아래를 바라본다. 그때 '문득 성 밑 내 모자 곁에 한 사람의 걸인이 장승과 같이 서 있는 것을 내려다본다.' 왜 모자 곁에 걸인이 서 있는가? 기억을 매개로 하면 '성 밑 내 모자'는 이상이 버린 현재의 의식, '한 사람의 걸인'은 과거 속의 인물, 곧 조상을 상징하고 이 조상을 '걸인'과 '장승'으로 인식한다. 결국 이 시행은 현재의 의식 속에 가난하지만 자신을 수호하는 신(장승)으로서의 조상이 존재함을 뜻한다.(좀 더 자세한 것은 이승훈, 『이상문학전집 1』, 주석, 문학사상사, 1989, 47 참고 바람)

모자는 두뇌와 관련된다는 점에서 사고, 의식, 이성, 상상을 상징한다. 내가 위의 시에서 모자 쓰는 시늉을 한 것은 그러므로 이성적 사고에 대한 갈망을 상징한다. 어디 가는 게 중요한 것이 아니라 나는 지금 사고 결핍, 의식 결핍에 시달리고 있음을 반증한다. 한편 추운 겨울에 모자를 쓰는 것은 추위로부터 자신을 보호한다는 의미도 있고, 모자는 얼굴을 가린다는 점에서 자신을 은폐한다는 의미도 있다. 어떤 시각에서 읽느냐에 따라 상징적 의미는 다양하다.

결국 이 시에서 나는 어떤 동작을 흉내만 내는 배우에 지나지 않는다. 자아에 본성, 본질, 실체가 없다면 그가 사는 세상도 실체가 없는 환상에 지나지 않고, 따라서 자아는 '걸어가는 배우'이고, 인생은 연극이고, 세상은 무대이다.

7) 영도와 대상

둘째로 영도의 시쓰기는 대상이 없는 시쓰기다. 대상이 없다는 것은 두 문맥을 거느린다. 하나는 대상, 곧 현실이 없기 때문에 현실과 꿈의 경계가 해체되고, 다른 하나는 대상이 없다는 말은 결국 무엇이나 대상이 된다는 것. 자아에 실체, 본질이 없다면 그가 바라보는 대상, 그가 사는 세상도 그렇다. 따라서 현실과 꿈의 경계가 해체되고, 대상이 없다는 말은 모두가 대상이 된다는 뜻이다. 어떤 마을에 모든 집들이 병원이라면 그 마을엔 병원이 하나도 없다는 말과 같다. 그러므로 병원이 없다는 말은 모두가 병원이라는 말과 같다. 시적 대상이 없다는 것은 모두가 대상이 된다는 말과 같다. 그동안 많은 시인들, 특히 서정 시인들은 자연을 대상으로 하고, 사회비판적 시인들은 사회적 부조리, 현실의 모순을 대상으로 했다. 그러나 대상이 없다면 이런 시적 대상도 없고, 모두가 대상이 된다. 불교식으로 말하면 一切唯心造다. 말하자면 시적 대상이 한정되지 않고, 현실과 시, 현실과 꿈의 경계도 해체된다. 「천둥 치는 저녁」, 「광대들의 명상록」 등이 보기이다.

이 비는 갑자기 오는 비 갑자기 오고 갑자기 가는 비 또 천둥이 치네. 천둥
치는 저녁 중국집에 전화를 한다. "여기 진흥아파트 7동 303홉니다." "네? 진
흥아파트요?" "네. 탕수육 하나 보내 주세요. 초등학생과 중학생이 먹을 겁니
다. 크기가 어떤 게 좋을까요?" "네. 소짜 중짜 대짜가 있습니다. 소짜는 만
천원 중짜는 만 오천원 대짜는 …" "아이들이 먹을 겁니다." "그럼 소짜로 하
시죠." "아니 중짜로 보내주세요." 천둥 치고 비 오는 저녁 호준이 석준이 먹
으라고 중국집에 전화를 한다.

「천둥 치는 저녁」(시집 『화두』) 전문이다. 앞으로 인용하는 시는 모두
시집 『화두』에 수록한 것들이고, 일일이 발표 지면을 밝히지 않는다. 이
건 일상의 이야기를 그대로 옮긴 시다. 많은 독자들은 이런 게 무슨 시냐
고 할지 모른다. 아니 시인이나 평론가들도 의아하게 생각할 것이다. 서
정도 없고, 상상력도 없고, 비유도 없다. 한마디로 이런 세계는 우리가 믿
어온 시적인 공간이 아니다. 그럼 무엇인가? 이건 시가 아니란 말인가?
시지에 발표하고 시집에 수록했으므로 엄연히 시이다.

내가 강조한 것은 일상과 시의 경계 해체이고, 이런 점이 아방가르드와
통하고, 대상이 없으므로 무엇이나 대상이 된다는 영도 의식이다. 비 오
고 천둥 치는 저녁 손자 호준이 석준이 먹으라고 중국집에 전화하는 내용
은 시적 과정을 거치지 않는 있는 그대로의 날 현실이고, 선이 강조하는
것이 그렇다. '지금 여기 나'에 대한 사유가 아니라 '지금 여기 나'를 있
는 그대로 보는 것. 그런 점에서 자아가 없고, 주관적 판단이 없고, 일어
난 일을 있는 그대로 볼 뿐이다. 본다는 게 중요하다. 깨달음은 見性이다.
불성을 보는 것이지 불성을 듣고 말하는 것이 아니다. 장미는 이유 없이
필 뿐이다. 장미가 피는 데 무슨 이유가 있는 것이 아니고, 장미는 피려는
목적이 있는 것도 아니고, 사람들에게 잘 보이려는 의도도 없고, 피는 것
도 모른다.

이 비는 갑자기 오고 갑자기 간다. 무슨 이유가 있는가? 이게 자연이
다. 그러므로 비 오는 저녁 중국집에 전화를 하는 것도 무슨 신비하고 심
오한 의미가 있는 것이 아니다. 학교에서 돌아온 호준이 석준이 먹으라고
전화를 할 뿐이다. 있는 그대로 살고 있는 그대로 옮긴다. 시적 공간을 만
드는 것도 조작이고 有爲이고 욕심이다. 시적 대상을 노래하는 것도 그렇
다. 대상이 없으므로 시적 대상도 없고, 인생도 없고, 다만 흘러가는 시간
과 공간이 있고, 내가 보는 것은 이런 흐름 속에 있는(?) '지금 여기 나' 라
는 찰나의 존재이고, 이 찰나가 영원이다. 그러므로 시도 없고 지금 여기
내가 있을 뿐이다. 그리고 지금 여기 나는 없다. 그러므로 나는, 그리고
대상은 있는 것도 아니고 없는 것도 아니다. 유/무의 경계를 초월해서
'그러 있음' 이 중요하다. 깨달음이 그렇다. 꿈/현실의 경계도 없다. 다음
시에서 내가 노래하는 것이 그렇다.

> 2층 아파트에서 짐을 싸다 말고 베란다로 가서 마당에 침을 뱉는다. 그때
> 아파트로 들어서던 남자의 머리에 침이 떨어지고 그가 쳐다보며 욕을 한다.
> "미안합니다." 말하고 돌아와 짐을 쌀 때 키가 큰 여인이 문을 열고 들어온
> 다. "누구세요?" 그녀는 자기도 함께 가겠다고 말한다. "난 며칠 절에 가서 쉬
> 려고 그래요." 내가 말하자 "저도 그래요." 처음 보는 그녀가 말한다. 도대체
> 뭐가 뭔지 모르겠다.

「광대들의 명상록」 전문이다. 어느 날 밤에 꾼 꿈 이야기다. 아니 밤에
꾸었는지 새벽에 꾸었는지 분명치 않고, 이야기에 무슨 필연성도 없고 논
리적 맥락도 모호하다. 나는 3층 아파트에 살지만 꿈엔 2층 아파트다. 짐
을 싸다 말고 베란다로 가서 침을 뱉는 것도 이상하고 그때 아파트로 들
어서던 남자의 머리에 침이 떨어진 것도 이상하다.

꿈은 억압된 무의식의 실현이니까 침을 뱉는 건 소변이 그렇듯이 억압

된 나의 무의식을 간접적으로 충족시키는 행위를 상징한다. 그리고 남자는 아파트로 들어오는 남자니까 또 하나의 나다. 아파트에서 나가려는 남자는 '짐을 싸는 나' 이고, 아파트로 들어오는 남자는, 들어온다는 점에서, 떠나지 않고 '머물려는 나' 이다. 요컨대 두 남자는 집을 떠나려는 욕망과 이 욕망의 억압, 말하자면 떠남/머뭄, 출발/회귀의 갈등을 상징한다. 그런 점에서 짐을 싸다 말고 베란다로 가서 뱉은 침이 남자의 머리에 떨어진 것은 이런 갈등을 해결하는 한 가지 방식이다. 침을 뱉는 것은 억압된 무의식의 해소이고, 그것도 침이 아파트로 들어오는 남자의 머리에 떨어진다는 점에서 머물려는 무의식을 다시 억압한다. 그러므로 나는 떠나기 위해 다시 짐을 싼다.

문제는 키가 큰 여인이다. 처음 보는 여인이 자기도 함께 가겠다고 말한다. "난 며칠 절에 가서 쉬려고 그래요." 말하자 그녀는 "저도 그래요." 말한다. 이 여인은 무엇을 상징하는가? 절에 가서 쉰다고 했지만 절은 쉬려고 가는 게 아니다. 사람들은 일상에 찌든 나를 버리고 진정한 나를 찾으려고 절을 찾는다. 그러므로 여인, 그것도 처음 보는 낯선 여인과 떠날 수는 없다. 결국 장면이 암시하는 것은 절로 가려는, 진정한 자아를 찾으려는 노력도 실패하다는 것. 내가 분석한 꿈의 의미이다.

그러나 현실과 꿈의 경계는 어디인가? 따지고 보면 우리가 사는 게 모두 이렇다. 꿈이 현실이고 현실이 꿈이다. 있는 그대로 보고 있는 그대로 살고 있는 그대로 쓰자.

8) 영도와 언어

셋째로 영도의 시쓰기는 언어가 없는 시쓰기다. 언어가 사유이고 법이라는 점에서 그것은 생각 없이 말하기, 비트겐슈타인 식으로는 생각 없이 연주하기에 해당하고, 시의 문법, 시의 기법은 파괴되고, 장르의 경계도 해체되고, 요컨대 무의미, 의미가 없는 빈 기호, 블랑쇼가 말하는 찬란한 자명성을 지향한다. 「해가 지면」, 「가을 산길」, 「버스 정류장」 등이 보기이다.

> 해가 지면 "이정현!" 아파트 마당에서 아이 부르는 목소리가 들린다. 어제도 "이정현!" 목소리가 들리고 오늘도 "이정현!" 목소리가 들린다. 난 정현이가 누군지 모른다. 여름 저녁 들리던 소리가 가을 저녁에도 들리고 매일 저녁 해가 지면 "이정현!" "이정현!" "이정현!" 세 번 부르고 조용해진다.

필자의 「해가 지면」 전문이다. 무슨 의미가 있는가? 해질 무렵 아파트 마당에서 '이정현'을 부르지만 부르는 사람도 누군지 모르고, 이정현도 누군지 모르고, 왜 부르는지도 모른다. 이마 해가 지니까 집으로 돌아오라는 것 같지만 이건 어디까지나 나의 추측이고 주관적 판단일 뿐이다. 부르는 주체도 호명되는 객체도 부르는 행위도 의미가 없다. 텅 빈 기호만 있을 뿐이다. 백색의 글쓰기, 의미와 문체가 없는 글쓰기다. 이수명은 이 시에 대해 다음처럼 말한다.

> 「화두」를 펼친다. 펼치자마자 마음이 끌리는 시이다. 누가 누구를 부르는 것일까. 주체도 대상도 없이, 부르고 불리는 정황만 존재한다. 사실은 내가 정현이를 부르는 걸까. 아니면 내가 바로 정현일까. 정현이가 불리는 소리를 듣는 나는 누구일까. 시에서 나는 이 모든 것이며, 아무것으로 보인다. 이 텅 빈 호명의 상황에서 나는 비주체로, 비대상으로 연루되고 있다. 그래, 텅 빈 호명일 것이다. 나는 정현이지만 정현이가 아니며 정현이를 부르지만 동시에 정현이를 부르는 자가 아니다. 나는 아무것도 아닌 제3자로 이 정황을 목도하지만 이내 조용해짐으로서 상황 자체도 소멸한다. 나는 무엇을 듣는 걸까. 아무도 없는데 매일 저녁 아파트 마당을 울리는 "이정현!"이란 무엇일까. (이수명, 「텅 빈 호명, 백색의 글쓰기」, 『시와 세계』, 2010, 가을호)

나는 앞에서 이 시의 경우 부르는 주체와 대상이 모호하고, 따라서 의미가 없고 부르는 행위 역시 그렇다고 말했다. 이른바 텅 빈 기호의 세계다. 그러나 이수명은 이렇게 텅 빈 기호의 세계를 좀 더 섬세하게 분석한다. 그에 의하면 이 시에는 부르는 주체도 대상도 없이 불리는 정황만 존재한다. 이런 정황을 전제로 정현이를 부르는 주체는 나도 되고 내가 정현이도 되고, 동시에 나는 정현이를 부르는 소리를 듣는 자가 될 수 있다. 얼마나 섬세한 분석인가?

텅 빈 호명의 상황에서 그가 읽는 것은 호명의 주체가 나일 수도 있고, 대상이 나일 수도 있고, 이 소리를 듣는 자가 나일 수도 있다는 해석이다. 왜냐하면 아이 부르는 여자 목소리가 들리지만 그의 정체는 드러나지 않고, 따라서 그의 목소리 역시 떠도는 기표이기 때문이다. 내가 정현이를 부르고, 정현이가 나이고, 나는 떠도는 나의 목소리를 듣는다. 정현이를 부르는 나도, 정현이라 불리는 나도, 이 소리를 듣는 나도 기의 없이 떠도는 기표이고, 그런 점에서 나의 무의식이고 욕망이다. 그러므로 이런 해석은 기표들에 대한, 나의 무의식에 대한 정신분석을 요구한다.

사실 이 시를 쓸 때, 아니 해질 무렵 아파트 마당에서 어떤 젊은 여자가 정현이를 부를 때 나를 사로잡은 건 어린 시절의 해질 무렵 풍경이었다. 초등학교 시절 친구들과 놀다가 해가 질 때면 엄마는 "승훈아!" 부르며어서 집에 돌아와 밥을 먹으라고 했다. 아니 엄마는 그렇게 부른 적이 별로 없고 동네 친구 엄마들이 친구들을 불렀다. "이정현!" 부르는 소리는 나의 억압된 무의식, 그러니까 유년 시절 나도 엄마가 그렇게 불러주었으면 하는 욕망(결핍)을 상징한다.

그렇다면 왜 친구 엄마들처럼 우리 엄마는 나를 부르지 않았을까? 이 부분에 대해서는 쓸 수도 있지만 쓰지 않는 게 좋을 것 같다. 어머니에 대해 쓰려면 아버지에 대해서 써야 하고, 아버지에 대해 쓴다는 건 아직도 자신이 없다. 유년 시절의 아버지에 대해 쓴 시가 노트에 있지만 아직도 발표를 못하는 것도 아버지 콤플렉스, 부성 콤플렉스에서 벗어나지 못했기 때문이다.

> 원주 초등학교 시절 겨울 저녁 아버지는 연필 깎는 소리가 신경에 거슬린다고 "연필 깎지 마라. 마루에 나가 깎아!" 말씀하셨지. 내가 연필을 못 깎는 건 그때부터다. 겨울밤 아버지 약 사러 가던 길. 원주여중 눈에 덮인 운동장 걸어갈 때 사각사각 연필 깎는 소리가 들려 귀를 막고 갔지. 달이 뜬 언덕 너머 약 사러 가던 날들. 지금도 약 사러 간다.

「연필」(미발표) 전문이다. 약의 어둠 속에 모든 것은 사라진다. 그러므로 이 시엔 사라진 모든 것이 있다. 추운 겨울 저녁 연필 깎는 소리가 신경에 거슬린다고 마루에 나가 깎으라고 말하는 아버지도 있고, 이런 시를 쓰는 아들도 있다. 겨울밤 아버지 약 사러 가던 눈길. 사각사각 눈 밟는 소리가 연필 깎는 소리로 들려 귀를 막고 가던 날들. 지금도 아버지 약 사러 간다. 그러니까 지금 쓰는 글도 아버지 약 사러 가는 것에 지나지 않고, 약의 어둠 속에 내가 사라진다. 지금도 연필을 못 깎고, 눈길을 밟지 못하는 건 모두 아버지 약 때문이다. 이건 융이 말하는 어둠도 아니고 노발리스가 말하는 어둠도 아니고, 프로이트가 말하는 어둠이고, 이 어둠이 하얀 눈 위에 있고, 나의 안에 있다.

떠도는 기표

이 어둠 속에 이미 나는 죽었고, 죽은 내가 떠돈다. 죽은 나, 떠도는 기표, 얼음 나라에서 어머니는 한 토막 흐린 나무가 되어 "좀 더 살아보라! 살아보라!"고 외치고 나를 보며 웃으셨지만 나의 능력은 무이고 무가 나의 능력이므로 무능력이 나의 능력이다. 나는 지금 무슨 말을 하고 있는가? 나도 모르겠다. 나의 경우 부성 콤플렉스는 모성 콤플렉스이고 모성 콤플렉스가 부성 콤플렉스다. 그러니까 모성 결핍이 부성 결핍이고, 따라서 상징계 결핍(부성 결핍)과 상상계 결핍(모성 결핍)이 동시에 내 시쓰기를 지배한다. 그동안 자아를 찾아 헤맨 것도 이런 결핍의 소산일 것이다.

원주 초등학교 시절이다. 난 비가 올 줄 모르고 우산도 없이 학교로 간다. 하루종일 흐리던 날씨가 하교 시간이 가까워지면서 비가 오기 시작한다. 교실에 앉아 창밖에 내리는 비를 보며 집으로 갈 게 걱정이다. 마지막 시간이 끝나고 가방을 챙겨, 아니 당시는 6·25가 끝난지 얼마 안 되던 때라 가방이 없었고 모두들 책과 필통을 싼 책보를 들고 다녔다. 부지런히 책과 공책과 필통을 책보에 싸 들고 우루루 복도로 나가면 어떤 친구들은 엄마가 우산을 들고 복도에서 기다리고, 어떤 친구는 할머니가 우산을 들고 복도에 서 있었다. 그러나 엄마는 보이지 않는다. 그때 우산을 들고 복도에서 기다리던 친구 엄마나 할머니가 얼마나 부러웠던지 모른다.

해질 무렵 함께 놀던 친구 이름을 부르던 친구 엄마 생각이 나는 것도 그렇다. 나는 그런 친구들이 부러웠다. 산다는 건 이렇게 여리고, 아무것도 아닌 것에 상처를 입고, 직관과 영감과 시쓰기는 결핍, 욕망과 연결된다. 내가 정현이 부르는 소리에 나를 잊고 정현이가 되는 것은 이런 어둠, 무의식의 드러남인 것 같다. 그러니까 이정현은 나이고 내가 아니다.

한편 이정현이 유년 시절의 나, 추억 속의 나, 과거의 나라면 현재 시를 쓰는 나는 유년 시절 마당에서 놀고 있던 나를 부르는 엄마가 된다. 나는 지금/그때 해가 지니까 집으로 돌아오라고 나를 부른다. 나는 정현이를 부르는 주체가 되고, 나를 부르는 엄마가 되고, 모성 결핍이 다른 수준에서 충족된다. 충족되는가? 그러나 충족이 결핍이다. 왜냐하면 이건 시이기 때문이고, 이것도 욕망(결핍)이기 때문이다. 정현이를 부르는 목소리는 떠도는 기표이고, 이 기표가 나의 욕망이다. 요컨대 나는 호명의 대상이고, 호명의 주체가 된다. 이런 해석은 나의 의식, 사유, 직관의 심층에 숨어 있는 유년의 결핍, 무의식, 욕망을 동기로 한다.

그러므로 정현이를 부르는 소리를 듣는 나도 떠도는 기표이다. 호명의 주체도 텅 빈 기호이고, 호명의 대상도 텅 빈 기호이기 때문에 이런 기호와 만나는 나도 텅 빈 기호이다. 나는 '이정현!' 부르는 소리를 듣지만 이 소리는 떠도는 기표이고, 이 소리를 듣는 나도 떠돈다. 호명의 상황이 꿈의 풍경이고 나의 무의식, 욕망, 결핍의 풍경이라면 소리를 듣는 나는 꿈속에서 꿈의 풍경을 보는 또 하나의 나이다. 이 나는 과연 누구인가?

'나는 꿈을 꾼다'고 말할 때 '꿈을 꾸는 나'와 '꿈에 대해 말하는 나'는 다르다. 꿈을 꾸는 나는 일상성이 소멸한 나, 라캉 식으로 말하면 '그것(it)'이고, 그러니까 그것, 무의식이 꿈을 꾼다. 의식(일상적 자아)은 잠이 들고 무의식(초일상적 그것)이 꿈을 꾼다. 그러나 이상한 것은 꿈속에는 나(의식)가 없지만 꿈의 풍경을 보는 '또 하나의 나'가 있다는 점이다. 일상생활에서는 이런 일이 발생하지 않는다. 나는 지금 아파트 작은 방에 앉아 이 글을 쓴다. 그러나 나는 글을 쓰는 나를 볼 수 없다.

그러나 이것이 꿈이라면 나는 꿈속에서 글을 쓰고, 이렇게 글을 쓰는 나를 본다. 그러므로 꿈속에는 '꿈을 꾸는 나'(무의식)가 있고, 무의식이 펼쳐보이는 꿈의 풍경을 보는 '또 하나의 나'가 있다. 이 나는 과연 누구인가? 어떻게 이런 일이 가능한가? 이것이 무의식의 특성이다. 무의식은 영리한 놈이라서 보여주면서 동시에 감추고, 감추면서 동시에 보여준다. 꿈의 1차 작업인 응축과 치환이 그렇다. 혹은 무의식은 언어처럼 구조화된다. 라캉은 소쉬르와 프로이트를 결합하면서 무의식의 기제를 언어와 결합시키고, 이때 응축은 은유, 치환은 환유에 해당한다.(좀 더 자세한 것은 이승훈, 『라캉으로 시읽기』, 문학동네, 2011, 12~16 참고 바람)

꿈속에 꿈을 바라보는 또 하나의 내가 있다는 것은 결국 무의식이 움직이면서 자신의 움직임을 보는 것에 지나지 않는다. 그러므로 그것, 무의식이 꿈의 풍경을 본다. 일상적 삶의 경우 나는 나를 볼 수 없지만 상상이나 환상이나 환각을 통해 나를 볼 수 있고, 이때 상상, 환상, 환각은 무의식과 연루되고, 무의식이 움직이면서 무의식을 본다. 내가 초기시 「사물 A」에서 '팔이 달아난 사나이'(나)를 보는 것은 '일상적 나'가 아니라 '환상 속의 나'이고, 이런 장면을 꿈에 비유하면 나는 꿈을 꾸면서 꿈속에 움직이는 나를 보는 셈이다.

다시 「해가 지면」에 대한 해석이다. 이 시의 경우 나는 해질 무렵 '이정현!' 하고 부르는 목소리를 듣는다. 그러나 호명의 주체, 대상은 기의가 없이 떠도는 기표이고, 이 기표는 나의 욕망, 무의식을 표상한다. 그러므로 호명의 주체도 나이고, 대상도 나이다. 내가 '이정현'이고 내가 나를 부른다. 그리고 나는 내가 나를 부르는 소리를 듣는다. 이 시가 꿈이라면 나는 꿈을 꾸면서 꿈의 풍경을 바라본다. 무의식이 움직이면서 무의식의 움직임을 본다. 그러므로 이 나, 바라보는 나도 무의식, 욕망, 결핍이다.

그러나 나는 젊은 여자이며 그가 부르는 정현이고 이 정황을 보는/듣는 사람이지만 이 모두가 아니다. 이수명의 말처럼 이 시에서 나는 이 모든 것이며, 아무것도 아니다. '이 텅 빈 호명의 상황에서 나는 우연히 비주체로, 비대상으로 연루되고 있기' 때문이다. 비주체는 주체이며 동시에 주체가 아니고 비대상도 대상이며 동시에 대상이 아니기 때문이다. 그렇지 않은가? 이 시에서 나는 젊은 여자이며 동시에 나이고, 나는 정현이며 동시에 나다. 그리고 이 정황을 바라보는 나도 이 정황 속에 있으며 정황 밖에 있다.

이 정황도 이내 조용해짐으로 상황 자체도 소멸한다. '매일 저녁 해가 지면' '이정현!' '이정현!' '이정현!' 세 번 부르고 조용해진다.' 이 고요, 적막, 텅 빈 공간은 무엇인가?

버스 정류장

이제까지 나는 언어가 없는 영도의 시쓰기에 대해 말했다. 언어가 사유라는 점에서 이런 시쓰기는 사유 없이 말하기에 속하고, 사유가 없기 때문에 무의미, 의미가 없는 텅 빈 기호의 세계이다. 한편 언어가 법이라는 점에서 이런 시쓰기는 시의 문법, 시의 기법은 해체되고, 장르의 경계도 해체된다. 「버스 정류장」이 보기이다.

> 최근에 내가 쓰는 시는 콩트시 1인극시 편지시 일기시 수필시 대화시 평론시야. 김이듬은 미친 소리라고 했지만, 멋대로 읽어라. 뒤죽박죽 소란 소음 소 우는 소리 새들이 쨱쨱거리는 소리. 나오는 대로 쓰는 거야. 막히면 쉬고 화장실 다녀오고 다녀오다 넘어지고 카스테라 카스테라 마스카라 카메라 카스테라가 카메라야. 그럼 그대 마스카라도 카스테라야? 이 시도 외국어라고 생각하면 되고 문학은 원래 잡스러운 거야. 내가 없으므로 서정도 없고 무슨 의도도 없고 메시지도 없고

필자의 「버스 정류소」 전반부이다. 사실 시집 『화두』에는 콩트시, 1인극시, 편지시, 일기시, 수필시, 대화시, 평론시가 대부분이다. 내용이 중요한 게 아니라 형태, 스타일이 문제고, 그동안 형태, 스타일에 집착했다면 형태, 스타일도 시라는 장르를 크게 벗어난 건 아니고, 이 시에서 말하듯이 이 시를 쓸 무렵부터 관심을 둔 것은 장르 해체다. 이런 실험은 시집 『나는 사랑한다』에서도 드러난다. 그렇다면 다른 점은 무엇인가?

그때는 '언어가 시를 쓴다'는 명제가 강조된다. 자아가 언어에 지나지 않고, 따라서 자아도 대상도 소멸하면서 남은 건 언어이고, 그러므로 언어가 시를 쓴다는 주장은 논리적이다. 그때 내가 강조한 것은 내가 주체가 되어 시를 쓰지 않고, 나는 시 속에 태어난다는 주장, 그리고 시는 언어, 곧 시라는 법, 장르에 지나지 않고, 장르의 절대성은 없다는 주장이

고, 근대시는 근대 제도에 지나지 않고, 따라서 시쓰기는 제도 속에서 제도와 싸우는 행위라는 주장이다.

그러나 시집 『화두』에서 강조하는 장르 해체는 이런 제도 문제보다 영도의 사유와 관련된다. 영도의 사유는 장르, 법, 문체, 형식을 모른다. 장르는 분류이고 유형학이고 모두 분별의 산물이고, 모든 분류의 모태, 근거는 영이고 제로이다. 그러므로 제로는 無이며 동시에 有의 근거이다. 내가 생각하는 영도는 동양철학, 예컨대 성리학자 주렴계가 강조하는 무극이태극(無極而太極)에 해당한다. 무극이며 동시에 태극이라는 말은 무가 유의 근본을 내포한다는 뜻이고, 태극이기 때문에 일체 만물이 거기서 나온다. 혹은 원(무극)은 중심(태극)이 있고, 중심과 함께, 중심에 의해 움직인다. 주역의 경우엔 '一陰一陽之謂道'에 해당한다. 음과 양의 상대세계를 초월하는 것이 도이고, 이 도가 원에 해당하고, 도에서 음과 양이 나오고 동시에 도는 이런 상대세계를 초월한다. 불교의 경우엔 진공묘유(眞空妙有)이고 도교의 경우엔 무위자연(無爲自然)이다. 주역의 경우 도(태극)가 음양을 낳고 음양이 사상(四象)을 낳고 사상이 8괘를 낳고 8괘가 64괘를 낳는다. 그러니까 주역의 원리는 0, 1, 2, 4, 8, 64이다.

내가 말하는 영도는 원래 시쓰기를 구성하는 세 요소 대상—자아—언어가 단계적으로 소멸하면서 마침내 쓰는 행위만 있는 시쓰기, 영도의 시쓰기가 생산한다. 그리고 영도는 선종이 말하는 空과 연결된다. 그러나 영도에 대한 사유가 최근에는 주역과도 관련된다는 입장이다. 어디 주역뿐이랴? 동양사상의 뿌리가 영도이다. 문제는 유교는 자아를 강조하고, 불교는 무아를 강조한다는 점이다. 무극이 태극이라고 할 때 태극이 나이고, 따라서 64괘 모두가 내가 된다. 나는 하늘도 되고 땅도 되고 무엇이나 된다. 왜냐하면 만물이 태극에서 나오기 때문이다. 그러나 불교에선 내가 없으므로 일체 현상이 나이고 동시에 불성이다.

그렇다면 영도는? 영도는 불교 개념도 아니고 유교 개념도 아니지만 결과적으로 불교, 유교와 관련되고 도교와도 관련된다. 그러니까 나는 시를 쓰면서 정립한 영도의 시쓰기를 사상적 측면에서 동양 사상과 결합하고, 이런 결합에 의해 영도의 시쓰기는 미학, 철학, 사상, 그것도 동양사상과 만나게 될 것이다. 그러나 아직은 가설의 단계이고, 불교 사상은 『선의 시학』에서 간단히 살필 것이고, 노장 사상과 유교 사상은 언제 다룰지 나도 모른다.

문제는 다시 장르 해체다. 영도, 제로는 주역에 의하면 무극이고 태극에 해당한다. 그러므로 문학의 모든 분류, 유형은 영도가 생산하고, 문학과 비문학의 분류도 그렇다. 영도의 시쓰기는 이런 분류 이전으로 가는 시쓰기이고, 마침내 바르트가 말하는 글쓰기, 그러니까 문학 이전의 글쓰기를 지향한다. 비대상, 비주체, 비언어라는 말이 가능하다면 비문학이라는 말도 가능하고, 비시라는 말도 가능하다. 非詩는 反詩가 아니다. 반시는 시를 전제로 시와 싸우고 시를 부정하는 시, 그러니까 자아의 의도가 있지만 비시는 이런 의도가 없고, 따라서 시와 시 아닌 것의 구별, 분별, 차별이 없는 시이다. 『금강경』에는 '若見諸相非相 卽見如來'라는 부처님 말씀이 나온다. 만약 모든 상을 비상으로 보면 여래를 본다. 여기서 말하는 비상은 상을 보되 상에 집착하지 않는 것. 따라서 상이 없는 것이 아니라 상이 있되 상에는 실체, 자성, 본질이 없다는 것을 깨달으라는 뜻이다. 색과 공의 중도이다.

비시(非詩)도 그렇다. 비시는 시가 없는 무시(無詩)나 시에 반대하는 반시(反詩)가 아니라 시이지만 시에는 본질, 실체, 자성이 없다는 인식을 요구하고, 현상적으로는 시이며 시가 아니고 시가 아니며 시이다. 내가 시도한 콩트시는 콩트이며 시이고 동시에 콩트도 아니고 시도 아니다. 1인극시, 편지시, 일기시, 수필시, 대화시, 평론시도 그렇다. 그럼 「버스 정류소」라는 시는 무슨 시인가? 일종의 수필시에 해당하기 때문에 수필도 아니고 시도 아니고 동시에 수필이고 시이다. 이 시에서 나는 내가 최근에 쓰는 시에 대해 말하고, 이런 시에 대해 김이듬이 한 말이 생각나서 '멋대로 읽어라'고 말한다. 미친 소리면 어떻고 정상적인 소리면 어떤가? 난 광기와 이성의 구별을 믿지 않는 입장이다. 한편 따지고 보면 원래 시는 미친 소리다. 이성적인 말이 아니라 비이성적이고 비합리적인 말이고 그런 점에서 광기에 속한다. 시인들은 '나무'를 '서 있는 강'이라고 말하고 '하늘'을 '푸른 바다'라고 말한다. 이런 말이 비정상적인 말이고 미친 소리가 아닌가? 시인은 말을 제대로 할 줄 모르는 인간이고 광인도 그렇다. 상상력, 환상, 환각의 세계는 크게 보면 광기의 세계이다.

도대체 어디까지가 광기이고 어디까지가 이성인가? 언어의 차원에서 광기의 언어는 이성의 언어를 모르고 이성의 언어는 광기의 언어를 모른다. 광기의 언어가 침묵이라면 이성의 언어는 합리적 발언이다. 미친 사람들이 하는 말을 정상인이 어떻게 알아들을 수 있는가? 미친 사람은 혼자 중얼거리고 시인들도 혼자 중얼거린다. 이른바 교통을 모른다. 그러므로 우리는 광기에 대해 광기라는 말도 해서는 안 된다. 그런 말은 어디까지나 이성, 혹은 의식 주체의 말이지 미친 사람의 말이 아니다. 광인은 광기라는 말을 모르고 광기라는 말은 어디까지나 이성의 조작일 뿐이다.

푸코가 『광기의 역사』에서 강조한 것은 광기를 이성과 대립하는 세계, 곧 광기를 이성 결여로 보는 주장들에 대한 비판이다. 그에 의하면 광기는 역사적 과정의 산물이지 보편적 범주가 아니다. 15세기만 해도 광인들은 방랑자이고, 이들은 진리와 지혜에 대해 말하고, 정치 비판을 수행한다는 점에서 그들대로의 이성을 실현한다. 이 시대는 비이성적 이성과 이성적 비이성이 공존하고, 따라서 정상과 비정상의 구분이 없었다. 광인은 점쟁이, 예언자, 예술가, 시인처럼 삶의 지혜를 말하는 비이성적 이성의 범주에 들고 나름대로 사회적으로 대접을 받는다.

그러나 르네상스 시대가 지나고 고전주의 시대인 17세기와 18세기가 되면서 광기는 술주정뱅이, 난봉꾼, 동성애자, 마술사 등과 같은 반사회적 존재가 되고, 병원, 감화소, 감옥 등에 수감된다. 이 시대에 광기가 비이성으로 규정되는 것은 계몽 이성의 산물이고 광인들은 노동하지 않는 반사회적 존재이고 따라서 광기는 범죄가 된다. 그리고 19세기가 되면서 광인은 정신병자가 된다. 그런 점에서 19세기 정신병원이 생기기 전까지 광기와 정신이상은 의학적 문제가 아니라 경찰이 다룰 사회적 범죄의 문제였다. 광인들은 병자가 아니라 죄인이었다. 그러나 무슨 죄가 있는가?

광인이 있는 게 아니라 시대에 따라 예언가→죄인→정신병자가 있다. 광기의 역사는 불연속의 역사이고, 광기의 보편성은 없고, 광기는 역사적 과정의 산물이고, 이성의 일방적 규정에 지나지 않는다. 광기가 있는 것이 아니라 시대와 역사가 광기를 만든다. 광기는 어디 있는가?

우리는 밤에 자면서 꿈을 꾼다. 이 꿈은 이성을 배반한다. 그렇다면 꿈 역시 광기의 일종이고 밤에 꿈을 꾸는 인간들은 미친 인간들이다. 정상인과 비정상인의 구분은 무엇인가? 꿈이 무의식의 산물이고, 우리의 삶을 지배하는 것이 무의식, 욕망, 결핍이라면 모두가 광인이고 미치광이다.

> 어디 병들지 않은 영혼이 있으랴. 라캉에 의하면 인간은 모두 정신병적 심리 구조를 지닌 존재이다. 그러나 이 말은 우리가 모두 정신병자라는 말이 아니라 심리구조가 그렇다는 뜻이다. 사실 시인, 예술가들은 말할 게 없고, 과연 이 시대에 정신이 멀쩡한 인간들이 어디 있는가? 내가 라캉에 매혹된 것은 이런 솔직함 때문이다. 그렇지 않은가? 어디 미치지 않은 인간들이 있는가?
> (이승훈, 「이승훈의 해방시학─라캉으로 시읽기」, 문학동네, 2011, 6~7)

요컨대 광기와 이성, 무의식과 의식, 꿈과 현실의 경계는 분명치 않고 광기라는 말은 타자를 모르는 이성의 조작이다.

나오는 대로 쓴다는 것은 자아소멸, 대상소멸, 언어소멸을 전제로 하고, 따라서 근대 미학을 부정하고 비판하는 쓰기이다. 어떻게 쓰는가? '막히면 화장실 다녀오고 화장실 다녀오다 넘어지고' 문득 '카스테라'가 떠오르고 카스테라는 '카스테라 마스카라 카메라 카스테라가 카메라야?'로 이어진다. 일종의 자유연상이지만 이런 연상은 자아도 대상도 언어(의미)도 소멸한 상태에서 발생하고, 그런 점에서 영도의 시쓰기다. 무슨 메시지가 있는가? 이 시는 수필도 아니고 시도 아니고 동시에 수필이고 시이다. 시의 후반은 일요일 오전 우성쇼핑에 들려 김을 사려다 그만둔 이야기.

「버스 정류소」라는 제목도 나오는 대로 붙였지만 버스 정류소엔 버스 기다리는 사람, 버스에서 내리는 사람, 버스 타는 사람, 오는 버스, 머무는 버스, 가는 버스가 있고, 모두 이름이 없고 모두 흘러간다. 그런 점에서 버스 정류소는 본질, 실체, 자성이 없는 삶을 상징한다. 이런 무자성 무분별이 영도와 통한다.

9) 영도와 쓰기

넷째로 바르트 식으로 말하면 영도의 시쓰기는 문학적 언어의 죽음, 백색의 글쓰기를 지향하고, 문학적 언어의 죽음은 문학의 죽음과 통하고, 이런 언어는 언어가 없는 언어로 오르페우스에 비유된다. 언어(유리디체)를 거부하고 뒤돌아보지 않을 때 언어가 산다는 역설과 만난다. 한마디로 언어와 문체가 없는 시쓰기다. 그저 어떤 사물, 상황, 사건, 삶이 있을 뿐이고 목적, 의도, 의미는 없고, 따라서 순결한 시쓰기이고 이제 시쓰기는 글쓰기가 된다. 「가을 산길」, 「언젠가 모르겠다」 등이 보기이다.

결국 영도의 시쓰기는 문학의 진보는 사라졌다는 인식, 한 시대의 시가 끝났다는 인식을 동기로 하고, 따라서 시에 대한 질문이 아니라 문학, 글쓰기에 대한 질문이고 그러므로 시는 비평이고 시론이다. 「증상을 즐겨라」, 「시」 등이 보기이다.

앞에서 말했지만 바르트가 말하는 영도의 글쓰기는 내가 말하는 영도의 시쓰기가 아니다. 그는 서양 모더니즘 문학이 보여주는 문학적 언어에 대한 회의를 동기로 하고 나는 그동안 수행된 나의 시쓰기에 대한 결론적 성찰을 동기로 한다. 그러나 그가 말하는 문학적 언어의 죽음, 문학의 죽음은 나의 경우 시적 언어의 죽음, 시의 죽음과 유사하고, 그가 언어의 수준에서 문학의 새로운 출구를 찾는다면 나는 영도를 선과 관련시키며 시의 새로운 출구를 찾는다. 그가 말하는 무색의 글쓰기, 백색의 글쓰기, 영도의 글쓰기는 자살의 구조를 소유하고, 내가 말하는 영도의 시쓰기도 자살의 구조를 소유한다. 남는 것은 언어와 문체가 없는 시쓰기이고, 언어(의미)와 문체가 없다는 점에서 이런 시는 시가 아니고 동시에 시다.

> 맨 앞에 아버지가 가고 나는 아버지
> 뒤를 따라가고 오리는 내 뒤를 따라
> 오고 모처럼 산길에서 만나 함께 길
> 을 가지만 도시락도 들고 가지만 아
> 무도 말이 없다 아버지는 옛날에도
> 말씀이 없으셨다 나도 아버지 닮아
> 말이 없고 오리도 말이 없다 가을
> 산길

필자의 「가을 산길」 전문이다. 이른바 시적 문체가 없고 의미가 없다는 점에서 앞에 인용한 「해질 무렵」과 비슷하다. 후자가 해질 무렵의 정황 혹은 사건을 그대로 보여준다면 이 시에는 그런 상황이 없고 산길을 가는 아버지, 나, 오리의 풍경을 그대로 보여줄 뿐이다. 왜 산길을 가는지, 어디로 가는지 알 수 없고, 그런 점에서 의미가 없다. 그저 이런 풍경이 있을 뿐이고, 목적, 의도, 의미는 없고, 따라서 순결한 시쓰기이고 정서, 호소, 절규, 판단이 없는 중립적 글쓰기 혹은 의미가 없는 텅 빈 기호가 있을 뿐이다.

텅 빈 기호는 기의를 상실한 기표들의 표류이고, 이런 표류는 「해질 무렵」의 경우처럼 정신분석에 의해 기표, 그러니까 무의식과 욕망과 결핍을 분석할 수 있지만 이 자리에서는 생략한다. 문제는 이런 시쓰기가 언어와 문체가 없다는 점에서 시쓰기가 아니라 글쓰기가 되고, 따라서 영도의 시쓰기가 제기하는 시에 대한 질문과 회의는 문학에 대한, 글쓰기에 대한 질문과 회의로 발전하고, 이제 시는 비평이고 시론이 된다.

> 당신의 시엔 고민이 없어요. 좀 더 고민을 하세요. 좀 더 죽으세요. 치욕도 견디고 수모도 당하고 진창이 되세요. 너무 고와요. 침도 뱉고 당신과 싸우세요. 최근의 우리 시엔 고민이 없어요. 절망도 모르죠. 고민도 절망도 광기도 없는 이 쓰레기들! 물론 내 시도 쓰레기죠. 젊은 환상파들도 고민이 없어요. 환상은 상처를 먹고 삽니다. 트라우마 질병 한숨

> 절벽을 먹고 삽니다. 그러나 이들의 시엔 상처가 없고 그러니까 감동도 없고 전통파들에겐 기대할 게 없고 실험파들도 모험을 몰라요. 모험은 언어라는 법 속에서 이 법과 함께 이 법과 싸우며 추락하는 것. 갈 데까지 가다가 죽는 겁니다. 인생이 썩으면 예술이 되고 사회가 썩으면 예술이 된다고 말 한 건 백남준. 그러나 우리 시는 썩을 줄 모르고

> 부식을 모르고 부패도 모르고 피로도 모르고 한마디로 죽음을 모릅니다. 말하자면 새로운 탄생을 모르죠. 실험 도전 모험은 고독한 시도이고 실패하려는 시도이고 죽으려는 시도입니다. 시쓰기는 결국 시를 배반하고 위반하고 폭로하는 행위입니다.

졸시 「증상을 즐겨라」 전반부이다. 일종의 편지시이다. 그러니까 편지이며 시이고 편지도 아니고 시도 아니다. 이 시에서 내가 강조한 것은 이 시대 우리 시에 대한 회의와 비판과 부정이고, 그것은 한마디로 고민이 없고 절망이 없고 죽음이 없다는 것. 젊은 환상파들은 상처, 트라우마, 질병, 한숨, 절벽을 모르고 요란한 수사와 그럴 듯한 환상의 나열뿐이다. 한마디로 이들의 환상은 현실, 삶과 유리된 공허한 환상이고, 표면적인 환상에 지나지 않는다. 그러므로 이들의 시는 감동이 없고 믿을 수 없다.

환상은 분열된 주체, 금이 간 주체가 환상 속에서 대상소문자 타자a를 찾아가는 여행이고, 주체가 금이 가는 것은 어머니와의 분리를 동기로 한다. 따라서 온전한 주체가 되는 길은 다시 엄마와 하나가 되는 길 밖에 없지만 우리는 다시 그렇게 될 수 없고, 엄마와 하나가 되기 위해서는 죽는 수밖에 없다. 죽음 대신 우리가 선택하는 길은 엄마를 대신하는 애인, 이른바 대상 타자a를 찾는 것이고, 그러나 대상 타자는 엄마가 아니기 때문에 나와 대상 타자 사이엔 잉여가 존재하고, 이 잉여가 환상이다. 환상의 공식 $\$ \diamond a$를 회상하자. 환상은 어디 있는가? 나와 대상 타자 사이에 있고, 대상 타자는 엄마의 잉여이고 찌꺼기이고 잔여물이고, 이 잉여가 엄마를 생각나게 한다. 그러므로 잉여(remainder)는 생각나게 하는 것(reminder)이다.

환상파들의 시를 믿을 수 없는 것은 라캉의 시각에선 이런 잉여가 드러나지 않고, 생각나게 하는 것이 없기 때문이다. 한편 라캉의 환상 공식이 히스테리 환자를 모델로 한다는 점에서 이들의 시엔 히스테리가 없다. 물론 라캉의 개념을 좀 더 유연하게 수용할 수도 있다. 프로이트 식으로 읽으면 이런 환상은 유년 시절의 엄마 분리, 대상 분리와 관계되고 분리에 대한 불안과 결합된다. 그런 점에서 내가 환상파들을 믿을 수 없는 것은 이들의 시에서 불안을 읽을 수 없고 상처, 트라우마가 드러나지 않기 때문이다. 한마디로 환상은 분리, 불안, 무, 죽음을 동기로 하고, 이런 토대가 없는 환상은 감동이 없다. 환상은 불안, 무, 죽음과의 싸움이다.

전통 서정시를 쓰는 시인들에게 기대할 게 없는 것은 이들은 전근대적 미학에서 벗어나지 못하고 아직도 자아, 주체를 신뢰하기 때문이고, 더욱 한심한 것은 이런 자아와 대상의 동일성이 대상 착취이고 폭력이라는 것을 모른다는 점이다. 문제는 실험파들이다. 이들 역시 비판되는 것은 모험을 모르기 때문이다. 모험은 갈 데까지 가다가 죽는 것이고, 이런 죽음이 전위, 아방가르드와 통한다. 죽을 때 새로운 시가 태어난다. 절후재소(絶後再蘇)다. 죽어야 다시 태어난다.

이 시의 후반은 형식과 사유에 대한 사유가 전개되고, 이 시의 제목은 '증상을 즐겨라' 이다. 정신병자들 가운데는 무의식중에 낫고 싶어하지 경향이 있고, 그것은 증상 자체가 쾌락을 주기 때문이다. 트라우마의 주체화이다. 그러니까 증상을 치료하기보다 증상을 즐겨라! 시쓰기는 일종의 치료다. 과연 치료되는가? 최근엔 시치료에 대해서 관심이 많지만 사르트르 말처럼 시는 사기이고 협잡이다. 그러니까 치료를 생각하지 말고 증상을 즐겨라! 증상과 주이상스의 결합을 라캉은 생톰(sinthome)이라고 부른다. 생톰에서 禪으로 영도에서 선으로 가는 길이 앞으로의 과제이다.(좀 더 자세한 것은 이승훈, 「이승훈의 해방시학—라캉으로 시 읽기」, 문학동네, 2011, 292~298 참고 바람)

| 참고문헌 |

『금강경』

『반야심경』

『화엄경』

『원각경』

『노자』

고형곤, 『선의 세계』, 동국대 출판부, 2005

김준오, 『한국현대문학사』, 현대문학사, 2002

김춘수, 『사색사화집』, 현대문학사, 2002

______, 『김춘수전집 2』, 문장사, 1982

들뢰즈, 이정우 역, 『의미의 논리』, 한길사, 1999

레이 뭉크, 남기창 역, 『루드비히 비트겐슈타인 1』, 문화과학사, 2000

R. N. 마이어, 장남준 역, 『세계상실의 문학』, 홍성사, 1981

모리스 블랑쇼, 박혜영 역, 『문학의 공간』, 책세상, 1990

박진영, 『청송의 선과 철학』, 운주사, 2011

백남준·에디트 데커·이르멜린 리비어, 임왕준·정미애·김문영 역, 『백남준－말에
        서 크리스토까지』, 백남준 아트센터, 2010

비트겐슈타인, 이영철 역, 『철학적 탐구』, 서광사, 1994

______________________, 『논리－철학 논고』, 천지, 2000

______________, 진중권 역, 『청갈색책』, 그린비, 2006

사르트르, 손우성 역, 『존재와 무 1』, 삼성출판사, 1977

세슈에, 은홍배·정애자 역, 『정신분열증 소녀의 수기』, 하나의학사, 1994

송준영, 『선, 언어로 읽다』, 소명, 2010

심은섭, 「이승훈의 시론 연구」, 관동대 대학원 국어국문학과 박사학위논문, 2012
용수, 김성철 역주, 『중론』, 청목 석, 구마라즙 한역, 경서원, 1996
＿＿＿＿＿＿＿＿＿, 『회쟁론』, 경서원, 1999
의상 대사, 이기영 역, 「화엄일승법계도」, 『한국의 불교사상』, 삼성출판사, 1997
＿＿＿＿＿＿, 「법성게」
이병욱, 『한국 불교사상의 전개』, 집문당, 2010
이수명, 「텅 빈 호명, 백색의 글쓰기」, 『시와 세계』, 2010, 가을호
이승훈, 『비대상』, 민족문화사, 1983
＿＿＿＿, 『이상문학전집 1(시)』, 문학사상사, 1989
＿＿＿＿, 『포스트모더니즘 시론』, 세계사, 1991
＿＿＿＿, 『모더니즘 시론』, 문예출판사, 1995
＿＿＿＿, 『한국현대시의 이해』, 집문당, 1999
＿＿＿＿, 『모더니즘의 비판적 수용』, 작가, 2002
＿＿＿＿, 『시적인 것은 없고 시도 없다』, 집문당, 2003
＿＿＿＿, 『탈근대주체이론－과정으로서의 나』, 푸른사상, 2003
＿＿＿＿, 『이승훈의 현대회화 읽기』, 천년의시작, 2005
＿＿＿＿, 『시론』 개정판, 태학사, 2005
＿＿＿＿, 『정신분석 시론』, 문예출판사, 2007
＿＿＿＿, 『현대시의 종말과 미학』, 집문당, 2007
＿＿＿＿, 『아방가르드는 없다』, 태학사, 2009
＿＿＿＿, 『라캉 거꾸로 읽기－해방시학을 위하여』, 월인, 2009
＿＿＿＿, 『선과 하이데거』, 황금알, 2011
＿＿＿＿, 『이승훈의 해방시학－라캉으로 시읽기』, 문학동네, 2011
정효구, 『한국현대시와 평인의 사상』, 푸른사상, 2007
찬드라키르티(월칭), 김정근 역주, 『쁘라산나빠다 1－중론』 주석, 푸른가람, 2011
＿＿＿＿＿＿＿＿＿＿＿＿＿＿＿＿, 『쁘라산나빠다 3－중론』 주석, 푸른가람, 2011
청허 휴정, 『선가귀감』
최동호, 「시의 부정, 해체 그리고 시적 생성」, 『문학사상』, 1996. 10
프로이트, 윤희기 역, 「쾌락원칙을 넘어서」, 『프로이트 전집 11』, 열린책들, 2004
하이데거, 이기상 역, 『존재와 시간』, 까치, 1998

______, 문동규 · 신상희 역, 「철학의 종말과 사유의 과제」, 『사유의 사태로』, 길, 2008

______, 신상희 역, 「진리의 본질에 관하여」, 『이정표 1』, 한길사, 2005

______, 신상희 역, 「휴머니즘 서간」, 『이정표 1』, 한길사, 2005

허혜정, 「이승훈도 없고 이승훈 씨도 없다」, 『시인시각』, 문학의 전당, 2007, 겨울호

혜능, 『육조단경』

효도 가즈오(兵藤一夫), 김명우 · 이상우 역, 『유식불교─유식이십론을 읽다』, 예문서원, 2011

R. Barthes, 『Writing Degree Zero』, trans. A. Lavers & C. Sontag, Hill & Wang, 1967

R. Bougue, 『Deleuz & Guatteri』, Routledge, 1989

S. Freud, 『Beyond the Pleasure Principle; SE 18』, The Hogarth Press, 1973

M. Heidegger, 『Being and Time』, trans. by J. Macquarrie & E. Robinson, Harper & Row, 1962

L. Wittgenstein, 『Philosophical Investigations』, trans. G. Anscombe, The Macmillan Company, 1961

인명

ㄱ

고갱 • 55, 152
고형곤 • 63, 358, 361
규봉종밀 • 76
김광림 • 17
김기림 • 21, 22
김명우 • 201
김영태 • 17
김이듬 • 426
김정근 • 306, 330
김종삼 • 17
김종해 • 17
김준오 • 85, 88
김춘수 • 16, 24~28, 36, 37, 214
김현 • 54
김홍호 • 164

ㄴ

남기창 • 413
남전 • 261
노자 • 99, 225, 333

ㄷ

달마 • 356, 380
뒤비페 • 74

뒤샹 • 245, 373
들뢰즈 • 405, 406

ㄹ

라캉 • 45, 52, 64, 71, 85, 134, 135, 139, 168, 176~180, 277, 278, 283, 375, 377, 387, 400, 424, 434
람핑 • 256
루카치 • 140

ㅁ

마네시에 • 74
마르크스 • 140
마이어 • 86
말라르메 • 86
몬드리안 • 74

ㅂ

바르트 • 408, 431, 432
바젠 • 74
박목월 • 17
박의상 • 17

박진영 • 361
박찬일 • 194
박혜영 • 50, 407
백남준 • 243
베켓 • 146
벤야민 • 232
보이스 • 246
블랑쇼 • 49, 50, 60, 156~159, 179, 407
블로일러 • 41
비트겐슈타인 • 248, 250, 251, 255, 258~262, 270, 283, 291, 312, 367, 380, 404, 405, 412, 413, 419

ㅅ

사르트르 • 45, 90, 93~100
살바도르 달리 • 69, 70, 367
샤르댕 • 104
석준 • 344
세슈에 • 40
세친 • 357
소쉬르 • 64, 84, 168, 169, 179, 180, 189, 265, 266, 270, 277, 424
손우성 • 94
송준영 • 311, 326, 358, 359

푸른사상 교양총서 1

영도의 시쓰기

인쇄 2012년 3월 10일 | 발행 2012년 3월 15일

지은이 · 이승훈
펴낸이 · 한봉숙
펴낸곳 · 푸른사상사
주간 · 맹문재 | 편집 · 지순이 | 마케팅 · 박강태

등록   제2-2876호
주소   서울시 중구 초동 42번지 아시아미디어타워 502호
대표전화   02) 2268-8706(7) | 팩시밀리   02) 2268-8708
이메일   prun21c@yahoo.co.kr / prun21c@hanmail.net
홈페이지   www.prun21c.com

ⓒ 이승훈, 2012

ISBN 978-89-5640-900-9 93810
  값 25,000원